北京遺事

一九八九

古華 著

京韻鼓詞：

八百年帝苑，三千里幽燕，莽莽滄桑，唱不盡社稷悲歡，家國興亡。看長安大道，古今通衢；羨漢唐雄風，日月蒼黃。九門八廟在何方？萬園之園是何年？只剩得禁城三海、西苑宮闕、琉璃紅牆，新添些阿房海市、咸陽蜃樓，金碧輝煌！九五至尊龍輿在，周鼎秦璽贋品傳。悵情天恨海，燕趙遺韻，怎教他風流雲散？且付與絲竹檀板，青史丹書，聲聲慢。

風雲前傳

1

北京好些年沒有下過大雪了。臨近舊曆年除夕，依然乾冷乾凍零下十幾度呢。街道上，胡同裡，凡有水漬的地方都結成冰皮兒，行人摔跤，自行車滑倒，哎喲媽呀，成為市井活風景。也有早起上學的娃兒、上班的女子滑而不倒的，張開雙臂如雙翅，東嗤溜一下，西嗤溜一下，花式溜冰似地笑鬧顯擺，颼颼過去，過去。幸而這節氣人人身上都包裹得像棉花球，就是摔個大馬趴，也爬起來拍打拍打，哈著白氣，相互解嘲：咱給老天爺叩首告饒不是？氣象臺說又一股西伯利亞寒流南下，奔襲咱內蒙、華北；狗日的西伯利亞，每到冬季就和咱北京過不去，一次次驅來北極冷氣團，打氣象戰爭哩！聽說沒？有人給黨中央上了條陳，乾脆咱移民五億到西伯利亞去得啦，墾荒種地，伐木開礦，採油採氣，建化工廠，冶煉廠，焦煤廠，造紙廠，水泥廠，製造溫室效應，融化北極冰層，既解決了咱人口過剩，又開發了西伯利亞。你不看看那幅世界地圖，一個西伯利亞比咱兩個中華人民共和國版圖還大！對囉，在元代成吉思汗時候，那西伯利亞原就是咱的領土！大清朝之初，也有大半個遠東地區歸咱管轄不是？咱移民過去，正可稱為收復失土；老大哥不幹咋辦？請出老祖宗馬克思來呀，老祖宗教導，無產階級沒有祖國呀，全世界無產者聯合起來呀！況且咱有十多億人口，人多議論多，熱氣高，幹勁大不是？他能把咱中國人民咋樣？就算他狗日的扔原子彈、中子彈，還能把咱移過去的幾億華人都炸光？

北京的爺們就這麼貧，不安分，京油子不是？

下面說正經事兒。在這哈氣成冰的時日，香山定慧寺師姑圓善，向主持妙音法師告假，回河北青陵鄉下探望父親大人。臨了接到西城大將軍胡同蕭白石老師電話，說犯了腰痛，下不來床，請她務必走一趟，現世觀音，南海慈航，救苦救難。

說起來圓善師姑認識這蕭老師幾年光景了，也就認識而已，談不上好印象或是孬印象：四十大幾，一米八零個頭，五官尚屬端正，左額上有疤痢，不知何時為何物所傷，連帶左眼皮有些個上挑，未至破相程度。除此之外，人物還算整齊吧。圓善師姑知他有個綽號：蕭疤痢。歷史上打過右派，說是一九五七年中央美術學院年紀最小、天分最高的右派大學生呢，想必嘗過些酸辣來的。現如今當一名中學美術教師，美術家協會會員。又說他油畫、國畫都見功力，在西城區文化館辦過畫展，一幅〈大漠狼嗥圖〉被香港某富商高價收藏，日報、晚報有過一陣轟動效應的。對了，這蕭疤痢還有個特殊身分：大將軍胡同楚振華將軍府上乾女婿。這些年圓善師姑常被召至楚府替老將軍做推拿治療，隱然聽到，蕭疤痢確曾跟老將軍的保健護士叫俞京花的，有過一段夫妻關係。說是蕭疤痢有病，不能行丈夫那事，醫書上叫性無能，俞京花年輕性旺，不能活守，鬧著離了婚並脫了軍裝，到美國紐約楚將軍大公子家裡做專職保母去了。阿彌陀佛，咱也別叫人綽號了，還叫回蕭白石老師來吧。蕭白石卻皮厚，仍留在將軍府上當乾女婿，仍住著裡面的一大套房子，算個沒底氣的男人吧。也是老將軍宅心仁厚，愛民如子不是？

圓善師姑一身青布僧袍，挎個青布背包，凍手凍腳的換乘三趟公車，來到西城大將軍胡同。這大將軍胡同不寬，勉強能過兩輛小臥車，倒有三、四百米深長，東西走向，一南一北兩堵鐵灰色磚牆一順到底，牆頂安有網狀鐵蒺藜，也是一網到底，不像住家，倒像座監獄、看守所什麼的。掌嘴！領導人的府第，怎好這樣比方？大家夥崇敬景仰還來不及不是？不對！你沒見這胡同頭尾，各釘有一塊白底紅字牌子：閒人止步。啥意思？機關重地，非請勿入。使人想起舊社會上海外灘公園、北戴河海濱別墅區「華人與狗勿入」的告示牌。放肆！舊中國怎比新中國？國民黨能比共產黨？我們黨的幹部，無論職務高低，都是人民的勤務員，他們所做的一切，都是為人民服務……。喂喂喂，誰是誰的勤務員，誰替誰服務呀？活見鬼哩！勤務員一家住著占去整條胡同的王府，咱社會主義主人翁老少三代十口人擠住在十幾平米的大雜院裡，有咱這樣當主子的？咱倒是想撈個勤務員幹幹，人家肯給嗎？對了對了，俺又聽說了，北大清華、人大師大的學生娃娃又要上街呼口號，反腐敗、反特權，反高幹子弟經商！鬧鬧也好，不然咱這國家主人翁當得忒憋氣，忒窩囊！姥姥的，恨不能毛大爹從紀念堂爬出來，再來次紅衛兵運動練練……

一九八九年元月啊，北京的爺們就這麼貧，擰，不安分，京油子不是？

下面說正經事兒。的確，這大將軍胡同的南北兩邊各一座王府大院，都是大清朝留下的貝勒花園，經過了現代化改造，如今住著兩位中央級首長。胡同裡平日少有行人，肅穆寂靜。北邊的一座便是楚將軍府第，朱漆大門外原先有對石獅子坐鎮，早被遷走了，平了臺階門坎，方便小臥車出入。日常大門緊閉，工作人員皆走旁邊一道單開便門，門首有電鈴按鈕，裡面便是傳達室、警衛值班室一溜平房了。

圓善師姑摁了門鈴。裡面響起鈴聲，門開了。門衛認識圓善師姑：知道您來，甭填會客單了，去吧，候著哪。門衛這話禮貌周到，含蓄，曖昧。誰在候著？老將軍還是蕭白石？前院車棚裡泊著老將軍的大紅旗，以及工作人員的吉普車、麵包車等。老將軍或是出了遠門。圓善師姑對這大院格局甚是熟悉。大院真個大喲，阿彌陀佛，比她香山定慧寺那擁有十幾座殿堂禪房，植有百十棵千年柏樹，住有百十位老少比丘尼的佛門淨地也小不到哪兒去。這府第分前院、中院、後院三進。前院為祕書幹事、勤雜警衛人員的辦公用房。中院為老將軍的會客室、小會議室、伙房、餐室、水暖房等。後院則是老將軍和家人的生活區域了，不經傳喚，值班人員不得進入。後院花園占地深闊，矮松翠柏，假山花畦，小溪小橋，池塘亭榭，錯落有致。如今水面結冰，花樹光禿了枝椏，殘荷敗葉，景觀蕭瑟，了無生趣。待到春夏秋三季，這兒才是雜花生樹，綠蔭馥鬱，荷葉團團，芙蓉搖曳。老將軍起居的西式平房就在荷花池畔，聽說還是老將軍入住之前新建的，大客廳、大書房、大臥室一色的落地門窗，採光採景，水映房，房映水，水上水下兩座房，兩幅畫，韻致十足，世外桃源一般。

中院、後院都見不到一個人影兒。老將軍的大書房和大臥室之間有個專門的治療室。治療室裡間是保健護士值班休息室。現刻所有的落地門窗都是絨簾低垂，人去房空似的。後院東北角牆下有座偏院，是保母及原先孩子們的宿舍。說起來這偏院也不算小了，總共十幾個房間，自成格局哩。蕭白石的兩室一廳套房就在這偏院裡。

天陰著，寒風颼颼，寒氣直朝人的身子骨裡鑽似的。也就下午四點來鐘吧，後院裡所有的路燈、廊燈就都亮了，一顆一顆黃柿子似的。圓善師姑不敢造次，徑自走到東北角偏院門洞裡，朗聲道：請問，有人言聲嗎？

有啊有啊！小師姑呀，請進請進，門沒有插……

是蕭白石那略帶沙啞的聲氣。冷廟似的總算有了點人氣。開口就是小師姑、小師姑，一個大老爺們也耳朵這麼尖，俗，和人套近乎。

圓善快走幾步，順房廊到拐角一道門前打住，掀開厚厚的禦寒棉簾閃進屋裡，頓覺熱氣撲面，和暖如春。她一眼看到中學教員仰躺在長沙發上，身子都縮短了似的像個大男孩，被子掉到了地板上，一對拐杖斜靠在沙發扶手上。紅木茶几上則散亂擺著一袋開了口的麵包片，幾瓶喝了的、未喝的礦泉水，以及杯子、藥瓶、水果盤、紙巾等等。看樣子中學教員確是傷得不輕，不是下不來床，而是下不來沙發。

蕭白石很激動似地眨巴著他的疤痢眼皮，「您好您好！」掙扎著要坐起來，卻又坐不起來。圓善邊脫去僧袍、圍脖、僧帽，邊勸止：躺著躺著，亂動影響治療……怎麼，就你一人在？阿彌陀佛。

圓善一身水綠色絨衣絨褲，大約她並未察覺，自己明目皓齒，青春朝氣，有些兒光彩照人的。她拉過一張摺疊椅，坐到病號身邊來。

蕭白石痛的咧了咧嘴，仍目光炯炯，討好地說：外邊兒凍吧？頭回看到妳臉蛋紅紅，身材修長，上了淡妝似的，天然去矯飾。

圓善立時椅子朝後移了移，沉下臉子：蕭老師，俺是出家人……看在老將軍分上，來探病！後院這樣清靜，人都哪兒去了？

蕭白石彷彿也知羞愧，埋下眼皮：是的，對不起……老人家上星期到海南島三亞避寒去了。他夫人和三公子、兩公主，加上兒媳、女婿、孫子、外甥十幾口，都從海外回來，陪老人家過春節。

聽說那裡氣溫二十幾度，藍天碧海金沙灘，天天可以泡海水……對了，老人家行前，給妳留了封信，貼了封條。看，就在那茶几上。妳先看信吧，我剛服過止痛散，不差一時半刻。

中學教員倒是善解人意。圓善師姑背過身子，也就擋住了蕭白石的視線，拿起那信，竟是沉甸甸的。老將軍真還鄭重其事地用膠條封了。撕下封口，先抽出一紙信箋，歪歪斜斜，不是老將軍口授、祕書筆錄，而是親手寫的：

小鐵疙瘩：我去海南島一個月。春節放假，保母、廚師、內勤回家團聚。我不走，他們得不到休息。留下小蕭看後院。他犯腰病，不肯去醫院，妳就幫我一個忙，治治他的病。定慧寺那邊，李祕書會打招呼。小蕭在五七幹校救過我的命。一些事沒有對妳講過。他的腰病要大治。治人一病，勝造六級寶塔吧。另外，記得聽妳說過，妳青陵老家父親殘疾，四個哥哥生計不易。青陵屬太行山老區，我的許多戰友犧牲在那裡。這五千元，你父親和四個哥哥各一千。錢是乾淨錢。文革三年班房加兩年幹校，停發工資，妻兒離散（我的家庭至今四分五裂）。後平反，中央給補發工資，我全數交了黨費。組織上退還五千元，說是做紀念。現把這錢借給妳青陵家人，或可幫他們去搞承包，做小生意，脫貧。日後他們致富，可歸還本金，不計利息。若賠掉，拉倒，算替他們交了學費。保密，不准告訴任何人，包括小蕭。

小鐵疙瘩是圓善師姑兒時的乳名。她俗姓鐵，單名妹，俗名鐵妹。讀罷信，她鼻子有點酸，眼睛有些辣。這錢當要不當要？來這府上做保健服務好幾年了，她個人從未接受過老將軍的施予。老將軍說一不二的風格脾氣，她是知道的……遲疑一下，先把信封塞進棉僧袍裡層口袋去，才轉過身來，仍悶著臉子，不待中學教員問起，便說：老人家和您恩同父子呢，囑咐我春節期間留在這兒，替您治療。您除了腰椎疼，還有哪兒不舒服？腎功能障礙？

蕭白石見問，原本蒼白失血的一臉病容，忽地緋紅了，側過臉去。圓善師姑學醫出身，也忽然悟到什麼似的，臉蛋兒發燒，明眸星亂。這老將軍也是，他乾女婿腰病要大治，怎樣大治？兼治那個性無能、男根不能勃起……妙音法師當年祕授玉女功時，倒是傳過一套玉指功法……哎呀，菩薩在上，算咋回事？沒的羞人，難為人了。

蕭白石埋下眼皮，辯解說：小師姑，我這不是啥大病，晚上睡覺蹬掉被子，後腰受了風寒。勞駕妳推拿推拿，不定手到病除。

圓善不言聲了。這大院裡暖氣供得太足，毛衣都穿不住，睡覺蹬被子，敢情你還是個愣頭青……怎麼給你治療？將就著在沙發上做？有彈性，推拿起來使不上勁。扶他起來到臥室去？不好，那是單身男人的睡房。朝客廳裡瞄上一眼，也就這張長約兩米的紅木茶几夠結實，可以代用。於是把茶几上的麵包點心、果盤紙巾、瓶裝水之類亂七八糟的統統移到靠牆的餐桌上去，擦擦乾淨，再把掉在地上的絲棉被抖摟抖摟，鋪上去，折墊齊整，也就算是一張不錯的臨時治療檯了。

一米八零的大塊頭，怎麼從沙發上平移到這張治療檯上來？圓善眼睛一閃，心裡說聲有了，中學教員身子下面不是墊著羊毛毯？先幫他翻轉身子，呈俯臥狀，再把這茶几併攏去，然後拉住羊毛毯朝外拽，不就可以把病號平移過來了嗎？

蕭白石也是個靈醒人，沒用小師姑言聲，只見她雙手比劃幾下，就明白了，很配合地咬了咬牙，竟掙扎著自己翻轉了身子，面朝下、背朝上地呈俯臥狀了。當然痛得出了一頭的汗珠子，還不忘強裝幽默，嘀咕一句：我這樣子，像不像隻待宰的羔羊？

圓善忽地想笑，看模樣中學教員還是有點倔性，自尊。她使著勁兒拉動毛毯，一寸一寸地把病號橫移過來。成了！推了推茶几，紋絲不動。跟著席地盤腿，雙掌合十，低眉斂目，默唸一段經文。之後雙掌相搓，指掌皆熱，邊命病號鬆了衣扣、褲頭，再視若活物地將其衣服朝上捋至頭部罩住，褲頭則朝下褪至大腿根，露出整個的背、腰、臀，倒是一具膚色算細膩、肌肉算結實的體胚。咋的就是個性無能，不能勃起……呸，沒的羞人哩。

蕭白石不知小師姑在他肩、背、腰上導入了何種真氣功法，只感到一陣陣熱辣難當，嘴裡卻連聲哼哼舒服、舒服。

小師姑懶得理他，雙手十指點擊下去，指指都像針刺。蕭白石登時覺得滿腰背上都被插上無數的針灸，麻辣火燒，又癢又疼，險些哇哇大叫。好在整個頭部都被衣物覆蓋住，不然他呲牙裂嘴的狼狽相就都被小師姑看在眼裡，不定怎麼冷笑的。說來也是奇妙，過了不多一忽兒，就感覺原先腰椎上那陣陣鑽心的劇痛，被剝離、擴散也是減弱、減輕到了整個的肩、背、腰、臀各個部位上去了。十指神功，指指到位，妙不可言。那力道，那準頭，到哪哪酸，到哪哪辣，到哪哪燙，陣陣鬆弛，陣陣舒坦。不覺之中，蕭白石睏意上來，朦朦朧朧睡去，渾然不知。

小師姑卻整出一身汗來，內衣都透了。雙膝跪在地板上做推拿，導真氣，腿都麻木了。也怪這屋裡暖氣太足，讓穿襯衫過冬似的。楚將軍府有自己的供暖系統。前院的鍋爐房入冬以來每天二十四小時不熄火燒著。不比大將軍胡同外邊，滿北京城百萬人家蜂窩似的擠住在數萬座大雜院裡，家家戶戶只燒煤球取暖，晚上睡覺還穿毛衣毛褲，腳頭還放個暖水袋什麼的。說起來又是今不如昔，舊社會普通居民家裡還燒個火牆，睡個熱炕。新社會提倡艱苦奮鬥，節約柴炭，火牆變冷牆，熱炕變涼炕……她們定慧寺更是殿堂空闊，禪房透風，整個一座大冰窟窿，老少比丘尼個個腳生凍瘡，不到開春日暖不得止癢癢。要說人間有天堂的話，這冬天的楚將軍府也就是了吧。

2

蕭白石這人也真是的，剛替他止住疼痛，能起來走動，就在電話裡和人高屋建瓴，指點江山，過一把領袖癮似的。那語氣，那態勢，倒有幾分毛主席從紀念堂水晶棺裡爬了出來的神韻：你們要注意呢，現在是小將們犯錯誤的時候了呢。革命的三大法寶之一的群眾運動，運動群眾，尤其是當前的學生運動，不應再有盲動主義，犯列寧所講的那種左傾幼稚病。不然要吃大虧，付大代價的……你們不信？反正我信。不信的反面就是信。真理往往掌握在少數人手裡。本人現在就是一個布爾什維克少數派。

你說他貧不貧啊，煩人不煩人啊？圓善師姑在客廳裡收拾著那張紅木茶几治療檯，默念著六祖慧能那有名的偈語：菩提本無樹，明鏡亦非臺，本來無一物，何處染塵埃？

蕭白石用的電話是那種帶小麥克風的免提款式，能把對方的聲音清晰放出，是個清亮悅耳的女聲：蕭老師，你的毛主席說教仿真秀，若夾雜點湘潭口音，肯定能把古月那廝比下去……每次看古月的演出，人模狗樣，我們北大學生就覺著噁心。毛主席要是他那副熊包相，革命肯定失敗，不可能有一九四九年的新中國。

蕭白石說：本人同意妳的高見。那廝演毛澤東，分明是糟賤毛澤東。沒有毛澤東就沒有新中國。沒有新中國就沒有抗美援朝，沒有土改鎮反、三反五反，沒有反胡風、反右派，沒有農業合作化、大躍進、總路線、人民公社化，沒有反右傾、三年苦日子，沒有四清運動和十年文化大革命，沒有劉鄧路線、林彪兵變、四人幫反黨，沒有幾千萬人非正常死亡，也就沒有後來的全國平反冤假錯案以及改革開放、搞活經濟，一切向錢看……沒有了這些，中華民族的歷史就會少了許多大起大落、血雨腥風的精采篇章。是有這些好呢？還是沒有這些好啊，天曉得囉。

那女生說：蕭老師，聽君一席話，勝讀十年書……您聽說沒？最近有報紙八卦消息，說古月同志自報家門，聲稱他是毛主席的後代！神經病不神經病？

蕭白石說：你們北大學子，不好好唸書做學問，念念不忘古月，還是念念不忘毛澤東？毛澤東同志的革命後代可多了，何止古月一個？算算他的年齡，好像是一九四零年的，又不是江青生的，他母親大人是誰？只能是私生子了。私生子聰明，不可小瞧。外國的耶穌，中國的孔聖人，都是非婚生子，影響了人類世界，超越時空的大智者、大哲人。古月同志與有榮焉。當然咱們新中國有新中國的國情，中國特色的社會主義，也叫社會主義的初級階段，不是？小平同志一九八零年時候就說過，我們中央不管什麼姜玉鳳、李玉鳳、周玉鳳，一個都不認！毛澤東同志詩人氣質，生前和那麼多女同志關係親密，都認下來、包養下來，就不是道德問題，而是政治問題、光輝形象問題了。

電話那頭笑了起來，銀鈴般的笑聲：蕭老師，您真逗，聽您講話，是種享受。對了，光顧聽您神聊，差點忘了說正經事兒。我們北大、清華的一批同學，自發成立了學生自治聯合會，有別於他們官辦的學生會和團委會，想聘請校內校外的學者專家當顧問。蕭老師，您願不願意當我們的顧問？顧問顧問，可以又顧又問，也可以顧而不問，好不好呀？

蕭白石愣了一愣：不好。坦率地說，本人才疏學淺，敝帚自珍，不夠格做你們的幕後黑手。不是有個小說叫《愛你沒商量》？此事，你我沒得商量。

電話那頭仍是笑盈盈的：蕭老師，您就忍心叫我們這些年輕人吃閉門羹呀？

蕭白石問：那先說說，你們成立這種跨院校的學生自治組織的宗旨是什麼？

電話那頭回答：報告蕭老師，本聯合會的宗旨是幫助黨中央改革政治體制，加速整個國家社會的民主化進程。我們的口號是：反特權，反腐敗，反官倒，反衙內經商；要民主，要法治，要人權，要平等自由。

蕭白石說：貴會的四反四要，恰是一副楹聯，對仗還算工整囉。你們可以找個書法大家寫出來呀！

電話那頭說：我們有的同學提議把這副聯子掛到人民大會堂東大門去……蕭老師您開始顧問啦！

蕭白石涎著臉說：不不，咱不行。不瞞您女同學，或許你們也早聽說了……政治動物要陽剛生猛，而本人卻是個性無能病患者，哈哈哈。

那女生竟說：既然您把話都說到這分上了，蕭老師俺也說白了吧。我們北大醫學院的碩士、博士研究生裡，就有專攻性無能課題的，正可讓她們中的某一位，來您府上實習實習怎樣？到時候，紅泥小火爐，綠蟻新焙酒，紅袖添香夜讀書。

整個胡扯，如今的這些女大學生，個個如花似玉，性開放，勇敢。

蕭白石說：不行，本人從來諱疾忌醫，奉行柏拉圖主義。

女生說：你奉行的是精神戀愛，性壓抑。

蕭白石說：妳怎麼比我還貧啊？對了，妳個瘋丫頭，我想起來了，妳叫路琳，心理學博士研究生。上次我去你們藝術系講座，妳提問最刁鑽，差點讓我下不來臺。什麼問題，妳自己倒忘了？妳問蕭畫家敢不敢放下身段，到北大校園民主角來畫人體寫生？要是敢來，我們北大眾多美女中，肯定有人願意為藝術作出犧牲，就是招致圍觀也在所不惜……你們這一代人生逢盛世，改革開放，搞活經濟，政治環境相對寬鬆些，都快要給慣壞了。丫頭，要注意呢，現在是你們小將犯錯誤的時候了呢。

女生說：這鴨（丫）頭不是那丫（鴨）頭，頭上沒擦桂花油……對了，我就是那個路琳，後來還見過您兩面的。蕭老師，俺也甭在電話裡和您貧了，現在代表我們學自聯的幾個同學向您提出，來您府上討教一次，順便參觀參觀您的畫室，如何？您也甭以門禁森嚴來搪塞。我們甚至瞭解到，您住大將軍胡同楚將軍府後院靠東北角的偏院裡，有道北便門供單獨出入。

蕭白石心裡老大不高興，嘴裡卻依舊油腔滑調：路丫頭，你們可真是些消息靈通人士，上知天文，下知地理。關於本人暫且棲身的這楚將軍府，你們還知道些什麼？

女生說：既蒙蕭老師下問，本小姐也就斗膽冒昧……楚振華將軍在軍委領導同志中，是堅定支持趙紫陽總書記的改革大計的，可以說是軍方支持政治體制改革的代表人物。同時，楚將軍又是小平同志的長期牌友。早有內部傳言，誰上了鄧小平家裡的橋牌桌，誰就實際上參與了中央的決策。從這個意義上講，楚振華老將軍長期以來參與中央決策，是在黨總書記和軍委主席兩邊都說得上話的老同志。當然啦，我們也聽說了，楚將軍在外面很風光，常陪著總書記或軍委主席上電視新聞，在家裡卻是個孤獨老人，三兒兩女都在文化大革命中受到過株連、迫害，如今定居海外，一年前他的最後一任夫人也去了美國帶孫子……老將軍現在多了幾個頭銜：美國爺爺，英國外公，法國泰山，香港阿爸。因此，老將軍也很喜歡和年輕一代交往，甚至對年輕輩說，在他面前，可以百無禁忌，言論自由，想發表什麼觀點就發表什麼觀點。

蕭白石心裡有些吃驚：路琳，你們的情報真還不少啊，可不可以透露點消息來源？

女生說：對您蕭老師，我們學自聯的顧問同志，信息共享啦。您知道的啦，北大、清華、師大、人大首都四大名校，是中央黨政軍領導同志的後代薈萃的學府啦。國家主席的孫子，軍委主席的孫女，中央書記的公子，國務院總理、副總理的女兒，組織部長的外甥，宣傳部長的侄子，直至北京市委市政府領導、北京軍區司令員、三十八軍軍長的後代……什麼人兒沒有？個個思想活躍，人人消息靈通。有人玩世不恭地說，在高幹子弟同學圈子裡，簡直就有小書記處，小軍委，小國務院的啦……

蕭白石此時也有些茫然了：將相本無種，高帝子孫盡隆準……那你們還要我這個中學教員做什麼？

女生說：一是借重蕭老師的美術專才，壯軍威；二是想請您引薦、安排我們和楚將軍見見面，請老人家聽聽年輕學子的心聲，以達天聽。

哈哈，再美麗的狐狸，終歸要露出尾巴。

……都下午四點了，圓善師姑幾次過來看了牆上的掛鐘，中學教員還在和北大女生煲電話粥，一張貧嘴就像擰開了的水龍頭再關不上了，嘩嘩啦啦，討厭不討厭？圓善師姑來這裡三天了，替他治腰疾，幫他弄吃弄喝，總共沒有說上十句話。這可好了，一接上這女生、那女生的電話，那投入，那纏綿，叫人渾身起雞皮疙瘩。連自己的性無能、性壓抑都願意和人分享似的，敢情真是個東土的柏拉圖，專事和女生精神戀愛呢。圓善師姑上醫專時候，讀過《紅樓夢》，那叫什麼來著？意淫，對了叫意淫……也分不清是賈寶玉意淫，還是曹雪芹意淫。反正古代現代，這些老少爺們就沒有幾個正經的……哎呀！都胡想了些啥呀？還說人家不正經，阿彌陀佛。

大約蕭白石也注意到小師姑已經三次四次地出現在他面前，等著替他做治療，忙歉疚地朝小師姑笑笑，一邊結束電話：喂喂，路琳，不行，不行。妳和妳的同學現在不能來見我。實話相告，寡人有疾，正請了民間高手醫治……你們可以從北便門出入？那哪行？兩個月前，北便門換了鎖，是那種裡外都要用鑰匙才能開啟的雙保險鎖，人家警衛祕書並沒有把鑰匙給我，明白嗎？得得得，先說這些吧。醫生同志等著替我做治療哪。好，放電話了，有意見下次聊，拜拜、拜拜。

圓善師姑一如往常地木著臉子，無表情，卻話裡帶話：蕭老師，治療時間早過了，我看您還是繼續煲電話吧。

蕭白石摸摸後腰，才又覺著腰椎部位的疼痛並未痊癒，便笑笑說：抱歉抱歉，我這人一大毛病，就喜歡和人在電話裡神聊，也是百無聊賴喲。好好好，我自個兒擺到那檯子上去做供品，任師姑您手砍掌剁如何？說罷，就不由分說似的，俯臥到那紅木茶几上，並自己把上衣捋上去蒙住腦袋，再把褲子褪至腿根，裸露出一具健壯的腰背肌肉來。

圓善師姑瞄上一眼，想笑，沒能笑出。扯過一塊大浴巾，把那腰背先蓋上。之後雙腿席地，雙掌合十，默唸一段經文，再又兩掌相搓至發熱……推拿成了手砍掌剁，虧他說得出。偏生這麼副強壯身子骨，怎的就是個性無能？或許，他二十幾歲時縱慾過度？不對，算算他的年紀，那時正戴著一頂右派帽子，勞動改造呢，就是想縱慾都沒有機會。火紅的革命年代，哪個姑娘敢找一名右派分子談戀愛，把寶貴青春交給反革命？

做完一套推拿，小師姑不顧氣喘咻咻，把滾燙燙的兩隻手掌，不覺地貼到了病號後腰兩側的「腰子」上。「腰子」俗稱腎。《黃帝內經》稱，腎為生命之根。老中醫也常說，補腎補命，保腎保命，腎虧命弱，腎強人強。記得小時候在青陵老家鄉下，每到年節宰殺家禽，阿彌陀佛，母親總是把雞腎鴨腎、羊腰子豬腰子，以及公羊的睪子，煮給大哥二哥三哥四哥吃。小鐵疙瘩從不吃那些又腥又臊的內臟下水的。父母也從不給吃。對於小女兒來說，那都是些不祥之物似的。反正小屁孩什麼都不懂。怎麼？這貌似強壯的漢子，兩腎部位竟是這樣的陰冷啊？她以熱呼呼的雙掌貼上去，也毫無反應。看來病號這腎寒毛病，由來已久。

像往常一樣，中學教員接受過治療，又呼呼睡去，不到晚飯時間，不會醒來。

晚飯，圓善照舊素食，卻給中學教員做了蘿蔔炖羊肉，看他吃的那副饞相。中學教員吃喝完畢，忽然深看小師姑一眼：謝謝活觀音……我的治療紀錄上，可否寫上一句，自今下午起，病人丹田以下，開始貫入一股真氣。

看他的油嘴，圓善木著的臉子騰地紅了，良久，才冷不丁地憋出仨字：請自重。想想，還不解氣似的，補上一句：這屋裡，暫時沒有喜歡陪您饒舌的女博士生。

出家人也伶牙俐齒，堵的中學教員喉嚨裡卡著塊生羊肉似的。正尷尬著，電話鈴聲響了。中學教員忙去按下那電話的免提鍵：你好，請問是哪位？

機子裡傳出來一個老人的沙啞聲音：白石嗎？好小子，連老子的聲音都聽不出來？你的腰子怎樣了？圓善師傅給治過了嗎？妙手回春，一等一的高手啦，哈哈哈。她在嗎？好好好，先和她講幾句，哈哈哈。

蕭白石連聲謝謝、謝謝，是的、是的，恭敬地應答著，並側身小聲叫喚：師姑、師姑，過來、過來，首長和您說話。不用拿話筒，對著這個小麥克風口子說就行。

圓善的臉子生動了些，俯下身子說：楚大伯，您好嗎？海南島天氣暖和吧，還能下海游水，太好啦。北京零下十幾度，又凍又乾燥，很多人出鼻血……當然啦，您府上暖氣很足，毛線衣都穿不著……謝什麼謝呀，大伯您吩咐的事，俺能不好好幹嗎？蕭老師他身體素質不錯，沒有大礙的，您就放心好啦。對啦，您留下的那封厚厚的信，俺收到啦，俺先替俺爹、俺大哥二哥三哥四哥謝謝您，真的，謝謝您。

老將軍在那頭說：小鐵疙瘩，哈哈哈，白石另外的那個腰病，妳也要給他娘的治治，哈哈哈。妳妙音師傅和我交了底，說把一套玉女功法傳給了妳，哈哈哈。玉女功，專治男性不舉，哈哈哈。

圓善師姑又羞又惱，一時無地自容。老不正經的，聲音那樣大，作報告似的。難怪四任夫人，都是自己的保健護士出身。中央大頭頭，生活小節少顧忌，想說啥就說啥。便是蕭白石站在一旁聽著，也有些不堪。

接下來是老將軍夫人蘇靜的聲音：圓善師姑，一年不見了，妳和妙音師傅都好吧？我為啥不回北京家裡來看看？都問這個話啦。在舊金山那邊住慣了，夏天不熱，冬天不冷，女兒女婿外孫女都離不開我這個姥姥呀。這不，海南三亞冬天的氣溫，比舊金山還暖和些，他們都陪我過來了，主要是陪他們老爸過大年，老少爺們天天下海游水，玩的可開心啦。我問過老楚，為啥不叫白石和小師姑一起到三亞來避避寒，聚一聚？怕什麼怕？你們出家人不是常說凡聖不二，僧俗一體，僧就是俗，俗就是僧嗎？一起來度個假，那有啥呀。好啦好啦，你們的緣分，你們自個兒去修吧。叫白石來，我有話和他說。

圓善又陰下臉子，讓至一旁。罪過，罪過，罪過。她很膩味楚將軍的這第四任夫人蘇靜，總是居高臨下，亂點鴦鴛譜，好像她認識的男男女女，都可以由她來指配似的。太自以為是了，養尊處優，養到大洋彼岸去了。表面上客客氣氣，骨子裡缺乏對別人的尊重，對出家人尤其不尊重。

蕭白石對著電話機有些肉麻地說：蘇阿姨，我也是呀，真的想呀，哪能不想您呢？到了三亞，也不回北京家裡來看看？不冷不冷，室外零下十幾度，室內可是零上二十三、四度，暖和得很。對對對，孫子孫女在那邊上的上小學，上的上幼稚園，離不得您這當姥姥的……知道知道。

蘇靜在電話那頭說：白石呀，紐約有人問候你啦，不是別人，就是你前妻京花呀。她這次沒有跟著老大一家回來，留在紐約長島看家。我和她也是一年見一兩次面，平時通通電話。從舊金山到紐約要坐五個多小時飛機，加上候機和兩頭來回機場路上的時間，就要花十一、二個小時。人家讓我給你說個事兒，她想自己開個街角小店，英文叫科拿斯朵，需要一筆資金。說你不是替她畫過一幅油畫，人體寫生嗎，我怎麼不知道這個事呀？她說最近她找唐人街的律師鑑定過，那老外說：是幅絕世美人圖，沒想到中國的油畫家也有這麼高超的技巧，拍賣行大概可以標價十萬美元，成交價十幾二十萬不定……如果真要賣這幅畫，拍賣行說得有畫家本人的委託書。

蕭白石登時透心涼了。前妻俞京花的那幅人體寫真油畫，確是他嘔心瀝血之作，斷斷續續用去了大半年時間。臥室當做畫室，俞京花一絲不掛，裸露出迷人的胴體，一次次奪下他手裡的畫筆和油彩盤，又抓又撓，又哭又鬧，恨他不能勃起，不能勃起……鬧騰了多少回，雙方才平靜下來。蕭白石把對妻子的歉疚感、負債感，全都融進筆觸色塊裡去。

蘇靜阿姨在那頭問：白石呀，怎麼不出聲了？是不是不捨得呀？

蕭白石聲音冷漠下來：中華人民共和國僑民俞京花小姐，要把自己標價出售，價錢不低啊。十萬美金起價，或許可以熱賣到二十萬、三十萬。她值這麼多嗎？我倒有個建議，或者說替她出個主意，也甭賣我的那幅人體寫真了，乾脆，她把自己的裸體真身，活生生的東方美人身子，擺到拍賣場上去，不定被哪位億萬富翁相中，可以賣到更高的價錢？那就連街角小店科拿斯朵都不用開啦。

蘇靜說：白石呀，不是阿姨批評你，你又尖酸刻薄了不是？你也不要把人家俞京花想得太壞啦。她這兩三年除了在我們老大家做保母，還堅持上夜校，英文進步很快，都考過中級班啦。以她的年齡模樣兒，聰明靈泛，願意找個闊老還不容易？可她想自立，連我們楚家都不想依靠！這就值得我們尊重啦。小俞賣畫這事，我也和老楚說過了。老楚說你是個通情達理的人，在北京給弄個中、英文法律文書，應當不是什麼難事。

蕭白石卻不肯下臺階，固執己見：阿姨，不是我不遵照首長和您的意思去辦這事，而是俞京花同志有些過分，她要把她自己和我綁在一起去賣。

蘇靜在電話那頭一定把夫人的臉子拉了下來：聽聽你這孩子怎樣說話？你進楚家這麼些年了，總是首長首長、阿姨阿姨的叫喚，老楚和我什麼時候計較過？直到我們把乾女兒小俞嫁給你，你也沒有叫過一聲爸、媽，我們計較過嗎？算了算了，今天不說這個事了。明天讓老楚和你說吧。阿姨我只想提醒你一句，千萬不能惹老頭子生氣啊！他快八十了，身體已大不如前了，還在協助小平、紫陽同志，為黨和國家操勞，你們年輕一輩也要體諒老一輩革命家才是。

蕭白石聽這一說，語氣也軟了下來：謝謝阿姨，這事，您不要去驚動老首長，容我想想，想想，好麼？

講完電話，蕭白石長嘆一聲，兩手一攤，又雙手捏拳捶捶腦門兩旁太陽穴，對坐在沙發上讀著一卷經文的圓善師姑說：妳都聽到了吧？我真恨透了自己！教了十幾年書，賣了十幾年畫，還弄不來自己的一套單元房，而要寄人籬下。

圓善師姑眼睛仍盯著經文，只悶聲說了一句：紅塵紛擾，諸孽纏身，與我何涉？

蕭白石說：好！我姓蕭的就跳出苦海，隨師姑遁入空門，剃度了去。

圓善仍沒抬頭：請自重。佛國淨土，梵唄空山，豈容俗物。阿彌陀佛。

3

前院值班室通知蕭白石去取信件及鑰匙。鑰匙是老首長專門從海南島三亞掛回電話讓給的，一片開啟後院北便門，一片開啟老首長的大電視房。老將軍到了三亞天涯海角避寒，仍事無巨細，關懷備至，不然他蕭白石和圓善師姑就真像被關在金絲籠子裡，想去大院外面透透氣，散散步，都得經過前院，被幾雙、十幾雙眼睛掃描了。至於首長那電視房，蕭白石和圓善師姑並不陌生，簡直有一間小會議室那麼大，日產投影式，六十英寸，名副其實的小電影院了。甭說北京一般市民家裡了，就是其他的中央高幹家裡也少有這種家庭影廳設施。老首長是讓他倆在裡面看大年三十晚上的中央電視臺春節文藝聯歡節目哩。節目長達五個半小時，已成為國人一年一度的「除夕大餐」，精神年夜飯。

一堆信件、雜誌裡，蕭白石只對演出公司朋友送的兩張首都體育館搖滾樂演出入場券有興趣；對一封「反右鬥爭三十二周年學術研討會通知」則很有些感嘆。已經連續三年收到這個「會議通知」了，從「三十周年」，到「三十一周年」，今年是三十二周年了。發起人為幾位一九五七年的著名右派分子：人民日報高級記者劉賓雁，老戲劇家吳祖光，老文學家蕭乾，老書畫家黃苗子，老教授許良英，名詩人邵燕祥，名小說家白樺等。一九八七年沒能開成「三十周年研討會」，是因為那年一月分黨中央總書記胡耀邦被迫下臺，罪名是縱容、支持黨內外的資產階級自由化活動；一九八八年沒能開成「三十一周年研討會」，卻是因為某些現今身居高位的右派老前輩如全國人大副委員長、哲學家周谷城，全國政協副主席、物理學家錢偉長，經濟學家費孝通等人接獲會議通知後，竟先後向黨中央匯報各自的立場，指此類會議糾纏歷史舊帳，不利今天黨和國家安定團結大局……娘的！當上大官，儘管只掛個虛名，屁實權都沒有，就忘了當年趴在地下舔食豬狗不如的日月了。中國的知識分子是很容易被招安的，從來就是皇權的附庸。

今年，一九八九年春天，能不能開成這個「反右鬥爭三十二周年學術研討會」啊？會不會又遇上什麼突如其來的變故、阻力？誰知道！不就是一些一九五七年當過右派的文化科學界名人想總結一下慘痛的歷史，告別過去，展望未來？都要懇請中央宣傳部恩准。不獲恩准，會議就屬非法，公安警察就會破門而入，予以取締，直至帶走幾名「首要分子」。中華人民共和國憲法明明寫有「公民有集會、結社權利」。可新中國成立半個世紀了，中國公民享有過這種權利嗎？執政者慣以鐵血手段取代這紙寫的謊言。總是執政者的利益高於公民權利。娘的時至今日，文化大革命運動已經過去了十三年，改革開放也已經推行了十年，執政黨還是一個德行，一個作派。難道允許開會，就影響了安定團結大局？甚至會動搖誰的領導地位？都是他娘的放屁，放屁。明明是精神萎縮，政治陽痿，缺乏統治信心。折騰了幾十年，雖說依舊外表強悍，其實內裡已很虛弱。連一次民間性質的討論會都害怕，神經過敏。

蕭白石警覺到自己又思想出軌，要踩上政治地雷了，渾身打了個冷顫。愣了愣神，拈起兩張首都體育館的入場券，忽然問坐在沙發角落默誦經文的圓善師姑：喂，後天晚上有搖滾樂演出，我們一起去看，怎樣？

圓善師姑眼皮都沒有動一下，也沒有抬起頭來，但聲音倒像是解凍了的溪水般跳躍：啥搖滾樂？咱國家也有？你能不能先給說說……

蕭白石笑了：搖滾樂啊，我倒是看過一篇相關的介紹文章，知道點皮毛……小師姑想聽聽？咱就來次鸚鵡學舌。它最初起源於美國南方黑人的街頭音樂「勃魯斯」，以強烈的鼓點襯托出樂曲的動感節奏，伴以黑人歌手在臺上又唱又吼，熱歌勁舞，傾訴生活困苦，呼喊社會公義，宣洩憤怒不滿。只要幾個人，一付架子鼓，一把電吉他，一架電子琴，配上大音量的麥克風，由吉他手主唱，其餘樂手兼伴唱，就能使臺下成千上萬的聽眾手舞足蹈，如醉如痴。搖滾樂在五零年代風行美國，白人青年和黑人青年一起狂歡，是對美國傳統音樂以至文化觀念的一次大挑戰，大顛覆。教會牧師，國會議員，上流社會的頭面人物，紛紛出來斥責：這是共產黨拋出的祕密武器，用以破壞美國文化，從內部瓦解美國的思想基礎，是黑色加紅色的瘟疫！許多市鎮的觀念保守的市民們甚至自動地組織起糾察隊，千方百計阻止自己的孩子去觀看搖滾樂隊的露天演出。而那種演出，往往能把數千數萬的白人青年和黑人青年融合在一起……。美國畢竟是個崇尚思想自由、觀念開放的國度，人的思想自由受到至高無上的憲法保護，下至各州州長、上至聯邦總統都無權禁止任何形式的作品出版或演出。教會和國會的保守勢力也阻擋不了搖滾樂的迅速傳播、流行。它熱烈奔放，自由多元，離經叛道，影響了幾代美國人。到了八零年代，美國的社會學家不得不承認，成就今日美國社會種族和諧、經濟繁榮、科學發達、民生富裕的兩大文化因素，一是美國黑人的搖滾樂，一是愛因斯坦的相對論。

圓善聽得入神，仰起臉蛋，眼睛閃閃亮亮：您咋的就知道這些？看過一篇文章就都記得住？

蕭白石有些自得地說：被改造了幾十年，就是沒能改掉本人的記憶才能……我這人從小過目不忘，腦子比較好使。

圓善笑了笑：看把你能的……俺在俺定慧寺，也聽師妹們私下講過，咱北京也有個小青年，音樂能人……一身破衣衫，一副沙喉嗓，一把電吉他，幾十隻大喇叭，迷倒萬千人。但政府不高興，不讓宣傳。

蕭白石摸了摸後腦勺，玩世不恭地說下去：如今社會，上頭和下頭，擰著來呢。老百姓高興的事，黨和政府就不高興；黨和政府高興的事，老百姓肯定不高興。妳沒聽說嗎？上頭批誰，誰就得民心；上頭捧誰，誰就發臭……那個青年人叫崔健，咱新中國搖滾第一人，短短幾年，紅遍大江南北。人說他曾經火爆鄭州，風靡西安，大鬧武漢，燃燒南京，勁掃成都！把好些位老延安出身的革命音樂家氣病，甚至要求公安部門出面禁止他的演出。聽說我們的中宣部和文化部也有大官發話，指搖滾樂是西方資產階級、特別是美國大資產階級用以破壞我們的傳統文化，瓦解我們社會主義社會精神基礎的！但沒敢下令抓人，因為趙紫陽總書記說了，搖滾樂，不就是年輕人喜歡麼，用得著那麼害怕？是好是壞，觀察一個時期下結論不遲。

圓善嘻地一聲笑起來：有意思，同樣一個搖滾樂，過去美國有人說它是共產黨的祕密武器，用來瓦解美國社會的思想基礎；今天咱們國家又有人說，它是美國大資產階級用來瓦解我們的傳統文化和社會基礎！都誰是誰、哪對哪呀？蕭老師，你是看過那崔健的演出了？

蕭白石見幾天來一直神情冷漠的小師姑變了個人似的，鮮活可愛了起來：就是囉，不同社會制度、不同種族文化的國家，保守頑固勢力的思維邏輯卻是相通的……我還沒有看過崔健的演出，但我會哼幾句他的歌，有首〈不是我不明白〉，歌詞是這樣的：

過去的所作所為我分不清好壞，
過去的光陰流逝我記不清年代，
我曾經認為簡單的事情現在全不明白！
我忽然感到眼前的世界並非我所在。

噢～噢～
不是我不明白，這世界變化快！

圓善點點頭：阿彌陀佛。是和那些臺上臺下唱了幾十年這也好、那也好、就是好的讚歌不一樣呢。

蕭白石腿一拍：好！這兩張入場券，正是後天晚上看崔健在首都體育館的專場演出的，師姑，妳同意一起去看了？

圓善問：你的腰，能行？

蕭白石一時又有些忘形：謝師姑妙手回春。妳坐我自行車後座上，帶妳沒問題。

圓善臉蛋紅了，又埋下眼皮去，白嫩的雙手放在雙膝上：那哪行？要去，也是各騎各的車。

一九八九年時候，中國還是個自行車的王國，北京還是座自行車的首都。西郊動物園左鄰的首都體育館，一萬名觀眾就有一萬輛自行車，要在環繞四周的人行道上一圈一圈地依序存放。人說這情景若被美帝蘇修的間諜衛星從太空拍攝下來，還以為是座被一圈圈鐵索捆綁住的軍事怪物哩。橙黃色的街燈下，寒風颼颼，颳起一陣陣土塵。蕭白石和圓善凍手凍腳各推一車隨著人流依序存車時，發現存車費又漲了，每車一毛。蕭白石向收費的老大爺交上兩毛錢時，隨口問了句：漲錢哪？上個月還是每車五分。老大爺渾身穿戴得像個棉花包，拉下大口罩，噴出一股白煙：兄弟喂，這年月電費、煤費、車費、自來水費啥不漲？人說就是鄧小平同志的個頭不見長！排隊交費的人都笑了起來，七嘴八舌呼應：鄧大人都八十大幾了，還能長個兒？你以為真有特異功能哩！娘的物價改革，改革，就一個漲字了得！你沒聽胡同裡的順口溜咋唱的？毛主席整死了大批清官，鄧主席領導著大批貪官，趙總書記只好唱唱〈河殤〉……京城裡老百姓就這麼貧，不然怎麼叫京油子？嘴皮上耍耍小自由，窮吆喝，公安、國安也沒轍，不能見人就逮吧。

圓善師姑今晚特意戴了頂絨線帽，穿了件鴨絨服，一為禦寒，二為掩飾自己的比丘尼身分。不然一名年輕俏麗的小師姑陪著一位中年漢子出現在看臺上，不定引來多少怪異的目光。人們就像塞滿河道的鴨群似地驗票入場。他們在南看臺上找著了自己的座號。位置甚佳，離場地中央不遠，算貴賓席了吧。要是換了別的大歌大頌的文藝演出，這裡坐的就該是黨政高官了吧。幸而高官們不屑於賞臉搖滾樂演出。娘的，哪天中國成了搖滾樂的天下，高官們就永遠不坐貴賓席，那才叫形勢大好啦。整個體育館內萬頭攢動，人們的相互問候、交談嗡嗡嚶嚶，湧動出一波波嘈雜聲浪。圓善很少經見這種盛大場面，演出還沒開始，她已有些驚訝，激動。蕭白石也在她耳邊告誡：可要有點思想準備，等會場燈暗下，演出開始，這館內四牆上的上百支高音、低音喇叭會一齊轟響，震耳欲聾……這白石也是，靠這麼近，嘴巴對著人家的耳朵說話，聲音還那樣大。還好，他的嘴巴沒有異味，倒有些甜暖味兒，興許嚼了口香糖。看看都想到哪兒去了？沒的害臊。圓善眼睛盯住了下面的場地中央，搭著個幾十米見方的演出平臺，上面已分立著鼓手、小號手，吉他手，琴師、打擊樂師，都在輕輕調試著各自的傢伙。

不一會，場燈漸次暗下，整個體育館裡嘈雜聲浪停息。但見一束圓鏡般的追光罩在演出平臺上，樂手各就各位。忽又有另一支追光打在一位肩挎吉他、手持麥克風、衣著鬆鬆垮垮的年輕小伙子身上。蕭白石又在圓善的耳邊說：看！崔健，那就是崔健，咱中國的搖滾第一人……嘴唇都要觸到人家的耳垂了，壞不壞呀？圓善出於禮貌，倒也沒有閃開，只聽到四周的人都在喊著崔健，崔健，崔健，崔健。

崔健以右臂一圈一圈地向四面看臺上的觀眾掄著，左手上的麥克風則貼在嘴邊，問候大家夥：朋友們晚上好！謝謝你們來觀看我的演出！全場觀眾雷鳴般回應：崔健好！哥們晚上好！哥們晚上好！崔健再又高聲問上一句：大家準備好了嗎？全場觀眾又雷鳴般回應：哥們準備好啦——！

聽著這山呼海嘯般的應答聲，圓善受到從未有過的強烈感染。蕭白石則身子彷彿隨著聲浪起伏。但見崔健朝幾位鼓樂手一揮臂，登時鼓點狂驟，小號淒厲，繁弦湍急，樂曲如同閃電般爆炸開來！真正的聲樂大爆炸，簡直要把體育館的頂棚都掀開。雖說蕭白石提醒過，圓善還是被這鋪天蓋地的聲浪震得身子都跳了兩跳似的，一把抓住了蕭白石的手臂，免得東倒西晃。其實根本聽不清崔健在臺子上又蹦又跳、嘶聲竭力地吼唱些什麼。只見天幕上打出的曲名叫〈假行僧〉，以及一行一行的唱詞：

我要從南走到北，
我還要從白走到黑！
我要人們都看到我，
但不知道我是誰！

要愛上我你就別怕後悔，
總有一天我要遠走高飛！
我不想留在一個地方，
也不願有人跟隨！
噢～噢～
我不想留在一個地方，
也不願有人跟隨……

聽著這震破耳膜的樂曲，看著這一行行幻燈歌詞，圓善渾身燥熱，緊張得氣都出不均勻。她脫掉鴨絨服，緊抱在胸前，彷彿在抱住自己的魂魄，不然就會被轟轟隆隆的巨浪轟跑，甚至吞噬掉。身旁的蕭白石卻比她更加投入，早就跟著哼唱，搖頭晃腦。全場萬名觀眾都在跟著嚷嚷，搖頭晃腦：我要從南走到北，我還要從白走到黑，我要人們都看到我，但不知道我是誰……

此時的整座體育館，一圈一圈的座椅乘載著一圈一圈的音樂信眾，狀似巨大的漩渦氣流旋向場地中央，形成風暴眼。這個風暴眼就是崔健。原來崔健的搖滾樂演出竟有這麼大的誘惑力及凝聚力，彷彿進到這場子，投入這氛圍，人就掙脫了一切世俗的羈絆，變得單純、率性，熱力奔放，豪情激盪，想喊就喊，想唱就唱。

當崔健甩掉外套，呈現出一身破衣爛衫，小痞子似地唱起他的那首名聞遐邇的〈一無所有〉時，樂曲的巨大聲浪更是震得人們魂魄出竅。蕭白石和圓善都感到自己腳下的地板在發跳。四周的人都坐不住了，全場的觀眾都坐不住了，全都站了起來，跟著吼，跟著唱。人人都有一種發自內心的怨憤、反叛，哪怕這怨憤、反叛只是在這觀看演出的場館。人，多麼渴望心靈的自主和精神的自由，哪怕這自主、自由只是在觀看演出的場館。實際上，演出已變成崔健引領著全場觀眾大合唱：

我曾經問個不休，
你何時跟我走？
可你卻總是笑我：
一無所有！
我要給你我的追求，
還有我的自由。
可你卻總是笑我：

一無所有！
噢噢噢，你何時跟我走？
可你總是笑我：
一無所有！

許多人跟著吼著唱著，就哭泣開來，有的甚至毫無顧忌地嚎啕大哭，長歌當哭。無人去勸止，去慰藉，只管各唱各的，各哭各的。還有的人邊叫喊邊跺腳。人們被壓抑得太久了，苦悶徬徨得太久了，失望悲苦得太久了，終於找到可以盡情宣洩、盡情傾訴的場所和方式了。這種場所，這種方式，誰也不認識誰，誰也顧不上誰，誰也管不著誰。就是黨委書記來了，公安國安來了，也壓制不住這群體的憤懣……一無所有！一無所有！崔健這哥們唱得太對了，太真了。革命幾十年，鬥爭幾十年，咱得到了什麼？咱擁有了什麼？除了幾句喊得震天價響的標語口號，思想主義，政治說教，就剩下個窮字！要錢沒錢，要房沒房，要車沒車，要暖氣沒暖氣……社會主義、共產主義鬧騰了四十年，咱仍是無產階級。一無所有，一貧如洗，多少人家唯有的家財就是一輛自行車。還騙咱說，騎自行車風吹日曬雨淋好啊，遇上沙塵暴也沒啥啊，你不看看西方國家，還有小日本，人手一輛小汽車，天天路上塞車，那速度比咱踩自行車甚至靠兩條腿趕路也快不到哪兒去啊。

腳下這地在走，

身邊那水在流，
可你卻總是笑我，
一無所有！
為何你總笑個沒夠？
為何我總要追求？
難道在你面前我永遠
是一無所有？
……

蕭白石滿眼淚光，緊捏住圓善的小手，忘情地唱著，吼著。圓善閉上眼睛，仍止不住淚水往外湧。她已忘了自己是個出家人，忘了四大皆空，忘了僧尼的戒律，抽泣著不能自已。她心裡湧動著的盡是酸楚、悽惶、苦痛……她想到青陵老家鐵家莊的父親和四個娶不起媳婦的兄弟，那個窮那個可憐啊，都沒法和人開口，甚至都沒法子叫城裡人相信……全家五口人，五條光棍漢，擠住在一棟石板蓋頂、石塊砌牆的老屋裡，吃的仍是地爪葉摻和玉米麵的菜團子，穿的是裡外開花的破棉襖，扣子已經掉光，用草繩做腰帶捆在身上禦寒。還有雞呀豬呀狗呀和人共住一屋，光屋裡那氣味就令外面進去的人受不住……就是圓善自己，幸運地有個吃住不愁的尼庵定慧寺落腳，安生，但除開幾件換洗衣物、幾卷經書，也就一貧如洗，一無所有了。每月還得出來行醫，得幾元布施，做賊似的瞅回老家去幫補老爸和四個兄弟……嗚嗚嗚，現在俺總算明白過來了，崔健的這首〈一無所有〉，為啥能打動這麼多人，引來萬眾和鳴。

蕭白石唱著唱著，不忘碰碰圓善的肩頭，讓她往西邊看臺的最高處看，那裡有一小隊人拉出一溜耀眼的白底黑字橫幅：崔健有種！北大同學支持你！再看東邊看臺的最高處也有人拉出橫幅：清華崔健搖滾後援會！

全場觀眾都看到了這兩幅橫幅標語，人們都鼓起掌來，邊鼓掌邊繼續晃動著身子吼唱。於是在樂曲雄渾強勁的鼓點節奏中，加入了掌聲節拍。全場觀眾晃動身子形成一排排、一圈圈、一層層的江河湖海般的動感波濤，整座體育館成為一個巨大的、經久不散的漣漪湖泊。蕭白石和圓善也跟著拍掌，跟著晃動身子，跟著哼唱：

告訴你我等了很久，
告訴你我最後的要求，
我要抓起你的雙手，
你這就跟我走！
這時你的手在顫抖，
這時你的淚在流，
莫非你是正在告訴我，
你愛我一無所有？
噢，你這就跟我走，

噢，你這就跟我走。

……天幕上打出本次演出的最後一個曲目〈一塊紅布〉時，場燈全部熄滅，登時所有觀眾陷落黑暗寂靜之中，只剩下場地中央平臺上一個螢火蟲般的亮點。那亮點在漸次放大。震耳的樂曲再次搖滾轟鳴開來。但見一束從天而降似的追光中，崔健那小子臉上蒙著塊紅布，懷裡抱著電吉他，向四面觀眾各鞠一躬之後，扯開他沙啞的喉嗓唱起：

那天是你用一塊紅布，
蒙住我雙眼也蒙住了天，
你問我看見了什麼，
我說我看見了幸福！
這個感覺真讓我舒服，
它讓我忘掉我沒地兒住。
你問我還要去何方？
我說要上你的路……

歌曲滲透出深邃的意蘊，亦是某種象徵，一方巨無霸磁鐵似地把全場觀眾吸附住。崔健是在挑戰不可一世、固若金湯的銅牆鐵壁？還是當了二十世紀八十年代末葉的唐吉訶德，單槍匹馬迎戰高聳入雲的古老風車？看崔健，懷抱的電吉他就像一挺重機槍，在噴掃著音符的子彈；他身後的樂隊則像高炮陣地，呼嘯出滿場的火光氣浪。

忽地，觀眾席上有人摁亮了手裡的打火機，閃跳出一星微弱的火苗。接著便有人相繼效法，咔嚓咔嚓響聲不斷，閃跳出成百上千的小火苗。新中國是個煙民大國，北京是座煙民之都，成年人幾乎人人身上備有打火機，此時刻竟都派上意想不到的用場了，星星點點的火苗，這兒那兒，一排排，一層層，一片片，滿天星斗似地閃爍在東西南北四面八方的看臺上。

樂手們吹奏打擊得更來勁兒，崔健吼唱得更來勁兒了。他利用樂曲過門的間隙，透過麥克風向全場發出呼喚：哥們，姐們！一起唱！一起唱！

看不見你也看不見路，
我的手也被你攥住！
你問我在想什麼，
我說我要你做主！
我感覺你不是鐵，
卻像鐵一樣強和烈，
我感覺你身上有血，
因為你的手是熱呼呼……

這時，雖有火苗萬點，但整座萬人體育館仍是朦朧昏暗。只見東、西、南、北四面看臺的頂層，又一次出現追光，各亮出一幅大標語，東面的標語是：崔健，我愛你！西面的標語是：中國搖滾，中國需要搖滾！北面的標語是：北京搖滾，北京最需要搖滾！南面的標語是什麼，蕭白石和圓善看不見。整個場館像在翻江倒海。人們的腦子裡也都在翻江倒海。

從古至今，特別是一九二一年有了中國共產黨，一九四九年有了新中國，紅色就成為革命的象徵，進步的象徵，勝利的象徵，真理的象徵。從斧頭鐮刀黨旗，到八一軍旗，到五星紅旗，到紅太陽、紅寶書、紅領巾、紅衛兵、紅喜報、紅獎狀、紅證書，到紅色接班人……紅色至高無上，神聖不可侵犯。可中國搖滾第一人崔健卻冒犯了，豈只是冒犯，簡直是褻瀆和挑釁：用一塊象徵性的紅布蒙住眼睛，滿場子蹦蹦跳跳，嘶聲竭力狂喊狂唱，領著全場的哥們姐們無所畏懼地狂喊狂唱：

我感覺這不是荒野，
卻看不見這地已經乾裂，
我感覺我要喝點水，
可你的嘴將我的嘴堵住。
我不能走也不能哭，
因為我身體已經乾枯。
我要永遠這樣陪伴著你，
因為我最知道你的痛苦……

4

看過崔健的搖滾樂演出回來，圓善師姑覺得自己身上有什麼東西潰散了，又有另外的東西被激活了，渾身上下輕鬆活泛了許多，腳下都帶點兒彈性。她也不像先前那樣時時處處防範著蕭白石了。那天晚上首都體育館散場時，在人潮洶湧的出口過道上，蕭白石還伸出長胳膊摟住她的腰，使勁貼著，雖然穿著厚厚的鴨絨服，還是感覺到了彼此身子的熱烈。她沒有推脫、閃避，甚至不由地將身子依傍過去，接受這男子漢的呵護。阿彌陀佛，都怪那場地人擠著人，人疊著人麼！她臉熱心跳，身上生出種久違了的焦渴。出到體育館外的人行道上，人流開始鬆散，他們才分開，到存車處找到自行車，一前一後的各自騎車回來。那路上，她竟有些兒後悔，要是兩人只騎一輛車來，自己坐在他後架上，雙手肯定敢摟在他的熊腰上，前胸也敢貼在他寬厚的肩背上。不定還敢嘴唇朝他後頸窩哈氣，撓他癢癢……她敢，那晚上她任什麼都敢。都怪崔健那小子的搖滾歌曲，把一股滾燙燙的生命激流，灌注進了她身子，相信也是灌注進了每位觀眾的身子。阿彌陀佛。

回到楚將軍府後園偏院住處，圓善師姑才冷靜下來。看得出來，蕭白石也冷靜下來，言談舉止，回復到原先的中規中矩稍帶玩世不恭。彷彿啥事都不曾發生過。這男人真會裝蒜，一副正人君子模樣。帶她去看一場演出，害她整晚失眠。就寢之前她洗了個澡。忘了說了，她住的是原先俞京花的臥室，有單獨的洗漱間，舒適寬敞，不知是否做過蕭、俞二人的新房。進到洗漱間，兩面牆上都是大鏡子，牆有多寬、多高，鏡子就有多寬、多高。過去她從沒有在這樣的鏡牆面前脫過衣衫，渾身上下每根寒毛都照見。她把自己脫得像枚剝了殼的熟雞蛋。她以雙掌捂住眼睛，彷彿不敢正視自己的裸體。長這麼大，在入住這兒之前，她從沒有看清過自己的身子，鬼騙你。上中學、上醫專那些年，人都誇她長得俊。那也是穿了衣衫讓人看的。就是畢業那年開始和鐵信哥談對象，讓鐵信哥抱過，親過，撫愛過，也從未允許他替自已除下內衣……

她不喜歡泡澡，喜歡淋浴。擰開浴缸上方的蓮蓬頭，熱呼呼的雨絲般的水珠水柱沙沙地從頭頂灑下，兩手在胸前背後交替搓著揉著，嘴裡輕輕哼著曲兒，痛痛快快地洗著。她過去很少像現在這樣單獨享受熱水淋浴。定慧寺倒有間大澡池子，每星期給一次熱水，卻規定比丘尼們須穿長布袍下水，人蹲坐在池子裡，浮著朵朵黑蘑菇似的。各人手伸進濕布袍裡去搓身上的汙濁玩意兒，有的嘴裡還唸誦《金剛咒》。如今她卻在一間有著整面牆鏡的隱祕浴室裡愛怎樣洗就怎樣洗，不覺地就雙手撫在了前胸上，頭都有些兒暈眩。鐵信哥那沒心肝的，開始只是牽牽手，老老實實，後來就越來越不老實，越來越野，痞，每次粗爪子伸進內衣裡去撫著捏著，就讚她的兩乳挺拔，是對好奶子哩。那個壞蛋，好像他還撫過別的女人似的……看看，又想到哪兒去了，看了一場演出，就魂都走失了，忘了自己是個出家人了，敢情要演一回〈秋江〉，扮一回陳妙常了？羞不死你哩，罪過罪過，阿彌陀佛。

從浴室出來，又去看了看房門插沒插上。門外是過道，對面就是蕭白石的大畫室兼臥室。她上了床。席夢思床墊，鴨絨枕頭鴨絨被褥，暖和輕軟，像什麼都沒有蓋似的。也是她過去從沒睡過的高級床，從沒蓋過的高級被。一名中央首長的保健護士，普通女兵，當然後來是首長的乾兒媳，也睡得這樣舒服，這樣高級……還鬧離婚，脫軍裝，去了美國……咋這高級鋪蓋就不帶去美國呢？聽說美國大使館的簽證可難拿啦……迷迷糊糊睡了不多一忽兒，就醒來了。再無睡意。她沒像往常那樣默誦一段經文，幫助入睡。這晚上她心裡說不出的燥，野，浪，犯賤。她又怪這屋裡暖氣供得太足，使人潮熱，燥動。阿彌陀佛。她索性除下內衣，脫乾淨了，一絲不掛，光光溜溜，像一條魚。反正房門已插死，窗口垂著深紅色絨布簾。在香山定慧寺，她和師姐師妹們朝夕誦經，習慣了和衣而睡。青燈古佛，冷雨敲窗，有菩薩保佑、監護，邪靈難以近身。如今換到了楚府後院，獨居一室，暖烘烘，香軟軟，七情六慾一齊甦醒，一齊洶湧。她身子發潮，心裡焦渴。這潮熱焦渴被經文符咒壓抑禁錮了許多年，今夜成為逃出天師寶瓶的小精靈。她輾轉在輕柔溫軟的被褥裡，雙手不由地上下撫慰開去。她手感充實，雙乳飽滿，大小適中，剛夠男人的兩手把握，鐵信那痞子每次都這樣說。她每次都要嬌嗔佯怒，滿臉通紅，但心裡又實在是喜歡鐵信哥邊把玩邊這樣說。她很慶幸並為此驕傲，自己進了寺廟出了家，胸前雙乳非但沒有像其她師姐、師妹那樣扁平，雞胸，依然十足的堅挺，前衝。真要放開來，像俗家女子那樣夏天穿件薄襯衫，冬天穿件緊身毛線衣，身上該鼓突的鼓突，該凹陷的凹陷，肯定是副好身條，門口一站，街上一走，肯定招來許許多多男子女子都羨慕的目光……她兩手順著乳峰、乳溝撫慰下去，肌膚柔嫩細滑。一路滑下，滑過塌陷的肚腹肚臍，滑向腿根，觸到了毛絨絨的濕處，都濕成一片了。她輕輕哼了起來，學醫出身，太清楚身子的敏感部位，教科書上稱為「性敏感區域」。自我撫慰很安全。次數多了，也就無所謂羞赧感，甚至也可以達到虛幻的高潮。性幻想是需有對象的。出家之前是鐵信哥。鐵信哥牛高馬大，虎背熊腰，強健威猛。她總是哥啊哥啊地叫著，當然是咬住枕頭的一角輕輕哼叫，直到突然感到一陣猛烈的衝撞而渾身痙攣，暈厥了過去……

圓善畢竟才二十七歲，正值青春盛期。自慰之後，將鴨絨枕頭死死摟在胸前，暫時緩解了焦渴，但遠不能澆熄慾火。多麼盼望鴨絨枕頭能有些分量，重重地壓在身上，甚至是狠狠的衝擊……罪孽啊，慾火燒身，邪靈附體，她是犯了色魔大戒，會受到下煉獄的懲罰……每到這種不能自制的時刻，就會有墮入無底深淵的黑色恐懼來管束她，也是拯救她，使她從騷燥紛擾中解脫出來，平靜下來。她會鑽出被褥，盤腿打坐，雙手合十，打出金剛合掌印。金剛合掌印又名火院密縫印，是妙音法師傳授：以左掌掩住右掌，背豎二大指，誦真言三遍，右繞身三匝，想金剛牆外火院圍繞，驅除一切魔，不得近身。真言曰：唵阿三莽擬你吽發吒。漢譯：歸命無等火也吽發吒。

佛法咒語金剛印可以替圓善師姑鎮魔驅邪，卻不能阻擋她做夢，做那些羞煞人的夢……她半睡半醒的，分明聽到了嗒嗒、嗒嗒的敲門聲。她不管不顧，赤身下床，跑到門後去傾聽，去應答：蕭老師，是你嗎？啥事兒？門外邊的聲音：小師姑，還沒有睡吧？我可不可以進來說說話，或是請妳過我這邊來坐坐？圓善停了一停，她還真的一次也沒有進過蕭老師那畫室兼臥室呢，聽說夠寬夠大，是拆了一堵牆把兩房併做一房，裡面有好多幅男人、女人的裸體寫生……門外邊蕭白石又出聲了：小師姑，妳怎麼不說話了？圓善只好回答：蕭老師，這晚了，有話天亮再說吧。蕭白石卻不依不饒：不不，我只是想見到妳，也是要謝謝妳，我腰後左右兩邊都熱乎起來了，肚臍以下，丹田，也發熱發脹……圓善說，蕭老師，我聽不懂您這話。蕭白石說，小師姑，妳妙手回春，真的，妙手回春！圓善還是聽不明白：我妙手，回了誰的春呀？蕭白石說：妳妙手，我回春……就是我下面發脹了，近二十年沒有挺起過，現在起來了，妳還不明白？圓善早就滿臉蛋飛紅，渾身焦燥：你都說了些啥呀！不要說了，再說俺就生氣了。蕭白石卻在那邊沒完沒了：小師姑妳生啥氣呀，我都挺起來了，真正的挺立起來了，柱子一樣，旗杆一樣，雄糾糾，氣昂昂，跨過鴨綠江！……圓善雙手捂住了滾燙燙的臉盤：蕭老師，你還瞎說，還瞎說！罪過呢，俺出家人，比丘尼，你卻和俺說這些事兒，阿彌陀佛……圓善哭了起來，她內心的堤防早就崩潰了，感性的激流傾瀉下來，把她整個兒吞噬掉……

第二天，圓善起得很早。眼睛紅紅的，有點兒腫。她為蕭老師煮了牛奶，煎了荷苞蛋。她自己仍然是饅頭白粥鹹菜。蕭白石總是穿得整整齊齊才上早餐桌，驚訝地看著她，差點要說小師姑妳今天好漂亮啊，但忍住了沒有說。看情形，人家蕭老師昨晚上壓根兒就沒有醒來過，那半夜時分羞人答答的隔著房門的對答，全是自己一人在做夢，說夢話。

吃喝完畢，圓善不忙著收拾，只靜靜地坐著，漫不經心似地問：蕭老師，你的腰病，果真見好了？有不有啥感覺？

蕭白石還沒答話，臉先紅了：好多了，妳看到的，騎車去看了演出，來回都沒事，真的很感謝妳。腰部，感覺……感覺還是有的……妳問的是哪方面的感覺？

這個壞鬼！心裡不老實，還裝出忠厚的樣兒……圓善沉下臉子，埋下眼皮，很不高興：俺是問您的病況，有啥感覺就說啥感覺。

蕭白石說：我照實說了，妳不要生氣……自前天起，我這小腹以下，也就是你們中醫說的丹田，開始發熱，發脹，像是恢復了某種功能……正是缺了這功能，俞京花才和我辦了手續，去了美國。

圓善瞄了面前這個大男人一眼，整個人像顆紅茄子似地戳在那裡，一副可憐相。因瞭解而生同情，因同情而生疼痛。她反倒不再踟躕，而平和下來：阿彌陀佛。您岳父大人交下的任務，俺就要完成了。

蕭白石仍脹著臉膛說：謝謝師姑妙手回春……妳妙手，我回春。

這話圓善在夢裡聽到過，現在經蕭老師本人說出口，她不禁一陣心跳，有些兒喘氣不勻，臉蛋也滾燙燙的，跟勻了胭脂似的。

蕭白石又大起膽子盯住她看，差點又要說師姑妳現在好漂亮，鮮亮著呢，不，應該叫妖豔。

圓善忽又沉下臉來，語氣也有些冷硬：不要以為能騎車去看了趟演出，就萬事大吉。若想根除，還得繼續治療。

蕭白石趕忙點頭，嘴上又有點油滑：那是，那是，仙姑下凡，名醫濟世，百年一遇，千載難逢。

圓善說：你貧啊，真是的，咋就攤上你這麼個難伺候的病人……還不躺到那治療檯上去？臉朝下，俯臥。

蕭白石眼睛一亮，答了聲遵命！就起立，涎皮地朝小師姑鞠一躬，之後在那一直墊著棉褥子的紅木長茶几上俯臥下去，並熟練地反過手來，將衣服上捋，蒙住頭。再將褲頭下褪到大腿根。赤身裸背的，反正他也看不到自己是啥熊樣。小師姑倒是看多了，看慣了，就一具需要她推拿治療的男體囉。

圓善雙腿盤地，兩手合十，雙目微閉，默唸一段經文：祖道明宗正，戒定福慧圓，妙性真如海，慈濟廣弘傳。機靈心大悟，義勝理周全。若問玄中旨，長空月皓然。……之後，心定了些，再看那具男體，喘氣均勻多了。不過，她仍盯住那赤身裸背看了幾眼。一個四十大幾的漢子，肩背腰臀竟是這樣的骨格勻稱，肌膚健壯。還說當過二十二年的右派分子，受過大災難，吃過大苦頭，喪失了性功能。她臉蛋又有些兒發燙，心又有些兒發跳。她索性閉上眼睛，才雙手撫了上去。今時雙手的感覺已不同於往時。上去很輕，很柔，不像推拿，而似愛撫。或者說先愛撫，後推拿。不由地要把絲絲柔情，綿綿蜜意，通過指掌傳遞。

蕭白石雖然蒙住了頭部，仍感覺到了，小師姑今天動作這樣輕柔，這樣細膩，讓他受用得緊。或許小師姑換了另一套功法，進入下一個新療程。小師姑的指掌在他肩背腰臀上一遍一遍地撫慰遊走，自上而下，自下而上，從左而右，從右而左，妙法蓮花，或許真的是在他肩背上描畫出一朵出水芙蓉，那菩薩娘娘的蓮座。再過一會兒，蕭白石感覺到，小師姑坐了上去……不不，是坐在他的腿肚上了，以便繼續以纖纖玉指，金絲玉縷，描繪那朵花瓣豐盈肥碩的蓮花啦。不不，小師姑恰似菩薩娘娘，上了蓮座……娘娘的雙手指掌，好溫熱，好柔和，貼到他的後腰兩側，也就是俗稱的腰子上，彷彿在導入陣陣暖流……貼得好緊好緊啊，如同兩帖藥膏，黏住了，藥力也滲進了皮肉、骨血之中，渾身一陣陣酥麻……是菩薩娘娘在蓮座上作法：

普永智廣宏德勝，
淨慧圓明正法興。
性海澄明顯密印，
大乘妙道悟心燈。

佛恩浩滿流芳遠，
祖行超宗繼嗣深。
戒定彌堅通義理，
規成謹守鎮常新。
翼善昌榮因達本，
禎祥隆盛復傳增。
功勛寂照融真際，
寶鏡高懸體用親。
饒益靈文舒景秀，
信持玄記濟時珍。
了然無際空諸幻，
覺樹開敷果自馨。

蕭白石一覺醒來，不知自已睡了多久。仍躺在紅木茶几治療檯上，身子光著，給蓋了鴨絨被褥。渾身酥軟著，兩大腿根酸酸的，融融的，直是舒服。怎麼？黏糊糊的濕了一片？他心跳了，彷彿這才明白發生了什麼事。給治癒了？自已能行了？天哪，天哪！他翻身坐起，舉起雙手揮了幾揮，差點要大喊大叫：小師姑，妳真行！我蕭白石，又是一條漢子！又是一條漢子！

他當然不便喊出來。人的理性總是統領著感性。他得找塊毛巾，但腿間就有塊毛巾。看來人家小師姑早就塞給他了。雖然有些臊臊的，但恢復了男性功能，乃人生大幸，大喜事呀，也就顧不了許多了。現在他終於明白，這一切，都是那個去了海南島三亞避寒的楚振華老將軍的精心安排，周密布局啊。

他起了床，胡亂穿戴了。吹著口哨，心情愉悅地把紅木茶几上的被褥捲了，疊了，收拾乾淨。看了看牆上掛鐘，已是中午一點。見小師姑房門緊閉，又怎麼了？妙手回春的人兒，又和誰滋氣啊？他莞爾一笑，到臥室壁櫃裡找出一套裡外全新的衣物，進洗手間把身子脫得一絲不掛，擰開蓮蓬頭，嘩嘩啦啦好一陣沖啊洗啊，洗的仔細認真，洗去一個舊我，洗出一個新我。洗畢，穿戴整齊，出到門廊上，對著小師姑的房門，以一種自己都有些陌生的響亮嗓門叫道：圓善同志！還高睡哪，咱中午吃素菜餃子，我這就煮去，十分鐘就得。

這是圓善師姑進楚府後院以來，蕭白石做的第一次飯。兩袋凍素餃，總共百十枚，十多分鐘就煮好，裝出熱氣騰騰的兩大盤。他還玩戲法似的做出一盤生拍黃瓜。這個季節少見的海南空運到北京的黃瓜，拌上香油蒜泥，清香撲鼻。

圓善師姑開門出來了，臉蛋兒紅紅的，上身穿一件緊身薄毛衣，雙乳前衝，兩粒乳頭都顯現出來，紅唇皓齒，全無顧忌了似的。蕭白石都看呆了，要不是小師姑頭上少了一頭秀髮，就是個堪稱絕色俏佳人了。倒是圓善大大方方，換了個人似的，說：看什麼看？我都來了十多天了，你還認生？我看你才變了樣兒，吃得下這兩大盤素元寶？

蕭白石不敢油嘴，但掩飾不住內心的欣喜：素元寶，對！咱吃素元寶……不怕師姑笑話，我今天特有胃口，特能吃，好像餓了牢飯……現在開始風捲殘雲。

圓善不再避開目光，看著面前的這個漢子，真是個貪吃的大男孩喲，一口一元寶，轉眼間大半盤素餃不見了，還嘿嘿嘿傻笑：妳還不動手？我可幹掉半壁江山嘍！聽這麼一說，圓善也忽地有了好胃口，跟著吃開來。這生拍黃瓜特別脆嫩爽口。看來畫家還能下廚，懂些烹飪什麼的。

吃過中飯，蕭白石搶著涮鍋洗碟，圓善陪在一邊看他嘩嘩啦啦浪費自來水，忽然問：今天幾號了？

蕭白石掃一眼廚櫃一側的掛曆：喲！今兒個農曆二十三，過小年哩！還有六天，就是大年除夕。

圓善說：差點忘事了。你帶我去一趟郵局好嗎？我不知道你們這一塊的郵局在哪兒，這後院的進出也不方便。

蕭白石幹活手腳俐落，鍋檯碗槽已收拾得乾乾淨淨：好啊。怎麼進出不便？咱有北便門鑰匙啊。妳是寄信，還是寄包裹？

圓善說：俺也不相瞞了……老將軍不是留了封厚厚的信給我嗎？裡面裝了五千塊錢，說是幫補我老家父母兄弟的。說是我為他治了多年的腿關節疼痛，錢是乾淨的。老將軍還不讓告訴你。我心裡也是乾淨的，所以不怕告訴你。

蕭白石見小師姑這麼信任自己，一時很為感動：老人家也對我說過，你鄉下父親兄弟生活困難。我看這樣吧，也不用去郵局了，乾脆到前院值班室要輛車子，送妳回老家一趟得了，不就在青陵嗎？小車當天可以來回。妳不反對的話，我也高興陪同。

圓善眼睛亮了亮，隨即暗了下來：那哪成？這事能去驚動前院？況且俺鐵家莊那土路坑坑凹凹，只走手扶拖拉機，一路黃塵滾滾，不成，不成。

蕭白石決心替親愛的小師姑盡點力：那好！咱倆騎自行車去。頂多三天來回，趕得上看春節聯歡演出。

圓善搖頭：也不成。天寒地凍，來回兩三百里地，又隨時可能遇上大風雪，犯不著冒這個險……再說，我一個出家女尼，帶著個大男人回去，家裡人會怎麼看？莊裡鄉親們會怎麼看？只怕小娃娃都會扔石頭、泥塊！

蕭白石說：好好好，依妳依妳，不去就不去。剩下一個請求，我手頭也有幾千塊錢，賣畫掙得，也是乾淨錢。湊上四千塊，寄回妳老家，幫助妳父兄搞承包什麼的，脫貧。妳不要晃手，聽我說完。算借，成不成？妳父兄賺了發了，歸還本金；若賠掉，算替他們交了致富的學費，還不成？

圓善心裡很有些感動，嘴上卻仍是回絕：蕭老師，您這就越說越離譜了。俺是信任您，才告訴您老將軍幫補俺老家父兄的事。您也要給錢，算哪回事？不要說了，再說俺就真生氣了。

蕭白石說：師姑！我是表達一點心意。妳有大恩於我，使我有重生的感覺，變回了男人。我能不回報一、二？

圓善不由地又雙手合十，唸了聲阿彌陀佛：蕭老師，俺心領了，不行嗎？再說，我聽老將軍說過，您家裡也不寬裕，母親是街道工廠下崗幹部，弟弟、妹妹也是工人，他們的生活，也都要靠您幫補……

蕭白石悵了臉說：不瞞妳師姑，咱家的那本經更難唸囉。自我老爸和我這長子雙雙被劃成右派，發配邊遠農場勞改，他們就都和我劃清界線，死活不聞不問……在那種以階級成分劃定社會政治等級的年代，他們那樣做，我完全可以諒解。但他們卻至今不肯諒解我。自我倒插門進了這楚府大院，他們倒是窮志氣，認我依附權貴，有辱家風！娘的我們蕭家竟然還有家風！自我被平反改正後，可以作畫賣畫了，每年三千、兩千的給了他們，他們連個謝字都沒有。好像我得的都是他娘的不義之財……他們也都知道這兒的電話，更知道我年年冬天犯腰痛，咫尺天涯，他們從來沒有電話裡問一聲……

圓善扯了塊紙巾遞給蕭白石，原來畫家也是個孤獨無依的靈魂。

蕭白石擦了擦淚眼，不好意思地笑笑：對不起，讓妳看到我這麼個大塊頭，掉淚……其實我這人不脆弱，淚腺很深，今天是個例外。

圓善溫存地伸過手去，在畫家的手背上拍了拍：好啦，好啦，您就帶我去郵局吧。遠不遠啊？不遠就騎一輛車過去，你帶我、我帶你都成。放心，我仍穿那晚上看演出的衣服出門。

蕭白石說：我大半輩子順從，忍讓，今天不。四千塊，我出四千塊……妳又和我急不是？告訴妳，我賣畫，發了點小財……還可以告訴妳，我已存下幾十幅作品，會有港商來議價。若出手，就可以到外面弄一套單元樓，兩室一廳，兩室打通，臥室兼畫室……妳想不想看我的畫啊？可以請妳鑒賞。我想妳一定嚇一大跳，本人擅長人體。人體，上蒼的傑作，是這世界上最美的創作……還有，還有，我今天忽然有一肚子的話，想對妳說，真的，想對妳說。

圓善眼睛裡有了愛意，甚至有些兒喜歡聽這個男人耍貧嘴。他有一肚子話來對俺說……這就怪了，咋的俺心裡也有許多許多的話，想對他說哪……自打前天晚上看過崔健的搖滾樂演出回來，彼此心中的一道道門，就一一打開來……阿彌陀佛。

5

一九八九年農曆除夕的中央電視臺春節文藝聯歡晚會，可說是一次難得的最少政治說教、最多民意表達的演出了。有一節目為「全民迪斯科」，伴以節奏強勁、曲調狂野的搖滾樂，京戲鑼鼓。先是「少兒迪斯科」，大群滿身稚氣、花花朵朵的男娃女娃踩著鼓點活蹦亂跳，東奔西突，蹦著躍著就來了一隊隊劈一字，竄鼠步，側身翻，空手翻，滾輪盤……引來全場的笑聲掌聲讚好聲。

蕭白石和圓善在楚府後院首長小影廳的六十英寸大屏幕電視前，都看傻了，坐不住了。先是蕭白石踩著鑼鼓點子，晃著身子活動；跟著是圓善踏著樂曲節拍移動步子。一時間，他們彷彿把一切世俗顧忌都從身上抖落掉，渾身上下都輕鬆，手腳四肢都放開，從未有過的神清氣爽，自在暢快，彷彿回歸到了無憂無慮、無拘無束的自然生命狀態。

大屏幕上，花花朵朵的嬌娃稚女一路翻滾雀躍下去了，鼓點減半，節奏放緩，是「老年迪斯科」上場。但見百十位銀髮族，大爺大媽，舞步悠悠，身姿悠悠，踏著鼓點節拍上來了，舒腿展臂，像集體太極陣，似百人交誼舞，昂首、擺臀、側腰、踢腿、掄手，不緊不慢，那麼自如，那麼從容……和剛才的少兒迪斯科滿場子大鬧天宮式歡蹦亂跳形成強烈對照，一個是朝日初升霞光萬道，一個是餘暉璀璨夕陽無限好。白髮漁樵，慣看春風秋月，江海波濤。

蕭白石右手掌輕輕貼在圓善後腰，左手輕捏圓善的玉指，踏著屏幕上舒緩的老年迪斯科節拍，跳起了交誼舞。他沒想到小師姑身子輕盈，舞步嫻熟。這個現代陳妙常，對他來說還是個謎。他右掌緊了緊，欲讓師姑的身子貼攏來。小師姑笑盈盈的，腰身挺直，不肯就範，一雙俊眼彷彿在說，你個壞蛋，急什麼急呢，你忘了俺是比丘尼……移動著舞步，蕭白石浮想聯翩，莫看師姑平日冷心冷面，孤高傲慢，其實骨子裡是個風流種子，她不定有過多次戀情，知曉風月的。你看她穿一襲薄毛衣，雙峰高挺，兩粒乳頭櫻桃似地鑲在乳峰，不定怎樣的鮮嫩哩。一對活寶物，近在眼前，卻可望不可及……蕭白石忽地一陣頭暈，眼冒金星，身子晃了晃。圓善吃一驚，忙把他給扶住了，立穩了：蕭老師，您怎麼了？沒事吧？

圓善扶著蕭白石，坐回到沙發上。蕭白石渾身無力地靠在圓善身上，頭埋在圓善胸前，臉正好貼在圓善的兩乳間，雖隔著薄毛衣，仍聞得到溫熱的乳香，雙臂緊摟住圓善的後腰，忘情地呢喃：這就很好，不動不動，這就很好……圓善卻渾身打了個激靈，以雙掌推開了蕭白石的腦袋，嚷嚷：快看！快看，青年迪斯科！青年迪斯科！

大屏幕上，伴隨著強烈的打擊樂曲，節奏明快的小號聲，嗩吶聲，百十名青年男女大擺臂，大劈腿，大甩頭，大騰躍，大旋轉，熱歌勁舞，熱力四射，銳不可擋……青年們邊跳邊唱：嗨嗨嗨！跳起來！跳起來！嗨嗨嗨！我們的青春跳起來！我們的生命跳起來！我們的時代跳起來！我們的世界跳起來……粗獷狂野，雄渾彪悍，熱血賁張，彷彿整個劇場都在震動，搖晃。臺下的觀眾也以鼓掌聲、踏腳聲、歡叫聲，投入這場前所未有的狂歡……

蕭白石、圓善坐在沙發裡，一動不動。兩人都感動得淚流滿面。跳起來，跳起來，看樣子這新的一年，整個社會，整個國家，甚至整個世界，都要跳起來了……

子夜十二時的鐘聲一聲一聲地響起。鐘聲過後，就是大年初一早上了。節目一直延續到凌晨一點。電視屏幕上，一時又電光火石，禮花勁射，七彩繽紛，滿天璀璨。聯歡晚會的全體演職人員上場謝幕，臺下觀眾也都起立，臺上臺下齊唱那首著名的終場曲〈難忘今宵〉：難忘今宵，難忘今宵，問一聲祖國，早上好！……

看完節目，關掉電視，蕭白石、圓善仍然精神亢奮，毫無倦意。但也不能乾坐著。此時院牆外，這兒那兒，到處響起炮竹聲，劈哩啪啦，由近及遠，由遠及近匯成喜慶的聲浪，連成一片。百萬人家辭舊歲，古城北京迎新春。蕭白石、圓善可好，一對老大不小的單身男女，竟忘了買封炮仗來放放，趁個熱鬧了。

蕭白石看看圓善，提議說：我下廚，整幾道素菜消夜？

圓善說：你餓了，你去弄。俺從來不吃消夜。

蕭白石說：咱也不餓。對了！咱還有精神糧食呢！來一頓心靈美食，怎樣？

圓善已和中學教員有了親密的接觸，也就喜歡上他的耍貧嘴：你這人，說話跟唱歌似的，啥心靈美食？

蕭白石給小師姑披上羽絨服，離了電視室，出到院子裡，才說：請妳去我畫室裡看一批畫作，算不算心靈美食？

這倒是說中了圓善的意願。蕭白石的畫室兼臥室，她從未進去過，有種神祕感，吸引力。過月洞門，回到偏院，蕭白石領著圓善徑直進到畫室兼臥室，把所有的燈光都開了，果然是個大房間，靠牆根是一圈各式框架畫作，四牆上則掛著或是臨時張貼著的一幅幅大大小小、長長短短的油畫、國畫，有的還是些半成品，有的只有幾道輪廓線條。房間中央擺了張乒乓球桌那麼大的畫案，上面胡亂擺些大號牙膏似的油彩，以及畫筆、調色碟等等。再有就是靠窗一張單人床，衣被凌亂，像狗窩。滿屋子都飄著油彩氣味。

圓善跟著蕭白石把四牆上的畫作看了一遍。油畫、國畫、水彩，人物、風景、花卉，也分不清優劣高下，只感到中學教員是個多面手，名不虛傳。蕭白石解釋說，自己主攻油畫，國畫、水彩只是畫著玩兒，算是消閒。圓善見西牆上有三幅畫作以黑布蒙住，問那是什麼呀？可不可以揭開來，讓看看？

蕭白石朝小師姑眨了眨眼，遲疑一下，答應了：行啊，妳是我的恩人……可我這三幅祕戲圖，還從沒讓人看過。

圓善臉蛋一熱，說：不方便的話，俺就不為難你了。

蕭白石既討好也挑逗地說：在恩姑面前，咱應該無保留、無掩飾，坦承一切，不是？

圓善嬌怒地跺了跺腳：你少貧啊你，阿彌陀佛。

蕭白石說：是！該掌嘴……就說這第一幅。揭開之先，要做點說明。是前年暑假，我領著我們學校高中班美術小組的五個學生去陝北寫生。妳知道，陝北地屬黃土高原，山上無樹，山下無水，那個荒涼，那個乾旱，那個赤貧，真讓人觸目驚心。妳聽過侯德健創作、陳琳演唱的那首〈信天游〉嗎？我抬頭，向青天，搜尋遠去的從前，白雲悠悠盡情地游，什麼都沒有改變……的確，我和我的學生站在光禿禿的黃土高坡上，放眼望去，千里萬里，黃濛濛，灰濛濛，了無生機，一派死寂。這就是孕育了中華民族祖先的生命搖籃？說是在兩、三千年以前的先秦時期，山西、陝西、寧夏這一帶稱為秦晉高原，森林密布，古樹參天，溪流縱橫，水草豐茂，是鳥類獸類的天堂。可是後來諸侯國之間長期混戰，為了不讓敵人以森林作掩護，開始濫伐甚至焚毀林木，以清視野！兩千多年的戰亂，造就了今天的黃土高原。說句犯忌的話，一九三五年十月中央紅軍結束長征抵達陝北，又開始了新一輪的林木大採伐。到一九四零年前後，陝甘寧邊區幾十萬革命隊伍，燒什麼，吃什麼？毛澤東老三篇之一的〈為人民服務〉，表彰的那個戰士張思德，就是為中央領導人冬天取暖而去燒木炭犧牲的。每年為燒木炭要砍伐大量樹木。到了一九五八年大躍進，毛澤東號召土法上馬煉鋼鐵，黃土高原上也是鄉鄉點火，村村冒煙，遍地土高爐，把山溝溝裡最後一點樹木，也砍伐殆盡，終於釀成今天的旱天水如油，雨天泥石流的惡劣環境氣候……妳知道咱北京地區年年鬧沙塵暴，攪得天昏地暗，能見度只有幾米十來米，汽車不能行駛，飛機不能起降，沙塵都從哪兒來？氣象專家說，北京的沙塵暴有兩大沙源，一是張家口外內蒙古的渾善達克沙漠，二是黃土高原西側的烏毛素沙漠……

蕭白石說：對不起，咱又耍貧扯遠了吧？還是回到那次陝北寫生的話題上來。一天，我和我的五個學生在米脂縣的一座農貿市場上畫人物速寫，看到了一幅令我終生難忘的活畫面。那農貿市場有個木材行。就像有肉行、糧行、果蔬行、日雜百貨行等等一樣，有個木材行啊，也是熙熙攘攘，人流湧動。排列兩邊全是賣木頭的漢子。那些漢子都頭戴白羊肚毛巾，都光赤著古銅色的上半身，粗壯的或是枯瘦的胳膊，各抱著一根兩人高的圓木站立著，神情木訥，人和圓木一塊展示，彷彿也可以一塊出售！那圓木的頂端則有墨寫的價錢，十元、二十元不等……看著這一個個赤膊露體的陝北漢子，看著他們抱著的一棵棵去了皮或是未去皮的圓木，我心裡直有一種被針刺刺著的疼痛。其間尤為扎眼的是一個十來歲的小男孩，也學著大人的模樣，頭上包著白羊肚毛巾，也光赤著上半截身子，抱著棵只有碗口粗的圓木，和他的瘦骨嶙峋的爺爺並排而立。這麼個小小年紀，就跟著爺爺賣木頭來了。看來黃土高原上越是缺什麼，人們就越是要賣什麼，越是希罕越金貴。我在男娃面前蹲下來，學著本地人的語氣問：娃兒，你幾歲？咋不去上學呀？那男娃躲著我的目光，把紅黑色小臉蛋貼到木頭的另一邊去，而由他的也抱著棵圓木的爺爺作答：同志，你是外地人吧？你何不問問俺孫兒，咋不提個籃子去討口呀？讀書不是俺山溝溝裡娃子的事。我不知趣，堅持自己的觀點：孩子，過來，和你說，不讀書，會誤了前途，長大了後悔都來不及呀。還是那老爺爺回話：同志，你要行行好，就買了俺孫子的木頭去，是根好椽子！你要是看稀奇，就走開，莫要踩了俺面前的影兒！我只得起立，正要離開，那娃兒卻從圓木背後露出紅黑色臉蛋來：叔叔，買下我的木頭吧！只賣十五塊錢，我娘害病，等著賣了木頭去抓藥呀，去抓藥呀！我聽不下去，掏了兩張工農兵塞在那娃兒手裡，轉身就走，免得當他們的面掉眼淚。我身後那娃兒在叫喊：叔叔，你的木頭！你的木頭！旁邊的人哈哈大笑：你臭小子得了便宜賣乖，快去替你老娘抓藥呀，抓藥救命呀；他娘早就跟著野漢子到廣東賺錢去了，治啥病呀……

說著，蕭白石淚流滿面，也像個孩子似的。

圓善遞過自己的手絹去，勸慰道：鄉下那個窮，正像〈信天游〉裡唱的，什麼都沒有改變……甭說黃土高原了，俺老家青陵離京城才多遠？不到兩百里地，也是鬧到山上不見樹，山下不見水，石頭不下蛋。你從陝北回來，就畫了這一幅？還用黑布蒙著，怕見人呀？

蕭白石覺得小師姑和他的心相通，算個知音了，就嘩地一聲把蒙在畫上的黑布揭了下來：是一幅兩米見方的油畫，名為〈我們的森林〉。畫布上，是老少八條漢子，頭上都扎著白羊肚毛巾，都赤裸著上半身，膚色黧黑，高高矮矮站成一排，一人抱一棵粗細不一的圓木在出售！

圓善揉了揉眼睛，感到畫面很刺目。八條漢子都只在腰間圍了布片勉強遮住私處，再下去又都是些黧黑色的青筋突露的光腿，那一排腳趾更像一把把五指笆似地杵在了泥地上！而站在中間位置的老爺爺和小孫兒，則形同生命的強烈對比：老爺爺紫黑色的臉膛上，爬滿絲瓜筋般的折皺，正是溝壑縱橫，飽含著人世滄桑，歲月苦難。老人兩眼無光，已是半瞎，兩條枯瘦的胳膊如藤蔓死死抱住一棵待售的圓木，彷彿抱住的是他生命的最後一份期盼。站在老人身旁的孫兒，也是抱著一棵小圓木等待買主，滿臉汙濁卻也滿臉稚氣，眼睛又黑又亮，什麼苦難的表情都沒有，彷彿他生下來就理應跟著大人，站到這集市上來出賣一棵家鄉土地上稀缺的木頭！另外那六條漢子則神色木訥、茫然，他們筋骨強健，孔武有力，他們的眼睛隱含著饑渴、憤懣、仇恨、暴戾各種情緒……而他們各人所抱的圓木，則像是他們隨時可能揮舞上陣的武器！

蕭白石見小師姑看得那麼出神，便問：怎樣？嚇沒嚇著妳啊？

圓善眼睛仍盯在畫面上：是有些可怕……它包含的意思費人琢磨。

蕭白石若無其事地又問：那妳都看到些什麼了？解讀、解讀，也是不吝賜教啦。

圓善並不見怪，自言自語地說：破壞招致貧困，貧困加劇破壞，因果報應，惡性循環，代代相傳，這就是我們的森林，我們的黃土高原……是不是這個意思？

蕭白石登時眉開眼笑：知我者，小師姑也！可不是嗎，人類對於自然界的破壞，常常是以革命的名義，打著科學進步的旗號進行的。為了所謂的革命，就進行戰爭，叫做把舊世界打個落花流水。咱們歷史上，哪一次農民起義改朝換代，不是殺人放火，赤地千里？

說著，在小師姑肩上拍了一掌。圓善身子晃了晃，險些跌倒：你個大男人，想一掌把俺給破壞掉？

蕭白石知錯知疼地一把摟住了圓善肩頭：對不起，對不起……妳是我知音，思想上、藝術上的知音啊。

圓善閃開了：不是恭維，你的這幅反動傑作，有不有別的人來看過？

蕭白石說：文化部外事局的一位朋友，知道我畫了〈我們的森林〉，說是中國外國，有普遍的意義，都是破壞導致貧困，貧困加劇破壞，互為因果，愈演愈烈，是世界主題……說是要介紹給聯合國國際開發署駐華總代表孔雷薩博士，再推薦到聯合國總部去展出，不定得個什麼大獎……又怕我們的黨和政府不批准，家醜外揚，甚至指為洩漏國家機密，哈哈哈！

圓善說：那就是另外的事了。你又貧了吧？這牆上還有另外兩幅也蒙著黑布，讓不讓看呀？

蕭白石忽地渾身都有些不自在似地，說：這兩幅，就不看了，會難堪的……

圓善臉一揚，嬌嗔任性地說：俺偏要看！你以為我還是小孩？告訴你蕭老師，任看到什麼，都不難堪，畫就是畫，難道還是活人不成？

蕭白石見她一副不在乎的樣兒，便又問：真的不反悔，不生氣，不抗議？

圓善舉起右掌：來！拍巴掌！

蕭白石只得和小師姑擊掌為憑，才小心地揭了第二張畫上的黑布。原來是一幅長條形炭筆素描，直有真人大小，一個女子的裸體。女子光頭，鵝蛋臉型，高鼻梁，大眼睛，長脖子，長胳膊長腿，好一副修長身條……最引人注目的，是那對大小適中的乳房，白瓷般細膩堅挺，彷彿誘人撫慰……更有扁平的肚腹以下，兩腿交會處，那叢細絨般的陰毛……畫的右下角，寫有四個小字：恩人愛人。

圓善看得臉燙心跳，呼吸短促，只覺得這女子好俊俏好眼熟，又想不起來在哪兒見過。天哪，他畫的誰？誰？難道，難道……圓善不敢相信自己的眼睛了，渾身都燥熱，發潮，頭也有些暈眩……最可恨，這女子也是顆光頭，受了剃度！

蕭白石緊張兮兮陪在一旁，輕輕問道：怎、怎、怎樣？像還是不像？

圓善轉過臉來，眼睛裡似是火光又是淚光：你，畫這麼好，畫的誰？誰？

蕭白石一時心裡發虛，臉色發白，仍鼓起勇氣坦承：我、我深愛著的一位美人……我心裡的愛神……

圓善身子又晃了一下，不待蕭白石出手相扶，自己先站穩了，別過身子，跺腳：你壞，你壞！你欺侮人，欺侮人！

蕭白石慌忙站到圓善對面去，表白說：我是真心的，我發誓！這些日子，我日夜不寧，受煎熬，苦相思……心愛的人近在咫尺，我卻沒有勇氣……只好把一腔愛戀，傾注到這幅畫上……我甚至痴想，這幅畫，就是我的信使，信物……

圓善抹一把淚水，背過身子去，抽噎著：蕭老師，不說了，不說了！我又不是塊木頭……罪孽，罪孽呢……俺是個出家人，比丘尼，阿彌陀佛。

蕭白石再也管束不住自己，從背後把小師姑擁進懷裡，隨即兩手撫上了小師姑的酥胸。

小師姑任他撫了一會兒，不待他的爪子伸進褲腰，忽地掙脫去，滿面通紅地竄到了第三幅也是蒙著黑布的畫下，竟帶點挑逗的口吻說：你個壞鬼，不給看看這幅？俺不依，俺不依！

蕭白石不敢相強，轉而求告：這幅畫的是我自己，樣子不雅，免看了，好嗎？

圓善搖頭：不，俺偏要看。看了，才知道你是啥樣人。

蕭白石也搖頭：妳外表文靜，內裡倔得很。

圓善說：俺俗姓鐵，小名鐵疙瘩。

蕭白石沒奈何，只得一把扯下那塊蒙著第三幅畫的黑布。

圓善一看，倒吸一口冷氣，身子也後退一步：原來也是幅裸體寫生，畫的畫家本人！維妙維肖，纖毫畢現：蹙著眉頭瞪著眼，胸肌發達，四肢強壯，好一條中年漢子，真人似地直要從畫布上走下來！最惹眼的，卻是那下體垂著條蔫茄子似的小小陽物，垂頭喪氣地耷拉著，彷彿從來沒有勃起過……

蕭白石從後面緊緊摟住小師姑。

小師姑這回沒有閃避，只是雙手蒙往自己的眼睛，身子直顫慄：可憐的人，可疼的人……俺已治好你的病，看你，看你急的……

蕭白石身子火燒火燎，發燥發脹，扳過小師姑柔軟的身子，死死的頂住了，頂得小師姑哼叫了起來。索性兩手一抄，把小師姑抄到單人床上，扒拉幾下，把床上亂七八糟的衣物通通扒到地板上去，再粗野地壓了下去。

小師姑雙手抵住他，掙扎著，不肯就範。

蕭白石餓狼似地拚命嘴啃著小師姑的裸胸，邊吼：小親親，小恩人，是妳把我變回了男人！變回了男人……

小師姑掙脫了他的狂吻，別過臉去嚷嚷：你個壞蛋，笨蛋！你先去洗乾淨了，俺怕埋汰……

蕭白石見說，鬆了手，先站起身子，再把小師姑也拉起來，再又兩手一抄就把小師姑抄在懷裡，什麼話都不用說了，朝浴室走去。

6

蕭白石一覺醒來，已是大年初一中午時分。簡單洗漱之後的頭件事，就是掛電話去海南島三亞要塞，向老將軍和老將軍全家拜年，祝福老將軍健康長壽，合家歡樂，吉祥如意。

楚將軍在電話那頭笑哈哈：白石呀，這麼快，也信上觀音菩薩了？小心被圓善點化了去，出家當和尚，哈哈哈……她還沒有起來？睏晏覺啊，山寺日高僧未起……不要緊，他們下海游水去了，就我和警衛員留守。要塞司令員、政委，三亞市黨、政負責人，都來拜過年了，中辦、軍辦也都來過電話拜年，剛清靜下來，咱爺倆正可以聊幾句。那首「山寺日高僧未起」是怎麼唸的？聽圓善唸過，怎麼也記不全了。

蕭白石說：我也不大記得……好像是唐人韋應物的一首絕句……朝臣待漏五更寒，將軍鐵甲夜渡關。山寺日高僧未起，算來名利不如閒。

楚將軍說：是囉是囉，還是你們年輕人記性好。來到海南島，老夫也是無官一身輕。海邊散步，曬太陽，吹海風，聽海浪，不錯麼。可老夫心裡又閒不住……共產黨人，生成的勞碌命，革命事業，奮鬥終生，一息尚存，鞠躬盡瘁。算啦，不說這個啦。老和尚唸經，反正你們年輕輩聽不進……對了，這次趁我外出，院子裡大多數工作人員放假，特意安排小師姑替你治病，照她們出家人的說法，是個緣分囉。我看你和圓善的緣分就不錯。她醫道也不錯，這麼快就治好了你的腰病，聽說你們還一起去看了什麼搖滾樂，替你小子高興啦。

蕭白石心裡一驚，自己和小師姑去看搖滾樂演出的事，怎麼傳到遠在天涯海角的老將軍那兒去了？難道、難道……蕭白石忍不住問：首長，我們去看了一場文藝演出，都有人向您報告了？

老將軍在電話那頭並未計較他的這個態度：你以為首都體育館那麼大的演出，什麼〈一無所有〉啦，〈一塊紅布〉啦，胡吼亂叫的，就成了無政府主義、資產階級自由化的天下？國安、公安的便衣就都睡大覺啦？好啦，大年初一的，不說這個了……你恢復了功能，可得好好謝謝人家小師姑啦。至於怎麼個謝法，你自己看著辦。記住，人家可是受了戒的出家人……可以把我乾女兒叫回來，和你復婚，怎樣？那更是個美人胚子，夠你小子消受，哈哈哈。

老將軍自顧自地在電話裡消遣了一回。蕭白石心裡很不是滋味。他對俞京花已無任何想念，惟有憎惡，絕無復婚的可能……況且如今俞京花貪戀美國生活，正申請綠卡，人家生是中國人，死是美國鬼了。就蕭白石而言，講句難聽的話，慶幸過去和俞京花未曾有過真正意義上的夫妻關係。做了一年名義上的夫妻，每每氣的俞京花哭，咒他是個望門倒，太監，閹雞公，一哭就哭回老頭子房裡去。還生下個娃，硬逼著他當爸爸。做過二十二年右派分子，什麼恥辱沒有遭受過？臉皮早就和紫禁城的紅牆一般厚了。也動過搬出楚府的念頭。不久俞京花出了國，此事就擱下了。老將軍曾指示把小娃娃交給蕭白石撫養。蕭白石卻堅持讓俞京花帶走，並掩起房門告訴俞京花，娃娃不是他的血脈，他不願無功受惠。俞京花也坦言相告：誰叫你沒本事？你四十幾歲性無能！你罵我浪，罵我賤，我就是浪，就是賤！你沒聽說，女人不浪，男人不幹？女人越浪，男人越幹！可惜你個臭男人就是不能舉，不能幹……嗚嗚嗚……蕭白石當時憤恨已極，真想一刀宰了這個既浪又賤的爛貨，出一口惡氣。可他畢竟九死一生畜牲不如的漫長歲月都熬活過來了，早認定好死不如賴活這條生活哲理了。況且自己還是位有藝術追求的畫家，要完成的作品還有很多很多……後來倒是老將軍執意留下娃兒，交給保母撫養去了。蕭白石不認帳，老將軍也不再相強。這次「孫兒」就跟著「爺爺」到海南島三亞要塞，撿貝殼，堆沙人去了。

臨放電話時，蕭白石真想請示「岳丈大人」：要娶就娶圓善師姑，讓她還俗，讓我堂堂正正當一回丈夫。但蕭白石沒敢開這個口。要是讓老頭子知道自己愛上了小師姑，會認為他大逆不道，驚世駭俗。老頭子可以允許你和小師姑偷情，苟合，但不會允許你和小師姑名正言順結婚。一旦小師姑專屬你中學教員一人，今後還怎麼去給老同志們做推拿，治療肩痛背痛腰痛腿痛？老同志們半生戎馬，為黨和人民打天下，誰不落下些大小病痛？黨和國家的寶貴財富啦！小師姑醫道高明，妙手回春，兼之貌若天人，屬公費醫療公有制，明白嗎？

院牆外邊胡同裡劈哩啪啦響了通晚的炮竹聲停息下來了。整個北京城裡響了通晚的炮竹聲停息下來了。偶爾這兒那兒還會有幾聲放冷槍似地炸響。蕭白石掛過電話，已是下午二時。返回臥室，見小師姑仍在甜甜蜜蜜地睡著，臉蛋兒粉紅粉嫩，嘴唇微張，似還在等著他去吸吮……除了少一頭青絲，還真是個絕色人兒。承受了愛的雨露滋潤，越發顯得妖妍了呢。蕭白石忍不住俯下身去吻了吻。小師姑半醒半睡地呢喃：還想要哪？你悠著些兒……剛使得上腰勁兒……不是有許多話、許多事想告訴俺嗎？蕭白石只好答應：小懶貓，睡，多睡會，昨晚上妳真優秀……我累妳也累……

蕭白石回到客廳，喝了杯牛奶，電話鈴聲就一次接一次地響起。都是給老首長拜年的。前院值班室真不像話，電話都轉到後院來，讓他蕭白石代接。規矩都亂了套。老將軍不在家，前院留守值班的祕書、衛士也自由化，大約都出去找戰友、老鄉拜年喝酒去了。蕭白石不得不用個本子，記錄下哪些單位或個人來過電話拜年。這些單位或個人，自然不知道老首長早就出了北京，去了萬里之外的南國海疆了：國防大學黨委給老首長拜年；總政政治學院黨委給老首長拜年；二炮黨委給老首長拜年；駐西山八大處的北京軍區黨委給老首長拜年；北京衛戍區黨委給老首長拜年；武警總部黨委給老首長拜年；國防科工委黨委給老首長拜年；警官大學黨委給老首長拜年……

直到下午四時，電話鈴聲才停息下來。蕭白石忽然想起，應當給住在朝陽區左家莊的母親大人打電話拜年。母親家裡沒有電話。在整個北京市，整個新中國，只有縣團級以上領導幹部家裡才有資格配備私人性質的電話機，家裡是否裝有電話也就成為權力地位的象徵。母親一家和北京的普通居民一樣，靠設在胡同口的小商店櫃檯上的公用電話傳呼，傳呼一次付費五分。而這種小商店往往是有關部門的「聯繫點」，因此誰家有過什麼電話、講了些什麼話都被記錄在案。蕭白石已經好幾年沒有回家陪母親吃團年飯了。母親大人從街道企業紙盒廠下崗了。老太太很知足，也知道他這個長子的好處和難處。長子是遇到貴人，有貴人相助。實際上他全家人都蒙貴人相助。兩個兄弟進了國營企業，一個妹妹也當了醫院助產士，都是虧了蕭白石走了楚將軍的門路。此類事甚至都不用驚動老將軍本人，只求將軍夫人給前院值班室打聲招呼，再由值班室給北京市有關部門掛個電話就成。可他的弟弟妹妹卻不知好歹，得了便宜賣乖，偶爾回家聚聚，竟笑話他這兄長吃軟飯，傍高幹，倒插門，住王府大院！你說氣人不氣人？真想幾個巴掌搧過去，叫幾個油嘴滑舌的傢伙閉嘴……後來他索性家也少回了，少見面少糟心。弟弟、妹妹也算有點兒志氣，有了工作又有了各自的小家庭，也就不來打攪他這個兄長了。說實在的，他十七歲當右派，在外地勞改、流浪十幾二十年，平反改正、參加工作後也沒住在家裡，他對朝陽區左家莊那個家，沒有多少感情可言了。

圓善師姑真能睡，竟睡到天都快落黑了才起來，還伸著懶腰，打著哈欠，一副意猶未足的嬌態。蕭白石下廚煮了兩海碗熱騰騰、香噴噴的素掛麵，蓋碼是榨菜絲、香乾絲、醬筍絲。圓善心裡很有些感觸，大過年的，蕭老師陪著她吃素，看來不是個貪嘴的男人。他們像一對新人似的，並肩而坐，邊吃素麵還不時地你看看我，我看看你，都臉蛋紅紅的，心裡各有一面小鼓在敲呢。

一時，蕭白石又心旌搖蕩，涎著臉說：謝謝妳，妳昨晚上很優秀，真的很優秀。

圓善的臉蛋更勻上一層胭脂，連帶潔白的脖子都脹紅了，佯怒似地瞋了他一眼：還說，還說！你不羞，我還羞哩……把人折騰的，渾身都散了架似地……

蕭白石怕惹她生氣，忙討好地說：好好，咱不說，咱不說就是。這世上的許多事，原只可做，不可說……不然，咱新中國哪來的十多億人口，政府強制推行一對夫妻一胎化，計畫生育是基本國策呢。要說咱這人民政府呀，為人民服務也真是服務到家了，連每家每戶的夫妻房事都管起來了，不給指標，不准懷孕！你要計畫外懷孕，肚裡六、七個月大的胎兒也要抓到醫院裡去拿掉……政府也給年輕夫婦免費派發避孕套。有個笑話，妳想不想聽聽？大年初一的，咱也應該笑上一笑啊。

圓善知道蕭白石是為了掩飾自己的尷尬，又開始耍貧嘴。北京的男人誰個不貧？就讓他貧去吧。圓善只顧吃著素麵，其實早就喜歡聽這男人貧嘴了，裝做懶得理會而已。

蕭白石於是就貧開了：說是昌平縣八達嶺下有座村子，百十戶人家，是個婦女超生、嚴重違犯國家計畫生育政策的地方。縣政府計生辦派幹部蹲點也不管用。那計生辦一位幹部大學剛畢業，馬列主義哲學系高材生，一次次把全村青壯年老公們召集來聽他講哲學：男和女，夫和妻，老公老婆，是一對矛盾的兩個方面。矛盾矛盾，就是說，老公是矛，老婆是盾。打個不太恰切的比方，夫婦性事，就是矛與盾之爭，矛對盾的進攻，矛攻破了盾，性事完成，對立統一。所以夫婦這一對矛盾，是既對立又統一；所以老公是矛盾的主要方面，老婆是矛盾的次要方面。我們抓計畫生育工作，就是要抓矛盾的主要方面，抓你們這些老公同志們！

圓善終歸忍不住笑了：你就貧吧，貧吧！有你這樣談哲學的？馬克思、毛主席還活著的話，會生生給氣死呢。

蕭白石講笑不笑：不是我談哲學，是計生辦的蹲點幹部談哲學，談矛盾的對立和統一。當然，理論還是要聯繫實際。那計生辦幹部怎樣聯繫實際呢？他說，我每次召集你們這些矛盾的主要方面、老公同志們來開會，都免費發給你們套子，而且給你們做了示範，教各位如何使用。現在，我再給你們示範一次。你們每人也各自取出一隻套子，跟著本人一起演示。說著那學哲學出身的計生辦幹部把一隻套子套在自己的右手食指上，高高地豎著，圖騰似地昂然而立：老公同志們懂了嗎？會了嗎？他還真的讓到會的漢子們人人都把套子套在各自的右手食指上，也都高高地舉著！說，從今天晚上起，各位若和自己的女人行房事，就要像現在這樣，戴上安全帽再下井！

圓善臊的不行，笑岔了氣，惱死了這個沒皮沒臉的男人：阿彌陀佛！你還有個完沒個完？

蕭白石仍是講笑不笑：馬上就完了。完了那計生辦幹部問老公同志們還有啥問題沒有？就見一位青年老公同志紅著臉膛問：上級領導，俺次次都是照著你說的這樣先戴帽後下井的，怎麼還是不管用？俺那口子上個月又被鄉幹部捉去衛生院刮了宮……計生辦幹部奇怪了，便問：你、你同志究竟怎樣使用這安全帽的？那青年老公回答：就照你上級演示的這樣，把安全帽戴在右手食指上，也是高高舉著，再上馬、下井的呀！俺那口子還說，不礙事，不礙事，只是少捏了一隻奶子……

圓善氣惱不過，跑到蕭白石身後，一對拳頭擂鼓般擂著臭漢子的肩背：你蔫壞，你蔫壞！俺不依，俺不依……有你這樣糟賤人的？

蕭白石立起身子，推開椅子，把小師姑摟在了懷裡。兩人的身子都發脹了，發潮了。他們相擁著，竟有些急不可待。蕭白石又使出一股蠻力，兩手一抄就把圓善抄離了地，橫抱在懷裡進了臥室。昨天晚上，準確地說是今日凌晨，小師姑已經讓他享受到了男人的自尊、自信、至樂。他二十年來頭回實現了噴發。他快樂到幾乎暈倒，腿間腰間的那個酸軟、那個舒暢就甭提啦。小師姑是他的幸運女神，無論他怎樣感恩感德、三叩九磕，都不過分。

進到小師姑的房間，也就是原先俞京花的席夢思床上。他們都沒用多說話，就除掉了各自的衣物，光赤條條地相擁相親，用句哲學名詞就叫「合二為一」。室內暖氣很足，都不用蓋鴨絨被。小師姑已是嬌喘微微：昨晚上，已替你做完了一套玉女功，你太生猛……你知道嗎？你真生猛，幹的俺渾身都散了架似地……哎呀呀，都說了些啥呀，說了些啥呀……

蕭白石卻不依不饒：難道妳不喜歡咱的生猛？說，喜不喜歡生猛？

圓善雙掌捂住自己火燒火燎的臉蛋：不說，不說，偏不說你個壞蛋。

蕭白石見小師姑扭動著迷人的腰肢和兩條碩長的美腿，忽地意念一轉，來了畫家的職業習慣，他先要飽眼福，盡情欣賞，仔細觀察小師姑淨潔溫潤的美好胴體……於是放開了小師姑，抬起身子，雙膝跪在一旁，雙手撐住床墊俯身向下，兩眼放光，盯住了看。

圓善本來閉上眼睛，等著白石龍威虎猛的。白石卻忽然放開她，俯身一旁，不再有後續動作。

難道中學教員又性無能了……不會的，妙音法師講過，精脈一通百通……或許他昨晚上太貪歡了，一連三次威風鑼鼓，震得地板都發顫似的，也需要些時間來調息。她亮開眼睛，見白石正痴痴地盯住自己上上下下看個沒完，也就不顧羞赧，問：怎麼啦？方才還那樣猴急，像頭雄獅似的……

蕭白石眼裡溢滿了愛意和敬意：我要仔仔細細、認認真真地看看妳……妳的身子太美了，美得一碰就可能碎掉……

圓善身子往上一梭，坐了起來，生氣地說：你神經啊？有這樣看人身子的？把那衣服拿過來，俺穿好了再任你看去。

蕭白石卻一把抓起圓善的貼身衣物，拋到牆角的一張藤圍椅上去：不要不要，妳現在的模樣兒最美好……一旦穿上衣服，就破壞了這美好。

圓善越發有些惱恨了，掙扎著要下床：這叫什麼事呀？把俺當成你那人體模特了？

蕭白石滿臉慈愛、十足溫柔地把她放平了，讓她繼續躺著：善，妳是我的美人兒，美神，我所崇拜的美神……妳或許不知道，畫家和繪畫藝術的終極崇拜對象，就是一個「美」字……其中最美的，又是人體，尤其是女人體。

圓善不氣惱了：真是服了你了。難怪人家說藝術家都是些半瘋不瘋的傢伙……

蕭白石說：我是畫過些裸體模特兒，但從沒見過妳這樣完美無匹的。上次讓妳看的那幅素描只是憑了想像。

圓善都懶得和這個人理論了：你是想把我也當成模特兒，供你寫生了？

蕭白石說：不是的，不是的。照西方人的說法，妳是上帝的傑作。咱們東方人則認妳是神仙品種，九天仙女下凡塵。

圓善說：你啊，就改不了你那畫家的習性？你還給你前妻畫過裸體畫，到紐約拍賣行拍賣。對不起，是聽你電話裡說的。

蕭白石說：不要提那個女人了。那是我的羞辱……替她畫下那幅，是想彌補一下歉疚，缺失。

圓善說：很想聽你講講你和俞京花的事。

蕭白石說：不要哪壺不開提哪壺好不？美在外表，醜在靈魂，她不像妳。

圓善說：我？已被你破了大戒，犯下罪孽，阿彌陀佛。

蕭白石說：這話要看怎麼說。你們的一位佛祖叫維摩詰的，出身名門，妻妾成群，且出入花街柳巷，風月場所，無所不為。他還到過咱中國，留下一葦渡江的傳說。他的《維摩經》，和《金剛經》、《法華經》一樣，同為佛家寶典。

圓善笑了：關於我佛維摩詰，你還知曉些什麼？

蕭白石說：不持戒，不讀經，不禮佛，僧俗不二，人佛一體，凡聖同一，覺在世間。

圓善仍是笑著：一知半解，似是而非。俺一時半刻也沒法和你分辯。倒是給你我「僧俗不二」，找到說詞了。

蕭白石說：恕在下無罪，師姑面前，班門弄斧。

圓善忽然有些俏皮地問：畫家，是不是也想再替俺畫一幅……阿彌陀佛。

蕭白石說：妳信奉《維摩經》，咱就可以完成心願，站姿，坐姿，臥姿，隨妳方便。

圓善又問：就為這，先要把俺看個夠？

蕭白石說：正是正是，少年一段風流事，只許佳人獨自知。

圓善來了興致，說出一首偈語：事事無礙，如意自在。手把豬頭，口誦淨戒。趁出淫房，未還酒債。十字街頭，解開布袋。在慾行禪，風月無礙。也罷，也罷，你就看個夠，看個透罷。

說著，小師姑重又閉上眼睛，佯作睡態。蕭白石痴痴地觀看著，也是品味著：多麼完美的一顆腦袋呀，額頭明淨，鼻梁端直，眉宇開朗，雙頰微紅，嘴唇微張，皓齒微露，下頷微突，雙耳如貝……簡直就是希臘美神維納斯面部的複製品，當然這是東方的維納斯了。她還沒有美目盼兮，巧笑倩兮！不然更是回眸一笑百媚生，一顧傾人城，再顧傾人國了。可惜呀，可惜呀，受了剃度，少了一頭青絲……

情人看情人，眼裡出西施。況且圓善師姑也實打實的是個俊俏人兒。小師姑頸項潔白如玉，比一般女子頸項稍長，耐看。連接雙肩、兩臂的線條流暢，色澤細嫩，是那種古典式削肩。手臂頎長如鮮藕，無骨感。最生動是胸部，頸下平闊柔和，雙峰漸起，豐隆堅挺，大小適中，圓潤飽滿，幾近透明。

蕭白石眼醉心迷，身子發脹，直想伸出爪子去撫慰把玩，又想俯下嘴舌去狠舔狂吸。但他藝術家的精神享用箝制住了生理慾念，而繼續觀賞下去。師姑雙峰突兀，降至平滑低陷的腹部，兩旁胸肋可數。肚臍似又一粒精美寶石。肚臍四周肌膚更顯柔嫩。丹田晶瑩。纖腰線條優雅。至臀部再現豐隆。兩腿骨肉均勻，是那種應該去跳芭蕾的頎長美腿。蕭白石看過多次國內芭蕾舞演出，最不受看的就是女演員的腿了，一條又一條，不是纖瘦如柴棍，就是粗壯如農婦……看看人家師姑這兩條腿吧，真要羞煞、慕煞那些國產芭蕾舞者了。不是蕭白石說瘋話，咱十多億中國人，三十歲以下的中國青春女子，如果舉行一次超級美女美腿比賽，圓善師姑肯定豔冠群芳，穩坐中華第一美女美腿寶座……

藝術家的思緒常常走火入魔。今兒個蕭白石也是走火入魔了。他的目光漸次由師姑玉柱無瑕的兩腿上移，停留在雙腿內側交會處。毛絨絨一片，半掩著女體神奇且神祕的一處入口。蕭白石心裡有些鄙，有些汙濁，想起在勞改農場的性焦渴男性犯人中流傳的一則謎語：雙峰夾小溪，洞裡水滴滴，洞外風光好，岩畔草萋萋，有水不養魚，無林鳥可棲。

蕭白石變得粗野了，鄙俗了。二十二年右派勞改生涯打下的生命烙印，動物本能，重被激活。他紅頭脹腦，莽撞魯蠻，不管不顧，強行進入……門戶有些狹窄，但濕漉漉的滋潤得很，頃刻間就把他裹得緊緊。不一會圓善就浪得風生水起。原來這妮子佯睡，早候著他攻入，並哥啊哥啊聲聲喚著，使他英雄了得。他又痴又狂，彷彿力大無比，精勇無匹。他愈進愈深，抵達一座鮮花盛開、香風撲鼻、仙姑環侍的仙窟宮闕。

兩人你來我往、雲翻霧覆地折騰了近半個時辰。完事之後，蕭白石渾身汗水，忘情地說：妳真是太美好、美妙了，妙到超出我的想像……妳，是個謎一樣的女子。

圓善溫存地用塊小毛巾替他擦著臉上的汗滴：看把你給累的……你更是神奇呢，前些天還是條蔫茄子，如今卻猛虎下山，英勇得很，不也是個謎一樣的男子？

蕭白石又一把摟過了心肝寶貝：咱有一肚子的話，一肚子的事，想告訴妳。

圓善溫軟如綿的身子偎在他懷裡：俺也是，有許多許多的話，許多許多的事，要對你說……

蕭白石累了：好，謎一樣的妳，謎一樣的我，咱們從容解謎吧……

之後，這對僧俗戀人，幾天幾夜，時說時歇，無所顧忌，互傾身世。互傾各自那些傳奇的和不傳奇的紅塵紛擾，曠世孽緣。

7

圓善，妳聽我說。我一九四零年來到這個世界上，大妳二十二歲。咱是亂了輩分不是？妳討厭這樣說？好，咱不說這個。可妳至今不知道我蕭白石是個怎樣的傢伙。是了，一個教書、賣畫賺兩小錢、又偷稅漏稅、依附權貴、寄居在王府大院小偏院裡的傢伙。有時咱自己都不待見自己，要罵句你他娘的是個東西嗎！白來這世上混，狗屁不值。妳說不對？咱這算惡意糟賤自己？咱還能畫山水、人物，畫〈我們的森林〉？甭提娘的那幅〈我們的森林〉了，真要拿到紐約的聯合國總部展出，作為世界各國特別是咱中華人民共和國濫伐森林、破壞生態環境的象徵性作品，對咱這個畫家是禍還是福？會不會把那頂摘了的右派帽子重新給戴上？對了，現在不叫右派分子了，叫資產階級自由化分子，持不同政見分子，反叛分子，圖謀顛覆黨和政府分子……凡是分子就不是好東西！操姥姥的，可又有學毛著積極分子、建設社會主義積極分子哩。

咱又貧嘴了不是？告訴妳吧，咱也算出身書香門第，斯文世家。咱祖上出過翰林，大清道光年間的西苑行走。到咱老爺一輩，敗落了，只配在貝勒府做西席。妳知道嗎？咱老爺做西席的貝勒府在哪兒？就是咱們腳下這楚將軍府！緣分吧？正是應了那句老話，皇上輪流做，明年到我家。有趣吧？西席，妳不懂啥叫西席？現在叫家庭教師。妳不是讀過《紅樓夢》嗎？那個賈雨村，在蘇州林如海府上做西席，學生就是林妹妹。林如海夫婦中年病逝，林妹妹還是由賈雨村陪著，千里迢迢到京城，投靠她姥姥賈母老祖宗的。公子哥兒賈寶玉一見林妹妹，就痴獃了，天上掉下個林妹妹……好，咱不貧賈府裡的那些個陳芝麻爛穀子了，還是貧回咱家自己的事。咱老爸大名蕭世學，受新式教育，燕京大學英語碩士，輔仁大學數學碩士，兩個碩士學位，在當時是很高的學歷了。小時候，我聽老爸說過，蔡元培當過他的校長，胡適當過他的教授，李大釗、魯迅、陳獨秀給他上過大課，華羅庚當過他的講師，梁漱溟為他講過哲學，徐志摩當過他的國文輔導，王光美算得上他的學妹……罷罷罷，咱又貧了不是？

咱老爸是個有學問本事的人，能說英、法、日三種外文。只是舊中國、新中國都於他時運不濟。抗戰之前在中華民國北平軍分會任會計師。日本人進北平他轉做日偽華北政務委員會經濟師，成了敵偽人員，落下歷史汙點；但他只是一名高級財會員。抗戰勝利後，國民黨政府並沒有把他當漢奸看，仍予聘用，幹老本行。一九四九年新中國成立，人民政府也沒有把他當敵偽人員對待，作為經濟專才留用。會計師是當不成了，放到育才學校教數學。妳不知道育才學校是所什麼學校吧？它的前身是延安幹部子弟學校，後搬到華北解放區平山縣，再後遷進北京，實際上就是中南海高幹子弟學校，只是不便叫這個名字罷了。育才學校分小學部和中學部，挑選了一批具大學教師水平的專家來教中學、小學，可見中南海領導人是怎樣重視自己後代的教育培養了。當時專供中央高幹子女入讀的還有景山學校、八一學校、北海中學等，以及北大附中、清華附中、師大附中等等。新中國大官兒多，位高權重，大官們的子女更是成團成夥。

父親在育才學校頗受重用，連續幾年被評為優秀數學教師和先進工作者。毛澤東的女兒、侄子，劉少奇的子女，朱老總的孫子，鄧小平的子女，周總理的侄女，都曾經是他的學生，數學成績都不錯。我的童年是沾了父親的光，擠進育才學校上小學。父親在中學部教代數、幾何，他進教室從不帶教案，只帶三支粉筆。講課頭頭是道，把原本十分枯燥的代數、幾何公式講解得輕鬆有趣，逗出陣陣笑聲。三支粉筆在黑板上寫畫完畢，必定是下課鈴聲響起，簡直比鐘錶還準時。都說咱老爸教數學有絕活，最受學生歡迎。妳知道的，咱們當中、小學生時最恨老師講課拖泥帶水，乾巴乏味，響了下課鈴仍在講臺上喋喋不休。誰不想準時下課到教室外面去蹦幾蹦，叫幾叫，或是去喝口水，撒泡尿啊。

這期間，人大、師大都曾來函商調我老爸去教大學本科生。育才學校不放人。屆屆學生數學成績出色，名聲在外。老爸也願意教中學，活輕，教案都在他腦袋裡，不用備課，條理分明。學生作業隨交隨閱，從不用帶回家批改。就是愛在家裡和同事朋友打牌，輸贏不過三、五塊，鬧著玩兒。我老爸不圖上進，安於現狀。一名從舊社會過來的知識分子，歷史上又黏著些黑鍋灰，他很懂得夾緊尾巴，安分守己。間或也鬧些個笑話。說是老爸和朋友打牌熬夜，第二天一早去上課，眼睛還紅紅的。一進教室，全體起立，學生們齊嚷嚷老師好！他也回一聲同學們好，請坐下。之後指著沒擦乾淨的黑板問：今天輪到誰做莊家呀？把學生當牌友、講堂當牌局了。結果引來哄堂大笑。

我本人呢，可以和妳吹吹牛，自小喜歡在紙上、地上、牆上的胡抹亂畫。那時咱家還住著單門獨戶的四合院。我弄髒了院裡的白粉牆，老爸也從不訓斥，反而誇我有美術天分，還早早的給起了個藝名：蕭白石。就是小白石。景慕大畫家齊白石呢。父望子成龍呢。每到星期天，老爸還帶我逛公園、動物園，領我到郊外寫生，也喜歡和我談天說地。古代現代，中國外國，知識淵博。他彷彿有一肚子學問，在學校不能說，在家裡也不便說，只有到了山野裡才滔滔不絕地向我這個做兒子的傾訴。我媽我弟我妹，都怪老爸偏心眼兒，好像只認我這個長子聰明，長大了有出息。

我老爸不像多數的家長那樣，要求我「學好數理化，走遍天下都不怕」；而是認可我的美術愛好，並寄予厚望。很慈愛、開明不是？我也的確沒負老爸的期望，小學三年級開始露出端倪，畫啥像啥。我幼稚的畫稿連著幾年被選去參加區裡市裡的兒童畫展，並且得獎。獎品通常是一張獎狀、一盒鉛筆、一盒顏料、一塊寫生板什麼的，但那是榮耀啦。每次獲獎，老爸老媽都要帶上咱四兄妹上一次全聚德吃烤鴨，全家樂和。告訴妳吧！我兒童時代的塗鴉獲得的最高獎賞是一九五三年畫了一幅〈鴿子全家福〉，兩隻大鴿子帶了十一隻小鴿子跳芭蕾舞（是我老爸出的高招哩，象徵蘇聯、中國率領其餘的十一個社會主義國家），被送去參加莫斯科社會主義國家青少年藝術節展出，得了銀獎！人家說，如果我只畫一隻大鴿子率領十二隻小鴿子的話，準能得金獎。怪只怪我老爸鬧了點愛國主義和民族主義，兩隻大鴿子畫的一般大，表示中、蘇兩黨兩國平起平坐，所以蘇聯老大哥不太高興，只能給個銀獎了。銀獎也是國際大獎呀，中國青年報、中國少年報、兒童時代等報刊都作了報導，還登了小畫家的照片哩。我成了天才少年不是？育才小學畢業，我考上了中央美院附中。一九五六年十六歲時，再又破格考上了美院西畫系。可以說，我有個金色的童年和少年。這金色的童年和少年是我老爸給予的。少年不識愁滋味，以為老爸的慈愛和智慧，會關愛我一生。

可是一九五七年，對我、對我老爸、對我全家都成了難以逃脫的劫數。那年春天，偉大的毛澤東號召大鳴大放、百花齊放、百家爭鳴，幫助共產黨整風。金口玉牙，信誓旦旦，要求知識分子「知無不言，言無不盡，言者無罪，聞者足戒，有則改之，無則加勉」；並保證對提意見的人實行「三不主義」：「不抓辮子，不戴帽子，不打棒子。」那時，各級黨委負責人奉黨中央毛主席指示，主持鳴放會議，表示要廣開言路，敞開胸懷，虛心接受批評意見。你不發言、不吱聲都不成，都是對毛主席、黨中央的態度問題。中南海眼皮底下的育才學校教師隊伍裡，收編著一批從舊中國過來的知識分子，能對共產黨領導沒有些牴觸，對新中國沒有些訾議？但我老爸知道自己在民國政府和日偽政府做過事，能在共產黨政權下討生活，養活家小，已屬萬幸，哪裡還敢有什麼牢騷怨氣？喊萬歲、萬萬歲都喊不及哩！學校領導大會小會地動員，他都謙卑沉默，沒有吱聲。單是聽同事們在會上說，育才學校肅反運動成績等於零，挖了半天沒有挖出一個反革命；反胡風批鬥了十多位教師員工，沒有一個是胡風分子；農村的糧食統購統銷政策使得黨群關係緊張；民主黨派參政沒有實權，成了政治花瓶……等等，我老爸早是一身一身的出冷汗。共產黨也真是了不得啊，虛懷若谷啊，打了天下坐了江山還恭請知識分子提意見，幫助它整風啊，克服教條主義、官僚主義、宗派主義啊。

我老爸始終不肯在鳴放會上發言，力避禍從口出。後來育才學校的黨支部書記兼校長伍大姐就找我老爸談話，交心，說你蕭老師不便在會上談，那咱個別談談，談完拉倒，還不成？伍大姐是位老延安啊，從延安幹部子弟學校校長到北京育才學校校長，資歷夠老的了，平日又對我老爹的教學業務十分讚賞，時有表揚的……要是連個別交心都不買帳，不響應，那不成了對黨組織不信任，存貳心了？原來啊，這伍校長和我爸還有一段老交情，他們三十年代初是燕京大學的同學呢，兩人都是高材生，三七年抗戰爆發，伍校長曾經拉我爸一起去投奔延安呢！這是我爸後來悄悄告訴我的，但他和伍校長平日都避免提及這層關係……於是我老爸出於至誠，說出了心裡埋藏很深的看法：育才學校只招收中央高幹子女入讀，集中了一批業務很強的教師任教，是否容易滋生新式貴族化傾向，影響孩子們的正常成長？還有景山學校、八一學校，也有類似的問題。娃娃們聚在一起，常常互相攀比，誰的父親是政治局，誰的母親是中央委員等等。等級觀念，植入幼稚的心田。長大以後參加工作，會影響他們和同事平等相處，共事。所以建議學校和學校的上級，能允許我們育才學校也招收一些品學兼優的平民子弟來入讀，讓幹部子女從小就和平民子女打成一片，相互學習，健康成長。而不是從小就把孩子培養成精神貴族，啥都特殊化，啥都高人一等。

老爸後來告訴我，女校長伍大姐當時就表揚了他，稱他的育才學校貴族化的見解，一席肺腑之言，令人警省，一定要反映上去，供上級主管部門慎重考慮。老爸知道，伍校長講的上級主管部門是中南海的中共中央辦公廳。可是沒出半個月，形勢大變，黨中央機關報《人民日報》就連續發表殺氣騰騰的社論：〈事情正在起變化〉，〈這是為什麼？〉原來大鳴大放、百花齊放、百家爭鳴、幫助共產黨整風的號召，竟是偉大的毛澤東玩了一手「陽謀」：欲擒故縱，引蛇出洞！

幾乎是變戲法，鬧著玩兒似地，我老爸就從優秀數學教師變成了育才學校的頭號大右派，批判他的大字報、小字報白花花貼滿了整座校園，連學校圍牆外面都貼滿了，指他瘋狂詆毀育才學校的辦校方針，汙蔑新中國的教育事業，對黨中央領導人及其子女懷有刻骨仇恨，等等。緊接著又挖出他的「歷史問題」來清算：「日偽大漢奸」，「國民黨狗特務」，「埋藏很深的美國中央情報局間諜」……。罪名要多可怕就多可怕，足夠判處三、五次死刑。

我是被美院黨委辦公室通知回育才學校看大字報，接受教育，並爭取和反革命右派父親劃清界線。西畫系黨支部則要求我主動給育才學校黨組織寫材料，或是貼大字報，揭發父親的各種嚴重罪行。我那年才十七歲，剛上美院一年級。我們美院有位老畫家當了右派，他兒子就跳上臺去揭發，還打了他父親一耳光，表示斷絕父子親情，因而當上先進青年，被批准加入共青團。他父親卻上吊自殺了。我當不了這樣的先進青年。我老爸從小疼愛我這名長子，誇我天分高，有出息，容許我在家裡的房牆、院牆上，地上、紙上亂塗抹，亂刻畫，鼓勵我當小白石，長大了做齊白石那樣的大畫家。我怎麼能寫揭發父親的材料，去貼父親的大字報？我若寫了貼了，不就成為傳說中的鴟梟了？母鴟把小鴟餵養大，小鴟再把母鴟啄死吃掉？我也不是不想在政治上和老爸劃清界線，但就是一個字都寫不出。

可憐我老爸在育才學校裡接受沒完沒了的批鬥。昔日的優秀教師被剝下「畫皮」，變成惡鬼。就是回到家裡，也要遭遇我母親我弟妹們的白眼，冷漠，疏遠。母親羞於有這樣一個漢奸右派丈夫，弟妹們羞於有這樣一個反革命父親。父親的罪名都在育才學校院牆內外的大字報上打著紅叉叉，血淋淋的，成為家庭的恥辱。體現在家裡的飯桌上，父親每天晚餐必喝的一盅山西杏花村沒有了，下酒必備的一碟六必居醬菜加一碟天香園滷味也取消了。接下來吃飯不願同桌，說話不願答腔，起居不願同時。父親在自己家裡也受到歧視、孤立，形同被家人所隔離，遺棄。母親甚至當著我的面說，為了孩子們的前程，她要和父親離婚，劃清界線。我老爸受到學校、家庭兩面夾擊，裡外不是人了。只有我這做長子的同情老爸，不肯有決絕的表示。餐桌上，只剩下我陪著老爸吃飯。他的食量大減，不再是那個衣冠整潔、精力充沛、待人友愛、人人尊重的優秀教師。老爸不到五十歲，兩三個月下來黑髮變白髮，原先筆挺的腰板都佝僂了，走路低下腦袋，形銷骨立，彷彿提前進入風燭殘年。其實我和老爸也沒有多少話可說了，他怕「繼續放毒」，我怕「禍從口出」。我知道，三個讀中學的弟妹為了爭取入團，每天都會向他們學校的政治輔導員匯報父親的新動向；母親為了保住街道紙盒廠的工作，也少不了向居委會黨支部報告反動丈夫在家裡的言行。我能安慰父親的，也就是在家裡多看他幾眼，笑一笑，點點頭，表示我沒有把他當壞人，更不相信他是什麼日偽漢奸，美蔣特務，歷史反革命。我相信他是清白的，只是被黨和政府所誤會，所錯怪。真妖怪，假妖怪，最終總會弄明白。在這期間，母親大人卻有個不同尋常的舉動，就是隔三岔五的從郊區農貿集市上買回一隻肥雞來，全家人卻未見吃雞肉，只有一海碗雞爪雞頭雞翅雞雜碎，算是打牙祭。母親有什麼事瞞著我們，也瞞著父親。因為每週都有雞肉不知去向。但母親是全家生活的主宰，我們問了也不回答，留下一個謎。

一九五七年年底吧，父親的罪名定下來了：極右分子、日偽漢奸、歷史反革命。育才學校共有二十幾名教師劃成右派，父親名列第一。據說已上報司法機關，除了給戴上三頂鐵帽，還要另外判處重刑。進入火紅的一九五八年，我自己的問題出來了。照說我一名十八歲的大學二年級學生，剛算個成年人呢，對政治又從無興趣，一天到晚埋頭寫生、素描，頂多算個只專不紅的後進青年，怎麼也夠不上「反黨反社會主義的資產階級右派分子」啊。真是一幅聯子說的：時來風送滕王閣，運去香殞馬嵬坡。我是後來才知道，原來黨中央部署下面抓右派，是下了指標的，特別是文化教育單位，右派分子不得少於幹部職工人數的百分之七。以我們中央美術學院為例，當時有一千多名師生員工，應當抓出的右派分子不得少於一百人。但一九五七年下半年只揪出六十幾人，大大低於黨中央下達的右派指標。學院黨委受到上級領導的嚴厲批評，毛主席點名江豐就是右派。畫家江豐當時是美院院長兼黨委書記。說是中宣部副部長周揚還代江豐去向毛主席求情，說江豐是一九三七年去延安的老同志，夠不上右派條件。說是毛主席臉一沉：江豐不夠右派，你周揚就是右派！皇上開了金口，江豐在一九五八年上半年的「右派補火」時打成右派。我們中央美院被打成右派的大畫家、大書法家多了去啦，除了江豐，還有華君武、丁聰、黃苗子、葉淺予、張仃、林風眠等等。比起這些著名人物來，我這名十八歲的大學生算什麼？我是作為「候補右派」給補上的。雖然鳴放中沒有任何言論，也從未向黨組織或黨員同志提過意見，但人家批判我「不提意見是因為懷恨在心」，「沒有反黨言論是以沉默相對抗」；說我學齊白石畫過幾隻螃蟹是影射咒罵偉大領袖毛主席：宜將冷眼看螃蟹，看爾橫行到幾時！當然囉，黨團員骨幹們批判我「熱愛自己的漢奸、特務、反革命三料貨父親」，「拒絕檢舉揭發其父的滔天罪行」，倒是真的。我那時太年輕，太單純，以為當個右派大學生，敵我矛盾作人民內部矛盾處理，沒啥了不起。一些事情簡直鬧著玩兒似的。妳知道嗎？我們中央美院有個「反右鬥爭五人領導小組」，抓右派教師、右派學生又凶又狠，運動快要結束時，忽然吃了回馬槍。中宣部一位局長來作總結報告，問：還有漏劃的沒有？五人小組回答：沒有了。那局長眼睛一瞪，再問：比如你們五人小組之內，有沒有隱藏很深的右派？只因這一問，最後竟在五人小組中再又抓出兩名右派，才算運動結束。荒誕吧？

我是後來才知道的，一場反右鬥爭，把新中國知識精英一網打盡。一九五七、五八兩年，全中國打了多少右派啊？有個絕密文件，是前些年楚將軍為了教育我正確對待歷史，正確對待反右運動，交給我看過：一九五八年三月，中央政治局擴大會議的內部通報，全國反右鬥爭取得階段性勝利，定性為右派集團二萬二千零七十一個；右傾集團一萬七千四百三十三個；反黨集團四千一百二十七個。定為右派分子三百十七萬八千四百七十人，列為中右一百四十三萬七千五百六十二人。其中黨員右派分子二十七萬八千九百三十二人，高等院校教師右派分子三萬六千四百二十八人，高等院校學生右派二萬零七百四十五人。這些數字被我偷偷抄在一個小本子裡，再忘不掉。

當時新中國的知識分子總數為七百多萬人。對三百多萬右派分子的處理則分為中右、普右、重右、極右四類：中右是運動中有過某些不端言論，但悔改及時或揭發有功，不予戴帽，保留公職，交由本單位組織處分及內部控制使用；普右是普通右派，開除黨籍團籍，暫允保留公職或學籍，送勞動教養一至二年，以觀後效；重右是問題嚴重的右派，開除黨籍團籍及學籍，開除公職，遣送原籍交當地群眾監督勞動改造，或送農場、礦山勞動改造；極右是罪行極其嚴重的右派，作現行反革命分子處理，交公檢法機關判刑，押送勞改單位關押勞改。我屬於普右，保留學籍，勞教兩年，給出路；我的美院教授、大書法家黃苗子，大畫家華君武、丁聰、江豐，是重右，送北大荒農場勞動。當年送北大荒農場勞動改造的還有大詩人艾青、大作家丁玲、大戲劇家吳祖光等等；我父親蕭世學被劃成極右，歷史反革命加現行反革命，判十五年重刑，送青海小柴旦光明農場勞動改造。

可憐我老爸在被公安機關收押前夕，匆匆和母親辦了離婚手續，並寫下字據表示和三個未成年子女脫離父子關係。我的兩個弟弟一個妹妹隨即去公安分局戶籍科改姓母姓。父親在家裡倒是吃了一頓告別晚餐，全家人同桌吃的。飯桌上，母親破例給父親上了一杯斷了將近一年的杏花村，還蹟般擺上一碟父親鍾愛了幾十年的六必居醬菜，一碟天香園滷味！母親，我，三個弟妹，都心裡有數，以父親的年紀、身體狀況，是不大可能從那遙遠的沙漠農場活著回來了。聽說公安部門辦在青海、新疆、甘肅、內蒙沙漠裡的那些農場，一個連的解放軍就可以看守數萬名囚犯，連圍牆、鐵絲網都不用，四周千里戈壁，囚犯插上翅膀都飛不出去。

或許是人性未泯吧，咱家替老爸送行的這頓最後的晚餐，我永生難忘。三個弟弟妹妹雖然早就不認反革命右派父親大人了，但飯桌上還是紅了紅眼睛。大約一方面慶幸父親從此離家遠去，家裡不再有漢奸、歷史反革命；另一方面他們心裡大約也還存有幾絲絲骨肉親情吧。但他們沒有掉淚。我也沒有掉淚。父親、母親也沒有掉淚。一家人經歷了那麼多大會小會的揭發檢舉、批判鬥爭，看了那麼多的大字報、小字報，寫了那麼多的悔過書、認罪書，人都痲木了，隔膜了，彷彿刀子都扎不出血來了。記得父親問了我什麼時候去清河勞教農場。我說學校給的時間比較寬鬆，一星期之內去報到就行。記得母親進裡屋拿出來一個紙包，說是一件「背心」，讓父親帶著。父親沒有接，說給老大留著吧，他年輕，到時候不定用得著。我粗心大意，我和弟弟妹妹都不知道這件背心的「祕密」。不就是件可以暖胸護背的馬甲麼。

父親收到通知，第二天一早帶上被子衣物去市公安局勞改遣送處報到。各單位的極右分子都是自帶被子衣物去報到。對這些極右分子的判刑都沒有公開宣判，只是給了份法庭文件通知本人，犯了什麼罪行，判處多少年、多少年有期徒刑。新中國給右派分子判刑就那麼簡便，都不用開庭審理，由公安局寄份法庭文件即行。都是些教師、教授，學者、醫生、工程師、科學家、文化人，這專家那專家的，大都戴著眼鏡，手無縛雞之力，只是一腦門的反動思想，一肚子的學問壞水，而不可能有任何暴力行為的。因此處置起來就比封建時代或西方資本主義國家文明多了，都不用戴手銬、腳鐐，捆繩索釘木枷什麼的。我們新中國的人民民主專政已經強大、周密到了不怕任何極右分子逃跑了，真正的天羅地網。當然也不會有親人送行。誰送行就是同情反革命，就是反革命的同路人。大都早就劃清界線，避鬼神似地惟恐不及了。

一星期後，我也揹著被子衣物，自己坐郊區長途汽車去了遠郊的清河農場勞教中心。

圓善師姑忍不住插話：白石呀，也真是的，聽你講這些，真像在聽一本戲文哩。老父充軍，孩兒刺配，妻離家散，也發生在咱這一朝呢。

蕭白石說：妳這才明白？新中國整個兒就是座大舞臺，十億子民十億戲子，上至毛澤東，下至我蕭白石，人人都在這舞臺上演出悲喜劇，活報劇。

8

白石，俺和俺家的事兒也要對你說說呢。俺是一九六二年過苦日子出生的。啥苦日子？知道知道，上級文件叫「三年經濟困難時期」，外國叫俺「三年大饑荒」，俺鄉裡幹部叫「三年苦日子」，俺爹俺娘叫「大躍進餓死人那年月」，說的都是一回事兒。對了，俺小你二十二歲，算亂了啥輩分？你盡胡扯。俺河北地方小女子就興找大男人，知道不？俺爺爺就比俺奶奶大二十歲，俺爹也比俺娘大二十。老郎疼婆娘，少郎花花腸，知道不？俺娘一口氣替俺爹生了五兒女，知道不？你不許笑。俺是家裡最小的。日子再窮再苦，俺爹晚上也沒少折騰俺娘……哎呀，看看俺都說了些啥呀！都是你，都是你，弄的俺一個出家人破了戒，亂了性，阿彌陀佛。你還笑哩，你個壞蛋，俺可不是你的林妹妹或陳妙常。俺看過《紅樓夢》，看過〈秋江〉。你不許笑。

想不想知道俺老家青陵鐵家莊是個啥模樣兒？說給你聽了，想忘都忘不掉。青陵自古就是重要地方，山好水好風情好。拒馬河在北，紫荊關在西，狼牙山在南，拱衛住清西陵帝王墓葬群。一本旅遊小冊子就是這麼介紹的。紫荊關知道吧？打日本的時候，咱中國軍隊和日本鬼子在關前血戰十晝夜，大炮機關槍把城牆城樓打成蜂窩眼，教小日本膽寒呢。人家說，國軍打日本行，打內戰不行。啥道理？俺不懂。清西陵就另說了。慈禧老佛爺把她生前沒能享用盡的金銀財寶隨葬到地下寢宮裡，竟在十多年後就被軍閥孫殿英刨了墳，洗劫一空。老佛爺生前機關算盡，卻沒算到身後那麼短的時間被人刨墳，報應麼。阿彌陀佛。不說這個了。俺受你傳染，也貧嘴了不是？告訴你，俺平日不愛吱聲，可俺心裡裝著的事，也有幾簍幾筐呢。不許你笑話我。

說回俺老家青陵鐵家莊。就在狼牙山下溝岔裡，距抗日壯士跳崖的崖谷只有十幾里地。那崖邊立有紀念碑的。聽俺爹說過，剛解放那幾年，俺鐵家莊山也青，水也綠，人也勤，土地還老家，翻身作主人，確是過了兩年順心日子。俺爹還掩了嘴對俺說，就是打小日本那年月，咱莊子地勢險要，鬼子和偽軍也不敢進來掃蕩；接下來的國軍、八路軍來回拉鋸折騰，也沒把山上的樹、山下的水糟蹋掉。一百多夥人家一個姓，供一個祖先，日子算和睦。那年月倒真像後來一支梆子腔唱的，「牛羊滿山坡，地裡滾瓜果，好個農家樂」什麼的。

你不知道吧？俺鐵家莊處在大山峪裡，歲數老著呢。有一年，北京去了支考古隊，挖下些大坑洞，起出些陶陶罐罐，說是夏代的，還有什麼商鼎、周鑊、甲骨文，都是三千年、五千年、七千年前的舊物，你信不？三千年、五千年、七千年是咋樣測算出來的？總不致瞎掰吧。人家考古專家有大學問，知曉幾千年前天上地下事，俺莊裡人懂個啥？就是躺在龍脈上也不知道翻身發跡的。還有呢，天津、上海也來過幾撥大學教授，都是啥學者、啥專家的，出幾十元、一二百元一件的高價收購一大車、一大車咱莊戶人家的用具、農具，什麼石盆、石甕、石磨、石碾、石杵、石臼、石槽、石碑、石鼓，以及鍬呀，鋤呀，鐮呀，斧呀，錘呀，紡車呀，耜呀，耬車呀，雞公車呀……越是破爛越金貴，都是幾千年前老祖宗傳下來的，夏商周秦漢，唐宋元明清，使用到如今，說古老也真是古老，說落後也真是落後，是個歷史大奇蹟！有個眼鏡片厚過瓶底的老教授說俺鐵家莊人的生產工具，生產模式，基本上還停留在先秦時期。反正俺鐵家莊人也不懂啥叫先秦時期。人家教授給解釋說，先秦時期就是上古時期。啥叫上古時期？人家又耐下性子給解釋，就是秦始皇統一中國之前，夏商周時期。離今天有多遠？三千年，四千年，五千年呀！俺鐵家莊人這才鬧明白了，咱莊稼人的血脈長著呢，咱還使著三千年、四千年前的耬車下種，推著三千年、四千年前的石磙碾穀子，用著三千年、四千年前的石盆石槽餵牲口，咱還住著三千年、四千年前一模一樣的泥屋石屋，是祖宗保佑呢，就算窮點苦點，也值呢……再後來，北京、天津又有人馬來踩景，說是拍攝石器時代先民生活的電影，讓俺鐵家莊老少爺們光了膀子赤了腳，抹上黑泥色，腰上圍一圈樹葉遮羞醜，就活靈活現，一下子回到三千年前，四千年前。

白石你笑啥？笑俺鐵家莊落後、停滯不前？俺莊裡老輩人卻說，再落後、再停滯，咱鐵家莊地方祖祖輩輩就這麼著過來了，人生一世，草木一秋，還能怎樣？反倒是到了新中國，新社會，鬧解放，鬧大躍進，鬧人民公社三面紅旗、公共食堂，鬧出過大饑荒……我說這些，你高興不高興聽啊？行行，俺也不扯三千年、四千年那麼遠了，俺就來說說俺爹俺娘，一個河北青陵，一個河南開封，怎麼到了一起做了夫妻的吧。俺爹俺娘的事兒，可是比老戲文裡演的唱的，還要曲裡拐彎兒呢。

俺娘命苦。一九五四年黃河、淮河發大水，潰堤，水淹幾千里，河南、安徽、山東一帶不知道淹死多少人。俺娘二十出頭，孤身一人，一路要飯逃荒，流落到咱河北青陵地方，餓倒在路邊乾渠裡。俺爹正巧路過，見是個破衣爛衫、瘦得像根柴棍樣的女子，摸摸她胸口還跳，就撿了回來。俺爹窮，四十歲上還雙肩拱一嘴，光棍混日子。俺鐵家莊的爺們笑話俺爹行桃花運，白撿了個媳婦兒。你別說，俺娘打盆水洗了頭，擦了身子，換上俺爹的舊大褂，瘦瘦高高的個兒，白白淨淨的臉兒，模樣兒可人哩。俺娘餓著，俺爹也餓著哩。你笑啥？俺娘俺爹餓的就是不一樣。頭天晚上俺爹就把俺娘那個了，落下一單子的紅。把俺爹喜的喲，俺娘還是個閨女哩。俺說瘋話了，阿彌陀佛。

俺爹俺娘是正派人，不是睡了覺就叫夫妻了，還得叫政府批准，鄉鄰們認可。俺爹俺娘到鄉政府去登記結婚。鄉幹部叫俺爹俺娘先回村裡辦證明。俺爹問：證明啥呀？咱是貧僱農成分，政府的新婚姻法叫做婚姻自由，咱結婚，還要誰來證明？鄉幹部說，婚姻自由，是黨和政府領導下的自由，要先由你們的村幹部寫證明信，蓋上公章，才能給你們辦登記。注意囉，如果不向政府登記，你們就擅自住在一起，說得好聽那叫非法同居，說得難聽那叫男女通姦，違法亂紀要受到處分的。這些都是俺長大後，俺爹斷斷續續告訴俺的。俺爹俺娘回到村裡，村幹部卻犯難了，說俺娘是個河南逃荒女子，來歷不明哩。問俺娘話，俺娘說老家河南開封縣小宋莊，整座莊子都叫洪水沖沒了，家裡人、村裡人連貓狗都沒了，她是爬到一棵老槐樹上，才撿了條性命。俺鐵家莊幹部為了替俺爹負責，發了封信去河南開封小宋莊，幾個月也沒有得到回覆。那時節還不興搞外調。況且俺爹貧僱農光棍一個，又不在黨，四十歲上撿了個婆姨回家過日子，礙著誰的事兒了？村幹部的證明信卻遲遲不給開出。俺爹火大了，見天去找幹部吵鬧：老子貧僱農呢，新社會當家作主哩！主人就不興娶房婆姨？主人就興四十大幾還打光棍？毛主席頒下的新婚姻法還管用不管用？你們不出證明，鄉政府不給登記，咱找縣裡去，縣裡不成找省裡，省裡不成找北京，找毛主席去！咱要告訴毛主席，村裡、鄉裡不准咱一個貧僱農結婚，毛主席你老人家的新婚姻法在下面行不通哩！

俺爹犯了橫，發了狠。村幹部報告鄉幹部。鄉幹部認俺爹膽大包天，竟敢放話要去縣裡省裡京裡告狀，和鄉政府作對，反了呢！一天天亮時分，俺爹俺娘正睡天光覺哩，鄉政府派出民兵，以捉拿河南逃亡分子的名義把俺娘捉了去，關押在鄉政府後院裡。鄉政府的民兵沒有捉拿俺爹，因為俺爹是貧僱農，土改根子，有政策保護。俺爹急了，自己的女人被捉走了，天都塌下來了。日頭剛剛出山哩，俺爹操起一面銅鑼，就莊頭敲到莊尾，把全莊子的人都驚動了，鬧醒了。

這兒俺插上一句，俺鐵家莊自古有個規矩，就是家家備有一面銅鑼，無論誰家出了大事，強盜搶劫啦，狼叼走娃兒啦，兄弟打架啦，山洪爆發啦，等等，只要某家出來敲鑼，就全莊子家家戶戶一齊出動，也是一家一面銅鑼的敲起來接應。說是打日本的時候，一次日偽軍要進莊清剿，被一個放夜釣的獵人發覺，猛地帶頭敲起銅鑼，引來一百多夥人家的一百多面銅鑼一齊敲響，日偽軍以為中了埋伏，嚇的立馬撤走。後來還有人編了梆子戲來唱，叫做〈銅鑼智退日偽軍〉。因此咱們鐵家莊又叫銅鑼莊，在青陵地方出了名的。

俺爹這次敲銅鑼喚起一莊子的老少爺們，邊敲邊喊：大伯大叔、弟兄姐妹們聽著！俺鐵柱子祖輩住在鐵家莊，土改時定的是貧僱農成分！俺還是根子哩！搭幫黨和毛主席翻了身，好不容易四十歲上在路邊撿回個逃荒女做老婆，全莊子的老少爺們都看到了的！俺那媳婦二十出頭，規規矩矩小女子一個，能是啥壞人？可鄉幹部不准登記還不算，竟在今早天亮時分，派民兵把俺那媳婦從俺床上捉走啦！關在鄉政府啦！他不是欺侮咱土改根子鐵柱子？不是欺侮咱鐵家莊一莊子的老少爺們？

那時俺鐵家莊的人心齊。從莊裡到鄉裡也就十來里地。不到一個時辰，鄉政府就被俺鐵家莊的銅鑼隊伍圍住了，鏘鏘哐哐敲了個底朝天！鄉長、鄉書記不知道出了啥事，一問，原來是要人的！要那逃荒女子的……鄉長、鄉書記開始還嘴硬，開口就問：你們莊子的幹部來了沒有？你們都是些什麼家庭成分？是不是地主富農暗中策動？俺爹挺身而出：鄉領導，俺來報告，俺叫鐵柱子，祖宗三代貧僱農，俺本人是土改根子，這裡來的都是俺莊裡父老兄弟，一色的貧僱農，沒有一個地主富農。村幹部怕事，也一個沒來！俺四十大幾了，光棍一個，撿了個逃荒女子回家，想成親，鄉政府為啥不給登記？還在天亮時分派人把俺女人從床上劫走！新婚姻法上剛說了婚姻自由，男女自己作主。你們為啥不准俺自願自主？為啥還要抓人？是你們說了算？還是毛主席的新婚姻法說了算？

俺爹平日不會說話，也從沒當眾說過這麼多話，但一急，就急出口才，句句在理。全莊子的老少爺們都跟著起哄：放人！放人！放人！邊喊又邊敲起銅鑼，那聲浪那陣勢，直要把鄉幹部們的耳朵都震聾。

那時新中國才成立幾年，人民政府又強調為人民服務，特別強調為工人、農民服務，遇上咱鐵家莊敲鑼要人的隊伍，也就不敢往上報告，更不敢集合民兵動粗，只能大事化小，小事化了，當即放了俺娘。俺娘衣著還算整齊，身上也沒傷痕，說明她並沒有挨打、受刑。全莊子的老少爺們簇擁著俺爹俺娘，像打了場勝仗似的，仍是敲著銅鑼，凱旋而歸。

隊伍回到莊裡，一不做，二不休，就在原先供祖先牌位的祠堂裡，替俺爹俺娘辦了個結親儀式，把莊裡的農會會長請出來當長輩（因俺爹俺娘都沒有父母叔伯），一拜天地，二拜長輩，三夫妻對拜，完成了鄉下人傳統的結婚手續。俺爹窮，辦不起酒席，事後買回幾斤水果糖，夫妻倆挨家挨戶送上一把，算做了答謝。

你說說，咱鐵家莊的父老鄉親夠齊心，夠義氣，夠威風了的吧？一個莊子都姓鐵，沒有雜姓，供同一個祖宗哩。當然，在有的鄉幹部、區幹部眼睛裡，咱鐵家莊落後得很，蠻橫得很，是小香港，小臺灣哩。你不要笑，那個時候，在咱黨和群眾的心目中，香港臺灣都是落後、反動、黑暗、貧窮的代名詞，報紙上都宣傳人家臺灣吃香蕉皮，香港啃西瓜皮，日子比咱窮到哪裡去了呢！

俺爹後來告訴俺，鄉政府對鐵家莊人敲銅鑼鬧騰這事，也開會研究，總結經驗教訓。黨在農村的階級路線，是依靠貧僱農，團結中農，孤立打擊富農、地主。俺爹是依靠對象，娶房媳婦都不准？日後上級追究下來，不好辦哩。不過鄉政府的威信也要樹、要保，不能任由下面瞎鬧鬧。過了兩天，還是讓村幹部把俺爹俺娘帶到鄉政府，接受了一番開導、教育後，給辦了結婚登記。但在鄉幹部那兒留了個尾巴：女方在河南老家的情況，留著日後查證。

俺爹俺娘這才做了政府認可的合法夫妻，不容易吧。俺娘說俺爹常在家裡罵一句粗口：日姥姥的，管天管地，還管人的雞巴事哩。俺娘呢，你還別說，吃了幾個月的棒子麵，整個人都鮮亮，俊的一莊子的爺們都晃眼，村幹部、鄉幹部都流哈喇子。自有了俺娘做幫手，俺爹也改了懶散習性，勤吃勤做，把小日子過的挺滋潤。那年月還沒鬧合作化，土地沒歸公，山上還有樹，山下還有水，水裡還有魚，一方水土養著一方人。那時節也還沒鬧計畫生育，毛主席還說人多熱氣高、力量大呢。這下你知道了吧，俺爹屋裡屋外能幹著，火力旺著呢，俺娘一口氣替俺爹生下四娃兒，虎頭虎腦都是帶把兒的……哎呀，俺都說了些啥呀？

蕭白石忍不住插話：有趣的緊。全莊子的人打銅鑼包圍鄉政府，救出你娘，還居然成功了。對你們鐵家莊人的特殊武器一家一銅鑼，咱們的人民政府就容忍了？有事就大家夥敲起來去鬧？天高皇帝遠哩。可妳鐵家莊離北京也就一、二百里地，離皇上並不遠呢。

圓善師姑說：那哪能呢？鄉政府批准了俺爹俺娘的親事後，鄉書記就帶了鄉公安人員到咱鐵家莊來蹲點，搞調查研究，通過農會組織、民兵組織，說服咱莊裡的翻身農民，把每家每戶的銅鑼收歸農會統一保管，只讓五一、十一、元旦、春節幾個重要節日，才取出來敲打一陣。咱鄉下人滿腦子高粱花子，哪能玩得過政府呢？

9

圓善，該咱說了。上回說到咱揹著被子、提個大黑布袋上清河農場右派學生勞教中心報到，對不起，我是帶了畫架和寫生板去的。咱是「敵我矛盾作人民內部矛盾處理」，還算不上正經八兒的階級敵人呢。姥姥的！古今中外，搞文藝的傢伙，有幾個是命運順當的？屈原投江，蔡邕陷獄，李白撈月，杜甫餓斃，曹雪芹晚年瓦灶繩床……咱們新中國的周瘦鵑、石魯、田漢、老舍、趙樹理、傅雷、鄭君里、馬連良、言慧珠、蓋叫天、小白玉霜、嚴鳳英這批大師級的人物就更甭說了，都在文化大革命中死尿死尿。死的時候還要喊毛主席萬歲，共產黨萬歲。不喊都不行。田漢還是咱中華人民共和國國歌〈義勇軍進行曲〉的詞作者啦，一開大會全體起立，張口就唱「起來！不願做奴隸的人們」啦……還有，就連外國的梵谷、莫札特，也都是窮死餓死的啦……噢噢，對不起，咱又貧上了。好好，接受師姑批評，說回自己的事兒。

清河農場是北京市公安局轄下的勞改單位，幾萬畝土地，關押著一批批判了重刑的各類人犯。聽說能到這裡服刑的，還得有點兒背景什麼的，比如被認定為間諜的英國神父、荷蘭修女、美國傳教士，以及後來的蘇修特務，姥姥的！加上犯有嚴重問題的黨內高幹如潘漢年、楊帆、饒漱石這些人，因為那時黨中央的高級監獄秦城還沒有建成。最次一等的也是北京黨政機關幹部的親屬或子女犯事判刑，走了門子，才給安排進去的。離北京近啊，方便探視啊。一九五八年年初，隨著首都高等院校反右鬥爭節節勝利的需要，由北京市公安局和高教部聯手，在清河農場內劃出幾千畝土地和一批監舍，辦起「首都高等院校右派學生勞動教養中心」，把全市的大學生右派分子集中起來，邊勞動邊洗腦，脫胎換骨，重新做人。邪門吧？咱們新中國的勞動教養制度還是從蘇聯老大哥那邊抄襲過來的呢，原本用來對付未成年的青少年犯罪分子。現在好了，用來對付我們這些右派學生，思想犯，外國稱為良心犯的人了。邪門吧？勞教制度對於黨和政府來說，是一種相當便利、簡易的專政手段，無需司法檢調、審理，不走任何的法律程序，只要單位黨組織上報上級黨委及公安部門同意，即可把某人往勞教中心一送，收押勞改，兩年三年，「認罪悔罪」之後方可釋放，稱為「勞教釋放人員」，成為社會另類。邪門吧？勞教期間，監犯管理，武裝看守，白天勞動，晚上學習，搞面對面檢舉，背靠背揭發，爭取立功表現，以求提前釋放；實為鼓勵告密，做奸細。以至大凡從勞教中心出來的人，多半人格變態，打小報告成癖。好人也變成歹人。邪門吧？當然，勞教人員也有稍稍優於勞改犯人的地方，即這類「中心」大都辦在城市郊區，每月可回家一次，但須在當天返回，參加晚上熄燈前的集合點名。

我一到清河勞教中心即遇上了大躍進運動。告訴妳，咱卻不幸中碰到了幸運，被槍桿子押著下地勞動了半個來月，就被抽調到「中心」的宣傳組，去刷寫大標語。哈哈，中央美院的右派學生，有一技之長麼！除了繪畫，我的美術字也寫得有模有樣麼。算學以致用，幹上了本行麼。得到這份工作是經過了「試用考核」的。「中心」頭兒命我在一間「談話室」的四牆上刷寫四條大字標語。原先的標語是白紙黑字橫幅依牆掛在鐵絲上，風一吹就嘩嘩亂響，顯得不太嚴肅。四牆上的標語分別為：坦白從寬，抗拒從嚴；懸崖立馬，回頭是岸；洗心革面，脫胎換骨，改過自新，重新做人；

隱瞞有罪，檢舉有功，頑固到底，死路一條！四條標語的字數和內容，都是前後呼應，左右對稱。叫做政策攻心，降服犯人，他姥姥的。

經過一番思索，我臭積極，發揮聰明才智，向「中心」頭兒報告了自己的書寫方案，並呈上一紙紅白黑三色效果圖：利用「談話室」的「一字型窗戶」開得高、牆面空闊的特點，第一道工序，四牆皆以白油漆刷成底色；第二道工序，在四牆離地兩米處及二點七米處劃出兩條等高線；第三道工序，把標語剪成一個個半米見方的仿宋字，貼在四面牆的兩條等高線之間；第四道工序，把四面牆兩條等高線之間的部分油漆成黑顏色；第五道工序，待油漆乾透後，揭掉剪字紙，黑底白字標語就突顯出來，展示出黨和政府司法的莊嚴、肅穆。另有個革新式建議，「談話室」正面牆上的「懸崖立馬、回頭是岸」八個字，可否改刷成紅底白字，以顯示出某種呼喚浪子回頭的寄望？

「中心」頭兒審視著我呈上的效果圖，搖頭又點頭，否定又肯定地遲疑半晌，終於說：你小子美院學生，腦子活，要用在正道上。就先照你這個法子弄吧，不行再改回來。

我領著助手——兩名清華大學建築系的右派學生幹了一星期。姥姥的終於拿出了「成果」：勞教中心面目一新的「談話室」，實際上就是個「預審室」。兩名清華高材生也幹得挺歡，說是他們承接的第一個室內裝修工程。「中心」頭兒頗為滿意，就又布置我在幾排監舍的外牆上去刷寫大字標語，一色的白底黑字仿宋體，甚是觸目，起一種精神震懾作用：「打擊敵人，保護人民！」「提高警惕，保衛祖國！」「無產階級專政萬歲！」「我們一定要解放臺灣！」「打倒美帝國主義及其一切反動派！」等等。你說在勞改農場裡刷「一定要解放臺灣」、「打倒美帝國主義」這種大標語，扯蛋不扯蛋？真要是美帝國主義肯幫助臺灣的蔣介石反攻大陸，農場裡的囚犯們打旗子歡迎還來不及呢。他姥姥的！

不久，我就聽說那間經我設計、油漆裝飾的「談話室」，竟收到了意想不到的效果。一天，我正在一棟監舍的外牆上刷寫一條「總路線、大躍進、人民公社三面紅旗萬歲」的標語，就見「中心」的幾個頭兒陪著一位女首長過來了。那女首長我見過，就是我老爹教過書的育才學校的伍書記、伍校長，反右鬥爭結束後她升任市公安局副局長兼勞改勞教處處長。伍副局長卻不認識我。問我什麼名字，多大年紀，哪所大學送來的？是北京人嗎？我一一作了回答。伍副局長臉上有了笑意：啊，中央美院的。你在育才學校上過學？原先育才學校有個數學老師叫蕭世學，是你什麼人？我回答是我父親，劃了右派，到青海勞改農場改造去了。伍副局長沒再問話，只是點了點頭，就繼續視察去了。我對這女首長又恨又怕，原來父親就是栽在她手裡。

不知道伍副局長對我們勞教中心的頭兒作了些什麼指示。我只是感覺到自己的境遇有了某種改變。真是意想不到的改變，她姥姥的。不久，就有別的勞教中心及監獄把我「借」了去，專責油飾並刷寫那些單位的「談話室」以及監舍外牆的標語口號，不定是在推廣清河勞教中心的什麼「先進經驗」呢。半年時間裡，我先後去過著名的功德林監獄、半步橋監獄、草嵐子監獄、市女子監獄、大興團河農場監獄，以及正在興建中的秦城監獄。當然都是有武裝獄警監護，我暗自稱為貼身侍衛。姥姥的，貼身侍衛，是中央領導人的待遇呢。我還在這些監獄的大牆內外畫過一批反映大躍進大好形勢的壁畫，真正的共產主義烏托邦狂想圖，絕對是毛澤東的革命現實主義與革命浪漫主義相結合的產品。說我是討好當局也罷，是玩世不恭也好，老子發揮藝術想像力畫了那麼些壁畫。這個留著下面再說。我先要吹的是，在整個首都北京，除了市公安局的那些哥們爺們，再沒人像我到過這麼多監獄的了。信不信由你。毛澤東常說：你們不信，反正我信。我操他姥姥。

咱正可來貧一回，嘴帶「京罵」，過把癮。告訴你吧，「姥姥的」是「京罵」，「他媽的」是「國罵」。老一輩革命家喜歡「國罵」，咱平頭百姓習慣「京罵」。咱還讀過些相關的書籍呢。你說咱偉大首都有多少監獄？監獄也是分了等級的，就像咱中國人民分了等級一樣，知道不？北京市九區九縣，便有十八個區縣級公安分局，每個分局設一拘留中心，也就是十八座區縣級監獄。這些區縣下面更有好幾百個公安派出所。每個公安派出所也設有各自的拘留室，也就是臨時監房。北京的治安管理，叫人民民主專政也好，無產階級專政也罷，即是由這多達數百座的大小監獄、拘留中心、拘留室組成，知道吧？像蜘蛛網一樣布設在咱北京地盤上，叫做革命法網，人人都在這法網下過日子，知道吧？任何風吹草動，都難逃法眼，知道吧？咱要說的還不是這個，是要說說北京的高級監獄，套句官式行政用語，就是省部級監獄，地師級監獄。在咱新中國，萬事萬物都分了檔次，連拉屎撒尿的廁所都有檔次、等級，知道吧？也難怪咱黨和政府啦，你總不能叫扒手小偷、街道小流氓去和國家主席、共和國元帥蹲一個等級的監獄，用同樣檔次的廁所拉屎撒尿吧？階級就是等級，知道吧？

圓善，你有不有興趣聽咱貧這個？你沒蹙眉頭，咱就貧下去。

先說「半步橋監獄」。舊稱京師模範監獄，位在宣武區自新路。為啥叫「半步橋」？是指監獄高牆外有一條小溝，溝上架有一塊石板，正常人可一步跨過，戴腳鍊的囚徒則要半步半步才能挪過。也喻意正常人與罪犯之間只是一念之差、半步之遙吧。它始建於清末宣統二年（一九一零年），由日本建築師設計，獄中的五列監舍以中心崗樓為圓心散射開去，狀似王八，所以人稱「王八樓」。有趣的名字吧？王八樓的結構特點是，中心崗樓與各監舍有筒道相連，監管人員只需在崗樓內巡視一圈，各列監房，歷歷在目，可說是相當科學的設計。知道吧？

大清王朝倒臺，「半步橋監獄」由北洋軍閥政府接管，更名為北平監獄，並增設了女監，關押過不少追求民主進步的人士。新中國成立後，它更名為北京市第一監獄，關押的人犯驟增，不得不擴建監舍，達上千間之多。被關押的人犯包括國民黨被俘將領、外國特嫌人員、共產黨內的倒楣蛋等等，真正的魚龍混雜，五味俱全，數量龐大。一九五五年「高饒事件」時，這裡關押過原中共中央組織部部長饒漱石等大人物；接下來的「胡風反革命集團案」，這裡關押過著名文學理論家胡風、著名詩人綠原、著名翻譯家李荒蕪等等；接下來的「丁陳反黨集團案」，這裡關押過著名女作家丁玲、編輯家陳企霞；文化大革命期間，這裡關押過著名文學家馮雪鋒、著名翻譯家楊憲益、英籍女漢學家戴乃迪以及白雲觀老道長等宗教界領袖人物。不是說新中國繁榮昌盛嗎？姥姥的，一個重要方面，就是大興冤獄。文革瘋狂時期全國被關進各種形式的監獄的「囚犯」，一度超過五千萬！哈哈，新中國五千萬囚犯這個數字，是上了內部文件的。葉劍英副主席就曾在一九七八年十二月二十三日中央工作會議閉幕總結講話時，說文革鬥了一億人，死了兩千萬。又一個世界第一呢。

再說功德林監獄。你聽說過吧，這可是和你們的佛家功德有關呀。它位在西城德勝門外，原是一座占地百餘畝的寺院，始建於金代，距今有七百多年的歷史。舊京古剎，石佛禪林，香火鼎盛。寺院門前的道路，叫功德林路。知道吧？明成祖定都北京重建紫禁城，北城牆向南移了些許，功德林寺院到了德勝門外。它重新熱鬧起來是大清康熙時候，康熙是個懂得恤民安民的皇上。清朝初年，由於經歷過長時期的戰亂，加上連年水旱蟲災，河北、山西一帶眾多災民湧入京師乞食。康熙為了安定民心，下令撥出錢糧，以寺院為場地，由僧人主持開設粥廠，向災民施捨粥飯，並要求各省各道效法。僅京師一地，即開設粥廠三十多家，日施粥飯以十萬計。知道吧？功德林寺院粥廠規模最大且最負盛名。咱這可不是替封建皇帝歌功頌德。康熙三十六年（一六九七年），康熙御書匾額「膏澤回春」，並碑刻銘文紀事：

寒得衣而饑得食，羈旅如歸，病有托，療有方，好義輕施乃良民之美行，卹災拯患實盛世之休風。喜見我民還敦古道，咸能體朕憂民之念，推朕救民之心，此則朕之志也。

師姑妳想想，康熙算不算個明君聖主啊？對比咱那個偉大領袖毛澤東，一年大躍進，四年大饑荒（一九五九—一九六二），毛澤東何時有過一句半句拯救災民的最高指示？那怕有過片言隻語，黨的喉舌們早就大歌大頌昭告天下了。新中國開過粥廠賑濟過饑民沒有？沒有，從來沒有。因為毛主席黨中央從來不肯承認有大饑荒，餓死了四千多萬人也不叫大饑荒，而叫「三年自然災害」，「三年經濟困難」。知道吧？後來倒是有回憶文章，說苦日子時候毛主席不吃紅燒肉，改吃活魚。龍體肥碩，皮下脂肪堆積，知道吧？明明是他胡作非為餓死了那麼多人，卻害怕劉少奇藉此逼他下臺，而率先下手，發動文化大革命打倒劉少奇……好了，不扯那麼遠了，咱還是回到功德林寺院來。功德林粥廠後來發展成夏季施茶藥（免費醫療），冬季施粥飯（吃飯不要錢），每年由內務府撥出府銀一千兩，加上民間捐助，維持運作。大災之年則追加府銀五千兩，都是皇上特批。知道吧？到了雍正元年（一七二三年），功德林寺奉旨重修，賜地二頃，三朝老臣張廷玉重書了「功德林」匾額。直至光緒三十一年，光緒皇帝下旨在功德林寺創設京師習藝所，以收容孤貧，授一技之長為謀生之道。繼而關押人犯，令習技藝，藉收勞則思善之效。你說說，就事論事，是大清王朝對災民好，還是咱這一朝對災民好？

一九四九年之後，功德林監獄成為中央人民政府公安部轄下戰犯管理所，包括偽滿洲國皇帝傅儀，國民黨被俘將領杜聿明、宋希濂、黃維、邱行湘、陳長捷、文強、康澤、沈醉在內的數百名人物，都在這裡接受洗腦表示臣服。文化大革命初期，功德林關押的最後一批「罪人」是被打成「黑幫」、「叛徒」、「特務」、「反動學術權威」的黨內高幹及文化界宗教界的著名知識分子。不久，這些黨內特殊囚徒連同少數尚未獲特赦的國民黨戰犯，通通被遷往遠郊昌平縣秦城監獄，處於市區的功德林監獄才算結束了歷史使命，拆除另建，成為某機關重地。

有意思吧？更有意思的是草嵐子監獄。它一度比半步橋、功德林更有名氣，知道吧？首先是它的地點很特殊：離中南海不遠的西安門附近，一條東西走向，寬不過五、六米，長不過百來米的小胡同，名叫草嵐子。此處在明清兩朝屬皇城西苑範圍，是為宮廷服務的釀造及倉儲之地。至一九三一年才改建成草嵐子監獄，因專門用於關押政治犯而名聲大噪，又叫「北平軍人反省院」。它東西長，南北窄，占地一萬三千平方米。中央是一座磚木結構的二層樓房，上層為辦公房，下層為監房。大牆內，東西兩端各設一座崗樓，二十四小時有軍人把守，並架設有機關槍，對整座監獄形成火力交叉。至於鐵灰色的大牆本身，則由厚重的老城磚築成，高達兩米，加上一米高的鐵藜電網，是為一座固若金湯的城堡式監獄。

歷史是個萬花筒呢，光怪陸離，姥姥的！草嵐子監獄最負盛名是在一九三一年至一九三七年間的「北平軍人反省院」時期，因它關押著薄一波、安子文、楊獻珍等近百名中共北方局重要幹部，為世人所關注。應當說，在國民黨何應欽將軍任委員長的北平軍分會的管轄下，當時「北平軍人反省院」內這批中共幹部受到頗為寬鬆的對待。反省就是感化，使其知錯悔改，棄舊圖新。知道吧？然而薄一波、安子文這批共產黨員卻利用國民黨當局這種相對寬鬆的監獄管理，在獄中成立起祕密黨支部，薄一波任支部書記，各監舍則設立祕密黨小組，統一領導、指揮地下鬥爭。他們花重金買通獄卒看守，做內外接應。於是以劉少奇為書記的中共北方局的一道道指示、命令，被傳遞到獄中；獄中支部的一封封匯報、請示，則被送達北方局領導人手中。還有以親屬探監的名義，各類書刊印刷品，也能源源不斷送入獄中。國民黨鬥不過共產黨，知道吧？國民黨長官們對許多事情睜眼閉眼，只守住一道紅槓：共幹不填寫悔過文書，公開聲明脫離匪黨，絕不釋放，知道吧？

可是天有不測風雲。一九三六年時候，日軍攻占熱河、察哈爾，華北危急，北平危急！一旦日軍進入北平，關押在反省院內的這批中共重要幹部便會慘遭殺害。正值國共合作抗戰、中共紅軍接受國軍改編的談判緊張進行之中，出於民族大義，國民黨北平軍分會向中共北方局提出，只要獄中的共產黨員肯填寫一紙「啟事」，即可出獄。知道吧？姥姥的！

中共北方局領導人劉少奇急切盼著救出這批黨的寶貴人才，但填寫所謂的「出獄啟事」，實為一紙反共聲明。是這批共產黨幹部的性命重要，還是這紙聲明重要？當然是性命重要。但那紙聲明事關黨的組織原則、階級立場，更關係到這批同志的歷史清白啊！劉少奇救人心切，立即密電請示延安黨中央。中央總書記張聞天立即找了朱德、毛澤東等人商議，決定以中央名義通知北方局劉少奇，批准北平軍人反省院中的同志們為免遭日軍殺害，辦理出獄手續，回到黨的懷抱。人家國民黨要放人，你共產黨總不能拒收吧？

說是薄一波等人經特殊管道接到北方局傳達的中央指示時，曾將信將疑。但時局越來越危急，日軍隨時可能侵占北平。北方局通知他們盡快出獄，一切問題由組織負責。於是集體辦了一紙出獄手續，叫做「薄一波、安子文等六十一人脫離共產黨聲明」。不久，由薄一波、安子文等六十一人簽名的該項聲明，全文刊登在國民黨的《華北日報》上，做了歷史存證。知道吧？

平心而論，薄一波等人出獄回到共產黨隊伍後，在隨後的抗日戰爭和解放戰爭中，作出了貢獻，並成為了劉少奇領導下的黨務組織系統的骨幹力量。一九四九年新中國成立，薄一波當了中央政治局委員、國務院副總理，安子文當了主管全黨幹部人事的中共中央組織部部長，其他的五十九人也都成為了省部級高官，分布在黨政軍機關的各個要害崗位上。以致到了「一年大躍進、四年大饑荒」的一九六零年代初期，毛、劉歧見日深，毛澤東感到大權旁落，他這個黨主席在黨內講話不靈了，已經指揮不動黨務組織系統了，於是處心積慮要發動一場大革命來打倒黨的二號人物、國家主席劉少奇。此時劉少奇黨內羽翼已豐，親信密布，呼風喚雨，要打倒他絕非易事。打蛇打七寸，毛澤東首先要摧毀的是劉少奇盤踞在黨內的黨務組織系統。劉少奇的「七寸」就是那個一九三六年批准薄一波、安子文等六十一人刊登脫黨聲明出獄事件，黨內一直有人嘀咕議論。重提舊案，毛澤東也不宜親自出面（因當年在延安，總書記張聞天曾找他和朱德等人商議過此事，他並未反對），而是在文化大革命之初發起揪叛徒運動，授意紅衛兵小將們去各地圖書館資料庫中查閱封存已久的敵偽報刊。北京和天津的紅衛兵造反派很快查找出了刊登在《華北日報》上的那份〈薄一波、安子文等六十一人脫離共產黨聲明〉，並上報毛夫人江青親任組長的中央文革。中央文革將此事寫成文件，上報毛主席、黨中央。毛澤東這才親筆批示，並以中共中央文件的名義，詔示全黨全國：認定薄一波、安子文等六十一人為黨內大叛徒集團！姥姥的，黨內鬥爭，無毒不丈夫，知道吧？

歷史是面哈哈鏡，演出惡作劇。一九六六年末、六七年初的時候，那距中南海咫尺之遙的原草嵐子監獄原已廢置，作為歷史遺址保留。此時竟又重啟鐵門、囚室，把薄一波、安子文等人五花大綁地關了進來！三十年前他們遵照黨的指示刊登「脫黨聲明」離開這裡，三十年後又是這個黨把他們打成「叛徒集團」關回原地。三十年前國民黨的軍警獄卒只要求他們「反省」，「悔過自新」，未對他們刑訊逼供；三十年後自已的這個黨卻對他們濫施酷刑，又吊又打，各種刑具都用盡。後因這兒離中南海和毛家灣毛、林、周等人的住處實在太近了些，刑訊叛徒時的鬼哭狼嚎有礙視聽，才把薄一波、安子文等人轉送到遠郊昌平的秦城監獄去，一關十年整。一九七六年秋毛死江囚，文革結束。隨後胡耀邦主持全國冤假錯案平反改正，代表中央找薄一波、安子文等人一一談話，恢復名譽、職務。薄一波感激涕零，又當上政治局委員、國務院副總理；安子文又重回中央組織部領導崗位；其他的五十九人，只要是沒被整死、整殘的，也都重新當上省部級高官。薄一波後從副總理位上退下，轉任中央顧問委員會常務副主任（主任鄧小平），竟在一九八七年一月那次不倫不類的政治局生活會上，為迎合鄧小平、陳雲，翻臉不認人，對當年親自給他平反、恢復工作的黨總書記胡耀邦重拳出擊，逼其下臺，「立下新功」。人到晚年，倒是成了真正的叛徒，狗屎。姥姥的，這就是共產黨的人物，啥缺德的事都幹得振振有辭，人五人六，知道吧？

草嵐子監獄的這段歷史掌故，血腥醜陋，卻也峰迴路轉，興味無窮了吧？

圓善，妳喜歡聽？好，咱今兒個就和妳貧個痛快，再侃侃秦城。秦城可是咱首都四大監獄中，規模最大、設施最全、名氣最盛的。他姥姥的！

妳知道嗎？在五零年代，蘇聯老大哥和我們黨親如父兄的時候，曾經援建了一百五十六項重點工程，打下了我國工業農業、國防科技各行業的基礎。當時兩國簽有專門的協議。可是實際上蘇聯老大哥援建的工程共是一百五十七項，因為有一項是不便公開的祕密工程：秦城監獄。直到文化大革命結束後，中央高級政治犯監獄秦城才被公開。由此可見，我們新中國無產階級專政這套法寶法術，完全是從蘇聯老大哥那兒抄襲來的。無產階級沒有祖國，無產階級專政不分國籍，馬列主義、毛澤東思想放之四海而皆準，就是這個意思吧？他姥姥的！

秦城監獄位於昌平縣興壽鎮秦城村。一九五五年公安部和北京市公安局的一個小組在蘇聯專家的指導下，選中了燕山山脈東麓五雲山下這塊風水寶地。隨即勘測設計。一九五八年動工興建，一九六零年建成。當時這項工程由中央政治局委員、中央政法委書記、北京市委第一書記兼市長彭真，公安部部長羅瑞卿大將主持審批，由北京市公安局局長馮基平任工程總指揮。一九六零年建成時，彭真、羅瑞卿等中央大員親臨驗收，出席竣工儀式。

整座秦城監獄的山坡地連同平地共約萬餘畝。正門高大整潔，與北京市復興門外大街上任何一座解放軍某總部機關大院的大門別無二致，圍牆上也沒有鐵絲網之類。進了正門，竟是一派寬闊的田園風景，正面是綠油油的蔬菜地、小麥地，以及一方一方碧波蕩漾的漁塘；兩側是大片果園，桃樹、杏樹、梨樹、棗樹、蘋果樹排列有序。穿過「農作區」再往深裡走，又分為三層，最外一層是監管人員及家屬生活區，中間一層是獄政管理區（即辦公區和警衛部隊營房），最裡一層才是監獄區（其中又分為高級區和普通區）。因之從大院正門看進去，只看得到大片菜地和果園，以及生活區和管理區的幾十棟三、四層高的樓房，而監獄區則深陷在距這些樓房還有兩、三百米的山腳下，根本無從一見。那監獄區的圍牆才是真正的監獄大牆，由三米高的鋼筋水泥牆加上兩米的鐵絲電網組成，總共高達五米。監獄區內再有三道鐵門，道道固若金湯。內裡乾坤：一九六零年建成時為四幢帶審訊室的白色樓房，均為三層，排號甲、乙、丙、丁。每棟樓房由高牆相間成一格一格，專供裡面的犯人單獨放風使用。因而即使是每天短短的三十分鐘放風時間，犯人也絕對看不到其他的囚犯。每間囚室二十平方米，內有衛生間，設坐式馬桶及腳踏式沖水。囚室門為鐵皮木門，門下方有窺孔，供哨兵二十四小時監視用。一張距地一尺的鐵架子矮床被固定在水泥地上。四牆及犯人能接觸到的地方均被軟物質包裹著，以防犯人自盡。照明燈被鐵網罩在三點五米高的天花板上，光線微弱。窗戶距地面兩米多高，窗臺向上傾斜，由上向外開啟，安有鐵柵和磨砂玻璃，只在白天透進些許亮光，休想看到藍天白雲，星星月亮。蘇聯老大哥的無產階級專政鐵血經驗，在秦城監獄體現得淋漓盡致，甚至青出於藍而勝於藍，知道吧？

最為奇特、堪稱歷史絕唱的，是秦城所關押的那一批又一批中共中央領導人物以及著名人士。你聽聽下面這些名字吧：

一九六零年秦城竣工，第一位被關進這中央政治犯高級監獄的，是「高饒反黨聯盟」的原華東局第一書記、中央組織部部長饒漱石。高崗已於一九五五年自殺身亡。饒漱石則一直單獨關押在這裡，直到文化大革命期間死去；

同年，中共情報系統的開創者、黨中央委員、上海市委副書記潘漢年，上海市公安局局長楊帆，被關押進來。十年之後他們被押往湖南米江勞改茶場，潘漢年死在那裡；

隨後，毛澤東的俄文祕書、在延安即當過毛主席辦公室主任的山東省委書記師哲，被關了進來；一九六二年，被指為反黨小說《劉志丹》的總後臺、「習馬鄭反黨集團」頭子的原第一野戰軍政委、中央政治局委員、國務院副總理習仲勳，國務院勞動部長馬明方、國務院第七機械工業部部長鄭天翔，被關進秦城。

一九六六年毛澤東、林彪合謀發動無產階級文化大革命運動，秦城監獄更有神來之筆，書寫下中共黨史上的傳奇篇章：

一九六六年七月，國務院副總理、中央宣傳部長陸定一，中央書記處書記兼中央辦公廳主任楊尚昆，被關進秦城；

緊接著，十年前主持秦城監獄籌建的彭真、羅瑞卿，被關進秦城；

同時被關進來的，更有十年前的秦城監獄工程總指揮、北京市公安局局長馮基平。

哈哈，他姥姥的！真正的歷史奇觀啦，荒誕劇，諷刺喜劇啦！彭真、羅瑞卿、馮基平三位權勢熏天的大人物，黨國重臣，竟是自己蓋了高級監獄自己蹲來了！馮基平就說：早知道自己蓋了自己蹲，就會把裡面的設備弄得更舒適些。馮基平倒是講了句真話啦。

文化大革命初期被關進秦城的，除了前面提到的「薄一波、安子文六十一人叛徒集團」，還有前中共中央總書記張聞天，解放軍副總司令、元帥彭德懷，解放軍大將黃克誠、譚政、蕭勁光，全國人大副委員長、西藏自治區主席班禪活佛，國家主席劉少奇夫人王光美，中共中央黨校校長楊獻珍，中共中央宣傳部副部長周揚，衛生部副部長兼中央保健局局長傅連璋，教育部長蔣南翔，毛澤東工業祕書李銳，北京市副市長吳晗、崔月犁、廖沫沙……真正的人物薈萃，關在一牢了。其中天主教徒出身的老紅軍醫生傅連璋中將還向毛澤東寫過求救信：毛主席，我在江西蘇區時期救過你三次性命，現在我被關在秦城，每天遭到毒打，雙腿斷了，在地上爬，請救我一命！……傅連璋醫生的求救信並沒有引起毛澤東的憐憫，後被酷刑折磨慘死獄中。

接下來，秦城更是歷史大劇，好戲連臺。姥姥的！有人說，乾脆，黨中央也甭賴在中南海啦，搬進秦城來得啦！

一九六七年秋冬，毛夫人江青的文革親信幹將王力、關鋒、戚本禹被毛下令關進秦城；

一九七零年冬，毛、林反目。時任中央政治局常委、中央文革組長的中共首席理論家、毛澤東著作主要撰稿人陳伯達，因毛懷疑他投效林彪，被關進秦城監獄；

一九七一年「九．一三事件」，林彪政變未果，率夫人葉群、兒子林立果倉皇出逃，機毀人亡，摔死在外蒙古草原，倒也免了秦城牢獄之災。但林彪麾下的中央政治局委員、解放軍總參謀長黃永勝，中央政治局委員、空軍司令員兼政委吳法憲，中央政治局委員、海軍第一政委李作鵬，中央政治局委員、解放軍總後勤部部長邱會作，以及一大批林系幹部，統統被投入秦城監獄。

他姥姥的！空前絕後，紅色活報劇，越演越精彩了吧？

還有更令人拍案叫絕、嘆為觀止的是：一九七九年九月九日毛澤東去世。他屍骨未寒的十月六日，葉劍英、華國鋒、汪東興率警衛部隊發動宮變，一舉擒獲所謂的「四人幫」，把黨中央政治局委員、中央文革組長、毛夫人江青，黨中央副主席兼軍委副主席王洪文，黨中央常委、解放軍總政治部主任張春橋，中央政治局委員、理論總管姚文元，政治局聯絡員、瀋陽軍區政委、毛澤東親侄兒毛遠新等等一干毛派親信政要，統統關進秦城！哈哈！秦城秦城，今古奇觀，也是世界奇觀！知道了嗎？或許歷史最大的遺憾，就是沒有把毛澤東也關進秦城來！讓他姥姥的重病不治。要是把毛澤東也關進了秦城，那就真的萬歲、萬萬歲啦！哈哈……

聽到這裡，圓善師姑忍不住問：白石，你講的這些，聽天書似的，俺都有些兒不相信呢。黨中央真蓋了那個秦城來關自己人，關了一批又一批黨和國家領導人？就你敢瞎說，還想把毛主席也關進秦城去！那成什麼事了？阿彌陀佛。反動，你真反動。阿彌陀佛。

蕭白石一臉壞笑：秦城掌故，無韻之離騷，史家之絕唱……我真想寫一部關於秦城的書，或是勸有心人來寫一部秦城故事，所以積攢了一些資料。肯定不用藏之名山，即可傳諸後世。對了，我今天和妳說這些，日後不會賣了我吧？

10

白石，看你都瞎說了些啥呢？俺倆都好到了這分上，你把埋在心裡的話都告訴了我，我怎麼會賣了你？你們城裡人鬧運動那日月，俺農村人正鬧合作社，也是運動哩。俺莊裡老輩人思想跟不上趟，私下講怪話，說毛主席領導新中國，就靠搞運動，年年搞，月月搞，天天動，夜夜動，把俺百姓當婆姨弄哩，力氣大著哩……你說蔫壞不蔫壞？阿彌陀佛。你說鄉下漢子滿腦門高粱花子？才不是哪。俺鐵家莊的老少爺們可不傻。俺初中畢業在家待了一年，算個文化人，參加寫村史，叫《鐵家莊翻身史》，所以看了些資料，知道些事情。但許多事情是不能寫進去的，規定歌頌光明，否定陰暗。俺鐵家莊的農業合作化是從一九五四年的互助組、一九五五年的初級社、一九五七年的高級社、一九五八年的人民公社一路鬧上來的。田地、牲口、農具、馬車、牛車全部入社歸公，男女老少都當社員，出集體工，幹集體活，掙集體工分，吃集體飯，叫做軍事化什麼的，把俺農村整得像一座一座軍營。秋後按各家各戶掙下的工分分配糧食和菜籽油。錢少得像眼藥水，十分工為一個勞動日，每個勞動日值一張郵票：八分錢。十個勞動日才八毛錢，一百個勞動日才八塊錢。這就是說，一個男子漢一年到頭不歇息，也只能完成三百六十五個勞動日呀，還掙不到三十塊錢呀！所以那年月咱鐵家莊是出了名的「郵票生產大隊」，卻要養活黨書記、大隊長，會計、出納、治保主任、婦女主任、民兵營長一班子脫產、半脫產幹部，由這些不幹活的人領導、支使全莊子幹活的人。明明是各家各戶種自己的田地、搞自己的副業日子好過，手頭多少有幾個活錢；可那叫單幹，小農經濟，資本主義。幹部作報告，上級下文件，報紙廣播天天說集體化改變農村面貌，給廣大農民帶來幸福生活，邁向共產主義哩。有支革命歌曲就唱：公社是朵向陽花，社員都是藤上的瓜，瓜兒連著藤呀，藤兒連著瓜呀，藤兒越肥瓜越大，幸福的日子樂呀麼樂開了花！

俺參加編寫村史已是文革末期，俺才鬧明白，五八年的大躍進是從五七年冬天大修農田水利開始的。咱青陵地方、河北全省、華北平原，五七年冬就書記掛帥、全黨動員、全民上陣，叫做重整河山，大地園林化，開新渠，築新壩，要把人工運河修到鄉鄉社社，把俺北方農村也變成江南水鄉那樣富庶的地方呢。俺鐵家莊地處狼牙山山窪，這年冬天也大辦農田水利，也是男女老少齊上陣，刷標語，插紅旗，爭上游，要把流經莊前的狼牙河截彎取直，在河灘上造地。狼牙河可是俺鐵家莊人的活命水哩，從狼牙山上流下來，清清亮亮，歡歡快快，在莊前沖刷出大片卵石灘，水面不過七、八丈寬窄。灘兩岸長滿翠森森的水柳叢，是莊裡人編織柳條筐、柳條簍、柳條席的原材料，年年割，年年長，總也採收不完的。全莊子都靠了這河水澆地灌園子，也不用打井，吃河水，用河水，又近便，又乾淨。河灘對面是大片田地，連同緩坡地，共有六、七百畝，是俺莊的糧倉哩。可這「狼牙河截彎取直水利工程」，是縣裡批准、鄉裡下達的「山河改造任務」，卻要在原先上好的糧地上開挖出一條全長幾公里的新河道（也叫人工運河），占地一百多畝；再把原來滿是鵝卵石的河灘地填上新土，建成新糧地四百多畝。說是單此一招，就為俺鐵家莊新增耕地兩百多畝！全莊老小五百多人，每人增地近半畝，你說美不美呀？

莊裡有個老漢，外號鐵算盤的富農分子，在河渠工地上咕噥了一句：狼牙河是俺鐵家莊的龍脈呢，先人在地下不得安生呢，會有報應呢。這話得到幾個挖渠老漢的呼應：中哩中哩，咱幹敗家子活哩。幾個老漢合計敲一次銅鑼喚起大家夥注意。可各家各戶的銅鑼早被民兵收繳上去集體保管了，一面也取不回來了，他們只好在工地上嚷嚷開來：莫幹啦！莫幹啦！狼牙河莫挖啦，斷了龍脈，要斷子絕孫啦！

老漢們一嚷嚷，河渠工地上人心惶惶，都撂下鎬、鍬，不幹他娘的了。幹部們緊急開會研究對策，決定也仿照城裡人搞大鳴大放大字報，讓大家有話講，有屁放，相信革命道理越辯越明。俺爹那時當了個生產組長，領導二十幾個勞動力呢。辯論會上說啥的都有，基本上分成上馬和下馬兩大撥。俺爹是土改根子，又當了個小蘿蔔頭兒，幹部讓他說話，他說了自己的看法：開新渠斷龍脈這話是迷信，咱甭信。咱心疼的是開新渠占去一百多畝現成的好莊稼地，全莊人的一塊大肥肉哩！你說把老河灘填上土，會造出四百多畝新地。但那新填上去的土下面全是他娘的鵝卵石，漏勺樣的，篩子樣的，存不下水，留不住肥哩，只怕草都長不出哩！讓俺講心裡話，這新渠不能開，狼牙河不能截彎取直。這不是啥龍脈迷信，而是毀了良田去造荒灘！俺爹這話一出，全莊老小更是炸開鍋：新渠不能開！新渠不能開！斷子絕孫活作孽哩！

這可叫幹部們傻了眼，萬萬沒想到土改根子、老實巴交的鐵柱子會放出這樣一通響屁來，駁都駁不回。沒辦法，只好把情況匯報給鄉裡，鄉裡匯報給縣裡。縣裡、鄉裡很快派下來工作組，說是抓典型，解剖麻雀哩。於是大會小會的反封建迷信，反右傾保守，抓階級鬥爭。果然階級鬥爭一抓就靈，有人檢舉揭發是富農分子鐵算盤暗中搗鬼，散布謠言，破壞水利化、田園化！這叫抓出了幕後黑手。於是開全莊群眾大會，全鄉幹部大會，鬥爭反動富農鐵算盤，並立馬交公安部門逮捕法辦。這叫殺雞給猴子看。鐵算盤卻沒等上級給他判刑，就嚇得用褲帶索吊死在監房裡了。鐵算盤與人民為敵，頑抗到底了。反對開新渠的還有土改根子鐵柱子一撥人咋辦？毀了良田造荒灘這話又說在理上，咋辦？虧得俺爹是個貧僱農，有黨的階級路線罩著，縣裡鄉裡下來的幹部也不便批鬥，就由工作組組長（縣委一位部長）和鄉黨書記找俺爹談話，向黨交心。那部長一上來就問俺爹啥名號，啥階級成分？俺爹回了自己的姓名、成分。那部長說：祖輩貧僱農，土改根子，咋不聽黨的話，不跟黨走道？俺爹說：聽黨的話，跟黨走道。那部長說：毛主席號令大地園林化，灌溉水利化，你咋要反對狼牙河截彎取直工程？俺爹已聽說富農分子鐵算盤死在監房裡了，心裡也發虛了。鐵算盤犯了多大個事就丟了性命？俺爹忙改口：毛主席是俺大救星，他的號召俺聽俺聽，打死俺也不敢反對園林化、水利化。那部長深一步說：擺在你鐵柱子同志面前的也是兩條道路，兩種前途！你不要以為你是貧僱農，當過土改根子，就有鐵券丹書免死牌。毛主席說了，嚴重的問題在於教育農民！這就是說，貧僱農裡也會出壞分子，蛻化變質分子，右傾保守分子，和地主、富農坐到一條板凳上去！俺爹聽這一說嚇壞了，身上衣衫都汗濕了：不不，上級領導，俺一個貧僱農，死心踏地聽毛主席的話，跟黨走，俺就是為了俺媳婦俺仨娃兒，也不敢存貳心呀！那部長說：好！縣、鄉兩級領導可以給你一次將功補過的機會，你自己可要拿出實際行動來！一直陪在一旁的鄉書記這時說話了：鐵柱子你聽好了，鄉裡研究過了，諒你是土改根子出道，給你改正的機會，你先在全莊群眾大會上作檢討，認個錯；態度端正了，鄉裡還是要調動你貧僱農的積極性，任命你為「狼牙河截彎取直工程突擊隊隊長」！由你每天舉旗、敲銅鑼率領大家夥向狼牙河開戰！

俺爹就像隻被耍弄的猴兒似地，當上了俺鐵家莊的突擊隊隊長。一桿旗、一面鑼到了俺爹手上。俺爹認作上級領導不整他反而重用他、提拔他，就神氣了，覺著是替俺娘和仨娃兒長了臉兒了。他每天天一放亮就敲著鑼、舉著旗子上河渠工地，幹的可歡哩。聽毛主席的話，大辦農田水利，就該轟轟烈烈，紅紅火火。全莊男女勞動力冒著冰雪嚴寒幹了整整一冬，到五八年初農曆春節前夕，一條筆直的幾公里長的狼牙河新河道就挖成了，竣工了，縣裡、鄉裡的頭頭們都來剪綵，開慶功大會。俺爹胸前戴了大紅花，很是風光、排場了一回。

一百多畝上好的莊稼地開成了新河渠。老河灘填上新土，開出了四百多畝坑坑窪窪的河灘地。高級社在新河灘地上播下了苞米種子。可是到了四月分，天氣回暖了，草木都綠了翠了，其他地塊上的莊稼綠油油的，唯那四百多畝新開的河灘地，播下的苞米種沒見長出一棵苗苗來！莊子裡幹部急了，報告給鄉裡，這兒那兒的扒開黃土疙瘩一看，叫聲天爺，原來河灘地下盡是鵝卵石，表層鋪了土，下面盡是空隙，全做了老鼠窩了！也不知道從哪兒來了那麼多老鼠，把播下去的苞米種子全當做口糧給吃了。

可是經過上年的那場水利折騰，富農分子鐵算盤死在公安局的監房裡，講了幾句真話的土改根子鐵柱子被迫作檢討、當突擊隊隊長，鐵家莊人對狼牙河截彎取直工程毀了一百多畝良田，造出四百多畝不長青苗的河灘荒地，誰也不敢言聲了。事情在那兒明擺著，誰言聲誰是右傾分子、反革命。是人就怕吃眼前虧，怕出頭椽子先爛。秋後少了一百多畝地的收穫，要餓肚皮也是全莊子人人有份。況且新中國、新社會，有黨和毛主席替人民當家作主，哪有餓死鄉下農民的理？

這年的春天、夏天，毛主席的指示，黨中央的號令，就像皇上的詔書，一道一道地頒下來，一會說總路線好，大躍進好，人民公社好，三面紅旗萬歲；一會說超英趕美，大辦工業，大辦鋼鐵，大辦公共食堂；一會說共產主義從蘇聯老大哥那旮旯過來啦！二月過了黑龍江，進了東北，三月到了內蒙古草原！這共產主義來得好快好生猛啊，四月分就過了山海關，來到咱華北大平原！神了吧？蒙了吧？還沒等你緩過神來，就又傳出共產主義五月分過黃河，六月分跨長江，七月分到毛主席家鄉湖南，八月分抵達廣東、福建海邊！短短幾個月，共產主義就占領咱新中國。

說話間，變戲法似的，敲鑼打鼓開大會，喊共產黨萬歲、毛主席萬萬歲，就成立人民公社，吃上公共食堂，吃飯不要錢了。原先的鄉改叫公社，原先的鐵家莊高級社改叫鐵家莊生產大隊，下面還管著附近的幾個村莊，十來個生產小隊。男男女女都當上公社社員，廣播喇叭裡天天教唱「共產主義是天堂，人民公社是橋梁」。俺爹也當了個生產小隊長。

都共產主義了，咱河北省，咱青陵地區，咱鐵家莊，總該大變樣了吧？大變樣就是躍進再躍進，高產再高產。《人民日報》、《紅旗》雜誌都說了，人有多大的膽，地有多高的產；只怕想不到，不怕辦不到；一天等於二十年，共產主義在眼前！共產主義就是放衛星，蘇聯老大哥放了人造地球衛星，咱新中國就放小麥衛星，水稻衛星，棉花衛星，鋼鐵衛星，教育衛星，文化衛星。衛星越放越多，越放越大。多到天上都擺不下。俺爹後來告訴俺，那年月人人發高燒，說胡話，雙腳離了地，身子在地上飄，飄。

咱鐵家莊也放了多顆衛星。首先是那顆水利衛星：流淌了千萬年的狼牙河截彎取直工程，新增耕地四百多畝！這顆水利衛星立馬上了《青陵日報》，接著上了《河北日報》。至於毀了一百多畝良田、新增四百多畝荒灘地連草都不長這事，提都沒人敢提。跟著咱鐵家莊又放了顆牲豬衛星，大隊集體豬場養出一頭大肥豬體重一千公斤。這顆衛星只上了《青陵日報》，沒能上《河北日報》，因為人家唐山市郊公社的一頭衛星豬體重五千公斤，也就是五噸重，玄乎吧？接下來咱鐵家莊又放一顆文化衛星：全大隊男女老少人人上學堂，辦成共產主義勞動大學。這顆衛星也不夠大膽，稀鬆平常，因為鄰縣已經放出顆詩歌衛星，全縣人民人人當詩人，一天一夜寫出新民歌五萬首，上了《人民日報》，受到中央表揚。

咱鐵家莊到底地處偏僻，又是窩在山窪窪裡，大躍進越來越趕不上趟，遠遠落後於形勢了。公社、大隊幹部很著急，天天站在莊頭莊尾喊土廣播，就是那用洋鐵皮製成的嘴小口大的喇叭筒：

人民日報衛星公告！衛星公告！八月二十二日，安徽省委向毛主席、黨中央報喜：安徽全省糧食畝產超千斤，成為我國第一個千斤省！

新華社衛星公報！衛星公報！九月十三日，河南省委向黨中央和毛主席報喜：河南全省糧食畝產過千斤，成為我國又一個千斤省！新華社衛星公報！衛星公報！十月二十二日，四川省委向黨中央和毛主席報喜，天府之國糧食畝產超千斤，成為我國第三個千斤省！

人民日報、新華社《衛星綜合公報》：湖北麻城縣，八月十三日發射高產衛星，畝產水稻三萬六千九百斤；安徽繁昌縣，八月二十二日發射高產衛星，畝產水稻四萬三千零七十五斤；四川郫縣，九月十八日發射高產衛星，水稻畝產八萬二千四百斤；湖南宜章縣，九日十九日發射高產衛星，水稻畝產九萬一千斤；廣西環江縣，九月二十日發射高產衛星，水稻畝產十三萬零四百三十四斤……

嘿，俺參加編寫《村史》那會兒年少記性好，把那數字抄了背下來，回家跟俺爹顯擺。俺爹聽了哈哈笑：都是妳出生以前的臭事，天知道！天知道！

俺爹後來告訴俺，他那時是生產小隊長，天天帶頭出集體工，天天聽喇叭廣播，聽得心慌慌，腦脹脹，上上下下，都像孫猴兒玩法術哩！畝產四萬、八萬、九萬、十三萬斤？幾萬斤穀子堆在場院裡，和小山一樣高哩。一畝地才多大？甭說穀子了，刨十萬斤土，也要刨下去老厚一層哩！天天這樣胡吹海誇，也不怕笑掉人家美帝國主義的大牙？

可俺爹接受了上回的教訓，不敢再公開嚷嚷了，只私下去找當大隊書記的叔伯兄弟說出心裡的納悶。叔伯兄弟沒有批評他，卻翻出一份文件，問俺爹：北京有個大科學家叫錢學森，搞原子彈的，他在人民日報上寫了文章，說依據作物的光合作用，畝產幾萬斤是完全可能的！可是俺爹沒文化、沒見識，既不知道錢學森是啥大科學家，也不知道他在黨中央機關報上發了啥文章，更不知道啥光合作用。叔伯兄弟見他一頭霧水，就又問俺爹：京裡陳毅元帥你知道不？俺爹說，咋不知道，十大元帥，陳毅是一個，現當著副總理、外交部長，代表咱國家講話哩。黨書記取過一張報紙，說：這篇文章就是陳毅元帥、陳副總理親自寫的：他南下廣東，到番禺縣視察，親眼看到畝產紅薯一百萬斤，畝產甘蔗六十萬斤，畝產稻米五萬斤！共和國元帥哩，外交部長哩，代表咱國家向外國講話哩，他能瞎說、瞎寫？他水平不比咱鄉下農民高些？眼界不比咱寬些？告訴你吧，黨內剛傳達了文件，毛主席在北京中南海，天天收到各省各市的喜訊、喜報，高興得睡不著覺，發愁全國生產這麼多糧食，全國人民怎麼吃得了？每天二十四小時開流水席，敞開肚皮吃，也吃不了！

俺爹聽黨書記一席話，尤其是毛主席老人家為全國糧食多到吃不完而發愁那話，也就不再懷疑了！姥姥的，咱也來狂一把，瘋一回。他給當書記的叔伯兄弟出主意：不就是放衛星嗎？人家鄉鄉社社放衛星，咱鐵家莊大隊何不來個家家戶戶放衛星？

黨書記高興了：中！中！咱家家戶戶放衛星。柱子哥，你帶頭，放一顆！啥衛星？

俺爹說：俺家大母雞一次下了五粒蛋，每粒八兩重！

黨書記立即莊頭莊尾的喊開了土廣播：響應毛主席黨中央號召，家家戶戶放衛星啦！鐵柱子家放出頭一顆，母雞一次下五蛋，每粒半斤重啦！

接下來俺莊子裡可就熱鬧啦，衛星爭著放開啦：這家說，他家園子裡的菜豆角、豆藤一夜長了好幾丈，每條藤上都結了幾十根，根根五尺長，每根五斤重，是「豆角衛星」！那家說，他經管的烤菸田裡出奇蹟，菸葉片比草帽還寬大，一張葉片可以蓋住三個人的腦袋！畝產一千斤乾貨不成問題！這是他家發射的「烤菸衛星」；另一家又說，他們小組種下的五畝芝麻地，長成小樹林，收割芝麻要帶上斧頭鋸子，砍倒後拉到場院裡一打，畝產一千斤，放了顆「芝麻衛星」！還有一家說，他那生產小組的地裡長出個地瓜王，五名男勞力刨了一天一夜才刨出來，至少兩千斤！放了顆「地瓜衛星」……

再老實的人也不敢老實，再膽小的人也膽大了。俺鐵家莊人敲鑼打鼓去公社黨委報喜，還準備去縣委報喜，盼著爭上游插紅旗。你們城裡人或許不知道啦，一九五八年時候，俺鄉下隊和隊比，社和社比，縣和縣比，地區和地區比，後來聽說還有省和省比；誰越離譜，敢胡吹海誇，誰坐上游，插紅旗；誰膽兒略小，稍有疑慮，就坐下游，插白旗，當右傾！厲害著呢。當了上游、插了紅旗，就被提拔，升官；坐了下游、插了白旗，輕則停職審查，檢討悔過，重則開除黨籍、幹籍！可不是鬧著玩兒的。

（蕭白石插話：這事我知道，聽老將軍說的，五八年毛主席的老家湖南省委插了白旗，省委書記周小舟當了右傾分子，可後來湖南餓死的人最少；湖北省委插了紅旗，省委書記王任重升了官，官越做越大，卻要跑到湖南去借糧，後來湖北餓死的人是湖南的五倍，死了好幾十萬……好了，妳繼續講。）

俺鐵家莊去公社黨委報喜的人卻討了個沒趣。你道為啥？原來公社書記拿出一張先一天的《人民日報》，上面登著河南遂平縣嵖岈山人民公社的衛星喜報。那可是毛主席親自視察、金口玉牙定下「人民公社」這個名號的地方啦！全國第一個人民公社啦。遂平縣向毛主席、黨中央的報喜的衛星喜報上寫著：

「火箭公社一家農戶，一天早上起來，發現碧綠青翠的菜園子裡，種的菜豆角竟神奇地長成了七尺半長，每棵豆角秧上結了六、七根長豆角，如同一根根扁擔豎在架上，個個都有雞蛋粗，重達八斤多，而且豆角還在繼續長，有可能長到十五尺長短，每棵就有一百多斤，用這樣的豆角子炒菜，每頓飯只需要用刀削一層皮就夠了。這是該公社社員任清恩培育的衛星菜」；

「夕陽西下，嵖岈山人民公社五大隊第二生產隊隊長楊書興和社員羅遂高興得呼天喊地，原來他們培育的菸田出現了奇蹟，每畝菸葉舒展開葉片，每片都有席一樣大，攤到雙人床上還有餘頭哩。此時遂平縣報社記者鄭道群也被奇觀驚呆了，趕快寫下了報導：菸葉大如席，一畝高產乾菸葉一千一百五十八斤」！

「嵖岈山公社第二大隊常韓生產隊王丙銀等人培育的二畝芝麻地，長成了森林，一棵芝麻幾丈高，如同一棵棵大樹。割芝麻只好帶上大鋸和斧頭，又是鋸又是砍，才把芝麻樹林收到場子裡，一打，畝產四千四百十六斤」；

「清晨，袁莊的農民袁毛起來打開了雞窩，雞們一隻隻歡蹦快躍出雞窩。其中一隻土雞精神抖撒，拍打著翅膀，咯咯叫著，不一會下了一個蛋，停了一會又下了一個蛋，半天時間，這土雞下蛋不止，一共下了十個蛋，而且一個比一個大」；

「嵖岈山人民公社一個紅薯長了萬把斤，百十口子人刨了三天，才刨出來，用十輛馬車拉回村裡，準備送去北京向毛主席報喜！」

……俺鐵家莊到鄉黨委報喜的人馬，一聽《人民日報》上登的河南遂平縣的喜報，都獃住了，被嚇住了。天哪天哪，咱還是保守哪，右傾哪，思想不夠解放，膽兒不夠大哪！人家的衛星土雞一次下十個蛋，咱的衛星土雞才下五個蛋；人家的豆角衛星每根十五尺長，咱的豆角衛星才五尺長；人家的衛星菸葉張張像席片，每張都蓋得下雙人床，咱的衛星菸葉只有草帽大，只能蓋下三顆腦袋；人家的衛星芝麻像森林，每棵幾丈高，畝產四千四百斤，咱的衛星芝麻只像小樹叢，畝產才一千斤；人家的衛星紅薯一個一萬斤，咱的衛星紅薯才一個兩千斤……咱這也叫放衛星？放炮仗都不夠格，真真羞煞人了，腦袋該鑽進襠裡去了，還有臉敲鑼打鼓來給公社黨委報喜！

公社書記這回倒是對咱鐵家莊的幹部群眾寬宏大量：回去吧，膽子更大些，步子更快些！公社不接你們的喜報，也不定你們下游，不插你們的白旗。下次還想來報喜，先查對一下人民日報上的喜報，沒有高產再高產，就甭來報啥屌的喜了！

接下來，俺鐵家莊也和全國農村一樣，吃上了人民公社公共食堂，吃飯不要錢。俺鐵家莊分為生產一隊、生產二隊，每隊辦一座食堂，再不准各家各戶自己開伙。豬呀牛呀羊呀馬呀，也都圈在一起養，稱為「萬頭豬場」，「萬頭牛場」，「萬隻羊場」。全生產隊就百十頭豬，幾十頭牛，十來匹馬，百來隻羊，但統統叫做「萬頭場」。公社黨委說，叫「萬頭場」有氣派，是從發展的眼光看新生事物！現在不夠萬頭，不久之後肯定超過萬頭！

吃飯不要錢，白麵饃饃小米粥，大家夥敞開肚皮吃，吃得可歡了。俺爹是生產小隊長，又私下去找大隊書記叔伯兄弟：家家不舉火，吃上大鍋飯，不計數。只怕生產隊倉庫裡的那點兒存糧，不到冬天就敗光！大隊書記卻批評俺爹說：鐵柱哥，你還是個老腦筋，小農經濟思想趕不上趟。全國農村人民公社都敞開肚皮吃哩！毛主席老人家發愁糧食多到倉庫裝不下，每天二十四小時開流水席都吃不完哩！現如今全國一盤棋，共一個偉大領袖毛主席，咱鐵家莊的糧食吃沒了，上級還不會從別地方運來？你是個老實人，腦筋死板了點兒，哈哈哈。

接下來就是大煉鋼鐵啦。也是書記掛帥，全黨動手，全民上陣。俺鐵家莊也是拆了老屋砌土高爐，砍了山上的樹燒木炭做煉鋼鐵的燃料。可狼牙山是石頭山，挖不出鐵礦石來呀！於是公社黨委、大隊黨支部學習外地經驗，動員各家各戶把鐵鍋、鐵勺、鐵鈎、鐵叉、鐵架等等，除農具以外的所有鐵器家什繳出來，反正也不用在家裡做飯了，通通投進土爐去，熔成鐵疙瘩，再紮上大紅布抬著，敲鑼打鼓去向公社黨委報喜：咱鐵家莊生產大隊像兄弟大隊一樣，煉出了自己的鐵疙瘩！

就在這年的十月間，咱狼牙山區下了一場大雨。其實也算不上大暴雨，卻引發出一場可怕的山洪，嘩喇喇，轟隆隆從山裡沖刷下來，就把咱鐵家莊那水利衛星狼牙河截彎取直工程的土堤土壩沖了個稀哩嘩啦！新渠不見了，幾百畝因大煉鋼鐵來不及收割的莊稼，到口的糧食成了泥沙糊糊。狼牙河改了道，又回到原先的卵石河灘。老輩人早私下說了，山有山勢，水有水性，胡亂改道，得到報應。咱鐵家莊人有得苦頭吃啦。

蕭白石聽到這兒，忍不住說：一九五八年大躍進時候，各地臣民爭先恐後給皇上獻祥瑞，向毛主席、黨中央報喜，都由人民日報、新華社發消息。

圓善問：啥叫祥瑞？

蕭白石說：一隻土雞每天下十個蛋，菜豆角每根長到十五尺，芝麻長成大森林，就叫祥瑞，報給朝廷，討皇上歡喜。共產黨的皇上就是毛主席。

圓善躺在白石懷裡：到了外面，你可不許亂說啊。

正說著，電話鈴聲又響起。

蕭白石摁下免提鍵，問哪位？啊，文化部藝術局的杜大頭，五七年唸中戲時打過右派，是劉賓雁、許良英、吳祖光等人發起的「一九五七年反右鬥爭學術研討會」的聯絡人。怎麼？中宣部、統戰部又下了指示，今年春天也不讓開會？咱們開次民間的學術研討會，礙著他們啥事了？又是誰向他們請示報告了？劉賓雁、吳祖光都很生氣。這次也給全國人大副委員長周谷城、全國政協副主席錢偉長、上海市長朱鎔基發了通知，就又被這些當過右派的大人物阻撓……魯迅先生說得好，宋江帶領梁山好漢被朝廷招安了，就替皇上去打另外的替天行道的強盜方臘去了。這個譬喻不準確，一九五七年被打成右派的知識分子不是強盜，更沒有發動過農民起義。只是書生報國被黨咬，惹下大禍。一次民間研討會，申請三年不獲批准，這就是新中國的自由、人權。劉賓雁說，要是胡耀邦還當總書記，或許就開成會了。他準備託人去找趙紫陽？我看玄。趙紫陽為物價改革的事焦頭爛額，成了眾矢之的啦！他還會管這檔子事？您不知道？連全國人大開一次委員長會議，都要先報中央政治局批准！黨的一元化領導，沒得治啦。操他姥姥。

杜大頭是個活躍人物，還告訴蕭白石另外兩個信息：他和聯合國國際開發署駐華總代表孔雷薩先生熟，推薦了您的那幅油畫新作〈我們的森林〉，人家很感興趣，想約個時間來拜訪您這位大畫家。您怕不怕和老外接觸？再有，東城大北窯附近，新開了一家文化沙龍，美式咖啡館，劉賓雁、方勵之、邵燕祥、北島、芒克、黃苗子、許良英、吳祖光等人都是常客，還有一批北大、清華學子，高幹子弟。您有不有興趣去坐坐？保管您增長見識。

蕭白石表示沒有興趣，只想在家裡呆著，清靜。

杜大頭說：您老兄治癒了性功能障礙？又金屋藏嬌啦。要不要請北島替您女朋友整篇〈新長門賦〉備用？

蕭白石佯裝生氣了：杜同志你講話要注意政治。本人姓蕭不姓劉，和漢武帝劉徹那廝毫無瓜葛，和司馬相如更是八竿子都打不著，哪來的長門宮陳阿嬌？

圓善在一邊聽得一頭霧氣。如今北京這批中年爺們，一個賽一個的貧。正如農村人說的：三百斤的野豬，剩一張寡嘴。

11

蕭白石問：上回咱說到哪兒了？對了，說到一九五八年夏天，秋天，冬天，咱都是隨了市公安局勞改處的一個宣傳小組，在各個監獄裡刷口號、標語，畫歌頌三面紅旗的壁畫，也是參加了大躍進運動呢。咱畫壁畫這事算專業對口，畫在監獄高牆上，每幅都有十幾平米見方，一共百來幅吧。咱遵循的是毛主席革命浪漫主義和革命現實主義相結合的創作方針，知道吧？妳都沒聽說過這方針？當年可是喊得震天價響哪。嘿，那就是敢想敢幹，只怕想不到，不怕幹不到。毛不就吹自己可上九天攬月，可下五洋捉鱉，多麼了不起嗎！一九五八年夏天，黨中央在北戴河開會，毛在會上提出，小農經濟是資本主義的溫床，要消滅中國小農經濟的基礎，就必須取消家庭，讓人民公社社員過集體生活，男男女女一起勞動，一起生活，吃公共食堂，住集體宿舍。西方的資產階級和帝國主義分子，不是罵我們共產黨人共產共妻嗎？他們罵對了，馬克思的《共產黨宣言》早就講了，共產主義社會就是要消滅家庭，消滅階級，消滅國家；我們共產黨人只有先解放全人類，才能最後解放自己。解放全人類，就是思想的解放，身體的解放，性的解放。唯有達到了性的解放，才是人類徹底的解放。

妳一定難以相信這話是偉大領袖毛主席說的了吧？老將軍一次和我閒聊，聊著聊著就說漏了嘴。老將軍參加了五八年夏天在北戴河開的那次中央工作會議，親耳聽毛主席說的！不過後來往下傳達時，這段話沒有了。姥姥的！所以，妳不要以為咱又貧上了。不，這的確是毛主席當年的最高指示，原汁原味的毛澤東思想。毛從來就是個革命的浪漫主義者。他生平共產過多少女人？恐怕難以計數。共別人的女人、女兒，在他不是一件難事。有的女人求之不得呢。女人被皇上幹過，叫做「幸」。但他自己家裡的女人可不可以被人家共，怎麼被人共，他也沒有指示明白。聽說是受到了劉少奇、朱德、陳雲、鄧小平等人的抵制，大約他們也不願自己家裡的女人被共產出去。朱德的祕書還私下講了怪話：取消家庭，咱新中國就真成了人家西方人寫的《動物農莊》了。《動物農莊》妳沒聽說過？是一本英國小說，「全世界四條腿的動物聯合起來！」寫得妙極了。咱國家五十年代就翻譯了，內部出版，供省軍級以上高幹參閱。妳想看？回頭我去找出來。所以後來毛那個「取消家庭、共產共妻」的「最高指示」，也就沒能在全黨全軍全國貫徹執行。知道吧？要是執行了，咱新中國就公妻制，就熱鬧了，好瞧了：想日誰就日誰，徹底性解放，共產主義普天同慶了。他姥姥的！

好好，咱不貧這個了，咱也甭對毛主席的革命浪漫主義說三道四了。還是來說說咱在幾座監獄大牆上畫過的反映大躍進大好形勢的革命浪漫主義壁畫吧，至今還記得有那麼幾幅：

人民公社一望無際的玉米衛星田像原始大森林，棵棵玉米喬木參天，直指青雲……姑娘、小伙子舉著紅旗，在樹梢上跳舞歌唱；

幾名老漢坐著花生殼巨輪在大海上航行，三面紅旗乘風破浪，去周遊世界，宣傳中國大躍進的大好形勢；

美麗的嫦娥姑娘從月宮下到人民公社的豐收棉田來摘棉花，顆顆棉球比澡盆還大，棉田白茫茫一片，如同天上的白雲滾滾，分不清是在人間還是在天上；

一個少先隊員挑著擔子奔跑在社會主義大道上，一頭裝著泰山，一頭裝著天山，改造中國的河山；

工農兵大躍進，工人扛著鐵錘，農民舉著鐵鋤，解放軍緊握鋼槍，昂首闊步，豪情萬丈地唱：天上沒有玉皇，地上沒有龍王，喝令三山五嶽開道，我來了——！

這一類的壁畫，充分發揮了我的藝術想像力。有幾幅還被選刊在各級黨報上，當然不能署作者的名字，因為咱是一名右派大學生，署的是「工人集體創作」，「公社社員集體創作」。但我還是很高興，這些壁畫以及那些大字標語，說明我還算是個對社會有用的人，而不是劃我右派時批鬥大會上罵的那個「社會渣滓」、「不齒於人類的狗屎堆」。他們總是用一些最骯髒的話侮罵所有被他們批鬥的人。唉，可也因為我的一幅壁畫啊，在清河勞改農場引發了一樁命案。那是畫在監舍外牆上的一幅「天上沒有玉皇，地上沒有龍王」，被人加了句「胡吹海誇，看怎麼收場」！想想看，事情有多麼嚴重，歌頌大躍進的革命壁畫受到詆毀、詛咒。這立即驚動了市公安局、市委市政府，說是還上報了中央公安部。公安部門很快派下來破案小組，弄的草木皆兵。全農場上萬名勞改犯人和上千名我這類勞教右派大學生，每人發一張編有號碼、姓名的白紙，讓寫「胡吹海誇」四字，右手寫一遍，左手也要寫一遍，對筆跡哩。真是人人膽戰心驚，個個大禍臨頭，恨煞了那寫反動標語的傢伙。我本人更是嫌疑重重，很可能成為重點審查對象。萬一自己的筆跡和那反標的筆跡稍有相似之處，可就滿身長嘴說不清了：畫了壁畫再加一條反標，來發洩對黨的不滿，對社會主義的仇恨！

所幸經市公安局破案小組認真對照、分辨了一萬多份犯人的筆跡，聽說也包括數百名監管工作人員的筆跡，終於鎖定兩名勞改犯人和一名勞教學生，把我排除在外，真算得上死裡逃生。我沒有見過那條反標的真跡，過了很久才隱然聽說那字跡是顏體。五十年代的讀書人，小時候習過毛筆字，臨過字帖，幸而我習的是柳體而非顏體。三名嫌疑犯被關了單間號子。每天二十四小時不間斷地輪番審訊，叫「疲勞戰術」，也叫「疲勞轟炸」，不認罪就不讓睡覺、不給水喝、不准上廁所，沒有人熬得過去。先是兩名勞改犯人在各自的單間號子裡把褲頭撕成布條，結成繩結，上吊身亡。接著又是我們這邊的那名右派學生用寫認罪書的圓珠筆戳破手腕上的動脈血管大流血而死。那名大學生我不認識，也不知道他的名字，只聽說他是北大文科高材生，學生領袖，大鳴大放時要求學校搞民主選舉，實行教授治校，而不是黨委治校，包辦一切。那時犯人在獄中自殺，就像死了條狗一樣。不，連狗都不如，路上踩死一隻螞蟻而已。可見，人只要到了想死的那一步，是任何防範都沒有用的。所以我一直認為：自殺，是人類捍衛人格尊嚴和對抗暴力的最後手段。自殺是解脫，是不合作，是英雄行為，應當受到尊重，而不是譴責。士可殺，不可侮。毛澤東的三大祕書田家英、鄧拓、周小舟，都是在文革初期自殺身亡，以各自寶貴的生命跟紅色暴君作了最後的抗爭。這是後話。即使是在一個法治較為健康的社會裡，有人自殺，被追究的只應當是造成自殺悲劇的直接原由及其社會因素。

一幅鼓吹大躍進的壁畫，一條譏諷大躍進的標語，送掉三條人命。這在當時並不是個別的案例。套用毛的話說，死人的事經常發生，有的重於泰山，有的輕如鴻毛。好些日子，我都頭暈暈，眼花花，抬不起頭，彷彿自已的雙手也沾著血腥。我也再沒有被人帶著去畫新的壁畫，去刷寫新的標語，仍回到清河勞改農場右派大學生勞教中心從事田間勞動。我知道，靠了市公安局伍副局長的開恩，勞改中心給了我一項好處：允許我每兩星期進城看望母親和弟妹一次，但必須當天天黑前返回，參加晚上的政治交心學習。

轉眼到了一九五九年的春天。有一次回家，母親塞給我一封從青海小柴旦光明農場的來信，是由北京市公安局勞改處轉來的。母親雖然和父親辦了離婚，三個弟妹也宣布和父親脫離父子關係，但好歹還允許父親使用家裡這個通訊地址。父親現在只剩了我這個也送去勞教的長子，還和他保持著父子關係。父親在信中感謝黨和政府，感謝偉大領袖毛主席，對他這個罪囚的寬大仁慈。接著寫到小柴旦光明農場雖然位在青海柴達木盆地的西邊，離省會西寧市有一千多公里遠，但看管他們的解放軍同志對農場的一萬多重刑犯人就像對待親人一樣，不打不罵，不體罰，只要求他們放下屠刀，懸崖勒馬，回頭是岸。現在他吃得飽，穿得暖，睡得香，身子骨比在北京家裡還健旺。監獄領導還命他做些英文、日文、法文方面的工作。當然思想深處的反動惡習一時難以根除，半夜做夢還會夢到全聚德的烤鴨，六必居的醬菜，天香園的滷味等等，真是罪不容赦。

我知道依照新中國監獄的規定，父親寫給家人的信，一定先呈交監管幹部審查，確認沒有不妥當的內容及字句後，才會蓋上那個特殊的郵戳。就是到了北京，凡是蓋有勞改單位郵戳的信件，也會由市公安局審閱登記了，再交街道黨委治安科備錄了，最後才交到收件人手裡。讀了父親的信，我感到陣陣心悸。表面上父親寫的很正面，很光明，很溫暖；但我覺得父親在字裡行間透出種種寒意，是那種刺骨的寒意。對了，父親很可能是反話正講！以父親的文化素養，為人學問，他懂得如何躲過審查，而把些要告知長子的情況，反過來講……父親所處的戈壁深處勞改監獄，竟關押著一萬多名重刑犯人，明明是座大型的政治犯集中營了，那需要多少解放軍官兵去看守？解放軍同志不打人不罵人，這或許可以相信；但對待犯人像親人，有這可能嗎？解放軍是無產階級專政的柱石，從來立場堅定，敵我分明，怎麼可能視犯人為親人？父親的假話講的太肉麻，但上級領導喜歡聽，所以這些假話被審查通過，允予放行。父親說他在那裡吃得飽，穿得暖，睡得香，身子骨比在北京家裡還健旺，肯定也是天方夜譚。我上中學時學過地理，知道青海的柴達木盆地，面積達二十萬平方公里，終年苦旱少雨，極度乾燥，多沙塵風暴。夏季酷熱，高溫四十幾度，沙土可以煨熟雞蛋；冬天嚴寒，零下十幾度，人若留在戶外兩小時即會凍成冰棍，或被沙塵暴活埋。即使是沙漠邊沿的小塊綠洲，全年的無霜期也只有一百五十來天，在這麼短的作物生長期裡，很難栽種出豐碩果實來的。所以父親是以隱諱的曲筆，告訴我這個當兒子的，以及他離異了的妻子，他現在吃不飽，穿不暖，睡不好，身體比在北京的時候差多了；父親說晚上做夢都夢到全聚德的烤鴨，六必居的醬菜，天香園的滷味，東來順的涮羊肉。父親再明白不過地暗示出來，他正在挨餓，饑腸轆轆。

聽到這兒，圓善師姑插話：你老爸可憐哩，那麼大的學問，判那麼重的罪，送到青海柴達木沙漠那麼遠的地方去勞改，比老戲文上的臣子被皇上發配邊關充軍，還要苦哩！阿彌陀佛。

蕭白石說：古時候的臣子被發配邊關，還算個服役的軍士，還有盼著皇上赦免的一天。我老爸他們……多少萬被打成極右分子的知識分子，絕大多數人都永遠留在了大沙漠裡。好好，我先歇歇，下面聽妳說妳的老爸，鄉下貧僱農老爸。

12

白石，俺爹一九五九年冬開始背運。只因他在生產隊幹部會上說了句「彭老總是個實誠人，替農民說了實誠話」，就成了「彭德懷的應聲蟲，追隨者」，撤了生產隊小隊長職務。所幸俺爹出身苦，平日表現算積極，才沒給戴上右傾帽子。俺鐵家莊大隊的黨書記、俺爹那叔伯兄弟也因思想右傾被撤職，換上個又好色又貪嘴的復員軍人當頭兒，成天只會說毛主席這偉大，那英明，毛主席比他親爹親娘還要親。鄉親們私下裡稱他為「小毛主席」，沒有不怕他的。可公社黨委器重他，評他做「模範黨員」，「大躍進標兵」。你想想，在這種人手下，俺爹和俺家的日子能好過？

你不知道當時人民公社社員的「口糧」是咋回事吧？公社規定各家各戶的糧食統歸生產隊集體保管和分配。鄉下人從來就有積穀防饑、養兒防老的傳統。你去問鄉下人：做人最怕的是什麼？他們總是告訴你，最怕沒吃的。祖祖輩輩，最怕的就是這個。你想想，人要活命，吃飯是第一件大事啊。現在把你的嘴巴和肚皮都管起來了，你還能怎麼著？你就是長了翅膀也飛不起來啊。這話是俺爹私下在家裡說的。那年月，人都瘋了似的，上面怎麼下令，下面就怎麼幹。別地方的事俺說不上來，單從俺鐵家莊來看，山上好好的樹，山下好好的水，捎帶著各家各戶的窮家當，眼睜睜看著折騰光。共產主義大躍進的雷雨一過，洪水沖洗過一樣，剩下一地的窮光蛋。可上面仍不肯放過下面這一地的窮光蛋，幹部還帶著民兵推著車，挨家挨戶搜藏糧，說社員家裡還私藏了糧食。說是繼續吃食堂，不許社員家裡有糧，連菜籽、豆種都被收走。俺說這話，思想也很反動不是？

公共食堂吃到一九五九年就不行了，到一九六零年只剩下大鍋清水湯。這時生產隊倉庫裡倒也還存有一點活命糧。可每家每戶的這點口糧仍由生產隊一月放發一次，數量也越來越少。最後每人每月只發十五斤摻和了榆葉粉的棒子麵。每人每天只有半斤口糧。可就在這節骨眼上，偏偏大隊書記下令扣俺家口糧！這不把咱家全都餓死？你道為的啥？是俺二哥鐵雄眼饞，偶然看到生產隊的魚塘裡浮了兩尾草魚，大約是剛翻白不久，就偷偷撈了回來；每條只怕有兩三斤重，肥冬冬哩！全家人正餓的眼睛發綠，更是大半年沒沾過腥暈了，還能不大嚼一頓？

那天俺全家人剛吃過晚飯，滿嘴還是魚腥味兒，生產隊的廣播喇叭就響了，通知開社員大會，男婦老少都要參加，不准請假。原來有人告發俺二哥偷了生產隊魚塘的兩尾大草魚，更有人說俺二哥在魚塘裡下了藥，才把魚偷到手。這事俺全家去曬場裡開大會才知曉。俺大隊那個小毛主席書記先沒說這事，而照那年月大小幹部作報告的習慣：先談大好形勢，從世界革命的大好形勢，亞洲非洲拉丁美洲各國人民反對美帝國主義的大好形勢，談到咱新中國在毛主席、黨中央英明領導下，敵人一天天爛下去、我們一天天好起來的大好形勢，談到咱河北省各行各業的大好形勢，談到咱青陵縣的大好形勢，談到咱狼牙山公社以及咱鐵家莊大隊的大好形勢……千里萬里的大好形勢一口氣談下來，小毛主席才理論聯繫實際，最後談到咱鐵家莊在大好形勢下的階級鬥爭新動向。小毛主席說，破壞和搗亂，不但地富反壞階級敵人搞，個別出身貧苦、翻身忘本的人家也搞！這個別人家以為出身不賴就可以違法亂紀，對反右傾不滿，懷疑三面紅旗，走到了革命的對立面！比如，就在今天下午，有人偷了集體魚塘的魚！那魚可是好吃的啊，可是鮮美的緊啊？群眾的眼睛是雪亮的！大隊黨支部、大隊民兵已經掌握了充分的證據，這是破壞集體生產的無法無天的行徑！同志們，這裡，我先不點這家人的名姓，看在他土改根子出身的分上，希望他自己能站出來承認犯錯，坦白交代他盜竊集體財產，大隊黨支部可以給他批判從嚴、處理從寬的機會！

俺爹俺娘坐不住了，俺大哥鐵英、二哥鐵雄、三哥鐵豪、四哥鐵傑小小年紀都坐不住了。可俺家四個兄弟長大後就是四雙拳頭，大隊、生產隊幹部都有所顧忌的。俺爹不怕事，站起來大聲說：鐵書記，你是咱大隊的小毛主席，大家夥都恭敬你。你呢說事也要公道些！咱和你都是貧僱農出身，一家子不要說出兩家子話來，就像你平日常說的那樣，貧下中農一家親，打斷骨頭連著筋哩！

大隊書記遭了俺爹的搶白，氣的渾身哆嗦，大怒：鐵柱子你個右傾分子，你反了你！老子不信治不了你！他轉頭就命令民兵營長拿人。民兵營長倒還冷靜，一個莊子住著，不想拿下俺爹，於是厲聲喝斥：鐵柱叔！論輩分咱喊你一聲叔，你可要腦子清醒些！鐵書記是代表上級黨組織給咱做重要報告哩！所以第一，你要尊敬黨的領導同志，不要小毛主席、小毛主席的隨口叫喚，儘管鐵書記本人不計較下面的人這麼隨意稱呼他；第二，你家老二拿沒拿公家魚塘的兩尾草魚回家去？只怕都已落肚了呢，你還不坦白承認這個事實？至於下沒下藥，是不是你家二兒下的藥，大隊治保小組還要深入調查落實，之後嚴懲不貸！第三，今天這事，你態度要端正老實些！錯了就認帳，而不是賴帳，以免在錯道上越走越遠！下面，當著全莊子老少爺們的面，還是由你做個檢討，認個錯吧！

俺爹雖是個火性子脾氣，聽了大隊民兵營長這硬中帶軟、軟中帶硬的話，也就趁勢轉個彎兒，找個臺階下來：這批評，咱接受，也認帳，咱家二兒是從公家魚塘撿了兩條死魚回家，沒臭，就煮了吃了。咱願按價賠錢。賠多少，生產隊給個價，扣俺工分也成。咱也保證，從今兒起咱全家人，若再見到塘裡有死魚，決計不會撿回家裡吃了。

對俺爹的這檢討，會上的老少爺們有的拍巴掌，有的說：中，中！了啦了啦，不就兩死魚嗎。

大隊書記面無表情。民兵營長大約摸到了小毛主席的意向，也想把事情做個了斷，就又問了一句：鐵柱叔，那魚塘下藥的事又咋說？

俺爹大聲說：如果真有人下了藥，那塘裡的魚就都會翻白，全死光！不會只死兩尾。大家夥說說，是不是這個理兒？

會場上一陣哄笑。

大隊書記有模有樣地乾咳兩聲，揚了揚手，止住了社員們極不嚴肅的哄笑，繼續他的重要講話：當前，形勢大好，可也形勢複雜！我們要注意階級鬥爭的新情況，新動向。注意階級調和、右傾機會主義思想氾濫！下面，宣布對鐵柱子家娃兒偷盜公家魚塘大草魚的處理決定：扣除鐵柱子和他二娃兒一個月的口糧，以示教育。這事就這麼定了。之後，生產隊長又講了講別的事情，散會。

當天晚上，莊裡不少人替俺家抱不平，悄悄來告訴俺爹：你家二娃兒背運哩！那兩尾草魚是人家放在塘邊，等傍晚時弄回去招待大隊書記和民兵營長幾個小毛主席的！被你家老二撿回家打了牙祭，人家能不惱火？只是你父子倆被扣掉一個月的口糧，小毛主席也忒歹毒了些。

俺爹忍下一口惡氣。俺爹沒責怪俺二哥，況且兩尾魚讓全家人開了一次腥葷，沒啥後悔的。俺娘卻犯了愁，全家七張嘴，每人每月十五斤棒子麵，總共一百零五斤，原本要摻合六七成的榆葉麵，才勉強填肚皮，不致餓死。現在一個月少了三十斤，日子怎麼過得下去？四個娃兒又正長身子，個個餓癆似的……人窮志短，馬瘦毛長。俺娘哭著求俺爹：你就領著老二去大隊書記面前認個低吧，讓雄娃給磕幾個響頭，求寬恕了這一回吧！不然這個月三十斤口糧扣下來，全家人都會倒下的。莊子裡正在死人哩，生生給餓死的……俺爹貧僱農，性倔，餓死不吃嗟來之食，但也沒有阻止俺娘領著俺二哥去向大隊書記認錯。說是那小毛主席正歪在炕上喝小酒。見俺娘領著俺二哥給磕頭求饒來了，倒也下了炕，一把就從身後將俺娘扶了起來，好一刻沒有鬆手，嘴上說：起來起來，鄉裡鄉親的，行啥大禮？那事、那事，處理得重了點。回頭我給招呼一聲，你家鐵柱子的十五斤口糧就不扣了，行不？俺娘也沒有推脫，任小毛主席的一雙爪子毛手毛腳，順勢說：行行好，把俺二娃兒的十五斤也給了。娃兒不懂事，娃兒還小。小毛主席也順勢：行行，你鐵柱媳婦懂事就行，就行。二娃子，你也起來吧。沒事了，叔說沒事就沒事了。

大隊書記早垂涎俺娘的好顏色，好身子。俺娘為了俺爹俺二哥的口糧，忍受了大隊小毛主席的調戲。

對了，這裡我要插一段。我初中畢業不是在家歇學一年嗎？在莊裡算個小小文化人，被生產大隊抽調去參加編寫《鐵家莊翻身史》，查閱了一批當年的報刊文章瞭解到的。俺記性不差，至今沒忘。你要說那時的黨中央、國務院一點都不知道下面的公社食堂嚴重缺糧，人民群眾正在鬧饑荒、餓肚子這事，那倒也不是。只是他們不敢報給毛主席，因為毛主席相信下面的糧食多到吃不完，怎肯承認發生了饑荒？誰匯報誰倒楣。惹怒了毛主席，誰就可能成為另一個彭德懷。中央領導人只能變著法子緩解下面的災情。

一九五九年十一月三十日，國務院下發文件：〈關於深入發動群眾廣泛採集和充分利用野生植物的指示〉，號召全國各地開展「小秋收運動」，上山採集野生植物。《人民日報》也發表社論：

〈趕快加工利用野生植物〉，進一步推動「小秋收運動」。秋天是許多野果子、野菜根莖成熟的季節，採集回來製成代食品供公社社員們填肚皮。中央發號召，各級黨組織紛紛響應：縣、公社、大隊、生產隊四級成立專門班子，組織「小秋收」隊伍，分期分批上山，野菜、野果、樹葉、樹皮、樹根等等，通通叫做「野生果實」，弄回公共食堂來碾碎加工成「代食品」救命。第二年，《人民日報》再又發表社論：〈讓更多野生植物參加社會主義建設〉，同時還刊出各種野生植物資源圖片，附加文字說明。比如介紹櫟樹是一種枝繁葉茂的高大喬木，它渾身是寶，葉子可以養柞蠶，木質堅硬可做鐵路枕木及家具，樹皮可以做染料。最重要的是它的果實，每粒都有指頭大，橢圓形，俗稱櫟子或橡子，含有豐富的營養。每百斤橡子可提取橡子粉三十至五十斤；經過水的泡浸，去掉所含輕微毒素及苦澀味，即可食用。南方許多省區農村有製作「橡子豆腐」的傳統。附載營養成分說明：橡子粉的澱粉含量雖然略低於大米和麵粉，蛋白質含量也較低，但橡子粉中含有十七種氨基酸，其中包括有人體不能合成而必須從食物中攝取的八種氨基酸！

可憐堂堂黨中央機關報《人民日報》，在繼續高舉總路線、大躍進、人民公社三面紅旗，宣傳大好形勢，鼓吹躍進再躍進的同時，卻也在日日月月教授人民群眾如何上山採集野菜、野果、樹皮、樹葉、樹根，製成各種「營養品」充饑！叫做「代食品」，「野生植物綜合利用」。就像三年大饑荒不叫大饑荒，而叫「三年經濟暫時困難」；就像今天城裡人沒有工作不叫失業，而叫「待業」；幹部職工丟了工作也不叫失業，而叫「下崗」；物資供應緊張叫「供需失衡」；通貨膨脹叫「物價調整」，老百姓窮，缺乏購買力叫「內需乏力」……總之說辭多了去了，阿彌陀佛。我們縣文革之後修了一本《青陵縣誌》，倒是記載了當年的一些真實情況。俺參加編寫俺《鐵家莊翻身史》

時拜讀過這縣誌。關於「代食品」一詞，解釋得較為詳細。俺覺著這知識有些用處，要是再來次饑荒，或許可以救命，至今大致上還記得。俺記性不差吧？

三年困難時期（一九五九—一九六一）「代食品」主要分為四類：

第一類為農作物類代食品，它包括各種非災荒年代人們不食用的農作物的秸稈、根莖、葉片、穀殼之類，如水稻、小麥、大麥、玉米、高粱的葉、稈、根及玉米皮、玉米芯、豆莢、稻穀殼、高粱殼，以及薯類作物的葉、莖、根等等；

第二類為野生植物代食品，是指野生植物包括草本和木本的莖、根、葉、皮、果實等，如榆樹葉、樹皮、橡子、芭蕉根莖、蘑芋、石蒜、土茯苓、大百合、野芹菜、野莧菜、野蘑菇、嫩葦葉、洋槐葉、蒲公英、車前草、馬齒莧、沙棗、鴨跖草等等，不下百十種；

第三類為小球藻、紅萍、水浮蓮等浮游植物，稱為藻類代食品；

第四類為合成類代食品，如人造肉精、人造豬肉、人造雞蛋、人造脂肪、人造蛋白等等，它們相對於前三類有一定的技術含量，因此也被稱作精細代食品。

白石，有意思吧？你個右派大學生也有許多不知曉的事兒吧？記得是一九六零年七月六日，《人民日報》還有篇評論員文章叫做〈綜合利用潛力無窮〉，專門介紹利用麥秸稈、油菜稈、穀殼、豆稈、豆殼、玉米稈、玉米根、玉米包皮、玉米芯、高粱殼、高粱稈等製作澱粉的先進事蹟和經驗！說是經廣西河池縣成功試製，一百斤麥秸可以製成濕澱粉六、七十斤；這種澱粉摻和一些麵粉或米粉，可製成饅頭、花卷、烙餅和麵條，質量和麵粉做的相同！《人民日報》也大力宣傳甘薯（也叫地瓜）全身都是寶，它的塊根含高澱粉、高糖分，它的莖葉更是營養豐富（本是牲口飼料）：薯葉不僅可以鮮吃、清炒，更可以洗淨晾乾摻米飯吃；薯葉尖、葉柄放在開水中一燙，加鹽醃一天，即可製成美味的菜乾！

咱國家已經鬧饑荒，可《人民日報》也好，《紅旗》雜誌也好，中央人民廣播電臺也好，各省市自治區的廣播電臺也好，仍在宣傳躍進再躍進，吹代用食品好，穀殼秸稈好，樹皮樹葉好，野生植物好，藻類食品好，人造肉類好！阿彌陀佛。還編成革命民歌來教唱哩：大躍進，喜事多，玉米皮做出優質饃，香甜又美口，營養真不錯！

蕭白石聽到這兒，長嘆一聲：圓善啊，我不得不佩服妳的驚人的記憶力。妳有過目不忘的本領呢。

圓善說：俺娘也誇俺記性好。從小餓肚子長大，對吃食特敏感，後來又學了中醫，對植物名稱比較熟習。

蕭白石說：說咱生逢盛世，實在是個亂世。機關算盡，花樣玩盡，謊話說盡。

13

圓善，咱城裡人一九五九年開始餓肚皮，比你們鄉裡人慢半拍，也就是遲了幾個月。這年的夏天，秋天，我和母親還有三個弟妹，明顯感受到市面上物資緊缺，不再有郊區農民進城來出售他們自家出產的雞鴨魚蛋、蔬菜果品。北京市人民政府對居民每月的糧油及副食品開始實行嚴格的計畫供應，給每家每戶發了糧油供應本和副食供應冊。規定成年人每月口糧二十四斤（含百分之二十的雜糧），大中學校學生則每月口糧二十八斤，十歲以下小童每月口糧按成人定量減半。人均每月供應食油半斤，豬肉或牛羊肉三兩。說是為了方便城鎮居民生活，在定量供應的範圍內，政府還給居民發放糧票、布票、肉票、糖票、豆腐票、肥皂票、粉絲票、醬油票、香菸票、煤油票、火柴票、棉花票、毛線票、鞋票、襪票……等等，幾乎凡物皆票。北京市人民政府發放給首都居民的票證最多時達到一百六十四種。其中印製最精良的又數糧票、布票兩種，極難仿造，且仿造票證者必判重刑。在城鄉各地到處張貼的人民法院布告上，就常有「某某某大量偽造糧油票券，嚴重破壞社會主義經濟建設，依法判處死刑，執行槍決」的告示。

再有，各級政府皆可印製本省、本市居民使用的各種票證，並在該省市範圍內使用。稱為市票，省票。「北京市通用糧票」只能在北京市轄區內通用；「河北省通用糧票」只能在河北省轄下的地縣通用，到了山西地界就形同廢紙。「石家莊市通用糧票」不能到保定市使用。唯「全國通用糧票」可在中華人民共和國轄下二十九個省市自治區通用。這些糧票又分為一兩、二兩、五兩、一斤、兩斤、五斤、十斤諸種，方便使用時找補。如到餐館、食堂吃碗麵條或一碗白飯，在向店家繳交人民幣的同時，還要交上相應數量的糧票。餃子、包子、饅頭也是按兩購買。買餅乾糕點亦須繳交糧票。你要是外出忘記帶上糧票，就吃不上任何食品，只有挨餓的份。也有少數商店出售「議價食品」，如一碗光頭麵（上海稱為陽春麵）有糧票只需一角五分錢，沒糧票則要五元錢！在一個居民收入低微的社會裡，突顯出糧票的貴重價值。當然，也有黑市交易，但那要冒被公安便衣抓捕判以重刑的危險。更常有為了爭執幾斤活命糧票而大打出手、甚至丟掉性命的慘劇發生。

更為奇特的是，糧票只發給城市居民使用。鄉下種糧的農民（那時叫人民公社社員）反而得不到政府發出的糧票，因為當時黨和政府嚴禁農民離開公社外出謀生。農民進城辦事，常要帶上一斤兩斤大米或是白麵，才能在餐館、飯店換到食品。

布票也印製得非常精良。全國人均每年發給一丈，無分民族、年齡長幼。有一寸、五寸、一尺、兩尺、五尺諸種。買一件汗衫布票兩尺，內短褲一尺五寸，三角褲一尺，長褲五尺，上衣五尺，單人被單一丈，雙人被單兩丈，等等。青年男女獲准結婚，需要置辦新被褥床單枕套枕巾時，往往要把婆家娘家雙方所有布票收括一盡才行。那時的化纖紡織品倒是不需布票，但被視為高級商品，價格昂貴，一般人家消費不起。毛呢料也不需布票，除了價格昂貴，還得具備行政十三級（地師級）以上高幹才能購買。幹部若出國訪問，則包括十三級以下的均可獲得七百元至一千五百元的製裝費，去國家指定的出國人員服務專門店量身訂製。北京的出國人員服裝訂製商店為「紅都服裝廠出國人民服務部」，距賣字畫的榮寶齋不遠。

人民政府為人民，從頭到腳，從汗衫內褲到內心世界、精神狀態、思想立場，服務周到。後來又實施強制節育的人口計畫，男女結婚須由單位黨組織批准，婦女懷孕生養後代要由政府分配指標，發給「准生證」。通過學馬列學毛選，把全國人民的政治思想統馭起來；通過發放口糧，把全國人民的嘴巴、肚皮統馭起來；通過發放布票，把全國人民的內衣內褲統馭起來；通過計畫生育，把全國成年男女的生殖器官統馭起來……我不相信古往今來，中國外國，哪朝哪代，哪個政黨政府能像咱們這樣，對自己的人民施以這樣無微不至的關懷，實施這樣天衣無縫的管理和領導了。

好了，好了，咱說著說著又貧了不是？咱又對黨對毛主席不敬了不是？咱也在妳面前改不了這貧嘴德行不是？說回正題。一九五九年時候，咱每半個月獲准回家一次，吃上一頓。在勞教中心天天苞米糊糊窩窩頭，清湯寡水，回到家裡總得吃點像樣子的飯食。別人家的情況我不清楚。我母親大人卻為了給我吃一頓不交糧票的午餐而犯愁。當時城市居民也興吃公共食堂。每家每戶憑飯票、菜票到食堂排隊打了飯菜回家吃。我敢說，規定全國老百姓不分城市鄉村統統吃公共食堂，是毛老頭生前辦下的最缺德的事業之一，把他媽的全中國人民當豬狗來對待！這話很反動是不是？對不起，我是聽一位被打過右傾的老幹部罵的。當然那老幹部也只是私下裡出出氣。到了黨的會議上，他仍要稱頌毛主席英明、正確、偉大。咱們中國人民無論老小都具備雙重人格，不然就沒法在黨內黨外混下去，也沒法保持住每個人自身的精神平衡不是？好好，說回我在家裡蹭的那頓午飯來。起初我只顧狼吞虎嚥，把母親打回的那份飯菜一掃而空，感覺上好像只塞了肚子的一個小角落，至少還要三、四份同樣的飯菜才能吃飽。說實在的，這街道集體食堂的飯菜比原先各家各戶小鍋小灶差遠了，但比我們清河農場右派大學生勞教中心的伙食卻是強多了，至少聞到些油腥味兒了。我的三個弟妹終於對我忍無可忍，瞪大了蔑視、仇恨的眼睛，告訴我這個右派分子長兄：你每次回家，都把母親的一份飯菜吃掉了，母親就要為你餓上一頓，你個沒有天良的人！你的糧票呢？你回家吃飯為什麼不交糧票？一頓飯至少交半斤！

我承認，我自私，我厚顏，每次回家都吃掉母親的一份飯菜，讓母親餓肚子。可我沒有糧票可交呀！糧票只發給城鎮的黨的馴服工具，良民，不發給我們這些右派大學生、勞教人員呀。命令人民做黨的馴服工具，在反右鬥爭後是黨的長期方針政策。清河勞教中心的飯菜票，對外無效，不可能拿到街道食堂使用的呀。母親因為和父親辦了離婚，算劃清了界線，保住了街道辦事處職員身分，新近還當上了街道紙盒廠的副廠長。起初我有些記恨，認母親對父親落井下石，缺乏起碼的夫妻情義，況且還育有四名子女。我對母親的看法是一點兒一點兒改變的，母親是「曲線救國」，救我們這個家庭。她在外面立場堅定，是非分明，在家裡卻沒有把我這個右派兒子當異類看待。總是默默地看著我，眼神裡滿是恨鐵不成鋼，同時又希望我要爭氣、要改造、要重新做人等等複雜成分。她總是替我縫補好破了的衣服鞋襪，每個月都悄悄塞給我五塊錢買來回的公車票，隔兩月還給一條新毛巾；臨離家時我的背包裡總會有三五個白麵饃饃。我知道那是母親省口省出來的！母親總是說：你是家裡老大，不要聽老二、老三、老四他們瞎說。娘四十幾歲了，食量不像先前那麼大了，少吃幾口也傷不著身子了。你要按時回來。記住，是娘要你回來。每次聽到娘這叮囑，我就想哭。娘還替我買水彩畫顏料。她知道我畫不起油畫，改畫水彩畫了。娘說畫畫是門手藝，不要丟生了，以後出來，就算學校不給分配工作，也能自己到社會上掙口飯吃。再有一次，娘竟想讓我早點成家，把她們紙盒廠的小女工介紹給我。她說那女子模樣兒周整，高中生，父母都是大學老師，雙雙劃了右派，發配到北大荒勞改去了，剩下個孤女，自己養活自己。我堅決不同意，自己已是個罪人，不能再去連累別人。後來那女子成了我們家老二媳婦。

是一九五九年冬天吧，我又收到父親從萬里之遙的青海柴達木大戈壁西沿小柴旦光明農場的一封信，仍是由市公安局勞改處轉來。信中父親仍說他在勞改農場吃得飽，穿得暖，睡得香，身體和心情比在北京家中還要好許多；他唯一的願望是想見到四個兒女中任何一個。四個都見已無可能，只要見到其中一個，就心滿意足……讀了父親的信，我倒吸一口冷氣，脊梁骨針刺般生寒。母親也慌作一團：咋辦咋辦？你爸大事不好哩，可憐的人，他一輩子沒幹過啥壞事呀！老天不長眼，把他發配到那麼遠的地方！我說，我想去見父親，父親寫這樣的信，是他到了生命的最後時刻。但我本人是半個囚犯，上級會不會批准？母親說，你妹妹年紀小，剛上五年級；你二弟也剛上初中；你大弟是個高中生……娘和他說了，他一口回絕，況且正在背叛家庭，爭取加入共青團組織。我說，那就只有我合適了，我回去就向勞教中心和美院領導打報告，請求批准。母親囑我不要魯莽行事，由她先去疏通一下關節，原先育才學校校長叫伍大姐的，現在是市公安局副局長兼勞改勞教處處長，曾經很重視你父親的教學才幹的。聽說她對你父親因歷史問題判十五年重刑，反映過不同的看法。娘先去求求她，看看能不能給開恩。

又過了兩、三個月，已是一九六零年春天了，有一次回家，母親告訴我：行了，快去給美院和清河勞教中心打報告，市公安局伍副局長說了，只要美院黨委同意，市公安局可以出介紹信。於是我去找了我們美院分管人事的副院長。副院長原是一名復員軍人，調幹生，西畫系學水彩的；我們結伴去過八達嶺寫生，彼此算談得來的。反右鬥爭結束我當了右派，他被提拔為院領導。他看了我的書面報告，又聽了我的口頭請示，瞪著眼睛半天才說：白石你可要想好了啊，學校送你去清河，是為了教育、挽救你，並給你保留了學籍；再有一年，你就可以回校完成學業，作人民內部矛盾處理。去青海柴達木那勞改農場，你進去容易，只怕出來就難囉。這些，你都想過了？

我說想過了，只是去看望父親，照顧一下老人的病痛。那裡是勞改單位，相信都會執行黨的各項政策的。副院長說，既然市公安局同意給你開介紹信，學校也可以把學生證還給你，並准你三個月的事假。還是那句話，到了青海勞改單位，就屬青海省公安廳勞改局管轄了，天高皇帝遠，回得來回不來，要三思而行啊。

對副院長這話，我充滿感激。天良未泯，還是有好人。回家和母親一說，母親也害怕了，怕我一去，再回不來。母親傷心地說，你是家裡老大，你劃成右派學生，明明是受了你父親的株連，如今再又自己送上門去？我卻是鐵了心，無論冒何種風險，也要去和父親見上一面，極有可能是見最後一面。況且我雖然當了右派學生，內心裡仍然年輕氣盛，揹上畫夾到千里萬里之外去做一次長途跋涉，去領略大漠風光，哪怕是流浪，要飯，受餓，受凍，也比困在清河勞教中心過那種行屍走肉般的囚徒日子強。我對母親說，要相信黨和政府，走到哪裡，都是黨的領導，都有黨的政策管著。在中學上歷史課，老師就告訴我們，中華民族自有國家以來，上下幾千年，夏商周秦漢，唐宋元明清，從來沒有像今天新中國這樣高度的集中統一過，真正的四海一家，天下一統。所以我有信心，看望過父親後，我一定能夠活著回來。

弟弟妹妹一聽說我要出遠門，去青海柴達木盆地那樣地老天荒的地方，竟都對我這名右派大哥流露出敬佩之情。大弟在他的中學地理課本上尋找那個叫小柴旦的地方，當然找不到。二弟從學校地理老師那兒借來《中華人民共和國地圖》，攤在地板上，讓我們都跟著他趴下身子，在青海省範圍內找啊找啊。父親的信中有線索，省會西寧市以西一千多公里，柴達木盆地西沿靠北……我說，看，這是黃河上游，這是甘肅省會蘭州，蘭州往西，大約十來個小時的火車可以到達青海西寧市。看到西寧沒有？火車只到西寧止。再往西，大約只有公路了。在沙漠上修簡易公路，聽說只要插上些標杆，堅硬的沙地就是路。看，出西寧，往西兩百里，就是我國最大的高原鹹水湖青海湖，面積近五千平方公里。五千平方公里有多大？咱們北京頤和園的昆明湖夠大的吧？青海湖有一千個昆明湖那麼大！到了青海湖，哥一定替你們一人撿一塊彩石回來。過了青海湖，就進入柴達木盆地了。你們都在地理課上學過吧？那是我國新疆塔里木盆地、準噶爾盆地之後的第三大盆地，二十萬平方公里那麼大！你們若問二十萬平方公里是多大？這麼說吧，河北省的面積為十九萬平方公里，柴達木盆地比整個的河北省還大出一萬平方公里……往西，再往西……找不到小柴旦？也許是個小地名，上不了大地圖……

還是小妹妹眼睛尖：看！看！在這哪！大頭釘那麼丁點兒，柴達木盆地中央靠北……哥你說是在西沿靠北，難怪見不到。

看來是父親的信裡弄錯了。一名勞改犯人，很難說準確自己勞改農場的方位囉。大弟抬起眼來看著我：哥，你真還要去那麼遠的地方呀？

二弟也說：哥，那你就是我們家的馬可．波羅啦。書上說他穿過大沙漠來到咱中國。

小妹妹一臉稚氣：馬可．波羅是誰呀？

這時刻，母親站在我們身後，望著她的四個傻兒女，默默流淚。

圓善忍不住插話：白石，你是個孝子，大孝子。你真的去了那麼遙遠的沙漠，青海柴達木盆地深處的勞改農場？

蕭白石自負地頷首：算得上本人此生的一次壯舉吧。不然，年近半百，回顧往昔，白來這世上走一遭似的。

圓善師姑噘了噘嘴：你這是取笑人呢。就你經的事兒風險大似的。

14

說回俺鐵家莊的事。都是俺娘後來說給俺聽的。告訴你吧，俺娘是個初中生，只是裝作沒文化，其實心裡清亮著。俺娘膽兒小，一肚子事兒，偷著告訴我小鐵疙瘩。小鐵疙瘩是娘的貼心褥子，暖和著哪。娘誇俺小人兒靈醒，嘴巴緊；她不敢和俺爹和四個男娃兒說的事，都嘮叨著給俺聽。

俺娘說，到了一九六零年底、六一年初，生產隊集體倉庫已現底，再沒有口糧發出。慘喲！俺鐵家莊原本一個山青水綠的小村落，連雞鴨貓狗牛羊都絕跡。鄰村開始傳出野狗吃死孩的事，阿彌陀佛。貓狗也早被人填了肚子，樹葉、野菜、野草都填了肚子，見綠就搶了吃，吃，吃……阿彌陀佛。俺娘後來告訴俺，那年月餓著的人就像吹了氣似的，全身浮腫，任什麼部位輕輕按一下就陷下個窩窩，半天不得平復，十天半月就沒命。上級廣播說是流行水腫病，鬧瘟疫。那是啥瘟疫？嚼樹葉、嚥野菜，吃的！再後來，又想出來吃神仙土，又叫觀音土，就是燒瓷碗的白細泥，柔柔的，說是比樹葉、樹皮好嚥著呢。可嚥進肚裡，哪能消化？泥砣砣硬梆梆，活活把人撐斷氣，阿彌陀佛。

俺娘告訴我，那年月，上面的廣播、會上的文件都說「自然災害、蘇修逼債」，一怪老天爺，二怪外國佬，害的咱新中國東西南北都糧食緊缺。外國的事咱鬧不清，但這老天爺的事咱可都是經見過來的：五八年、五九年、六零年，老天爺好著呢，風調雨順的，有啥災害？再往後就是各種傳言紛起，說哪兒哪兒整個生產隊的人都變綠了，全身都長出綠毛來了；哪兒哪兒一個餓瘋了的父親把親娃兒掐死煮吃了；哪兒哪兒的兄弟倆動手把親妹子卸成幾塊蒸來吃了……阿彌陀佛。俺娘說毛主席領導就是英明，再苦再難的事，都有一套好聽的說詞。老百姓受的罪卻一點也不含糊，天天都有人死去。但那不叫大饑荒餓死人，而叫「人口非正常減少」。

俺娘說，俺鐵家莊最早死的是一家老小八口人，吃了從山裡挖回的石蒜。那石蒜生吃有毒，要用石灰水浸泡去毒之後，漂淨，攪碎了煮成糊糊才可以吃。那家人並不知道這個，也是餓急了，挖回來就煮了一大鍋，全家人吃下，中了毒。第二天被隔鄰發現，已是八具硬邦邦的屍身。生產隊的會計、出納沒良心，說這家人貪嘴，做了飽死鬼。第二個絕門戶是吃觀音土吃的，吃撐了，全家老小的肚子成了硬砣砣，拉不出來，生生給脹死卡死。生產隊的會計、出納又說這家人也是做了飽死鬼。說起來都作孽。後來上級把俺鐵家莊死的人一律定為「食物中毒」、「非正常死亡」，就是不說因饑荒餓死。老天有眼，那是什麼樣的「食物中毒」啊？榆樹葉、榆樹皮、麥秸、玉米稈、草根、石蒜、毒菇、觀音土，全都被說成「食物」了。

俺娘告訴我的，俺鐵家莊倒真出過一回「飽死鬼案子」，撐死了四名生產隊幹部。就是那無論誰家死了人都說人家是做了「飽死鬼」的生產隊會計、出納，加上生產隊長和食堂管理員。你不知道啊，那日月生產隊食堂每天供應給各家各戶的都是烏糟的「代食品」，大鍋清水湯，但生產隊的倉庫裡多少還有些米麵豬油菜籽油的。這就是為什麼死掉的都是些社員群眾，而生產隊長、會計、出納這些幹部家裡很少有人餓死的原因了。因為他們私下裡多吃多占呀，背地裡私分糧油呀！社員群眾就是知道他們這貓膩，也不敢吱聲呀！誰吱聲就是「反黨反社會主義」，就是「現行反革命」！知道吧？人不為己，天誅地滅，阿彌陀佛。其實饑餓當前，人和畜牲是一樣的，也是越餓越嘴饞。況且是人家沒吃的，自己背著吃，就更有一種優越感。說是一天半夜，生產隊隊長、會計、出納加上食堂管理員四人，背著隊裡的其他骨幹，趁全莊子人都睡死了的下半夜，在食堂伙房裡蒙上窗戶開小灶，把兩大塊原本留著招待上級領導的牛肉乾，切成片片，炒得香香辣辣，就著四瓶也是留著招待上級領導的二鍋頭，吃喝個痛快！你們城裡人叫大快朵頤不是？四個傢伙把一大鍋炒牛肉乾、四瓶二鍋頭吃了個盆乾碗淨，肚子都鼓脹得快要堵上喉嚨眼了。可滿肚子那香辣油膩加上酒勁發作，使得他們唇乾舌燥，渴得要命；就又煮了大盆麵湯來喝，這可是真麵湯，不是代食品，原想幫助化食哩。沒想到每人又喝下一海碗麵湯，把他們肚裡的牛肉乾給泡發脹大了。四個傢伙又飽又醉，倒在伙房地上就睡去了。第二天一早，食堂師傅來開門煮大鍋清水湯，聞到濃烈的酒香肉香，還有躺在地上的四條漢子！一摸，早冰涼，沒氣了。他們生前昧良心說那些餓死的鄉親是「飽死鬼」，不成想他們自己倒真正當了海吃海貪的「飽死鬼」！也算老天報應吧，阿彌陀佛。

你是不是想知道，俺鐵家莊在大饑荒中死了多少人？告訴你都不敢相信，俺鐵家莊百來戶人家，死了老的死小的，七十多口呢，能撐下來的大都是青壯年。罪過呢。俺娘後來悄悄告訴俺，全莊子就咱家有天神保佑，六口人沒少一口。俺爹俺娘可把咱四個哥看嚴實了，從不准單獨出門，怕鄰村甚至本村那些餓急了的瘋漢拉去煮了吃！人吃人哩，真的吃哩！阿彌陀佛。還說人肉是酸酸的，煮在鍋裡盡是白泡泡，阿彌陀佛！你一定稀罕：就剩了你家有吃的？這裡邊有個祕密，也是神蹟，你信不？反正俺說的都是實話。俺爹土改時是最窮最苦的土改根子，分得的勝利果實除了幾畝地，一頭牛，還有一間原先莊裡大戶人家的偏廈。那偏廈就像如今城裡人說的度假屋，造得精緻結實。那大戶人家老的都死了，晚輩進城讀書，參加工作，誰也不會回來了。自俺爹分得這偏廈那天起，就隱隱聞到一股子米香，也不知道是從哪旮旯透出來的。俺爹尋思興許是原先那大戶用這屋子屯過糧食吧。可就在一九六零年夏天，神蹟出現了。俺三哥、四哥在牆角尿尿，尿出個大螞蟻窩。俺三哥、四哥叫來大哥、二哥，都是餓暈了的，就把螞蟻窩掏了，也不管黑螞蟻有毒沒毒，三把兩把就吃到肚裡去。螞蟻裡頭摻和著砌牆的小泥塊，也很有嚼頭，像吃乾窩窩頭一樣。他們趕快去告訴俺爹。俺爹會泥瓦活，聽老輩師傅說過大戶人家蓋屋，有以煮熟了的糯米高粱打成極有黏性的膠泥來砌磚牆的，可保千年不塌。莫非老天開眼，讓俺家在這大荒年遇上糯米高粱膠泥牆了？撬開牆磚取出來舔了又舔，果真是的！俺爹俺娘領著俺四個哥哥跪地磕頭，咱全家有了活命菩薩了，阿彌陀佛。俺爹不許把這事透出去，不然全莊子的餓漢都來拆咱家的屋牆，不餓死也給砸死了，不是？

你不許笑。俺家六口人喝上了糯米高粱膠泥糊糊，一天三頓，頓頓管飽。拆下的磚頭，另用觀音土膠泥砌回去。也虧了俺爹會幹泥瓦活。莊裡人以為我們家也天天吃觀音土，但沒見撐死人。俺是俺娘吃糯米牆泥給懷上的，奇事不？別的家死人，俺家添人。俺娘怪俺爹，餓癟了肚皮還不幹正事，還拚著老命打炮，作孽呢。六二年春上生下俺，像隻小老鼠，不到三斤重。幸而那年月政府還沒有強制計畫生育，正趕上人口減少，不用把男人女人都閹一刀，更不用去鬧啥超生游擊隊。俺娘給俺取了個賤名叫小老鼠。俺村裡老輩子人都興給剛落地的娃娃取賤名，命硬些，貓呀狗呀的好養哩。俺爹封建腦筋，見是個賠錢貨，還沒滿月哩，就一天趁俺娘睡熟了，把俺抱到野地裡去「放生」，扔掉。俺娘醒來不見了小老鼠，滿屋子找，急瘋了。大哥、二哥這才偷著告訴娘，爹抱出去給扔了。俺娘平日脾氣和順得水一樣，大氣都不出，這次卻像頭母豹子要和俺爹拚命，哭喊：賠錢貨，賠錢貨，老娘就是個賠錢貨！你不帶老娘去把小囡囡找回來，老娘不要活，你個天殺的也活不成！

菩薩保佑，俺爹領俺娘趕回野地裡，在一堆枯草裡找回俺時，俺竟然還沒有被野狗野狼給叨走。也虧了野狗野狼都沒有了，早被人吃光了。那地方僻靜，鄰村、本村的餓漢也一時沒有見到。俺娘抱起俺就不哭不鬧了，就淚眼帶笑了。回到家就給俺取了個更硬氣的小名：小鐵疙瘩。而且告訴俺爹和俺四個哥哥：娘和小鐵疙瘩連著性命，你們再敢賤了她，娘就死給大家看！

聽到這兒，蕭白石忍不住摟著圓善師姑說：妳個小鐵疙瘩啊，甫出生就遭丟棄，野狗野狼都沒有吃掉妳，餓瘋了的漢子們也沒有發現妳，是有佛爺護著妳，看樣子妳真是有些來歷的呢，不定是什麼菩薩轉世呢。妳後來恨沒恨妳老爸？

圓善說：不許你取笑俺。恨俺爹？恨啥呢？那年月大人都餓的不行，都水腫斃命；俺小老鼠似的，給扔到野地裡又撿了回來，鳥兒似地餵著。沒有俺爹，俺娘就能行？俺上頭還有四個哥哥呢。再說俺爹後來對俺好著呢，從小到大沒有動過俺一指頭，比四個哥哥還看得重。你信不？

蕭白石又問：妳們家那偏廈、那磚牆還在嗎？

圓善說：還在。俺老爹還住在那老屋子裡。怎麼，你還想去考古呀？

蕭白石說：在以色列的耶路撒冷，有一堵猶太人的哭牆，千百年來成為以色列人的聖地；在你們青陵鐵家莊，有一堵救命牆，也應當成為咱們新中國大饑荒的紀念地，文物遺址。但你們青陵的黨政部門一定不敢承認它的紀念意義，河北省委、省政府不會批准，黨中央、國務院也不會批准。

連全國人大副委員長巴金老人倡議建立「文化大革命博物館」，中央都不予理會。新中國有新中國的國情，以色列有以色列的國情。鐵家莊就是鐵家莊，耶路撒冷就是耶路撒冷。共產教和猶太教各有各的教規，不可混淆。

圓善說：你就只管反動、只管貧吧你。還真能瞎說，共產教、猶太教，至今右派言論，一套一套。小心你的舌頭，阿彌陀佛。

蕭白石說：見笑了，在妳面前，我忘形得很……看看，光顧了說話，忘了解決民生問題了。啥民生問題？大過節的，咱上一次館子吧，新街口那家素菜館不錯，咱就陪圓善師姑素食一回，如何？委屈誰了？老子回來再吃妳，又大葷一回！

15

臨出門之前，蕭白石告訴圓善：新街口那家「靈隱素食館」，據說還真的是杭州西湖靈隱寺的素食高僧開的，開業半年，生意紅火，妳沒去過？圓善說：新鮮！南邊的出家人，到北京辦餐館來了，阿彌陀佛。靈隱古剎很有名哩，去年我隨我們妙音法師去那裡參加過法會呢。蕭白石問：靈隱寺怎麼個有名法？圓善說：你想考考我呀？它位在西湖西面的靈鷲峰下，建於東晉年間，距今已有一千七百年的歷史，被稱為江南第一叢林。在五代吳越佛法鼎盛時期，有九樓十八閣七十二殿，禪房一千三百多間，常住僧人三、四千眾。菩薩保佑，千年香火不斷。蕭白石佩服她的好記性，忍不住又貧嘴：靈隱寺的香火怎麼沒有斷過？一九六六年文化大革命紅衛兵造反，破四舊，浙江紅衛兵小將就占領過靈隱寺，勒令和尚還俗，尼姑嫁人，去林場勞動改造，挖山種樹，自食其力，重新做人。文化大革命形勢大好，有的尼姑真的嫁給了和尚，生下佛子……據說還是周總理下令軍隊進駐，靈隱寺才沒有毀於紅色恐怖。但從一九六六年秋至一九七一年夏，整整五年時間，偌大一座靈隱寺黑燈瞎火，蛛網密布，諸佛蒙塵，一片死寂。妳道後來是怎麼再續香火的？要感謝美帝國主義總統尼克森啊！中美關係解凍，尼克森不是要在一九七二年二月訪問咱們新中國嗎？日程就包括遊覽杭州西湖。這就急壞了外交部和浙江省委、省革委，靈隱寺沒有和尚、沒有香火怎麼行？咱們可是對外國一口咬定新中國有宗教信仰自由的呀！於是一九七一年秋天，浙江省革委和杭州市革委，執行黨中央、國務院一項緊迫而光榮的政治任務，把和尚們請回來焚香打坐，唸經誦佛做法事。原先寺裡和尚已還俗、結婚生子，回不來了咋辦？人數不夠的話，可挑選幾十名出身好、政治可靠的高中學生，給他們辦毛澤東思想學習班，動員他們出家當和尚！孩子們不幹迷信行當咋辦？那就向他們交底，是當政治和尚，替黨替毛主席爭光，完成任務之後准許還俗，結婚生子。只當是演戲，演給尼克森那廝看，騙騙基辛格那蠢蛋。

圓善聽不下去了：你瞎掰！你瞎掰！我不信，我不信。

蕭白石說：這事千真萬確，杭州的一位畫家朋友親口告訴我的。而他本人正是那次奉命出家當「革命和尚」的四十名高中學生之一。他如今蓄一頭藝術家長髮，可他讓我看他當年被剃度受戒時，頭頂上被香火灼掉的幾處地方，印記長存。不過，文革刼難之後，倒是真有不少痴男怨女看破紅塵，到靈隱寺出家去了。況且靈隱寺本身也改革開放，搞活經濟，這不就到京城開素食館來了？

圓善惱恨地紅了臉蛋：真聽不得你把俺佛門淨土，梵唄空山，說得這麼不堪。阿彌陀佛。

蕭白石嘻皮笑臉：得罪得罪。在咱新中國，黨領導，佛門還有淨土？欲潔何曾潔，陷在泥沼中囉。

圓善瞪住蕭白石：你瞎說！不對、不對，敢情你是在取笑俺？那你就是那害人的泥沼！

蕭白石說：哈哈，豈敢豈敢。妳呀，清水出芙蓉，天然去雕飾。稱得上出汙泥而不染。

圓善仍是一臉嬌嗔：阿彌陀佛。就你知道的事多，說詞多，嚼舌頭。到了外面，可不許瞎說。

兩人穿著羽絨服，戴著鴨舌帽，各騎一輛自行車，沒有去驚動前院值班室，徑自出了後院北便門。街上處處掛著紅燈籠，貼著春聯，人多車多，大人小孩穿紅著綠，來來往往，花團錦簇，一派年節喜慶氣氛。天氣也似乎轉暖了許多。不一會兒就到了新街口那家「靈隱素食館」前，存了車。迎門就見一幅古香古色聯子：

布袋無雙，破顏垂笑爾等，莫待龍華三會；
法門不二，大腹能容來人，全憑念佛一心。

蕭白石挽起圓善胳膊，說：好一幅聯子，大約也是從杭州靈隱寺抄來的。看看這落款，還是當今大書法家趙樸初的墨寶……。圓善俗家妝扮，傍著個大男人蕭白石，倒也不惹人訝異。說起來也是如今京城時尚，小女子都興傍著大男人哩。

門內有比丘尼充帶位小姐，看看他二位的模樣，稍作估量，就把他們帶進了大堂裡間的雅座。大堂裡則早就熙熙攘攘客滿了。春節期間人們吃膩了大魚大肉，到這裡吃個素淡、換個口味來了。這雅座三面皆為高背沙發，向外一面則有布簾低垂，顯然是為情侶幽會所設。那布簾蠟染，竟青底白字印著一聯：古跡重湖山，歷數名賢，最難忘白傅留詩，蘇公判牘；勝緣結香火，來遊初地，莫虛負十里荷花，三秋桂子。蕭白石一見，連聲叫好：西湖名聯，用到這兒來了，添幾分雅趣，妙妙妙。但這雅座並不隔音，鄰間的幾個哥們大約喝高了，正在高談闊論，清晰可聞。

他們對面坐定，即有一位年紀更輕、面目姣好的比丘尼來上茶，是西湖龍井，清香撲鼻。之後奉上菜單，並從僧袍裡掏出小本，一口吳儂軟語普通話：請問二位施主用點什麼？我們這裡的素雞、素鵝、素西湖醋魚、素東坡肉都還可口……。蕭白石不免多看了那風姿綽約的小比丘尼兩眼，臉上略施脂粉，化了淡妝，一身青布僧袍剪裁合體，當突的突，當收的收，疑為西子故里了。倒是圓善不在意，知是藝術家的臭毛病，見不得有姿色的女子，眼睛就和蒼蠅似的叮住不放了。阿彌陀佛。也不用問了，做主點了素西湖醋魚、素東坡肉、清炒豆苗三樣，加兩碗米飯。

小比丘尼離開後，圓善指著布簾上那幅對聯，輕聲問：白傅留詩，蘇公判牘，是不是指白居易和蘇東坡呀？蕭白石也輕聲答：妳好學問，知道唐代詩人白居易，北宋文豪蘇學士。圓善從桌下踹了一腳：你再使壞，不理你了！蕭白石卻看得出來，小師姑在楚府後院裡憋了些天，今天帶她出來用餐，心情愉快：人家白居易當過杭州刺史，疏浚西湖，修了白堤；蘇東坡當過杭州通判，知府的副手，也疏浚西湖，修了蘇堤。都是流傳後世的政績。蘇東坡有首西湖的絕句：水光瀲灩晴方好，山色空濛雨亦奇，欲把西湖比西子，淡妝濃抹總相宜。可是到了咱共產黨這一朝，一九五七年有個詩人寫了首西湖詩：蘇堤南北，白堤東西，垂柳依依，如何疏理？詩很尋常，卻被打成右派，勞動改造了二十二年……。圓善見他又貧上了，就插斷了問：刺史、知府，是多大的官兒呀？蕭白石回答：唐、宋兩朝，都是三級政府，朝廷、州府、縣府。唐朝中、晚期的州府首長叫刺史，集軍政司法大權於一身；宋朝的州府首長叫知府，也叫太守，也是集軍政司法大權於一身。那時不允許官員結黨，所以還沒有黨權。黨，由「尚黑」二字組成，和「匪」相類。有句老話叫「君子群而不黨」，可見從來就不是好玩意。刺史、太守相當於我們今天的地委書記兼軍區政委。但那時沒有省一級，朝廷直轄州政府，所以又比我們的地委書記要大一級。我們新中國是七級政府，實際上是九級政權，所以一九六六年毛澤東發動文化大革命運動，號召「打倒九級司令部」。哪九級？從下往上數：生產隊、生產大隊、公社、縣、地、省、大區、國務院、中央政治局。毛澤東為什麼號召

「打倒九級司令部」？說來話長，咱以後慢慢聊。但新中國九級政權，確是把咱老百姓管了個嚴嚴實實，上至思想靈魂，下至每人的生殖器官，繁衍後代，都管住……鐵桶似的江山，鐵桶似的管理。

圓善又在桌下踹了他一腳：你聲音輕些呢！這不是在家裡，任你貧，任你瞎說……阿彌陀佛，改不了說香道臭的習性。連俺定慧寺裡的師妹們都知道，商場、劇院、飯店這種公眾地方，都有「雷子」呢。不定剛才來上茶、寫單那小尼子，就是個「雷子」。

蕭白石探過身子，放低了嗓門：妳也知道「雷子」？那小尼子可是妳的同行，如果也是「雷子」，倒真是位現代西施了。因為戰國時期越王句踐送給吳王夫差的那個千古美人西施，傾國傾城，確是咱中國公安祖先的「第一雷子」！「越王大有堪羞處，只把西施賺得吳」。哈哈。

圓善恨恨地瞋他一眼：還笑？西施是「雷子」？真是沒得治了，任說句什麼都可以貧上一篇。

說話間，那小尼子以俏麗的腦袋頂開布簾，端著一木盤子冒熱氣的菜饌進來了，邊報菜名，依序擺上：西湖醋魚，東坡肉，清炒豆苗，白飯兩碗，店裡送豆腐例湯一份……二位請慢用。

蕭白石看著小尼子，想問什麼。小尼子臉蛋微微泛紅：施主還有什麼吩咐？蕭白石指指隔鄰雅座：你們店裡還賣酒呀？妳聽聽，他們喊乾杯啦。小尼子回答：那是幾位常客，自己帶了酒來趁興。本店是從不出售含酒精飲料的。蕭白石見圓善拿眼睛瞪他，便操了江浙口音，晃了晃手：謝謝儂，謝謝儂。

小尼子離開後，圓善不放過：你個大男人，還想問人家什麼？蕭白石一臉壞笑：咱還想問她，貌似西施，是不是個「雷子」？但太無禮貌，所以趕緊打住。來來來，還是咱自己的陳妙常靠得住，動手動手，先試試這西湖醋魚。也真為難了你們出家人了，明明是些豆製品，卻做出雞鴨魚肉模樣，來滿足我等凡夫俗子的口福。

圓善夾了小塊「東坡肉」，先看後嘗，色香味可口。西湖醋魚更是上乘，真有些兒類似魚肉的鮮肥滑嫩。蕭白石見狀，也就顧不上貧嘴了，改而大口小口的大快朵頤。如此豆製品美味素食，不知道靈隱寺的僧人師傅是怎樣調配烹飪出來的。兩人你敬我讓，一時無話。

於是隔壁雅座幾個哥們的高談闊論，侃大山，就毫無障礙地傳了過來。一位嗓門渾厚的男中音正在侃著：哥們、哥們，各位有所不知，咱新中國的各種宗教團體，佛寺、道觀、教堂、清真寺，和尚尼姑、道士、阿訇、牧師，都是套了行政級別的！比如中國佛教協會就是個正部級單位，會長趙樸初同志更是全國政協副主席，他從來就不是個出家人，而是黨和政府的一條忠狗……對不起，咱言偏了，言偏了，對中國佛教協會會長趙樸初老同志失敬了。另一個年輕些的聲音問：還有中國道教協會、中國天主教愛國會、中國基督教三自愛國會、中國伊斯蘭教愛國會，算哪一行政級別？男中音回答：都算正部級單位，他們的頂頭上司是中共中央統戰部，替黨領導各宗教協會、團體。他們的負責人員由統戰部指定，經費每年由國務院宗教事務局劃撥。東城的雍和宮，城北的大鐘寺，城南的白雲觀，則是副部級單位，享受副部級經費待遇。至於香山的碧雲寺、臥佛寺、定慧寺，西山的潭柘寺、戒臺寺等等，司局級宗教單位，就多了去了。總而言之一句話，都是由黨出錢供養，服從黨的領導。過去寺院、道觀由信眾奉養，現在信眾沒有了，由黨供養，這就是新中國和舊中國的區別……。

蕭白石聽得津津有味，低聲對圓善說：都說到你們香山定慧寺了，司局級，你們的主持妙音法師，相當於地委書記啦。嘻嘻，有趣、有趣。

圓善恨恨地：討厭呀你！美食都堵不住你的嘴。

隔鄰雅座一個略顯蒼老的聲音傳過來：兄弟！你講得不對！怎麼能說黨養著宗教？那共產黨又是由誰來養著？是共產黨替人民當家作主，他們自己年年月月吃國家俸祿還不夠，還讓所有的宗教團體、宗教人士也吃國家俸祿，做馴服工具。江青同志當年代表毛主席、黨中央，常訓斥知識分子一句話：你們吃的農民種的糧，穿的工人織的布，是工人農民養活了你們！可共產黨從來都不問問：他們自己又是誰來養活的？一個執政黨，靠人民納稅來養活，除了蘇聯老大哥，全世界就剩下咱們中共以及朝共、越共、古共少數幾家難兄難弟了。

看來隔鄰雅座的幾位客人大過節的，確是喝高了，越侃越離譜，肆無忌憚了。一位年輕些的聲音接下去說：我認識一個喇嘛，他親口告訴我，他們寺廟裡就有黨支部，地下的，不對一般的出家人公開。他們的方丈就是黨書記，經常跑統戰部，匯報情況，接受任務。回來就在大殿裡宣講中央這文件、那文件。還說要把大雄寶殿辦成社會主義精神文明陣地，因為黨的精神文明和佛祖的大慈大悲是相通的。僧眾對這個方丈又恨又怕。方丈是統戰部門指定的，官辦佛學院畢業，佛學碩士，你們說荒謬不荒謬？這就叫做黨領導宗教，改造宗教。

仍是那個嗓門渾厚的男中音說：還他娘的精神文明！一塊遮羞布。我堂兄弟就在市政府宗教事務局上班，可知道裡面一些底細。你猜怎麼著？如今的寺院、尼庵、道觀都兼著些什麼任務？其一，是替中央和市裡的黨政軍首長、老革命們熬製各種丹方膏劑，以保老同志們健康長壽，青春永駐。當然今天首長們比過去的皇帝老子懂科學，不像秦始皇、漢武帝、唐太宗們那樣，妄圖長生不老，服了方士們煉的丹藥，鉛汞中毒，而龍馭歸天，短了陽壽！今天首長們服用的都是名貴中藥材提煉的長壽膏。人參鹿茸、靈芝牛黃之類就不用說了，你們知道雲南、廣西的熱帶雨林中有一種小爬行動物叫蛤蚧嗎？東北大、小興安嶺原始森林中則出產一種雪蚧，蛤蚧、雪蚧同屬蜥蜴科，說是牠們在樹上生活，雌雄同體，一天二十四小時相擁相親不分離，永遠處在性交狀態，奇也不奇？你們沒聽說過？所以今天出家人為首長們提煉的丹藥，絕對不是我們一般人能想像到的，更不是西方的億萬富翁們辦得到的，絕對的補中益氣，強筋健骨，固腎生精，龍威虎猛，比過去皇帝老子服用的丹藥科學昌明多了；其二呢，就是精於醫道的方丈、尼姑、道長為首長們提供直接的醫療服務，服務方式主要是推拿、按摩，治療首長們的各種疑難雜症，令首長們渾身通泰……說是有的還提供房事服務，叫做蛤蚧一下……

接下來是一陣哄笑：蛤蚧一下，昨晚上你老兄和嫂子蛤蚧一下沒？以後情人相會，就叫蛤蚧相會！哈哈……男女關係，也可以稱作蛤蚧關係……聽說在廣州、深圳、珠海那些地方，找小姐，問價錢的一句行話：蛤蚧一下幾多瞞（元）？

蕭白石邊吃邊側耳聽著，漸漸坐不住了似的。不是要陪圓善，他早就端了茶杯到隔鄰雅座，報上姓名，加入侃大山的行列去了。圓善則更是坐不住了，把出家人說得如此不堪，阿彌陀佛。首長們也是人，也不全都是色狼！人家還嫌俺出家人陰氣重，有佛法護著呢。蕭白石留意到圓善的不悅，壓低了聲音說：聽聽，如今佛門無淨土，寺院、道觀、教堂裡有黨組織，黨的領導深入到了宗教界的機制裡，可不是我瞎說的吧？在咱社會主義新中國，黨是無所不在的。先皇毛澤東說過，東西南北中，黨是領導一切的。

圓善渾身都不自在：你們這些北京爺們就會拿出家人說事。開放了，寬鬆了，就人人開黃腔了。阿彌陀佛。怕是會有報應的，不是神佛的善惡報應，是另外的報應……。

蕭白石說：妳是說「雷子」沒有睡大覺？可如今滿城爭說共產黨，防民之口勝於防川，「雷子們」忙得過來？就是報告上去，老百姓酒後茶餘的閒聊，發發牢騷罵罵街，能有多少情報價值？人心不古，人心思變囉。

這時隔鄰又有高論傳過來：哥們哥們！咱黨中央呀，不但把統戰部名下的寺院、道觀、教堂、清真寺這些宗教場所定了行政級別，成立了不公開的黨組織，才有了部級和尚、副部級道長、正局級牧師、副局級阿訇、處級尼姑的新中國奇觀；甚至給所有的國營飯店、賓館、酒樓也都定了行政級別，北京飯店、友誼賓館是副部級，全聚德烤鴨店、豐澤園飯莊是正局級，東來順清真館、西單烤肉苑是正處級！你們問中美合資的東三環上的長城飯店算哪一級？咱派去的中方總經理是正局級！你說咱黨中央、國務院辦事，空前不空前？絕後不絕後？哥們哥們！大家夥說說，長安街上公共厠所的所長，算科級還是股級？

蕭白石悄悄對圓善說：民心不穩，民憤不平，北京爺們都不安分……妳說會有報應，我也覺著，不定今年春上，會出什麼事情。

圓善捏住他的手：從今兒起，管住自己的嘴，少貧。可俺偏又愛聽你貧。

16

從靈隱素食館回到楚府後院住處，兩人悶悶的，各有心事。可又說不清各人心裡有些啥事兒。晚上睡覺，光赤條條摟在一起，只顧了相依為命似的，竟沒有幹那龍翔鳳舞的消魂活兒。第二天一早起來，你看看我，我看看你，彷彿都想問個什麼，卻又都啞著沒開腔。

蕭白石開門看了看天色，這才轉身對圓善說：大晴天哩！咱今兒個去頤和園看看？帶上畫夾，畫兩幅速寫。多日不作畫，手都癢癢了。

圓善說：是嗎？俺也只怕有兩、三年沒去過頤和園了。大冷天的，得多穿些。那裡離俺定慧寺不遠，不要碰上俺師姐師妹才好……

用過早餐就出發。去西郊頤和園來回四、五十里地，又颳著風，只能擠公共汽車了。各人挎個郊遊包：蕭白石的包裡是畫夾畫筆用具，加一塊毛毯；圓善的包裡放了兩瓶礦泉水，一包餐巾紙，一袋小饅頭。出了後院北便門，就有一路公車往西郊動物園。還好，上車一人買了一毛五分錢的票，車上也不算擠，坐到終點站，就是動物園了。動物園站是個大站，他倆抵達時，已有好幾百人在等候去頤和園的三三二路公車了。沒想到凍手凍腳的節假日，還有這麼多人去遊園。他們處在人群的外圍，看樣子一時半刻的上不了車，那就放耐心候著吧。這時一輛公車靠站，一開門，就有上百名男男女女拚了命似的蜂擁而上，誰也不顧誰，只顧了自己。女售票員大聲勸誡：別擠別擠！昨天還踩壞了人！別擠別擠！後面的車馬上就來！後面的車馬上就來！

公車好不容易才關上車門，塞滿了大袋土豆似的，抖動著，不堪重負似地開走了。蕭白石對圓善說：看到了吧，這就是咱的首都北京，這就是北京的公共交通！每到上下班、節假日人流高峰就是這德性。成天宣傳精神文明，精神離開了物質基礎，文明個屁。人說在北京坐公車，拚的是勞動力，青壯年占便宜。圓善說：阿彌陀佛。想想如今的人，活得真累，個個心急火燎，天天都像在趕末班車，過了這村，就沒了這店似的。蕭白石說：妳道是為什麼？咱社會主義新中國的人民群眾，為什麼有這種搶、占、擠心理和習性？都是被培養教育出來的！「共產黨的政策像月亮，初一十五不一樣」。從住房分配、長工資、拿補助，到各種福利津貼，說給就給，說停就停。動作快的，搶得一份；動作慢的，乾瞪眼，跳腳罵娘都沒用，還指你對黨對現實不滿。久而久之，就養成這種搶、占、擠的國民性。妳聽說沒？在咱首都機場排隊登機，明明每人都有預定的座位，可也要擠、也要搶先，去年就把一位英國老太太擠倒在地，上了《泰晤士報》國際新聞，說咱中華人民共和國只有黨和國家領導人不用排隊、不用擁擠，因為他們坐專車、專機。

又來了一趟車，也是百十人一齊蜂擁，拚了老命似的朝車上躥，躥得車門都關不上。後來還是吊在門上的三位老大爺接受售票姑娘的勸告，下了車門腳踏板，車才開走。圓善見走了兩車人，候車的人卻越來越多，就對蕭白石說：咱回吧，或是換個地方去玩兒。蕭白石看看四周，壓下聲音說：那哪成？我這人就喜歡哪兒人多往哪兒湊，體驗生活。來來，妳站攏些，我說個笑給妳解悶兒……說的也是擠公車的事。說是一輛公車上，嚴重超載，整車人擠得插棍子一樣出不來氣兒。一位胖大爺說：再擠下去，我的肚子要爆啦！一位小朋友說：咱都擠得尿尿啦！一位姑娘說：俺的裙子都髒啦！一位青年婦女說：再這麼著，要違犯計畫生育政策啦！圓善低聲問：犯啥計畫生育政策？蕭白石低聲答：她的意思是，她要在車上受孕啦！圓善紅了臉蛋，想笑又不敢笑：數你貧，數你壞！難怪當年打你個右派。阿彌陀佛。

他們候了一個多鐘頭，終於不管不顧憑體力擠上了一趟開往頤和園的公車。座位早被一對對戀人占領，且女的都是坐在男的雙腿上疊羅漢。他們無視旁人，男的雙手就抱撫在女的胸前。女的則低著頭，臉埋在前座的椅背上。蕭白石和圓善面對面站在過道上，也是被擠得胸貼著胸，肚貼著肚，腿貼著腿，比他倆在住處相擁相抱還貼得緊湊。蕭白石在圓善耳邊說了句：咱蛤蚧了吧？圓善被擠得氣都出不勻，想笑都笑不起。幸而大冬天的，身上都穿得厚實。要是在夏天，人人都穿得那麼涼快單薄，一車子的人都這樣相互緊貼著擠著，生物本能，情何以堪？難怪那姑娘說，她的裙子都髒啦；難怪那青年婦女說，要違犯計畫生育政策啦……漸次地，圓善的下面也有了感覺。這傢伙，一晚上沒犯事，就又長個頭了似的……圓善羞愧無狀，臉蛋埋在白石的肩臂上。白石的雙手緊箍在她的腰上，箍得她氣都喘不過來。她求饒地在他耳邊說：你到是輕些兒！他也在她耳邊說：我是怕人家碰著妳。她在他耳邊說：這叫啥事兒？你怕是喜歡這樣被擠著呢！他在她耳邊說：妳和我擠在一塊兒，不喜歡？她停了停，在他耳邊說：數你壞！害俺下面都潮了……沒想到他竟在她耳邊說：《動物農莊》，這就是人家英國作家寫的那個《動物農莊》，全世界四條腿的動物聯合起來！

圓善又愛又恨，真想抽出手來，擰他的貧嘴。

他們這趟超載公車向西馳行，途經首都體育館站，站上有大群人候車，未停站，北拐，上了東關村南大街。過北京圖書館站，站上有大群人候車，未停站，繼續北行。過中央民族學院站，過北京外國語言學院站，過中國農業科學院站，過友誼賓館站，過中國人民大學站，過海淀醫院站……每站都有大批人在候車，但每站都未停車，面對站上呼叫著的人群，揚塵而去。車下的人氣憤跳腳，車上的人暗自慶幸。蕭白石、圓善聽不清站上的人們在叫喊些什麼，只猜想那是在揮拳罵娘。倒是車上的女售票員過意不去似的，每過一站就報站名似地朝外喊上一聲：對不起！去頤和園！已經超載，沒法停站！

這時車上有幾位哥們在談論：知道吧？這就是「人藝」小劇場演出的話劇〈車站〉，人家是有生活體驗的……不過那編劇也太損了點，把咱北京市民搭不上車的糗事活生生搬上舞臺……我去「人藝」看了那演出，他娘的演得真絕！男女老少一群人在市郊公車站上等車，左等右等，一輛公車過去了，不停站；又一輛公車開來了，可開過站臺老遠才停下，放下幾個乘客，不等大群候車的人趕到，就揚長而去；好不容易等到一輛空車開來，這下總可以上車了吧？可那空車也不停站，車頭上掛著「緊急任務」四字，呼嘯而去，讓候車的老少爺們乾瞪眼……人家那叫象徵主義，通過小舞臺，演了大社會。咱北京不就是個大車站？從住房、到工資、到教育、到醫療、到各種社會福利，哪趟政府的「公車」，咱都搭不上；凡是好事兒，都沒咱老百姓的分……啥叫象徵主義？《紅樓夢》就是個象徵，大觀園是咱中國幾千年封建社會的縮影。〈車站〉雖然沒有達到《紅樓夢》那樣的高度，但的確是咱北京市民日常生活的縮影……哥們聽說沒？〈車站〉年前被禁演，說是北京市公共汽車公司的廣大幹部職工給中央寫信反映，這齣話劇歪曲了市公共交通的現狀，是對全市兩萬多公交職工的大不敬！嚇得那編劇的小子跑去了法國，躲在巴黎不敢回來……至於嗎！早些年禁演〈假如我是真的〉，禁演〈苦戀〉，禁演〈芙蓉鎮〉，有的還是鄧大人下的旨，也沒聽說把編劇的給逮起來……什麼工人、農民寫信反映情況，表示不滿呀？西洋鏡早就被戳穿過！都是他娘的喉舌冒充工人、農民寫信！不信，你問問開車的師傅，賣票的女同志，他們知不知道有〈車站〉這齣戲……兄弟，兄弟，您倒是聲音低些兒……怕什麼？人說〈車站〉就是中國版的〈等待果陀〉……

圓善腦袋伏在蕭白石肩頭作耳語：聽聽，北京的爺們夠貧的了吧，在這公車上也貧個沒完，難怪人家叫你們京油子。你看過那齣戲嗎？蕭白石也作耳語：沒看過。自禁演了〈假如我是真的〉，我再沒看過話劇……嘻嘻，京油子，衛嘴子，保定府的狗腿子……妳老家倒是出產二狗子哩！圓善在他耳邊警告：俺老家又不是保定府！俺只是在保定上過醫專。你再欺侮人，不理你！蕭白石趕忙討饒：小的不敢，小的不敢，沒有妳，小的還有啥活頭？

此時公車已朝西左拐上了海淀路。北大南校門有一站，大群學生在候車。公車不停站，氣得學生們追著投土塊。他們大約一趟一趟搭不上車，有一肚子怨氣。朝公車投土塊，也是斯文掃地。好在這段海淀路不長，一忽兒就北拐，上了頤和園路。幾分鐘後，總算平安抵達本次公車的終點站：頤和園東宮門。

下了車，在售票處排隊買門票，有人和售票員拌嘴：上個月才兩毛錢，這個月就漲到了三毛？嘻嘻，三毛在臺北哪！咱是問您票價，不是問女作家！您問票價呀，五年前還賣過五分錢的啦！同志，五年漲六倍，你們頤和園都坐上火箭啦！您要是不想漲，可以去問問鄧小平、趙紫陽呀……

北京人貧，時時見，處處聞，貌似爭執，卻一口一聲「您」，不傷和氣，臨了還說上一句「您走好」。進了園門，蕭白石領著圓善，沒有隨大流去昆明湖北岸長廊方向，而是沿湖東岸人跡甚少的步行道走去。過了知春亭，更是遊人罕至、沒甚景點的一條土路，一邊是湖，一邊是園牆了。整座浩渺的昆明湖，仍上著凍，幽幽溜溜的，像面蔚藍色的大鏡子。正是冬陽高照，碧空萬里，湖風冷洌。湖岸邊插著告示牌：「禁止溜冰，後果自負」！他們找了個稍稍避風的牆角停下。蕭白石從包裡取出畫板畫筆，還好，他的作畫工具未被擠壞。再取出毛毯，鋪在一叢乾枯的蘆葦下，這才請圓善坐上去。圓善知他技癢，就微靠著蘆葦叢，仰起臉蛋，朝湖北岸的萬壽山方向看去：佛香閣居中，山上山下，座座殿宇金碧煌煌，熠熠生輝，掩映在蒼松翠柏之中，直是神話中的蓬萊仙境了。約略過了十多分鐘，蕭白石哈著雙手，已畫成一幅速寫，來請圓善欣賞。圓善一看，竟是畫著一位長髮披肩、身穿緊身毛線衣的少婦，背景是一叢乾枯的蘆葦……好生眼熟，鬼，這美人兒，他畫的誰？此時，白石已跨坐到了她身後，把她抱在了懷裡：傻妞，就是妳自己呀，我替妳還了俗，蓄了一頭青絲呀！圓善心頭一熱，難道他猜著了自己的心事，和自己想到一處了？她撫住白石的冰涼的雙手：凍壞了吧？來來，伸進來呀，你傻呀，替你暖和暖和呀。

白石的兩隻手掌被引導著，伸進圓善熱呼呼的身子裡，捏住了那對堅挺滑嫩的雙乳。圓善渾身打了個激靈，不一會身子就化了似地，沒有了力氣。白石那壞蛋撫住雙乳還不夠，竟去鬆了她的腰帶，硬生生的要從後面動粗，嘴裡唸著蛤蚧一下，蛤蚧一下……她忽地生了氣，氣得哭了，打他的手：你當你是頭驢呢！這野地裡也是做那事的地方？俺不依！俺不依！求你了，求求你了，住手，住手。俺也是心疼你，不要受了風寒，了不得。何況俺有另外的話要說。

蕭白石住了手，知道不能相強，只得鬆下勁兒來，兩手撫回了原處：好人兒，好人兒……任什麼話，妳只管說。圓善說：俺說了，你不要嚇著。蕭白石說：傻妞，妳嚇不住我。圓善說：自和你好了後，俺就想了很多、很多。主要的，俺不想再回西山定慧寺，俺犯了大戒，沒臉回去……俺不能再騙自己，騙師姐師妹，騙妙音法師。蕭白石問：好，好。妳有啥打算？圓善說：俺想還俗。蕭白石身子震了一下：還俗？這可是件大事。

圓善說：你不要緊張，俺不會成為你的拖累。俺還俗後，可以在城裡開一家小推拿醫館，以俺所學，服務病人，不定比你教書、賣畫，還來錢快。當然我們也不光是為了來錢，而是自己找條謀生、成家的門路。

蕭白石愣住了，他萬沒想到小師姑有這打算，且是長遠可行的打算。此事非同小可，非同小可。

圓善說：俺也知道，俺還俗的事，不容易……先是定慧寺妙音法師，是俺的救命恩人，她待俺就像自己的女兒一樣，不會放俺走……再有，楚老將軍這邊，也會很困難……

蕭白石心裡像堵著一團麻紗，好一會沒有吭聲。圓善推了推他，讓說話。蕭白石這才咬了咬牙，拿下主意：妳的事，就是我的事。辦家小醫館，妳學醫出身，推拿技術一流，夠條件。我可以找我的哥們，替妳辦下執照……

圓善聽這一說，激動得轉過身子抱住蕭白石：俺沒認錯人吧？你是靠得住的！靠得住的！俺要和哥生個娃兒，生個大胖娃兒！哥，俺說這話，羞人哩，羞人哩。說罷，圓善火燙燙的臉蛋埋進了蕭白石的胸膛裡。

蕭白石也臉熱心跳，捧起了圓善的臉蛋，愣了一會，想起了什麼事似地，忽然說：聽著！我還有許許多多的事沒有告訴妳，但不能不告訴妳……就是、就是二十多年前，我在青海有過一次未經登記的婚事，有過一兒一女，後來失蹤了，生死不明……這事，我從沒對人說過，連對我母親都沒有說過，更甭提對楚老將軍了。

圓善驚訝得掙脫了蕭白石的摟抱：天哪，還有這事？不是性無能嗎……這些年了，您沒有回去找過她們？

蕭白石已是滿眼淚水：說起來話長了……怎麼沒找？七九、八零、八一，三年三個暑假，我都以野外寫生為名，去了青海，走遍海北、海西、海南、黃南四個自治州幾十個縣鎮，連果洛和玉樹都去了……還請求當地政府幫助，都沒有找到任何蹤跡。只是花光了我賣畫所得，至今還預支著香港畫商的款子……

圓善聽這一說，才釋了懷，說：哥，無論你過去有過些什麼事，俺都不會往心裡去。俺也還有許多事沒告訴你。咱回吧，慢慢說去。俺真想菩薩保佑，老將軍能在海南島多療養些日子。

17

一九六零年三月，北京的天氣還乾冷乾凍，早晚還颳著颼颼的寒風，地上還結著層薄薄的細鹽粉似的白霜，故宮護城河、北海、什剎海還剛剛化凍……。

我是揹著母親替我備下的一袋炒麵、一包饅頭乾、以及那件「背心」上路的。還記得我講過的那件「背心」嗎？原本是我媽替我老爸「縫製」，我老爸去青海勞改時沒肯帶去。炒麵，妳知道嗎？就是我們從小在戰鬥故事片裡看過的解放軍或是志願軍上前線時帶的那種乾糧呀，把麵粉加少許鹽末在鐵鍋裡炒熟了，裝進長筒布袋裡，斜挎在肩背上，餓了，只要能找到水，倒出一把就可以調成糊糊來充饑。知道吧？就是找不到水，抓一把乾粉放進嘴裡乾嚼一氣，也不至餓死。我媽還變戲法似地偷偷塞給我六百塊錢，沒讓弟妹們看見。我媽吩咐，三百塊歸我在路上花費，三百塊交老頭子做刑滿回家的路費……。你知道一九六零年時候的六百塊是多少錢嗎？是一名大學畢業生整整兩年的工資！知道吧？我媽對我老爸並沒恩斷情絕。她心裡仍有老頭子啊，盼著老頭子好好勞動改造，重新做人，服滿十五年刑期，能活著回來團聚，知道吧？蔣介石曲線救國家，我老娘曲線救家庭。

這年春天，大饑荒已像鋪天蓋地的蝗蟲災害吞噬著新中國城鄉大地。四處都傳出有饑民暴動，搶劫國家糧庫，但都迅即被解放軍部隊所剿滅。毛澤東的大躍進「超英趕美」的牛皮吹破了，人民公社「一大二公」的神話破產了，共產主義天堂到了中國之後就銷聲匿跡了，只剩下全國人民饑腸轆轆喝大鍋清水湯了。一年大躍進，四年大饑荒。毛主席的胡吹海誇、胡作非為，報應到了七億臣民的肚皮上。

圓善，妳不嫌咱又貧上了吧？妳愛聽，咱就貧下去。

那年月還沒有北京直達青海省會西寧的客運列車，必須先到陝西省會西安，再換車經甘肅蘭州抵達西寧。妳知道吧，在五、六十年代，咱新中國的鐵路客運列車分為混合、慢客、普客、直快、特快五個檔次。什麼是混合列車？就是人貨混裝，在貨運列車後面加掛兩節客車車廂，或者乾脆以貨櫃車廂代替客車車廂，又稱為悶罐車，把人當成豬牛羊來運送。這種混合列車一般行駛在鐵路支線而非鐵路幹線上；什麼是慢客列車？就是行駛在中小城市之間，逢站必停，停站必久，因為要給其他列車讓道，而無所謂正點誤點。逢年過節，客車車廂不敷使用時，也常用裝運貨物的悶罐車來替代。反正乘客大多為肩挑背扛的人民公社社員，以及城鎮裡的升斗小民，無所謂誤點不誤點，衛生不衛生，能坐上火車，就算翻身作主人了；普客列車則屬於大城市之間的交通工具，比如從北京到天津，從北京到石家莊等等，使用帶廁所的草綠色客車車廂，每節車廂一百零八個座位，並且設有硬臥車廂及餐車車廂，算服務比較好的了。慢客列車和普客列車均無限額，售完座位票售站票，票價相同。有時連過道上、廁所裡都如同沙丁魚罐頭似地插滿了人，相互貼身而立，比談戀愛的男女還要貼得緊，也就談不到人格尊嚴不尊嚴了。許多乘客從始發站一直站到終點站；再上去就是直快列車了，比如從北京到西安，北京到武漢，北京到瀋陽等等。此種列車停靠縣團級大站，配備有軟臥包廂及軟座車廂。軟臥包廂一般每間上下兩層四個鋪位，規定十三級（地師級）以上高幹才有資格乘坐。硬臥車廂則分為上、中、下三層鋪位，六鋪一組，組與組間以板相隔，規定十七級（縣團級）以上幹部才可以乘坐，後放寬至科級（二十一級）以上幹部可以乘坐。咱貧遠了吧？

最高級別的客運列車叫「特快」，比如從北京到上海、北京到廣州、北京到哈爾濱等等。以北京到廣州的第四十七次特快為例（返回時稱為第四十八次），沿途只停靠二十來個地師級城市，每站只停靠三、五分鐘。還有比它更快的北京至廣州第十五次特快（返回時稱為第十六次），沿途只停靠省會級城市大站：石家莊、鄭州、武昌、長沙、衡陽、郴州、韶關。為什麼衡陽、郴州、韶關三個非省會城市也停站呢？原來此三個城市附近皆有解放軍軍級單位或涉外軍事訓練營地。比方說衡陽是原四十七軍軍部所在地。再又衡陽下去的郴州，是個地圖上很不起眼的山區小城。特快列車為何停站？咱是後來才聽楚將軍說出奧祕，原來馬共游擊隊的後方醫院、馬共中央療養院、馬共地下廣播電臺，都設在那大山裡哩！馬共是誰？就是馬來西亞共產黨呀！它最早的領導人都是咱訓練的，有的還是一九四九年從咱廣東東江縱隊直接派過去的！那叫無產階級國際主義。特快列車常有外賓乘坐，代表著黨和國家的形象，自然是窗明几淨，豪華氣派。車上餐飲、娛樂、醫療一任服務周全。地師級首長均由貴賓通道上下車，避免去和工農兵群眾摩肩接踵，亂哄哄、臭哄哄地爭先恐後，擠在一處。

「特快列車」上頭還有更特別的列車，稱為「專列」，即中央首長出行的專用列車。首長在天上飛叫「專機」，在地上跑叫「專列」。毛澤東時代，中央領導人只有毛、劉、周、朱、陳、林、鄧七巨頭出巡時乘坐專列，也是十三節車廂，有首長臥室、書房、會議室、電訊室、醫務室、小舞廳、餐廳等等，隨行官員及警衛部隊則分級別乘坐從包廂到硬臥、硬座不等。實為一座流動的行宮。專列沿途所有客、貨列車停駛讓道，所有車站、橋梁、隧道實施軍事戒嚴。真正的領袖出朝，地動山搖。咱貧遠了吧？

所以說，在咱社會主義新中國，萬事萬物都是等級分明的。不同級別的人坐不同級別的車，住不同級別的房，吃不同級別的飯。這是禮數，是秩序，亂來不得。馬列主義、毛澤東思想的精髓就是階級和階級鬥爭，就是無產階級專政，明白嗎？階級就是等級，明白嗎？咱生活在階級鬥爭的社會裡，就是生活在等級社會裡，明白嗎？階級有高低、優劣、貴賤之分。馬列理論毛思想都有權威的闡述：工人階級、貧下中農是優等階級，革命的依靠對象，占有統治地位；地富反壞右、資產階級及其知識分子，是劣等階級，革命鬥爭的對象，是被統治、被消滅的階級。所以工農革命的首要任務就是優等的工人階級、貧下中農戰勝和消滅劣等的地主、資本家階級。但這些都是理論說教、政治宣傳的事。普通工人、貧下中農到了吃飯、坐車、住房、治病這些具體的物質分配問題上，就另當別論、等而下之了；他們的優等階級地位，只停留在嘴皮上，文字材料上，精神受用上，實為一種精神鴉片。真正的優等階級住特等房，坐特等車，吃特等飯，有病住特等醫院（新中國地市級以上城市均設有高幹醫院，統稱為「第十四病室」），休假去海濱特等療養院。套用一句老毛生前常說的話：這難道不是事實嗎？

好好，咱越說越反動了不是？要是讓楚將軍知道了我這活思想，非把我送去半步橋、功德林那類地方不可。秦城咱是不夠資格的。姥姥的！咱還是說回自個兒的事兒來，說回咱第一次出遠門，去青海的事兒來。我坐的是北京往西安的直快列車。對了，是憑北京市公安局勞教處的介紹信買到火車票。那年月，凡購買出省的車票都必須出具單位介紹信。住旅店也必須出具介紹信。戰爭年代稱為路條。沒有介紹信非但不給住，還會通知派出所來人把你帶走，查證你是否外逃犯人。至今還記得那天我進北京站時，兩名公安把我的車票及介紹信看了又看。其中一位還去辦公室請示了什麼人，回來對看守我的那名公安嘀咕了兩句什麼，才把車票及介紹信還給我，讓進了車站月臺。兩名公安一定很納悶：這小子犯人不像犯人，幹部不像幹部，卻拿一紙市公安局勞教處的介紹信，說是去青海省公安廳勞改局報到呢。

離京的第一站是豐臺，第二站是涿縣，第三站是徐水，第四站是保定……都是縣級以上政府所在城鎮。我忘不了自豐臺到西安，總共停靠了二十幾個站吧，每當列車剛傍著月臺停穩，每個窗口都會伸上來無數黑糊糊的巴掌，要吃的：大爺行行好！大姐行行好！同志給一口，給一口吧！救命啦！救命啦！俺娃兒三天沒吃過東西啦……那情形，真叫觸目驚心。沒想到一出北京就遇見這一幅幅饑民圖，就像全中國的要飯花子都麕集到鐵路沿線來了。還是在天子腳下，並非天高皇帝遠呢。大約饑民乞丐人多勢眾，便是車站警察和鐵路公安都無法阻擋他們擁入行乞。只有那些地市級、省會級的大站，實施封閉式管理，乞丐群才無法蜂擁而入。

我乘坐的這趟列車，起初幾站還有好心的乘客將自己隨身所帶的饅頭片、小餅乾之類遞到窗外去積德行善。但車窗外就會出現一波波不要命的哄搶，甚至為一小塊麵餅相互扭打……列車過了石家莊，乘務員給旅客們宣布了一條紀律：每到一站，所有車窗必須關嚴，不准開啟。於是，就出現另一種可怕的狀況，數不清的巴掌拳頭砰砰嘭嘭拍打著每一扇車窗玻璃，一片哀告、叫喊：開開啊！行行好啊！給一口啊！給一口啊！車上車下，儼如兩個世界：車上天堂，車下地獄。

一路上，乘務員及乘警對旅客查票極嚴。列車每次停靠之後再啟動時，立即重新驗票，大約是防止沿線的乞丐混上車來乞討。說得也是，社會主義新中國的列車拉著社會主義新中國的乞丐四處流竄，確實有損社會主義新中國的光輝形象，同時也不利社會治安。嚴查旅客車票，就能及時把那些擠混上來、無票乘車的乞討人員清理出來，待下一站把他們押送下車，交當地公安部門處理。乞丐是無分階級出身、優劣等級的，只要你出來乞討，就一視同仁。知道不？

說實在的，從北京到西安二十幾個小時，我沒有合過眼。相信大多數乘客也沒有合過眼。每隔一兩個小時就要查一次票，與此同時還要查驗單位介紹信。不止一次看到有乘客因拿不出介紹信而被乘警帶走，到下一站就交當地公安部門遣返去了。法網恢恢，周密無漏。再就是要隨時看管好自己的行李，以防偷盜。俗話說饑寒起盜心。為了一口食物，隨時隨地都可能有人對你的行包下手。那一處處的乞丐群留給我太深的印象。我這時才感受到咱們新中國確是發生了大饑荒。這可不是國內的階級敵人、國外的帝國主義分子造謠誣蔑。在這大饑荒年頭，還有千千萬萬的中國人比我和我的父母、我的兄妹，生活更艱難，更不幸。我和我的家人，好歹是個吃多吃少、吃得飽吃不飽的問題；那些沿途乞討的災民，流民，卻是根本沒有食物果腹，隨時會餓斃在乞討路上，荒郊曠野。過去我不知道啥叫餓殍載道，現在我親身領略了。

我承認我很自私，很卑劣。我明明帶著一布筒沉甸甸的炒麵以及幾十片烘烤得香噴噴的饅頭乾，可我一片也沒有施捨到車窗外面去。我自私也有自私的理由。即便我施捨所有的食物，也是往大江大湖裡撒鹽粒，救不了任何人的。他們之中的絕大多數人被餓死只是早晚的問題，不是今天，也是明天、後天而已。能夠賑濟饑民的只有黨中央、毛主席。但黨中央、毛主席至今沒有啟動國家的救災機制，甚至還不願意承認他們領導下的新中國已經爆發了大饑荒，儘管這饑荒是他們一手造成！他們仍在號令躍進再躍進，仍在叫喊高舉三面紅旗，迎接社會主義革命和社會主義建設的新高潮……我一名右派大學生，恆河沙數，渺小又渺小。我保留自己的一點食物，還有很遠的路要走。就算到了西安，還要去蘭州轉西寧，到我父親勞改的柴達木盆地小柴旦光明農場，還有幾千公里的路程啊。在這一路上，你若想買到任何食品，除了人民幣，還要同時交上一定數量的全國通用糧票啊。

本人這次出行的全國糧票，先是得到北京市公安局副局長兼勞教處伍處長的特批，再獲中央美院領導和清河農場右派學生勞教中心恩准三個月事假，才憑戶口本及糧油本，去我戶口所在的北京東城區糧油供應站領取到全國通用糧票七十八斤（大學生的口糧每月二十六斤）！我這個右派大學生，簡直是破格享受了一次優厚待遇啊。這大約也是對我大半年來刷寫那些革命口號，刷畫那些歌頌大躍進大好形勢的革命壁畫的另類獎賞。我因此內心暗自得意，竊喜。人真的是很自私自利的動物。毛主席的偉大之處，大約就是把我們作為高等動物的這類弱點看得很準很透，所以教導我們：階級鬥爭，你死我活。現在面對全國大饑荒，人在食物面前的行為準則就是你死我活。糧食就那麼點兒，你不死，我不能活。為了自己活，也就不在乎別人去死，而且必須讓別人去死。所以我攜帶的乾糧就不能施捨給車窗下哭著嚷著的流民乞丐。這就是毛主席的階級鬥爭理論？這就是毛澤東思想的精髓？如果我和許許多多的人，都能捨下幾片饅頭乾，幾把炒麵，或許能救下些人命呢，至少能讓那些人多活幾天呢。但那一來是否違背了「你死我活」的思想準則？要不然，新中國已經發生了大饑荒，為什麼遲遲不見政府出面賑災？就是封建王朝，皇上也頒旨賑災了，會派出大臣赴災區各地，會同佛廟寺院，開設粥廠粥棚，向災民分發粥飯了。毛主席呢，天下臣民唱了一、二十年的〈東方紅〉，「毛主席愛人民，他是人民的大救星」，是白唱了。他老人家大約這會也嫌他治下的子民太多了，吃飯都大成問題了。餓斃一大批人，或許正可以減少新中國糧食嚴重不足的壓力。可就在兩年前的一九五八年，偉大領袖還在為全國糧食多到吃不完而發愁哪，還要求全國農村公共食堂二十四小時開流水席，任吃任拿，過上共產主義的幸福生活哪。

打住！趕快打住！你個右派學生，勞教分子，懷疑黨的鬥爭理論，詛咒毛澤東思想，你想活不想活了你！我當時確實被自己的這些隱藏在心底的意念嚇一大跳，脊梁骨涼颼颼的，不由得摸摸頸項、摸摸腦袋還在也不在……人的思維活動總是具多重性，並具自我警省、自我保護功能。真實的思考總是被包裹得最隱蔽。一旦這些觀點被暴露出來，就是現行反革命，就要連同肉體一起被消滅。就像我們常在大街小巷、車站碼頭看到人民法院打著紅叉叉的布告：某某反革命分子，瘋狂仇恨黨、仇恨偉大領袖毛主席，罪大惡極，不殺不足以平民憤，判處死刑，立即執行。最後公安部門還要向死刑犯人的家屬收取子彈費。我今天說這個話，是因為親眼所見，不是說著玩兒的。

記得列車抵達終點站西安是天亮時分。我要守候七個鐘頭，才能換乘從西安發往青海西寧的普客列車。西安過去叫長安，漢唐古都，曾經擁有我中華民族強盛輝煌的歷史。八水繞長安啊，曾經映照出無盡的富貴風流。既然有七小時的空閒，咱何不寄存了行李，帶上畫夾，去站外看看古城牆、大雁塔、小雁塔等名勝，勾勒幾幅草稿，也算和西安有過一面之緣啊。可萬萬沒想到的是，我一到車站廣場上，立即被大群黑烏鴉似的小乞丐們包圍了，數百隻爪子般的小手從四面八方衝我伸來，上百個小喉嚨朝我直嚷嚷：給啊！給啊！救命啊！救命啊！我頓時陷入小花子們手爪手臂的叢林之中，周邊是一雙雙餓得發綠、狼一般的眼睛。此時的我已經遭遇過各式磨難，算見過些場面的人了，因而穩住了自己，沒顯慌亂。我知道自己只要稍發善心，稍有遲疑，掏出來幾片饅頭乾，就立馬會被這群小餓狼撕扯成碎片。於是我急中生智，大聲說：你們先讓開！讓開！等我站到那臺階上去，就有傢伙分給大家！這一招果然有效。小乞丐們不知是計，立即閃出一條通道。我幾個箭步衝出，跳上臺階，頭也不回地進了車站大門！小乞丐們被擋在了門外，自然是發出一陣陣咒罵。西安站是個省會級大站，有解放軍持槍把守，沒有車票的人進不了站。

站內治安人員再次查驗了我去西寧的車票及中央美術學院的學生證。不知是學校的疏忽還是別的原因，我的學生證上沒有加註我是一名右派大學生，我也就沒有被當作壞人對待。一位喜歡饒舌的老公安提醒我說：你就老老實實在站裡候著吧！昨天、前天、上前天，幾乎天天都有單身旅客在外面廣場上被小花子們搶了個精光！還有婦女被撕扯受了傷。你問公安為啥不管？你是首都來的大學生不是？你們天子腳下的人不知道外地發生的事？這年月誰還顧得上這些小花子？成百上千的，趕走一撥又來一撥，你能把他們都抓起來？抓得完嗎？往哪兒遣返？沒地方可以遣返！再說公安局又沒有占領糧庫，抓了他們，哪來的糧食煮粥喝？難道通通餓死在咱們手裡不成？他們餓死在外面算自然死亡，在公安手裡餓死了就算責任事故嘍！

人命如草。這年月人的性命直如路邊野草了。他媽的，還有嘴天天在廣播裡、報紙上罵人家赫魯曉夫的「土豆燒牛肉」是「假共產主義，真修正主義」，說人家西方資本主義國家的人民吃黑麵包、生活在水深火熱之中，說人家臺灣人民靠吃香蕉、紅薯過日子，說全世界就數咱中華人民共和國社會制度優越、人民生活幸福！廣播，報紙，宣傳喉舌，把真實的國情民情包裹得嚴嚴實實。騙騙外國佬或許可以，可在咱新中國內部哪，優越在哪兒？幸福在哪兒？單是這一趟從北京到西安的二十多個小時車程，我親眼所見，沿途每站都是乞丐成群！又說到在舊中國，封建王朝時代，每遇大災之年，皇上還會下「罪己詔」，上告蒼天，下告黎民，自己沒有把國家治理好，之後頒旨開倉賑災。可是看看咱新中國，商家被改造，寺院被荒廢，大饑荒發生整整一年了，竟無人出面救災……打住！趕快打住！你這該死的右派思想，反動觀點，又冒頭了不是？又在發洩對現實的不滿不是？又在反黨反社會主義不是？你個右派大學生，傻小子，你知足吧你！比起鐵路兩旁那些餓得快要斃命的人，你已經是個幸運兒！想想你的乾糧袋，炒麵粉和烤饅頭片，想想身上還揣著七十八斤全國通用糧票和六百元人民幣，簡直就是個大富豪了。為富不仁。你都不肯施捨出一些兒去賑濟那些老乞丐或是小花子……炒麵粉，我還沒有動過。幾十片烤饅頭，我也是可著列車上免費提供的白開水，細嚼慢嚥，吃了幾片，節省著哪。都要留著到了青海小柴旦光明農場，給咱老爸解解饞。不是啥好東西，可都是咱母親大人親手置辦的呀，有咱母親對咱父親的一份情意呀。這麼想了一氣，我感到莫大的滿足，甚至可以說得上是一種莫名的幸福。

我換乘上開往青海西寧市的直達客車。一路西行，西行。車窗外，已經很少看到綠顏色，而是沒完沒了的黃沙黃土；也很少看到水流，連一條小溪、一眼池塘都難得見到。西出陽關無故人囉。陽關還遠在甘肅境內。應當說西出咸陽無故人。車廂裡的廣播喇叭一曲接一曲地播放著〈社會主義好〉、〈翻身農奴把歌唱〉、〈沒有共產黨就沒有新中國〉、〈社員都是向陽花〉、〈人民公社就是好〉、〈三面紅旗迎風飄〉等等革命歌曲。我在歌曲聲中迷糊了，睡著了。革命歌曲對我這個右派大學生，早就充滿了苦澀，倒可以催眠，他姥姥的。不知過了多久，車廂裡漫起一股刺鼻的土腥味兒，把我給嗆醒。廣播裡的歌曲忽然中斷，換成了女播音員的緊急通知：靠車窗座位的乘客請注意！立即把車窗關上！把車窗關上！這廣播通知顯然已是馬後炮，所有的車窗早被關上了，仍有一層細塵粉末，不知從哪兒鑽進來，悄悄落在乘客們的座位上、臉上、身上。車窗外已經天昏地暗，只聽見狂風呼嘯，飛沙走石，沙石乒乒乓乓砸在列車車頂及外殼上。

車廂裡亮起大燈，彷彿黃昏時分行駛。我看了看懷錶，才中午一點。忘了說這懷錶了，也是我媽託我帶去給我爸的，還是二十幾年前我爸送給她的定情之物哪。瑞士製造，走得特準。列車裡又在播放一首接一首的革命歌曲，乘務員也沒有對車外的天氣變化作任何解釋。倒是乘客們在紛紛議論：沙塵暴啊！咱這一趟遇上了大西北的沙塵暴囉！沙暴有啥稀奇的？北京、天津一帶，每年的三、四、五月，還不都要颳那麼幾次？每次都是幾天幾晚，颳得昏天黑地，對面都不見人影兒。

列車在一個不知名的小站下停下，向沙暴低頭，似乎動彈不得了。這時，廣播喇叭才報告列車已進入甘肅境內，為保障行車安全，暫時停止運行。乘客們就留在自己的座位上休息，不得離開車廂。

沒想到吧？大西北給我這名北京右派大學生的頭一份見面禮，是一場迫使列車停駛的特大沙塵暴。

圓善師姑聽到這兒，忍不住打岔：聽你這一說，好像到了外國，另一個世界似的。

蕭白石說：中國人沒去過大西北，算白活在中國了；外國人沒有去過大西北，等於沒有到過咱中國。

圓善問：有這一說嗎？俺算白活在中國了？

蕭白石說：只有見證了大西北的瀚海荒漠，嚴酷無情，才知道啥是中國。

18

對了，白石，俺差點忘了給你說了，一九六零年冬月，俺青陵發生的「萬人搶糧事件」了。當時可是驚動毛主席、黨中央的特大案件，抓了上百人，槍斃了好些個「首惡分子」的。阿彌陀佛。

你道咋回事？原來俺青陵城外的一處山坡上，有座孫殿英莊園，大園子裡蓋了大宅院，占地好幾百畝哩。孫殿英是誰你忘啦？民國初年的直隸軍閥呀，就是帶部隊盜了清西陵，從慈禧太后墳地裡刨出幾卡車金銀財寶的那個孫司令呀！慈禧太后一九零八年去世，大清朝披麻戴孝辦了國葬，沒想到只過了十六年就被孫司令刨了墳！說是那太后墳造的那個堅實喲，士兵們使鎬頭、鎯頭、鐵釬的怎麼都整不開。孫司令火啦，命令爆破班用炸藥炸，把慈禧老佛爺炸得血肉橫飛，阿彌陀佛。說是老佛爺的遺體原本保存得很好，那被炸得四濺的血沫子還鮮紅鮮紅的，阿彌陀佛。孫殿英這土匪司令後來也沒落得好下場，有說是被刺客刺死的，有說是染上花柳病爛身子死的，有說是得暴病，被慈禧派陰兵給生生掐死的！阿彌陀佛。

解放後，孫殿英莊園收歸國有，做了國家的戰備糧倉庫。咱青陵百姓叫它「孫家大倉」，學校老師叫它「青陵布達拉宮」；後來怕藏民反感，政府不讓叫了。原來那孫家大倉確實像座城堡，聳立在山坡上，四面有高牆圍著，每個拐角都有崗樓，設有機槍火力。只在東面留一道總門出入。說是另有可走車馬的暗道通往後山谷地。莊院地下原就掏空了築成地宮，十幾條走道，百十間倉房，四通八達，冬暖夏涼，十分乾爽。過去孫殿英用來儲藏糧食、金銀財寶、武器彈藥。省軍區和省政府沒費多大功夫就把它改建成了戰備糧庫，說是可以儲糧上萬噸，夠一個軍的人馬吃上一年半載呢。起初由省軍區的一個連駐守，後來下放給青陵縣人民武裝部警戒。

蕭白石插話：自古兵馬未動，糧草先行。過去鄉下青年外出當兵，叫做「吃糧」，士兵叫作「糧子」。當兵為了「吃糧」，要「吃糧」只好當「糧子」，成為窮苦人家子弟的一條生活出路。民以食為天，所以咱們國家從來不缺兵源，炮灰。好好，咱不打岔，妳講妳講。

圓善說：也是饑寒起盜心喲，阿彌陀佛。一九六零年冬，是大饑荒最難熬的日子。天下荒年，山上樹死，山下水枯，生產隊斷糧，公共食堂停火，大鍋清水湯也供不上了。先餓死小的、老的；青壯年也餓得連刨坑埋人都沒力氣。要外出逃荒，公社不給開介紹信。人民公社蓋公章出介紹信讓你去逃荒乞討？讓你去丟毛主席三面紅旗的臉？可沒有介紹信，你就寸步難行，就是逃出去也會被遣送回來。全中國都是一個政策。況且全中國都在鬧饑荒，都在餓死人。你能逃到外國去？況且廣播、報紙天天都在說外國比咱新中國還苦，餓死的人更多呢，說美國發生大饑荒時資本家把牛奶麵粉倒到海裡去也不給窮人吃呢。咱新中國至少還沒有美帝國主義資產階級那麼缺德……。俗話說天無絕人之路。不知道是哪個公社哪個大隊哪個生產隊起的頭，想到了青陵城外的國家戰備糧倉庫。阿彌陀佛！「孫家大倉」藏著山一樣的糧食，香噴噴的麥粒、玉米粒，黃晶晶的小米粒，那裡頭的老鼠比小豬還壯，比貓還肥！咱是種糧人，就該著餓下去，餓死、餓絕？那糧食還不是咱人民公社社員上繳的？咱上繳的糧食，咱不能拿點吃點？上級不給開倉賑災，咱自己就不能去開倉救命？或者叫「借糧」吧！人先活下來，再種地，再產糧，再繳，再還，不行？四鄉百里，人民公社人口大滅。還活著的，也餓得眼睛出綠光，喉嚨裡伸出爪子。借糧，借糧！孫家大倉，孫家大倉！人們起初是私下議論，相互耳語；漸次膽大，聲音放高。村頭巷尾，田邊地頭，無分幹部群眾、黨員團員、貧農下中農，公開半公開，人人說借糧！左右是個死，與其坐斃，不如借了糧，做個飽死鬼……。孫家大倉有武裝把守，士兵開槍咋辦？槍子不認人，一子一窟窿。他不是叫人民子弟兵嗎？他就朝咱這些人民開槍吧！朝咱這些父老鄉親開槍吧！共產黨領導咱窮人翻身哩，翻身做主人哩，還興餓死人？毛主席說咱是國家的主人，當家作主哩！放著糧食不給主人吃，主人都餓得死光光，新中國只剩下大救星毛主席，還有劉主席，周總理，朱總司令，沒有了咱這些老百姓，他們領導誰去？豈不成了空頭主席，空頭總理，空頭總司令？

青陵縣大小三十幾個公社。縣、社二級幹部官僚主義，或者說裝聾作啞，對下面的流言飛語聽之任之。誰家都已經有親人死於這場大饑荒。各社各隊都有勇敢分子在串聯，在策動。一些大隊和生產隊的幹部群眾還喝了血酒，起了毒誓。按老規矩是要喝雄雞酒的。可那日月已經連雞毛都見不著了，哪裡還有歃血盟誓用的大公雞？酒是糧食釀造，當然也不會有了。於是打來一盆清水，各人咬破自個兒的指頭，滴一滴血到水盆裡。幾十人就是幾十人的血，幾百人就是幾百人的血聚在一起，鮮紅鮮紅。每人喝下一口，之後像入團入黨那樣起誓：有難同當，有糧同吃，誰要走漏風聲，出賣鄉親，誰就和全村人為敵，斷子絕孫，天誅地滅！

是俺爹後來告訴俺的：鐵家莊的老少爺們也喝血酒、也起毒誓。但那晚上俺爹請了假，俺娘受風寒發高燒，要在家裡熬草藥。生產隊幹部原打算慫恿俺爹再當一回「突擊隊隊長」，領著全莊漢子們去「借糧」呢。俺爹這次不肯出頭，怕落個滿門抄斬。按說新社會了，一人犯事一人當，哪會滿門抄斬？只是俺爹俺娘膽兒小，有些個自私自利罷了。況且除了俺家，全莊子哪家都餓死了人。俺家沒死人，獨一份。原因已講過。

但到了全莊子的漢子們操了傢伙出動的那晚上，俺爹還是相跟著去了。都說孫家大倉糧食堆成山，不拿白不拿。每兩人一架獨輪車，車上放著布袋、麻袋。那晚上有月亮照路。漢子們在莊前場坪裡集合，生產隊長領著大夥宣布了紀律：本次借糧，用生產隊的名義打借條，不是個人行動；若有人在行動中犧牲或傷殘，他的婆姨和後代由全莊人幫活；若有人被捕入牢，也由全莊人幫活他的家小；誰要當叛徒、孬種，誰就是全莊人的仇敵，饒不了他！再有，一切行動聽指揮，誰運回來的糧食歸誰所有，生產隊不搞集中分配，也不提成。不為別的，只為活命！

俺爹後來告訴俺的：那次可是俺鐵家莊貧下中農的統一行動哩。莊裡的地富反壞右分子不准加入，並對他們保密。別的莊子也都是這麼幹。階級隊伍要純潔，不摻雜。免得日後事發又被說成是階級鬥爭，是階級敵人背後操縱的反革命搶糧暴動，給上面擴大鎮壓留下口實。說是那晚上月光亮堂，隊伍出發不用打火把。獨輪車吱吱嘎嘎，像抗戰時期的敵後武工隊，或是解放戰爭時期的支前民工隊。每座村莊都有類似的隊伍出動，就像事先約定，奔赴戰場似的。不同的是過去送糧去前線，支援部隊打勝仗，那時糧食在農民自己手上。現在糧食都上繳了，是在國家手上。去「借糧」，說白了是去劫糧，劫回糧食才能活命。誰都知道是去幹犯天條的大事。為了活命，又不能不去。就算會被砍頭，挨槍子兒，也先飽吃幾頓，做個飽死鬼吧！阿彌陀佛。

從俺鐵家莊到那「孫家大倉」有三、四十里地，沿路要經過一座座村莊。所有的村莊都已經沒了狗叫。不然一莊一莊的狗叫個不斷，拉警報防賊人似的，鬧得心慌慌，腿軟軟。不用說，狗都被人吃光了，抵擋轆轆饑腸去了。都說狗替主人看家護院，是人最忠實的朋友；可人卻吃狗肉。即使是風調雨順、五穀豐登的年景，人們打牙祭時的美味之一就是紅爛狗肉。有的地方稱為香肉。漢子們吃的那個香啊，想想都滿嘴口水……。一路上，漢子們悶聲趕路，只有獨輪車滿路上吱嘎響。月光下，四鄉百里的人馬都出動了。大路、小路上的一支一支隊伍，都是些患上水腫病、全身浮腫的可憐人，像些遊魂鬼影，朝一個方向默默前行。誰說沒有組織？誰說沒有預謀？為啥這麼多的隊伍同一個晚上出動？且是奔著同一個目標而去。

是俺爹後來告訴俺的：隊伍走著走著，就有人倒下了，趴在路邊，再沒有起來。每支隊伍都有人半道上倒下，沒能堅持住。俺鐵家莊就有四條漢子二輛獨輪車沒有到達目的地。其實只差一兩個鐘頭、十幾里地，他們就能見著糧食，哪怕乾嚼兩把也能活命。倒下了也就倒下了，誰也沒有力氣去管他們，因為其他人隨時隨地也都可能倒下去。這次借糧行動，成了饑民們最後的掙扎。說是有個倒下去的人，臨嚥氣還哼了一句：這、這是最、最後的鬥爭……團、團結起來……到、到明天……後來聽說那漢子是個復員軍人。阿彌陀佛。臨嚥氣還唱他的黨歌，卻又至死都沒能明白，他為什麼會挨餓，會餓死。阿彌陀佛。那年月人活著，只是一具空殼，所有的慾望只剩下一個吃字。吃吃吃，吃就是一切，一切就是吃，有吃才有命。人肉都敢吃！親生娃兒的小腿小胳膊都能啃下去，人還有啥怕的？阿彌陀佛。人已經變回動物，而且是低等動物。虎毒不食子。人餓急了，瘋了，比老虎還歹毒，還野性。阿彌陀佛。

俺爹告訴俺：大約在半夜時分，俺鐵家莊的借糧隊伍來到青陵城外，總算朦朧看到了「孫家大倉」，月光下，像頭巨獸蹲在山坡上。高牆內外沒有平日那明晃晃的電燈照明，只有星星點點的火光來來去去，閃閃爍爍，像墳場裡飄忽不定的鬼火。漢子們怕了起來，但沒有停下腳步。其他莊子的隊伍也沒有停。一直走到圍牆下，漢子們才發現大門早已打開，沒有守衛，沒有電燈，煞是奇怪。但見一隊隊扛著布包、麻包或是推著糧車的人馬從裡面出來，出來；一隊隊拎著布袋、麻袋、推著空車的人馬進去，進去。裡邊也沒有路燈，像是被人掐斷了電源。「孫家大倉」的地宮有著眾多的進出口，全都敞開來，任人出入。剛進去，俺爹他們都傻啦，不敢相信自己的眼睛啦：平日警衛森嚴的國家戰備糧倉庫，眼下竟像座被部隊丟棄了的營房，任老百姓來搬運物品！奇事哩！警衛人員都哪兒去了？聽說原先還有十來隻大狼狗，見了生人就會撲上來咬住不放、嚇你個半死，也都不見了影兒！

俺爹說，他隨隊伍進到地宮庫房，裡面竟亮著許多馬燈。裡面的廊道很深、很遠，縱的、橫的，就像青陵城裡那些四通八達的胡同。此時「胡同」四處都撒著麥粒、豆粒、玉米粒，走在上面不停地趔趄。什麼是馬燈？你們京城裡人沒見過吧，就是《地道戰》裡八路軍武工隊手裡提著的有玻璃罩罩住火苗的煤油燈呀。原是掛在養馬人家的馬廄裡照明的，所以叫做馬燈。因它不怕風雨，所以又叫風雨馬燈。地庫裡的一間間倉房，堆滿了糧食，一座座的金山銀山。他們這些種糧漢子從沒見到過那麼多的糧食！有的漢子見到糧食就瘋了，都忘了自己是幹嗎來了，撲在糧堆上就大把往嘴裡填！填得太滿了，嚼不動，嚥不下，就又大口大口吐出來，哭嚷著，拍打著，再又大把大把往嘴裡塞，死命嚼啊嚼，扯長頸脖嚥啊嚥，誰也勸不住這些失了理性的餓漢。清醒著的漢子們也就顧不上勸阻了，拚上力氣把一袋一袋糧食朝外扛，扛不動的就放地上往外拖，一步一步往外挪。很快地，就有人撲在糧堆上一動不動了，生生被噎死，真的做了飽死鬼。大多數漢子還是把糧食弄到地宮外面的場坪裡，裝上了各自的獨輪車。所有的漢子都等不及回家煮熟再吃了，在糧袋上戳個洞洞就摳出些顆粒來塞進嘴裡，邊走邊嚼，邊嚼邊走。他們算幸運的，往家裡運回了糧食，留住了一家老小的性命。

俺爹後來告訴俺：咱「青陵借糧」的案子，是個奇事。漢子們就像做夢，晚上出去遊了一回，就都拉回來糧食，而且是上等的麥粒、玉米，顆顆飽滿，嘎崩脆。這原是黨和政府留給軍隊的戰備糧麼！落到了咱這些餓漢手裡了麼！咱鐵家莊的人馬是天亮時分回來的。不一會滿莊子飄出煮食的香味兒，哪裡等得及去輾去磨啊，好久沒聞到過這又甜又香的味兒了啊。可就苦了莊裡的那幾戶地主富農了。他們沒有資格參加「借糧」，他們是階級敵人，就比貧下中農更該著餓死？阿彌陀佛。俺爹說，就是借回糧食的貧下中農，也有生生給撐死了的。那家人見著糧就啥都顧不上了，煮上大鍋麥子、玉米，等不及熟了，就圍住鍋臺搶吃開來。原本餓壞了的人，肚腸長時間空著、虛著，猛地填下滿滿登登的粗糧，哪受得了？有的就被撐斷了氣。俺鐵家莊已死了五十幾口，這時卻又給撐死了好幾口。阿彌陀佛。

俺爹告訴俺：那些日子，莊裡的漢子們聚在一起，總是提心吊膽又心存僥倖，低聲談論著那晚上去「孫家大倉借糧」的事：菩薩保佑哩，老天爺睜著眼睛哩，合著咱青陵百姓不該都餓斃哩；孫家大倉，那麼大座戰備糧庫，咋就擺了空城計？一個士兵一條狼狗都不見，都上哪兒去了？也沒有電火，電話，都被誰掐斷？誰發這麼大的善心，敞開大門、倉房門，糧食任拿任拉？總該有人暗中設局吧？不然那孫家大倉一夫當關，萬夫莫開，鳥兒都甭想叼走一粒糧食！蹊蹺，太蹊蹺了！咱這些滿腦門高粱花子的人民公社社員，是怎麼也想不出個子丑寅卯來了。……可是過了幾天，開始有風聲傳下來，說青陵發生的「反革命團夥有預謀、有組織大規模哄搶國家戰備糧倉庫案」，驚動了毛主席、黨中央，定為「新中國第一搶劫案」；說毛主席、劉主席、周總理都震怒了，拍了桌子，責令公安部和河北省委、省政府限期偵破，嚴懲反革命分子，把哄搶走的國庫糧食追繳歸庫。

俺爹告訴俺：不久就有公安人員進到俺鐵家莊來辦案，挨家挨戶搜查「國庫糧食」。可咱莊戶人家不傻，料到會來這一招，早把借來的傢伙藏得連老鼠都找不到了。公安人員只好抓了幾個還活著的地富分子回去交差了。地富分子是死老虎，有罪沒罪都可以抓，反正階級鬥爭就是拿他們當箭靶。阿彌陀佛。可是呢，這次的案子非同尋常，是中央公安部和河北省委、省政府聯合辦案，殺一批死老虎結不了案。過了幾天，咱莊裡被抓走的地富分子給放了回來，白給他們在牢房裡喝了稀粥。這就是說，辦案人員總算弄明白了：本次搶糧事件，各公社各生產隊的地富分子通通被排除在外，實實在在是貧下中農社員群眾在生產隊幹部率領下的一次統一行動。於是全縣生產隊、大隊、公社三級幹部集中到縣委黨校辦學習班，交代問題，面對面鬥爭，背靠背揭發。可幹部們領著旗下人馬從孫家大倉搬走糧食時，都留下了借條，借走糧食多少袋、多少袋等等，令到辦案人員又氣憤又尷尬，哭笑不得。

俺爹告訴俺的：幾個月後，也就是一九六一年春節前夕，「青陵特大哄搶國庫糧食案」宣判：青陵縣縣長、縣人武部部長以及多名公社、大隊幹部被判處死刑，立即執行；判處有期徒刑的則多達一百來人。本來縣委書記也被判了死刑的，說是報到黨中央、毛主席那兒，毛主席撂了句話：我還沒有殺過縣委書記呢，才饒下一命。具體的案情，是黨和國家絕密，沒向人民群眾通報。

聽到這裡，蕭白石大發感嘆：自古燕趙多慷慨悲歌之士！青陵借糧，古今絕唱，萬古流芳。毛澤東去世後，全國平反冤假錯案，你們青陵這樁大案平反了沒有？

圓善師姑說：沒有，聽說上面有分歧。倒是咱們青陵文化館有個作家寫了部京韻大鼓詞，就叫〈青陵借糧〉，在縣裡、地區演出幾十場，把那縣長、縣人武部長當作包青天來歌頌，看過的人都流眼淚。後來還要到石家莊、北京去匯演，省委下了文件，列為資產階級自由化的不健康劇目，禁演了。阿彌陀佛。

19

蕭白石搓搓手：咱上回說到哪兒了？對了，咱乘坐的那趟列車進入甘肅境內，就遇上了沙塵暴不是？那沙暴颳了兩天兩晚，那列車就在那個小站趴了兩天兩晚，被颳得一陣一陣地抖動，只差沒有掀翻了。

沙暴消停下來，原本草綠色的列車像條黃龍似的繼續上路。自西安啟程，車廂已現空蕩，進入甘肅境內乘客更是見少。西北荒漠，人煙稀少，乘客自然就少了。我那節車廂只剩下稀稀拉拉十來人，想占幾個座位就占幾個座位，橫躺豎躺都可以；又值夜間行車，我美美地睡了一覺，實在是太睏了。這是上路以來的頭一個好覺，都忘卻自己此行為何、是何身分、身在何處了。天亮時分，我被列車的廣播喇叭鬧醒，播放的樂曲是〈東方紅〉。此時刻全中國都在播放「東方紅，太陽升，中國出了個毛澤東，他為人民謀幸福，他是人民的大救星……」真是應了那句老話：普天之下，莫非王土，率土之濱，莫非王民。東方紅，太陽升，中國出了個毛澤東，他為人民造饑饉，他是人民的太歲星……反動，咱又他娘的思想反動。且是那種骨子裡的反動。

我迷迷糊糊地躺著，睡天光覺似的。列車員又來查票，我坐起身子一摸，昨晚上當枕頭用的提袋不見了！那提袋裡裝著母親送父親的那件「背心」，幾十片饅頭乾，還有六百元人民幣；提袋下面還壓著那一布筒炒麵，我一路上省了又省的炒麵！連那個寫生用的簡易畫夾都無翼而飛……座位底下、行李架上也空空如也，我登時一無所有了，一無所有了，天都塌下來了！我一個大男人這麼窩囊廢啊，連自個兒的一點行李都看不住啊……我哭著嚷著去找乘務員。乘務員找來乘警，乘警查看了我赴西寧的車票，再看了我的學生證，才聽了我的哭訴。他在一個本子上登記了我所丟失的財物，之後告訴我：昨晚夜間行車，停了三站，這一路段乘客不多，小偷不少，你丟失的物品八成已經下了車，找回來的可能性不大，你要有思想準備，云云。

乘警離開後，我是上天無路，入地無門了。我不該在心裡罵〈東方紅〉，罵毛主席，毛主席無所不在，法力無邊，冥冥中懲罰我來了……絕望中，我捶打著腦袋乾嚎：天爺，天爺！你就不長長眼睛啊！專找我這種倒楣蛋過不去啊？我拿什麼去見我老爸，去見我老爸啊？身無分文，頂著右派學生帽子，這條爛命還有什麼用？……我不知道自己哭了有多久，反正無人來理會。這世上誰也顧不上誰了。這日月、這世道太無恥，太無賴，太無聊了。我不知不覺地就把車窗推了上去，只想著竄出去，竄出去，結束了這條賤命，爛命。既然老天爺都不讓我活下去，整個世界都不讓我活下去，我再無理由活下去……。車廂裡一片死寂，沒有一個人走動。我的上半截身子已經伸到車窗外，任列車激起的沙塵撲打，像具倒掛在窗口的死屍吧。但我還沒有死，且明白，只要再使把勁，屁股擠出窗外，就成功了，就和這個世界所有的罪孽、苦難永別了。一了百了，了就是好，好就是了。或許要等兩三天之後，才有巡道工發現路軌旁的一具屍體，又是個跳車自殺的流浪漢。這類屍體沿路都有，見多不怪。……我雙掌撐住車窗外沿，正要使最後一把勁將整個身子投出去，屁股上忽地受到重重的兩擊！身子一激一縮，縮回到車廂裡……

誰這麼缺德？人臨死還要受到作弄？一看，是個身子精瘦面目可憎的陌生小子，晃著件空蕩蕩的青布大褂，一臉幸災樂禍的壞笑：大哥！男子漢大丈夫，還像個娘們尋短見？我正沒好氣，真想揚手就甩他個嘴巴：我願死願活，你管得著？那小子仍然一臉壞笑：好咧好咧，敢情大哥是貪戀外面的大漠風景，想從這窗口出去走走？我衝著他小子吼了起來：老子所有的東西都被人偷了，就是不想活了！你憑什麼把人從鬼門關上拉回來？那小子大約怕我出手揍他，後退一步，指著我座位底下冷笑道：你都丟了啥寶貝呀？幾件破爛玩意兒，不還在原地嗎？我低頭一看，真是出了奇蹟，我的提袋、炒麵布筒以及寫生畫夾都回到了座位底下！拖出來一看，不假，且原封未動。難道遇上高人了？人真是不可貌相哪。我心頭一熱，登時渾身上下都暖乎過來了。那瘦個子卻轉身走了。我趕忙叫住：兄弟留步，請留步。那瘦個子一副不怕事的樣子走了回來，似笑非笑：大哥，是不是想送小的去見乘警？我告訴你吧！這來回蘭州道上，沒有人會和小的過不去，和小的過不去就是和他自己過不去，你明白？我沒計較他的油腔滑調，加緊解釋：莫誤會，莫誤會！我知道兄弟不是等閒之人，只想留兄弟坐坐，嘮嘮嗑，嘮嘮嗑喲。為了表示誠意，我把炒麵布筒拉出來：兄弟，這年月缺吃食，咱倆把它平分了，如何？小伙子大大咧咧在我對面坐下，滿不在乎地說：還是留著去見你老爹吧。你不是哭著喊著無臉去見你老爹，才要朝車外面跳的嗎？我被他搶白得臉塊發燙。很顯然，我丟失東西之後那絕望的哭嚷，都被他聽去了。我說：兄弟，你我萍水相逢，難得你這麼俠義，不然我真是沒臉在這世上熬活了。小伙子身子前傾，眼睛賊亮，臉上透出股真誠的靈秀氣：大哥也是落難之人，另有隱痛？

面對這位「原物奉還」的主兒，我忽然有了某種傾訴的慾望。不知為什麼，一肚子心事，平日守口如瓶，此時急於一吐為快；但經過這幾年的磨難，深知世情險惡，人心叵測，就又一時語塞，而說：兄弟，你今天是救了我一命，不知道該如何謝你了。這是幾張「工農兵」，請收下，算我一點心意。小伙子身子朝後一縮，忙晃手：別別別，十元一張的「工農兵」，你自己留著吧。想謝我，還有另外的法子……你不是帶著畫夾嗎？是位畫家吧？給畫張像，成嗎？我忙不迭從座位下取出畫板，說：承你看得起，畫家不敢當，美術學院的學生而已。小伙子身子又傾過來：許我問一聲，大哥是不是個右派大學生，到青海勞改農場去報到的？我大吃一驚，好眼力！既是被他看出行蹤，也就索性不相瞞了：說對了，在下就是個右派大學生，你是怎樣看出來的？小伙子賊亮的眼睛眨巴眨巴：嗨！自上前年以來，在這條道上，我見的人多了去啦！北京、南京、上海、天津，教授、科學家、畫家、作家、醫生、工程師，一個個，一撥撥，都是自己帶了鋪蓋行李，來咱大西北的農場報到。有的有人押送，多數沒人押送，就自個兒去，比草地上的羊羔子都聽話。有的去了新疆，有的去了青海，有的留在了甘肅。在一些鳥兒都飛不去的大漠裡辦了很多農場，一個農場能關押上萬名犯人，一個生產隊就管著好幾百名從內地去的右派、反革命，還都是有大學問的。可就是呀，這些年只見他們進去，很少有出來的……。這政府的事兒，咱也鬧不明白，既是些有大學問的人，這專家那專家的，就算當了右派，壞人，也用不著往大漠裡送啊？不說了，不說了，咱腦子一根筋，一想事就頭疼，針扎著似的疼。

我眼睛模糊了，心裡直如打翻了一罐五味汁似地酸甜苦辣鹹，一齊翻湧。我再管不住自己，一邊替小兄弟畫素描，一邊說起北京的家，北京的母親弟妹，北京的育才學校和美術學院。說得最多的，又是自己的父親。自己在十七歲那年，沒有配合上級要求揭發父親，被打了右派，判了兩年勞教，但保留了學籍。這次去青海探望父親，是上級批准的。完事之後還要返回北京的……。我把自己的身世說了個大概，算得上「和盤托出」了，頓覺渾身輕鬆許多。

接下來，我問：兄弟你呢？我知道你很不一般。趁著替你畫像這功夫，能不能也給說個大概？

小伙子不再嘻皮笑臉，有些冷漠又帶點自嘲，說：啥叫不一般？小的浪人一個，浪命一條。告訴你吧，本人無父無母，無兄弟姐妹，雙肩抬一嘴，一人吃飽，全家不餓。我自己都不知道是從哪裡來的，屬漢滿蒙回藏哪一族。有人說我是維吾爾。你看我像不像個維吾爾？

我早注意到這小兄弟的長相了。寬額，高鼻梁，雙眼微陷且帶藍色，頭髮也有些兒捲曲，除了身材精瘦像內地漢人，神貌舉止確實類似西域土著。杜甫有首詩怎麼說來著？高帝子孫盡隆準，龍種自與常人殊。豺狼在邑龍在野，王孫善保千金軀……八成是個混血兒。我邊勾勒著他的面部線條，邊說：對了，兄弟，我們還沒有互報姓名呢……我叫蕭白石，草頭蕭，白色的白，石頭的石。有個大畫家叫齊白石，知道嗎？我從小喜歡畫畫，父親就給取名小白石，小和蕭同音，知道吧？說過，我就有些後悔。人家小兄弟管你北京的什麼大白石小白石？像在賣弄點啥似的，北京人當了右派，也要在大西北人面前顯擺似的……於是改了謙和的口氣問：小兄弟，你的尊姓大名呢？

他瞪了瞪眼，遲疑一忽兒，才說：你寒磣人，我還有尊姓大名？我叫四旋兒。為啥叫四旋兒？一般人後腦勺上不都只有一個旋兒？偏我後腦勺上長了四個旋兒。回頭你可以看看。你問我姓啥，還真的說不上來。就算姓馬吧。甘肅、青海一帶回民多，馬是大姓。

我勾勒著線條，仍好奇地又問：兄弟你怎麼會不知道自己的家鄉籍貫，父母是誰呢？對不起，或許我不該問，對不起。

四旋兒探頭看了看我手上的圖稿，嘖嘖兩聲表示讚賞：你沒蒙人，真是個畫家哩，畫得很像哩。好吧，你都告訴我了，我也應當告訴你，我確實不知道誰是我的生身父母……我是被一個撿垃圾的老頭在蘭州城外的垃圾山下撿到的。老人姓馬，我也就姓了馬。老人在我懂事後才告訴我，一九三七年時候，有支從南方過來的紅軍隊伍，好幾萬兵馬呢，要從陝北過甘肅，到新疆邊境去和蘇聯紅軍接頭，卻在甘肅、青海交界的祁連山下，被馬家軍的騎兵打敗……他就是那一年，在蘭州城外的垃圾山下撿到了我。老人啥都沒有瞞著我，還講笑話，說我很可能是那支被打垮的紅軍隊伍某高官夫婦逃命時丟棄的，革命後代呢。可惜呀，那紅軍高官十有八九是犧牲了，馬家軍殺人殺的那個狠呀，抓住女的供他們受用，抓住男的成百上千的砍頭，一個不留。你是北京的大學生，知不知道這個事？

我停住畫筆，看著他。原來他年紀大過我，一九三七年出生，已經二十三歲。我有些心疼地回答他：上中學的時候，從一位高幹子弟同學那兒借讀過一冊內部讀物，說是一九三六年紅四方面軍抵達陝北後，即奉命組成西路軍，兩萬四千人馬去打通從甘肅到新疆到蘇聯的通道；占領西部廣大的地區後，就可以聯合中共地下黨員楊虎城將軍的西北軍，成立起中華西北蘇維埃共和國，和蘇聯老大哥連成一片。可是一九三七年西路軍在祁連山一帶遭到了馬家軍騎兵部隊的包圍，全軍覆沒，只剩下五千來人，全部被俘。你知道嗎？現在的徐向前元帥，那時是西路軍的總指揮；解放軍大將王樹聲，是西路軍的一名軍長；國務院副總理李先念，是西路軍的一名軍政委……他們都是孤身逃亡，一路討飯回到延安的。這是紅軍歷史上敗得最慘的一次。那位撿垃圾的老大爺呢，肯定是個人物，他撿了你，撫養成人，不容易哩。你應當孝順他，為他養老送終。

四旋兒垂下頭，偏過臉，低聲說：沒啦，俺爹都死十來年啦。

我吃驚又愚蠢地問：一九五零年死的？全國鎮壓反革命，他一個撿垃圾的老人會是反革命？

四旋兒說：那年我十三歲。我從開口說話那天就叫他爹。我知道他為什麼被殺。他給北京最大的官寫了信，說他是紅四方面軍西路軍的警衛團團長，戰友和上級都跑光了，死光了，他找不到可以證明他身分的人，只好流落蘭州街頭撿垃圾。革命勝利了，他只想告訴黨中央領導人一句話，一九三七年西路軍兵敗祁連山，是因為當時延安的中央軍委裡面有壞人，不停地給已陷困境的西路軍發各種電報，一會兒命令西路軍繼續打向新疆；一會兒命令進祁連山打游擊，開闢新的根據地；一會兒命令就地整休，準備接受國軍改編；一會兒命令他們返回陝甘寧根據地……西路軍被一封封電報命令指揮得亂了套，不知道該咋辦，才遭到馬家軍的包圍，彈盡糧絕，全軍覆沒！俺爹還舉出了西路軍領導人張浩、徐向前、李先念、王樹聲幾個名字。沒想到的是，俺爹的信投出兩個月後，突然來了幾個解放軍，把俺爹給抓走了。我雖然只有十三歲，也被叫去參加萬人公審大會。給俺爹安的罪名是紅軍叛徒，美蔣特務。那次在黃河邊上，解放軍用機關槍掃射，一次就殺掉五六百個叛徒特務，反共救國軍分子。打這以後，我真正成了流落街頭的孤兒。

我看了看四周，沒有其他人，就也放低了聲音說：可憐馬大爺，撿了十幾年垃圾，都沒撿清楚。當年在延安，中央軍委主席正是毛主席呀！西路軍是由紅四方面軍的主力部隊組成，是張國燾的人馬，而張國燾是毛主席的死對頭……你爹他這不是告毛主席葬送了西路軍嗎？

四旋兒睜大眼睛，也機警地掃一眼四周，舉右手食指豎在嘴唇上，噓一聲說：明白了，明白了，你們北京上頭的事，也忒黑了。原先，我只聽說西路軍是張國燾的部隊。張國燾一九三七年葬送了西路軍，一九三八年就從延安逃跑，投降國民黨蔣介石去了。

我搖搖頭：得，得，甭說了。我可是啥都沒對你說啊……歷史學家都鬧不清的事，咱也甭去費那心思了。四旋兒，不，你大我三歲，應該叫你聲哥才是。

四旋兒先是一愣，跟著就眉開眼笑了：中！中！你我是千里萬里的緣分。真的，今後你叫我四旋哥，我叫你白石老弟。可惜手邊沒有酒，也沒有雄雞，不然真該喝個雞血酒。

我也很高興，自己孤身一人來到大西北，竟無意之中結識了一位兄長。或許算得上個機遇？但對他的瞭解還是少了些。老爹從小就教我唸《增廣賢文》，什麼逢人但說三分話，未可全拋一顆心；害人之心不可有，防人之心不可無；畫龍畫虎難畫骨，知人知面不知心……可又說了，酒逢知己千杯少，話不投機半句多；與君一席話，勝讀十年書；患難知朋交，板蕩識英雄……四旋兒，我結識了你，是對還是錯？

四旋兒鬼機靈，大約從我的眼神裡看到了某種疑慮，便裝作滿不在乎地說：你咋就不問問，我養父死後，我是怎麼長大的？現在又是幹啥行當的？

我說：四旋哥，你自個兒的事，我怎麼好問？

他撇撇嘴：你們文化人，就是愛講虛禮……告訴你吧，我成了反革命後代，流浪兒。靠什麼活？撿垃圾呀，幹我養父的老行當。每座大小城市，都有一批人靠撿破爛過活。這你就不知道了吧？我認了些道上的朋友，練成二指功，又叫二指禪。什麼是二指禪？就是用兩根指頭取人身上錢物，神不知，鬼不覺。所以又叫鉗工師傅。咱這鉗工比工廠裡的鉗工輕鬆快意。在你兄弟面前不怕現醜。我四旋兒十三歲入行，十年間進過三次少管所，兩次成人監。五進宮，五級鉗工，老資格。每進一次，長一級。我們蘭州幫主是十級鉗工，飛簷走壁的好生了得，就是年紀大了，現在靠弟子們供養了。你不知道啊，少管所和成人監裡，都關著些能人啊，沒本事的還輕易進不去。進去一次就上一次學似的，長一回本領。我五進宮學了五回本領。只要不被打殘打死，出來就又是一條漢子！你不信？可我就是這麼長大的。如今嗎，不是和你兄弟誇口，從西安到蘭州到西寧這千里道上，老少花子們，也就是你們斯文人說的丐幫，誰不知曉我四旋兒的名字？告訴你兄弟吧，幹咱這一行，不愁吃，不愁穿，不愁花，就是住的差點。可蘭州對面，黃河北邊山坡上，有咱的幾眼大窯洞，能住百來人！你說公安管不管？公安又能把咱這些人怎樣？一網逮進去了，還得管吃管住不是？咱又不反黨反社會主義反毛主席，關進去不又還得給放出來？最大的壞事也就夾個錢包，摸些熟食什麼的。用你們文化人的話說，小偷小摸，扒手，不是政治犯。其實黨和政府最怕的還是你們知識人，個個都是政治犯。

在列車抵達蘭州之前，我一路都在聽四旋兒講他的身世，他的道上生活，就跟聽武俠小說故事似的。他幾次誠摯相邀，要我在蘭州下車玩幾天。我告訴他，我要趕到青海勞改農場去看望父親，父親患了重病，去晚了，要後悔一輩子。完事之後還要返回北京去，還有一年勞教沒服完。

他聽我說得悽楚，不再相強：兄弟，若到了青海那邊有了難處，就回蘭州來找你四旋哥。你四旋哥管你一切。你也可以留在蘭州畫你的畫，愛畫什麼就畫什麼。對了，你也可以替我的朋友們畫像呀，男女老少，那樣貌一個賽一個，要俊氣的不多，要怎麼醜，奇人奇貌，可就多的是。

列車徐徐駛入蘭州車站。我和四旋兒依依不捨。四旋兒忽又問：既做了兄弟，就甭客氣，你只帶了六百元盤纏，夠還是不夠？我心裡一陣哆嗦，原來我的工農兵，都被他清點過了，忙說：夠，夠，少了的話，一定開口，一定開口。

我送他到車廂門口。他把說過多次的話，又咬著我耳朵囑咐一遍：有了難處，一定要找我……記住，在西寧，在蘭州，在西安，鐵路線上，你找到任何一個花子，只要說出「四旋兒」這個名號，就會有人幫你，並能聯絡上我。對了，俺還有個野號，叫「四姑娘」。記住，叫「四姑娘」。

四旋兒下了車。他兩手空空，卻是位空手道高人。但見他精瘦的身條晃蕩著青布大褂，在出站的人流中一閃一閃，倏忽不見了。我這才恍然大悟：天！四旋兒是個女的？難怪她穿著件極為寬鬆的大褂，叫四姑娘！

圓善聽到這裡，忍不住調侃：你個落難公子，右派大學生倒是遇上奇人了，而且是個奇女子？敢情你是在編故事哩。

蕭白石說：真人真事。若不是我親身經歷，只怕說書的都編不出來。

圓善說：對了，照你這說的，俺鐵家莊也有奇人奇事哩。俺娘就是個奇人。

20

白石，俺對你說過，俺娘是個初中生，唱得一口好梆子。起初是抱著搖著俺大哥鐵英哼唱，哄娃兒睡覺不是？跟下來是抱著搖著俺二哥鐵雄哼唱，跟下來是抱著搖著俺三哥鐵豪、四哥鐵傑哼唱，再後是抱著搖著俺小鐵疙瘩哼唱。一口河南梆子越唱越清亮。俺四個兄弟，英、雄、豪、傑這名號，也是俺娘給取的。俺爹只會咧了嘴笑，撿了個有文化的嫩婆娘，一生就是五胎，還忙了屋裡忙屋外，前世修來的福分，偷著樂還樂不過來呢。

俺娘就是唱梆子唱出不是來著。一九六三年底、六四年初，公社成立烏蘭牧騎宣傳隊，大歌大頌社會主義。烏蘭牧騎你聽說過？我是長大了才知道的，就是內蒙古自治區黨委組織的文藝輕騎兵，送歌舞節目到各個牧區草原去啦。歌舞節目唱的跳的都是新人新事新風尚。過完苦日子，餓死了那麼多人，需要說說唱唱、文藝宣傳來正人心，鼓士氣。毛主席、黨中央很重視烏蘭牧騎這種好形式，在全國農村推廣。於是全國縣、社兩級都要組織文藝輕騎兵，宣傳隊，下鄉演出，唱偉大的黨，唱偉大領袖，唱新社會人民豐衣足食，生活幸福。

在鬧烏蘭牧騎的同時，毛主席、黨中央又開始大抓階級鬥爭，搞社教運動。省、地、縣、公社、大隊五級都成立貧下中農協會，在黨委領導下清理各家各戶的階級成分，建立忠於黨和毛主席的農村階級隊伍。俺爹在家裡講怪話，在外面卻正經得很，當了鐵家莊貧下中農小組副組長。奇就奇在這裡，咱村裡剛餓死了幾十口人，活下來的都還沒緩過氣兒來呢，就又運動上了，鬥爭上了。還叫憶苦思甜，憶舊社會的苦，思新社會的甜。要說苦，還能有六零、六一年大饑荒餓死人那苦？俺爹在家裡說，毛主席英明哩，一運動、一鬥爭，就又能把人治得服服貼貼了呢。

千不該，萬不該，俺鐵家莊生產隊向公社舉薦俺娘是個唱梆子的材料。她雖說年過三十，是五個孩子的媽，但身模子沒走樣，梳洗打扮起來依舊惹眼得緊。至於那嗓音，更是沒的說，亮能亮過樹梢去，低能低過草蟲鳴，能把人的魂兒都勾了去。公社發通知叫俺娘去面試。俺娘起初不肯去。俺爹也不想俺娘去，五個娃娃五張嘴，最小的鐵疙瘩才三歲，誰都離不得。可是公社的通知就是命令，文藝宣傳是政治任務，你個公社女社員能抗拒？俺娘面試過了關，登臺一唱唱紅半邊天，那扮相，那喉嗓，勾人魂，攝人魄，都說鐵家莊飛出隻金鳳凰。那年月時興搞文藝會演，也就是歌舞比賽。俺娘參加青陵縣會演，保定地區會演，石家莊河北省會演，都拿回來獎品、獎狀，還說要選拔她去北京參加全國烏蘭牧騎會演。人說要不是俺娘年過三十歲數大了點，家裡又有五個娃兒拖累，省裡和地區的梆子劇團都會爭著調她去當角兒。你不信？《河北日報》都登過俺娘的照片，還有訪問記。你去石家莊的圖書館查得到。

都怪報紙上那照片不該登，訪問記不該寫。一傳就傳回俺娘老家河南開封縣。縣公安局長又是個梆子戲迷，看了俺娘的照片：好個俏媳婦！不就像原先宋家莊老戲班班主的俊閨女嗎？他提高了警覺。原來縣公安局一直把俺娘當失蹤人口呢。於是開封縣公安局一名科長奉命帶著報紙找到紅旗公社東風大隊五星生產隊，問治保主任：這娘們是不是你們多年前報失的那個大地主的女兒，會唱梆子戲的？治保主任一看眼睛發亮：中！就是她！叫宋金蓮，祖上靠開戲園子發家，土改那年已滿十九歲，本可以和她父母一樣劃作分子，可村裡的貧僱農伍瘸子想娶她。農會成全土改根子伍瘸子，通知這女子：若嫁伍瘸子，和貧僱農結親，就不劃作地主分子，後代也可改變成分。這女子不想當分子，就應了這門親事。媽的一塊好肉掉進了殘廢人嘴裡。可這伍瘸子不替咱貧下中農長志氣，下邊的傢伙舉不起（阿彌陀佛，俺說粗口了，俺長大後就是這麼聽人說的），抱著個地主的俏閨女沒奈何，惹得一莊子的野漢子生邪火。這女子倒是挺貞潔，任莊裡漢子們誘哄、勾引，就是不給丈夫伍瘸子戴綠帽。那時俺村書記老好色，允諾替她改變成分，只要她肯上床，她都不答應。都說伍瘸子沒本事，婆娘沒開苞，原裝貨，也算個奇事哩。（阿彌陀佛，俺長大後就是這麼聽人說的。）到了一九五四年夏天黃河發大水，淹了三省二百縣，咱縣咱社咱東風大隊，那時叫宋家莊，淹的那個苦喲，豬、牛、人的屍體都浮在黃湯濁水裡。大水退後，俺宋家莊清點人數，少了幾十口。伍瘸子卻活了下來，也是窮人命大啦。他那俏婆娘失了蹤，死不見屍，活不見人。可憐伍瘸子找婆娘找得發了瘋，被關了兩年精神病院。現在又老又醜，見人就問：見沒見到俺媳婦？她叫宋金蓮，宋金蓮……

白石，你知道嗎？那年月鄉下正搞四清運動，上上下下正傳達、學習毛主席的三道指示：第一，階級鬥爭，一抓就靈；第二，沒有貧農，就沒有革命，若否認他們，便是否定革命，若打擊他們，便是打擊革命；第三，千萬不要忘記階級鬥爭，千萬不要忘記無產階級專政，千萬不要忘記黨的領導，千萬不要忘記貧下中農！知道吧，是毛主席下的聖旨哩，比過去皇帝的聖旨還靈、還管用哩。伍瘸子是人民公社的貧僱農，土改根子，最窮最苦。公安部門不替伍瘸子服務，替誰服務？不保護伍瘸子的幸福生活，還能保護誰的幸福生活？於是開封縣公安局派出一名科長，帶領宋家莊大隊治保主任還有那個半痴半傻的伍瘸子，到河北鐵家莊尋人來了。

說是那天俺娘正隨文藝輕騎隊在一處水利工地上演出呢，忽然有領導通知她：金蓮！你們大隊來了手扶拖拉機，要妳馬上回去，有重要事情。俺娘還以為家裡娃兒犯了病，急急忙忙坐上手扶拖拉機就往家裡趕。那拖拉機卻直接把她送到了大隊部。青陵縣公安局的幹部和公社、大隊好些個領導，陪著兩個外地幹部模樣的人，都等著問她話呢。

那縣公安劈面就問：妳叫啥名字，什麼成分？俺娘說了自己的名字：姓宋，宋金蓮，現在隨丈夫是貧農成分；妳要老實些！妳是哪年來鐵家莊的？俺娘蒙了，平日幹部對她都很客氣的，今兒個改腔調了？俺娘說一九五四年。妳從哪兒來？怎麼來的？為什麼來？俺娘說，老家開封縣紅旗鄉宋家莊，一九五四年黃河發大水，沿河村子全泡在水裡，淹過屋脊，啥都沒了。她是一路逃荒，討吃，到鐵家莊來的。

縣公安又問：妳在你們開封縣紅旗鄉是不是結過婚、成過家？妳愛人叫什麼名字？什麼成分？俺娘見問這個，知道壞事了，翻她的老底兒來了，一時支支吾吾說不出話。縣公安臉一虎桌一拍：妳是有文化的人，又混進了文藝宣傳隊，應該懂黨的政策，坦白從寬，抗拒從嚴！今天你們公社和大隊的負責人都在這裡，妳要老實交代自己的問題！不老實，從嚴處理，後果自負。

俺娘沒轍了，只得從實招來：出身地主，是老家的大戶。土改時怕戴上地主分子帽子，答應了農會的條件，自願嫁給村裡的土改根子、貧僱農伍瘸子。伍瘸子是個殘疾人，說他的一條腿，就是十多歲時上俺家莊子地裡挖洋芋，被看莊子的打失的。所以他是受了俺家的壓迫，落下殘疾，土改時要娶俺家一個女兒，來補償他的損失……嗚嗚嗚，一九五四年發那場洪水，到處是死豬死狗死貓，還有死人……俺是爬到一棵老楊樹上，才活命。俺以為伍瘸子沒了，俺娘家地主分子也全沒了，嗚嗚嗚……俺沒法子，就一個人朝北走，朝北走，一路討口，討到你們青陵地方，餓睏在一條旱渠裡，讓好心的孩子他爹拾了回來……。

聽俺娘這麼一「坦白」，縣公安和公社、大隊幹部對如何處理俺娘，感到犯難。總歸有些兒本位主義，地方主義不是？就算俺娘是個地主家逃亡的女兒，可也已經在鐵家莊住了整十年，和俺鐵家莊的貧僱農鐵柱子生了五個兒女，是俺貧僱農家的媳婦不是？你開封縣紅旗公社宋家莊大隊的伍瘸子是貧僱農成分，俺青陵縣天堂公社鐵家莊大隊的鐵柱子也是貧僱農成分不是？天下貧下中農是一家，最親不過階級親，打斷骨頭連著筋。你們伍瘸子由農會指婚，和這地主女兒成親三年，並沒有生下一男半女不是？以時間的長短以及有無子女來論事，這個宋金蓮也應當歸咱鐵家莊的鐵柱子，而不應當歸還你們宋家莊的伍瘸子不是？

河南、河北兩省兩縣幹部，你來我往，臉紅脖子粗，好一場辯論，各不先讓。河南方面咬死理：娶媳婦，立家室，要講個先來後到！地主女兒宋金蓮嫁我們伍瘸子在先，嫁你們鐵柱子在後，而且她和你們鐵柱子犯的是重婚罪。你們不放人，我們上法庭，告你們！

話都說到這分上了！雙方本來是不讓伍瘸子和我爹見面的，以免仇人見面分外眼紅不是？因此伍瘸子也在另一間屋裡候著。後來沒法子，只好讓兩個當事人出場理論。聽他們的說辭，看他們的態度決勝負。伍瘸子半痴半傻的，一進來只會嚷嚷「還我媳婦、還我媳婦」，怪可憐的。俺爹倒是和俺娘商量下了，為了五個娃兒，為了不散家，打死不分開！所以俺爹想好了先禮後兵的苦肉計。他牛高馬大一條漢子，見到伍瘸子就跪下了，說：河南兄弟！俺鐵柱子舊社會給人當牛做馬，受剝削、受壓迫，從沒給人下過跪！俺今兒個給你下跪，認你和俺一樣苦出身，土改根子，俺還娶了你走失的媳婦……要怪，只能怪十年前黃河的那次大洪水。媳婦是一路逃難，討飯，逃到俺青陵地方，餓倒在乾渠裡。不是我撿了回來，她也就沒命了，今兒個兄弟你和上級領導，也就用不著來尋人了。現在，她和俺已經有了五個娃兒，娃兒都還小，大的十歲，小的才三歲，娃兒離不得娘，娘也離不得娃兒……兄弟，你聽明白我這意思了嗎，明白了嗎？

這時，一個誰都想不到的奇事發生了，叫嚷著「還我媳婦、還我媳婦」的伍瘸子像是忽地清醒過來，不痴不傻了，撲地一下也在我爹的對面跪下了：五個娃兒？五個娃兒，俺媳婦和你生了五個娃兒……不，不，俺是說，你媳婦替你生下五個娃兒……中啊，中啊，中啊，中啊！

俺爹看事情有了轉機，兩省兩縣幹部也都看出端倪來了。俺爹趕忙起身把伍瘸子扶起，一口一聲兄弟：今兒個俺鐵柱子當著兩省領導的面，說句話！你伍老弟大恩大德，不讓俺五個娃兒離開娘，周全俺一家……往後，俺家就是你伍老弟的家，俺娃兒就是你伍老弟的娃兒，俺媳婦就是你伍老弟的親妹子！俺五娃兒都認你做乾爹！

伍瘸子聽了俺爹的話，拉住俺爹的手，感動得落了淚，愣了好一會神兒，咬了咬牙，別的要求都沒有了，只提出到俺家和俺娘還有娃兒們見個面。

一場「媳婦危機」，就這樣化解了。「兩省領導」被俺爹叫的也挺舒服的。在大隊幹部的授意下，俺爹俺娘殺了兩隻雞，宰了一隻羊，在家辦了酒席，恭請「兩省領導」和「伍老弟」大吃大喝了一頓。俺娘的地主出身，逃亡在外那些說詞也暫時不計了，可說是皆大歡喜。俺爹俺娘還特意留「伍老弟」在家住了一宿，趕著我們五兄妹叫他乾爹。俺娘後來偷偷告訴俺，那晚上俺爹喝多了酒，來了豪興，硬要俺娘去偏房（客房）陪「伍老弟」過一夜。俺娘死活不肯去，俺爹說，有啥呀，他又不能那個，人家來一趟不易，今後再會面更不易……半夜裡，俺娘回到俺爹床上，哭了：真可憐，仍是個廢人，像個老孩兒，把俺推開，就睡熟了，臉上掛淚，但帶著笑。

俺爹俺娘原想留「伍老弟」多住些日子的，但「伍老弟」不肯，答應第二年秋後再來，帶些老家的特產淮山、驢皮膠（又叫阿膠）來走親戚。「伍老弟」一瘸一瘸的，跟著「河南省領導」走了。那時俺鐵家莊到青陵縣城還沒有汽車，大隊的一部手扶拖拉機又被調去了水利工地，客人只能走三十里旱路去縣城。俺爹俺娘一路送著「伍老弟」，一直送到青陵汽車站，流著眼淚，看著他們上了開往保定的長途汽車。

蕭白石擊掌道：太感人了，太感人了！在那樣火紅的階級鬥爭年代，底層老百姓之中，還有敦厚的人情，散發出人性不滅的光輝。你爹是個人物，那伍瘸子更是個人物，都很了不的。你那「乾爹」第二年回來過沒有？

圓善見問，眼睛都紅了：他回去後，還請人寫過一封信，報了平安，說今生今世，他不會忘記河北青陵的大哥和大妹，還有五個侄子。後來俺娘俺爹再去信，就沒有回音了。病了？俺爹本來想湊筆路費，去河南宋家莊一趟，看看「伍老弟」究竟怎樣了。可那時鄉下多窮啊，一家大小，要掙出幾十塊錢來多難啊！不久，俺爹寄去的一封信被郵政局退了回來，信封上寫著幾個冷冰冰的字：收件人已故。

21

好，再又回到我的西北大漠之行來。上回講到在甘肅蘭州火車站和四旋兒分了手，又坐了一晚的車，才到達青海省會西寧。西寧雖說是座省會城市，但比內地的中小城市還要落寞、蕭條許多。好像只有一條主街，叫什麼八一大道。道旁是厚厚的沙土，以及零零散散的騾馬糞、駱駝糞。一眼望去，房屋道路全是鐵灰色、土黃色，幾乎看不到綠色。商舖飯店也都在下午五時就關了門，難得見到車輛行人。連路燈都像餓得發暈，昏黃微弱，奄奄一息。算真正進入「大漠孤煙直，長河落日圓」的境地了。我一名匆匆過客，原沒有興致欣賞這些的。

我到省公安廳勞改處去轉介紹信，並請求允許搭勞改局的便車去小柴旦光明農場。接待我的一位老公安仔細查看了我的所有證件，大約見我是個二十來歲的北京小青年，動了惻隱之心，提醒說：小伙子，還要往西一千多公里哪，也只能坐局裡的車才去得。你可要想好了，進去不難，出來不易囉……想打退堂鼓，還來得及。如果上了車，就由不得你啦。你帶來的東西，我們檢查登記後，可以代你轉交。

我當然不能打退堂鼓。千里萬里的趕來了，冒再大的風險，也要代表家人和父親見上一面啊。當晚，我就住在公安廳附近的一家小客店裡。還好，這裡的公安比較講政策，並沒有把我當異類對待，且告訴我這名前來探監的犯人家屬，幾天後會有去農場的「便車」。我猜想，那一定是輛運送物資的敞篷卡車。管他呢，敞篷就敞篷，在這地老天荒的大西北，能搭上卡車去柴達木盆地深處，已是萬幸。不然，你還能倔頭毛驢騎了去？

除了天天都去公安廳勞改處打聽「便車」的事，我在一派冷清、蕭索的西寧街頭閒逛了三天，被巡邏的警員查過多次證件。什麼都缺，就是不缺革命警惕。大饑荒也正在吞噬著這座大漠邊城。街上貓狗絕跡，大約都填了人們的肚皮了。國營飯店裡供應四十元一碗的高價湯麵，五十元一個的高價饢。饢是新疆維吾爾族牧民的一種發麵烤餅，有小面盆那麼大一個，瓷實耐餓，易於保存又便於攜帶。真是全國一盤棋，北京賣六十元一斤的高價餅乾，西寧就賣五十元一個的高價饢。全中國職工平均月工資為四十五元，六億農民則根本沒有工資。一個月的工資還買不起一個饢？你吃了每月配給你的那份口糧，還想多吃？出高價吧，你。出不起高價活該餓死，你。

那天中午我剛從省公安廳勞改處打聽到第二天一早有去小柴旦光明農場的「便車」，還沒有回到小客店，就忽地被一個渾身襤褸的小花子叫住了：請問你是蕭畫家嗎？我趕忙站下，看小花子一眼，見四周沒有他人，才小聲反問：你怎麼知道我姓蕭？那小花子眼睛烏亮烏亮，賴皮地笑了：知道就是知道。給！這是些饢，你路上吃，嘻嘻。說著小花子把一只沉甸甸的青布袋遞到了我手裡。我掂了掂，只怕有十來斤重。那年月饢可是個稀罕物，我心裡一熱：能不能告訴是誰送的？誰？那小花子後退兩步，晃了晃手：莫問，莫問，反正不會告訴你……對了！明兒晌午，你去北禪寺會一個人。記住，是明兒晌午！

小花子是個瘸子，走起路來一跳一跳的，卻十分快捷，一晃眼就閃過街角不見了影兒。我打開青布口袋一看，果然是滿滿一袋饢，冒出來一股激人食慾的香甜。這才想起，四旋兒！四姑娘？她到西寧來了？天哪，她是不放心我孤身遠行，跑到西寧來關照……約明兒晌午去北禪寺會面……北禪寺在哪兒？可我明兒一早就搭勞改處的車走了呀！如果不走，就不知道還要等多長時間才有「便車」了……四旋兒，你我萍水相逢，難得你這麼講義氣……回到小客店，我向服務員打聽北禪寺。服務員說：老遠的啦，要過湟水河，頂北邊，只在夏天才有公共汽車接送遊人，來回四十里地，算俺西寧的風景名勝。

我返回街上，繞了十幾二十個大小街口，再找不見那個小花子了。天很快就黑下來了，店舖也都早早的上了門板。我已經沒法子向四旋兒告知我的行程。四旋兒，不要怪罪我這個可憐人。老天有眼，歲月有情，同是天涯淪落人，你我還會相見的，還會相見的。

第二天一早，我搭上了公安廳勞改局的「便車」，沒想到竟是一輛押送犯人的囚車。早聽說過，唯有被判處十五年以上重刑的罪徒，才夠資格發配去柴達木盆地的光明勞改農場呢。所幸沒把我和犯人鎖進鐵籠子裡，准許我和三名全副武裝的押送人員坐在車廂前部。這囚車是輛解放牌卡車改裝的，車廂後部為一只大鐵籠，四面用厚帆布圍住，裡面裝了八個犯人，只能直立，不能蹲坐，且手腳都被鍊子繫在鐵欄上；前部則是有玻璃窗和座位的駕駛室，正好可坐四人。開始，押送人員把我的一隻手也銬在鐵欄上。我用另一隻手打開四旋兒派人送給我的那一布袋饟，請三位軍爺品嘗後，人家就眉開眼笑，把我的銬子打開了。看來這年頭，食品成為打通關節最具效用的寶物了。

囚車一路西去。路程是三天三晚。沿途除了黃沙還是黃沙。只有天空是湛藍的，一絲絲雲彩都沒有。我真想像不出，還有哪兒的天空，有這樣的湛藍，這樣的高潔，這樣的靜穆。是頭天下午吧，我從窗子裡望出去，忽然見到了一汪碧綠透亮的湖水，一望無涯、水天相接的湖水！那一定是著名的青海湖了，我國西北高原第一湖，翰海大漠中的明珠。水面達四千五百多平方公里，比江蘇的太湖、江西的鄱陽湖、湖南的洞庭湖加在一起還要大出許多倍，且是鹹水湖。可惜我是坐在車裡，視線不時被一座座接踵而來的沙丘擋住，看不到湖水的全貌。在北京臨起程前，我的三個弟弟妹妹還叮囑我路過青海湖時，一定替他們撿回幾粒湖邊的五彩石呢。他們怎能知道，哥是坐著囚車繞行青海湖的北岸，根本不可能下車？

第一晚我們住在一個叫天棚的兵站，也叫二號兵站。兵站是三千里青藏公路的特有設施，大車店不像大車店，招待所不像招待所，由軍人管理。幾排內地倉庫似的低矮平房，裡面是可以睡百十人的大通鋪；本是供前往西藏的部隊人員和車輛中途住宿，但平時軍民兩用，方便地方政府及過往民眾。聽說從青海西寧至西藏拉薩的漫長公路上，每隔兩百公里就有這麼一座兵站，成為茫茫大漠中的一線生命活動的亮點。當晚我和八名囚犯各分到一碗糊糊，都分辨不出是用什麼糧食或代食品熬出來的。押送人員和司機吃喝些啥？估計也好不到哪兒去。喝完糊糊，允許我和八名囚犯集體去棚子外面的沙磧野地裡上了趟「公廁」。回到棚子裡，押送人員就命令八名囚犯集體躺下，之後把他們的十六隻腳用一根鍊子串在一起，防止逃跑。他們沒有給我上鍊子，知道我是從北京來的大學生，去光明農場看望囚犯父親，不可能在半道上逃脫。

第二天一早，押送人員把囚犯們又鎖進鐵籠時，其中有兩人已經犯了熱病，渾身冒汗，抖個不停。押送人員戴上口罩，以防傳染。這半道上哪來的醫生看病？一人給服了片白藥片算是「革命的人道主義」了。隨後的路上，我犯睏，迷迷糊糊地似睡非睡。押送人員以為我睡熟了，說話似乎少了顧忌。我聽他們在說：這叫什麼事呀！還把人往那地方送，送去也是死，不送也是死，何不讓人死在西寧？你小子懂個屁！是廳裡叫咱執行這趟特殊任務。啥任務？告訴你小子也沒啥……咱廳長的小姨子，咱處長的老大姐，都患上水腫病了不是？讓去農場弄回一車糧食來救急，不定全廳上下幹部職工都可分到十斤八斤……噓！這事不能外傳，誰傳了，老子割下他小子的舌頭！記住了？就當老子啥都沒說過……天下荒年，天下荒年啦，不是剛剛傳達了文件，連毛主席、劉主席這些中央領導人都不吃肉啦，和全國人民一起過苦日子，也在他們住的院子裡種南瓜茄子、豌豆四季豆，搞瓜菜代啦。不是不讓種自留地嗎？毛主席還帶頭種自留地？算啥主義？閉上你的烏鴉嘴！聽說很多省委、市委都給黨中央上了條陳，要求毛主席、劉主席等領導人恢復吃豬肉，全國人民再苦再餓，也不少中央領導人那幾口！不吃豬肉的話，請改吃雞鴨魚肉，為中國革命和世界革命保重龍體……不說了，不說了，咱都流哈喇子了……你說，你說對面這小子，聽說還是北京的大學生哩，這年月不在北京家裡好好待著，中了邪似的自己跑來，往那死地裡去……北京，北京離咱天遠地遠，不知道天子腳下，是不是也像咱一樣餓肚皮……歷史書上說，咱青海地方，古時候叫吐谷渾，屬土蕃，另一國家哩……

他們後來還講了些什麼，我沒聽。我睡著了。

當天上午十一點左右，我被鬧醒了。我們還沒有抵達下一個兵站，可鐵籠子發出來悽厲的哭叫：停車呀！停車呀！死人啦！死人啦！押送人員不予理睬，囚車仍疾馳多時，才在一處沙坑前停住。押送人員命我隨他們下車。但見打開鐵籠，兩名發熱病的囚犯果然已經斷氣，其餘六人仍在哭泣。押送人員中年紀較大的那位叫高組長的，吼了起來：哭什麼哭？能使他倆活過來？毛主席教導，死人的事是經常發生的！有的輕如鴻毛！吼過之後，倒是把六人的手鍊子打開了，允許他們坐在鐵籠子的底板上了。兩名死者被丟在車下。我被他們派上用場，分兩次，一次拖一具屍體，朝那沙坑裡扔去。屍體很瘦小，但意想不到的沉，在沙地上拖出來一道白色溝槽。「死沉」「死沉」這話有道理。我渾身發顫，眼睛發黑，心裡直要作嘔，差點也要栽下那沙坑去。站在一旁監視的公安說：大學生，你是頭次幹這活兒吧？我們可是見多了，習慣了。頭回生，二回熟，你也會習慣的。我緩了緩神，看著那兩具被我扔下去的屍體，一位的臉上還掛著副眼鏡，忍不住說：找把鏟子來，總該掩上些沙土吧？還有，他們身上的遺物，要不要收上來？公安說：得啦得啦，他們身上的東西，早收繳了。你是不是想要那副眼鏡？不要？好。這裡是藏區，興天葬啦！就算沒有鷂子來啄，也很快會被風乾的！我仍在渾身顫抖，想吐，又吐不出來。百十步遠的囚車上，高組長已在大聲招呼我們上車，還要趕去下一個兵站。

沒想到這竟是我來到大西北所幹的「第一份工作」。

第三天上午，又有兩名病弱囚犯死在了鐵籠子裡。囚車仍是馳到一處沙坑前才停住。兩具屍體被扔下車，再由我分兩次，在沙地裡拖出一道槽槽，扔進坑裡去。當然也沒給掩上沙土，留給大漠乾冽的熱風去風乾吧，或是留給天上的鷂鷹來啄食，叫做「天葬」吧！奇怪的是，我第二次幹這活兒時，身子已不抖索，胃也不作反，不乾嘔了。只是「死沉」「死沉」的感覺依舊。人，真是適應力極強的動物。連高組長都對我的表現比較滿意：小伙子，大西北這環境特能改造人！只要能活著回去，就個個都是能人。告訴你京城來的客人吧，咱每次能把百分之五十的犯人活著送到光明農場，就達到上級要求的指標了。咱也說不清了，自一九五七年以來，有多少內地來的犯人被天葬在這沿路的沙坑裡了。

……大約是第三天的中午時分，我們的車子在一處罕見的三岔路口被截停，為一隊草綠色軍車讓道。有配快慢機的軍官來查驗我們這輛車的證件。那路口豎有石碑路標：箭頭向西，新疆；向南，西藏；向東，西寧。起碼有一、二十輛蓋著帆布的野戰卡車滿載著物資，由全副武裝的士兵守護，沙塵滾滾，向西開去，向新疆方向開去……我們的囚車奉命等候了一個多小時。姓高的組長彷彿知道些什麼信息，或是猜測到些什麼祕密，只聽他叨唸了一句：娘的這世道！糧食都充了軍糧，拉走了，別的人甭活了。

圓善師姑一路唸著「阿彌陀佛」，一副不敢聽又想聽下去的驚恐神情：白石，你真行，你敢下地獄，敢下那人間地獄。後來呢？見到你老爸沒有？

蕭白石說：子曰民不畏死，奈何以死懼之！好聽的事情，還在後頭。我敢說，比任何傳奇故事還要傳奇。我最不愛看的就是哪些所謂的反思文學，還有什麼尋根文學，羞羞答答，掩掩藏藏，想講真話又沒膽，欲曝黑暗惜頭顱。在咱這一朝，司馬遷絕種，董狐氏無後。該我歇歇了，下面聽妳的。

22

白石，上回俺說到哪兒啦？對，俺娘河南老家來人，抖摟出俺娘出身大地主的老底兒，一時成為青陵地方四清運動的反面典型，階級鬥爭活例證。俺爹因此被撤掉了鐵家莊貧下中農領導小組副組長的名分。其實也就是個名分，有會開，說得上話，能舉舉手而已。真正的權力鐵定掌握在黨書記手裡，不是？

俺爹倒是個想得開的人。不當那個貧協副組長又咋地？俺爹開導俺娘說：咱這土改根子、貧傭農成分，是毛主席封的鐵帽子王，誰也拿不掉的！就算妳是地主出身，可嫁雞隨雞，已做了俺貧傭農的婆姨，替俺貧傭農生養了後代，也算對革命有功不是？有人笑話咱家現在是國共合作。放他娘的狗屁！國共合作怎麼啦？上了毛主席的書的，況且也是俺領導妳。夜裡炕上幹仗都分上下，是俺幹了妳不是？毛主席、新社會叫婦女翻身，就這事翻不上去不是？

俺娘被俺爹逗樂了。其實俺娘的「樂」是做給俺爹看的。自被公社文藝輕騎兵除了名，再沒資格去參加演出，她心裡就很苦，不知道以後還會發生些什麼事，日子怎麼過下去。公社、大隊的幹部都明裡暗裡放話，說俺娘在河南老家土改時已滿十八歲，參加了剝削活動，可以被劃作「地主分子」；現在她的「帽子」拿在大隊幹部和群眾手裡，可以不給戴上，也隨時可以給戴上！

「地主成分」這頂無形的帽子，就像孫悟空頭上的緊箍咒，扣在俺娘的腦門上，影子一樣跟定了她，再甩不掉。可孫悟空神通廣大呀，人家有七十二變，一個跟頭能翻出去十萬八千里呀。俺娘農村婦女一個，除了生兒育女，養豬打草操持家務，還能有啥呀？何況孫悟空的上頭只有一位唐三藏，緊箍咒也只是唐三藏一人唸；俺娘上頭的唐三藏可是多了去，幹部群眾人人都是唐三藏，誰都可以給俺娘唸緊箍咒，誰都可以把「地主分子」那只屎盆子扣到她頭上去。這就是命，命中注定。俺娘啊，一次又一次地想逃脫這個「命」。先是在她老家鬧土改時，十九歲的她，答應了農會的條件，嫁給了殘疾的土改根子伍瘸子。你想想，她一名舊社會的中學生，用今天的話說是大家閨秀，這需要多大的決心和勇氣！那錐心痛苦，那含垢忍辱，常人難以做到的，俺娘都做了。阿彌陀佛。都是為了逃脫「地主成分」那個魔影。

你知道嗎？五四年黃河的那場大洪水，給了俺娘逃脫「成分魔影」的第二次機會。水退後，宋家莊已夷為平地。俺娘一路討吃，一討就討到了俺河北青陵，被俺爹撿了回來。俺娘萬沒想到，救了她一命的漢子，竟然又是一個土改根子！俺娘的這性命，到哪都和土改根子脫不了干係了。

你知道嗎？自俺娘跟了俺爹，十年生了五胎，娃娃個個存活，活蹦亂跳，紅頭花色，是俺娘過得舒心、踏實的日子。十年日月啊！現在你該明白了，俺娘跟了俺爹，屋裡屋外，勤吃苦做，日子過的那叫甜，那叫美。俺爹誇俺娘生娃娃就跟母雞下蛋般容易，連接生婆都沒請過。俺小時候和娘睡大炕，啥事都不懂，瞌睡蟲似的，只聽到俺爹俺娘半宿半宿地折騰。阿彌陀佛。

「地主成分」的事兒出來後，俺娘失去了快樂。她不再有一搭沒一搭地哼唱梆子戲，連笑都很少笑了。可她從小教我們要愛笑，愛笑的娃兒才俊氣，招看，招人喜。我們五兄妹也從小看慣了娘的微笑，那樣的甜美，知足，祥和。如今娘卻變了另一個人似的……。一天，俺爹去了水渠工地，大隊民兵營長叫俺娘去開什麼「分子會」。俺爹收工回來，見家裡鍋冷灶冷，問娘哪裡去了？哥說娘到大隊開「分子會」去了。俺爹二話沒說，操了把鎬頭就趕到大隊部去了。俺娘竟是在參加「地、富、反、壞、右五類分子訓話會」！俺爹還在會場門口，就聽到民兵營長在喝斥俺娘：鐵柱子家的！叫妳來開次會，接受教育，接受改造，妳卻哭哭啼啼整下午。有妳這樣當「分子」的嗎？這一屋子的五類分子誰敢像妳這樣？妳還敢說妳不是「分子」？妳不是逃亡到鐵家莊來隱姓埋名躲避鬥爭的？我告訴妳！再不放老實些，莫怪大隊幹部、貧下中農對妳不客氣！俺爹火冒三丈，一個箭步衝上去，叫了民兵營長的小名：鐵三兒！論輩分我是你叔，她是你嬸！有你這樣對長輩說話的？你嬸啥時候成了「分子」？誰給定的？你拿得出本本？有黨的政策管著呢！你們卻說她的帽子拿在你們的手裡！

民兵營長見俺爹金剛怒目，手裡操著傢伙，趕忙後退幾步：叔你這是幹啥呢？這是幹啥呢？今天開會的名帖，是書記下的，咱是照著它開這個會的！

俺爹聽這一說，拉了俺娘就走：好！三兒你開你的會，咱找書記評理去！問他，俺孩子他娘是怎麼上了名帖的！

說話間到了大隊書記家，也就是小毛主席家，他還兼著俺鐵家莊第二生產隊隊長。書記見俺爹一手拉著俺娘，一手提著鎬頭，來得不善，先就膽怯了：鐵柱子！你、你這是要幹啥呀？你、你一個貧僱農，土改根子，想找誰拚命？你、你能不能冷靜些？不然會犯大錯誤，犯大錯誤！

俺娘這時也緩過神來，奪了俺爹手裡的鎬頭，摜到地下。俺爹仍是氣鼓鼓的：你是黨書記，承你還記得我是貧僱農、土改根子！那我問你，憑甚通知孩子他娘去參加「分子」會？孩子他娘又是誰給定的「分子」？你是大隊書記，拿得出政策本本？

書記裝懵懂，問開什麼「分子」會了？

俺爹說：地、富、反、壞、右五類分子訓話會！鐵三兒說是書記下的名帖！

書記摸摸後腦勺：有這事？肯定是鐵三兒弄混了！鐵柱子你當過貧協副組長，你也參加研究過的。大隊黨支部是有兩份名單，不叫名帖，一份全大隊五類分子名單，一份全大隊地富子女名單。上次河南開封來人，整清楚了你媳婦的出身成分不是？公社、大隊幹部從本鄉本土觀念出發，替你保住了媳婦，沒遣返她回河南老家去不是？你們夫婦還領著五個娃兒來向大隊領導叩了頭，表示了感謝不是？依五零年土改時的政策，你媳婦當時年滿十八歲，本可以劃作「分子」不是？現在我可以正式告訴你啦，大隊黨支部本著處理從寬的政策，並沒把你媳婦放進「分子」名單，而只是放在「子女」名單，不算敵我矛盾，只算人民內部矛盾。明白嗎？

聽書記這一解釋，俺娘鬆一口大氣，俺爹也消了氣，但仍追住不放：那為啥叫咱這一口子去參加「分子」訓話會？

書記瞪了瞪眼睛：敢情是鐵三兒把兩份名單弄混了！回頭我找他說說，敵我矛盾和人民內部矛盾要正確處理，不能廝混。其實呀，多開點會，多接受些教育，多懂些黨的方針政策，也是好事啦！就是「子女」，每年也要開那麼幾次會，匯報思想，接受監督的。好啦，這事就給你們解決啦。鐵柱子，你個翻身戶，可不敢忘本，要牢記黨的恩情。下回有事找領導，可不興手拎傢伙，那要犯錯誤的。

軟硬兼施一番話，說的俺爹俺娘舌頭打結，沒了詞兒。臨了，書記還和俺爹握了手。俺爹不習慣，這書記的手怎麼和女人的奶子一樣軟和，都是老不幹農活給保養下的。書記也和俺娘拉了拉手，說：鐵柱家的，不要揹家庭出身的包袱。妳有一條好嗓子，梆子戲是妳的絕活。公社的烏蘭牧騎是不能去了，但大隊搞文藝宣傳活動，妳還是可以出來亮幾嗓子的！

這之後，俺娘沒再被勒令去「五類分子訓話會」，但要參加「地富子女教育會」。同樣被視作異類，在人前人後立不起腰，抬不起頭。俺娘怎麼說也樂不起來了。她就像掉了魂似的，仍是一天到黑屋裡屋外的忙活，但丟三落四，坐上鐵鍋忘記和麵，進了羊圈忘了撒草。出集體工也常常完不成任務，受到批評。每次開完「地富子女教育會」回來，俺娘就躲到一邊，背著家裡人哭鼻子，常哭的一句話：丟不起這人了，丟不起這人了……都說俺這些人是地富的孬種，接班人，老地富死了，俺這些子女就又是新的地富了……。有時俺娘的哭泣被俺爹聽到了，俺爹就會低聲喝斥、勸戒：放屁！分子就是分子，子女就是子女，政策在那兒擺著呢！這成分，三六九等，還會劃到共產主義社會去？學校老師都說了，共產主義就是消滅階級，消滅人壓迫人呢。他姥姥的，舊社會地富壓迫窮人，新社會窮人壓迫地富，還不是一個模子，算啥進步？這人啊，也就是日頭底下自個兒踩著自個兒影兒，瞎混日子！

別看俺爹沒文化，大字不認幾個，講起怪話發起牢騷來，卻是一套一套的，生產隊幹部都說不過他。要不是仗著他那窮出身，早就打成現反分子了。啥叫現反分子？就是現行反革命分子，要被鎮壓的呀。阿彌陀佛。啥叫鎮壓？就是砍頭，挨槍子兒。阿彌陀佛。

一天夜裡，俺娘又去開過「地富子女教育會」回來，丟了魂兒似的，臉色像張白紙，倒是沒哭，對俺爹說，鐵家莊她呆不下去了，她要回河南老家去了。俺爹見俺娘半痴半瘋的，問她咋回事？俺娘說，毛主席頒旨啦，階級成分要劃到共產主義社會去啦！她要再在鐵家莊住下去，五個娃兒都要跟著她這做娘的揹黑鍋啦！俺爹也懵了：有這事？毛主席頒了啥新旨？俺娘說：民兵營長鐵三兒傳達的。為了讓俺這些當「子女」的記牢了，他唸了三遍，俺都背下了。俺爹說，妳記性好，背來聽聽，我就算接旨了，姥姥的！俺娘就背了：「在社會主義社會過渡到共產主義社會的整個歷史時期，存在著階級、階級矛盾和階級鬥爭，存在著無產階級和資產階級之間的階級鬥爭，存在著社會主義和資本主義兩條道路的鬥爭，存在著資本主義復辟的危險性。被推翻的反動統治階級不甘心於滅亡，總是企圖復辟。這種階級鬥爭，不可避免地要反映到黨內來，我們千萬不要忘記。階級鬥爭非旦沒有過時，沒有消失，而是激烈尖銳地存在於我們社會政治生活的各個領域。因此，階級鬥爭要年年講，月月講，天天講。一代一代講下去。」……

俺娘背完「新旨」，還告訴俺爹：鐵三兒說了，依照毛主席這指示，從今往後，世世代代，貧下中農的子女永遠是貧下中農，是革命的依靠對象；地富的子女永遠是地富，革命的鬥爭對象，至少也是批判、改造的對象。

俺爹說：這就邪了他娘的門了！過去的皇帝還輪流做哩！如今的成分就祖祖輩輩改不了啦？我聽學校老師說，黨的政策是「出身不由己，道路可選擇」。毛主席他爹是富農，劉主席他爸是地主，周總理祖上是資本家，可他們都成了咱新中國的領袖。要依了鐵三兒傳的這「新旨」，毛主席該著當富農，劉主席該著當地主，周總理該著當資本家了？

俺爹的幾句笑話，說得丟魂失魄的俺娘都笑了。俺爹說：孩子他娘你聽著！你就跟著咱這土改根子，貧僱農，啥都不用想，哪兒都不要去！回你河南老家去？咱的五個娃兒怎麼辦？伍瘸子已過世了，你河南老家還有誰？你腦筋要放明白些，如今走到天邊，都是一個道理，一個政策，一個毛主席！

俺娘又哭了起來：是這個理兒，是這個理兒。他爹，你到了外面可不許瞎說。

蕭白石忍不住插話：這是共產黨、新中國的「理」，毛澤東制定的新式「周禮」。什麼是「周禮」？三千年前周王朝制定的一套規定人的尊卑貴賤以及祭祀儀式的法律文書。所以馬列主義、毛澤東思想就是我們新中國的「周禮」，規範我們社會以及每個社會成員政治等級、思想行為的準則。誰違反了，就是反革命，要被無產階級專政。在毛時代，人的家庭成分，階級出身，就像烙在人額頭上的火漆金印，死了都抹不掉，還要傳給子孫後代。毛澤東在批判周王朝的「周禮」時，制定出他自己王朝的新的「周禮」，新「周禮」比舊「周禮」更完備、更嚴密。

圓善說：你呀，總是有你的說辭。下面，該著你說青海的事兒了。

23

記得是天黑時分，我們一行總算抵達目的地：小柴旦光明農場。朦朧中，好容易看到一棟棟像沿途兵站那種大倉庫似的平房。我在圍有鐵絲網的入口處下了車，囚車則直接駛進去了。我立馬就懊悔了，都忘記問高組長他們什麼時候回程，可不可以捎帶我回西寧去。

傳達室的一位穿軍便服的中年人懶洋洋地查驗我的介紹信和證件，打量怪物似地把我看了好幾眼，像在說：這日月還自己從北京送上門來，資產階級右派的孝子賢孫，有種。他又翻撿了我攜帶的所有物品，才開了口：你還畫畫？稀罕，首都大學生，來我們這裡探監，還帶畫板，稀罕。我不知道應該如何回應，只好謙恭順從地朝他笑笑。繼而他手撫著我那半袋饢，一時間色迷迷地像撫著什麼漂亮女人似的，表示出極大的興趣。我怕他全數沒收了去，趕忙討好地說：同志，大爺，饢，您就收下一半吧……好歹也准許我帶幾張給我老爸……求求您了，求求您了！我差點要哭出來，差點要給他下跪。他看了看室內再無第三人，總算發了善心，發揚革命的人道主義，把四分之一袋饢扔還給我。再接下來，他給裡面掛電話，查實了我老爸的姓名、性別、囚室等等。我膽戰心驚地等著。忽聽他衝著話筒大聲說：什麼？喂喂，你說怕是沒氣了？媽拉個巴子，總得讓人去見見呀！對，對，北京來的，省廳給轉了介紹信，說是北京來的，大學生……

我還不知道發生了什麼事。馬上可以見到老爸了！這讓我忘卻了疲勞，激動得手腳都發跳。沒有路燈，也沒有月亮，幸而這高原的夜空滿天星斗，灑下些微微亮，依稀照見腳下的路。我隨身還帶有一支手電筒。其實也無所謂什麼路不路，四處都是平展展的沙土，連塊石頭都少見，也沒有碰到有獄警巡邏。早聽說了，在這大漠深處，一個連的士兵就能看住上萬名勞改犯人。周圍數千公里都是黃沙瀚海，絕無人煙，連一滴水都找不見，你能逃到哪兒去？不餓死也要被渴死。我按照傳達室大爺的指引摸索著，在「農場」裡如入無人之境，走了老長一段路。真奇怪這關押著上萬名囚犯的勞改農場，人都到哪兒去了？難道裡面太大了，人都分散得看不見了？可警衛部隊總該有的呀！

我的電筒終於照見了那棟被稱為五十七號的監舍。原來它根本不是什麼牢房，而是一排半陷在沙土裡的地窩子，露出地面的部分蓋上了玉米秸稈，簡陋到再不能簡陋。當然，這是我第二天天亮之後才看明白的。我沿土階下去兩米那麼深吧，才進到那無門無窗的「監舍」，和我在北京經見過的牢房完全是兩碼事。地窩子有一間中學教室那麼大，一邊是可並排睡下數十人的席地通鋪，另一邊則擺放著水桶、臉盆以及鋤頭、鐘鎬、扁擔、筐箕之類的勞動工具。我的電筒在通鋪上只照見十來人，稀稀拉拉地躺在那兒，都分不清他們身上蓋了些啥玩意兒。

我十分無禮地以手電筒照來照去。蜷縮在通鋪上的十來人竟毫無動靜。難道他們以為獄警又來查房了，都裝著熟睡，大氣不敢出？還是……還是像在傳達室聽到的：人都沒氣了？我渾身毛髮都豎了起來，心都蹦到了嗓子眼，叫道：爸！爸！你在哪？在哪？我是白石呀！我是你大兒白石呀！媽媽，還有仨弟妹，派我來看你呀！我從北京來看你，來看你……我不知道自己叫喊的聲音有多響亮，有多悽惶。我沒有聽到回應，登時絕望地打了個激靈：都嚥氣了？躺著一地的死人？

忽地，我的手電筒彷彿照見有兩條露在破氈子外的腿動了動，那身體似乎發出來微弱的聲音。

我蹲下身子，摸了過去，才算聽清了那聲音：白石，白石……我的兒……不是又在做夢，做夢……熟悉的聲音，是我老爸的聲音！我一下子跪到了那兩條光腿面前，再又大聲叫喊：爸！是我呀，你兒子白石呀！你不是做夢，兒子看你來啦！兒子看你來啦！

老爸的身子動了動。其餘的那些人也都被我鬧醒了似地動了動。我伸手扶起了老爸。他已瘦得只剩下一付骨頭架子，幾乎沒有什麼分量了。我知道，是餓的！老爸是餓的……

果然，老爸靠在我肩臂上唸叨：白石，好、好兒子……不是在做夢，做夢……甭怕，他們都是活人……有……有吃的，先給……一口……先給……一口……

我輕輕放下老爸。老爸已經命若游絲，我怕放重了，老爸就沒了。我趕忙去解開布袋，把饟、把炒麵都拿到老爸面前：爸，有，有，兒子都給你帶來了，帶來了……水，水，你這裡有水，還有碗。對，對，先給調碗炒麵，媽給你備下的炒麵。

幾口炒麵糊糊餵下去，歇了歇，我老爸竟離開我的肩臂，奇蹟般坐了起來！我高興得忘乎所以，差點要喊毛主席萬歲，萬歲，萬萬歲！我差點要唱「東方紅，太陽升，中國出了個毛澤東」！

大約聽到我老爸的動靜，聽到他兒子千里萬里給他送來了吃食，其餘的人也紛紛掙扎動彈起來，微弱的呻吟、乞討，此起彼伏：給，給，給一口……給、給一口……

老爸這時已經神志清朗了，囑咐說：白石，去，去，先把梁上的馬燈點了，那邊上有洋火。亮了燈，再一人送一份，都是你的叔伯輩……

我用手電筒找到了那馬燈及一盒洋火。老輩人習慣把火柴叫做洋火，煤油叫做洋油。馬燈的昏黃光線照著地窩子，不知為什麼又像撒了一地黃沙。說實話，我心裡有過遲疑：自己帶來的食物，就那麼點兒，救自己的老爸尚且不夠，給其他的人，可就更是杯水車薪啊！但聽著那一聲聲微弱的呻吟、乞求，我終歸克制了心裡的小九九，遵照老爸的吩咐，一人送上一張鑲。正好還剩下十張，連同我老爸在內，平均分配了。我立馬聽到一陣歡快的撕咬、咀嚼聲。這是人類最為原始、最動聽的樂曲啊。

接著，另一個奇蹟出現了。幾口吃食下肚，那一個個原本殭屍似的囚徒竟都靠牆坐了起來，繼續享用他們的救命饢。我不得不勸他們悠著點，悠著點，別噎著，別噎著。可哪裡勸得住？我知道有「餓牢」、「餓癆」兩詞，現在看到了最具體、最生動的詮釋。

我又讓老爸靠在我肩臂上。他閉上眼睛喘著、歇著，讓先說說北京家裡人的情況。我告訴老爸：媽身子骨健旺，當了街道紙盒廠的管理幹部，每天都帶回些紙盒讓弟弟妹妹晚上糊，糊一個能掙兩分錢，補貼家用。媽說了，再苦再累，只要剩下口氣，就要替您把孩子們拉扯大；媽還說了，她會等您服滿十五年刑期回去，和您復婚。她五八年和您辦那道手續，是為了救這個家，讓孩子們少受點連累。再過十多年，孩子們都出去了，老倆口在一起，還怕啥？

老爸眼裡噙滿淚水，小聲說：知道，知道。爸現在可以告訴你了，那道手續，原本就是我逼著你媽辦的，明白嗎？所以不要怪你媽，都是為了救這個家……

我也放低了聲音，咬著老爸的耳朵說：媽讓我把那件「背心」給您帶來了……「背心」，對，一件「背心」。

老爸的眼睛發亮，把一根指頭豎在我嘴上，說了聲：你留著，有用……。之後又問：老二、老三、老四呢？都還在上學嗎？我對不住孩子們，對不住你媽，把一副這麼重的擔子撂給了她……說著，老爸又抽泣了起來。

我告訴老爸：大弟退了學，大妹也退了學，都在街道工廠上班；二弟上初三，還在爭取入團……他們都懂事了，只要爸爸回了家，就不再吵著劃清界線了……。

老爸感嘆不已地搖了搖頭，或許老人聽出來這是句寬慰他的假話：他們都長高了吧？我記得，離家時，老二是一米七，就是身子單薄了些；老三是一米六五，女孩子有這身高，不錯了；咱們家老四最壯實，現在該高過老三了吧？

我告訴老爸：都長高了，咱家的人都個兒高，老二都快一米八零了，媽說他再長就可以去打籃球了；老三也快一米七，媽說她再往高裡抽，日後不好找對象；老四長得慢，也有一米六五，不算矮個子，就是有些偏科，愛讀小說，媽說他是個小蛀書蟲，不定日後咱家出個作家。

老爸聽我這一吹，原本渾濁的眼睛眯成一條線：爸對不起你們了，原想怎麼著也要讓你們兄妹都讀上大學；咱家的孩子天分高，是讀書的料！可現在，現在……爸反而成了你們的拖累，爸是死有餘辜……

我勸老爹：風雲莫測，時代變化，怎麼能怪您呢？

老爸說：孩子，難得你懂世情……你自個兒哪？還在清河農場？

我知道老爸沒有說出「勞教」二字，是怕旁人聽到。我告訴老爸：我在農場混得不錯，畫了很多大型壁畫，刷了很多大標語，市裡十多座監獄都跑遍，算是專業對口。這次能來青海看您，全靠了市公安局伍副局長的照顧，經她特批的。她還說了，根據我的表現，這次回去後，可以考慮替我摘帽，回美院完成學業。她說我是個人才。伍副局長是誰？就是原先你們育才學校的女校長呀！

老爸動了動腦袋：是她啊！……她打了我右派，可我也難怪她。她要完成抓右派的指標麼……好好，好好，多難興邦，多難也育人才……老二、老三失學，可惜了。回去告訴你娘，還有老二、老三，再苦再累，也要送老四讀書，咱家四個孩兒，不能只有一個大學生……對了，他們都正在長個頭，肚子吃得飽嗎？十多歲的孩子，個個都是米筒子啊。你說說，在北京，糧店的米麵，還能隨便買嗎？我自從到了這裡，就像到了月球上，地球上的事兒都不知道……對了，這兒每個連隊一百多人，有一份《人民日報》，上面只有三面紅旗，躍進再躍進那些口號……

我老爸的思維像是被激活了。我猶豫了一忽兒，決定和老人說實話：北京市自前年冬天起就給每戶發了「糧油供應本」，每月按人頭供應口糧。成年人每月二十四斤，學生二十八斤，十歲以下的小孩減半；食油則每月每人半斤，豬肉三兩。這叫做計畫口糧，定量供應；還發了糧票，方便市民外出用餐或買點心。老爸是個數學家，大半輩子和數字打交道。聽我說這些，臉上那木訥枯槁的神色，竟回復了往昔的生動，表示出極大的關心：連首都北京，都糧油供應這麼緊張，是遇上大麻煩了，大麻煩了……。

我見老爸喜歡聽，就索性多告訴他一些：現在北京，全中國，買啥都要票證，除了糧票、油票，還有肉票，糖票，豆腐票，捲菸票，布票，棉花票，鞋票，襪票……大到自行車票、縫紉機票，小到火柴、煤油都要票。有人偷偷計算過，北京市政府發給市民的各類票證，多達一百六十四種。糧、油、肉、布票證按人頭配給，但像自行車、縫紉機這些大件，每年度市商業局只發下幾張票，而每個居委會有上萬居民，叫做組織分配，分配給誰就是誰。

老爸忽然問：孩子，告訴我，咱國家，是不是發生大饑荒了？外面的情況，我們這裡一絲不透……光明農場，光明啊。已經喝了幾個月稀粥，最近連粥都停了。你看到的，咱住的這間地窩子，原先是一個排，五十來人，現在剩下十來人。那些人，都哪裡去了？都下了大沙坑，幾千人的大沙坑……

我渾身起了雞皮疙瘩。難怪我天黑時分進這農場來，四周一片死寂。我告訴老爹，從北京來的這一路上，途經大半個中國的鐵道線，每個車站，都擁擠著要飯的花子，大人小孩，老人婦女，都在討吃……鐵路邊上，隨處看得到餓殍，屍體……

我們爺倆正低聲咕噥著，靠牆角一位戴眼鏡的老頭，大約是幾口饟下肚後來了精神，忽然以上海口音嚷嚷：各位，各位，你們不知曉，阿拉可是知曉！阿拉為啥子三天喝不上一口稀飯了？農場庫存的糧食，全叫部隊拉走了！說是上級命令。新疆羅布泊核試驗基地，十萬官兵也在餓肚子……。

老爸的身子在我臂膀裡動了動，小聲說：餓瘋了，講瘋話，傳出去會槍斃……可憐喲，核物理學家，麻省理工學院的博士，反對在羅布泊搞原子彈試驗基地，被打成右派，也送來這裡勞改。

24

白石，你在青海總算見著了你父親。你家遭罪就遭在階級成分。俺本來不明白這事，都是聽俺爹、俺娘說的。知道嗎？自打解放，毛主席制訂的階級路線就是依靠貧僱農，團結中農，孤立富農，打擊消滅地主階級。其中，富農的地位最蹊蹺。土改時叫中立富農，不沒收他的財產，當時並沒有把富農當成階級敵人。俺爹告訴俺的，五八年大躍進以後，上面的文件和領導人的講話，開始把富農和地主攪在一起，叫做「地富分子」，他們的兒女叫做「地富子女」；接下來又有了地、富、反、壞、右「五類分子」的叫法。階級敵人非旦沒有減少，反而越來越多了。再接下來就叫嚷「消滅三大差別」：城鄉差別，工農差別，腦力勞動與體力勞動差別。俺爹雖是土改根子，但遇事也有自個兒的看法，總是在家裡講怪話：娘的消滅了啥？差別越來越大，政策文件都定死了，農村人不能進城，農村女子嫁到城裡去不准落戶，生下後代仍是娘的農村人。城裡什麼人下放農村？犯錯誤遭單位開除的，叫作遣送農村勞動改造！俺農村不成了勞改地方啦？

看看，俺受了你的影響，也學得貧嘴多舌了。

說黨和毛主席英明，千真萬確。把人分成等級，造成差別，是個妙招。城鄉差別，工農差別，俺農村人比起你們城裡人是低了一大截。可在我們農村人這一大塊，又分成三六九等，優劣貴賤，級級不同。阿彌陀佛。這麼說吧，那時節俺農村人吵架鬥氣，有理無理，劈面先喝問一句：你家啥成分？因為黨的政策在那兒明擺著呢：階級階級，一級壓一級，一級服一級。是不是這個理兒？

都是俺爹後來告訴俺的，一九五零、五一年土改運動劃成分那會兒，有部《土地改革法》，規定地主、富農在土改三年之後，成為自食其力的勞動者，給改變成分，成為勞動人民。可是呢，土地改革已經過去了十三、四年，階級鬥爭卻越搞越厲害。

在俺農村，地富分子和他們的子女成了永遠的階級敵人，賤民。他們幹最髒最累的活，拿最低最少的報酬。公社、大隊還常派他們出義務工，去修水渠、水庫，蓋禮堂、辦公樓，築馬路、橋洞等等，自備吃食，沒有報酬。黨的政策還規定了，地富子女不准入團、入黨，不准招工、參軍，不得錄取讀大學及專科學校，不得參加公社民兵組織。而貧下中農的子女有入團、入黨、參軍、招工、招幹的政治優先。各級黨委還制訂出各自的土政策，不准地富子女和貧下中農出身的青年戀愛結婚，甚至規定地富子女不准學手藝、幹技術活，譬如做電工、木工、修理工、開拖拉機等等。

一九六四年夏天吧，俺鐵家莊就鬧出人命大案。至今說起來還心驚肉跳。俺莊子百十夥人家，那時分成兩個生產隊，靠掙工分過日子。公社社員每天出集體工掙工分，你知道不？俺家在第一生產隊。窮莊子少有大戶人家。俺第一產隊有戶工商業兼地主，但那家人住在保定市，子女又都早就參加了八路軍、地下黨，四九年後成了革命幹部。二隊倒剩有一家富農。老富農「鐵算盤」還記得不？一九五八年大躍進時講怪話，破壞狼牙河截彎取直工程，死在監牢裡的。他留下兩兒一女，老大叫鐵一，老二叫鐵二，女兒叫鐵三，繼承父母的階級成分，成了專政對象。一九六四年的時候，鐵一已經三十歲，鐵二已經二十七歲，鐵三已經二十五歲，都是光棍兒。家裡更是窮得響叮噹。出身好的女青年，誰敢嫁鐵一、鐵二兄弟？出身好的男青年，誰又肯娶鐵三妹子？嫁了娶了，不就跟著揹上黑鍋，成了富農家的兒媳，女婿？生下後代，不就成了富農的孫兒孫女，狗崽子了？就是外村外隊那些和他們同樣出身的女青年，也不肯嫁他們兄弟倆。婚姻是出身剝削階級的青年男女改變出路的唯一渠道了。只有和成分好的人結了婚，後代才不再是地富。所以那會兒，常有貧下中農家的聾啞人、瞎子、瘸子，娶到地富家庭的美貌女子。這就叫千萬不要忘記階級鬥爭，千萬不要忘記貧下中農。

那年月，在咱鐵家莊第二生產隊，鐵一、鐵二、鐵三兄妹，可真成了豬狗不如的賤民，會說話的牲口。隊長就是那個小毛主席、大隊書記，仍兼著二隊隊長。他思想很堅定，脾氣很暴躁。鐵一、鐵二是生產隊的強勞力，一年到頭分派他們幹牛馬活。縣裡、公社、大隊命生產隊派義務工去築路築壩，鑿山打洞，放炮炸石，鐵定的就是派他三兄妹去服徭役。在生產隊裡，掏糞擔糞、掏井挖泥，人家不願幹的髒活累活危險活，也鐵定派他們兄妹去做。人民公社不是實行評工計分、多勞多得、按勞付酬嗎？書記說，那是人民內部的分配原則，不包括階級敵人、地富子女。於是鐵一、鐵二兄弟明明是一等一的強勞力，每天累死累活，只能和女勞動力一樣掙七分；鐵三明明應當拿女勞力的七分，卻只給半勞動力的五分。反正隊裡的大小事情他一人說了算，誰都不敢言聲。他還不時在社員大會上指著鐵家三兄妹說：你們的富農分子帽子，是拿在貧下中農手上，也就是拿在生產隊幹部手上，就看你們勞動改造的表現，是不是老老實實、規規矩矩、服服貼貼！這帽子，可以不給你們戴上，也可以隨時給你們戴上！一朝戴上，就是鐵帽，孫猴子頭上的緊箍咒，再摘不下來！

前面不是說過，俺老爹那時還當著大隊貧下中農小組的副組長嗎？一次開會，傳達上級文件，介紹外地抓階級鬥爭經驗，其中有的公社把表現不好的地富子女給戴上帽子，和他們的父母一樣成為階級敵人，革命對象。鐵家莊大隊書記就提出，應該給鐵一、鐵二戴上富農分子帽子，方便日後搞運動、抓鬥爭，可以隨時揪上臺，遊街示眾。貧協小組其他成員都沒吭聲。書記就問俺爹：鐵柱叔，你的意見哪？那兩兄弟該不該給戴上帽子？俺爹是個忠直人，忍不住說：這事，不急吧。按政策，五零年、五一年搞土改劃成分時，那富農子女還沒滿十八歲，沒成年不是？眼下也還沒有證據說人家堅持了反動立場，破壞了革命和生產。上級也沒有下達要改變劃成分的政策不是？就這樣，事情給拖了下來。書記朝俺爹乾瞪眼。那人啊，心黑著呢。

不久就出了事。俺爹那時還受上面信任，參加了調查，所以知道些內情。說是那鐵一、鐵二兄弟，發覺鐵三妹子原本最不愛酸食，卻忽然好吃起酸菜來，又常常躲在裡屋乾嘔，有時嘔半天，什麼也嘔不出來……。你說兩兄弟都那個年紀了，還能不知道些女子懷孕的生理反應常識？起初鐵三妹子死也不肯開口。後來被哥倆逼問緊了，說出兩字：想死。哥倆火了：死，也要死個明白呀！妳以為咱仨誰不想死，誰願這樣牲口般活下去？鐵三妹子這才說出來，是書記占了她的身子，隔三岔五把她叫到隊屋去，哄她說只要任他占著，就可以慢慢想法子給三兄妹改變成分！……可前些日子，她又被那人占了一次，不知咋的就在隊屋後面的倉房裡睏著一忽兒。醒來就聽書記在電話裡和什麼人講：咱第二生產隊裡就這三個富農子女，不給戴上帽子，往後咋搞運動？開會揪誰捆誰去？她才知道這人是魔頭，魔頭。說是當天晚上，兄弟倆聽完妹子的訴說，抱頭大哭了一場。兄弟倆並沒有責罵妹子，只是把當月剩下的玉米麵，菜籽油，烙了餅，飽吃了一頓。多少年來，他們沒有這樣放開肚皮飽餐過了。三兄妹都很滿足，很冷靜，一點都不慌忙，彷彿這一天早就該來了。他們都沒用商量，鐵一、鐵二問鐵三：還活嗎？活，就收個包袱走出去，不要再回來。鐵三說：哪兒不是一個樣？俺懷著孽種，還能活到哪兒去？哥倆說：好，拿上這條繩，關上屋門，辦妳自己的事，妳先走一步。哥要幹另外的事，才來追上妳。兄妹仨總是要歸在一處的。

那鐵三沒哭沒鬧，果真去了睡房。繩子上梁，了斷了自己。她肚裡那被強種下的胎兒已經三月。阿彌陀佛，一條繩子兩條命。地富分子連同他們子女的性命，像路上的螞蟻，隨時可以被踩死、輾死，阿彌陀佛。唯一的安慰，臨了總算飽吃了一頓玉米麵烙餅，做了飽死鬼。總比那些餓死鬼強吧，阿彌陀佛。

她的兩個哥哥，不掌燈，不吱聲，磨了半晚的刀，兩把鋼火上好的柴刀。生產隊每逢開大會，事前總派他們哥倆出義務工，從山上砍回枯枝乾樹墩，在坪場裡生出火堆。老少爺們圍火議事，驅散寒氣。這麼鋒利的鐵器，留在兩個富農子弟手裡，不能不說是大隊書記的麻痺大意，也是他輕敵吧。你個富農崽子敢亂說亂動？老子兩根手指頭就掐蟲子一樣掐死你，擰雞脖子一樣擰斷你的狗脖子！阿彌陀佛。

鐵一鐵二兄弟磨好的兩柄利刃寒氣逼人。下半夜，天漆黑，伸手不見五指。兄弟倆先去把吊在梁上的鐵三放下來，可憐的妹子兩眼瞪著，眼球都要暴出來了。兄弟倆輪流替妹子合上眼，可身體已經僵硬，眼皮怎麼也合不攏。還有舌頭也吐著，塞不回嘴裡去。阿彌陀佛。

就這麼著吧！兄弟倆沒落一滴淚，心腸已鐵硬。兩把柴刀掖在腰上，穿件褂子罩住。臨出門，鐵一悶聲問：要不點把火，把咱這富農窩子燒了？鐵二悶聲說：不成，火光一起，全莊子驚動，咱就啥也甭做了。鐵一說：得！咱這就做他娘的去，一次做乾淨。他不是叫嚷你死我活嗎，想得美，都甭活。

也是大隊書記抓階級鬥爭，出了紕漏。為了方便民兵晚上巡夜，聽牆腳、窗腳，根據上頭的要求，把全莊子的狗都打光了。原先莊子裡無論那條土巷稍有響動，必有狗叫。一家狗叫，必引來鄰家狗叫，再引至全莊狗叫。比你們城裡人的警報器還管用。沒有了狗叫，鐵一、鐵二兄弟很容易就翻進了他家的院牆。院子很大，北房住人，西邊是豬圈、羊圈。兄弟倆熟悉這裡的情形，過去常被叫來訓斥，派義務工。北房一字排開，中間是廳堂，這廳堂比鐵一兄妹所住的三間茅屋加在一起還要寬敞。廳堂西側是他夫婦的睡房。他和他婆娘都只二十幾歲，下半夜睡得和死豬一樣。廳堂東側分南北兩間，北間住了他父母，南間住了他幾歲大的一兒一女。不用商量，兄弟倆決定從西頭下手，解決了身強體壯的兩夫婦，東頭的老少四口好對付。他們摸到廳堂北面，有道門通牆根的茅廁。娘的他掌管著全大隊人家的錢糧，把自己院子經管得和大首長府院似的，睡房伙房柴草房茅房、豬圈羊圈菜地都在一處圍著，起夜都不用出院牆，真會享福呢。家家都能像他這樣，只怕就是他娘的那共產主義了呢。阿彌陀佛。門沒有閂，柴刀一頂就開了，是誰起夜忘了上閂了。兄弟倆摸到廳堂西，門也是虛掩著，隱然聽見書記四腳八叉仰在炕上吹哨子似地打著鼾，怎麼也沒想到取他性命的仇家已到了他炕頭。鐵一看準了位置，寒光一閃，手起刀落，那顆腦袋就滾到地上。阿彌陀佛。鐵一用汗巾擦擦刃口，叫聲不好，他婆娘不見了！鐵二也吃一驚，咬著鐵一耳朵說：去東頭，興許他婆娘哄娃兒睡覺。鐵一遲疑一下：其他的，還幹？鐵二低聲：反正是個死，不讓咱活，就都死個痛快！

兄弟倆摸到東頭，冷心冷血，又切地瓜般切下老小五顆腦袋。那媳婦摟了娃兒睡覺，連聲哎喲都來不及叫。兩凶手殺完人，沒有立即離開，而是返回西頭睡房，在櫃子裡取出書記復員時帶回的兩套軍便服換上，之後還不忘到伙房裡拿了幾個白麵饃饃，才開了院門出去。這時天才濛濛亮，莊戶人家還要睡個天光覺呢。

鐵一、鐵二兩個凶犯穿著軍便服，在離莊子五里外的大馬路上攔了輛貨車，去了保定。他們沒有想到逃亡。在黨的領導下，全國一盤棋，一張網，絕無逃亡的可能。無錢無糧票，連吃食都買不到。就算有錢有糧票，四處都是公社民兵，還有紅領巾，公安，警察，解放軍。人家看你形跡可疑，問聲什麼成分？有不有單位證明？你傢伙就死定。他們上了鐵路，趴下。那是最繁忙的京廣線，每隔三、五分鐘就有一列客車或貨車轟隆隆馳過。鐵一當即被碾成肉餅，面目全非。鐵二卻被火車頭前面的鐵劑拋到百十米外的土坡上，血肉模糊。

鐵家莊大隊書記兼第二生產隊長家的滅門案，即反動富農子弟鐵一、鐵二兄弟瘋狂復仇案，驚動了青陵縣委、保定地委、河北省委。三級公安機關當天就組成特大案件偵辦組，在公社黨委和貧下中農社員群眾的積極配合下，二十四小時內全案偵破，上報北京公安部。也不是公安人員手段了得，而是鐵二沒死，交代了一切。俺老爹作為鐵家莊貧協代表，參加辦案，知道這些內情，回到家裡和俺娘說起，嚇的俺娘發瘧子似的，抖個不停。

白石，你想不想知道那受了重傷的鐵二，是怎樣處置的？說是交代完他和鐵一的罪行，就嚥了氣。也有說是被看守他的民兵掐死的。阿彌陀佛。三天後，保定地委和青陵縣委在縣城召開萬人公審大會，熱烈慶祝公安機關偵破特大現行反革命殺人案，說是毛澤東思想和毛主席革命路線的偉大勝利。有意思的是，兩名解放軍戰士扶著那個已死的鐵二上臺接受宣判，卻不能使鐵二下跪，因為屍身已經僵直。說是為了壓下五類分子的反動氣焰，當天被宣判死刑、立即執行的，還有從在押犯人中挑出來的十名重刑犯，都是搞階級報復但殺人未遂的地富分子或是子弟。鐵二那傢伙的僵屍，被行刑的解放軍同志開了幾十槍，打成蜂窩眼。阿彌陀佛。俺爹開完大會回來悄悄對俺娘說：尿的你死我活！兩家都沒了，還不是扯平了？

蕭白石說：聽了你們鐵家莊的滅門案，像聽了一曲正氣歌似的……不管怎麼說，鐵一、鐵二兄弟是血性漢子，有種。

圓善瞪了一眼：阿彌陀佛。你怎能這樣說？那小孩老人是無辜的！說到底，兩家人都是受害者。

蕭白石說：妳這話超國家領導人水平！那時有支革命歌曲，就唱：什麼藤結什麼瓜，什麼階級說什麼話……是大詩人郭沫若的歌詞，替毛澤東宣揚階級血統論。他姥姥的郭沫若出身四川大地主家庭，他自己就是個大毒瓜。哈哈……妳不會唱？

圓善不知他還有什麼高見：咋不會唱？自俺上小學那年就開始唱。

蕭白石說：階級鬥爭，煽動仇恨。沒有仇恨就製造仇恨。永遠是發動一部分人去仇恨另一部分人，迫害另一部分人，叫做無產階級專政。

圓善說：我看你腦後是長著反骨哩，阿彌陀佛。這些話，可不許到外面去說。

25

上回講到我一九六零年三月，萬里迢迢從北京去到青海，探望我父親不是？在勞改營的一座地窩子裡，我用帶去的乾糧，救活了我父親和他的九名同監……食物的力量真是神奇。原先躺在地舖上一動不動、奄奄一息的人，吃了我送上的饢，竟一個個迴光返照似地靠牆坐了起來，紛紛蠕動著嘴皮，表示出說話的欲望。原來他們幾天幾夜除了涼水，沒有任何食物果腹了。原先這地窩子裡住有五十名同監，已經走了四十人，被拖去扔進一個叫千人塚的大沙坑裡了。

我父親身上更是出現了神蹟。他竟讓我扶著他如一把乾柴般的身子，到他九位右派同仁面前，一一介紹：犬子，我大兒，從北京來探親，中央美院學生，學西畫的……之後，再向我介紹他的室友……

圓善，告訴妳吧！刀砍斧剁，我至今忘不了父親的那九名難友：

第一位姓鄺，個頭不高，瘦骨嶙峋，可兩眼炯炯有神。上海醫科大學教授，瑞金醫院外科主任，畢業於美國芝加哥大學醫學院，醫學博士。一九五三年回國服務。一九五七年春天響應上海市委號召，在大鳴大放中發表了高見：醫學教學不能向蘇聯一邊倒；醫學作為一門專業學問，沒有社會制度、階級成分、黨派政治的區別；提出「醫學為工農兵服務、為無產階級政治服務」的口號，是一種心理狹窄，政治偏執。你不能要求醫生給人看病，先問他的階級成分，家庭出身，是否黨團員，哪年參加革命，是縣團級還是地師級……他最「惡毒」的言論是私下聊天，被人揭發：打個比方吧，馬、恩、列、斯、毛五巨頭在一起開會，生了病，又只有一個醫生給他們門診，給誰先看？誰後看？總不能倒著來，先給毛看，後給馬看；也不能順著來，先給馬看，最後才給毛看呀！正確的做法，誰的病最重，最危險，就先搶救誰。是不是這個理？……他因此被劃作極右派，美國特務，現反分子，判刑十六年，送來青海勞改；

第二位姓青，看得出原來是大個頭，如今剩一副骨頭架子，北京農學院生物遺傳研究所所長，曾留學莫斯科全蘇農業科學研究院，獲副博士學位。一九五六、五七年響應毛澤東「百家爭鳴、百花齊放」號召，在報刊上發表文章，介紹當今世界上遺傳學有兩大學派，一是美國的摩爾根學派，又稱遺傳基因學派；一是蘇聯的米丘林、李森科學派，又稱生物進化論學派。我們黨和國家因為與蘇聯結盟，政治、外交向蘇聯一邊倒，而遵奉米丘林、李森科學派為無產階級的革命學派，批判摩爾根學派為資產階級的反動學派！這種以意識形態、階級鬥爭的教條主義來評判遺傳科學的做法，是極端荒謬而且是很危險的！科學研究，學術問題，尤其不能搞什麼思想領先，政治掛帥，共產黨說了算，云云。在一九五七年春天中央統戰部召開的鳴放座談會上，他更是依據蘇聯留學期間的所見所聞，指出：米丘林、李森科憑仗他們在蘇共黨內的高官地位，憑仗斯大林對他們的信任和重用，成為了蘇聯科學界的大學閥，殘酷迫害和他們持不同觀點的科學家，直至把科學同行們投入監獄、祕密殺害……。青教授因為他的「反蘇反共」言論，被打成「反革命右派」，判處十五年重刑，送來青海勞改；

第三、第四兩位竟是一對孿生兄弟，哥哥叫大黃，弟弟叫二黃，天津南開大學哲學研究生，年齡應該只有二十三、四。可父親把他們介紹給我相識時，已經看不出他們的真實年齡，滿臉褶子不說，連頭髮都灰白了，眼珠子都黃濁得像蒙了一層膜，怎麼看都像兩個六、七十歲的小老頭了。兄弟倆被劃成極右分子是因為年輕氣盛，在五七年的大鳴大放中響應校黨委號召，貼出了一連串表現其「哲學勇氣」的大字報：毛主席的《矛盾論》、《實踐論》只是一種革命理論，不具普世價值，不宜奉為哲學經典，更不是什麼放之四海而皆準的終極真理。毛主席也不是經典哲學家；真正稱得上經典哲學家的，只有希臘的柏拉圖，法國的伏爾泰，德國的尼采、康德，中國的老莊、孔孟等少數人……。這還了得！偉大的毛澤東思想靠「兩論」起家，領導中國人民取得革命勝利，建立起新中國。你兩個哲學系研究生竟斗膽挑戰毛主席的領袖地位，毛澤東思想的統治地位，真正犯了天條了！兄弟倆同時被判十八年徒刑，跟無期徒刑差不離了；

第五位姓吳，中科院地質研究所研究員，地質部部長李四光的老同學，老同事。年輕時二人同赴英國伯明翰大學留學，李四光獲碩士學位，他獲博士學位。兩人都是國際地質學會會員，回國後又同在北京大學任教，同任中國地質學會副會長。李四光思想左傾，同情共產革命；他則中間偏右，熱中科技救國。一九四九年後李四光出任中央人民政府地質部部長，他任地質部高級工程師。幾年來為探測礦產資源走遍大江南北。五七年大鳴大放時，他出於科學家的良知，在中央統戰部召開的鳴放座談會上，勸誡頭腦已經發熱的中共領導：就礦產資源而言，我們是個地大物不博的國家，礦產資源嚴重不足，主要是缺鐵礦、銅礦，缺陸地石油蘊藏，而三者又是現代工業化國家最不可缺少的資源。他建議黨中央、國務院在制定國家建設計畫時，要量力而行，不要想當然，打腫臉充胖子，迷信地大物博、資源豐富，而好大喜功，忘乎所以，盲目冒進，云云。說是毛澤東看了會議簡報，勃然大怒：資產階級右派不但誣蔑我們頭腦發熱、好大喜功、盲目冒進，還詛咒中國地大物不博！這樣的洋博士、高級工程師、學術權威，要他何用？就該放他去修理地球，和貧瘠的土地打交道去。偉大領袖下了聖旨，地質部長不得不把自己的老同學、老同事交付公安部門，作現反分子兼極右分子論罪，判處十四年徒刑，送「新西蘭」勞改。「新西蘭」是公安部門的內部說法，「新」是新疆，「西」是大西北，「蘭」是蘭州，即把在內地判處重刑的人犯押送此三地的戈壁農場勞改，多半是有去無回了；

第六位姓高，中央黨校黨史專家，教授。「一・二九」運動時他正就讀清華大學歷史系，是中共地下黨的骨幹學生。一九三七年赴延安，在陳伯達、胡喬木領導下的政治研究室工作。新中國成立後，他無意做官，而到黨校從事黨史研究。人說他打成極右分子，被判重刑，是他選錯了研究題目：〈關於一九二九年至一九三三年期間中央蘇區濫殺ＡＢ團的調查報告〉。他原本是研究中央蘇區鬥爭史的。經過前後五次、歷時三年在贛西、贛南及贛東南幾十個縣的實地調查，他發現百分之六十以上的紅軍烈屬，其烈士父兄竟然都是在紅軍內部的肅反鋤奸運動中，被當作ＡＢ團分子錯殺了的！據相關的史料記載，ＡＢ團原是國民黨南京政府一九二八年時候的一個特務組織，只活動了一個短時期，一九二九年即消失了。江西中央蘇區卻從一九二九年春天至一九三三年長達五年的時間，搞肅反擴大化，共殺害了紅軍官兵兩萬多人。由於缺乏子彈，紅軍內部處決ＡＢ團嫌犯，是用大刀砍，鋤頭挖，石頭砸，手段十分原始、殘忍。遇害人中包括井岡山根據地兩位最早的創建人、也是接納毛澤東湖南秋收起義失敗後的農軍殘部上山入夥的江西本地共產黨領袖王佐、袁文才。可在延安編寫的黨史教材中，竟把王、袁二位稱為在井崗山上安營結寨、打家劫舍的土匪頭子，是被毛澤東率領的起義農軍收編了的！黨史竟然胡說八道了。被殺害的紅軍領導人還包括鄧小平百色起義的老搭檔、紅七軍軍長李明瑞，江西省委書記李文林，紅二十軍軍長劉鐵軍、政委曾炳青等等。紅二十軍在反對毛澤東濫殺無辜的「富田事件」後被殺得最慘最徹底，副排長以上幹部被通通殺掉，七千多人的部隊被殺得剩一千來人，最後連番號都取消，併入到紅六軍去了。高教授千不該、萬不該欲還原歷史真相，竟在「調查報告」中提及：當時紅一方面軍設有前敵委員會，書記毛澤東，成員四人：毛澤東、賀子珍夫婦，古柏、曾碧漪夫婦。前敵委員會直接領導下面的「肅反委員會」，其主任是毛澤東的湖南老鄉李韶久，殺人不眨眼，云云。真是書生研究黨史不知死活。所謂黨史，原是黨領袖的遮羞布。你個高教授卻要來挑開這遮羞布，以告白天下？你找死吧！高右派，現行反革命，判十七年徒刑，送青海勞改；

第七位姓杜，上海天主教神父。神父在一九五七年春天大鳴大放時，竟貼出大字報，要求黨組織不要再往宗教團體搞滲透，沒有公開身分的黨員應從宗教團體中撤走，給民眾以真正的信仰自由，尤其是宗教自由……。其結果自然是神父失去自由，被打成極右派兼美蔣間諜，判刑十五年，送到青海勞改來了；

第八位姓許，水利部專家。早年畢業於清華水利系，德國慕尼黑大學水利工程學博士。他的主要罪行是敵視蘇聯專家，破壞中蘇關係，勾結清華大學教授黃萬里，上書中央，反對在黃河三門峽築大壩，建人工湖。理由是蘇聯專家組規劃設計的三門峽水利樞紐工程，沒有解決排沙問題，而黃河上游每年經黃土高原奔騰而下的泥沙流量達十億噸之多。若堅持在三門峽築壩建電廠，不出十年，整個三門峽庫區就會被泥沙淤塞，成為一座巨型沙庫，從而危及黃河中下游地區上億人口的生命財產安全……。結果是，一九五六年提了意見，一九五七年秋後算帳。黃萬里教授因為是政務院副總理、著名民主黨派人士黃炎培的大公子，只給戴了右派帽子，留校任教；他姓許的卻被打成「德國特嫌」，「國民黨走狗」，「極右分子」，判處十五年徒刑，送到青海來了。至於那座三門峽水庫，地跨陝西、山西、河南三省，一九五九年建成後，果然不到十年時間，就整個被淤積成一座大沙庫，大死庫。後來，國家不得不再花巨資在它下面不遠處建造小浪底水利樞紐工程，以緩解黃河排沙難題……。但這已經是一九七零年代的事了。

我父親的第九位「室友」姓湖，不是古月胡，而是青海湖的湖，核物理專家，美國麻省理工學院博士。因為愛國，一九五四年放棄了在美國優渥的生活和上好的科研環境，隨錢學森歸國，志在報效祖國。錢學森是周恩來總理用朝鮮戰爭的美軍戰俘換回來的，因而受到特殊的重用和禮遇。一九五五年，黨中央、國務院成立了一個極祕密的機構，內部叫做「中央專委」，後來叫「兩彈一星辦公室」，著手開發中國的核工業。「兩彈」即原子彈、氫彈，「一星」是人造衛星，亦即洲際導彈，目標打到美國本土。錢學森摸準了毛澤東、周恩來的心性，力主研發核武，使我國成為繼美、蘇、英、法之後的擁核國家，以對抗美國的核威脅。湖則主張新中國實事求是，量力而行，先發展核能發電，和平利用原子能，解決國家建設亟需的電力問題。當時兩種主張被稱作「錢派」，「湖派」，在科學界相持不下，但求同存異，和衷共濟。湖還和錢一起，赴新疆塔克拉瑪干大沙漠東沿的羅布泊，為新中國的核基地考察選址……說是湖和錢同乘一架蘇聯軍用直升飛機抵羅布泊上空時，見到下面竟是一座一望無際、碧波盈盈的沙漠湖泊。陪同考察的一位新疆軍區幹部介紹：初步測定，這羅布泊蓄水面積達四千平方公里，若加上四周的沼澤濕地，則超過一萬平方公里，比內地的八百里洞庭湖，九百里鄱陽湖，五百里太湖，要大出好幾倍；比青海省的青海湖也大許多。它的水源，主要來自北面的孔雀河，西面的塔里木河，南面的車爾臣河、米蘭河、若羌河，來自天山、崑崙山、阿爾金山的雪水……這是南疆戈壁中的生命源流，滋潤、孕育著數以千計的大小綠洲。中央農墾部和新疆生產建設兵團曾打算在羅布泊周圍開墾上千萬畝農田，但中央軍委沒有批准，說是要留作更大的用途……。湖博士被羅布泊迷住了，迷倒了，萬萬沒有想到在南疆大戈壁腹地，竟有這麼一座四千多平方公里的天然湖泊！這是上帝的傑作，老天爺的恩賜啊。他怎麼也不能贊同把這裡當作核爆炸的試驗場所！那是對大自然的犯罪，對國家的犯罪，甚至是對人類世界的犯罪。回到北京後，他就像犯了神經病似的，開始四處散播警世危言：如果在羅布泊地區搞核爆試驗，所產生的高溫高壓，原子風暴，乾熱氣流，很快就會使天然湖泊消失，變成乾涸的死亡之地！那是犯罪呀，犯罪呀，犯罪呀，云云。到了一九五七年春天，湖響應毛主席的號召大鳴大放，更是在中央統戰部召開的科學界著名人士座談會上，放言高論，反對國家在一窮二白狀況下發展核武，反對不顧肚子，不要褲子，而要原子（彈）；尤其反對把新疆羅布泊作為原子彈爆破試驗基地……。「不要肚子，不要褲子，也要原子」一時成為湖氏的讖諷名言，在科學文化界的知識分子中廣為流傳。不久，中央軍委的陳毅元帥、賀龍元帥、聶榮臻元帥都出面駁斥「湖氏反黨言論」，強調黨中央、國務院執行毛主席的建軍路線和戰略決策，就是要「勒緊肚子、不要褲子、也要原子」！在轟轟烈烈的反右鬥爭中，湖氏很快被打成自然科學界的「大右派」，「美國中央情報局派遣特務」，「現行反革命」，判處十六年徒刑，發配青海，讓他永遠閉嘴。

圓善，我這裡要插上一句，新疆羅布泊一九五八年被確定為我國的核試驗基地，一九六四年在這兒成功爆炸了我國第一顆原子彈，隨後又在這裡試爆了氫彈，再又在這裡進行了地下核爆……作孽啊，短短十幾年間無數次地上地下核爆，到了一九七零年代，四千五百平方公里的羅布泊，連同四周近萬平方公里的濕地、綠洲，就滴水不存了，成了死亡之域。同時乾涸、消失掉的，還有它北面的孔雀河，西面長達兩千兩百公里的塔里木河，以及南面從崑崙山脈流下來的車爾臣河，從阿爾金山山脈流下來的米蘭河、若羌河。當然，湖博士並沒有看到他詛咒式預言變成可怕的現實。羅布泊永遠地從地球上消失的千秋功罪，也至今無人評說。

告訴妳吧！圓善，我父親當天晚上喘著粗氣，哆哆嗦嗦地介紹完他的九位大右派「室友」，讓我扶著回到他的舖位，閉上眼睛歇了一會，才又說：兒子，爹到了這一步，現在和你說什麼，都不怕了……你都看到了，不，不光是這九位，早先這地窩子監房共住著五十號人，個個都是各行業的專家，能人……本應是國家的人才，科學文化的棟梁之材……比起他們來，我這個育才學校的數學老師，真算不上什麼……聽講這光明農場，共關押了一萬多人，多是全國各地的人才……聽講這樣的農場，在大西北，有好幾十座……焚書坑儒，秦始皇是小巫見大巫……

我父親奄奄一息，可頭腦異常清醒。我這個做兒子的真傻呀，真傻呀，壓根兒就沒意識到父親是個快死了的人……我當時只是心身震撼，為這些右派長者們人間地獄般的遭遇所震撼。我欲哭無淚。我有一種衝動，那就是到這九位長者面前，向這些本應是新中國科學文化巨人的右派前輩拜上幾拜……我知道，我並不代表誰。我不過是一名晚輩，一名比他們「罪行」輕些的右派大學生而已……我忽然有了創作慾望，突發奇想：何不替他們每人畫一張速寫！說幹就幹。我先用涼水調了一臉盆炒麵糊糊，給每人送上一碗。他們喝著，延續那彷彿會稍縱即逝的生命火花。之後，我在昏黃的馬燈光線下，以最快的炭素筆觸，勾勒下十幅肖像。以當時的條件，只能是神似強過形似了。他們一碗接一碗地喝著。我一共調了三盆麵糊糊，把帶來的一布筒炒麵都差不多用光了。看著他們以手指當筷子，狼吞虎嚥地吃喝著，舔著，我心裡也高興、也欣慰啊，覺著自己是行俠仗義，救人於饑饉啊。他們也很配合我替他們作畫，還顫顫巍巍地在肖像下簽下各自的姓名以及家鄉籍貫。其中的四位留洋博士，還分別以英文、德文、俄文簽下他們在外國攻讀學位時使用的洋名。

26

白石，你那十幅肖像速寫還在嗎？一直保存著？好，回頭給找出來看看……你想送給聯合國人權組織去展出？肯定能轟動？你可要想好了，家醜外揚啊，不是鬧著玩兒的。阿彌陀佛。對對，不是家醜是國醜。真這麼做了，先是老將軍就不會放過你這乾女婿……好好好，不說這個。又該著俺來說俺鐵家莊的事兒了。到了一九六四年冬、六五年春，俺鐵家莊的社教運動又夾帶出一個新運動：農業學大寨。那年月總是一個運動套一個運動，鏈子般把老百姓的日子給鏈住。這話是俺爹在家裡嘆氣時說的。你們城裡人或許不清楚農業學大寨都學了些啥。告訴你吧，先是大隊、生產幹部去山西省昔陽縣大寨大隊參觀取經，回來貫徹「大寨經驗」，主要是三條：一是活學活用毛主席著作，用毛澤東思想武裝人的頭腦；二是抓階級鬥爭，把地富反壞右五類分子看管好，只許他們老老實實，不許他們亂說亂動；三是自力更生，艱苦奮鬥，壘大寨梯田，修大寨水渠，建大寨新村，發展集體生產，重新安排河山。

為了落實這第一條「學習毛主席著作」，規定家家戶戶都要掛毛主席像，像的兩旁貼統一的紅紙對聯：聽毛主席話，跟共產黨走。公社黨委還給每戶送一套《毛澤東選集》，供在原先供祖宗牌位的神龕裡。生產隊開會，講話，總要先來一段毛主席指示，然後幹部再作自己的指示。老少爺們聽得一鍋漿糊，也分不清哪是哪、誰是誰，反正，都是黨的指示。有一次新上任的大隊書記作報告，批評亂搞男女關係不正之風。他說毛主席有指示：一個蘿蔔一個坑，男人就是那個蘿蔔，女人就是那個坑，拔出蘿蔔帶出漿，那哪成！犯錯誤的！俺爹回來學給俺娘聽，說毛主席還和咱莊戶人一樣出粗口，愛拿褲襠裡的傢伙來說事呢！如今大毛主席和小毛主席分不清呢。可毛主席的指示就是皇上的聖旨，你能不聽？坐班房掉腦袋呢。俺那時才多大？啥都不懂，阿彌陀佛。

落實第二條大寨經驗「抓階級鬥爭」，就是把敵、我鬥爭的氣氛搞得濃濃的，弦繃得緊緊的，刀槍磨得亮亮的。生產隊除了定期召集五類分子訓話會，地富子女教育會，更重要的是經常召開黨團員積極分子匯報會，政治排隊，情況摸底，瞭解敵情，掌握動向。每逢開社員大會，書記、隊長作報告，必講眼下國內國外，形勢大好，鬥爭形勢尖銳複雜，美帝國主義亡我之心不死，臺灣的國民黨反動派又在策劃反攻大陸，國內階級敵人蠢蠢欲動，準備裡應外合，奪回他們失去的財產，包括田產和房產，以及耕牛農具。他們有的寫下了變天帳，有的祕密串聯組織反共救國團，要和我們決一死戰。總之是搞階級復仇，殺我們貧下中農，殺我們黨團員幹部。所以，一旦蔣介石反攻大陸，有個風吹草動，我們就要搶先動手，把地富分子及其堅持反動立場的家屬子女，先宰了他娘的，宰乾淨，斬草除根！阿彌陀佛。這就是大寨人抓階級鬥爭的經驗。

第三條大寨經驗是「堅持自力更生，發展集體經濟」。又有點像一九五八年大躍進那樣搞軍事化，戰天鬥地，人定勝天。在山坡上修出層層梯田，取消各家各戶的自留地，禁止私人養雞養鴨、搞家庭副業。嗨，這些我就不多說了。

我要說的是階級鬥爭怎樣鬥進俺家裡來。以前不管外邊怎樣鬥，家裡還是和睦的。俺爹俺娘疼兒女，兒女也孝敬爹娘。你知道嗎？俺大哥鐵英、二哥鐵雄那時已經上學了，一個初小，一個高小。俺們這一代人，從上小學起就開始填表格，一學期填寫一次，有時兩次。看你是不是忠誠老實，填寫的內容是否前後一致。那表格包括：性名，性別，出生年月日，籍貫，政治面貌，家庭出身，父親姓名及成分，母親姓名及成分，家庭其他成員，主要親屬，等等。其中以「政治面貌」、「家庭出身」兩欄最是重要。「政治面貌」要求你填寫是否「少先隊員」、「共青團員」、「共產黨員」。如果不是，則要填上「群眾」二字。至於「家庭出身」一欄，你得老老實實填上你家的成分等級：地主，資本家，富農，偽職員，小土地出租，中農，下中農，貧僱農，城市貧民，工人階級。就一張表格，你是個什麼人，今後是黨的依靠對象，或是團結對象，或是教育爭取對象，或是批判改造對象，一看明白！阿彌陀佛。可憐我大哥、二哥，十來歲的娃娃，懂個屁事。填寫表格時，卻在「母親姓名及成分」一欄下犯難了，小小年紀知道自己的父親是貧僱農、土改根子，很光榮，有面子；可母親哪？聽說是逃跑來的地主……怎麼填？只好回家問俺爹。俺爹沒文化，問俺娘。俺娘臉色寡白，嘴皮哆嗦，眼睛不敢看大哥、二哥，好像做了什麼對不住兒子的事兒似的，半天才低聲下氣地說：俺、俺開封娘家，是地主……可俺不是分子，俺在老家也填過表格，個人成分是「學生」，真的是「學生」……

第二天，哥哥們放學回來，放聲大哭，哭個不停。俺爹問咋回事？誰欺侮你們了？大哥、二哥眼淚婆娑，說：老師批評了，說俺兄弟倆不老實，同學也說俺倆不老實……。俺爹很生氣：怎麼不老實了？娃娃上學，不就認兩字嗎！扯得上老實不老實？走！找你們先生講理去！大哥、二哥卻不肯動彈：不哩不哩！老師是說俺娘的成分填的不對，沒有「學生」這個成分……還說問過民兵隊長，俺娘的成分是地主……嗚嗚嗚，俺娘是地主……同學罵俺倆是狗崽子，嗚嗚嗚……。俺爹更生氣了：放屁！放他娘的狗屁！他們要敢當了老子的面這麼叫，老子掌他們的嘴！生氣歸生氣，爹也沒拉上俺大哥、二哥去找學堂老師評理。

他們仨在堂屋裡說話的時候，俺娘躲在灶房裡邊做飯邊哭。她連哭都不敢哭出聲，更不敢讓娃兒們看見。她先前是在外面抬不起頭、做不起人，如今她在家裡也抬不起頭、做不起人了。忽地，一個俺爹沒料到的事發生了。大哥竟拉上二哥闖進灶房裡去質問母親：娘！妳為什麼要騙我們？為什麼要害我們當狗崽子？妳是地主，不是學生，不是學生！老師說根本就沒有「學生」這成分！俺娘受到質問，登時就像個罪犯被當場捉住了似地，面無人色，渾身哆嗦，噗地一聲在兩兒子面前跪下了：娘對不住你們！娘對不住你們！娘沒有騙你們，娘沒有騙你們……娘出生在地主家庭，娘是沒有辦法呀！沒有辦法呀！

老娘給兩個乳臭未乾的兒子下跪，俺大哥、二哥也被嚇住了。俺爹看到這，門神似地發怒了！他伸出兩隻大手，拎小豬似地一手拎一個，把大哥、二哥拎起來摔在俺娘面前，並喝令他們跪下：忤逆不孝的東西！你們都是你娘身上掉下的肉！娘不生下你們，你們還在陰間做豬做狗！屁大個東西，就要問你們老娘的罪，這世道還有不有天理？還有不有天理？父親邊喝罵著，邊把母親拉起來，挪過張條凳讓母親坐下：孩子他娘妳也真是的！他們黃毛乳臭，也和他們一般見識？長幼翻倒，小不敬老，這世道是他娘的嗎世道！父親再又把擠在一旁發抖的我和三哥鐵豪、四哥鐵傑也拉下，命我們通通在母親面前跪下：你們都給老子記住了！誰要再對你們的老娘不敬，老子就當沒有生養你們，扔你們到後溝裡去餵野狼！你們是什麼成分？你們姓鐵，是我土改根子鐵柱子的娃兒，祖輩都是貧僱農，上了大隊、公社名冊的！今後誰敢再叫你們狗崽子，你們四兄弟一齊上去撕他的嘴！你們老爸說的，撕他狗東西的嘴！在這世上做人，常常是邪神怕惡鬼，就是這個理。至於你們老娘是啥出身，你們當娃兒的管得著嗎？上頭有文件，劉主席、周總理早說了：出身不由己，道路可選擇。你們學堂老師也在喝酒時說過，要論出身，毛主席家裡是富農，劉主席家裡是地主，周總理家裡是資本家，可他們都背叛了出身，做了革命領袖，替全國人民當家作主！所以你們老娘一個公社社員，家庭婦女，管她地主不地主出身，算個啥事？

俺爹一番話，說的俺娘坐不住了，趕忙起身，把五個娃兒都摟起來，顫顫巍巍地吩囑：大人在家說的事，可不要到外面去亂說。娘的成分是高了，是娘不好，是娘不好。但你們的成分隨你爸，不隨娘。你們也不要到外面去和人打架，仗著人多拳頭多，終歸是不好。

俺爹俺娘以為一場家庭糾紛平息了下去。可是俺爹沒有注意到，打這之後，大哥、二哥很少和娘講話，也很少開口叫娘了。兩個小鬼頭，接受了學堂的教育，有了自己的主見了。找俺娘要東西，總是一聲「喂、喂」，襪子在哪兒？褲衩在哪兒？俺娘看在眼裡，聽在耳裡，痛在心裡！老大、老二都不肯認自己這個娘，要和娘劃清界線了。俺娘也不敢把這事告訴俺爹，怕俺爹鬧心，大巴掌搧了兩個不講孝道、只認新理兒的小東西。沒過多久，俺娘給俺大哥、二哥洗書包……你不知道山裡娃兒的書包有多埋汰，都裝過些啥啦，石子呀，彈弓呀，小刀小尺呀，果兒瓜兒呀，凡是玩兒的都掏出塞進，跟個垃圾袋似的。俺娘無意中翻看到了俺大哥的作文本，其中一篇叫〈我的母親〉。老師用紅筆給打了五分，評語：愛憎分明，立場堅定，語句通順，說理透徹，從小讀毛主席的書，聽黨的話，立志做無產階級的革命接班人，可喜可贊！那時的中小學生的成績是五分制，向蘇聯學來的，三分及格，等於原先的六十分；四分等於原先八十分，優良；五分等於原先一百分，滿分。兒子的作文得了滿分，俺娘心裡那個高興啊，樂啊，兒子長出息了。你知道，俺娘是個初中生，有文化的人。可她讀了一段作文，就心都碎了，哭都哭不出來了。原來老大寫道：

「在寫俺母親之先，要寫幾句俺父親。父親名叫鐵柱子，土改根子，祖輩貧僱農。這就是說，俺父親的爹、爹爹的爹爹、爹爹爹爹的爹爹，都是貧僱農，都是毛主席路線的人。俺父親高大英俊，愛勞動，愛集體，愛公社，愛黨愛國愛毛主席。父親常教我們，翻身不忘共產黨，幸福不忘毛主席。我和我的三個兄弟一個妹妹，都為我們有一個貧下中農的好爹感到光榮和自豪。我們家的問題出在母親身上。我和我弟現在都不想叫她娘了。她是從河南逃跑來的地主女兒，一直對黨和人民隱瞞著自己的出身，這次社教運動才被清查出來，真叫丟臉。她不但丟了我父親的臉，更丟了我們這些兒女的臉！由於母親的出身，害到我們家的政治成分不純，就像一鍋白粥裡落進一粒老鼠屎。今後，我和我的弟弟妹妹要聯合起來，監視她的一言一行，一舉一動，只許她老老實實，不許她亂說亂動！……」

老天爺，這是兒子的作文啊，老師給打了滿分的作文啊！或許都在課堂上當作範文朗讀過了啊！兒子的心目中，母親成了敵對分子，成了被監視的對象了。這些日子，老大、老二不肯叫娘，她都忍了，眼淚只往肚裡吞，還要裝出笑容，不讓孩子他爹看出破綻。現在孩子把她看作壞人，敵人……這似一把尖刀剜她的心，再也受不住了。俺娘眼睛發直，渾身僵直，手腳冰涼，像個死人。她為什麼要活在這世上？還有什麼臉活在這世上？她不怪孩子。世上事，孩子能懂多少？況且孩子也沒有錯，孩子想的、寫的，都是學堂裡老師教的大道理，幹部在社員大會上講的大道理，報紙文件上傳達的大道理……。正是這些大道理，管著每個公社，每個生產隊，每個家庭，每個父母和孩子。問題在於連自己這個家、自己親生的娃兒都容不下她，哪裡還有她立腳、安生的地方？一尺都沒有了，一寸都沒有了！

這天傍黑，俺爹還沒有收工回來，俺四個哥哥和俺在莊外看人在崖壁上用白灰漿刷標語。好大一個的字喲！俺和三哥、四哥沒上學，不認字。俺大哥、二哥唸給我們聽：「農業學大寨，工業學大慶，全國學人民解放軍！」，「把鐵家莊辦成毛澤東思想大學校！」啥意思？二哥說不出，大哥神氣活現：你們傻不傻啊？這還不懂？毛主席的號召呀！什麼是號召？號召就是命令。什麼是命令？命令就是叫你幹啥你就幹啥！就像父親叫我們放了學去打豬草，敢不去？大巴掌搧你！毛主席的號召你不聽？大哥的小手掌在自己的脖子上抹了抹，學著電影上日本鬼子的口氣：死啦死啦的！

我們在外邊淘。俺娘在家裡做好了晚飯，照例是每人兩個大雜麵饅頭，一鍋玉米糊糊，一盆又香又辣的醃酸菜。這裡多說一句，俺娘蒸出的饅頭總是又鬆又軟，醃的酸菜總是香氣撲鼻，叫人流哈喇子。到我們家吃過飯的人都說，要不是俺娘成分高了，上級不放心的話，真就可以去開館子，做廚子。俺娘沒忘在桌上擺好六付碗筷。她離家時，還在飯桌上留了張字條：他爹，我回河南老家了，早就該回去了，只是捨不下你和五個娃兒，才拖到今日。我對不住你和娃兒，我恨死了我的出身，恨死了我自己。告訴娃兒，娘的個人成分是學生，娘沒有騙他們。

俺爹收工路過莊口，把我們領回家，不見了娘。平日這時刻她總是坐在門口，旁邊放著一盆洗手水，等著我們先洗手再上飯桌的。飯菜還溫著。俺爹滿屋子「他娘、他娘」地找了一圈，沒見著影兒。還是俺大哥發現了飯桌上的紙條。俺爹跳起腳吼：你娘留下的？你娘說什麼了？俺大哥哇地哭了起來：娘說她回河南老家去了！俺爹一聽，更是急得眼珠子都要掉出來了：回河南老家？她在河南哪裡還有家?快,快,走!老大帶上手電筒,咱找人去!天呀天呀,天爺你可要開眼呀!開眼呀!俺媳婦是善人呀,孩子他娘是善人呀!

俺爹不管不顧,一路乾嚎著,領著我們五兄妹,跌跌蹌蹌過了早已乾枯成一道細流的狼牙河,驚動半莊子的人都相跟著看熱鬧。我們一聲聲喊著娘,沿著河岸找人,找到河南岸的深水潭時,娘已經被生產隊牛倌救上岸,渾身濕漉漉地躺在地上,不省人事。俺爹顧不上牛倌說些什麼,衝上去就彎下身子,用膝蓋壓在俺娘的肚腹上,再又扶起俺娘的腦袋,啪啪就是兩個大嘴巴。就見俺娘哇哇地大口大口吐出水來……。俺娘也沒去醫院,被牛倌和俺爹救活了。這回,卻是俺大哥領著俺兄妹,跪在俺娘面前一口一聲地叫著:娘!娘!娘!俺爹這才眼淚一抹笑了:孩子他娘,自十一年前咱在一條乾渠裡撿了妳,和咱成了家,妳還能回哪兒?俺鐵柱子就是妳的家,五個娃兒就是妳的家……。

27

前院值班室電話通知蕭白石：正月十五日中午，也就是元宵節那天中午，老將軍返回北京，蕭老師可以到前院坐車，和工作人員一起去首都機場迎候。

蕭白石正和圓善師姑互訴衷腸，各自的身世，斷斷續續都只講了一小半。老將軍還有一星期就回來，使他們有一種時間上的緊迫感。所有的事情都必須加快速度。一旦老將軍回來了，一些想辦的事情就難以著手了。蕭白石算個頭腦清晰、反應敏捷的男人，當即和圓善列出幾件立馬要辦的事：

第一，到外面去看房、租房，不宜在這楚將軍府後院住下去了；

第二，圓善應回西山定慧寺一趟，暫時不向玉音法師提還俗的事，只提出以定慧寺的名義在城裡開一家推拿醫館，替寺院創收，亦是面向社會，服務社會，宗教改革的一部分；

第三，請文化部藝術局杜大頭聯繫聯合國國際開發署駐華總代表孔雷薩博士，同意和孔雷薩博士見面，並請他欣賞幾幅畫作；

第四，元宵節後，學校開學，他蕭白石要不要辭掉教職，當一名自謀出路的職業畫家？宜當機立斷。

還有第五、第六、第七、第八……但以頭四條最迫切、緊要，難度也最大。蕭白石撓頭，寢食不安了。偏偏在這時候，圓善卻紅著臉蛋、羞臊不已地告訴他：俺好像有了，有了……阿彌陀佛。蕭白石沒有省悟，問：阿彌陀佛，妳，有什麼啦？圓善生氣了：你是真傻還是假傻？俺是說，俺肚裡有了，你要當爸爸啦。

真是越忙越添亂。蕭白石沒有驚喜，而是心慌慌，一地雞毛。但他不好在臉上流露出來，佯裝愉悅地問：有喜了啊！這麼快？我們相處一個多月，且都採取了措施……是妳太敏感了吧？圓善越發生氣了：我是學醫的，還不知道自己身上的生理反應？次次你都猴急猴急，跟頭牲口似的，阿彌陀佛，讓你戴上都顧不及！蕭白石心疼了，臉上發燙了，一把抱住了圓善，嚷嚷說：好人兒，老子再離不得妳了，離不得妳了！圓善這才眼裡有了笑意：你傻呀？一回回，你一抱住俺，俺身子就發軟，發潮……俺回回都恨不能化在你身上……蕭白石說：真的？難怪妳平日悶葫蘆樣，冷面比丘尼，要麼不浪，一浪就浪得風生水起，芙蓉搖曳！圓善已把持不住了似的，滿面飛紅，兩眼桃花：你壞，你壞！俺不依，俺不依！一時引得蕭白石興起，渾身來勁，得行樂時且行樂，天塌下來也不管不顧了，紅眼蠻牛似的：讓妳再化一回，再化一回！圓善嬌喘微微：輕些兒！輕些兒……

完事，兩人都精疲力竭，身上的汗水都沒擦擦，就昏昏睡去，忘卻了一切煩惱似地。他們又到了人生的十字路口。何去何從？必須做出抉擇。蕭白石倒是遇事冷靜，白洋淀上的麻雀，見過些風浪來的。

第二天一早，蕭白石說服圓善，領著她去朝陽區左家莊老家拜見母親大人。當然費了一番心事，唇舌。白石從沒說過要帶她去見未來的婆婆，現在說去就去，太突兀了。白石說，母親大人當了三十幾年的街道紙盒廠幹部，他倆想到外面租房子住，找他母親當顧問，幫著出出主意，再適合不過了。還有他大弟開出租車，他大妹在朝陽區人民醫院當助產士，今後有啥事兒，或許都幫得上忙的。

說起蕭家在左家莊歪把兒胡同這四合院，還是他父親蕭繼學一九三零年代在北平軍分會任會計師時，置下的私產，經過了民國、日偽、新中國三朝，算是很有些年頭了。長方形院子，北房四間，是父母的起居室和書房；南房三間加院門，是廚房和餐室，以及一間麻將房（也叫會客室）；東廂房五間是幾個孩子的睡房；西廂房四間加一道便門，原是客房和傭人房，剩下兩間做了雜屋。他家這四合院是典型的老北京中等人家的住宅，關起院門成一統，一家數口住著過日子，也就算是寬敞、舒適的了。院子裡有兩棵大棗樹，年年開花，年年結果，見證著歷史。一九五七年他父親被發配青海勞改，他家的住宅未受影響，只是房主換成了母親的名字。這也算是右派分子和地主分子不同之處。若是地主分子，宅子和財產就被沒收，全家人掃地出門了。麻煩出在四清運動和隨後的無產階級文化大革命。一九六四年的四清運動又叫作社會主義教育運動，學毛著，樹新風，興無滅資，反帝反修。除了黨的領導幹部，普通人家住著單門獨院的宅子，就意味著非勞動人民出身，剝削階級一類，舊社會的殘渣餘孽。蕭母作為一名街道紙盒廠幹部，娘家出身貧寒，但丈夫是右派反革命，送青海勞改去了，大兒子是右派學生，勞教分子，所以蕭家成了問題家庭，上了受監控名單。蕭母為了緩解社會壓力，也是一種接受改造、追求進步的贖罪心理，主動向街道辦事處和居委會提出：願意把自家四合院的東廂房和南房，無償出讓給住房緊張的街鄰居住，自己一家只保留北房和西廂房。院子則大家合用。蕭母主動出讓住房，受到了街道黨委的表揚，認作是「學雷鋒、樹新風」的新人新事。不久，蕭母被任命為街道紙盒廠副廠長，算是一種回報。東廂房和南房立即塞進了七對年輕夫妻，都是集體企業職工，結婚後等待分房等了多年未果的困難戶哩。啥叫集體企業？就是街道辦的自負盈虧的小商店、小菜市場、小飯店、小旅店、小作坊等等，有別於財大氣粗的國營企業。進不了國營企業的人才會進集體企業，工資也低人一等，也無啥福利保障……四合院成了八家院。那七戶人家沒有廚房，不久就各自從外面弄回些磚塊木塊牛毛毡，在院子裡搭建起七間小廚房。七間廚房再擴建，又搭起了各自的小雜屋，堆放煤球、劈柴等物。半年下來，反客為主，整座庭院空地占去了大半。蕭家老小誰都不敢言聲，說話都不敢高聲。因那七戶人家出身好，根正苗紅，是新社會的主人。蕭母自己也請工匠把西廂房的一間雜室改建成伙房兼餐室，四口人好歹還住著四間北房和四間西廂房，仍是住房的富裕戶。蕭家已不敢以房主自居了，倒是要時時小心看那七戶工人階級的臉色、眼風了。

轉眼到了一九六六年，爆發文化大革命，紅衛兵造反，破四舊，立四新，橫掃一切牛鬼蛇神。蕭家四合院內也爆發了革命，那七對夫妻實現大聯合，成立起街道工人階級造反隊，首先造了蕭家的反，勒令他們從北房搬出，只准留下西廂房，由外面的四戶「革命群眾」住進來！同時還勒令蕭母交出房契，當眾燒毀。四戶「革命群眾」也是結婚多年分配不到住房的特困戶。住進來之後，也學那七戶階級兄弟，在庭院裡兩棵大棗樹下搭蓋起了各自的廚房和雜屋，中間還留出了巷道。四合院變成了十二家院。十一家工人階級還一起動手，在剩下的空地上搭了自行車棚，每天下班之後可一溜停放下二、三十輛自行車。好歹保留了那兩棵老棗樹，春天開花，夏天結果，秋天摘果，成了全院人的共享果實了。文化大革命步步深入，今天打倒這個，明天消滅那個，劉少奇死了還有林彪，林彪死了還有王洪文，周恩來死了還有華國鋒，總也有翻烤不完的政治燒餅。在蕭家四合院，街道上又有人相中了蕭家的西廂房，仍以革命的名義，勒令再騰出兩間來，讓兩戶「革命群眾」住進去！所幸這次，是早進來的十一戶工人階級不幹了，聯合起來一致拒外：太擠了！再搬進兩戶來住，連轉身都沒地了。況且十一戶工人階級已經生兒育女，有的還是雙胎，孩子長大，還和父母睡雙層架子床？夫婦房事能讓兒女聽個一清二楚？再說人家蕭家大嫂丈夫雖是黑幫分子，但早離了，那男人也死了，她本人出身貧苦，仍當著街道工廠幹部，不算黑五類，你還能把人家掃地出門？婦道人家領著三個未成年子女熬活，總該講點革命人道主義吧？

就這樣，不幸之中萬幸，蕭家總算保住了自家的四間西廂房，完成的是北京普通人家的四合院演變成大雜院的歷史程序。可以說，北京所有的綠樹婆娑、幽靜舒適的老式民居四合院（除了黨政機關或黨政高官所盤據的那些王府、貝勒府），通通變成擁擠不堪、雜亂無章的大雜院了。共產共產，啥叫共產？明白了吧！

毛死江囚，文化大革命結束，平反冤假錯案，落實政策。蕭家要落實的首先是他們家的四合院產權。經蕭母領著孩子四處求人，後來還是靠了大兒子蕭白石請「楚辦」出面，才由北京市房管局重新確認了蕭家的四合院產權，並要求擠住在裡面的十一戶人家搬出。但政府不分配住房，十一戶人家還能搬到天安門廣場去露宿？事情一拖十年，政策無法落實。好在這期間蕭白石的大弟進了公共汽車公司，後轉出租車公司，成了家，公司分了房，搬了出去；大妹護校畢業分配到朝陽醫院工作，和醫院裡的一名醫生結了婚，也搬了出去；老三則去了深圳特區闖天下，一時半刻回不來……如今西廂房只住了蕭母一人，孩子們笑她是「蕭家四合院產權留守處主任」。

蕭白石領著圓善敲開了西廂房外的側門。房牆就是院牆。牆外是街道。蕭母見老大領了個俏閨女回來，滿臉上的褶子都舒展開來，滿頭白髮都有了光彩。蕭白石介紹說：媽，她叫圓善，是我的朋友。圓善在旁叫了聲大媽，給您老拜個晚年。蕭母知道兒子講的這「朋友」，就是處對象，今天是認門來了。她心裡那個高興，和圓善一點都不生分，就像看著長大的鄰里閨女：好哇，好哇，你倆總算沒有忘記我這娘呀！喝茶還是喝果汁？肚子餓了沒？娘正巧包了些韭菜鮮蘑餃，就像知道你們要回來似的。圓善也覺得和大媽面熟似的，看蕭白石一眼，說：大媽，早就該來看您了，都怪白石，才來遲了。蕭母說：他呀！從小心粗志大，一迷上他的畫，就啥都忘到背後。蕭白石見母親看得上圓善，心裡踏實些，嘴上說：看看，咱老娘就是偏心眼兒，見了閨女就數落兒子的不是。圓善說：大媽，白石的事，都說給我聽了，他是個大孝子。蕭母說：閨女妳就別誇他了，大媽倒是盼著，能有個人兒管束管束他了。

蕭白石見母親和圓善見面就投緣，親熱的不行，原本要就近找家素菜館，為母親和圓善相認，意思意思。但母親大人堅持在家煮韭菜鮮蘑餃，圓善也高興下廚當幫手，只得依了她們。趁娘兒倆在廚房忙活的功夫，他到外面店舖裡去買回些素雞、素鴨、醬豆腐、朝鮮泡菜之類，做成幾碟搭菜。待到兩大盤餃子上桌，蕭白石吃了個滿頭冒汗。圓善也有好胃口，更把一碟又酸又辣的朝鮮泡菜吃得一片不剩。蕭母看著一桌素食，心裡有了底兒。其實她因檢查出高血壓、高膽固醇，也早就改吃素食，不沾腥葷了。但兒子自小喜好吃肉食，如今陪著他女朋友吃素，算咋回事？況且，他這女朋友，頭上戴了絨線帽，帽沿不見有髮絲露出，進門也不見摘下，越看越像個出家人，小尼姑！還愛吃又酸又辣的朝鮮泡菜，算咋回事？難道、難道……天爺，兒子五十挨邊歲數了，這些年任什麼人都看不上，這回偏偏戀上了小尼姑，老戲文上那陳妙常……驚世駭俗，老大行事，總是驚世駭俗。

飯後，圓善為了讓白石能單獨和他娘說說事兒，藉口去外面上公廁，順便到商店看看，就告辭了出來。果然，圓善一走，蕭白石就說了想請老母幫忙，在附近找房住的事，最好是臨街的兩間，一間做小店面，一間住人，月租一、二百元那種。母親說：找房不難，左家莊這一片，都是老街坊。娘先問你，是你一人住，還是你們一起住？小店面，開畫店？你教書每月才掙個七、八十塊，月租一、二百元可不是小數目……娘還想問你，你的這女朋友，是不是個出家人？她愛吃酸辣，你倆是不是有了？你的腰病好啦？

母親什麼都看在眼裡了。蕭白石臉一熱，只有照實說了：她俗姓鐵，單名妹，圓善是法名，醫專畢業，在西山定慧寺出家。她推拿、針灸技術一流，常到楚將軍府替老將軍做治療，因此認識。年前，老將軍去了海南避寒，我在那後院偏房裡犯了腰病，下不來床。虧了老將軍行前讓圓善進城來治療。天天做推拿，施針，燒艾葉，一起過了春節。多年的老毛病，居然給治癒。我們也就相好了，那個、那個了……

聽老大道出實情，蕭母既喜又愁：好事是好事，娘替你高興……可接下去，咋辦？她想不想還俗？

蕭白石說：正是為這事，來找娘關照關照。她戀上了我，願意還俗。還想開一家小醫館，自謀生活出路。娘今後有個頭疼腦熱，腰腿毛病，她就是專職醫生。

蕭母憂喜參半：有了對象，嘴都甜了。這麼著吧！你們也不用到外面去租別人的房，每月付那麼些房租了。家裡這西廂房，不正好有兩間空著？原先老二、老三住的，如今他們成了家，有了各自的窩兒了。你們回家來住，娘也有個伴兒。外面又是條通街，走三路公共汽車，兩邊的不少住家，都開起了各式小店舖啦。

蕭白石沒想到一件撓頭事，這麼順利解決。回家回家，他在外邊流落了三十年，又可以回家了，也算在哪兒跌倒在哪兒爬起？或者叫他姥姥的落葉歸根？這世道、世事，就這麼折騰人，作弄人，把人當猴兒耍。

蕭母倒是替老大擔心接下來的事：你搬出楚府，老將軍高興、不高興？圓善還俗，她西山定慧寺准許、不准許？申請個體行醫執照，要蓋幾十道公章哩，少了哪一道都不成。你大妹醫院的一位醫師，也想開診所幹個體戶，跑了半年只蓋下五道公章，還差二十幾道，不知還要跑到何年月，白賠掉大筆送禮費，後來還是安心在醫院工作了。

蕭白石告訴娘，他暫時不會搬離楚府，他需要那裡的一間大畫室，今後兩邊跑，兩邊住，作為過渡；圓善還俗的事，定慧寺主持、她師傅妙音法師待她像自己的女兒，百般呵護，應當不會困難；替圓善辦個體行醫執照，更是小菜一碟，市裡有一班朋友幫得上忙的。如今辦事，關係至上。再說還有楚將軍呢，到時候讓他的祕書打個電話，市裡的頭頭腦腦誰敢放個屁？姥姥的！

蕭母笑了：看把你能的！這些年來，老將軍可沒為咱家的事少費心。也不知道人家老將軍該著你什麼了。不就在五七幹校你救過他一回？

正說著，圓善臉蛋兒凍得紅紅的回來了。蕭母忙遞上一缸熱茶讓她捂著暖手。圓善大媽大媽的叫著，連聲道謝。蕭白石告訴她房子已經有了，兩間當街的，還不用交月租。圓善眼睛又大又亮：真的？在哪兒？你不是哄人高興的吧？

蕭母說：這四合院原就是蕭家的房產，北房、南房、東廂房連同院子，都叫人占了，只剩了西廂房自己住。他弟妹都出去了，四間廂房，剩了老媽子一人守屋子，拿著房產證，等落實政策。蕭白石說：共產共產，咱家四合院就是被共產的活例證。蕭母說：你少貧。吃了二、三十年的苦頭，還不知道禍從口出？圓善說：大媽，白石他呀，除了作畫，就是貧嘴。俺是既喜歡聽他貧，又怕他貧出格。蕭母說：我看閨女妳就比他懂事些，今後替大媽管住他那大嘴巴。蕭白石說：好哇，一老一少，這麼快就聯合起來，一致對我啦。不是說男子嘴大吃四方，女子嘴大守空房？

白石真是貧得沒治了，蕭母愛也不是，惱也不是。圓善看著慈眉善目、滿頭華髮的大媽，忽地眼睛有些發潮。她五歲沒了娘，失去母愛。此刻她有一種叫媽的衝動。

28

圓善回了一趟西山定慧寺，見了妙音法師。

妙音法師年過花甲，身子仍挺秀，頭髮仍黝黑，臉上仍光潔，只在眼角有淺淺魚尾紋，不經意看上去，以為也就四十來歲。誰想她修行已滿一個甲子：兩歲就被窮得要飯的爹娘捨在了五臺山下觀音寺，所幸自小寺院裡識字讀經，青燈黃卷，肯下苦功。稍長跟隨師傅杏仁法師習醫化緣，施藥濟世，從一家庵堂到另一家庵堂，嘗得百草，學得醫術。尤精針灸推拿，專治疑難雜症。後來掛單在京郊西山尼庵定慧寺，杏仁法師做了主持，再也沒有離開過。一九四九年共產黨進城時，她二十出頭，出落得青衣西子，尼庵蓮朵，人見人憐，招來諸多紅塵紛擾。先是駐西山八大處的北京軍區一位將軍看上了她，竟派了香山碧雲寺大德高僧來「超度」她還俗，為人民服務。她冷心冷面，抵死不從。後來那大德高僧當上中國佛教協會頭兒，聽說早就是地下黨黨員，紅色和尚，僧俗一體了呢。你說奇也不奇？不久，政務院成立國家宗教事務管理局，又要徵調她去當祕書，也是一位大官人看上了她。她一心向佛，佛心禪定，不為所動。畢竟是天子腳下，又叫做「人民政府為人民」，加上從小被杏仁法師帶大，像生身母親般時時處處佑護著她，類似的折騰還有過幾次，到底也沒有難住她，只是落了個「西山冷面觀音」的雅號而已。

新中國奉行無神論，破除迷信，解放思想，宗教團體、教會寺院，也要接受社會主義改造。定慧寺沒有了信眾，也不能外出化緣，改由政府供養。佛教協會遵照上級指示，下達通知：除少數民族地區及黨和國家的特殊需要，所有宗教單位不再招收弟子；現有僧尼人等，不得到社會上去傳教、做法事，散布封建迷信。一切宗教活動只准許在寺院、庵堂內部進行；縣級以及縣以下地方，不再保留宗教寺院場所，現有僧尼還俗，就地參加勞動，自主婚配，自食其力，爭取早日成為勞動人民一分子；地（市）級以上名勝古蹟、旅遊景區的原有寺院場所，允予保留，由當地政府統一管理、供養，改造、利用，給生活出路。

上級文件一針見血，針針見血。話就說得這麼難聽，赤裸裸，不含糊。僧尼人等，在新中國黨政幹部、青年學生、革命群眾眼裡，是迷信職業者，不勞而獲者，舊社會餘孽，新社會寄生蟲。定慧寺的老少比丘尼被改造、利用的方式之一，是盡其所長，允許在一定範圍內「為人民服務」，替城裡的勞苦功高的領導幹部們做針灸推拿，治療戰爭年代落下的各種風寒骨痛、槍傷刀傷、疑難雜症，並熬製各式藥膏藥劑。不信西藥信草藥，不信西醫信僧尼，是為工農出身的高級幹部們的普遍嗜好。因此有十來年時間，杏仁法師一直帶著徒兒妙音，經常被城裡來的吉普車或小轎車接走，去一座座高牆深院裡替首長們做治療。首長們粗喉大嗓，位高權重，被治療得舒服了，有時大筆一揮，就批給定慧寺殿堂修繕費、禪房改建費，直至一車計畫外糧油什麼的。循正常渠道向市佛教協會、市宗教事務管理局申請多年無著的事，往往由杏仁法師私下請某位首長批條解決。首長們高興了，也樂善好施，代表公家做施主、種福田呢。出家人六根未盡，夾縫裡頭討生活，也是不得已為寺院走門子，阿彌陀佛。

杏仁法師佛法無量，傳授給徒兒妙音的除了佛理醫道，還單傳一套不為外人知曉的玉女功法。

您想想，老革命、老同志做再大的官兒也是個人，不是別的活物。是人就有七情六慾。進京後所住的深宅大院又都是先時的王府、貝勒府，老革命、老同志只要在政治上忠於偉大領袖毛主席，日常生活中玩幾個年輕美貌的保母、護士、文工團員，就是生活小節了，頂多算行為不檢點，作風欠嚴謹罷了。還有一個講法，這也算是對他們幾十年赴湯蹈火、出生入死的一種報償罷了。杏仁法師領著徒兒妙音出入高官府第，替首長做推拿針灸，按摩治療，首長每次接受「冷面觀音」妙音的服務，難免心猿意馬，流哈喇子。妙音就會口中唸唸有詞，使出師傅單傳的玉女功法來……原來這玉女功法為女尼的禦情護身之法，法理頗為簡明：遇上非分之妄，強人所難，瞬息間能致渾身寒冷，冰雪肌膚，門戶緊閉如殭屍，使人望而卻步，不能進犯；唯偶爾遇上自己心儀、情願奉上的，才會渾身柔嫩，溫軟如綿……。玉女功法還可治男根不舉、性功能障礙諸多雜症。

杏仁法師於一九六三年佛旦日圓寂，俗年八十。之前，她已徵得市佛教協會許可，衣缽相傳，讓愛徒妙音法師當上定慧寺主持。那時，培養革命接班人的口號喊得震天價響，定慧寺僧尼只剩下四十來人，且平均年齡達五十幾歲，三十來歲的妙音法師倒真的成為佛門接班弟子了。文化大革命初期定慧寺的僧尼們遭的罪就甭提了，先是妙音主持被打成「彭真反黨集團黑爪牙」，「隱藏在宗教界間諜、反革命」，甚至被大字報稱為「彭真姘頭、妖婦」。定慧寺被城裡來的紅衛兵小將查抄，當著僧尼們的面砸佛像，焚佛經，卻未搜到任何妙音主持「和彭真黑幫相勾結」的證據。接下來紅衛兵造反派勒令僧尼們「滾出定慧寺」，集體下放到西山林場勞動改造，還俗，自食其力。妙音法師領著四十來名比丘尼在林場苗圃勞動三年，但無一人還俗。後來上面的運動有所鬆懈，又要落實「毛主席的革命路線」，落實「黨的宗教政策」，僧尼們被允許返回殘破不堪的定慧寺，整修殿堂，唸經誦佛，繼續「為中國革命和世界革命服務」……直到一九八零年小圓善被妙音法師收留，剃度出家。阿彌陀佛。

這次，讓圓善萬沒想到的是，當她試探著向妙音法師提出在城裡開一家推拿醫館的事，法師冥思一刻，回答：可以以定慧寺名義在城裡開醫館，但妳先要辦手續。起初圓善沒有聽懂，以為是未來醫館的行醫執照，就說：執照的事，楚將軍府的蕭白石老師會幫俺辦好。至於人手，俺一個人先做，以後病友多了，再請寺裡派師妹去。法師說：先辦好你個人的組織手續。圓善一下子蒙住了：一向和藹可親的法師怎麼像個女幹部講話啊？我並沒有提出還俗，離開定慧寺啊。法師見她還是沒有聽懂，只得把話說白了：徒兒，師傅是要妳讓組織放心……阿彌陀佛。寺裡的一些內部事情，本不想牽涉到妳。寺廟過去有廟產，山林土地，加上信眾的供奉，是自己養活自己；解放後廟產被充公，信眾也沒有了，改由政府供養。阿彌陀佛。端政府的碗，服政府的管，不然一天都活不下去。打那起，俺定慧寺裡就有了組織，但師傅並不是組織的人，是妳大師姐……阿彌陀佛。師傅還可以告訴妳，一九六三年杏仁法師把衣缽傳給俺，告訴了我這事……阿彌陀佛。現在妳想到城裡開醫館，要讓市佛教協會放心。市佛協主席就是俺北京地區出家人的內部書記，明白嗎？阿彌陀佛。

圓善牙巴骨打顫顫，背脊骨都是涼颼颼的。太嚇人，太不可思議了。佛祖在上，這話要不是她最敬最親的妙音法師親口對她說出，打死她都不會相信。原來黨領導宗教，就是包養你，管你的柴米油鹽，生活來源，並在各處寺院、廟觀裡設立了不公開的組織啊！佛法無邊，黨法更是無量。阿彌陀佛。過去淨潔、神聖的信仰，現在全走了味兒。你依也不依？不依就處處南牆，寸步難行。因此轉念想想，為了辦成醫館，自謀生計出路，也只能先依了師傅。叫做紅塵滾滾，法網恢恢，疏而不漏吧。阿彌陀佛。接下來，圓善還提出來，願和寺裡簽一紙合約，今後醫館有了收入，按月向寺院繳交管理費，幫補師姐師妹們改善伙食，不要天天咬鹹菜、啃窩窩頭。阿彌陀佛。

妙音法師說：金錢之事，出世不帶來，往生不帶走，妳先不用許願，也先不用簽約，等醫館有了進項再說。

圓善在定慧寺陪師傅住了一宿，算諸事順遂。第二天返回城裡，不敢把妙音法師命她讓組織「放心」的事告訴蕭白石，只說了妙音法師已准許她留在城裡開醫館，並給取名「西山定慧寺推拿小館」，其他的事都讓她自己張羅。

就在這當口，蕭白石卻出了件大不愉快的事。那天，經文化部藝術局哥們杜大頭事先替他約定，在建國門大街國際飯店頂樓貴賓房和聯合國國際開發署駐華總代表孔雷薩博士見面，欣賞他的幾幅有關環境保護方面的畫作。孔雷薩博士原本提議直接到蕭白石的住處來相訪的，但楚府是中央首長的辦公院，即便他住的只是後院偏房，怎麼可以接待外賓來訪？外事紀律和警衛條例都絕不允許的。

蕭白石興沖沖依約騎了自行車，經西四大街、拐西長安大街、過中南海新華門、天安門金水橋、東長安大街，到建國門大街，抵國際飯店。在飯店大門外側的存車處存了車，抱一卷畫稿進了飯店的旋轉門，就被兩位國安模樣的彪形大漢攔下了，叫到一邊問話。蕭白石忙解釋：有約會，在頂樓貴賓房見孔雷薩博士。國安問：姓孔的？是你什麼人？蕭白石心裡好笑，但不值得和這種安全部門的走卒滋氣，就笑嘻嘻地說：人家不姓孔，只是個中文譯名；也不是我的什麼人，人家是聯合國國際開發署駐華總代表。國安嗅覺靈敏，從他的回答裡聽出來譏諷意味，也就譏諷地說：嗬喲，傍上洋大人了，聯合國不是在美國紐約，被美國佬玩弄的那個國際組織嗎？早被咱志願軍打趴過，有啥呢？蕭白石知道自己遇上丘八了，但他們作為國安人員，不能這樣糟踐聯合國啊，於是說：咱們中華人民共和國是聯合國五個常任理事國之一，對於聯合國的任何重大決議擁有一票否決之權，怎麼能說它是被美國佬玩弄的國際組織？稍胖的那位國安被戳了痛癢似地漲粗了脖梗，眼露凶芒：怎麼著？就你能？咱們上級領導內部講話就是這麼講的！另外那位稍瘦的國安嘀咕了一句什麼。

原來大廳裡出現了一群金髮碧眼洋人。大約怕鬥嘴下去影響不好，他們把蕭白石請到大廳一側的小房裡繼續問話：你知道這裡是什麼單位？蕭白石倒是不膽怯，這種場合他經見得多去了，答：國際飯店，住外賓的旅館啦，它不會是啥機關重地吧？另外，我要提醒二位，我的約見時間已到，誤了事情你們負責。胖子國安說：誤了您的外事活動啦？怎麼外事部門沒見有通知？說罷拿起桌上電話：值班總機嗎？請通知頂樓貴賓房的客人，就說他要見的人，臨時有事沒有來。說完卡嚓一聲擱下電話。蕭白石這才生氣了：撒謊！明明是你們非法置留了我，還說我沒有來！你們憑的哪款哪條？胖子國安桌子一拍，喝令道：你坐下！不老實，可以銬你辦你！蕭白石只得坐下。胖子國安掏出紙筆：說！你叫什麼名字？哪個單位？住址？電話？蕭白石哪裡怕這一套，反問：你們是哪個單位的？有證件嗎？你們先說了，我再告訴你們。胖子國安和瘦子國安交換了眼神：這傢伙年紀不老小了，敢和咱們叫板，難道有什麼來頭？於是亮了亮他們的國安局工作證。蕭白石這才說了自己的姓名、職業、住址，電話則報了楚府前院值班室的。胖子國安邊筆錄邊嘴唸道：蕭白石，中學教員，住西城大將軍胡同二號，還有電話是……。這時瘦子國安在胖子耳邊嘀咕了句什麼，旋即出去了，大約是去掛電話落實情況什麼的了。胖子氣焰已不似方才囂張，猶猶疑疑地問：您住大將軍胡同二號？蕭白石說：大將軍胡同就兩個號，南邊的是一號，北邊是二號！胖子國安和藹下來：請問，請問，您在中學教、教什麼課？蕭白石冷笑一聲：我有必要向你報告嗎？我等著你銬我、辦我哪！正僵著，瘦子國安返回，故意讓蕭白石聽到似地對胖子國安說：聯繫過了，是大將軍胡同二號的姑爺，畫家，人家馬上派車來接……。胖子國安一聽臉都白了，拿起電話就要了飯店總機：請通知頂層貴賓房，客人立馬就到，立馬就到！可飯店總機接線生隨即告訴他：外賓訂了三個小時的房，人家空等了半個多小時，已提前退房，走人了。

兩位國安只得忙不迭地起立哈腰，滿臉愧疚：對不起，對不起，蕭老師，請原諒，我們耽誤您的事了，耽誤您的事了。但我們是公務在身，為了國家安全，社會安定，不能不對進入這涉外飯店的人，做例行問話……

蕭白石卻故意坐著不動窩兒，還旁若無人，惡作劇地把兩條長腿架到了桌上，索性貧了起來：問話結束啦？置留到此結束？你們黃了我的事，一聲對不起就完事？人家孔雷薩博士，聯合國駐華代表處大使級的外交官，國賓級重要人物，鄧小平打橋牌的牌友，要會見一名中國畫家，是重視咱們中國的文化藝術，是對咱國家、人民友好的體現，竟被二位無理阻攔，攪黃！二位是不是存心損害咱國家的外交形象，要造成有害的國際影響？告訴二位吧，這事你們完了，可我沒完。要不要報告你們的陳希同市長，以及你們的賈春旺部長啊，讓他們來表彰、獎勵二位，立個二等功、三等功什麼的啊？還有，我帶來的這一卷畫作，不定有重要的國家機密哪，或是什麼珍稀的字畫文物哪，二位為什麼不感興趣，不提高警惕，嗅覺，不打開來查驗查驗？算不算玩忽職守？你們作為安全局人員，還有不有國家安全觀念？你們腦子裡還有不有國家安全條例？

好一頓數落，冷嘲熱諷。二位國安滿頭冒汗，連說自己錯了，錯了，家裡都有老有小，要養家餬口，請寬諒，請寬諒一回，下回再不敢了，再不敢了。

蕭白石笑了笑：你們也要養家餬口啊，不就說明你們也是老百姓？為什麼還要對老百姓這麼凶狠，咬自己的同類最不留情？今天，我若不是住在大將軍胡同二號，還能不被二位銬上，整慘？人之初，性本善啊！難怪人家叫你們鷹犬……啥叫鷹犬？「老夫聊發少年狂，左牽黃，右擎蒼，錦帽貂裘，千騎卷平岡！……」他本要繼續貧下去，出惡氣，痛快痛快。這時門口來了一位身著飯店裙服的靚妞，笑容可掬、嗓音甜美地說：蕭老師，來車接您了，是您家首長的大紅旗！蕭白石這才起身出了小屋。兩名國安和那靚妞，一路小心陪送，穿過富麗堂皇的大廳，直至出了旋轉門，門外臺階下果然停著楚府的大紅旗。司機已經替他把自行車放進車後廂裡。蕭白石上車前，不忘對兩名國安說了聲「回見」。嚇得那兩走卒差點尿褲子，直要跪下去討饒，可憐見兒的。蕭白石坐進大紅旗，司機同志什麼都沒問，他也什麼都沒說。他差點兒哈哈大笑：姥姥的！今兒個，楚府姑爺，又狗仗人勢一回！國安類犬，咱也類犬，犬國犬民，都這德行。

回到楚府後園偏院住處，前院值班室也沒再問國際飯店的事，只是電話告知：老首長原訂正月十五返京，已改期。改道去上海，參加小平同志主持的重要會議，推遲到三月中才回來。首長行程保密，不得向外洩露。另外首長夫人囑咐，紐約俞京花女士那張油畫的中、英文法律公證書，請蕭老師辦好後盡快寄過去。

此一來，時間就從容些了。蕭白石和圓善都鬆了口氣。他也沒有對圓善貧國際飯店的窩囊事。國安得罪了他，他也得罪了國安，不定還會有麻煩。他們開始跑門子，託人情，為籌辦醫館去辦那一道道申請手續。

29

蕭白石讓圓善先搬到左家莊歪把兒胡同蕭家院西廂房去住。若繼續在蕭府後院偏房廝混下去，出雙入對，一僧一俗的，太引人注目。首長家的大院院牆外，一天二十四小時都有警衛局的人員站哨、巡邏，那些穿軍裝的或是著便服的，日常見了他倆，總是禮貌地點點頭，笑一笑。那眼神、臉色都陰陰的像在暗示：他們什麼都看到了，但又什麼都沒有看到；他們什麼都知道了，但又什麼都不知道。

圓善也喜歡住在蕭家西廂房，和蕭母做伴兒，心裡踏實許多。反正日後的推拿小館就開在這兒。況且蕭母知冷知熱的，當她是未過門的兒媳呢，親著疼著呢。蕭白石竟涎皮說：都住進來了，怎麼沒過門？只少了政府那張紙不是？羞的圓善躲在房裡不肯出來。蕭母氣得命他自己掌嘴：說話怎麼這樣沒輕重？也不知道你這二、三十年是怎樣混過來的！還不快去賠個不是？

蕭白石倒是沒有忘記，請母親出面去派出所替圓善報個臨時戶口。若是在楚府大院，任是來了客人住上一年半載，都不會有人過問；但在普通市民居住的胡同裡，來了一名陌生人過夜，就會被派出所戶籍盯上，問個究竟了。母親說：放心，街道戶籍都是我看著長大的，平日大媽長、大媽短的，娘去說上一聲就得了。就說是你的表妹，郊區來的。但不能用圓善這名字，人家一聽就知道是出家人。她姓鐵？叫鐵妹，好，叫鐵妹好，硬氣。蕭白石紅了紅臉，問：有時我會回來住，不會有啥事吧？母親說：放心，如今街道上，鄰里間，一些事都看得開了，不再管閒事了。男的女的不辦手續就住在一起，都睜隻眼、閉隻眼，沒人管。要是在過去還了得，不知被捉了多少雙了。開放開放，就這事先開放。蕭白石笑說：那叫先戀愛、後結婚，又叫同居試婚。人說咱北京在這方面最開放，做了全中國、全世界的表率。母親說：老大，你是快五十的人了，不要這麼沒些正經！娘要你快些成家，和鐵妹把手續辦了，等著抱孫子。

一表三千里。當天晚上蕭白石陪圓善住在家裡，嘴裡表妹、表妹的胡亂叫著。圓善臉蛋紅紅的也不見生氣。母親在西廂房最南頭一間替他們收拾好了床鋪，被子褥子都是嶄新的，床頭還貼了張剪紙大紅「囍」字。沒有暖氣，涼颼颼的。但兩人鑽進新棉被窩裡摟著，一會兒就暖和了，又乾柴烈火辦起了那事兒。圓善說：你壞，你最壞……俺不依，俺不依……你不是說你二十多年前，在青海大漠一戶藏人家裡入贅，有過一兒一女嗎？說來聽聽……還有你爸你媽的事，說來聽聽呀……。蕭白石說：說就說，說就說，妳也要等我完事呀，妳不見我現在是在跑馬溜溜的山上？鐵家溜溜的妹子，人才溜溜的好呀！蕭家溜溜的大哥，看上溜溜的她呀！圓善又明眸星亂：你貧，你貧，看把你給顛狂的，把俺當馬騎啦……

蕭白石索性「資產階級自由化」，陪著圓善，在母親家裡住了兩天。反正為圓善辦醫館的事，該找的關係都找了，該託的人情都託出去了，等著回話就是了。反正老將軍沒有返回北京，他的行蹤就不會有人過問。母親好飯好菜的燒給他們吃，滋補他們的身子。他們吃飽喝足，就躲在小屋裡，沒完沒了地絮絮叨叨，互傾衷情。母親都不知道他倆為啥有那麼些說不完的話，幹不完的力氣活。阿彌陀佛。

圓善，上回妳說到哪兒啦？對了，說到妳可憐的娘投水自盡，被救活了，她命不該絕。妳爹是窮苦出身，有如毛時代的「鐵帽子王」，有政治護身符，很管用的。可是我爸啊，卻沒能被我救下，甚至沒能讓他多活幾天……我這做兒子的，天遠地遠地趕去青海見他一面，話都沒有多講幾句……至今想起來，我都悔恨得要死。妳道是怎麼回事？我不是給我老爸和他餓得奄奄一息的監友帶去了吃的，又是饟又是炒麵粉的，讓他們大吃了一頓嗎？我爸還把他們一一介紹給我，並讓我替每人勾勒下一幅肖像素描嗎？我很興奮啊，他們也很興奮，折騰了大半個晚上。沒想到這竟成為他們生命的迴光返照。

第二天一早，我和衣睡了一覺醒來，竟然發現連同我父親在內，十名右派囚犯中的九名已經斷氣！他們又都是靠牆坐著去世的！身子都冰涼了，僵硬了。把他們平放下來，身子仍然弓成九十度角，石頭似地，再擺不直了；而且他們的眼睛都瞪著，沒有閉上！難道這就叫死不瞑目？

我沒有哭。我也哭不出來，眼睛又乾又澀，人都麻木了。老爸死了，老爸死了！僵硬的身子保持著他生前卑躬屈膝的姿勢，符合他的社會政治等級吧。我要盡點孝道，先是想替父親把眼睛給合上。我雙手在父親繃得大大的眼瞼上撫來撫去，可它卻怎麼也不肯合上；我又力圖把父親的身子擺直了，可是弄了半天，毫無用處。僵硬的遺體雖看似卑微，可我知道，父親的內心明白得很，把世道世事看得通透，他從來都沒有真正認罪，他也無罪可認……我只得一遍又一遍地唸叨：毛主席，您開恩、您開恩！您饒了我爸，饒了我爸，讓他閉上眼吧，讓他閉上眼吧！但不管用。封建迷信觀念早被破除了。如今不求觀音菩薩，不求太上老君，我只求毛主席開恩。但毛主席卻說了，對於敵人，他不發善心，不行婦人之仁，只實行階級專政……。我算明白了，毛主席只是「人民」的「大恩人」，「大救星」；對於被他劃定的所謂階級敵人，他絕不施仁政。他說革命就是割豬肉。為了他的「事業」，他從來不尊重生命。不然怎麼會有這場遍及全中國的大饑荒？會餓死這千千萬萬的人？這大漠深處的囚犯死後，都是扔進沙坑，掩上幾鍬沙土了事。或許只有到了地府，閻羅王會讓夜叉把我爸的身子拉直了，把我爸的兩眼給合上吧。我告訴妳吧！我這名右派大學生，表面上接受改造，老實溫順得如一頭綿羊，頭腦裡卻反動、反叛得緊。平日裝聾賣傻，不敢表露，是怕掉腦袋。我才二十歲，還沒有活夠，還想留著嘴巴吃糧食，留著眼睛看世界。那樣的年月，那樣的環境中，人變得很麻木，很冷血，彷彿看多了死亡，也就習慣了死亡，不把生離死別當回事了。有時也常想：人到了生不如死的地步，為什麼還要活著？多活一天多一天痛苦，早死早解脫，遲死遲解脫，不是？

父親的右派難友中，卻有一人仍奇蹟般活著，還會動，會張嘴。他就是上海醫科大學那位教授，瑞金醫院的鄺大夫。他大約見我長久跪在父親弓成直角的遺體前瞎擺弄，連哭都沒能哭出來，就向我招招手，再招手，動作很小。我移動木木的、有些虛飄的腳步，走近他。鄺大夫嘴唇蠕動，冒出股難聞的胃氣。我俯下身子，忍受著他的口臭，才聽清楚他的上海普通話：孩子，阿拉知道，知道他們會死，你父親會死……。

醫學教授，上海名醫，知道他的同伴會死，為什麼不早說？我心裡騰地冒出火苗，大聲問：你一個醫生，為什麼見死不救？為什麼啊？

他竟苦笑：是因為，吃了……你帶來的東西……我們幾天幾夜，光喝涼水，沒有任何吃的，腸胃處於休克……見了你這個北京孝子……帶來的饢，炒麵粉，就大吃，不要命地吃，吃……只有我，一小口，一小口，悠著吃，慢慢恢復腸胃功能……他們……做了飽死鬼……。

我跳了起來，恨不能撲到這傢伙身上去，飽揍他一頓，替我父親報仇，替我父親的那八位難友報仇……但我又清醒地意識到，不能錯怪人家鄺教授，鄺大夫。一群餓瘋了的囚犯，見到食物，還有理智可言？鄺大夫就是勸了，也不會有人聽的，不會有人聽的！

鄺大夫仍在苦笑，呢喃：你以為……你以為你千里萬里……從北京帶來的那點東西，救得下大家的性命？告訴你吧！這次的饑荒，在沙漠裡，尤其是在這勞改農場裡，是沒有盡頭的，沒有救星的……你沒聽說，農場的糧食都被拉走了，支援羅布泊核基地去了。那裡的十萬解放軍官兵……缺糧……明白嗎？我們這裡的人，誰也別想活著出去……所以，你父親吃了兒子帶來的食物，當一名飽死鬼，是他修來的福分……而我，只是依了自己的常識，多熬活幾天而已。

我終於哇地一聲哭了出來！無所顧忌地嚎啕大哭，像一頭沙漠裡的狼那樣長嗥。我把從北京帶來的食品，特別是那件母親精心製作的「背心」，還有一件嶄新的棉衣，供品一般擺在父親的遺體面前，請他老人家「享用」。還是那位鄺大夫有氣無力地提醒我：孩子，收起來，快收起來吧，若被管教人員發現，會被沒收了去，你自己也活不成……。

果然，待我剛把「供品」收拾好，就有兩個管教模樣的人，也是面黃肌瘦的，來清點「非正常死亡人數」和登記死者姓名，同時布置我這外來的「囚犯子女」把九具屍體拖出去，就近找個沙坑扔進去。他們說，今後你的任務就是搬走遺體，完成任務後，才允許離開。從哪兒來，回哪兒去。但農場已經沒有外出的交通工具。

我頭昏昏、眼花花，渾身都軟沓沓的。父親死了，我什麼都不在乎了。管教幹部離開後，仍是那位鄺大夫提醒我：孩子你可要有思想準備了，沒有人能從千里荒漠中活著出去……我只是聽人私下說過，農場東面有一條乾枯了的內陸河道，沿河道往下游走出四百多里，有一處藏人放牧的綠洲……。去年，前年，都發生過犯人外出勞動時，順著河道逃跑……後來管教幹部開大會宣布，逃犯都渴死、餓死在半道上……還砍回一顆逃犯的腦袋來示眾……

我沒想什麼綠洲不綠洲，因為我不需要逃跑，可以光明正大地離開，更不用擔心半道上被追捕者割下腦袋。眼下要完成的使命是掩埋我父親和他難友的遺體。我設法找到一把小剪子，認認真真替父親修了面，理了髮，也算是整理遺容吧。我包好了父親的一小把毛髮，好留著帶回去交給母親。可惜呀，可惜，母親託我替父親帶來新棉衣，還有新的襯衣襯褲……由於父親的身子弓著，沒法子為他老人家換上了。其實父親並不老，才四十九歲，四十九歲呀！本是人生大有作為的壯年呀！兒子不孝，兒子草包，連父親的雙眼都沒能給合上，只能草草送父親大人上路了。

接下來，我還做了一件事：匆匆替父親的八位難友也都修了面，理了髮。遺憾的是我也不能把他們瞪得直直的眼睛給合上，只好也替每人包了一小撮毛髮，寫下了各人的姓名籍貫，留待日後設法寄給他們的親人……。

當我抱著乾柴般的父親走出地窩子時，那雙臂上的分量真是難以想像，千斤萬斤似地沉重。或許，這是因為我抱著自己父親的遺體，心情沉重？不對，另外那八具遺體同樣沉重無比。原本不過六、七十市斤一具，感覺上卻是數百斤、甚至是上千斤似的。好在我年輕，喘著粗氣，硬是把九具遺體，放在了窩棚外一輛架子車上。煞怪的是，我拉車時，兩轂轆一轉，竟又不是很費勁兒的了。

不管你愛聽不愛聽，我都要把當時送父親和他的朋友們去那千人坑的情景說一說。那些「鬼怪」已經在我腦子裡塵封了近三十年，卻不時溜出來，攪得我夜裡做惡夢。人家農場裡也不叫千人坑，而叫大沙坑，且編有號，從一號到十號，分布在農場各個角落。我拉著架子車，按沙土路上的標記，往最近的七號坑去。大白天的，出奇的冷清，見不著人。不是說關押著上萬名極右分子、重刑犯人嗎？人都哪兒去了，下工地去了？可早上連起床號、出工號也沒聽見吹呀。我拐了幾個彎，走了約兩里路遠近，聞到一陣陣異味、腐臭。好不容易到了七號坑，坑沿有些兒高，開始並沒有看到大坑裡的情形，卻在坑沿上見到了一個活人！一身青衣青褲，側躺在地上，是個女的……。我也顧不上那腐臭了，放下架子車，忍不住走了過去，在那青衣女子身邊蹲下。她褲子上滿是乾了的血跡、汙跡。我見她閉著眼睛，就乾咳了兩聲。她睜開雙眼，竟說出一句令我毛骨悚然的話：我、我都這……這樣了，你們還輪流上？

這女子一定是餓瘋了，神志迷亂了。我站起身子就想跑開去，可兩隻腳卻像被釘在地上，挪不動步。我壯起膽又蹲下身子去，對她說：女同志，你認錯人了，我是外地來的，來探親，不是農場的人。那女子這才又睜開眼，認真地看了看我。見我也是孤身一人，才說：有……有吃的嗎？給一口，緩緩勁兒……。我趕忙從衣服兜裡掏出兩塊隨時帶著的乾饅頭片，遞給她。她感激地看我一眼，爬坐了起來，自顧自小口小口地細嚼慢嚥。看她的吃相，倒也像個受過教育、有教養的人兒。看她的模樣呢，也不大像是在這裡勞改的犯人。因為犯人都穿著背上印有數字的號服。

同是天涯淪落人吧，我本不想問她什麼，可還是忍不住小聲問了：女同志，妳怎麼來這農場的？又為啥要躺到這千人坑沿上？

青衣女子吃下兩片饅頭乾後，彷彿有了些精氣神兒，沒有回我的話，反而說：你這是北京帶來的？北京的白麵饅頭，有股特別的甜味兒……我十歲那年跟著母親回國，在北京住過幾年，愛吃那食堂裡的白麵饃饃……

我愈發好奇了。為了使她放心，我先說了自己確是從北京來看望父親的，可父親卻死了，就在架子車上……妳哪？妳和妳母親是從國外回來的？怎麼也到這兒來了？

青衣女子又看我一眼，眼睛紅了紅，沒有眼淚，咬住嘴唇不想說自己的事。又看了看遠近再無第三人，才憋不住說了：反正，反正你是我見到的最後一個活人了，我可以告訴你……我和我娘是菲律賓的歸僑。我娘是個植物學家，在馬尼拉大學上學時，參加了菲共地下黨組織的讀書會，接受了革命思想。我爸是菲律賓本地商人，因長期和駐菲美軍基地有生意往來，政治上很反共。一九五三年，我母親帶著十歲的我和父親離了婚，接著就跟著她十個讀書會的同學，離開菲律賓，經香港回到祖國，參加社會主義建設。當時還是一條新聞，因為周總理在一次歸國華僑青年座談會上接見了我母親她們，有合影，登在報紙上。可到了一九五七年，我母親的十個菲僑朋友竟有五個打成右派，並且是「美蔣特務嫌犯」，統統送勞動教養。我母親當時已分配在中國科學院昆明熱帶亞熱帶植物園做研究員，開始並沒有劃她右派。她替她的菲僑朋友打抱不平，竟膽大包天上書中央，說他們在菲國都是熱愛新中國的華僑青年，不滿菲國排華，才回來報效祖國；沒想到反右鬥爭比菲國排華更厲害，更不人道，十名歸國同伴五名打了右派，還被誣為「美蔣特務嫌犯」……。就為這封信，我母親不肯認罪，被打成極右派，「美國中央情報局特務」，判處十四年徒刑，送到青海勞改來了……。

她說得上氣不接下氣。為了讓她歇一歇，我簡略地說了父親的故事：我千里萬里趕來青海，也見到了，說了話；可父親吃了我帶來的炒麵粉，竟給脹死了！我這個不孝的兒子，恨死了自己，一輩子都饒恕不了自己……妳哪？妳也是來探望母親的？

青衣女子眼睛裡泛起淚光：是的，我是母親的獨生女。母親回國後再沒有成家。追她的人她看不上；她看上又彼此有意的，組織不批准，說她海外關係複雜，組織上沒法給查實她在菲國那三十年的經歷……母親送這裡勞改後，開初兩年總是寫信告訴我，這裡是大漠綠洲，住著一萬多人，都是知識分子，她很好。直到今年年初，她才寫信要我一定設法來見她一面。我原本在雲南一個地區歌舞團當演員，團領導不准假，要求我和反革命右派母親徹底劃清界線！我沒有辦法，我是假造了公家的介紹信，偷蓋了公章，跑出來的……我沒想到，我們單位的電報早就到了這裡，五天前我一踏進農場，就被抓起來審訊……

我問：你到底見著你母親了？

她說：沒有。他們告訴我，半個月前，我母親因患上嚴重的水腫病，腹部積水，死了，扔進了這七號沙坑裡……你聽我說，聽我說，他們沒有捆我，關我，因為他們料我也逃不出去……他們不是人，連牛馬畜牲不如……他們欺我是個無依無靠的反革命右派的孤女……我已經沒有活路了，我也沒有臉活在這世上！我好恨！恨這個世界！

我被青衣女子說得狂怒了起來：不！不！我們一定要活下去！我們還年輕，一定要活下去，把這個世界看個究竟！

青衣女子說：兄弟，我叫你一聲兄弟。這裡是狼窩，你要趕快從這裡逃出去……不然，他們會扣住你，每天運那些運不完的死屍，直到你自己也成為其中的一具……

聽到這兒，圓善渾身發瘧疾似地哆嗦：天啊，天啊，地獄啊……後來呢？白石，那青衣女子怎樣了？阿彌陀佛！

蕭白石哽咽了：我和她正說著話，就有管教幹部吆喝著，突然朝我們趕過來了：抓住她！抓住她！她是雲南逃跑來的！我正不知道該怎麼著，手腳無措，就見青衣女子艱難地爬上沙沿子，但還是被趕來的管教幹部抓住了，說是要遣返回雲南去……接下來我才上到沙沿子，看到了裡邊的情形：直有一座足球場大小，兩三丈那麼深吧，密密麻麻，全是屍體，多到數都數不清的屍體……這就是我父親的歸屬，我父親難友們的歸屬？一陣天旋地轉，我暈厥了過去。

30

白石，長這麼大，俺一次也沒去過大西北。聽你說書似地嘮叨青海農場的事。你後來再沒有那女子的消息？你爹和他的朋友們死那麼冤，阿彌陀佛。那年月太不把人當人了。教授、工程師、科學家哪，本應是國家的財富哪。那地方有多少處千人坑啊？罪孽啊。難怪幾年前有個詩人說：我愛祖國，祖國愛我嗎？阿彌陀佛。都說祖國是母親，人民是兒女。虎毒不食子哪，阿彌陀佛。反動，我思想也反動不是？你是怎麼逃出那地獄農場的？你說黃沙瀚海，九死一生。天不滅蕭？人說天不滅曹，你說天不滅蕭……。好好，蕭孟德，你先歇著，我來貧嘴，貧給你聽。

上回是不是說到俺爹領著俺四個兄弟救活俺娘的事了？自那以後，俺大哥鐵英就打死也不肯去上學了。學堂老師來叫他，他也不理不睬，倔得跟頭小叫驢似的。他才十一歲啊，高小沒畢業，在生產隊出工都算不上勞動力。俺爹很生氣，掮起大巴掌嚇唬他：小渾球！為嗎不把高小唸完？俺大哥小腦袋晃得像撥浪鼓：不唸就是不唸！不唸就是不唸！俺爹的大巴掌劈下去時，他刺溜就閃到了俺娘的身後，小手箍在娘的腰上。面對護犢的俺娘，俺爹就打不下手去，也只有罵罵咧咧：你還護他個小逆種？老子看他是頭小貓頭鷹！……俺鄉下人有個說法，小貓頭鷹長大後，要吃掉母鷹，是忘恩負義的東西。

原來，俺娘被俺爹逼問不過，講了老大寫作文要和娘劃清界線、受到學堂老師表揚，她在家裡都成了個「分子」、「壞人」，再無臉見孩子……。打那起，俺爹就不怎麼待見鐵英了，橫看豎看不順眼，有事沒事都要喝斥兩聲，找個碴兒就想揍他一頓。也是打那起，俺大哥卻成了俺娘的小跟屁蟲，不肯去上學，一天到晚在俺娘身邊轉。去野地裡打豬草，去自留地澆菜，去小河邊洗衣衫，更是寸步不離，生怕俺娘再有個閃失似的。俺娘哪能不知道大娃兒心裡的那點兒小九九？是認錯哩，悔過哩，不再認課堂上教的那些個大道理，只認自己的親娘哩！娃兒是娘身上掉下的肉，掰斷蓮藕連著絲哩。一次在小河邊洗衣衫，俺娘看看四下裡無人，就問他：你才唸了小學五年級，咋地就不肯去唸了？長大了能有出息？大哥想了半天，紅著臉、低下頭說：討厭寫作文，討厭上語文課，還有政治課。娘又問他為啥子？他說老師總是教大家愛這個、恨那個，劃清這界線、那界線；如果父母、親戚是「分子」，就不能愛，應當恨，六親不認。上政治課還一人發一張紙，讓檢舉揭發壞人壞事……。俺娘知道老師奉的是上級指示，教的是文件精神，不能怪老師。可這話俺娘也不能給娃兒說。俺娘只好說：除了語文、政治，還有算術課，教人算數；地理課，教人看世界；歷史課，教人知道過去；自然課，教人懂些科學。這些，你都不想學了？俺大哥小腦袋瓜一轉，忽然反過來問俺娘：娘妳不是讀過初中嗎？有啥用？爹一天書也沒唸過，大字不識幾個，不也過得好好的？問的俺娘噎住了，沒話說。俺娘眼淚都出來了，又不能當著娃兒的面哭。是啊，自己是讀到初中畢業，還會唱整本整本的梆子戲，到頭來還不是個「地富子女」，「漏劃分子」？有文化比沒文化還危險，下賤，靠不住……。原本俺娘是要勸俺大哥回去上學，至少也讀個高小畢業呀。這才發覺兒子人小主意大，只得又問：你想留在生產隊當小牛倌？你這個年紀，生產隊每天只給你記兩分工，你自己那份口糧都掙不回，還會誤了你一輩子前程，長大了沒出息。俺大哥脖子一硬：不！我才不當小牛倌！我要去少林寺，學武藝！俺娘吃一驚：你瞎想些啥呀？少林寺在河南嵩山，和咱隔一個省分哩，你想去就能去？俺大哥這才說出心裡的祕密，要俺娘保證不告訴俺爹：和他要好的小順子有個親舅在少林寺當大和尚，說寺裡要招一批十來歲的小徒兒……小順子約了他一起去，準能成。但這事不能走漏風聲，不然半個莊子的娃兒都嚷嚷要去，就誰都去不成了。

不成想大娃兒鐵英還有這事兒。原來娃兒不肯去上學，是有這個去處呀。原來娃兒見天繞著自己轉，特膩咕，除了默默認錯，悔過，還有依依惜別的意思，能在娘身邊多待會兒，就多待會兒……。俺娘一下子覺得大娃兒長大了，懂事了。俺大哥怕俺娘不同意，就又加了一句：娘，等俺學成功夫，看誰還敢欺侮你！到時候你娃在人面前一站，不待動手，就能把人嚇了回去！俺娘這回再忍不住，一把摟住了俺大哥，娃兒娃兒地嗚嗚哭了起來。

俺娘開始悄悄替俺大哥備辦行頭，穿的戴的紮成個小背包。大娃兒要出遠門的事，俺娘終是覺得應當說給俺爹知道，不然大娃兒突然走失了，對俺爹來說就是塌了半邊天了。他平日不待見這娃兒是一回事，一旦娃兒不見了是另一回事。沒想到俺爹一聽，竟喜上眉頭，滿口應承：中！中！樹挪死，人挪活，這是條道，是條道……量幾升麥子去黑市上換些糧票，給他小子湊點盤纏；成或不成，都准他闖一回！俺娘說：老大可是不讓和你說這事呢，你個當爹的要裝成啥都不知道才好，不然俺這做娘的就失信娃兒了……。俺爹好氣又好笑：這渾球，看老子不揭了他的皮！小小歲數，雞巴沒長毛，就想背了他爹闖世界？俺娘說：你就依了老大這一回吧，小順子都來過幾趟了，兩個娃兒躲在犄角旮旯嘴咬耳朵說悄悄話，機靈的緊，商量他們的大事兒。俺爹說：人小鬼大，有志氣。學些拳腳功夫，藝不礙身，可以防身，少受窩囊氣，活得像條漢子。中！中！俺娘忍又落淚：去了嵩山少林寺，可就出了家，當了小和尚，日後不能娶媳婦、成家室，讓娃兒受委屈……。俺爹倒是思想開通，勸慰俺娘：愁啥呢？少林寺若肯收下他，是娃兒的緣分不是？老戲文上不是說，少林十八棍僧救大唐天子李世民，那地方名氣大得很，不是誰想去就能去的。俺娘說：眼看身邊就會少個娃兒，心裡缺下一塊哩。俺爹說：你真是娘們見識，老大留在家裡不肯上學，你愁他長大沒出息，去少林寺又愁他當和尚出家。咱不是還有老二、老三、老四三娃兒，加上老五寶貝疙瘩？再說了，如今新社會，當了和尚也可以還俗，不定俺家大娃兒到二十幾歲，學成一身本領，也會還俗，娶小媳婦成家哩。

俺爹說的俺娘笑了。俺大哥還沒走，俺爹俺娘心先不誠，阿彌陀佛。可就在俺爹提了二十斤麥子去換糧票時，差點壞了俺鐵英哥的大事。起初俺爹也不想偷偷摸摸去黑市上搗騰，那是犯法的，被逮住了要坐牢的。俺老家也有黑市？有。如今已經少見這名號了。五八年到八一年人民公社時期，百物緊缺，政府實行極嚴格的商品管制，對糧、棉、油更是統購統銷，嚴禁老百姓私下交易。但民間的這類交易卻一直在悄悄進行，從未絕跡。一是老百姓確有生活需要，二是的確有利可圖。多少人為此被關進大牢也在所不惜。這就叫「黑市」。那年月，一方面是紅彤彤，紅旗、紅軍、紅五星、紅寶書、紅喜報、紅獎狀、紅思想、紅太陽，紅色歌曲、紅色接班人……，啥都稱作紅；另一方面就是「黑」了，沒有戶口的流浪小孩叫黑人，從農村逃出來沒有戶口的家庭叫黑戶，私下外出打工叫黑工，私下高價買賣的糧食叫黑糧，貨品叫黑貨，沒經組織批准的婚姻叫黑婚，地、富、反、壞、右分子及他們的子女叫黑五類，被革命大批判的人叫黑鬼，支使人幹某些事叫幕後黑手，「所有的壞人」叫黑幫……。反正不是紅就是黑吧，紅管著黑，紅吃住黑。對對對，這就叫做階級專政。俺和你說這些，貧也不貧？

俺爹是個老實漢子。他先是提著二十斤麥子去公社糧站，請求換給二十斤全國糧票。人家糧站的人說，你老鄉要是沒有大隊、公社的批條，不要說全國糧票，就是省糧票、縣糧票都不能換給你！俺爹和他駁理：俺是公社社員，貧下中農。糧食是咱起早貪黑汗巴流水種出來的，上交給了公家，公家咋就不肯換給咱二十斤糧票呢？怎麼種糧的人反倒不能有幾斤糧票？糧站的人耐心解釋：全國都是一個政策。上級規定了，糧票只發給城裡人，不發給農村人。不管你是啥出身，啥成分，一視同仁。俺爹火了，也搬出了上級，而且是最最上級：毛主席說，打擊貧農，就是打擊革命，若歧視他們，就是歧視革命！俺不但是貧下中農，還是土改根子。你這算不算打擊革命，歧視革命？人家糧站的人是國家幹部，吃國家糧，拿國家工資，比你個鄉下農民高出不知道幾等幾級，受你這個？人家也搬出來毛主席的指示：嚴重的問題在教育農民！不管你是土改根子還是貧下中農，都要遵守黨的政策法令。政策沒叫發糧票給農民，就不能給。黨的政策法令是大道理，管著你那個種糧人沒糧票的小道理。不信？回去問問你們大隊書記，也可以去請示公社書記。

用毛主席的話噎毛主席的話，也可以說是用毛主席的嘴巴啐毛主席的嘴巴。這是那個年月雙方爭執時慣用的戲碼。俺爹哪裡是人家糧站幹部的對手？他氣得一跺腳出來了，恨不能一把火把勞什子糧站給燒了！看你們還拿啥欺侮俺鄉下農民！正氣著哪，那糧站的人卻趕了出來，變了副嘴臉說：大哥，對不起，我確實不能把糧票換給你。你不能去大隊、公社開出證明，你有你的難處是吧？這麼著吧，我幫你出個主意，去找街上國營飲食店的會計小宋嫂，或許她可以把你的麥子換成糧票。記住，不要走飲食店的大堂，走後院門，這事只能私下悄悄辦……還有，你千萬不要和人說是我教你的，傳出去，我就犯大錯誤了。記住了？

可憐我爹提著二十斤麥子，做賊似地去了那國營飲食店的後門。後院裡有狼狗守著。人家問幹啥的，不讓進。俺爹低三下四說要見小宋嫂，請通報。人問你叫啥名號？是宋嫂的什麼人？俺爹說了自己的名字，並紅著臉說自己是小宋嫂的遠房親戚。於是那人往裡去了，把俺爹交那大狼狗看住。不一會兒，那人回來了，說替你傳話了，宋會計說沒你這親戚，你走吧！俺爹都快要哭了，走黑市用糧食換點糧票都這麼犯難，看自己這新中國主人給當的！恨不能放把火，把這狗日的國營飲食店也給燒了！大不了坐幾年黑牢去……。正這麼著要離開，一個胖得流油的青年女人一陣風似地出來了，先命那人牽著狼狗走開去，才擰著粗眉問俺爹：我是宋會計，你說你是我哪門子親戚？誰叫你來找？有啥事？俺爹忍住滿肚子辛酸委屈，只得說了，是公社糧站某某讓來的，想用二十斤上等麥子換二十斤全國糧票。宋會計一聽那人的名，臉色登時平和了許多，說了聲你跟來吧，就轉身又一陣風似回了她的辦公室。

俺爹相跟著進去了。我的媽呀，那辦公室真夠大、真夠香的喲。三面牆上，貨櫃連著天花板，滿滿登登擺放的全是臘肉臘鴨臘魚臘腸！靠保險櫃的那另一面牆上，則掛滿了獎旗獎狀：先進集體、先進標兵、模範黨支部、模範黨員、三八紅旗手、學毛著積極分子……大大小小幾十面之多，皆由省、地、縣、社四級黨委所頒發。看得俺爹眼睛都發花。那宋會計讓俺爹把提來的麥子放到磅秤上去磅了磅，竟少了二兩。人家宋會計倒是好說話：加上你的布袋，至少短半斤……算了，鄉裡人來一趟不容易，就給你二十斤省票吧！俺爹一顆放下的心又懸了起來，求宋會計換成全國糧票。宋會計登時又落下臉子：你還這麼難纏？給了省票要國票？國票金貴得很，留著公社領導人出省公幹用的！俺爹急的差點要給姑奶奶下跪了，求她開開恩，行行好，給國票啊，給國票啊！宋會計也拿俺爹個大老爺們沒辦法，只好破例打發俺爹十斤省票十斤國票，但要俺爹付三塊錢的小麥加工費。俺爹又頭都要炸了：俺那小麥一毛三分一斤，二十斤也是二塊六毛錢呢，你不給算糧錢，還要倒收三塊錢？宋會計冷笑：你那二十斤麥子不加工成麵粉，能蒸包子、擀麵皮兒？你不付加工費，拉倒吧！你還我糧票，我還你小麥！反正你不認識我，我不認識你。我還可以告訴你，如今黑市上，國票能賣到一塊錢一斤，省票能賣到七毛錢一斤。不定你會去倒手，能狠賺一筆。

為了給俺哥換糧票的事，俺爹在回家的路上不停地拍自己的腦袋，不停地唸叨：看我這新社會主人給當的！看我這貧下中農、土改根子給當的……。回到家裡，俺爹給俺娘說了心裡憋氣事，決定去縣委告狀。縣委告不下告地委，地委告不下告省委，一直告到皇帝老子毛主席那裡去！姥姥的還是共產黨的天下呢，下邊淨養些烏龜王八蛋！變著法子掐農村人脖子！舊社會再窮再苦，也沒要過糧票、布票，這票那票。如今出去討吃都要先到公社開路條！說得難聽就像被綁票……俺娘等俺爹罵夠了罵乏了，才勸說：他爹，你在外邊受氣鬧心，就在家裡罵罵吧。到了外頭可要管住自己的嘴巴。不為別的，就為家裡五個娃。你要出個事，咱家的天就真塌了。明白嗎？換糧票這事，咱能告倒誰？那小宋嫂，我在公社宣傳隊時見過，她叔是公社書記，她男人是公社武裝部部長。醜婦有醜婦的福氣，誰都要讓她三分。你能惹得起她？忍忍吧，他爹，可不能壞了大娃兒去少林寺的大事呀！

31

圓善，妳大兄弟要離開老家鐵家莊，我卻陷在大漠深處那勞改營。問我是怎樣逃出的？還虧了那位鄺大夫。鄺大夫為什麼能活著？自然是他想辦法解決了「吃」的問題。至於他「吃」了什麼，起初我也沒有留意。人一旦身陷絕境，就比動物還要自私，殘忍。我從北京帶去的饅頭乾、炒麵粉，還有在西寧時「四旋兒」託人送我的一袋饢，早就被大家夥「共產」了；只剩了母親送父親、父親又留給了我的那件「背心」。現在可以告訴妳了，那是件「雞蓉背心」。前面不是說過，自我父親被打了右派，我母親就隔三岔五地買隻雞回家宰了吃嗎？我們幾兄妹吃到的往往是雞脖子、雞爪子、雞雜碎嗎？整塊的雞肉都哪去了？原來被母親悄悄捶成雞蓉，配上紫菜，曬乾了，縫進一件給我爸新做的夾層背心裡。讓他可以穿在身上帶走……。聽說這一種很古老的製作。古時候，一些囚犯家屬做了它，給充軍邊關的親人路上保命的！苦心孤詣、世代祕傳的創造發明啊，不知怎地就傳到了我母親這一代……。當然，那件「雞蓉背心」我並沒有穿在身上，只是疊放在包裡，不時悄悄摳出一塊塞進嘴裡，賴以活命。

後來，我在農場受命用架子車拉犯人遺體，往那千人坑裡扔。由一名挎快慢機的獄警押著，都記不清拉了多少趟，扔下去多少人。反正每具遺體都是皮包骨，像拉著一小捆一小捆乾柴似的，只是氣味有些難聞。我開始還噁心，想吐。幾天之後就久而不聞其臭，麻木了。那沙漠晝夜溫差很大，白天能熱到三十幾度，晚上又降至十多度。直到有一天，我發現那挎快慢機的警衛不再「押車」，便有了逃跑的念頭。我發現那千人坑裡像有一層層淺黃色輕波細浪在湧動，湧動，發出陣陣惡臭。起初我並不知道那是啥玩意兒，還以為自己餓暈了頭，看花了眼。直到有一次一條肥肥的蛆蟲爬上我的腳背，我才嚇得差點栽進那大坑裡去！天爺！滿坑滿坑，是億萬條蛆蟲在湧動，湧動！其中就有我老爸、我老爸朋友們以及那華僑母親的遺體所孳生出的蛆蟲在湧動……。我發誓，一定要離開，要逃出去，逃出去！要死也不能死在這大漠農場，這人間地獄，寧可死在逃跑的半道上，那終歸還有一線生還的光亮。

我都不知道自己是怎樣回到那地窩子監房的。農場看守已經好些天不來查房了。我驚奇地發現，那一直躺著、奄奄一息的鄺醫生，竟幽靈般站立起來了，並幽靈般在空蕩蕩的監房裡走動。他好些天沒有和我說話了，我也懶得答理他。這次他卻突然指著地下的兩隻羊皮囊說：去提些水回來，灌滿了！我知道那是大漠牧民的盛水器具，便於攜帶。就問他灌滿了做什麼？他說：虧你還是個大學生，樣子也不蠢，就是太老實，一名看守就可以看住你……走呀！還能在這裡等死？我習慣地看看四周，這才坦承：天天都想離開，可千里戈壁，沒有交通工具，怎麼走得出去？就算沒人追捕，渴也會渴死在半道上。他聽我這一說，倒是笑了笑：你總算和阿拉想到一起啦！不是和你說過，這農場的東邊，有一條乾枯的河床？去年、前年，都有人順著它往外逃，但都被警衛部隊和大狼狗追了回來，之後都被槍決……。我問：怎麼知道我們這次外逃，就不會被士兵和狼狗抓回來槍斃？他說：阿拉已經看了好些日子。農場的警衛部隊已撤離，大狼狗也早就進了他們的肚子。他們也在挨餓。看樣子，黨和政府已放棄了這座農場。你還不明白？你個北京大學生，正好來趕上了死亡末班車。還不明白？

當天半夜，月白風清。我跟著鄺大夫，悄悄走進了那道乾涸的河床。果然沒有人阻攔，也沒有人追捕。我帶上了所有能帶上的物品，包括我的畫夾畫架，還有母親給父親縫製的新棉衣。四周一片死寂。除了我們腳下的沙沙聲，再聽不到任何聲響了，有那種走在荒涼月球或火星上的虛幻感覺。走了一個來鐘頭，我們在河床邊看到三個躺著的人。鄺大夫上去摸了摸，都沒氣了。看來這些可憐人走出農場一兩個小時，就倒下了，再起不來了。月光下，他們的腳都是朝下伸著，那是他們求生的方向。鄺大夫怕我年輕，意志薄弱，就在一處沙窩子裡歇下，語帶鼓勵地說：阿拉從進來那天起，就偷偷打聽這條生路，但膽子小，怕軍人和狼狗，不敢上路。這次，你、我不用怕了，只要堅持走下去，七天之後，就會到達有藏民放牧的綠洲。藏民信佛，善良，仁慈，常幫助受難的陌生人。鄺大夫還告訴我，他聽說解放前這條沙漠河流是有水的，水還很旺，可以走小船。自一九五一年起，黨和政府在這裡辦起了勞改農場，開荒種地，築壩建水庫，修渠搞灌溉，幾年後它就斷流，乾涸了。我問：那水庫呢？鄺大夫說：大躍進那年也枯了，因這河的發源地在新疆境內，那裡也辦了勞改農場，也築壩建水庫，比賽似地糟踏水源……。作孽啊，阿拉是趕上了作孽的世道啊。

鄺大夫思想反動，比我還反動，一點都沒有被改造好。我甚至擔心，就算他這次領著我走出去了，以他這種思想狀況，怎麼見容於新中國，怎麼見容於毛時代？倒是自離開了農場，鄺大夫整個人就像活了過來，枯瘦的身子不再顫抖，而有了一股子生命韌勁似的。人一旦認為自己走出了牢籠，擺脫了禁錮，哪怕是暫時的，就能出現生命奇蹟？我暗自吃驚的同時，也為之精神一振。

我畢竟才二十來歲，從小又好幻想，腦子裡總有一些天馬行空、不切實際的念頭。走著走著，我就又對鄺大夫說：要是有腳踏車就好了，可以騎一段，走一段，不定兩天功夫就能到那藏民放牧的綠洲。鄺大夫苦笑著說：你想騎腳踏車？阿拉還想木牛流馬啦！儂曉得木牛流馬勿啦？我說：木牛流馬，那是諸葛亮的發明，蜀道運兵的工具，兩千年未解之謎。鄺大夫說：你、我這次靠兩條腿出逃，既不如古人，更不如外國。我問：為什麼呀？鄺大夫答：你沒看過美國好萊塢電影吧？人家演越獄，那才叫驚險。半夜時分接應的汽車停在監獄牆外，囚犯身手了得，翻出鐵絲網高牆，鑽進車內，一溜煙就逃去無蹤……。接下來就是追車大戰，幾十輛警車閃著五光十色的警燈，警笛叫得震天響，在州際公路上追逐逃犯，卻怎麼也追不上，最後倒是一輛輛警車相互碰撞，翻滾，起火，大快人心！電影院裡更是一片歡鬧聲……。娘的那是自由社會，不是選民怕政府，而是政府怕選民。還有更絕的，也是半夜間，接人的直升飛機降落在監房頂層，把囚犯救走。那才叫過癮！美國警察、獄警、門衛個個像飯桶。人家美國的電影可以罵政府、罵總統，罵警察更是小菜一碟。哪像我們新中國、新社會，不要說批評毛澤東了，你就是批評個黨小組長、普通黨員，都說你反黨反社會主義，給戴上右派帽子，發配邊疆勞改……。小子喂，跟你說這些，日後不會去告發我，爭取立功表現吧？

我沒直接回答他，只說了反右時就是因為不肯向組織揭發父親的「反動言行」，被打成美院最年輕的右派。鄺大夫說：儂行啊！就憑儂自己頂著個右派學生的帽子，還肯到青海勞改農場來見父親一面，說明儂是個大孝子，好樣的！阿拉上海靜安區家裡也有三個孩子，都是我從美國帶回國的，我內人也是隨我回國的……如今沒有一個敢答理我，哪怕寫封信都不敢。我不怪他們。是我對不起他們，害了他們……。我問鄺大夫：那天父親介紹您時，說您是畢業於芝加哥大學的醫學博士，並留在醫學院當了十多年的教授。您怎麼就選擇了回國？鄺大夫答：愛國呀，民族主義呀！不願在美國做二等公民，回新中國當國家的主人公呀！結果呢，你年輕人都看到了，我愛新中國，新中國不愛我，連七等公民都當不上，成了五類分子，地、富、反、壞、右，在階級敵人的隊伍裡，排行第五，發配大漠，連美國當年的黑奴都不如。我說：您真是悔不當初……您一個愛國人士，又是醫學專家，怎麼被打成右派的？

鄺大夫說：這話講起來有點長。一九五三年剛回國時，上海市政府還開了歡迎會，給戴了一堆高帽子，安排當了市政協委員，醫科大學教授，瑞金醫院外科主任。沒想到另外一個部門卻懷疑我是美國中央情報局祕密派遣回來的，一直在暗中「保護」我。我和內人上街購物，假日帶孩子們去公園、動物園，都遠遠的有人跟著。這種事情時間長了，總會露出蛛絲馬跡。有時候跟蹤人員故意讓我看到他們，以警告我老老實實，不要輕舉妄動。我表面上風風光光，算個醫學界名流；內裡卻是個「特嫌」，人不像人，鬼不像鬼。我本來對政治毫無興趣，專攻業務，被稱為「瑞金一把刀」。但我是白專道路。我忍氣吞聲兩三年，可又不能返回美國去，連去香港都沒有可能。到了一九五七年春，上海市委市政府執行毛澤東指示，搞大鳴大放，幫助共產黨整風。市委統戰部召開知名人士座談會，要求大家提意見。統戰部長點名要我發言，說毛主席說了，言者無罪，聞者足戒，有則改之，無則加勉；還有三條保證：不抓辮子，不打棒子，不戴帽子。毛澤東的話，就是新中國皇上的聖旨啊，誰還能不聽？於是我打消了顧慮，發言了，要求黨組織要尊重人，信任人，而不是無端懷疑人，暗中監控人。我說像我這種人，本來在美國已經當了醫生，教授，生活已相當優裕，住有房，出有車，食有魚，為什麼還要帶了老婆孩子回國？愛中國啊，回來建設自己的祖國啊。可是卻被有關部門入了另冊，以為是美帝國主義暗中派回來的。感謝黨中央、毛主席這次的百花齊放、百家爭鳴，給了人講話的機會，我建議市委有關部門把那另冊上的名單公開出來，當眾燒毀，以便大家解除後顧之憂，一心一意建設祖國……。接下來的事，不說你也該知道了，毛澤東變了臉，上海市委變了臉，新中國變了臉。我被打成上海醫學界大右派，美國中央情報局間諜，判處十五年徒刑，發配到大漠來勞改……。我和你父親的遭遇，大同小異吧？人啊，沒有後悔藥可吃。我在這世上是待不長了，就是走出去也沒活路了。痛徹心扉的，是家裡孩子受到株連，揹上黑鍋，誤了前程。娘的二十世紀了，還搞株連，喪盡天良。愛國有罪，阿拉愛國有罪，活該有罪。

我們不說話了，只顧順著河床，走啊走啊。愛國有罪？愛國有罪……鄺大夫的命運，我父親那一代人的命運，真是難以理喻。河床裡，朦朧中，不時可以看到一、兩個躺著的人。起初郝醫生還依職業習慣，去探探那些人有沒有鼻息。我則照例背過身子，不願看。我看得太多了，一見到躺在地下的人就條件反射，一陣陣反胃，作嘔。過去說人命關天。毛澤東也說人的生命是最寶貴的。可現在人命卻像蟲蟻。餓死了，就扔進千人坑，或拋屍荒灘野地，連一坏黃沙都沒給蓋上。後來鄺大夫也不管了，嘀咕著：有鼻息又怎樣？還能走得出這大漠？走出去了又怎樣？整個社會就是他娘的一座大監獄。秦始皇沒有做到的，毛澤東做到了。

我說鄺大夫思想夠反動的，不假吧？我那死去的右派父親就從來沒有和我說過類似的話。人家鄺大夫畢竟接受過西方教育，在自由的天空下生活過很長時間的。不像我，就像隻土撥鼠，什麼都不懂，只會蠅營狗苟，逆來順受。我們每隔個把小時就要坐下來歇歇。在河床上趕夜路，跌跌磕磕，甚是費力。且愈是挨近黎明，氣溫愈低。我把父親未能穿過的新棉襖都穿上了。鄺大夫也披上了他的破羊皮襖。有一次在沙丘下河床的拐彎處，又碰到兩具人體時，鄺大夫叫我先走幾步。我以為他要「方便方便」，便獨自一人朝前走了百十米，直到害怕了，才停下來等候他。好一會，他氣喘噓噓趕上我，說：你聞到什麼氣味沒有？阿拉聞到了，有人逃在我們前面，還沒有倒下……這就很好，有如替我們領路……。我倒是聞到了他身上、他嘴裡散發出的某種氣味。什麼氣味？我不願朝不好的方面想，也就不想探個究竟。每次歇息時，我都會撕下一小塊「背心」放進嘴裡，抵擋饑腸轆轆。我每次也撕下一點遞給他，他卻一一婉拒，總是說：儂留著，儂年輕，阿拉年紀大了，禁得起餓。可他靠什麼充饑，活命？天哪，他是個外科大夫……！

天亮時分，我們又一次停歇。晨曦中，這才看清這大漠河床很淺，我們半個身子都露在沙地以上。這麼淺的河床是藏不住任何逃亡者的，都會將他們暴露在光天化日之下啊。難怪鄺大夫說去年、前年逃跑的人很快就被軍警和大狼狗追捕回去，處決掉。河床倒是曲裡拐彎的，有三、四米那麼寬窄吧，兩岸上是連綿不絕的沙丘，除了沙丘還是沙丘，連一絲絲、一丁點兒綠顏色都看不見，直達天際。黃沙瀚海，從古至今都叫它黃沙瀚海麼。

大漠清晨，晴空萬里，像隻蔚藍色的大鍋蓋罩了下來，纖塵不染，藍得透明，是一種不可思議的淨潔。不一忽兒，魚肚色的東方天際起了紅雲，最初是細細的一線，接著是淺淺的一層，濃豔，明亮，瞬刻間霞光萬道照徹天宇，大地為之染色，瀚海為之動容。連綿起伏的沙丘在霞光的映照下，登時成為金紅色波濤洶湧奔騰的大海，千重萬重，鱗光閃閃，前呼後擁，何其璀璨，何其壯麗！我這美院學生從未見過如此強烈而浩闊的色彩的喧囂，色彩的競逐，色彩的征服與占領……大自然的鬼斧神工，創造出這嵌鑲在天地間的彩色巨製！古往今來任何一位大畫家、大攝影家的傳世名作在她面前都要黯然失色。

我不由地兩膝一軟，行囊一放就跪了下去，像一名宗教信徒那樣頂禮膜拜……我拜的是覆蓋天地的霞光，無與倫比的大自然色彩，色彩！

32

白石，真有你的！生死未卜的大漠逃命路上，還要膜拜你的色彩、色彩，改不了你畫家的習性呢！還有那位酈大夫，逃出來沒有？又去了哪兒？好好，你歇歇，留著下面說。

俺接著說俺爹俺娘送俺大哥投奔少林寺的事。俺爹好不容易替俺哥換回來二十斤糧票不是？可俺大哥去少林寺，一路上要坐汽車，乘火車，住旅店，沒有路條那哪成？俺鄉下人叫路條，你們城裡人叫介紹信。你知道的，在俺國家，老百姓出門沒有介紹信，那真叫寸步難行。任何一個車站、碼頭、旅店，甚至是大街上，都隨時可能被截住，帶到公安派出所去問話，去審核是不是犯罪逃亡分子，再關進盲流人口收容中心，遣送回原籍去。

就像俺爹不能走正道換回糧票一樣，他也絕無可能去要求大隊、公社給俺大哥開出一紙路條來。人家幹部幾句話就可以噎死你：十一歲的娃兒想外出？去哪兒？幹啥去？河南少林寺學藝？少林寺也歸黨領導，知道不？招收小和尚也得由上級給計畫指標呀，知道不？隔州隔省的，怎麼就天上掉餡餅，落到你娃兒頭上了？你個貧僱農，土改根子，眼睛裡還有不有政府、組織？

俺爹當然知道幹部的厲害，不會去找晦氣，碰南牆。那會壞了娃兒的事，偷雞不成失把米，哪兒也去不成。每逢遇到這種難事，俺爹就總是懊惱地拍他腦袋：看咱這國家主人給當的，看咱這翻身戶給當的……怎麼辦？俺爹俺娘都沒了主意，幾乎要絕望了。還是俺大哥鐵英和小順子兩顆小腦袋瓜想出來高招：小人書《三國故事》裡不是有個「蔣幹盜書」嗎？咱不叫「盜」，學《水滸故事》裡「智取生辰綱」，叫「智取」！俺爹這下子樂了，也吃驚了，彷彿頭一回想到，大娃兒鐵英的小腦袋瓜好使，比他這做爹的機靈多了。路條要蓋公家的大印呀，怎樣「智取」？俺大哥趴在俺爹耳邊嘀咕了幾句。俺爹先是眼睛一瞪，接著就苦笑、搖頭，罵俺大哥：你個小屁孩兒，吃了豹子膽哩，不怕抓去坐監哩……。

原來掌印的大隊會計兼祕書鐵老樂，人不算壞，除了好吃好喝好吹拍逢迎，還是個梆子戲迷，拉得一手好板胡。鄉里鄉鄰的，他每逢碰到俺娘，總是笑瞇瞇，如果旁近無別的人，就會說上兩句：鐵柱子家的，咱可沒把妳當啥「分子」、「子女」看待啊。得空，我替妳拉板胡，妳來唱上一折？浪費了，浪費了，可惜妳一副好嗓子，好身條了。

俺娘因此對鐵老樂心存一份感激和敬重。打從公社烏蘭牧騎文藝宣傳隊除名後，總算還有人能賞識她的才藝麼。鐵老樂也算個知音麼。

你說我大哥鐵英十一歲的娃兒，鬼不鬼？大人之間的眉來眼去，他都看在眼裡了。請鐵老樂來家裡吃頓飯，唱一回梆子戲？這事先要徵得俺娘的同意。俺大哥先對俺娘說了，又對俺爹也說了。為了娃兒能去嵩山少林寺，俺爹俺娘還有不依的？於是俺爹捨下老本，悄悄去集市上買回一瓶牛欄山二鍋頭，砍回一隻豬蹄膀，秤回一尾大草魚，悄悄置辦下一桌讓全家人都流哈喇的飯菜。

鐵老樂和俺爹同是土改根子出身，土改那年一起鬥地主，鬧翻身。光棍漢子，也是揀了個河南的逃荒女子成親。那女子倒是成分好，但沒有生育，年前害癆病過世了。鐵老樂家裡鍋冷灶冷的，乾脆搬進大隊部辦公院住下，白天辦公，晚上守院當值了。他也樂得兩肩抬一嘴，一人吃飽，全家不餓。誰家請他吃席，只要不是地主、富農，有請必到，不醉不歸。那天傍黑，俺爹悄悄去大隊部請他。那會兒，他正愁晚飯沒有著落呢。終歸因俺娘是個「分子子女」，為避嫌疑，他讓俺爹先回一步，他隨後一拍屁股就動身。他隨手拎了板胡，除了吃喝，更要找樂子呢。

往常咱家來了男客，都是由俺爹陪著吃喝。五個孩子不上炕，另吃。俺娘也只顧著忙活，上酒上菜、盛湯盛飯。有時客人們過意不去，都敬她酒。她一仰脖子連乾幾杯，臉都不紅，讓客人們誇讚不已。這晚上，酒席安排停當，鐵老樂卻一定要讓俺娘上炕，不然他不動杯筷。俺爹拗不過貴客，可俺娘左右不肯坐上去。賓主只得各退一步，讓俺娘站在炕下陪酒了。鐵老樂兩滿杯二鍋頭下肚，幾塊燉得爛爛香香、半瘦半肥的肘子肉吃下，就來了興頭，先有了醉意似的，連呼好酒好菜：鐵柱哥！你好口福哩，好豔福哩，娶了個十全美婦，叫全莊子的漢子眼睛長刺哩！都說要不是新中國、新世道，她不定早就選進宮裡當了娘娘哩！俺爹平日最惱莊裡的漢子們誇俺娘如何如何的，這晚上卻刻意討鐵老樂高興：說的啥哩，你嫂子算啥十全美婦？

俺娘怕兩漢子乘著酒興嘴裡沒輕沒重不乾不淨，一閃身子進伙房忙乎去了。

鐵老樂放下筷子，嘴上叼上大前門，瞇縫著眼睛壞笑，扳著指頭數來寶：一是模樣兒俏，二是能中你老哥的炮，三是替你老哥生下五娃兒不改身條，四是屋裡屋外勤操勞，五是勤儉持家相夫教子守婦道，六是和睦四鄰愛幼又尊老，七是心地誠實戒驕又戒躁，八是知書達禮文化水平高，九是成分包袱忍受得了，十是梆子絕唱餘音杳杳引得來菩提山上的鳳凰鳥！

俺爹聽老樂像唱戲文似地誇自己的婆姨，心裡倒也十分地受用，卻又生出疑竇：這老單身是不是戀上孩兒他娘了？癩蛤蟆，你吃不著天鵝肉的……。今晚上要不是為大娃兒設局，哪會請你來家吃席？倒是要看看，是你能耐，還是俺家大娃兒能耐。

不成想這時刻，俺娘躲在伙房裡聽了鐵老樂的說詞，感動不已，早哭成了淚人兒。人家大隊會計兼祕書鐵老樂，是鐵家莊的大管家，掌印把子的人物，慧眼識才人，稱自己是十全美婦，而不是像其他幹部那樣把自己當「分子」、當「子女」哩！他鐵老樂是良心公正，大慈大德哩！

又是兩杯火辣辣的二鍋頭下肚，幾塊魚肉、肘子的吃下，鐵老樂已有了七、八成的酒意，忽地叫道：嫂子，嫂子！咱剛誇了妳幾句，就躲一邊去，不來待客了？不可失禮呢！

俺娘擦了擦眼睛，忙端了一海碗酸辣湯上席：哪兒的話，俺在伙房裡燒湯呢。來來來，這湯酸辣辣的，您喝上一小碗消食解膩。

鐵老樂眼瞇瞇地瞅住俺娘，再瞅住俺爹說：俺家大哥有福氣囉，嫂子善解人意。

俺爹看在眼裡，見俺娘臉蛋紅紅的，眼睛水汪汪，比平日又添了幾分俊氣，就問：妳怎麼啦？好好的又掉淚了？真是女人家見識！

俺娘依舊站在炕沿下陪客，回道：孩子他爹，看你說的啥話兒。俺是讓柴火星子閃了閃，哪就是哭了呢？

這時俺大哥鐵英在廳屋門口大聲叫喚：爹！爹！你把我的彈弓藏到哪去了？藏到哪去了？

俺爹對鐵老樂說聲少陪，佯裝惱怒下了炕，趿著鞋，邊罵邊走出廳屋門外，在黑旮旯裡見鐵英和小順子擠在一塊，就又罵道：黑天暗夜找啥彈弓？你小子是要去射月亮，還是去射星星？看老子不揭了你的皮！俺大哥趴在爹耳邊小聲說：快點把那串鑰匙弄到手，就拴在他褲腰上……。俺爹也小聲回說：滾一邊候著去！人還沒醉躺下，能下手？接著又大聲喝斥：咋就養了你個不長進的娃兒？白天黑夜的就知道玩彈弓，玩彈弓！

這忽兒鐵老樂趁機拉住俺娘的手撫捏著：大妹子，妳才貌雙全，可惜時運不濟，鳳凰落在了草窩裡……叫哥心疼的人兒，日後妳有啥難處，只管和哥說話……哥要護著妳……

俺娘臉蛋緋紅，怕俺爹回來看到，忙抽脫手，勸酒：來來，俺替你柱子哥敬兩杯，你乾了，乾了！

鐵老樂正涎皮賴臉著，見俺爹返回，上了炕，就說：柱子哥，酒喝得差不離了。咱今晚把板胡也拎來了，請大妹子唱兩曲，我來操弦子，怎樣？

俺娘看俺爹一眼，會意，便說：難得你個大隊大管家有好興致。叫俺唱曲就唱曲。只是你除了操弦子，俺每唱一曲，你得乾兩杯！

鐵老樂是個酒來瘋，順手操過板胡，褪去琴套，架在腿上調了調音，說：好！好！柱子哥你作證，就依大妹子說的，她唱一曲，我浮兩大白！

俺爹臉上笑著，心裡氣著、恨著：我婆姨成了你大妹子了？今晚上不放倒你個酒色鬼，老子不放你出門！

俺娘也嗓眼癢癢的，轉身去把廳門給閉上，窗戶也閉上，才回到炕下問：唱啥呀，大半年沒開過腔了，都生荒了。

鐵老樂拉起了曲兒。果真一手好弦，行雲流水，花溪歡快：就唱《花為媒》，評劇《花為媒》，新鳳霞剛演過電影的……先來一曲張五可的〈贈君玫瑰君莫笑〉！怎樣？好，好！

俺娘就站在炕下，清了清嗓子，提了提身子，眼睛一亮，隨著弦音唱起：

叫一聲王俊卿你來的正好，
顧不得女孩兒家粉面發燒：
我的心止不住突突地亂跳，
有句話我要問問你，仔細你聽著，
婚姻事應不應我不惱，
好不該說我不值半分毫！
你說我心不靈，我這手不巧，
又說我貌醜無才我的身段不苗條；
今日裡到花園我們見了面，
我讓你仔仔細細把花瞧：
你看看紅玫瑰，再看看含羞草，
你看看藤蘿盤架，再看看柳彎腰，
你看看蘭花如指，再看看芙蓉如面，
看一看我這滿園的鮮花美又嬌。
走一步，鳳展翅；
走兩步，彩雲飄。
五可走了一個連環步，
叙環響亮我的聲音高！

可笑你小小的書生為花顛倒，
意懸懸眼灼灼你魂散魄消……

俺娘那嗓音，柔柔的，甜甜的，纏纏綿綿，直能鑽進人的肺腑，繞住人的魂魄，聽的俺爹都眼睛發直。鐵老樂更是邊拉弦子邊搖頭晃腦，如醉如痴。一曲終了，老樂忘情地讚道：絕了！絕了！大妹子這唱功、神韻，簡直就是新鳳霞第二，直逼當今的評劇皇后！

俺娘臉蛋紅得像朵蓮花，埋下眼睛回道：看你欒子哥誇的沒有邊兒……你倒是喝上兩杯哩！

俺爹見他這樣誇自己的婆姨，心裡不免著惱，立即酒盅換茶杯，給滿上了，恨不能立馬就把狗日的放倒了：喝！喝！老欒你要像條漢子，說話算數！

鐵老樂當著心儀已久的「十全美婦」的面，當然不能熊包，二話不說，兩次仰脖，就把兩茶杯二鍋頭喝下，再豪氣地嚷嚷：好酒，好酒！酒不醉人曲醉人。今兒個俺老欒子就為評劇犧牲了！下一曲，還是張五可的〈窈窕淑女君子好逑〉。大妹子，俺起弦了啊……

於是俺娘伴著弦音，再又甜甜柔柔、纏纏綿綿地唱起。不一會兒，鐵老樂的板胡越奏越急，節拍越來越緊，俺娘也越唱越快，越唱越亮，高山流水，湍湍急急，花花蕩蕩：

張五可用目瞅，
從上下仔細打量這位閨閣女流：
只見她頭髮怎麼那麼黑？

她的梳妝怎麼那麼秀？
兩鬢蓬鬆光溜溜，何用桂花油？
高挽鳳纂不前又不後，
有個名兒叫仙人髻。
銀絲線穿珠鳳在鬢邊戴，
明晃晃走起路來顫悠悠，
顫顫悠悠真正似金雞叫得什麼亂點頭；
芙蓉面，眉如遠山秀，
杏核眼，靈性兒透。
她的鼻梁骨兒高，相襯著櫻桃小口，
牙似玉，唇如硃，她不薄也不厚，
耳戴著八寶點翠叫的什麼赤金鉤！
上身穿的本是紅繡衫，
拓金邊又把雲子扣，
周圍是萬字不到頭，
還有個獅子解帶滾繡球！
內套小襯衫，她的袖口有點瘦；
她整了一整妝，抬了一抬手，

稍微一用勁抖了一抖袖
嘿！露出來十指尖如筍，
她的腕似白蓮藕，
人家生就一雙靈巧的手，
巧娘生下這位俏丫頭。
下身穿八幅裙捏百褶是雲霞皺，
俱都是錦繡羅緞綢。
裙下邊又把紅鞋兒露，
滿幫是花，金絲線鎖口，
五色的絲絨繩又把底兒收。
巧手難描，畫又畫不就，
生來的俏，行動風流，
行風流，動風流，
行動怎麼那麼風流！
猜不透這位好姑娘是幾世修？
美天仙還要比她醜，
嫦娥見她也害羞。
年輕的人愛不夠，

就是你七十七、八十八、九十九，
年邁老者見了她，
眉開色悅讚成點頭！
世界上這個樣的女子真是少有，
這才是窈窕淑女君子好逑！

33

圓善，妳知道評劇《花為媒》、《劉巧兒》啊？那可是評劇皇后新鳳霞的代表作。一九六三年由她那摘帽右派丈夫吳祖光改編成戲曲片，長春電影製片廠拍攝上映，不久就被打成大毒草禁演了。新鳳霞、吳祖光是新中國戲劇界的一對苦命鴛鴦。我沒說錯，他們夫婦稱得上「人間至情至愛，曠代才子佳人」。沒想到妳母親一個農村婦女，竟能把《花為媒》的選段唱得那樣流水歡暢，山花燦爛，也真是鄉下奇人了。

好，回到我大漠出逃的舊事來。對，還是那位上海鄺大夫領著我，在乾涸的沙礫河床上往外走，一步一步往前蹭。晝伏夜行。啥叫晝伏夜行？因為大漠裡白天炎熱，雖然只是夏初，氣溫高達三十幾度，到處熱浪滾滾，像座大火爐。只能找個背陰的沙窩子躺下，保持體力，還要蓋上衣物，盡量減少身上的水分被蒸發。還有，就是再渴，再餓，也不能大口喝水，大口吃食。只能小口小口吮水，小口小口嚼食，保持喉嚨濕潤、腸胃不虛脫而已。只有保住了日漸減少的飲水和食物，才保得住活命的希望。一旦你的水喝光、食物吃完，接踵而來的就只有死亡。說大漠裡白晝熱浪滾滾，可不是誇張形容，的確可以看到遍地冒出火舌，在翻捲，在奔突！你們沒有到過大漠的人是怎麼也想像、體驗不到的。河床沿路，仍不時看得到倒斃的人。有的身上還穿著印有號碼的囚衣，他們在逃生的半道上告別了這個世界。

很幸運的是，鄺大夫和我沒有遇上狼群，也沒有遇上沙暴。鄺大夫告訴我，狼不吃死的，只吃活物。而乾枯的河床裡躺著一具具屍體，發出惡臭，所以狼群不來光顧，且避得遠遠的了……另外，大漠沙暴，妳知道嗎？現在叫做沙塵暴。在大漠裡徒步趕路，最怕的就是遇到翻天覆地的沙暴，被層層疊疊移動著的沙丘活埋掉。對，大漠上的沙丘像小山脈一樣，有的兩三層樓房那樣高，颮沙暴時排山倒海似的向前推移！大漠海嘯，可怕極了。我們沒有遇上沙暴，可我們有幸見到了海市蜃樓。奇蹟吧？起初我還不相信。月光下，大漠白濛濛，空蕩蕩，什麼都瞧不見。我只顧著一步一步踩實腳下的沙礫，以免跌倒。鄺大夫不時跌倒，爬起來就喊：烽火臺！快看烽火臺！還有城牆，城牆！還有周幽王，陪著褒姒上了烽火臺……褒姒妳笑呀，笑呀！周幽王點燃了烽火……妳知道古時候的烽火，是以什麼作燃料嗎？狼糞蛋！乾燥的狼糞蛋被點燃後，冒出的黑煙直直的，風都吹不散……大漠孤煙直，長河落日圓啊。

鄺大夫是發夢囈，精神出了毛病了。我走我的，他叫他的，都懶得理會。可憐的人，神經錯亂了。倒是他一個留洋醫學博士，還知道些中國的歷史掌故，還會背誦唐代詩人的邊塞詩。可這些管屁用？在如今，知識越多越反動，越危險也越痛苦。一字不識最革命，最可靠也最幸福。看看，鄺大夫又跌倒了。他跌倒的次數越來越多了，我一次又一次幫著他爬起來。可他爬起來又喊：阿房宮！阿房宮！天下第一宮，天下第一宮……「六王畢，四海一，蜀山兀，阿房出。覆壓三百餘里，隔離天日。驪山北構而西折，直走咸陽。二川溶溶，流入宮牆。五步一樓，十步一閣；廊腰縵迴，簷牙高啄；各抱地勢，勾心鬥角。盤盤焉，囷囷焉，蜂房水渦，矗不知幾千萬落。長橋臥波，未雲何龍？復道行空，不霽何虹？高低冥迷，不知西東。歌臺暖響，春光融融；舞殿冷袖，風雨淒淒。

一日之內，一宮之間，而氣候不齊。」……怎麼怎麼？阿房宮變秦始皇陵了？哈哈，秦始皇端的了得。生時英武蓋世，死後葬在這世界第一的皇陵裡，陪葬進去三山五嶽，天下奇珍，兩千多年來，朝朝代代的盜墓賊，軍閥土匪，都掘不開他的墳，盜不走他的寶！

神經錯亂歸神經錯亂，我不能不驚訝、不佩服他的古文根柢，歷史知識。或許正是這深厚的中文底蘊吸引他，拋棄在美國的優渥生活和醫生職業，回來報效國家，服務祖國……。是第三天的早上吧，當我們又趕了整晚的路，找了個沙窩子要躺下來歇息時，鄺大夫忽又掙扎著爬到沙窩子高處，發瘋似地沙啞著喉嚨叫喊：快看！快來看呀！外灘！上海外灘！黃浦江，黃浦江！我以為又是他神經錯亂，本不想理會他的，但禁不住他不停地叫喚，只好也爬上去看了看。一看卻驚呆了：魚肚色天邊的雲層中，果真出現了一條大河，河上有帆船、輪船行走，河岸則像絕了上海外灘，歐式高樓林立，包括市政府大廈、銀行大廈、美華大廈、商貿大廈……甚至還有蘇州河匯入黃浦江處的那座外白渡橋！我讀中學時，父親帶我去過上海，天天晚上領著我在外灘流連，看江中船舶夜航，看街上車水馬龍，萬家燈火……我哭了。我竟在青海的大漠深處、逃亡路上看到了上海外灘，看到了黃浦江……海市蜃樓！不可思議的海市蜃樓……鄺大夫更是哭得厲害，哭個不停。上海是他的出生地，又是他的落難地，他的太太和孩子至今仍寄生在那裡。

鄺大夫領著我，晝伏夜行，跌跌蹌蹌，走走停停。第五天的天亮時分，又一個滿天紅霞的黎明。他不行了，一屁股坐下，隨後就躺下，起不來了。其實他身上的徵狀，我早就看出來了。他原先瘦得一把骨頭不是？前些天他的臉和手腳開始浮腫，是那種蛋青色的浮腫，硬硬的，指頭摁下去不現坑。我知道他是惡性食物中毒。一路上，他都背著我吃了些什麼啊？或許上路之前他就吃了。

我老爸他們都死了，他一個外科醫生卻找到了「吃」的，才延續了性命。他的「食物」，我不說，也能猜出來了吧？我每次扯下一小塊「雞蓉背心」給他，讓他換一換，變一變，他都不肯接受；總是說你年輕，自己留著，還有很長的路，阿拉無所謂，阿拉啥都無所謂。他的嘴裡、身上冒出的氣味越來越重。對了，應當叫腐臭。肉類腐爛後散發出的氣味，是所有氣味中最刺鼻最難聞的。而人的屍腐又是所有腐肉中最為惡臭的，因為人吃所有的動物，包括自己。難怪前天天亮時分，我們找了個沙窩子歇息，準備捱過白晝的炎熱時，我忽然發覺他兩眼綠光，死死地盯住我看，浮腫的臉上有種獰笑……我嚇一大跳，本能地挪開了身子，隨即警覺地坐了起來。他見我想逃離他似地，才喃喃自語：勿怕，勿怕，阿拉只是想吃一口新鮮的，新鮮的……。只此一次。後來他再沒有眼冒綠光、臉現獰笑嚇唬我了。可憎的人，可憐的人。

鄺大夫再也起不來了。他閉上眼睛，直喘氣，不說話。我探了探他的額頭，燒得厲害。這才注意到，他嘴唇開裂，露出絲絲紅肉，不是渴的，是發高燒燒的！虧他還搖搖晃晃領著我趕了一整晚的路。我擰開他的羊皮囊，還有小半囊水，是他一滴一滴省下來的。餵他水，也是抿了兩小口，就再不肯喝了。我從自己的背囊裡取出母親讓帶在路上防備傷風感冒的小藥包，給他一粒阿斯匹林。他看了看，放在嘴裡，抿了一口水嚥下。停了停，他說：我是醫生，給人開了大半輩子藥……眼下，臨到自己了，由不是醫生的你，來給我藥了……謝謝你，年輕人。我是食物中毒，深度中毒，無藥能治。年輕人，你明白嗎？我聽他說出這種訣別意味的話，趕忙打斷他：不就是發燒嗎？能治的，能治的！至於食物中毒，你為什麼不吃我的「背心」？你總是不肯！現在還剩下兩天的路程，就能到達藏人的綠洲，你一定要堅持住，一定能堅持住！

鄺大夫苦笑，有氣無力：年輕人，謝謝你。我一個醫生，自己的病，自己最清楚。主啊，處罰我吧，處罰我這個中國猶大……。我一時沒有聽清他說的什麼「主」，更不明白他為什麼要叫自己「中國猶大」。他輕聲細語、斷斷續續地說，他在美國留學的第一年，就皈依了天主，受了洗禮。後來在美國當醫生十幾年，每個星期天上午都按時去教堂做禮拜……可是鬼使神差，四九年新中國一成立，他個炎黃子孫就迷了心竅，想著回來報效祖國。經過幾年籌劃，五三年帶著老婆孩子到非洲旅行，繞道瑞士，終於回到新中國懷抱……在上海市委統戰部的小型歡迎宴會上，他為了表示報效國家的決心，當著全家人的面，向統戰部領導上交了他的英文版聖經，以及佩在胸前近二十年的銀質小十字架……。他嘆道：荒唐啊，笑話啊，我把我的精神信仰都交了啊。可過了幾年，反右運動打我右派時，那聖經竟被說成是美國中央情報局交給我的密碼本，那銀質小十字架則是微型發報機……你說，你說，阿拉是不是個「中國猶大」？是不是個「中國猶大」？

我忍不住氣憤地說：鄺大夫，你個「中國猶大」的心被狗吃啦，被一群惡狼吃掉啦！

他喘著，停了一停，才又說：講得好，阿拉是落入了虎口。阿拉是脫不了虎口啦……現在可以告訴你了，年輕人，自領著你逃出光明農場那刻起，阿拉就知道，自己是走不出去的……阿拉頂著個大右派帽子，還是他們指稱的「美蔣特務」、「中央情報局間諜」。阿拉是渾身長嘴說不清，跳進黃河洗不淨……阿拉早看清楚了，他們是一批大老粗，是朱元璋那樣的鄉村團夥，仇恨知識，仇恨學問，仇恨內行……他們只懂得占有、整肅、鎮壓，加上欺騙，花言巧語。先把你蒙哄到手，再把你往死裡整。他們不讓阿拉活下去，阿拉也沒法和他們活在同一片天空下。這叫做互不買帳吧。他們和阿拉是打了個平手，哈乎哈乎，……就是一半對一半，各占百分之五十……

鄺大夫說著說著，聲音越發低微了下去。我餵他水，餵他我的「背心」，他再也嚥不下去了。他忽然眼睛一亮，浮腫的臉盤笑了笑，清晰地說了聲：年輕人，阿拉不能再送你、再陪你了。儂要走出去，活著出去……把這裡的事，告訴外面……阿拉背叛了主，是個罪人……。最後，他竟然還完成了一個動作，以右手在胸前劃了個十字，才嚥氣。

鄺大夫，上海名醫，洋博士，我大漠逃亡的領路人，就這樣去世了。我沒有叫喊，沒有哭泣。大漠太空曠、太遼闊，而我太渺小，渺小到如同一粒沙石。白晝一派死寂，夜晚更是如此，就像在月球、火星上一樣。我好歹利用那現成的沙窩子，把鄺大夫浮腫的身子擺平了，然後一抔一抔，朝他身上蓋沙粒。我不渴不餓，也忘了白晝的炎熱。從黎明到黃昏，硬是替鄺大夫堆了個沙墳包，讓他安息。我幹了一整天，再沒有聞到他身上有什麼不好的氣味。他是我的大漠領路人，也是救命恩人。他生平做的最後一件事，就是要把我引領出大漠，去尋找藏人放牧的綠洲。在他的主面前，替自己贖罪。我卻找不到任何枯枝枯草，在他墳包上插上一個「十」字。出大漠記，他是我的摩西，我的摩西啊。

當天晚上，也是第六個晚上，我獨自一人，踽踽而行。不知道是哪來的力氣，哪來的勇氣，竟然走了一通晚，又走到了一個晴空萬里、紅霞滿天的黎明！可是我像隻倒空了最後一粒糧食的口袋，終於癟了倒下了，不能動彈了；渾身上下散了架似的疼痛，還有發燒，滿頭滿腦針刺著的那種發燒，胸前背後火苗舔著的那種發燒……天啊，難道是鄺大夫的食物中毒，傳染給我了？可我一次也沒有沾過他那種「食物」呀！罪過，罪過啊……看來，我也注定走不出這大漠了，要去陪伴我老爸，還有鄺大夫他們了……隨後，我就什麼也不知道了。

34

白石，酈大夫丟下了你，你暈厥了過去。後來呢？怎麼活下來的？大漠裡，又是誰救了你？好，好，你歇歇。我接下去說俺家鐵英哥投奔嵩山少林寺的事……上回都說到哪兒了？對，俺爹俺娘為了替俺大哥弄到一張介紹信，請大隊會計兼祕書鐵老樂來俺家喝酒，拉弦子，唱曲兒。他醉得如一灘稀泥，躺在了俺家的炕頭上，打起了吹哨子似的鼾聲。是俺爹後來告訴俺的。俺爹要俺娘摘下老樂褲腰上的大串鑰匙。俺娘紅了臉，叫俺爹自己摘。俺爹怕自己下手重驚醒了老樂，遲疑著。俺大哥和鐵順子早就等得不耐煩了，這時一個猴跳竄了進來，爬在鐵老樂身邊，輕輕一摘就把那串鑰匙弄到手，又一個猴跳竄了出去，和鐵順子兩閃三閃就不見了影兒。

另說那晚上沒有月亮，那年月也還沒有電燈照明，莊子裡一片漆黑。俺鐵英哥和小順子一路摸黑，摸到了大隊部，翻牆進去。院裡沒有養狗。小順子打著手電筒，俺哥在辦公室門口對了半天鑰匙，才開了門進去。兩小夥伴早已在白天來摸過情況，知道哪是鐵老樂的辦公間，哪是文件櫃，也知道大隊的公章不在櫃裡，而鎖在辦公桌的抽屜裡。兩人正貓在辦公桌下，藉著電筒光在那大串鑰匙裡找一片小鑰匙，牆上的電話鈴突然尖叫起來！就像警鈴似的一聲緊過一聲……兩人都嚇懵了，起身就往外跑。跑到門外，裡面的鈴聲停了，不叫了。兩人不甘心，重又摸回屋裡，胸口仍在咚咚亂跳。小順子小聲說，把電話筒摘下來。再有電話來，它就不叫了。俺哥多了個心眼，想了想，小聲說，不能摘。這，公家的電話，瞎了啞了，怕是會有人來查的……咱還是快點打開那抽屜，找到公章，蓋在公家的紙上，就趕快離開。要是被人發現，咱倆就沒轍了。

俺哥和小順子頭上的汗珠就和黃豆粒一樣，噗噗往下掉。他們終於在十幾片大小鑰匙裡找到了那片最不起眼的，開了抽屜。裡面公章有兩枚，都是木頭的，圓形，酒杯口大小，大紅色，正中一顆五角星，靠沿上半圈十多個整齊小字：青陵縣東風人民公社鐵家莊大隊；另一枚字小一些，多了「財務專用」四字。俺哥找到了公函用紙，開了印泥盒。該蓋哪一枚？這回是小順子有主意：蓋沒有「財務專用」四個字的。蓋幾張？蓋哪兒？也是小順子拿主意：蓋四張，在右下方。夠了？不多蓋幾張？四張足夠，兩張作練習，兩張拿去用。蓋多了，傳出去，查起來，就惹禍。

東西到手，兩人頭上的汗水也乾了，胸口也不噗通噗通亂跳了。他們沒忘記把兩枚公章原樣放好，印泥盒也蓋好、放好，還有那冊公函紙也放回原處，再把辦公桌抽屜鎖好。兩人再不敢打手電筒，摸黑出了辦公室，把門鎖上了。這回他們不再走前院，而要從後院翻牆出去。還沒走到牆根，就聽前院大門外，有人叫喊：鐵老樂！鐵老樂！你他媽的睡死啦？睡死啦？開門呀！開門呀！接著是砰砰砰的打門聲。俺哥和小順子趕忙趴在牆根下，大氣不敢出，渾身打哆嗦。小順子說：咱翻牆出去！慢了就出不去了！俺哥一把按住他：別動！這時刻翻牆，人家聽到響動，趕過來追咱，找死哩！再聽聽，好像是大隊書記的聲音……聽聽，開罵呢：鐵老樂你娘的，大門上掛鎖，又上誰家睡野女人去了？你婆姨才死半年，也不替她守守？還自稱太監！腐化呢……。

直到大隊書記罵罵咧咧走遠了，俺哥和小順子才翻牆出來，像兩條小黑影似的，摸回家裡。俺爹娘見他倆身上盡是土塵，卻也沒有傷到什麼，又怕又喜，知道他們已得手。俺爹還是忍不住問：

你們兩個小鬼頭，沒被人看到吧？俺哥竟得意地說：咱是小時遷哩！俺爹問咋叫小時遷？俺哥笑嘻嘻：水滸故事裡的鼓上蚤時遷呀！俺娘說：都是看小人書看的。別忘形，還不趕快把鑰匙串還回去？

裡屋炕上，餐桌已撤下。鐵老樂躺著，渾身酒氣，一頭醉豬似的，仍半睡半醒犯迷糊：咱這是在哪兒？在哪兒？跟著又側轉身去，繼續吹哨子似地打呼嚕去了。俺娘輕手輕腳把一大串鑰匙掛回他褲腰去，他也毫無知覺。

隔壁小屋裡，煤油燈下，俺爹領著俺哥和小順子，為生產大隊的「介紹信」打稿子，可咋都不大像公函。直到俺娘參加進來，才有了個格式：

介　紹　信

茲有我大隊少先隊員鐵英，十一歲，家庭成分貧農，前去河南嵩山少林寺探親，望沿途車站、旅店給予通行和住宿為感，特此證明。

河北省青陵縣東風公社鐵家莊大隊

年　月　日

鐵順子的那「介紹信」也同款式，只是換了名字。

俺娘的字跡娟秀，工整。俺爹俺哥和小順子都很佩服，沒得說。

忙了一整晚，順子娘來探望了兩次。小順子回家時，天已經大亮。兩家商定：事不宜遲，說走就走。當日的後半夜，送兩孩子上路，去趕縣城開保定府的早班車，到了保定府，再換赴河南的火車。

再說鐵老欒在俺家炕上一覺睡到天光，爬起來才想起在俺家過夜似的，忙向俺爹俺娘道歉道謝。俺爹娘留他喝了早粥再走。他說怕人見到不妥。摸摸他褲腰上的鑰匙仍舊安好，忘了拎他的板胡就走了，倒是不忘哼唱兩句梆子：昨夜晚喝下蒙汗藥，睡了個五明山傾倒，妹也逍遙，哥也逍遙，好一似赴玉虛幻境、極樂宮中走一遭……。

白天，俺爹俺娘瞞著俺二哥三哥四哥，替俺大哥打點行裝，並讓俺大哥補了一覺。大炕上還扔著鐵老欒那把板胡，他也沒回來找。俺娘要俺爹隔天給送過去。這天的晚飯，俺娘把昨晚招待鐵老欒吃剩下的魚呀鴨呀肉呀，重新整治，擺了滿滿一桌，豐盛得過大節似的。二哥三哥四哥加上俺小鐵疙瘩，都不知道是咋回事，只顧貪吃了呢，還對俺娘不停給大哥夾菜，做了鬼臉，怪俺娘偏心眼兒。

到了半晚上，趁俺幾個小屁孩都睡熟了，順子爹娘悄悄領著小順子，來俺家會齊。兩家商定：爹送娘不送，免得娘們一路上心呀肝呀地哭哭啼啼，不吉利。另外，俺娘頭上還頂著個「逃亡地主女兒」的帽子不是？萬一被巡夜的民兵看見，就壞了俺大哥和小順子的大事不是？

臨出門，俺大哥鐵英忽然向俺娘跪下了，磕了幾個響頭，像個長大了的小伙子似地說：娘！兒子不孝，惹娘生過很多氣……這次出去學本領，學成了，回來護著娘，不受人欺！

俺娘早哭得撕心裂肺，拚命捂住嘴，才沒有嚎啕出聲。可不敢驚動四鄰。大娃兒才十一歲，才十一歲啊！正是纏在娘身邊耍嬌氣耍賴皮的歲數啊，卻要早早的出去闖世界、尋出路啊。有個傷風咳嗽，頭疼腦熱，娘都管顧不到啊。

這時，小順子學俺大哥的樣，也給他娘下了跪，磕了頭。

俺爹和順子爹，領著兩小子走了四十多里夜路，幸好一路上沒有碰見熟人。天亮時分，他們到了青陵縣城，搭上了去保定府的早班車。本來要在青陵汽車站就分手的。兩位當爹的放不下心，況且孩子這一走，不知道何時才回來，於是臨時改主意，多送孩子一程，到保定府去看著兩小子上了火車，再返回。

……沒想到俺爹領著俺大哥走後沒多久，俺家就出事了。原來俺娘只顧了捂住嘴哭個不停，忘了插上大門了。都下半夜了，鐵老樂卻像個遊魂似的，推門進來了。俺娘嚇一大跳，顧不上哭，眼淚一抹，警覺地問：樂大哥，這深更半夜的，你來……有啥事？

鐵老樂涎皮賴臉，說：大妹子，咱有傢伙落在你家了。

俺娘趕忙去把板胡拎來，雙手送上：這是你的寶貝啊？本來要孩子他爹隔天送去的。

鐵老樂接過板胡時，趁機在俺娘手上捏了一把，卻不走，逕自在椅子上坐下了。俺娘紅了臉，礙著他是大隊幹部，又是管著印把子的實權人物，先就有些膽怯，只得去泡了杯茶來，送上：樂大哥，有啥話，你就說吧。沒話，你坐坐，就請回，好嗎？俺娘心裡發慌，恨不能把幾個睡著了的娃兒都叫起來。想想不妥，就忍住了。鐵老樂卻把椅子朝俺娘身邊移了移，要笑不笑地說：大妹子，咱這時辰來找妳，當然是有要緊的話要說說。咱明人不說暗話。昨兒晚上，咱是不是中妳的美人計了？妳和妳男人把咱灌醉，在妳家炕上睡到天亮，唱的哪曲評劇？《盜仙草》，還是《盜虎符》？

聽鐵老樂這麼一說，俺娘臉都寡白了，直晃手：大哥，大哥，你可不好說笑，不好說笑啊！

鐵老欒仍是皮笑肉不笑：大妹子，妳慌啥呢？咱只問妳，你家老大昨晚上幹啥好事了？以為我醉倒了，就啥事都不明白了？

俺娘渾身都軟了，癱在椅子上，坐都快要坐不住了，嘴頭卻仍硬著：欒大哥，你一個好人，好人，又是大隊幹部，莫講笑話來嚇人，嚇人……

鐵老欒的椅子又朝俺娘移近一步：大妹子，大哥我也不相瞞了。早上從妳家回到大隊部，咱就發覺咱那辦公桌抽屜鎖被開過，公章被蓋過。最主要的是咱那本公函紙，專門用來開證明條、介紹信的，被人偷走了四頁！你們沒想到吧？那紙的每一頁背面，都在右下角編有號碼……這事吧，大妹子，實話告訴妳，我想了一整天。要不要報案，要不要報案？報了案，公安人員一來偵辦，咱鐵家莊大隊就要鬧的雞飛狗跳，不得安寧。妳和妳男人，還有妳家娃兒，都要吃上官司。

俺娘嚇得魂兒都沒了：大哥，大哥，你一個好人，好人……不能嚇人，不能嚇人……

鐵老欒色迷迷的眼睛，血螞蝗似地盯住俺娘：大妹子，可疼的大妹子，妳還不認？還想和哥耍賴？那我就再問妳一句，一個時辰之前，妳男人領著你家大娃兒，還有鐵順父子，黑燈瞎火上哪兒去了？妳要再不和哥說實話，哥我出了妳家門，立馬報告黨書記，派大隊民兵去把他們截回來問話！

俺娘一聽這話，真是覺著天都塌了，地都陷了。她要救鐵英娃兒，要救這個家……她只能求這個會拉板胡、愛聽戲的大隊幹部了……俺娘早就知道鐵老欒這光棍漢子想要什麼了。以往，俺娘打死都要守住的堤岸，現刻一下子崩塌了。為了娃兒，她顧不得自己了。

鐵老欒是有備而來，沒有急於動手，先和俺娘允諾了條件：大妹子，不瞞妳說，大哥想妳，有年頭了。大哥指老天起誓：這次絕不壞妳大娃兒的前程。日後只要印把子在咱手上，也會成全他娃兒，盡可能保護妳大妹子。妳呢，也要幫大哥一個忙，治治大哥的病。成也不成？

聽了鐵老樂的條件，俺娘見事情有了轉機。為了救大娃兒，救孩他爹，救這個家，一咬牙，只能豁出去了。她覺得身子有了些暖意，竟不顧羞恥地問：哥你有啥病，俺能替你治？

鐵老樂這才把俺娘摟在了懷裡，說：哥這病，就大妹子妳能治。哥是怎麼明白的？十幾年前，哥和妳家鐵柱子一起鬧土改，當根子，打光棍，靠「打手銃」熬長夜，傷了身，落下個陽根不舉。可鐵柱子自娶到了大妹子妳，病就好了。妳一口氣替他生下五兒女。鐵柱子親口和咱吹的：他夜夜打炮，一炮不落，誇妳是一等一的好女人。說的咱直流哈喇子。妳會說，我也娶過媳婦不是？可我那媳婦害有寒症，那地方總是冰塊似的……大妹子，哥苦啊……咱那媳婦都過世了，也是可憐人。本不該和妳說上這些的……鐵老樂說著說著，就抽抽噎噎哭了起來，也不敢出大聲。

俺娘身暖了，心軟了。她原本就對拉得一手好板胡、愛聽梆子戲的鐵老樂有些好感，覺得在大隊幹部中，他是唯一肯偏護著自己的……俺娘就像個落水的人撈著了一根救命的木頭，不得不抱住了鐵老樂，答應了：他大哥，只要你不壞俺娃的事，不壞俺家的事，俺就依了你……可那一來，俺就做了壞女人……千萬千萬，不能叫孩子他爹知道啊，知道了，他爹會殺了你，殺了我……

35

圓善，妳家的故事，不，妳家的案情，也是越聽越曲裡拐彎兒了。妳母親是個了不起的女人，她為孩子、為丈夫奉獻出一切，包括自己的貞節。好，咱先不說這些了。

妳問我暈倒在大漠逃亡路上，是怎麼醒過來的，是被誰救下的？我發著高燒，迷迷糊糊燒了多久，我不知道。醒來時，做夢似的，竟是躺在藏人的帳篷裡……怎麼會呢？我到了大漠中的綠洲了？不會是掉進了海市蜃樓裡了？我看清帳篷頂上貼著一幀達賴喇嘛的畫像，見到一位臉蛋紅得像藏紅花的女子。她發現我醒了，高興地用我聽不懂的藏語向什麼人烏里哇啦歡叫。一位手中轉著小法輪的老阿媽坐在我身邊，滿臉紫黑色皺褶舒展出慈祥的笑容……我明白了，這不是夢。

年輕女子一小口、一小口地餵我吃糊糊。那味道不像麵糊糊或是玉米糊糊。青藏高原產青稞，所以我猜是青稞糊糊。她笑起來露一口白牙，很好看，很甜淨。餵完一碗糊糊，她也不離開，不停地用手指比劃著。我眨巴著眼，看不懂。她一次又一次伸出左手掌，數著五根指頭。我慢慢猜出她在比劃一個數字，大約是說我高燒不退，昏睡了五天五晚，被她阿媽阿爸以藏醫草藥救活了。

老阿爸是個身材高大的漢子，也是紅黑臉膛，頭髮已經花白，背脊有些佝僂，走路有點瘸，說話聲氣粗，不愛笑。我分不清他的年紀，至少過六十，比我那死去的老爸還要大幾歲吧。我身體很虛弱，高燒轉成低燒，渾身散了架似的，一動不能動。老阿爸每天都從外面採回些草藥來，老阿媽熬成湯藥，再由女兒餵我喝下。

又過了些天，我不再發燒，可以起來和他們一起喝酥油茶，吃酥油果了。我做的頭一件事，就是向老阿爸、老阿媽和他們的女兒下跪，磕頭，感謝他們的救命之恩。他們一家，是我的活菩薩……。我和他們雖然言語不通，但靠著面部表情，手勢比劃以及他們的藏語發音，半猜半蒙的，知道老阿爸叫單增，老阿媽叫卓瑪，女兒叫央金。我的名字怎麼告訴他們？我是用了他家簡易經案上的一塊乳白色半透明石塊（後來知道那是崑崙玉），說自己名叫「白石」。「白石」，「白石」，就是白色的石頭啊。我當然無法向他們說清楚，我從小崇拜大畫家齊白石，所以取名蕭白石什麼的……。又過了幾天，我再向他們行了禮後，老阿爸、老阿媽要他們的央金和我並排坐在一起，兩人的手也疊在一起。兩老輪番著摩挲了我們的頭頂，口裡呢喃著經文，好半天才讓我們分開。我以為是讓我和央金結拜兄妹，認作是一家人了，就很親熱地摟了摟她呢。

央金是個很單純、很善良的妹妹。她開始帶我去草地放羊。她家有三、四十隻羊，兩頭犛牛，加一隻牧羊犬：藏獒。藏獒高大雄壯，一點不像內地的犬類，央金叫牠「雅魯」。起初「雅魯」對我不太友好，見面就吼兩聲，吼聲低沉，很威嚇人的。央金領著我摸了一次牠的臉，和牠說了幾句什麼話，大約是叫牠認了我這個客人吧，牠就對我很溫順了。我只要像央金那樣叫聲「雅魯」，牠就會跑過來，在我的腳邊蹭上一蹭，聽候命令似的。羊群在綠茵茵的草地上撒歡，我和央金妹妹躺在草地上享受春末夏初的陽光。央金愛唱歌，有一條又甜又亮的嗓子，唱著我聽不懂的藏歌。那歌聲高得能鑽進白雲裡去。這是青藏高原上的天籟之音啊！藍天白雲之下，無邊無沿的黃沙瀚海之中，有這麼一片充滿生機的綠洲，有這麼一戶純良慈悲的藏人，有這麼一個藏紅花一樣清新鮮亮的央金妹妹……世外桃源，大漠中也有世外桃源？我懷疑這是夢境，懷疑自己掉進了海市蜃樓，還沒有醒來。

我覺得自己有兩個世界：一個是我剛剛逃亡出來的世界，那裡是大饑荒、大監獄、大墳場，到處都是逃荒者、乞討者、餓斃者。人都不是人了，一群人在撕吃著另一群人。人群比狼群還血腥、凶狠，卻仍在喊萬歲，唱偉大，頌救星；另一個是我死裡逃生來到的世界，一戶藏族人家，一頂帳篷，老阿爸老阿媽領著女兒央金，三、四十隻綿羊，一頭藏獒，放牧在與世隔絕的沙漠綠洲上！他們鬧過土地改革嗎？他們有過合作化、社會主義改造嗎？他們有過總路線、大躍進、人民公社三面紅旗嗎？他們會唱「翻身農奴把歌唱」嗎？他們知道達賴喇嘛已經逃亡到印度去了嗎？他們知道首都北京嗎？知道黨中央、國務院，毛主席、劉主席、朱總司令、周總理嗎？知道原子彈、氫彈嗎？知道青海北面的新疆羅布泊正在試驗咱們新中國的原子彈，準備日後和一個叫「美帝國主義」的打核大戰嗎？毛主席好氣魄，說咱中國七億多人口戰死一半還有三、四億……可是在央金妹妹家這兒，卻連個半導體收音機都沒有，更不要說電話、電報、報刊雜誌那些文明玩意兒了。外面那個罪惡世界的任何信息都傳不到他們這兒來，真正的香格里拉、人間淨土了。他家的帳篷裡只有一幀達賴喇嘛畫像，幾卷破舊的藏文佛經，三只小法輪。他們心中唯有佛祖和佛法。

好長一段日子，我都迷迷糊糊，半信半疑自己眼下身處這樣一塊綠洲。這戶藏民是真還是假？我上中學時讀過東晉陶淵明的〈桃花源記〉，我懷疑自己是否也像那個武陵漁人，進了秦人避難的仙鄉洞府，化外之民，不知有漢，無論魏晉。我甚至還背得出唐人王維的詩句：漁舟逐水愛山春，兩岸桃花夾古津。坐看紅樹不知遠，行盡青溪不見人。山口潛行始隈隩，山開曠望旋平陸。遙看一處攢雲樹，近入千家散花竹。樵客初傳漢姓名，居人未改秦衣服。居人共住武陵源，還從物外起田園……。

青天在上，老天有眼。我蕭白石總算沒有像父親那樣死在大漠勞改場，被扔進千人坑做了無名冤魂，而是活著逃了出來，逃了出來。活著，真是好啊！最幸運的是被這戶藏民收留，衣食不愁，遠離了城市，遠離了鐵路、公路，遠離了監獄、勞教中心，遠離了人群，遠離了運動、鬥爭；沒人來管制你、喝斥你、侮罵你、啐你、揍你，沒有人命令你寫思想匯報、寫認罪悔過書、寫檢舉揭發材料；不再每天被槍桿子押著去下地除草，去挖溝渠，去扛一百斤重的麻包，去搬運那些沒完沒了、腐臭熏人的餓殍……。我終於明白了啥叫自由，啥叫人權天賦了。我嘗到了自由的乳汁，飽吸著自由的空氣。可我仍不時犯迷糊：難道還在做夢？這麼久了，還沒醒來？

天天跟著央金妹妹外出放羊，加上「雅魯」。我們仨越來越親密了。央金教我說藏語。我也教她漢話，從最簡的一、二、三、四、五、六、七、八、九、十、百、千、萬開始，之後是天、地、人、牛、羊、犬，再後是父、母、兄、妹、阿爸、阿媽……我的藏語發音不準，央金的漢話發音欠佳，我們總是笑笑鬧鬧，快樂無比。央金還給我取了個藏名：嘎扎，阿爸阿媽也同意，從此我就成了藏民家的嘎扎了。央金小我兩歲，是個發育得很健康的女孩。她那飽滿的胸脯很誘人，她的嘴唇總是紅豔豔地微張著，她的眼睛又黑又亮。她不唱歌不說話的時候，就總是那樣默默地看著我，像是在期待著什麼，鼓勵著什麼。我則不由地低下頭去，不敢和她火辣辣的目光對視。我精神恍惚，徬徨無主。我不敢面對自己的感情，想當逃兵。我知道自己是怕負責任，怕辜負了央金，辜負了老阿媽老阿爸。我心靈深處仍眷戀著另一個世界，那個充滿謊言說教、鬥爭仇恨、饑餓殺戮的世界。

我不能忘掉北京，不能忘記母親及三個尚未成年的弟妹。我甚至連做夢都夢到中央美院和清河勞改農場右派大學生勞教中心！還有，我要把替父親留下的頭髮交給母親，那是父親的遺物；還有，我替父親的九位朋友畫了肖像速寫，現在都成了遺像，我得回到內地，才能設法把它們交給他們的親人啊！

我又拾筆寫生作畫。我替央金妹妹和老阿媽老阿爸各畫了一幅肖像。他們吃驚得眼睛都閉不上、嘴巴都合不攏，彷彿難以相信世界上還有如此神技、如此能人，用一根小棍棍就能把他們的樣貌移到紙上去。央金妹妹指著自己的像，滿臉高興得像盛開的雪蓮，用我已經聽得懂的藏語問：這是我嗎？這是我嗎？我怎麼有這樣好看？這一來可就增添了我在他們心中的分量。他們把我當成貴客，不再讓我做任何體力活了。倒是我自己堅持著，要和老阿爸去拾準備過冬的牛糞、羊糞，去幾公里外的一座坎兒井揹水。過去是老阿爸老阿媽輪流到羊圈裡守夜，防止狼群偷襲。現在由我替下了老阿媽。老人家可以和央金妹妹在帳篷裡睡囫圇覺了。多半時候，我隨央金外出放羊，畫帳篷，畫羊群，畫「雅魯」，畫綠洲上的各種花花朵朵……。每當我作畫時，央金就把「雅魯」支開去守護羊群。她自己則總是蹲在我身後看，彷彿永遠也看不夠，看不厭。看著看著，她的飽滿溫暖的胸脯就會貼上我的肩背，還會淘氣地朝我的頸脖上哈氣。那哈氣帶著乳香芬芳，帶著綿綿柔情，很醉人的。說我心裡不跳、不癢是假的。可我像守住一道防線似的，拚力掙扎，不去回應，不做任何會傷害央金妹妹的舉動。這當然是很難的，畢竟我才二十一歲，正值青春盛期。我甚至在夜裡偷偷哭過，夢遺過。夢到央金妹妹脫光衣裳進了我的被窩。我有了犯罪感。每次夢遺之後的白天，見到央金妹妹總會臉熱心跳，羞得不行，愧得要命。

很快到了盛夏，天氣越來越熱。是公羊、母羊發情的節氣。牠們常常當著我和央金的面在草地上無顧忌、無節制地交配。男人和女人叫做愛，公羊和母羊叫交配。央金大約從小看慣了，一點都不顯害羞，我卻臊得不行。央金甚至推我一把：你紅啥臉呀？我呢，說實話，吃了幾個月的羊肉和青稞麵、酥油茶，身體前所未有的健壯，身著藏袍，越來越像個藏族小伙子了。高原的陽光、大漠的罡風把我的肌膚吹曬得紅裡透黑。身上的精、氣、神在攢集著，膨脹著，光靠夢遺已無法排遣。我開始愛看公羊母羊交配，覺得和男女做愛沒有多大區別。我有了效仿的衝動。連孔夫子都說「食色性也」。性和吃飯一樣都是人最基本的生活需求。我心裡的堤防在漸次消融，坍塌。

圓善，我現在和妳說這些，妳不在意吧？妳唸阿彌陀佛，不在意就好。那是我的第一次啊。一個淨朗的中午，央金妹妹又爬在我肩背上看我寫生。畫的是生命的讚歌：一對交配的羊兒，公羊的上半身爬在母羊背上，兩隻後腿有力地撐在草地上，羊尾巴高高翹起，一聳一聳地晃動……看著看著，央金妹妹兩隻柔嫩的手，竟不知不覺伸進了我的袍子，滑進了我的褲腰。我早就有了反應。我瘋了，狂了，再也管束不住自己了，彷彿瞬即變成了一頭雄壯的公羊。我一轉身就把她壓在了身子下面，動作粗魯、三下兩下就扯開了她的布袍，雙手握住了她飽滿挺拔的雙乳。多麼美麗的乳房啊！是我二十一年生命中所見的最美好自然的傑作，上天的賜予啊。我當時一定是滿臉充血，神色凶悍，模樣可怕。央金呢，臉蛋兒桃紅，眼睛半合，嬌柔無骨，像喝醉了似的……就在這時，我的大腿根一酸，就噴射了，直噴了她一手。她睜開醉眼，笑笑微微，竟不怪我、恨我。我心疼了，是那種揪心地疼。央金妹妹是天底下最可疼的人。我們坐了起來。我又把她摟進我的懷。她引領我去握住她的雙乳，彷彿告訴我，那是我雙手的歸宿。我看清了她的雙峰，兩座羊脂玉般渾渾圓圓小山峰，頂端鑲著兩顆紅寶石。央金妹妹在我懷裡扭動，嬌吟。我又渾身臊熱，渴望品嘗那滋潤甜美的生命之泉。此刻，她卻忽然安靜而溫順地晃了晃頭，說：看！「雅魯」回來了，牠會亂叫亂咬的。我抬頭一看，「雅魯」果然站在我對面，齜牙咧嘴，樣子嚇人，以為我在欺侮牠的女主人。央金掙脫了我，掩住雙乳，整理好布袍，埋下眼睛說：哥，急啥呢？反正我已是哥的人了。等我回去告訴了阿媽，晚上在帳篷裡……我說：阿爸阿媽也住在帳篷裡，我害怕。她說：不用怕，我們藏人的女兒來了男人，老人就會去守夜，不礙事的。

這天的黃昏，我忐忑不安，有意晚央金一個多小時才回帳篷。我不知道老阿媽老阿爸會是什麼態度，是拒絕我、趕走我，還是接受我做他們的倒插門女婿。我們漢人叫入贅。我在帳篷外聞到了濃濃的肉香。進到裡面，老阿媽望著我笑，鮮有笑意的老阿爸也望著我笑。央金妹妹臉蛋紅紅的，上來拉住我就一齊朝兩位老人跪下了，用咱們漢話說：拜過岳父岳母。晚飯吃的是大盤手抓羊肉。老阿爸和我還喝了老阿媽釀的青稞酒。央金後來告訴我，其實阿爸阿媽早在半年前，在我被救活後跪拜謝恩那次就摩挲了我和央金的頭頂，認了我這個上門女婿了，還怪我遲遲沒有表示，像個傻子似的！

晚飯後，老阿爸老阿媽早早地領著「雅魯」，到羊圈裡守夜去了。帳篷外天還亮著呢。央金妹妹一直紅著臉蛋，打了盆水，和我洗了臉，洗了手，把帳篷門關上。接下來，央金替我寬衣，我也為她解帶；我們都急不可待。當兩人都光赤條條，我像個壞人，一手撫住她的乳，一手探到了她那濕漉漉的絨絨小草地。我很粗魯、很蠻橫，像頭不可理喻、沒有羞恥的牲口，抱住心上人就長驅直入。我一個長期被壓迫凌辱的右派大學生，新中國的政治賤民，五類分子，階級敵人，隨時可以被工農兵革命者掐虱子一樣掐死的「社會渣滓」，習慣了低頭走路、虛心改造、出氣都不敢粗聲；此時刻卻在藏族同胞的帳篷裡，抱住心愛的藏女央金，大膽、酣暢地為所欲為。我都忘記了自己是誰、姓什麼叫什麼了，只感到從未有過的雄壯、強大。力拔山兮氣蓋世！老子天馬行空，翻江倒海，開天闢地，獨占乾坤！老子讓幾個月以來所吃下的羊肉、青稞麵、青稞酒，全衝撞奔騰出來。央金對我的每一次衝撞都十分配合，告訴我她的深情和慾望。一聲聲嬌啼，一聲聲哥呀哥呀的甜喚，叫得我更是威風無比，雄視天下！不知道鏖戰了多少回合，才忽地天崩地裂，如火山熔岩般噴薄而出……我隨即渾身透濕，如一灘稀泥，彷佛跌到了懸崖邊上，似乎隨時會掉進萬丈深淵……虧得央金雙臂仍緊緊箍住了我。我癱在了她汗水淋漓的光潔肌膚上。我哭了，活了二十一歲，我第一次知道什麼叫酣暢，什麼叫滿足。我嚎啕大哭，哭了很久。把央金都嚇著了。我在央金身上變成了男人。央金的臉上也滿是同樣的幸福和滿足。今夜，她完成了從女孩到女人的蛻變。

圓善，我現在和妳說上這些，妳不在意吧？

36

白石，你在大漠綠洲裡，做了藏民帳篷裡的倒插門女婿，浪蕩得狠哩。難怪你前些天抱住俺牲口樣的生猛，嘴裡嚷著央金央金，俺都不知你瞎嚷些啥……原來你是把俺一個出家人，當作藏女央金了呢。都過去這些年了，你忘不了央金呢。阿彌陀佛。央金哪去了？好，你留著以後講……俺才不會嫉妒，吃醋。阿彌陀佛。那年月，你是死裡逃生，苦盡甘來，遇上大慈大悲的藏民了。可是在俺鐵家莊，可憐俺娘，自俺大哥鐵英去了嵩山少林寺，就被大隊祕書兼會計鐵老樂死纏上，脫不開身了。

你說俺娘過的啥日子啊，整個人劈做兩半，一方面要滿足鐵老樂沒完沒了的糾纏，一方面又要瞞住俺爹，要瞞得嚴嚴實實，不能有任何蛛絲馬跡。俺爹是她的真愛，五個娃兒的父親啊！土改根子，真正的貧僱農翻身戶啊，卻被大隊幹部翻到他婆姨身子上面去了。俺是後來才偶爾聽到俺爹說的，作為一個漢子，最大的羞恥，也是最大的仇恨，莫過於戴綠帽，被人日了婆姨！……俺娘呢，她是活得人不像人、鬼不像鬼了。她暗中給鐵老樂做介紹，牽線搭橋，讓他看上別的女人。那女人是鄰村的一名年輕寡婦，男人在青陵煤礦下井，瓦斯爆炸死了。鐵老樂再婚後，仍以各種藉口來糾纏俺娘，俺娘就抵死不從了。但俺娘也不敢和他公開翻臉，捅破窗戶紙，她就活不成了。五個娃娃還小，再怎麼著，也要看到娃兒們長大成人啊。

大約過了半年，一天傍黑，俺娘去狼牙河邊洗完一筐衣衫回家，半道上遇到鐵老樂，邀她去大部隊歇歇，說院子裡再無他人，有重要事情相告。俺娘知道鐵老樂不懷好意，就說俺爹在家裡等著她回去做晚飯，有事就說吧。鐵老樂生氣了，撂下一句狠話：你大娃兒鐵英，弄不好要被少林寺給退回來！說罷轉身就走。這可拿住了俺娘的「七寸」，只得老老實實相跟著去了。鐵老樂那傢伙得意地在前面輕輕吹口哨。進了大隊部院子，鐵老樂反插上門，就猴急急的抱住俺娘幹那事。俺娘不從，一定要他先說俺大哥鐵英娃的事。鐵老樂犟不過俺娘，只好告知：少林寺人事科來函了，你家鐵英娃兒經過半年的試用觀察，被正式錄取了，要求大隊、公社替他辦理戶口遷移，否則就退回原籍。俺娘一聽是這事，渾身就軟塌了，為了大娃兒鐵英的前程，只得又一次乖乖就範了。可憐俺娘一個勁地催他快點完事，不然孩子他爹在家等急了，找上門來，撞見拚命，就都活不成了。況且、況且，你如今有了新婆姨，不用再尋野食了。鐵老樂那壞蛋竟邊收場邊說：家花哪有野花香？哪個婆姨也代替不了你大妹子，老子就好吃大妹子這一口！俺娘說：這回你該替俺大娃兒鐵英，把戶口遷移的事給辦了吧？鐵老樂說：一定一定，咱們關係戶，合作合作……妳可是有大半年沒讓老子上手了……下回老子想大妹子了，妳可不敢推三推四啊？

沒過幾天，又是一個四下無人的當口，鐵老樂又把俺娘叫到了大隊部院子。鐵老樂再婚後搬回家裡住去了，可大隊部院子的門鎖仍由他掌管著。鐵老樂又強要和俺娘幹那事，俺娘又要他先說出原由。鐵老樂說：替鐵英娃辦戶口遷移的事，不是他大隊祕書一人辦得了的，關鍵人物是公社祕書老周頭，全公社社員的戶口簿在他手裡，公社大印也在他手裡。已經替妳私下去打通了老周頭的關節。好在老周頭也是個梆子戲迷，他說認得妳，是個可人的俊媳婦兒……經好說歹說，老周頭總算答應，法外開恩，替妳大娃兒鐵英辦戶口遷移……但他有個條件，想聽妳唱一晚曲兒，由我替妳拉弦子。妳幹也不幹？自個兒決定，誰也不會強求。這可是風險事，弄不好老周頭和我，都要受組織處分哩。

俺娘當著鐵老樂的面哭了，哭得很傷心。為了大娃兒鐵英能在嵩山少林寺立住腳，她背叛了俺爹，滿足了大隊祕書鐵老樂的獸慾，現在又要她去委身於公社祕書老周頭！她這種下作、骯髒的日子何年是個頭啊？鐵老樂卻在一旁勸她：大妹子，咱也是沒得法子的法子啊，妳以為我鐵老樂就捨得把妳給出去？但妳鐵英娃的戶口不經老周頭的手，就遷不出去。天底下都是一個毛主席，一個政策，少林寺收不到妳娃的戶口，就會把妳娃給退回來！妳說哪頭輕、哪頭重？我們做大人的，還不都是為了子女好？況且話說回來，妳一個三十幾歲的婦人，要不是仗著有個好身條，好嗓兒，會唱曲兒，人家老周頭也不定有興頭呢！老周頭是什麼人物？在公社黨委班子裡誰敢招惹他？大妹子妳或許不知道哩，縣委書記是他親舅，地委書記是他堂叔，後臺沒有比他更硬的了。他私下裡要什麼樣的黃花閨女沒有？都排著隊求他野合，換他開具出公社證明或是介紹信呢。

俺娘哭歸哭，為了她大娃兒，只能豁出去。已經是個破身子，賤爛貨，沒有貞節，沒有羞恥，顧不得許多了。阿彌陀佛。又是一天傍黑，趁俺爹領著俺三哥四哥到北京郊區大興縣姑媽家走親戚去了，鐵老樂來俺家通知俺娘去大隊院：公社領導下來檢查工作，類似微服私訪，沒有驚動大隊其他幹部，晚上想喝個小酒，聽個小曲，歇息歇息，放鬆放鬆，點名要大妹子去呢。還說公社烏蘭牧騎輕騎兵，新近又要下鄉巡迴演出，想招俺娘歸隊，既然是可以教育好的子女，不是地富分子，就給落實政策呢。

俺娘明白是怎麼回事了，肯定是公社祕書老周頭到了大隊院，要聽她唱小曲來了。為了大娃兒鐵英的戶口，她敢不去？鐵老欒下完通知，囑咐俺娘不要誤事，就先回去了。俺娘替俺洗了臉，洗了腳，早早上床睡覺；俺娘另告訴俺二哥鐵雄：插上院門，做完作業，也早點睡覺。俺二哥問俺娘要去哪兒？俺娘說小娃娃莫問大人的事，娘出去一忽兒就回。

那年我四歲不到，是個小迷糊，啥事都不懂。二哥鐵雄滿十歲，上了小學三年級。那晚上，我正睡得懵懵懂懂，被俺二哥搖醒了：起來起來！起來起來！俺賴在床上，不肯起來。俺二哥嚇唬俺說：都半夜了，娘還沒有回來！娘丟了，看妳怎麼活！俺一聽，哇的一聲哭了出來：俺要娘！俺要娘！俺要娘……

原來二哥一直守在院門口，沒有睡，等著娘回來。等到半夜，二哥害怕了，就把俺叫醒了：哭，就知道哭！不哭了，咱找娘去！俺不哭了，俺起來跟著二哥出門找娘去。黑燈瞎火的，哪裡找去？二哥小聲說，他都聽到了，知曉娘去了啥地方。二哥拉著我的手，高一腳低一腳在胡同裡走著。幸而是白天走慣了的道兒，哪兒有坑，哪兒有小坡，都是記得的。我是長大後才明白，那年月抓階級鬥爭，為方便莊裡基幹民兵夜裡聽五類分子家的牆腳、窗腳，家家戶戶的狗都打沒了，整個莊子沒有狗叫喚了。但不時從黑地裡竄出隻誰家的貓兒來，突地「喵」一聲，也能把人嚇一大跳。

俺二哥領著俺，一路跌跌撞撞，摸黑到了村口的大隊院。院裡有燈火，還隱隱傳出弦子聲。我那時不知道啥叫大隊院。娘在裡面？二哥說，在裡面。娘在裡面做什麼？二哥說辦公家的事。啥叫公家的事？二哥叫我閉嘴，他的樣子一定很可怕。他揮起小拳頭，砰砰砰地捶院門。捶了十多下，裡面有了反應：先是弦子停了，接著是燈火也瞎了。跟著有人到了院子裡，問外面是誰敲門？二哥竟聽出是鐵老樂的聲音，忙答道：樂叔叔，是你侄子呀，你快出來，有急事，有急事！二哥隨即小聲命令俺，進了院子妳就大聲叫娘，叫娘出來！回家……

院門開了，二哥拉著我擠進了院子裡。鐵老樂急了，伸手就想抓住我和二哥：兩個小鬼頭想幹什麼？我大叫：娘！回家！娘！回家！妳不回家，我怕怕，怕怕！

鐵老樂想趕我們出去，已來不及。但他仍大聲喝斥：放肆！深更半夜，敢到大隊部來搗亂？還不快回去？不定你娘已在家裡等你們啦。

這時，屋裡的燈亮了，俺娘聽到了我的叫喚，出來了。燈火照著娘的背影，她的頭髮有些散亂。娘求鐵老樂說：他叔，別嚇著娃兒了，讓他倆進吧。屋裡的男人也說：既是孩子，就進來吧，進來吧。

二哥和我跟著俺娘，進了屋，見辦公桌上有酒有肉，香噴噴、油汪汪，幾大盤哪。一個胖男人坐在燈影裡，看不清他的臉，但聲音算和藹：鐵祕書，添兩付碗筷，讓娃兒也吃點消夜……鐵柱子家的，妳能不能回公社文藝宣傳隊的事，政策怎麼替妳落實，公社黨委還要研究研究，妳就回家等消息吧。

俺很想吃桌上那大盤大盤的肉，一嘴的哈喇子，可二哥死攥住俺的手，俺娘也對俺直搖頭。燈影裡那胖男人又說話了：碗筷都拿來了，就讓娃兒吃些吧，想平日你們家也少見葷腥啦。

俺娘不再阻止我，我掙脫被二哥攥住的手，抓起筷子夾住一塊肥咚咚的紅燒肉朝嘴裡塞，嚼，嚥。俺娘見俺饞成這模樣，眼淚都出來了，忙在我背上拍著，怕我給噎著了。

那燈影裡的胖男人笑了笑，見俺二哥不動手，就問俺二哥：你妹妹都吃了，你個男娃子就不饞？今年幾歲了？上學堂了吧？

俺二哥轉過身去，不答話。俺娘忙訓斥：還不快報告上級領導，你今年十歲了，上小學三年級……這時那上級領導轉過來問我：小妹妹，妳叫啥名字？幾歲了？

俺已經吃下第三塊紅燒肉，手巴掌也抹了一嘴的油，回話說：俺、俺叫小鐵疙瘩，今年四歲……上級領導哈哈大笑，連說鐵疙瘩，好名字，好名字。鐵老欒也陪著哈哈大笑。

……俺跟著俺娘和俺二哥，出了那大院，黑地裡高一腳、低一腳地往家裡走。二哥一聲不吭走在前頭。俺娘牽著俺的手，俺覺著娘的手冰涼，顫抖的厲害。她的身子也在顫抖。俺啥都不懂，也不知道出了啥事。俺只要找到了娘，娘回了家，晚上哄著俺睏覺覺，這世上就什麼煩惱都沒有了。

回到家裡，俺二哥什麼話都沒說，就抽了俺一嘴巴！他還要抽俺時，被俺娘擋住了：你個小鬼頭，在外面和人賭志氣，回家就打妹妹？

俺二哥眼睛瞪得像豹狗子，揮著小拳頭，在俺娘身邊跳來跳去：要打！就是要打！就是要打！

俺又痛又嚇，哇哇大哭。

俺娘抱住了俺二哥：娃，要打，你就打娘吧！打娘吧！都是娘不好，娘不好哇！

俺二哥在俺娘懷裡，忽地安分了，不犯橫了。他就那樣抱住俺娘，一動不動。過了好一會，他朝俺招招手，讓俺過去。俺止住哭，怕他再抽俺嘴巴，不敢過去。二哥說：來，來，哥打你不對……來抱住娘，抱住娘……

俺和二哥一起抱住俺娘。二哥說：記住！爹和三弟、四弟回來，誰也不許說今晚上的事！

這時，俺娘才哭了。她抱著二哥和俺，哭了許久。二哥小小年紀，懂事早。

37

圓善，妳娘在妳老家陪大隊、公社幹部唱曲，供人娛樂的年月，我倒是在柴達木的大漠綠洲那戶藏民家裡過了幾年安生日子。春天夏天，我跟著央金去放羊，寫生，享受著青藏高原上的藍天白雲，麗日和風。冬天則乾冷乾凍，但高原上少有積雪，我跟著老阿爸用夏天儲存下的乾草餵養羊群、氂牛。我白天不再擔驚受怕，晚上睡得沉實安穩。我不再做夢回北京。我幾乎忘記了北京，忘記了美術學院，忘記了清河勞改農場右派大學生勞教中心，甚至忘記了自己頭上還戴了右派分子帽子。也有忘不了的，就是孤苦的母親，以及三個未成年的弟弟妹妹。母親一定四處打聽我的下落，年復一年，日夜揪心。弟弟妹妹多半會和我這個生死不明、失蹤了的哥哥劃清界線，就像當年他們和父親大人劃清界線那樣。也難怪他們小小年紀，為了各自的前途，不能不那麼做。黨的政策叫「出身不由己，道路可選擇」。地、富、反、壞、右，「五類分子」子女可以選擇的就是向黨表忠心，和父母、親人脫離關係，六親不認。我曾經想過要給母親寫信，報個平安。但瀚海茫茫，千里戈壁，遠離公路，絕少人煙，到哪裡去寄信或是託人捎信？況且，一旦有關方面知道了我的下落，就會派人來把我捉拿歸案並加重懲處。我已經成為逾假不歸的在逃右派分子了。當然，中央美院和北京市公安局也可能認為我是在青海大漠的勞改農場「失蹤」了，「失蹤」常是死亡的替代詞。據報大饑荒時青海境內有幾萬名勞改犯人「非正常死亡」。我最佩服黨的文字藝術了，和平歲月、風調雨順年景裡被餓死、整死的幾千萬「社會主義的主人翁」，通通稱作「非正常死亡」！你說高明不高明，絕妙不絕妙？都「非正常死亡」了，你還能怎著？找誰算帳去？吃了豹子膽，自找死啊，你！其實我告訴你吧，我是一直想替咱們申請「世界最適合人類居住獎」，替毛主席申請聯合國人權獎或是諾貝爾和平獎來著，早就該得獎啦。可沒人答理我。聽說要大學教授才夠資格當提名人，咱一名中學教員，提了也瞎掰。弄不好還會被弄到局子裡去。咱也是窮開心，意淫，自個兒樂，姥姥的！

咱又貧了不是？說回青海逃亡的事兒來。我跟著那戶藏人一年一轉場，過游牧生活。啥叫轉場？就是從一處放牧地轉移到另一處放牧地。兩頭氂牛是主要的運輸畜力。那年月柴達木盆地四周還有許許多多的小塊綠洲，養育著為數不多的游牧人家。也算是地廣人稀的青藏高原上，黨對牧區的社會主義改造不那麼徹底，還留有極少數個體經濟的游兵散勇吧。事實上我也早已成了那戶藏民家庭的一員，名叫嘎扎。我像藏人那樣蓄著長髮，高原的烈日紫外線把我的皮膚曬成紫黑色，也就是古銅色。我從一名內地書生變成了一名長相粗獷的藏區漢子。央金是我妻子，老阿爸老阿媽是我的父親、母親。央金替我生了一兒一女，兒子叫小嘎扎，女兒叫小央金。一對可愛的小天使。老小三代就住在一頂帳篷裡。……我蕭白石有過一兒一女，而且是和藏人的混血！這事，二十多年過去了，我從沒和人說起過，連我母親到現在都不知道這回事。也從沒向組織交代過。我那一兒一女，現在是二十多歲的小伙子、大姑娘，到了談婚論嫁的年紀了。今天是第一次說起這事。圓善師姑，妳一定很吃驚、訝異吧？至於我是怎麼和藏族親人分離的，後來又是怎麼斷了音訊的？妳聽我慢慢說。

我在地老天荒的青海西陲藏區過了七年。真正的不知有漢，無論魏晉，與世隔絕。許多年後看了地圖，才知道那些柴達木盆地西北邊緣的小塊綠洲，屬於海西蒙古族藏族自治州，面積比整個的河北省還要大。七年光陰，我們怎麼過活？真正的游牧經濟，自足自給。春天，阿爸阿媽領著我和央金種下幾畝青稞，秋天收割下來，就是全家一年的糧食。蔬菜也自己種，還有各種野菜。肉食主要是羊肉。食物中最不能缺的是鹽巴。可是妳知道嗎？柴達木盆地在古時候是座大鹽湖，後來水分蒸發乾了，到處都是一塊塊板結成黃褐色的鹽巴！這叫天無絕人之路吧。還有，每年春天，周圍幾百里的蒙古族牧民還會聚在一起舉辦那達慕大會，慶祝他們的新年，有賽馬、摔角、拔河各種比賽。也是一年一度的物資交流大會，游牧人家可以買回衣物布匹日用品。每年春天，我們家都是由老阿媽和央金坐著氂牛去趕一次那達慕大會，來回路上要走好幾天。我和老阿爸則一次也沒有去過。我很想隨央金去趕一次那達慕大會。草原綠洲的那達慕大會一定比北京的廟會還熱鬧、有趣。但央金不讓我去，老阿媽老阿爸也不讓我去。我學會了藏語，老阿爸也學了些漢語。老阿爸用漢語對我說：你要忘記你是個漢人，我們全家人現在就把你看成一個藏族娃子，女婿。記住了！這是為了保護你，也是為了央金，為了我的兩個小孫子。話說到這分上，我再沒有提過想去趕那達慕大會的事。而且我早看出來了，老阿爸是個有文化有學問的人，能背誦整本整本的經文。我們的帳篷頂上還貼著達賴喇嘛的聖像。他也從不去趕那達慕大會，不去拋頭露面，難道也有什麼難言的苦衷？我甚至瞎猜想，他會不會是個隱姓埋名、逃亡在外的藏區上層貴族啊？我不敢問，連向妻子央金都不敢打聽。

於是每年春天，一年一度，我最盼望的就是央金和老阿媽從那達慕交易會上回來。妳說兩個女人趕著犛牛在大漠裡走上幾天幾晚，路上安全不安全？那我就告訴妳，那年月，蒙古族和藏族人中間，是絕對沒有搶匪的，連小偷都少見。可以說，這正是少數民族比我們大漢族優秀的地方。蒙古族可以出成吉思汗，出忽必烈，打遍歐亞無敵手，但絕對出不了毛澤東、林彪，專拿自己的同胞開刀。我每次盼著央金從那達慕交易會回來，是等著她替我買回大捲作畫的白紙和鉛筆來。還有就是等看那些包裝日用品的舊報紙，《青海日報》、《人民日報》什麼的，一張張綢綢巴巴、破破爛爛，可我都當成了寶貝疙瘩。從這些廢舊報紙上，我才知道，啊，一九六二年了，六三年了，六四年了，六五年了，等等。我還能在上面捕捉到各種零星信息：全國學雷鋒了，因為解放軍戰士雷鋒學習毛主席著作，做毛主席的好戰士，所以毛澤東號召「向雷鋒同志學習」；階級鬥爭，一抓就靈，滅資興無，反帝反修，好像跟蘇聯老大哥也鬧翻了，在報紙上相互叫罵開了；北京又鬧文藝整風了，批判帝王將相、才子佳人、洋人死人；全國城鄉開展四清運動，也叫社會主義教育運動，農村搞階級排隊，重新劃定成分；農業學大寨，工業學大慶，全國學習解放軍；劉少奇又當了國家主席，朱德又當了全國人大委員長，周恩來仍是總理，毛澤東仍是黨主席、中央軍委主席……仍是三面紅旗，形勢大好……我都找不著北了……可我卻意外地發現，在我和央金外出放牧的時候，老阿爸也悄悄看過那些舊報紙。原來老阿爸認漢字，懂漢文！天啊，看來老阿爸的確是個人物啊。但我不能打聽，不能捅破一層窗戶紙。除非老阿爸主動告訴我。為了感恩，為了我對他們的熱愛和敬重，我只能把自己的疑惑深藏在心裡。

我很慶幸這年月自己不在北京，不在內地。此刻那裡，階級鬥爭的弦又繃得緊緊的，政治運動的火藥味又搞得濃濃的，像我這種右派大學生，就算被摘了帽，也是「脫帽右派」，仍然是被管制監控、批判鬥爭的對象。我遠在青海西陲，在一戶藏民家裡改名換姓，做了藏區漢子嘎扎，遠離了政治運動、階級鬥爭，也就脫離了丟魂失魄、日夜焦急、心驚肉跳、生不如死的恐懼煎熬……千幸萬幸，老天有眼，佛爺保佑，讓我躲過了劫難。

可是一九六六年春天，我還是經歷了一場驚嚇，嚇得我又要逃亡，甚至想自殺，一死了之。也是老阿媽和央金去趕蒙族人的那達慕物資交流大會，往年都要六天一來回，那次卻四天就匆匆趕回來了。除了買回了日用品，還帶回來消息，那達慕大會上蒙族、藏族人之間都傳遍了：青海省公安廳下了文件，海西自治州公安局奉命要徹底清查境內的游牧民人口，特別是那些從內地逃亡出來的盲流人員！

我怎麼辦？我這個冒牌的藏民嘎扎怎麼辦？晚上抱著央金睡覺都渾身顫抖。倒是央金寬慰著我：不怕，不怕，我們有小嘎扎、小央金一兒一女，就是最好的證明……。說著說著，央金忽地掙脫了我的摟抱，坐起身子，小聲嚷嚷：嘎扎，你的那些畫，那些畫！那達慕賣紙張文具的那個漢人都認出我來了，問過我，你們家年年買這麼多紙和筆回去，畫唐卡賣呀？得趕快藏起來，藏起來！……我一聽，對呀！那是最易暴露我的真實身分的呀！趕忙披衣起身，緊張得大氣都不敢出。這事不能等到天亮再做了，萬一明天一早就來人，就什麼都來不及了。幾年來，我沒有間斷過作畫。沒有顏料，盡是些素描，大大小小，有好幾百幅。好在平日，畫完之後就把它們捲成了筒，以便保存。還有我在光明農場替父親的朋友們畫下的九幅速寫頭像，至今完好無損，一旦被人發現，就成了活生生的罪證。

說藏就藏，一刻也不能耽誤。我和央金連夜在帳篷背後的坡地上刨出個一米見方、一米半深的沙坑，坑底很乾燥。我們以乾草墊底，把幾十筒畫稿擺放進去，整整齊齊的。央金比我心細，她讓我把原穿過的漢服鞋帽、學生證、介紹信連同布袋布包等等，凡有漢人跡象的物品，也都放了進去，再蓋上一層乾草，最後填滿沙土，踩實了，覆上草皮。央金還不放心，又和我去把幾大捆乾草也搬來，壓在上面，才算完事。我們忙了一整晚。只有藏獒「雅魯」一聲不吭地跑前跑後，替我們站崗放哨。

我們知道，阿爸阿媽也通晚沒睡，只是裝睡，聽任我和央金出出進進，忙乎折騰。小央金、小嘎扎則睡得像兩頭小豬豬，打雷都轟不醒。天亮時分，我和央金返回帳篷，打算補上一覺，沒想到阿爸阿媽已經穿戴整齊，轉著手上的法輪，等著和我們說話了。

阿媽先開口：當藏的，都藏起來了？你們做得對。剩下的，就看你嘎扎怎麼應付人家了。

我說：請二老指教。要是我被人帶走了，請二老保重，你們和央金，都是我的救命恩人……拜託二老幫著央金，把兩娃兒撫養成人……

我哭了起來。我哭都不敢大聲，怕吵醒了兩個娃兒。我已經好幾年沒有哭過了。我不能想像，一旦離開了阿爸阿媽，離開了妻子央金，離開了兩個娃兒，自己還能怎樣活下去。

這時，老阿爸說話了：你們漢人不是說，男兒有淚不輕彈？我們藏人卻是說，雪山再高，雄鷹也能飛過去。嘎扎，擦乾眼淚，聽阿爸和你說幾句話。

我羞愧之極，在二老和央金面前，我太不像個男子漢了，尤其不像個藏區漢子，峻拔，慓悍，山塌下來不彎腰，刀劈下來不眨眼。老阿爸見多識廣，不但精通藏學，還精通漢學。這是我當了他的幾年女婿，從沒想到的。

老阿爸說：嘎扎，你要記住，若外面來了人，問你話，你一定忘記你是漢人蕭白石。你一句漢語不能說，一個漢字不能認，你就是個土生的藏人娃子，名叫嘎扎，你也從沒有讀過書。問你什麼，你都搖頭，不知道！

央金問我：阿爸說的，你做不做得到？我可不能讓人把娃兒他爹帶走。

我咬了咬牙答應了。

央金忽然轉過身去問她阿媽：阿爸怎麼辨？阿爸一開口，人家就知道他是有學問、有來歷的人……。

阿媽竟笑了笑，說：放心，你阿爸早想好啦，到時候，他又啞又聾又老，只會對人嗚哩啊拉。反正我們是單家獨戶的牧民，人家一走，我們就又都可以說話了。

央金也笑了：還有兩個娃兒，也要事先教好他們……

阿爸說：教小嘎扎、小央金哭，見了生人就哭。問他們話，不要答，只管哭，哭個夠。

我真佩服兩位平日寡言少語的老人的生存智慧了。我望著帳篷頂，看到了達賴喇嘛的畫像。我知道那是藏人的活佛聖像，斗膽問：要不要先把他也請下來？等人走了之後，再貼回去？

沒想到老阿爸狠狠盯我一眼：住嘴！那是我們的神，他會布下吉祥，保佑我們。

大漠深處，綠洲草地上，游牧藏人的帳篷裡，也如臨大敵。

38

白石，不，你叫嘎扎。嘎扎你在青海藏人帳篷裡如臨大敵的時候，我們河北青陵鐵家莊，俺二哥鐵雄，一個小學三年級學生，卻做了件誰也料想不到的事。這事做得忒隱祕，也忒有心計，真虧了他一個十歲的娃娃想得出。就是事後，俺爹俺娘也一直被瞞在鼓裡。詳細情形，是過了十幾年，上級領導替俺娘平反昭雪後，俺二哥才悄悄告訴俺的：人都不在了，平啥反？我和妳大哥早就替俺娘報仇了……。

那是一九六五年秋後，俺二哥背著俺爹俺娘，給河南嵩山少林寺的大哥鐵英寫了封信，約大哥去大興縣的姑媽家見面，有要緊的事情商量。短短二、三十個字的信，倒有好些錯別字，但俺大哥還是讀懂了。本要先回封信給俺娘，問問怎麼回事。但想想不對，既然鐵雄約他去大興縣姑媽家會面，事情自然是不能讓俺爹俺娘知道的了。大哥二哥心有默契，卻不知利害深淺，膽子大得很。

正巧，學校老師都集中到公社學習中央文件去了，給學生娃娃們放了假。俺二哥鐵雄就說去大興看姑媽。在我們五兄妹中，姑媽、姑父最喜歡英娃、雄娃了，老是誇他倆會唸書，愛動腦子，有出息。俺娘讓帶上老三、老四一起去玩幾天，二哥不幹，說老三、老四剛去過，晚上又愛尿床，他丟不起人。況且要坐汽車，到了保定還要換一次車，走丟了，咋辦？俺爹也不放心，就讓二哥一人去了。二哥鬼聰靈，又戴著紅領巾，不會惹出啥事兒來的。

大哥二哥在大興姑媽家碰了面。當了姑媽、姑父的面，兄弟倆什麼都沒說，仍是一副好吃好玩淘氣樣。姑媽家的莊子外有一條河，叫永定河，水面不寬也不深。大哥二哥到河邊撿石子玩，二哥才哭了出來。大哥問哭啥？家裡出了啥事？非得到離家這麼遠的地方才敢說？二哥眼淚一抹，先不說家裡的事，而問：哥你到少林寺一年多了，學成什麼武藝沒有？大哥說：辛苦的緊，每天天不亮起床練功，練到一身骨頭都散了架似的疼痛……學武藝？早得很。剛偷學了幾招點穴功，是皮毛……你為啥問這個？二哥把一塊砂石遞給大哥：你能捏碎它？捏得碎，才告訴你家裡的事。大哥接過砂石，在他滿是硬繭子的手掌上一握，即刻碎成了粉末：怎樣？你小鬼頭還要耍啥心計？

二哥見了大哥的本領，就又哭了：哥！娘出事了，俺娘被人欺了！

大哥一聽，眼睛瞪得像銅鈴：誰欺侮俺娘了？說！你只管說！

二哥說了大隊祕書兼會計鐵老樂逼娘晚上唱曲取樂的事，每次娘唱曲回到家裡就躲在睡房裡哭，爹怎麼問她吼她都不敢吭氣。逼問得緊了，娘就小聲嚷嚷：說了俺就得死！為了英娃，俺這做娘的，要活下去……

大哥咬牙切齒，領著二哥思謀了兩天，什麼都沒對姑媽、姑父說。告別時，姑媽讓帶了幾個玉米麵饃饃在路上吃，下次想姑媽了，可要多住些日子。兄弟倆天黑時分悄悄回到鐵家莊，沒歸家，而在莊後山上的一眼廢窯裡歇息。大哥這趟回來的事不能讓任何人知道。大哥說出手要快，攻其不備，但不能弄出人命。要做得公安局都沒法破案。二哥頂佩服大哥這少林徒兒。

兄弟倆在土窯裡一直守到後半夜。莊子裡幾乎所有人家都黑了燈，他倆才下了山。生產大隊辦公院在莊子東面的大路邊，離狼牙河不遠。正好在樹影裡看到一個老男人晃著支手電筒，嘴裡哼著曲兒，搖搖擺擺的不知又去哪兒喝了酒、取了樂子回來。那人走到大隊辦公院門口，開了鎖，進去了。二哥說：鐵老樂，就是狗日的鐵老樂！大哥說：小聲點兒！跟我來，咱從後院翻牆進去。院裡養沒養狗？二哥說：原先養過兩隻，都叫幹部們打吃了，招待縣上來的領導了。

後院土牆才一個半人高，兄弟倆輕易地翻了進去，弄出了響動。屋裡的鐵老樂警惕性高，聽到動靜就出到房外以電筒朝牆根照過來，沒照見啥，罵了句「娘的深更半夜黑燈瞎火鬧鬼了」，就進屋去了。屋裡亮著燈。兄弟倆貓到窗口下，那扇窗虛掩著，沒有下閂子。裡面鈴聲響了，鐵老樂接電話：啊啊，周書記，這晚了，您老還沒有休息？……好啊，好啊，您老要親自陪縣上領導下來檢查工作，是對咱鐵家莊大隊幹部、群眾的莫大關懷和愛護啦！是咱地方上的光榮啦！對對對，我明一早就找大隊書記匯報，上午就開支委會議，傳達您的指示，安排好接待工作。好，好，好。……您問縣上領導下來，能不能安排點休息活動？有呀有呀，您不是聽過兩回鐵柱子家的唱曲兒？您老很誇讚的……就是就是，那小娘們叫宋金蓮，宋金蓮，您領導還記得她的名號……對對對，模樣兒挺俊氣，挺招人的，原先參加過公社烏蘭牧騎文藝宣傳隊，因成分高了點，被清退了回來……對對對，不是分子，是子女，可以教育好的子女……是是是，好身條，好身條……記得上回書記您喝了兩杯，興頭上還說笑，要不是看她男人是土改根子，階級弟兄，咱早就把她小娘們……對對對，俺掌嘴，掌嘴，這話都是俺瞎說、瞎說八道……

兄弟倆在窗口下聽得明白，早就咬緊牙關，攥緊拳頭，恨不能立馬跳進窗去，把他狗日的鐵老樂給撕成碎片！俺二哥幾次想動作，都被俺大哥制止住。直等到鐵老樂掛完電話，呵欠連連的黑了燈，上了床，很快打起了呼嚕。俺大哥這才在二哥耳朵邊說了聲好，狗日的忘關窗子了……可窗框上豎裝著手指粗的鐵條！狗日的大隊幹部怕死得緊，革命警惕性老高，像是早就提防著有人半夜裡會找他們算帳似的。咋辦？俺大哥摸了摸鐵條粗細，又在俺二哥耳邊咬了句別急，這回看咱的了。說罷大哥兩手各握住一根鐵條，運足了力氣，低吼一聲，隨即做擴胸運動似地朝兩邊一撐！竟撐出來一個圓洞。

終歸是弄出來響動。屋裡，鐵老樂那傢伙睡得警醒，立馬翻身下床，問了聲誰？揮起手電筒朝窗口照來。但見兩條小黑影颼颼地竄進窗口，身手了得，還沒等他從屋角操起棍棒自衛，他就被人一記掃堂腿掃到了地下，摔了個狗吃屎，嘴啃泥！俺二哥長大後就是這樣對俺說的。鐵老樂倒在地上都沒看清對方是誰，就被反剪了雙手，雙腿也被捆了，動彈不得。只是口吐白沫，叫喊好漢饒命，好漢饒命……。緊接著，一條黑帶蒙住他的眼睛，一塊抹布塞進他的嘴巴，再又用一個枕套套住他的腦袋。一切都按兄弟倆早先思謀好的，一步一步進行。兩個小鬼頭竟做得氣不喘，手不抖，正氣凜然，替俺娘報仇，也是替俺爹雪恨。而且他倆做事也有個底線、分寸，就是不取鐵老樂性命，只是讓他狗日的從此變為一個「廢人」。

怎麼個廢法？都是十幾年後，鐵老樂早翹辮子了，俺二哥才告訴俺的，至今不讓外傳呢。阿彌陀佛。說哥倆不緊張、不害怕是假的。大哥讓二哥用手電筒照住地下的目標，不要亂晃。第一步，是俺大哥鐵英用他在少林寺偷學得的點穴功，把鐵老樂的兩隻耳朵點聾了。兩耳一聾，俯身倒在地下的鐵老樂就聽不出是誰對他下手的了，日後也聽不成俺娘的梆子戲了；接下來，大哥顫著聲氣問：下面該做啥？二哥提醒：啞，啞，叫他再說不成話……。大哥把鐵老樂的身子翻轉，除去套著他腦袋的枕套，抽掉塞住他嘴巴的髒抹布，啪啪兩下，點了他的啞穴，叫他日後發不出聲，告發是誰廢了他的了；大哥又問：下面該做啥？二哥提醒：瞎，瞎，叫他日後再看不見俺娘了。大哥照準鐵老樂的左右兩邊太陽穴，又是啪啪兩下，再把蒙住他眼睛的黑布條扯了，露出一對鼓突的死魚眼睛來，叫他日後再不能色瞇瞇專在年輕媳婦身上打轉轉了；大哥又問：下面該做啥？二哥提醒：癱了他的兩爪子，叫他再寫不成字，拉不了弦，撥不了算珠，坑人害人了。大哥照準鐵老樂兩肩胛骨上兩處穴位，再又啪啪兩下，鐵老樂的兩隻手，就成了兩條蔫黃瓜，再動彈不得了；大哥問：還有啥？沒了吧？二哥說：原先想到的，就這幾步……。大哥說，那咱走。二哥晃著手電筒要去開門，被大哥一把拽住：你傻呀！咱原路出去。二哥走在窗口，忽然停住，小聲說：哥，還剩下一步，你忘了做。大哥問哪一步。二哥摸了摸自己的小雞雞。大哥明白了，轉身就蹲回鐵老樂的身邊，掀開他的褲頭，又是在他的兩大腿根啪啪兩下，把鐵老樂老犯生活作風錯誤的傢伙給廢了……

阿彌陀佛。這回是俺大哥想起了什麼事，沒有急著離開。他和俺二哥一起動手，替鐵老樂的手腳都鬆了綁，衣服褲子都穿回原樣。此時的鐵老樂已昏迷不醒，任他倆擺布。他倆把鐵老樂弄回床上，仍躺著，連被子都蓋好，就像睡熟了一樣。再又把那手電筒也放回到鐵老樂的枕頭邊。哥倆要盡量做到，這屋裡像是啥事都沒有發生過，鐵老樂是睡覺時自己突發怪病，成了既聾又啞又瞎的殘廢人。

哥倆仍從窗口那圓洞裡鑽出來。俺大哥也沒忘記盡力把那兩根鐵條復位。但原封原樣是不可能了，兩根鐵條已變形，成了他們留下的蛛絲馬跡。兄弟倆仍舊從原處翻牆出來，回到後山上的那眼廢窯裡歇息。大哥喘著氣對二哥說：咱這回為了替俺娘報仇，替俺爹除害，也是為民除害，犯下案子，但還不是人命案。二哥也喘著氣說：解氣解氣，今晚上忒解氣，留了他一條命，又啞又聾又瞎又癱，給那些幹部做個模樣兒，惡人惡報，看他們今後還敢做壞事不？大哥說：別太得意了，明天天一亮，咱鐵家莊就會有好瞧的了，公安就要來破案了。二哥說：語文課本上叫雞飛狗跳，雞犬不寧。大哥說：去你的語文課本！記住了，若還有大隊、公社幹部審問到你，打死都不要認！你一個十歲的小孩，他們不能把你怎麼地。二哥說：俺不怕。俺再回姑媽家去住兩宿，事發時俺都不在鐵家莊，哥你也不在鐵家莊，而是在大興姑媽家。只要姑媽一口咬定，俺兄弟倆在他家做客，這兩天從沒離開過，就恁誰都沒轍。大哥摸了摸二哥的腦袋瓜：好哇，難怪娘老誇你聰明，小屁孩一個，鬼名堂多多……快起來趕路吧，趁天還沒亮，咱從這後山上翻過去，到鄰縣去搭早班車。要是叫莊子裡的人撞見，咱就露餡。

另說第二天一早，大隊書記吃過早飯，踱著四方步去大隊院坐班，見鐵老樂仍在床上睡大覺，就掀了他的被子，一掌拍了下去，罵道：娘的都啥時辰了？還挺屍，晚上又上誰家快活去了？罵了幾句，仍不見鐵老樂吱聲，覺得蹊蹺，湊近去仔細看了，才見鐵老樂兩眼鼓突，口吐白沫，雙腿亂顫，知是犯了急病，忙去叫來大隊民兵營長、治保主任一干人。再又命人去找來大隊的草藥郎中。草藥郎中把了脈，又在鐵老樂身上摸摸捏捏一會，才說：老樂這病怪了，脈象大亂，來得凶險，聾、啞、瞎齊發，雙手也癱了，陽物也蔫了，只剩下兩腿有些知覺……只怕是中了邪，閉了穴道，趕快送公社醫院或縣上醫院去搶救吧！大隊書記多了個心眼，對草藥郎中說：你那是老腦筋，封建迷信呢，不科學……不過，依著老術數，能不能替他解開穴道？大隊可以給你記五十工分，也就是算你五個勞動日。草藥郎中苦著眉眼搖頭嘆氣：我哪有那本事？過去狼牙山上道觀、佛寺裡的高人精於此術，但道觀、佛寺早在五八年煉鋼鐵時就被拆了砌土高爐，道士、和尚也都被遣送回了原籍，如今到哪兒去找人？還是趕快送醫院吧。大隊民兵營長喝道：你不能治就不能治！瞎說八道些啥？違犯了毛主席教導，犯錯誤的！

草藥郎中離開後，大隊幹部們更沒轍了。還是大隊書記黨性強，有組織觀念，決定先向公社黨委周書記匯報，鐵老樂送不送醫院，聽從周書記指示。周書記在電話裡聽了匯報，吃了一驚，昨晚自己還和鐵老樂通過電話的呀！此事不宜再提……考慮一會，權衡利弊，做出三點指示：一，鐵家莊大隊黨支部要提高革命警惕，嚴密掌握階級鬥爭新動向，防止鐵老樂病況外洩、擴散，防止階級敵人造謠、搗亂；二，公社黨委認為，鐵老樂這次突發怪病，很有可能是階級敵人的暗害、報復。公社馬上派公安員下來破案，你們要保護好案發現場；三，鑑於鐵老樂並無生命危險，雙腿還可以動彈，就不用送來公社衛生院了，由公社派醫生護士到鐵家莊來就地醫治。

領導就是領導，水平就是水平。但世上哪有不透風的牆？鐵老樂得怪病、成廢物的事，立馬傳遍了鐵家莊的街頭巷尾。一時人心惶惶，雞一嘴，鴨一嘴，說啥的都有。有說大隊院的院址原先是塊墳地，埋過幾代先人，陰氣太重，冤孽很深，鐵老樂長年不招家，住在裡面值班尋樂子，終是鬼魅纏身，成了廢人；有說鐵老樂掌管大隊部的印把子，幹過不少虧心活，辦過不少缺德事，終歸惡有惡報；有說鐵老樂為人好吃好喝好色，利用職權，和莊子裡十多戶人家的媳婦私通，身子早被淘空了，四十幾歲就燈枯油盡，癱在床上做個活物了；更有人相互咬耳朵：八成鐵老樂是中了仇家的道了，請來高人施了巫術，點了穴道，聾、啞、瞎、蔫，有耳不能聽，有嘴不能說，有眼不能瞧，有手不能寫了！做人落到這田地，真他娘的豬狗不如了！

當天中午，公社的兩名公安員到了鐵家莊。首先勘驗了案發現場。大隊書記證實，他是今天一早頭一個進到大隊院的，大院門和辦公室房門兩道門鎖，都是他親手打開的，鎖鑰也只有兩套，一套他親自帶著，另一套由鐵老樂帶著。鐵老樂的一套仍繫在他褲腰上，未見丟失。於是公安員查檢了窗子，馬上發現了問題：安裝在窗口的鐵條變了形，被拉開過，又復了位！顯然有人從這窗口進出過……天哪，手指粗細的鐵條，沒有兩三百斤的蠻力，是不可能撐成一個圓洞，供身子鑽出鑽進。誰有這麼大的臂力？除非是全國的拳擊冠軍，至少也是河北省的拳擊冠軍。接下來，公安員又在院子後圍牆上發現了有人攀爬過的痕跡，而地下留下的卻是小童的腳印。這是咋回事？是小童作案？怎麼有這種可能？小童動得了窗口那手指粗的鐵條？是大人和小童聯手作案？大隊書記說，莊裡的娃娃常來這裡爬牆，進院子玩兒，或許和本案無關。

公安人員辦案，向來依靠當地黨組織，發動群眾，逐戶審查，人人過篩。第一步，開黨團骨幹核心小組會議，成立破案領導小組，搞全莊人員「政治摸底」、「階級排隊」，定出哪些人是依靠對象，哪些人是團結對象，哪些人是可疑對象，哪些人是重點盤查對象；第二步，開黨團員、積極分子會，搞內部檢舉揭發，鎖定目標人物（即莊子裡那些習過武、練過功、力氣大、平時又和鐵老樂有心結、過節的人），準備鬥爭打擊；第三步，開群眾大會，公布部分案情軌跡，交代黨的政策，對目標人物暫不點名，造鬥爭聲勢，壓對手威風，敲山震虎，迫使作案人自首，或誘其家人主動報案；第四步，找目標人物分別談話，半露半隱所掌握的所謂「證據」，搞心理戰術，政策攻心。如先讓其老實交代，先天晚上天黑之後，到今日天亮之前，去過哪裡，見過什麼人，說過什麼話，辦過什麼事，有誰作證明，等等。

結果，查來查去，那幾個目標人物被一一排除掉，因為人家都提出了人證物證，從昨天天黑到今日天亮時分，是在家裡睡大覺，根本沒有出過門……倒是叫辦案的公安員尷尬，出人意料的扯出莊裡一名暗娼小寡婦來，鐵老樂昨晚上半夜是和小寡婦唱曲廝混來的。據小寡婦交代，鐵老樂在她身上玩得高興了，竟吹說自己是「莊裡真正的婦女隊長」，誰誰誰的媳婦都和他上過床；他也替大隊、公社的官們拉過皮條，成全過他們的好事……。

什麼臭事，這還了得！弄不好會扯出一個腐敗墮落集團來。辦案的公安員趕忙向公社黨委匯報案情新進展。周書記是何等聰明的領導人，隨即做出兩點指示：一，鐵老樂是自作自受，行為極不檢點，這次保住了性命，已是萬幸，今後交由鐵家莊大隊按五保戶標準給予生活照顧；二，本案撤消，沒有再偵辦下去的必要。公社派下去的醫生護士也撤回，沒有必要在一名活著的殘廢人身上浪費公社有限的醫療資源。

聽到這裡，蕭白石哈哈大笑：還是黨委書記英明！黨委書記英明！避免了鐵老樂的雞巴案子扯到自己身上來。他們就不怕那名小寡婦走漏風聲？

圓善說：阿彌陀佛，哪能放過呢？不久，公社派出民兵，把那小寡婦送到地區精神病院治病去了，說是小寡婦犯了色狂症，擾亂社會治安。後來就死在那精神病院了。阿彌陀佛。

蕭白石說：可憐。咱們社會主義國家的精神病醫院，從來就是搞政治迫害的另類監獄。只是奇怪了，人家怎麼就沒有懷疑你大哥、二哥有可能作案？他倆可是有作案時間呀。

圓善說：菩薩保佑。辦案的人一開始就進了誤區，依據那窗戶鐵條被移動的情況，排除了十五歲以下青少年犯案的可能性。我大哥、二哥一直守口如瓶，連帶俺爹俺娘都沒懷疑到他倆，只在家裡高興，頭上三尺有神明，鐵老樂夜路走多了，終是碰到鬼，得了現世報不是？對了，白石，下面該輪到你說了，你在一九六六年是怎麼從青海牧區的政治盤查中逃脫出來的了。後來，那戶藏族人家去了哪裡？你的央金和兩個孩子去了哪裡？

39

一九六六年春天，我在青海大漠腹地的那戶藏族人家裡，與世隔絕，已經過了七年。我哪能知道首都北京已經爆發了文化大革命？倒是原先叫人提心吊膽的那個青海省公安廳要在藏族牧區清查內地盲流人員的「通告」，遲遲不見行動，沒了下文。我們又過了一段世外桃源般的平靜日子。直到這年夏末，天兵天將似的，一支打著「毛澤東思想宣傳隊」旗幟的首都紅衛兵輕騎兵，在赴西藏自治區首府拉薩革命造反的途中迷了路，闖進了我們這戶藏族人家放牧的沙漠綠洲！他們一人一馬，渾身塵土，口乾舌燥，仍然威風凜凜。那時，我和老阿爸、老阿媽，還有央金都目瞪口呆，不懂什麼叫紅衛兵，什麼叫造反派，什麼叫革命大串聯。

老阿媽、老阿爸依藏人接待遠方客人的習俗，盛情款待了這十來名身著舊軍服、臂佩紅袖章的紅衛兵小將。雙方雖然語言不通（我裝作聽不懂他們的漢話），但他們喝著老阿媽煮的酥油茶，吃著央金做的青稞糌粑，不時地雙手合掌，表示感謝。他們自備有帳篷、被包，只在草地上過了一晚。我看得出來，他們的作派，很像是軍隊裡那些天不怕、地不怕的高幹子弟。他們才有特權弄到馬匹，來闖青藏高原，大漠瀚海，創造革命大串聯的奇蹟哪。第二天一早，他們請老阿爸在沙地上畫了幅地形方位圖。老阿爸指著日出方向，圈點出了青藏公路東、西、南、北四個方向，並兩手比劃著告訴這些內地小青年：你們騎著馬，朝日出的東方一直走，一直走，就能走到青藏公路，到了公路上，就能遇上去西藏的車輛……。

告別時，小將們留下一幅偉大領袖穿著草綠色軍裝、戴著軍帽、佩著紅衛兵袖標的寶像，以及一大包宣傳品作為酬謝，也不管我們這家藏族同胞看得懂看不懂。他們上馬前，還一一和老阿爸握了手，祝福毛主席萬壽無疆。我們的一對兒女總是躲在媽媽和奶奶的身後，害怕這些天兵天將。

客人們揚起一路沙塵遠去後，央金不懂事，要把那幅領袖寶像掛到帳篷頂上去，和達賴喇嘛像並列一起。老阿爸不允許，說那不是寶像，是兵凶，叫我掛到外面羊圈燈柱上去，可以避邪，防狼。妙用吧？掛完領袖像回來，我急不可待地打開紅衛兵小將留下的那包宣傳品，原來是一批《首都紅衛兵戰報》，共有三、四十期那麼多。我如獲至寶，如饑似渴地讀了起來。天爺，真是一次資訊大爆炸。這《首都紅衛兵戰報》大膽潑辣，敢作敢為，把黨中央、毛主席公開的沒公開的決議文件、各種講話、內部指示，全都刊登、抖落了出來！我讀到了〈評現代歷史劇「海瑞罷官」〉，〈評三家村〉，〈中共中央政治局擴大會議通知〉（即俗稱的「五・一六通知」），〈中共中央、國務院關於開展全國大、中學校師生革命大串聯的通知〉，〈中共中央關於開展無產階級文化大革命的決定〉（即「十六條」），〈毛澤東：我的一張大字報——炮打司令部〉……以及八月十八日毛主席在天安門廣場第一次接見百萬紅衛兵小將，八月三十一日毛主席第二次接見百萬紅衛兵小將……你們要關心國家大事，把無產階級文化大革命進行到底！……馬克思主義的道理千條萬緒，歸根結柢就是一句話，造反有理！……這次運動的重點，是整黨內走資本主義的當權派！把舊世界打個落花流水！從中央到地方，一切受走資派迫害的幹部、群眾起來革命造反！……揪出中國的赫魯曉夫！打倒彭、羅、陸、楊反革命修正主義集團！打倒黨內最大的走資派！……破四舊，立四新，橫掃一切牛鬼蛇神！革命方知北京近，造反倍覺主席親！……紅衛兵萬歲，紅色恐怖萬歲！革命造反萬歲！偉大領袖、偉大導師、偉大統帥、偉大舵手毛主席萬歲，萬萬歲！敬祝我們心中最紅最紅的紅太陽毛主席萬壽無疆，萬壽無疆！敬祝毛主席的親密戰友林副主席永遠健康，永遠健康！

真正的四海翻騰雲水怒，五洲震盪風雷激，天翻地覆慨而慷了。我還讀到：全國幾千萬大中學校學生外出串聯，坐車不要錢，吃飯不要錢，住店不要錢，去煽文化大革命之風，去點文化大革命的火，去揪出各地的黨內走資派及叛徒特務！各省的省委書記、省長，市委書記、市長，縣委書記、縣長，大學黨委書記、校長，中學黨支部書記、校長，等等等等，都被紅衛兵小將和地方造反派揪了出來，掛上黑牌子，上臺挨鬥，遊街示眾哪！所有的文章都直言不諱地指出：劉少奇是黨內頭號走資派，鄧小平是黨內第二號走資派，是埋伏毛主席身邊的中國的赫魯曉夫！造反，造反，造反，革命無罪，造反有理！誰迫害群眾，鎮壓群眾，絕沒有好下場！東風吹，戰鼓擂，這個世界上到底誰怕誰！不是人民怕走資派，而是走資派怕人民！

我讀得膽戰心驚，又熱血賁張。漸漸覺得，我這名中央美院的右派大學生，就是劉少奇、鄧小平資產階級反動路線的受害者！我應當返回北京，去參加革命造反，造中央美院黨委的反，造中宣部的反，造修正主義教育路線的反，要求他們替我平反。我那餓死在大漠勞改農場的右派父親，也是受到劉、鄧反動路線的殘酷迫害，我全家人都受到反動路線的迫害……我還從紅衛兵小將們的文章裡讀到：毛主席、毛澤東思想是偉大、光榮、英明、正確的，劉少奇、鄧小平卻背著毛主席，利用他們竊取到的黨政大權，另立司令部，推行了一條資產階級反動路線，迫害廣大人民群眾……難怪毛主席要親自寫大字報，〈炮打司令部〉，號召人民起來造反，把黨內走資派打翻在地，踏上一隻腳，叫他們永世不得翻身……我怦然心動，蠢蠢欲動，暈頭轉向，找不著北了。我原本膽小如鼠，貪生怕死，躲在這大漠綠洲裡苟且偷生，多少年沒有想念過北京，想念過北京的家人了，做夢都很少夢到了。北京，北京，我的北京啊，離開你整整七年了啊……現在我渾身都冒出回北京的慾望，覺得那裡才是生我養我的地方，才是施展我藝術才華、實現我人生抱負的地方！我甚至有一種幻覺，假若我現在仍然留在北京的話，說不定可以和當年清河農場勞教中心的同學們組織起「一九五七年右派大學生造反兵團」，也去大串聯，也去批鬥黨內走資派，也去天安門廣場接受偉大領袖對百萬紅衛兵造反派的大檢閱……回去！回去，回去……我這是很典型的「人還在，心不死」啊，總是對偉大領袖抱有一廂情願的寄望、幻想啊。

隨後，老阿爸也看了那一批《首都紅衛兵戰報》。他看得很慢，很仔細。之前，我早已向二老、向央金坦述過我的身世。他們都知道我在遙遠的北京，那皇帝老子居住的地方，有一個四合院的家，有母親和三個弟弟妹妹。一天天黑時分，老阿爸把我叫到帳篷外說話。老阿爸和我說起了漢話：嘎扎，你是不是想走啊？我嚇了一跳，趕忙否認：沒有，沒有！再說，我還能走到哪兒去？老阿爸瞇著一雙洞察世態人心的眼睛，彷彿看透了我的五臟六腑：孩子，不要瞞你阿爸了，自送走那些京城來的什麼兵，對對，叫紅衛兵，紅衛兵，你就魂都不在這兒了。我差點要向老阿爸下跪，起誓：我不會離開，不會離開！是你們救了我的性命，讓我和央金成了親，生兒育女……我忘不了您和阿媽的恩情，捨不下妻子央金，捨不下小央金、小嘎扎！老阿爸苦笑笑說：孩子，你這是在做感情掙扎啦……聽著，央金和你阿媽也看出你的心事了……阿爸只是要求你，要和央金商量好，你們今後怎麼辦？小央金、小嘎扎怎麼辦？好好，我們不說這個，不說這個了。

接下來老阿爸話題一轉，問：你個漢人大學生，對你們北京發生的大事，叫文化大革命什麼的，怎麼看？當今的皇上，穿綠軍服的那位毛主席，是真要解救老百姓，還是假要解救老百姓？我看他不像個皇上，像個軍閥。

我吃驚，原來老阿爸對偉大的毛主席，是這樣一種看法。他說毛主席不像皇上像軍閥。難怪那天央金要把毛像和達賴喇嘛的聖像掛到一起時，他說是兵凶，叫我掛到外面羊圈的燈柱上去，可以避邪，防狼。此時問我對北京發生的大事的看法，我不得不向老阿爸說出心裡話：毛在內地發起的這場文化大革命，號召人民群眾起來造反，打倒當權派，不管他是出於什麼目的，都已經造成天下大亂，而且會繼續大亂下去。這就很好。最怕的是統治者鐵板一塊，捏成一隻鐵拳，專門砸向老百姓。鐵桶樣的江山，鐵桶樣的管制，老百姓連個透氣孔都沒有。現在好了，毛讓共產黨從上到下亂作一團，黨內黨外，大亂特亂，紅衛兵和造反派可以去占領報館，包圍省委、地委、縣委，把書記們揪到臺上批鬥，掛上大黑牌，拖到大街上遊街示眾！就像土改運動時對付地主分子那樣……那天我還無意中聽那些北京紅衛兵小將說，下一步，他們首都紅衛兵總部要動員幾十萬革命師生去包圍中南海，包圍國務院、黨中央，把劉少奇、鄧小平、彭真等黨內最大的走資派，揪到天安門廣場上去批鬥！所以我認為，禍起蕭牆，天下大亂，越亂越好。只有亂起來，當官的內部亂起來，老百姓日子才會好過些，輕鬆些，而且有出氣的機會。包圍黨政機關好！揪鬥黨委書記好！打倒劉鄧好！砸爛狗頭好！焚燒檔案好！把舊世界打個落花流水！美帝國主義、蘇修社會帝國主義、國民黨反動派做不到的，由毛統帥、林副統帥做到了，所以革命形勢不是小好，也不是中好，而是大好。過去唱人民公社好，人民公社就是好，就是好；現在唱文化大革命好，文化大革命就是好！就是好！所以要喊毛主席萬歲，萬歲，萬萬歲……

老阿爸聽了我這番話，呵呵笑了起來：你這叫什麼？用你們漢人的話說，叫幸災樂禍，居心叵測？也叫惟恐天下不亂囉！

我也忍不住笑了：阿爸，原來你的漢語，比我這個漢人還要好啊。

老阿爸說：你們喊萬歲，因為毛軍閥是你們漢人的皇帝。對我們藏人，毛軍閥是大騙子，大魔頭，他害得達賴喇嘛好苦，害得我們好苦……一九四九年之後，在我們藏區發生的事情，你們漢人也是被蒙在鼓裡。

我說：阿爸，你和阿媽還有央金，收留我已經七年多了，還從沒有聽你們說過自己的事，我也不敢相問。只是想，那一定有你們的隱痛。

老阿爸說：不是一家一戶的隱痛，而是整個藏區人的隱痛。你們知道一九五一年，西藏嘎夏政府和北京中央人民政府，簽訂了和平解放西藏的十七條協議嗎？協議規定：在西藏實行區域自治，藏人治藏；對西藏現行的政治制度，中央不予變更；允許西藏嘎夏政府保留藏軍；承認達賴喇嘛、班禪為西藏自治區最高領袖；尊重西藏人民的宗教信仰和風俗習慣，保護藏傳佛教及喇嘛寺廟；中央政府只負責西藏地區的國防和外交。這就是十七條協議的主要內容。嘎扎，你和我們相處了七年多，你該知道我們西藏人的誠實、善良了。我們藏人信守協議，以為北京政府也會信守協議。一九五四年，我們的達賴喇嘛尊者率藏區代表團第一次去北京見毛主席。為了表示對中央政府的尊敬，代表團特意帶了一面五星紅旗。毛主席接見達賴喇嘛尊者和代表團時，說：為什麼不帶上你們的雪山獅子旗？現在西藏有兩面國旗，不只是一面五星紅旗……。話說得多好聽啊。可是只過了短短兩年，到了一九五六年，隨著你們內地農村的農業合作化運動，城市的工商業社會主義改造運動，也開始在我們藏區搞「社會主義民主改革」，沒收貴族土地，解放所謂的農奴。在四川的阿壩、康定、甘孜一帶搞得尤其凶狠，他們就像土改時對待你們漢族的地主資本家那樣，把藏族的有錢人家掃地出門。要知道，現在四川的阿壩、康定、甘孜一帶，原本是西康省，屬於藏區的一部分，也是十七條協議的管轄範圍呀！接著，他們又在西藏的昌都也開始搞「民主改革」，社會主義改造，一步一步向西藏首府拉薩逼近。他們要全面否定十七條協議，取消十七條協議。阿壩、康定、甘孜、昌都的藏族上層人物，拉家帶口，紛紛逃往拉薩，向達賴喇嘛尊者訴說他們的刼難，請求保護。於是達賴喇嘛尊者作為全國人大副委員長、西藏自治區籌備委員會主席，向中央政府提出交涉，要求北京方面遵守十七條協議，尊重藏區的政治宗教制度，停止所謂的民主改革，不要把漢區的一套作法強行搬到藏區來！這樣，達賴喇嘛尊者以及西藏嘎夏政府和北京的關係也就緊張了起來。誰都知道，膽敢破壞十七條協議的，只有毛軍閥，而不可能是別的人。毛軍閥呢，他大概認為能征慣戰的解放軍十萬人馬已經進藏幾年，牢牢控制住了西藏地區的所有戰略要塞，他不再把達賴喇嘛尊者、西藏嘎夏政府和幾萬名藏軍放在眼裡。

老阿爸說：到了一九五九年春天，西藏首府拉薩的形勢空前緊張。二月底、三月初，拉薩的藏民聽說中共西藏軍區有密謀，要趁達賴喇嘛尊者應邀出席軍區俱樂部觀看文藝演出的機會，把達賴喇嘛尊者控制起來，並送到北京去「供養」，實際上是軟禁關押。三月十日，數萬拉薩藏民包圍了達賴喇嘛尊者的夏宮羅布林卡，保護他和嘎夏政府的主要官員，阻止他們出席中共西藏軍區俱樂部觀看文藝演出，以免落入陷阱。駐拉薩解放軍進行了緊急部署，準備隨時撲滅「藏民暴動」。三月十七日深夜，二十四歲的達賴喇嘛尊者和嘎夏政府主要官員，為了避免大規模流血衝突，也是為了不被中共誘捕，而離開了羅布林卡，有幾萬人追隨他，走向山南地區。沿途不斷有大量藏民加入。一支十多萬人的隊伍浩浩蕩蕩，經過兩星期的長途跋涉，翻越喜馬拉雅山脈，進入印度境內，尋求政治庇護。途中多次受到解放軍追擊，但都被達賴喇嘛尊者的衛隊擊退。也是追隨達賴喇嘛尊者出走的藏人太多了，中共軍隊無可奈何。在達賴喇嘛尊者出走的同時，中共西藏軍區部隊以大炮、機槍攻占了羅布林卡，以及拉薩城裡的布達拉宮、大昭寺、小昭寺等藏傳佛教聖地，殺了大批出來抗議的藏人。這就是中共後來宣稱的「一九五九年平息西藏暴亂事件」，又叫「拉薩戰役」。

聽老阿爸這一說，我好不吃驚。我原先的猜測沒錯，老阿爸果然是位大有來歷之人，只是我不敢相問罷了。此時，我還是忍不住問了：阿爸，一九五九年發生在拉薩的慘案，你怎麼知道得這麼清楚啊？

老阿爸瞇縫起眼睛反問：你、我相處七年多，你覺得我和你阿媽是什麼人？

我遲疑片刻，斗膽說：您和阿媽，還有央金，是原先的貴族吧？

老阿爸說：你聰明又誠實，我女兒找了個好夫婿。阿爸也該告訴你了，我們一家，從前確是東藏昌都地區的貴族，有自己的莊園土地，養著一百多個家生娃子，共產黨後來把他們叫做農奴。我從小被家裡送去四川成都讀書，學習漢文。父親去世後，我繼承家業成了鍋莊莊主。什麼叫鍋莊？用你們漢話說，就是莊園聯合會，推舉一位有聲望、能服眾的莊園主作鍋莊莊主，負責協調、處理各個莊園之間的問題。我還可以告訴你，一九五一年，我跟隨達賴喇嘛尊者的全權代表阿沛·阿旺晉美率領的藏區代表團，作為一名成員，參加了和中央政府的和平談判，出席了十七條協議的簽訂儀式。代表中央政府簽字的是中共統戰部部長李維漢，代表西藏嘎夏政府簽字的是藏區代表團團長阿沛．阿旺晉美。隨後，毛主席、朱總司令、周總理等領導人接見、宴請了我們，並照相留念。記得毛主席還把我們誇讚了一通，說我們完成了一件有歷史意義的大事，有功於西藏，有功於國家的統一大業。今後，你們和我們的任務，就是嚴格遵守十七條協議，誰都不許違背，誰違背了，誰就是國家的罪人，中華民族的罪人，等等。所以我說毛是個言而無信的軍閥，是個背信棄義的軍閥……。一九五八年，昌都地區也搞大躍進，大煉鋼鐵。我失去了莊園土地，家生娃子都棄我們而去。中共昌都地委對我還算客氣，允許我和妻子、女兒帶著少量錢財離開昌都，到拉薩去居住。當時是大雪封山，我們在路上走走停停，耽誤了許多日子。直到第二年的春天，我們才走到當雄，離聖城拉薩還有三天路程。就在這時發生了三月中下旬的達賴喇嘛尊者出走、解放軍武力鎮壓的「拉薩戰役」。從聖城拉薩逃到當雄來的所有藏人都告訴我們，解放軍在拉薩燒廟宇，毀佛像，殺喇嘛，拉薩實行軍事戒嚴，不准進，不准出，見到出城的人就開槍射殺，通往山南地區的所有道路已被封鎖……。我們一家三口，原本要趕到山南去，跟隨達賴喇嘛尊者一起出走的。可是道路封鎖後，被堵在了當雄，既去不成拉薩，也回不了昌都，而且作為「逃亡的反動貴族」，隨時可能被軍人抓捕。我們不得不僱了氂牛，一路北上，來到青海這大漠深處的綠洲，放牧幾十隻羊羔，活了下來。直到七年之前，菩薩保佑，收留了你這個漢族娃子。

聽了老阿爸的這番石破天驚似的話，我懷著無限的敬意，又想向老人磕頭。原來老阿爸竟是西藏大歷史的參與者，見證人。一時，我也打消了返回北京的念頭。我要繼續跟隨老人和老阿媽，還有央金和孩子過日子，做一名誠實的非血統意義上的藏族漢子。我還隱隱感覺到，老阿爸全家人的心願，是有朝一日能夠穿越崑崙山和喜馬拉雅山，到印度去，和達賴喇嘛尊者會合，永遠擺脫恐怖統治。

聽到這裡，圓善問：後來呢？多善良的藏族人家啊，你還是離開了他們？你個負心的漢人。

蕭白石說：是老阿爸深明大義，勸我趁北京文革造反，形勢混亂而寬鬆，回北京看望母親大人，以後恐怕再也沒有這種機緣……老阿爸約我半年之後返回大漠綠洲，和他們重聚。可是半年之後，一九六七年夏天，我在北京被捕，再沒能回去。我受到刑訊逼供。但我咬緊牙關，死也不肯交代在青海一戶藏民家裡入贅生子的七年經歷，算是沒有出賣他們……下面該妳說了。在咱們新中國，上至毛、劉，下至妳、我，家家都有一本辛酸史。誰都不能免俗。記得妳說過，妳的愛唱梆子戲的母親，在文革初期被害，又是怎麼回事？

40

文化大革命爆發那一年，俺五歲。自春天起，俺鐵家莊生產隊的廣播喇叭，就天天播放首都北京搞運動、揪出大小黑幫、「橫掃一切牛鬼蛇神」的消息。接下來是「破四舊、立四新」，學校裡紅衛兵造反，衝出校園，殺向社會。有件事，我至今記得，是三月裡吧，一卡車一卡車的解放軍，從俺狼牙河對面的馬路上開過去，朝北京方向開過去，兩天兩晚，過了多少部隊啊，揚起的土塵把半個河谷都淹沒住。部隊是從山西那邊來的。莊裡的老輩人都私下咬耳朵：興許是中央出了亂臣賊子，調集天下兵馬勤王，去占領紫禁城，保衛毛主席呢！

六月底七月初吧，正是麥收時節，天上的日頭毒辣毒辣的，——那年月太陽就是毛主席，可不敢說日頭毒辣呢，犯大罪哩。連俺這五歲娃娃都會唱：太陽最紅，毛主席最親，您的光輝思想，永遠照我心……麥收一完，俺鐵家莊也鬧騰起來了。生產隊的民兵也都佩上紅袖標，改叫紅色政權保衛軍了，也學城裡紅衛兵造反派的樣，也唱語錄歌，也舉毛主席像，也高喊毛主席萬歲萬萬歲，也抄了這家抄那家，打砸搶燒抓，破四舊、立四新。還把全大隊的地、富、反、壞、右五類分子集中起來批鬥，一根繩索穿成一串螞蚱似的，牽了去遊街示眾。幸虧仗著俺爹是土改根子，又當過貧協組長，鄉裡鄉親的，還沒把俺娘當作五類分子牽去遊鬥。

一天夜裡，俺娘正歪在床上哄俺睡覺。正睡著，俺一個激靈醒來，是爹回來了。俺趕快閉上眼睛裝睡，聽俺爹小聲對俺娘說：不好了，晚上開會，有王八羔子提出妳是逃亡地主小姐，是不是也該揪出來示眾？老子當場給頂了回去：我那口子的成分，前年四清已審核過，不是分子！何況和我這個土改根子成家十三年了，生了四男一女，還能不算咱貧下中農家的人？會上有人說算，有人說不能算……還有人扯出兩年前鐵老樂的案子，說很有可疑……孩子他娘，不怕不怕，有我這土改根子在，不怕不怕，掉了腦袋碗大個疤……要不，送妳去親戚家，避避這風頭？娘的這次的運動，比鬧土改還來得凶……咱不是有個老姐，住大興縣北臧公社馬村大隊？老姐家也是三代貧僱農，妳帶孩子去過幾次的……我看這樣吧，拉上一袋新分下的麥子，妳帶小鐵疙瘩去住些日子。那裡是北京郊區縣，天子腳下，比咱這外州外縣講政策法令……等莊裡鬧騰得差不多了，再去接妳娘倆回來。

俺聽爹這一說，哪裡還有瞌睡？大熱天的，只覺著俺娘受了凍似的身子直哆嗦，手腳冰涼。第二天起了個大早，俺爹就推了輛雞公車，叫俺坐上，俺娘相跟著，上路了。說是要走一百多里旱路呢。為啥不去坐汽車？俺不懂。記得在出莊子的路口，遇上了查哨的民兵隊長，人家還問了一句：鐵柱叔，大早的，哪兒去呀？俺爹回應了一句：上老姐家，送點新麥去。

一路上，俺娘都臉色白得像張紙，身子在發抖，害瘧子似的。俺只有五歲，俺已經知道娘膽兒小，害怕。任遇到啥事、啥人，聽到啥聲音，都害怕。至於為什麼怕，俺就迷糊了。從咱河北青陵縣鐵家莊到北京郊區大興縣馬村百十里地，沿路要經過二、三十個生產隊吧，幾乎每個生產隊都有民兵崗哨，盤查過往行人。俺爹身上早揣了張大隊貧協的證明條，每個崗哨都順利過關。每過完一處，俺爹就要呸地啐一口，罵一句：狗日的！又回到打小日本那年月，鬧土改那年月！這日月怎麼就倒著走哩，倒著走哩，狗日的！

俺爹領著俺娘倆，走走歇歇，路上沒有住店，硬是在第二天天黑時分趕到了大興縣北臧公社馬村大隊。俺在爹推著的雞公車上睡迷糊，俺娘可是腿都走瘸了。在村口又遇上崗哨盤查。民兵查驗了俺爹遞上的證明條，仍問個不停：從哪來？什麼成分？同志，證明條上都寫著哪；這女的是你婆姨？是呀是呀，娃兒他媽呀；車上還有誰？是俺小囡囡，才五歲，加一袋新麥；你找馬村二隊的馬老六？馬老六是你什麼人？同志，他是咱姐夫，老姐夫，也是貧僱農成分，天下貧僱農一家親啦；為啥大白天不到，趁這天黑時分才到？同志，鄉下人趕路，省幾個店錢啦。

總算允許我們進了村。姑媽一家住在村西頭的土院裡。姑爹亮著盞馬燈開了院門，見了我們又驚又喜：鐵柱！還有弟妹、小閨女……快進來，快進來，路上不太平吧？怪道你姐這兩日老說眼皮跳，是記掛著你們啦，怕是有啥事兒啦，娃兒們都好吧？

姑媽迎出來，高興得直嚷嚷：俺家能有啥事兒？祖孫三代貧僱農，窮得響叮噹……又小囡囡、小囡囡的抱住俺，誇俺長高了，長俊了。再又衝著姑爹嚷：老頭子，還愣著？快去升火擀麵皮！他爺仨還空著肚子呢！

每次娘家來人，姑媽總是樂呵呵的，是個爽快人。她和姑爹沒有兒女，早把我們五兄妹當成她的孩子了。見俺爹從雞公車上提下來一袋新麥，就又嚷嚷：看看，鐵柱子，你又送這些？怕老姐餓了你們不成？先和你說好了，弟妹領著小囡囡來一趟不容易，這次可要多住些日子了。

俺爹在姑媽家住了一晚，就怎麼都留不住，回去了。家裡還有三個娃兒要照管。他把雞公車留在了姑媽家的院子裡，說下回來接我們歸家時再用。俺娘送俺爹出院門時，哭得淚人兒似的，惹的俺爹又火又心疼：娃兒他娘妳哭啥呢？又不是見不著了！至多一月、兩月，就來接妳娘倆回去。莫哭了，莫哭了，聽話呢，要圖個吉利。

俺娘領著俺在姑媽家住下來。姑媽姑爹待我們，真像待客似的掏心窩兒，把家裡好吃的，好用的，好穿的，都掏了出來。姑媽知道俺娘愛唱梆子戲，就總是找了些老戲文上的話兒來說，來逗俺娘開心。俺娘也閒不下，就替姑媽、姑爹織棉線衣，做棉套、棉襪、棉鞋，備著過冬用的。還有就是開始教我認字，數數。娘老誇我，記性強，靈聰，任啥字啥數目，一學就會。就是貪睡，跟隻小睡貓似的，一到天黑犯迷糊。這麼著，一天又一天，過了半個來月。但俺娘和我都覺著，姑媽姑爹倆常避了我們嘀嘀咕咕，像有啥要緊事在瞞著我們。一天吃晚飯時，姑媽終於說了出來：弟妹，小閨女，現在外面風聲越來越緊了，你們就在院子裡待著，再不要出門了。我們都是貧僱農，怕倒是沒啥怕的，但生產隊和大隊下了通知，要查家家戶戶的人口，見到可疑的就送去盤問……。姑爹連聲嘆氣：亂世，又出亂世嘍。咱是貧農，本不該說這話。廣播喇叭裡不是成天在唱，天大地大不如毛主席恩情大，爹親娘親不如毛主席親嗎？可北京城裡傳來的消息，毛主席號召學生娃娃們上街造反，西城、東城、宣武、海淀，都打死了人，公安派出所連問都不問，任打任殺哩！被打死的都是地主、資本家，還有他們的子女，稱為「黑五類」。還唱一支紅衛兵之歌：龍生龍，鳳生鳳，老鼠生兒打地洞。老子英雄兒好漢，老子混蛋兒反動……他娘的，也像那老戲文上唱的，君權神授，將相有種哩。老姑媽趕忙阻止道：老頭子，你去開了幾次貧下中農會，學到些啥，長了見識啊？你知道弟妹膽兒小，你就少在家裡放屁吧！

俺娘嚇得沒了人樣：俺還是回鐵家莊，回鐵家莊……捎個信去，叫他爹來接俺娘兒倆……

但捎信不容易，寄信也要好些天。況且俺爹就是怕俺娘在鐵家莊被人作賤，拉去和五類分子一起遊鬥，才送來姑媽家的。不管怎麼著，姑媽、姑爹還是安慰俺娘，要俺娘相信，大興縣畢竟是在天子腳下，總該有政策管著，不會亂來的。

人說是禍躲不脫，躲脫不是禍。又說躲得過初一，躲不過十五。大約過了三、四天吧，果然來了幾個戴紅袖標的民兵到姑媽家查戶口。人家對姑媽、姑爹算客氣，對俺娘卻是問了又問：哪兒人呀？叫啥名字呀？什麼成分？多大年紀？來馬村多少日子了？往大隊治保小組報了臨時戶口沒有？要老實回答！說了假話，後果自負！

可憐俺娘就像個被審訊的犯人似的，人家問一句，她哆嗦著回答一句。特別是回答家庭成分時，聲音顫得厲害：貧、貧、貧農……老實，俺老實，俺丈夫，俺娃兒，都都是貧農成分……

還是老姑媽打了圓場：幾個兄弟，一個村子住著，我和我老頭子不是倚老賣老，都是看著你們長大的不是？你們還信不過我和我老頭子？我這弟媳小地方人，沒見過世面的……她家確是在青陵鐵家莊，我兄弟也是大隊貧協組長，土改根子哩。弟媳領著小閨女來走親戚，住些日子就回的……

民兵中的一位頭兒模樣的人說：大嬸，我們信得過妳和大叔，不會包庇、窩藏壞人……可我也要告訴你們，現在偉大領袖毛主席號召搞文化大革命運動，消滅一切害人蟲，橫掃一切牛鬼蛇神！臺灣的國民黨反動派又叫嚷要反攻大陸，國內地富反壞右蠢蠢欲動，他們組織地下團夥，要殺我們貧下中農！我們貧下農能不採取行動？老子先下手為強，後下手遭殃，日娘的斬草除根！明白這意思吧？

馬村的民兵走後，不管姑媽、姑爹怎麼勸慰，俺娘都像失了魂似的，白天茶飯無心，晚上摟著俺打哆嗦，整晚整晚不合眼。俺年紀小，不知事，照樣貪睡。半夜尿醒，才發覺娘還在發抖，嘴裡還在唸叨：咋辦？咋辦？天爺不給活路了，不給活路了，就是放不下俺娃兒，放不下俺娃兒，想看著他們長大……

大興縣這天子腳下，風聲越來越緊，殺氣越來越烈了。姑媽、姑爹看著俺娘嚇得丟了魂、失了魄的樣子，也急著想送俺娘倆回青陵鐵家莊去。興許那裡離京城遠些，反倒比這天子腳下安穩些啊。可俺娘身上沒有公家的證明條，怎麼往回走？過得了沿路那幾十道哨卡？沒法子了，只能寄信叫俺爹趕快來接回了！老姑爹都掉淚了：啥世道啊！啥新社會啊？以為天子腳下會講王法，卻不如那句天高皇帝遠啊！

我是長大以後，讀了保定醫專，縣裡、公社替俺娘落實政策、平反昭雪才知道的：姑媽姑爹的信寄到了青陵鐵家莊，落到了大隊幹部手上。大隊幹部認為俺娘沒請假就去了外地，「意在逃亡」，就給大興縣北臧公社馬村大隊去了封電報，指稱俺娘是從河南逃亡出來的大地主的女兒！

正逢八月下旬，天子腳下大興縣開始有組織地殺害地富分子及其子女。是一天半夜，一夥戴紅袖標的人闖進姑媽家院子，說是村裡的外來人口都要集中到大隊部去開會，傳達毛主席的「最高指示」。姑媽、姑爹怎麼也沒想到，他們會殺人，在天下腳下殺人，在毛主席眼皮底下殺人啊……俺娘被帶走的時候，俺正在睡覺，睡得很死。俺從小就貪睡，打雷都打不醒。俺娘再也沒能回來……是老姑媽後來告訴俺的，說俺娘走的時候身子沒有抖簌，頭髮一絲不亂，身上衣衫整齊，像是早就知道有這一刻……老姑媽還告訴俺，虧了俺貪睡，在裡屋沒有出來，如果又哭又鬧的，就一起被帶走了。他們連幾個月大的娃娃都不放過……小鐵疙瘩是命大……

圓善說到這裡，早哭成淚人兒，再說不下去了。

蕭白石也聽得兩眼淚水，摟著圓善撫慰：不哭不哭，不哭不哭，我操他姥姥的，人人心裡都被拉下一道流血的傷口……妳的母親，我的父親，雖是不同的死法，後來卻都在官方文件裡，被輕描淡寫成「非正常死亡」。新中國建國才五十年，倒有幾千萬人口「非正常死亡」，比第一次世界大戰、第二次世界大戰全世界死亡人口的總和還要翻番，破了人類有史以來的紀錄。能不偉大、光榮、英明、正確？對了，妳說的是大興縣北臧公社馬村大隊？我包裡正好有篇文章，是一位朋友要我替他的一本新書設計封面，給先看看的……

說著，蕭白石輕輕放開圓善，去書包裡翻出一份清樣來：看看，就是這份，作者張連和，題目叫《五進馬村勸停殺》。妳讓唸一段活下來的當事人的回憶？好，不哭了，痛定思痛。我唸給妳聽：

……刑場設在大街西頭路北的一家院子裡，有正房五間東廂房三間。我們排隊進院時，看到活人被捆綁跪著，死人橫躺豎臥，鮮血灑滿一地，慘不忍睹。有兩輛小推車往院外運屍體，據說把打死的人埋在村西永定河大堤。審問者個個橫眉冷對，耀武揚威，個個手持木棒、鐵棍和釘著釘子的三角皮帶。他們高聲逼迫被審者交出「槍枝」、「地契」、「變天帳」。只要說沒有或者不吱聲，凶器就伴隨著喝斥聲雨點般打下去。被打死的，等車外運；沒死的，倒地呻吟。我看見一個十四、五歲的小男孩兒，被反綁雙手，跪在七十多歲的奶奶身邊，非常害怕地看著持棍者，生怕災難落在自己身上。只見持棍的男子厲聲喝問：快說！你們家的變天帳藏在哪兒啦？小男孩哆哆嗦嗦地說：不知道。我叫你不知道！那人說著揚起鐵鍬向小男孩砸去，正砸在反綁著的手上，只聽噗的一聲，小男孩左手的無名指和小拇指立即斷裂，鮮血如同水壺往外斟水一樣，往外直冒，痛得哇哇叫……接著又逼他奶奶交代。幾棍子下去，奶奶就腦袋流漿斷了氣。接著，又有民兵把一名衣著整齊的中年女人拉進刑場裡，一腳把她踹翻在地。一個手拿剪子女民兵上去把她的頭髮剪掉，接著審問，她不言語，被兩根皮帶抽得滿地下亂滾……

蕭白石唸到這裡，圓善哇地一聲又哭了起來：佛祖在上，佛祖在上……沒準這中年婦女就是俺娘呀！就是俺娘呀！他們不是人，他們畜牲不如，天子腳下，青天白日，就這樣殺人，殺小孩，殺婦女，殺老人，就因為他們的成分，他們的出身……都是誰教他們幹的呀！都是誰讓他們殺的呀！俺想不通，就是想不通……

蕭白石晃著文章清樣：我也想不通！就是想通了，也沒法說，不允許說！一說就說到毛皇上，還有那個馬列主義毛思想……操他姥姥的！死了幾千萬老百姓，還讓喊萬歲，萬萬歲。對不起，咱這話也只能關起門來自己說，還要怕隔牆有耳……好圓善，還是聽我唸完這一段吧：

……兩個民兵抬起一個被打死的人扔在小車上，還沒有推出院門就又活了，一掙扎掉在地上。又一個民兵上去狠拍兩鐵鍬，腦花都給拍出來了，再扔上小車拉走……他們迫一名三十來歲的小伙子交出「準備反攻倒算」的槍枝，因受不住暴打，就說槍枝在家裡屋頂棚上。於是派兩個人隨他回去取。到家後，頂棚上沒有。又挖山牆、院牆，還是沒有。小伙子又被暴打得頭破血流，就又謊說在自家的墳地裡。於是又押他去墳地，路過一口水井時，小伙子冷不防跳進井口去。他們說小伙子是自絕於人民，不管他死活，用繩子拴牢鐵四齒鈀到井裡往外撈，撈出一具皮開肉綻的屍體……

……他們在馬村東、西、南、北四方設立四座臨時監獄，又叫男老、男壯、婦女、兒童四監。另設一個刑場，隨提隨到，隨到隨審，隨審隨殺，隨殺隨埋，真正的一條龍作業。被殺害的年紀最老的地主分子八十歲，最小的地主孫子僅出生十天。

圓善不哭了，忽地奪下蕭白石手中的清樣，扔在茶几上：不唸了，地獄啊，罪孽啊，阿彌陀佛。你倒是說說，這書，你朋友工作的那出版社，能出嗎？

蕭白石苦笑：中宣部早就下了禁令，反映文革苦難的書，一律停止出版，違者受黨紀政紀處分。但還是有編輯甘冒風險，對歷史負責，打擦邊球，用夾塞的方式，把這類文章夾在某本多人撰寫的回憶錄裡面世……對了，咱都不掉淚了，來說說，妳老爸，妳的四個兄弟，後來是怎麼得到妳娘的死訊的？

圓善眼睛又紅了：俺娘被馬村的「貧下中農造反團」處死，姑媽姑爹還被蒙在鼓裡。等到第二天中午，人還沒有回來，姑媽姑爹就去找馬村大隊治保主任要人。那治保主任說自己「靠邊站」了，不管事了，見是老街坊，才說了實話：是接了青陵鐵家莊大隊的電報，指你們弟妹是從河南逃亡出來的地主小姐，所以昨晚上連同村裡的十幾個地富分子及子女一起被解決掉……姑媽姑爹當場就暈倒了，被涼水澆醒了過來。那治保主任還告訴他們，那些被解決掉的階級敵人，都扔在村西邊永定河大堤下一個泥坑裡，任野狗來拖食。姑媽姑爹哭了一路哭回家，哭都不敢大聲哭。老天不長眼，人命比草賤。俺姑爹強掙扎著，去郵局給俺爹發了封電報，三個字：速接人。這次的電報倒是送到了俺爹手上。俺爹知道事情緊急，當天就轉兩趟汽車，連夜趕到大興縣北臧公社馬村大隊，怎麼也沒想到，俺娘已經遇害……

蕭白石說：我是後來陸陸續續看了些資料，才明白當年發生的慘案的原委。毛澤東第一次在天安門廣場接見百萬紅衛兵是一九六六年八月八日，叫做「紅八月」。毛號令破四舊、立四新，北京隨即出現打、砸、搶、抄、抓、殺狂潮。北京城裡被鬥死、打死的地主、資本家、教授、專家及黑幫子女，包括著名作家老舍、著名京劇藝術家馬連良在內，多達一千六百五十九人。還有十多萬地主、資本家及其家屬子女被趕出北京，遣送回老家農村勞動改造。這還僅是官方的統計。北京南郊大興縣十幾個公社，則是全國最早有組織、有領導殺害地主富農及其子女的縣份。以北臧公社、大辛莊公社殺人最多，全縣共殺害地、富、反、壞「四類分子」三百二十五人，有二十二戶滿門殺絕。事後沒有任何凶手受到追究，甚至連「批評教育」都沒有。說是毛澤東的愛將、副總理兼公安部長謝富治有過指示：「地富分子殺了的就殺了，沒殺的就不殺了，留作勞動力，做反面教材！」以致這股農村殺害地富分子及其子女的風潮，一九六七年颳到湖南南部，單是道縣一縣就殺了四千五百一十九人。一九六八年，廣西南寧、賓陽、武鳴等地區更殺害地富分子及其子女十餘萬人。都是官方事後的統計數字。和平時期，既無外敵入侵，又無內部暴亂，為什麼全國範圍內這麼有組織、有領導的殺人？全國共殺害了多少人？官方肯定有統計數字，都二十多年過去了，他們敢公布嗎？或者說，他們能公布嗎？

41

圓善，下面該我來交代，我一九六七年春天從青海回北京的事兒了。記得和妳說過，一九六零年三月我去青海探看父親時，母親大人給了我六百元錢不是？到我逃出大漠光明農場，被那戶藏族牧民人家救下時，我身上還剩了五百多元。是縫在棉衣花絮裡，才沒有被農場管教發現、沒收。和央金成親時，我把錢交給了央金，讓央金交給阿媽、阿爸，補貼家用。阿媽、阿爸卻叫央金保管好這筆錢，以備後用。後來央金替我生了小央金、小嘎扎，也沒動過這筆錢。藏人，天使般的藏人，他們只知道給予，付出。六七年春天我離開他們前夕，妻子央金把五百多元錢一分不少交回我手上，彷彿早就知道它的用途了啊，我終歸是個漢族娃子啊。他們的菩薩心腸是金子做的。老阿媽、老阿爸還另外硬塞給我三顆金錁子，每顆有二兩重，說是窮家富路，路上救急。央金幫著我從帳篷後面的沙丘裡挖出了前些時埋下去的畫稿、衣物，特別是那本中央美院的學生證，是我返回北京可以證明自己身分的唯一印信。當然畫稿太多，又多是些素描，只能挑選幾十幅捲成一筒帶走，包括我在光明農場的地窩子囚室裡替父親的難友們畫下的十幅頭像速寫。我和央金、阿媽阿爸他們約好：半年、至多一年後返回，全家團聚，不再分離。最可憐我的兩兒女，六歲的小嘎扎，四歲的小央金，小手手一邊一個抱住我的腳，哭著鬧著，就是不讓爸爸走啊，不讓爸爸走啊……我是凌晨時分，趁兩個小寶貝還睡著，和妻子央金騎著犛牛離開的。老阿爸、老阿媽在帳篷外朦朧的晨曦中轉動手中的法輪，為我祈福，求佛祖保佑。我向二老跪拜，像藏人那樣指著遙遠的崑崙山發誓：雪山作證，山鷹飛得再高、再遠，也要返回養育的窩巢！我一定如期回來！央金眼睛早哭紅了，哭腫了。她一直送我到百十公里以外的青藏公路上，看著我上了一輛往西寧方向的解放牌卡車的後廂。我心都碎了，看著可憐的妻子央金仍在路邊招手，眺望，我不要走了！不要走了！我要和我的妻子、和我的兒女還有老阿媽老阿爸，相依為命，終老大漠！我砰砰敲打駕駛室的頂棚，要求司機停車。但司機沒有停下，千里迢迢一直把我帶到西寧火車站。我在汽車上已換上了七年前的漢裝，付了卡車司機三十元搭車費。西寧火車站前貼滿了「打倒趙本夫」、「火燒趙本夫」、「油炸趙本夫」的大字報，大橫幅，還有「文化大革命萬歲」、「偉大領袖毛主席萬萬歲」的大標語。我也不知道趙本夫是誰，是青海省的省委書記、大走資派吧。

開弓沒有回頭箭。我沒有在西寧停留，當天晚上就上了開往蘭州的火車。火車上人客很多，人人胸前都佩有一枚金閃閃或是紅灼灼的毛主席像章，談的都是文化大革命的事情。一路上也沒人查票。我到蘭州是為了找到四旋兒，就是那個四姑娘，先瞭解些內地的情況。圓善，妳還記得我對妳講過的那個蘭州神偷、丐幫幫主四姑娘嗎？是哪是哪，她可是個神奇人物。蘭州也滿街都是打倒這個、火燒那個的大字報，大標語。我很順利地找到了四姑娘。是一個渾身塵土的小乞丐把我帶到黃河北岸九州臺下的一眼破窯洞裡，去見他們的「馬總司令」。新鮮！原來在內地，連乞丐都有了自己的革命群眾組織。窯洞門口果然樹了面旗幟，迎風飄揚：「紅四方面軍西路軍烈士遺孤造反兵團司令部」！我一眼就認出了穿一身舊灰布紅軍服、臂佩紅袖章的四姑娘，她比原先稍胖了些，個頭也彷彿高了些，竟當上了「總司令」，更顯精神了呢。四姑娘卻瞪著眼睛沒有認出我來：你找我？

有啥事？你也是西路軍烈士遺屬，想加入我們的組織？我說，馬司令，我是妳七年前在火車上認識的那個北京右派大學生、畫家蕭白石呀！我去青海勞改農場探望父親，妳還幫助過我的呀！四姑娘後退一步，眼睛瞪得更大了：蕭老弟？你還活著？渾身曬得這麼黑，像個藏族娃子似的……真的是你？蕭老弟，七年了，姐姐我找你找得好苦哇！說罷，當著她幾名手下的面，一個箭步衝上來，就死死把我給抱住了。我感覺到她身子的溫熱。我也感動得流了眼淚，隨她進了窯洞，告訴她：六零年春上，我趕到青海大漠農場的第二天，父親和他的難友們就都死了。都是餓死的，我帶去的食品沒有救下父親……那農場上萬名右派勞改犯，沒有多少活下來的……我被迫天天搬運屍體，一板車一板車朝大沙坑裡扔……我總算逃了出來。四姑娘問：又是誰救了你？七年，七年哪，你都去了哪裡？我告訴她：是一名右派醫生，天主教徒，美國歸僑，領著我逃出大漠。那醫生卻長眠在大漠裡了。我則被一戶藏族牧民救下，隱名換姓，和藏女央金成親，一住七年，養有兩個娃娃……

四姑娘冷靜下來，問我是不是要回北京去？既是在大漠深處與世隔絕的藏族游牧人家一住七年，又是怎麼知道內地發生了文化大革命運動的？我告訴她，是半年前，一隊去西藏拉薩大串聯的北京紅衛兵，在青海大漠裡迷了路，找到那戶藏族人家過夜，留下一些首都紅衛兵戰報、宣傳品……我是要回北京去，找中央美術學院，參加革命造反，要求為自己的右派問題平反。劃右派那年，我才十七歲，還不算成年人哪！四姑娘說：那好，過兩天我們遺屬造反兵團也要去北京，找徐向前，找李先念，找周總理，談判解決西路軍遺屬遺孤政治權益、生活待遇問題。你就和我們一起走吧！好大的口氣，四姑娘要找徐向前、李先念、周總理去談判哩，文化大革命，這世道是大不同了哩。周總理我當然沒忘記，但記不清徐向前、李先念是誰了。四姑娘笑笑說：你腦子只剩下一片沙漠了？徐向前元帥，就是一九三七年紅四方面軍西路軍的總指揮呀！現在是中央軍委文革小組組長；李先念是西路軍一名軍政委，現在是黨中央常委、國務院副總理。去年我和我們造反兵團的代表兩次去北京，兩次都參加了天安門廣場上毛主席檢閱紅衛兵小將……但我們沒有見到徐向前、李先念、周總理。中央文革接待站的人總是告訴我們，首長很忙，暫時安排不上，你們去候著，聽通知。我們只好在中央民族學院設了個聯絡站，天天派人去打聽消息。我和幾名戰友則返回了蘭州。最近一個多月，我們留守北京的人再也聯絡不上，所以我們決定走一趟。這次再見不到徐向前、李先念、周總理，我們就到中南海大門口去靜坐，坐等接見！

於是過了兩天，我跟著四姑娘和她的幾名戰友，爬上了從蘭州去西安的貨運列車。四姑娘給了我一個她們造反兵團的紅袖標戴在左臂上，一枚毛主席像章佩在胸前，以及一本小紅書《毛主席語錄》裝在上衣口袋裡，說這樣路上方便。我這才知道，中央已經下了停止紅衛兵大串聯的通知。但全國各地的紅衛兵和造反派仍然紛紛湧去北京，向中央反映、申訴各自遭受黨內走資本主義當權派打擊迫害的問題。大家夥沒有免費的客運列車乘坐了，就爬上各種貨運列車。由於爬車的人太多，火車司機和押運員以及沿途車站上的警察都沒法制止，只能聽之任之。在震動不已的貨櫃車廂裡，我第一次參加了名叫「早請示」、「晚匯報」的崇拜儀式。「早請示」是天亮時分，小將們自覺站成隊列，面朝東方，右手緊握小紅書貼在左胸上，唱歌似地齊聲唸誦頌詞：「敬愛的偉大領袖、偉大導師、偉大統帥、偉大舵手毛主席，我們心中最紅最紅的紅太陽！我們要以林副主席為光輝榜樣，永遠讀您的書，聽您的話，照您的指示辦事，做您的好戰士！誓死保衛毛澤東思想，誓死保衛文化大革命，誓死保衛無產階級革命路線！我們敬祝您老人家萬壽無疆！萬壽無疆！萬壽無疆！敬祝您的親密戰友林副主席身體健康！永遠健康！永遠健康！」「晚匯報」則在日落後舉行，儀式及頌詞和「早請示」基本相同。我最初幾次參加這種崇拜儀式，既新鮮又疑惑，很受刺激：這不是和佛教、伊斯蘭教、基督教差不多了？信徒們一早一晚虔誠禱告，祈求保佑。不同的只是佛教徒崇拜敬頌釋迦牟尼，回教徒崇拜敬頌穆罕默德，基督徒崇拜敬頌耶穌和上帝。在青海牧區，藏傳佛教崇拜敬頌達賴喇嘛活佛。這一來，咱們新中國不就成了一座大教堂，七億多人口人人都是信徒了？信奉紅太陽教，教主就是最紅最紅的紅太陽毛主席了？我不敢想下去了，更不敢說出來，不然就保不住吃飯的傢伙了。

到了西安車站，我們又爬上了開往鄭州的貨運列車，個個渾身土塵，蓬頭垢面。但沿途爬上來的紅衛兵小將、造反派戰友更多了，操各種口音的都有。我一路上聽他們講各自的造反觀點，唱各種文革歌曲，我過去從未聽過的歌曲：「馬克思主義的道理，千頭萬緒，歸根結柢，就是一句話：造反有理！造反有（嘔）理！」「敬愛的毛主席，我們心中的紅（嗡）太陽！敬愛的毛主席（𠲎），我們心中的紅（嗡）太陽！我們有多少知心的話兒，要對您（𠲎）講，我們有多少熱情的歌兒，要對您（𠲎）唱！」「天大地大，不如毛主席的恩情大！河深海深，不如毛主席的恩情深！千好萬好，不如毛澤東思想好！爹親娘親，不如毛主席親！」「革命方知北京近，造反倍覺主席親！誰要反對毛主席，堅決打倒不留情！」「一切聽從毛主席，一切擁護毛主席，一切捍衛毛主席，一切為了毛主席！」「永遠緊跟毛主席，永遠保衛毛主席，永遠服從毛主席，永遠崇拜毛主席！」……有一種歌曲叫「語錄歌」，就是把小紅書上摘錄的毛的「最高指示」譜上曲子來傳唱。我聽四姑娘他們一曲接一曲，忘情地唱著吼著，高亢強勁，短促有力：「領導我們事業的核心力量是中國共產黨，指導我們思想的理論基礎是馬克思列寧主義！」「凡是敵人反對的，我們就要擁護，凡是敵人擁護的，我們就要反對！」「革命不是請客吃飯，不是做文章，不是繪畫繡花，不能那樣雅致，那樣從容不迫，文質彬彬，那樣溫良恭儉讓。革命是暴動，是一個階級推翻另一個階級的暴烈的行動！」「凡是錯誤的思想，凡是毒草，凡是牛鬼蛇神，都應該進行批判，絕不能讓它們自由氾濫！」「革命戰爭是群眾的戰爭，只有動員群眾才能進行戰爭，只有依靠群眾才能進行戰爭！」「下定決心，不怕犧牲，排除萬難，去爭取勝利！」……

四姑娘和她的戰友們忘情地唱著，我卻越聽越迷糊。都唱了些什麼啊？讚美詩不像讚美詩，經文不像經文……文化大革命，打倒走資派，橫掃一切牛鬼蛇神，諸神退位，全中國只誦一部經書，供奉一尊神靈了？我就像外星人來到地球，什麼都不會唱，什麼都搞不懂了。還有我更不明白的，就是他們在唱語錄歌唱乏了之後，就聚在一起爭爭嚷嚷交換毛主席像章。我又大開了一回眼界，紅衛兵小將和造反派們一個個像變戲法似地，忽地從各自的挎包裡掏出好些枚金燦燦、紅灼灼的毛主席像章，大都是一塊銀元或一個銅板大小，相互比示著，像小商販似地討價還價，做像章交易。

我們在河南省會鄭州火車站爬下車，準備另爬上一列北去的貨櫃車時，就碰上了河南兩大派群眾組織的大武鬥。所有客貨列車停駛，鐵路交通癱瘓。是真刀真槍的武鬥，雙方步槍、機關槍、手榴彈都使上了。不時傳來一陣陣激烈的槍聲、爆炸聲、喊殺聲。彷彿進入了戰爭年代。我們和全國各地匯聚在這裡的乘客們躲在車站裡動彈不得，鐵軌上、月臺上、候車室內外都擠滿了坐著或是躺著的人。四姑娘派人出去探聽消息，回來告訴我和她的戰友們：武鬥的兩大派，一派叫「河南工人階級二七公社」，另一派叫「河南無產階級革命大聯合總司令部」，據說兩大派各有強硬的後臺，

「二七公社」的後臺是省軍區，「聯總」的後臺是駐鄭州的野戰軍！還說中央文革首長江青同志有指示，「革命造反派要文攻武衛，用槍桿子保衛毛主席，保衛黨中央，保衛無產階級文化大革命！」我偷偷問四姑娘：江青是誰？公開號召打內戰，有這麼大的權力？四姑娘也壓低了聲音：你腦子成沙漠了，傻呀？連江青都不知道！她是偉大領袖毛主席的愛人、親密戰友，中央文革小組組長，文化大革命運動的旗手！我差點又要說出傻話來：那毛主席和江青同志不成了搞夫妻黨呀？我這才真正感受到，原來內地的文化大革命，變成派性武鬥，天下大亂了。可我怎麼也想不通，毛主席領導共產黨打內戰，狗咬狗一嘴毛，自己咬起來了。當然這話不能和四姑娘他們說，不然我就成了真正的反革命了。

我們誠惶誠恐在鄭州火車站內趴了兩天兩晚，直到第三天早上，外面的交火聲才停息下來。不久就有宣傳車在街上廣播，火車站裡的喇叭也響了起來，傳達中央的最新指示：為了解決鄭州兩派大武鬥問題，周恩來總理親自到了鄭州，指出鄭州站是貫穿全國東西南北的交通樞紐，鄭州火車站癱瘓，等於全中國的鐵路交通癱瘓，中斷，你們誰也負不了這個責任！周總理代表毛主席、黨中央和國務院，命令立即停止武鬥，保障鐵路交通暢行無阻！周總理並把兩大派的頭頭，以及他們的後臺河南省軍區負責人、駐豫野戰軍負責人，一起請到北京去了，談判解決河南問題，實現各派群眾組織大聯合，籌備成立三結合的新生紅色政權——革命委員會。我又不懂啥叫大聯合、三結合、新生紅色政權革命委員會。又是四姑娘挺有耐心地告訴我：都是偉大領袖的最新最高指示，今年一月，以王洪文、張春橋、姚文元為首的上海最大的工人造反組織「工總」奪了上海市委、市政府的權，成立「上海人民公社」，向毛主席、黨中央報喜。毛主席說，上海工人階級奪了黨內走資派的權，給全國各省市帶了頭，成立起新生的紅色政權，名字還是叫革命委員會好！現在全國從中央到地方，省、地、縣、社，機關學校，工礦企業，革命造反組織都在奪黨政領導權，紛紛成立起黨政合一的革命委員會，取代原先的黨委、政府；大聯合，是毛主席號召各派革命群眾組織，要聯合起來，團結一致，從黨內走資派手中奪取黨政領導大權；三結合，也是毛主席的指示，各級革命委員會的領導班子，要實行軍隊代表、革命群眾代表、革命領導幹部代表三結合。我越聽越犯迷糊：黨組織都不要了？可以被奪權了？黨不是領導一切、管理一切神聖不可冒犯的嗎？一九五七年，知識分子卻是響應號召，給黨組織、黨員同志提了意見，而統統被打成反黨反社會主義的資產階級右派分子，發配農村、押送大漠邊陲去勞改的呀！我不敢沿著這思路問下去了，四姑娘他們大約也解釋不清楚了。但還是忍不住出了聲：王洪文、張春橋、姚文元是什麼人？他們怎麼有那麼大的膽子，敢奪上海市委、市政府的權？四姑娘可憐我似地苦笑笑說：你傻不傻呀，什麼都不知道！趕快找些報紙、傳單來讀讀，補補課。我也是從傳單上知道的，上海革命委員會主任王洪文原先是上海國棉十七廠的工人，當過兵，幹過工廠的保衛幹事。去年文革一開始，他就響應毛主席的號召，帶領工人群眾造反，成立起上海工人階級最大的革命組織「工總」，他當總司令。說他是毛主席的婆姨江青同志發現的人才，得到毛主席的提拔、重用。張春橋是原上海市委副書記，筆桿子，也是江青同志的人。姚文元原先是個普通文化人，聽說是江青、張春橋找到他，寫了那篇現在被叫作文化大革命第一炮的〈評新編歷史劇海瑞罷官〉的文章，而當了大官。張春橋現在是中央文革副組長兼南京軍區政委，姚文元現在是中央文革小組成員。都是在毛主席和江青同志手下，領導文化大革命的大人物。我也就知道這麼多，其他的，不要再問，你自己去讀報紙、傳單吧！四姑娘都不耐煩了。

鄭州的武鬥停息後，我又跟著四姑娘他們爬上了北去的貨櫃列車。在河北省會石家莊站，被車站軍管會的執勤軍人攔了下來。我這又才鬧清楚，雖然全國上下都在造反奪權，亂哄哄的，但全國大小單位都實行軍管，由軍人當家了。軍人倒是沒有為難我們，查看了我們的證件，問清了我們上北京的原因和目的之後，就放行了，允許我們進京了。

42

三月上旬，院子裡、街邊上的柳樹開始吐芽，榆樹開始掛綠，天氣一天天暖和了。圓善設在朝陽區左家莊蕭家四合院西廂房的「定慧推拿小館」，仗了蕭白石一些哥兒們的幫忙，證照辦得順當，正在請人裝修，至遲到「五一」勞動節，就可以開門營業。

一天，蕭白石應杜胖子邀約，帶著圓善去參加東城大北窯的「莫談國是咖啡館」的朋友聚會。咖啡館是位美籍華裔青年開的，常客多是些好議論時事又好互通信息的自由派知識分子。聚會在館內一間雅座裡，牆上果然掛了兩幅仿鄭板橋體的書法「難得糊塗」、「莫談國事」。蕭白石和圓善進來時，雅座裡正高談闊論熱氣騰騰。杜胖子從中介紹：各位各位，這位是本人請來的朋友，畫家蕭白石，這位是蕭畫家的愛人鐵姑娘。接著又介紹座中幾位長者和他們相識，都是大名鼎鼎的：大記者劉賓雁，大書法家黃苗子，名戲劇家吳祖光，名教授許良英，名作家白話，等等。名家們也都沒有起身，只隔著咖啡桌和蕭白石握了握手。其中吳祖光老人和他握手時十分熱情：小白石啊，知道知道，在晚報上看過你的畫作……聽小杜說你有幅〈我們的森林〉，很有寓意，應當送到聯合國環境保護署去展出？有機會讓我見識見識，怎樣？作家白話則眼睛盯著圓善直放亮：鐵姑娘？久違了的名字，妳老家是河北吧？河北有個青年女作家也姓鐵，也是個小美人兒……大記者劉賓雁說話了：白話兄，天下美女多著呢，注意啦，眼下這位名花有主。

圓善渾身都不自在，文化人再有名，也就這德性。

當坐在角落的北大女生路琳離開座位，上來和蕭白石拉手時，蕭白石高興地說：好久不見了，沒想到在這裡見到妳！路琳說：我們幾個同學去大將軍胡同找過您呢，人家說蕭畫家挪窩了，但不肯告訴新址。蕭白石把圓善介紹給路琳。路琳驚豔似地目光閃閃：哇！這就是小師娘呀，是從圖畫裡走出來的吧？說著把身旁的一位高壯的高鼻深目的小伙子介紹給蕭白石：這是北師大的高材生呼爾亥西，未來的維族領袖。呼爾亥西和蕭白石握手時笑道：路琳同學不脫大漢族主義的影響，好像維族人就不能當漢族人的領袖似的。

杜胖子發話了：都坐下，坐下。言歸正傳吧。亥西同學，你先前的「小內參」剛開了個頭，我們的幾位老前輩都等著聽下去哪。

呼爾亥西也就二十來歲，性情開朗豪爽，一口普通話十足標準，言談不避利害，毫無城府：我的消息來源很可靠，幾位同窗的父親大人，有的在軍委，有的在總參，有的在北京軍區，都是兩顆星、三顆星的大將軍……三月十號，西藏首府拉薩的確發生了大規模的喇嘛抗議遊行，高喊共產黨要尊重他們的宗教自由，允許他們供奉達賴喇嘛畫像，要求在藏區實行真正的藏民自治，等等吧。大家知道的，每年的三月十日，在西藏自治區都是個特殊敏感的日子。這一天是一九五九年西藏精神領袖達賴喇嘛活佛率領西藏嘎夏政府官員及大批藏民逃亡印度的傷心日子。今年三月十日更是達賴喇嘛活佛出逃印度三十周年紀念日。這次上千名喇嘛和平抗議的地點在拉薩市中心、大昭寺前的八角街。天黑時分，抗議的喇嘛們還沒有散去，大批軍隊出現了，把他們包圍了。裝甲車都開上街了。身披袈裟、手無寸鐵的喇嘛們沒想到的是，頭戴鋼盔、手握衝鋒槍的軍隊把他們擠壓到廣場的一角，一陣喊話，要求他們下跪、投降！喇嘛們不肯下跪、投降，軍隊就開了槍……射殺了多少喇嘛？是軍事祕密。這是五九年三月「拉薩平叛事件」之後，第二次對西藏喇嘛的血腥鎮壓。

劉賓雁、吳祖光、黃苗子、許良英、白話、蕭白石一個個聽得目瞪口呆，驚訝得話都說不出來，簡直不相信自己的耳朵似的，彷彿都在質疑：有這事？有這事？西藏軍區有這麼大的狗膽？誰下的開槍命令？

圓善嚇得臉蛋發白，渾身哆嗦，閉上眼睛，默唸著阿彌陀佛，阿彌陀佛。

這時，路琳補充：據可靠消息，我們的那位西藏自治區黨委書記兼西藏軍區第一政委，當天晚上身穿軍裝、頭戴鋼盔、手握步話機，親自在八角街第一線指揮。

吳祖光手裡咖啡杯一頓：小胡？天爺，他可是耀邦的團派大將呀！他敢調動軍隊殺人？而且殺的是西藏喇嘛？

劉賓雁嗒嗒嗒敲著桌沿：諸侯亂政，痛心疾首。我相信呼爾亥西和路琳兩位同學聽來的消息都是真實的。本人雖然被小平下令開除出黨，但好歹還是個人民日報高級記者，今晚上一定寫一份內參，報給趙紫陽總書記，要求追究小胡違背當年胡耀邦總書記主持中央西藏工作會議所做出的決議的責任！我相信趙紫陽總書記還是個頭腦清醒、理性的領導人。

軍旅出身的白話說：賓雁兄，小弟一向敬服你鐵肩擔道義，辣手著文章。可你想沒想過，小胡在拉薩動用部隊搞平亂，注意用詞，不叫鎮壓叫平亂，能不事先請示軍委老爺子？借十個狗膽給他都不敢。我承認紫陽同志有水平，夠能力，但他只是我們這一朝代的又一個光緒皇帝。從劉少奇，到林彪，到王洪文，到華國鋒，到耀邦、紫陽，本朝已換了多少個光緒帝了？前清慈禧老佛爺手下只有一個光緒，可本朝毛、鄧兩軍委主席手下，已經有了六個光緒，說不定還會出現第七個、第八個。我這個右派作家是從部隊離休下來的，我以為我比諸位更知道什麼叫「槍桿子裡面出政權」。

黃苗子說：可惜了，可惜了。耀邦同志那樣開明，勤政親民，本來是一代明君啊。他以七十歲的高齡，兩次去西藏視察工作，看望藏民，向他們道歉，共產黨不該把內地的一套左的方針政策，搬進藏區，傷害了藏族同胞，要改，中央要改正錯誤，要把那些不能適應藏區工作的漢族幹部，統統調回內地去……據說，藏人都把耀邦同志稱為活佛。耀邦還主導著和達賴喇嘛在印度的西藏流亡政府談判，和解，邀請達賴喇嘛回國來看看，保證他的來去自由。聽說達賴喇嘛活佛也表示過回國的意願……可是前年一月，中央元老們一次不倫不類的會議，就把耀邦總書記趕下臺，對西藏的開明政策，竟成了他的罪狀之一。從西藏回來的同志告訴我，自耀邦下臺，西藏又出現騷動不安的勢頭……這不，果真就出事了。

一直默默無聲的許良英教授，這時也說：怪道昨天下午我去看望耀邦同志，被他家門衛擋了駕，告訴我首長身體不適，在休息，不見客。現在看來，耀邦知道西藏拉薩又動了軍隊，流了血，在生氣……耀邦自從被迫辭職，只掛名政治局委員之後，就在家裡讀書、練字，找老友聊天，打發日子。可他生性好動，關心時政，渴望工作。他幾次問我：先念、王震、彭真、楊尚昆、薄一波，他們一個個八十高齡不退位，為什麼要逼退自己這個七十歲的總書記，而且不按照黨章程序？說起來後面這三位，特別是薄一波，還是我代表中央找他們談話，為他們平反昭雪，恢復名譽和工作的！我還說服司法部門，釋放了他兒子薄三。他兒子六六年是中學生，西城區紅衛兵糾察隊頭目，草菅人命，被海淀區法院判了七年徒刑麼。耀邦沒有提到小平、陳雲。他當然明白，真正迫他下臺的，是這兩位。香港報刊叫做兩宮親政。

吳祖光說：難道政局發展，又到了老戲文說的黃鐘毀棄、釜瓦雷鳴的時月？小胡，小胡，何方神聖？新冒出一匹政治黑馬？

劉賓雁說：此人，我知道些底細，不過不太好說。

白話說：賓雁兄，反正你下個月就要赴美，去做哥倫比亞大學的訪問學者，相信安全部門暫時顧不上你了，但說無妨。

吳、黃、許三位也催他但說無妨。

杜胖子、蕭白石、圓善加上路琳、呼爾亥西兩位，一時都當了聽客，在幾位大知識分子的談話中插不上嘴。圓善悄悄問蕭白石：那個吳老先生，就是評劇皇后新凰霞的夫君？

劉賓雁若有所思地看看路琳、呼爾亥西，沒有看蕭白石和圓善，以開玩笑的口吻說：在座的，沒有雷子吧？我女兒、女婿就在市局工作，他們小倆口知道的事可多啦！

杜胖子是個何等聰明的人，看一眼蕭白石、圓善後，才說：劉老師，先前介紹我這位畫家朋友時，少介紹了兩句：蕭畫家也是五七年的右派，而且劃右派時只有十七歲，是中央美院年紀最小的右派。他的父親是位中學教員，劃了極右，被送去青海大漠農場勞改，大饑荒時死在那裡，屍體被扔進了千人坑。那勞改農場有好些個千人坑。蕭畫家去探望過他父親，被留在那農場拉屍體，一具具朝千人坑裡扔，扔，扔。

白話叫了起來：好題材！好題材！為什麼不寫出來？咱們新中國的古格拉群島故事，比老大哥的毫不遜色，甚至更精采！蕭畫家，咱倆合作怎樣？

吳祖光說：對了，小白石，我在晚報上看過一篇介紹你畫作的文章，說你大饑荒年代在青海大漠裡流浪，被一戶藏族牧民收留了七年之久。藏民的日子，到底過得怎樣？

蕭白石稍作遲疑，說：善良，藏人是我在這個世界見過的最善良、最慈悲的民族。本人這條爛命，就是一戶陌生藏民救下的，收養我七年，把我當成了他們的娃子。在那樣的年代，從未問過我的出身、成分。直到一九六七年我回北京參加文化大革命，自投羅網……我敢說，就人的善良誠實、慈悲仁愛而言，藏人和漢人相比，一個菩薩，一個惡棍。對不起，我這樣講，是親身經歷，不是罵我們自己。毛、劉、周、朱、陳、林、鄧，哪一個不是漢人？

劉賓雁坐不住了，繞過咖啡桌，來和蕭白石再次握手：好，好！你我相見恨晚。不過我們漢人中，還有唐宗宋祖，耀邦紫陽，也不要一竹竿打翻一船人！哈哈哈！

大家都笑了起來。白話也過來和蕭白石再次握手：合作，我倆一定要合作，寫出咱們自己的古格拉群島故事。

黃苗子和杜胖子說了句什麼。杜胖子拍了拍巴掌，招呼說：歸座，請各位歸座。賓雁老師，大家想聽聽您劉氏路透社，關於團派大將小胡的獨家新聞。對了對了，苗子前輩稱之為人物追蹤，宦海勾沉。怎樣？

有服務員送進一壺新煮的咖啡，路琳接過，先替劉賓雁老師續上，再替座中各位師友一一續上。呼爾亥西則一小袋一小袋奉上咖啡之友。好一對金童玉女。

劉賓雁常有驚人之語。人說聽他講話是一種精神享受。他總是以平平淡淡的語調，道出駭人聽聞、刺耳刺心的訊息，在語音和內容之間形成極大的反差，令聽眾震聾發聵。比如他在公開演講中，就說過「上海是一座政治陽痿城市」，「河南省是中國幾個最黑暗的省分之一」！此刻，他扺下兩口燙嘴咖啡，緩緩說道：你們問這次在西藏拉薩指揮部隊平亂的自治區黨委書記小胡是何方神聖？此人有什麼來頭？我可以負責任地告訴各位，小胡沒啥來頭，又大有來頭。我為什麼這樣說？小胡一九四二年出生於江蘇泰州，祖籍安徽績溪。他父親是名偽職員，出身不怎麼地。可小胡從小愛黨愛社會主義，表現優秀。一九五九年考入清華水利工程系。為人中規中矩，性情溫順，熱心公務，積極向上，一九六四年入黨，是老師、同學心目中的好學生，好團幹。他還愛好文體活動，能歌善舞，當了清華大學舞蹈團的團長。在黨組織的同意下，他也談戀愛，對象是同窗女生劉。劉的父親是中共甘肅省委副書記，他因此有了太子黨的背景了。一九六五年清華畢業，他留校工作，當了一名學生政治輔導員，專管學生政治品質、生活作風。他受到校黨委器重，被列為「社教運動政治學徒」，革命接班人。一九六六年文化大革命初期參加保守派紅衛兵組織，屬於保皇派，受到些衝擊。一九六八年清華大學鬥、批、改，他被下放到甘肅省劉家峽水庫工作，與劉結婚。岳父大人當了走資派，靠邊站，接受審查。他自己的父親則在江蘇泰州老家被打成黑幫分子，迫害致死。他也沒有敢回老家奔喪。直到一九七七年，他岳父恢復工作，又當上省委副書記，他跟著沾光，當了省水利廳團委書記，算正處級幹部。一九七八年，他離鄉二十年後回江蘇泰州老家探親，為的是擺正自己和家鄉幹部及貧下中農的關係，不為父親的冤死怪咎任何人。他特意在小鎮飯館訂下兩桌酒席，遍請老家的幹部及貧下中農代表。結果，兩席酒菜齊備，他著人三請四請，竟無一人赴席！誰也不把他這個從甘肅回來的團委書記放在眼裡。他只得含著眼淚，把兩桌酒席，請飯館的全體員工享用了。

劉賓雁如數家珍，娓娓道來：小胡真正的時來運轉，發生在一九八二年春天。這時他已當上甘肅省團委書記，算廳級幹部了。這年春天，鄧大人到甘肅蘭州視察工作。省委第一把手是原周恩來的政治祕書宋平。當時黨中央正在各地遴選青年幹部，組建那個所謂的新時期革命接班人「第三梯隊」。說是鄧大人問宋平：你這裡有什麼好苗子？年齡在四十上下，有學歷，有才幹，政治上靠得住的，可以推薦推薦。宋平向鄧大人推薦了團省委書記小胡，清華大學水利系畢業，為人忠誠老實，頭腦清醒，組織觀念強，上下關係好，工作刻苦，在甘肅中青年幹部中，是條件比較全面的一個。鄧小平聽了宋平的介紹，很高興，安排小胡來見面。小胡見到鄧大人，誠惶誠恐。鄧大人問了些他的學歷、工作、家庭之類的情況後，才切入正題：對黨的改革開放路綫、方針、政策，現在黨內存在不少分歧、爭論，你有什麼看法？大膽講，要講真話，只要是心裡想到的，任何觀點都可以講。小胡這時已經平靜下來，況且宋平書記已經有過囑咐，便說出了原先預備好的話：晚輩斗膽，不堅持改革開放，黨和國家的事業難有好的出路，社會主義制度的優越性難以體現、發揮。但在具體的實行過程中，晚輩覺得，晚輩覺得……簡單的說，就是經濟上要反左，放開，搞活；政治上要反右，管嚴，管好。

吳祖光、黃苗子、許良英三位幾乎是同時插言：好傢伙，這不正是鄧大人的一套嗎！

白話也說：揣摸聖意，體諒聖心，是做好臣子的本能。

蕭白石想說句什麼，被圓善拉了拉衣袖，止住。

路琳、呼爾亥西同聲催促：請賓雁老師講下去，請賓雁老師講下去。

劉賓雁說：鄧大人聽了小胡的建言，表面上不動聲色，內裡龍心大悅。回到北京就告訴耀邦，在甘肅發現了一個人才，宋平同志推薦的，可以培養。耀邦也很高興，甘肅團委書記，共青團中央又添新生力量麼！耀邦派出中組部常務副部長李銳到蘭州考察、核實。小胡很快被調進北京，任團中央副書記，進中央黨校省級幹部培訓班學習。幾個月後任第一書記，全國青聯主席，正式列入中央接班梯隊，做了「天子門生」。一九八五年，宋平調任中央組織部部長，對小胡更有利了。中組部遵照鄧大人的旨意，準備提拔小胡接替鄧力群，當中央宣傳部長，管意識形態。耀邦倒是有識人之明，覺得小胡為人蕭規曹隨，管意識形態不可能有開創性，就以小胡缺少黨政基層工作經歷為由，調他去貴州省委當書記，而把貴州省委書記朱厚澤調來擔任中宣部長。耀邦十分欣賞朱厚澤的學養才華，胸襟開闊，具開拓精神，甚至誇他是可以當總書記的料。朱厚澤到中宣部上任後，提出了對科學文化知識界寬鬆、寬容、寬厚的三寬政策，深得人心，和耀邦很合拍，但黨內元老們對他恨得牙癢癢。一九八六年底，軍委主席鄧大人調兵遣將，完成了北京四周的軍事部署（耀邦的同鄉楊得志總參謀長率軍事代表團出訪巴基斯坦等國去了），才把中央警衛局局長楊德中叫到自己家裡交代任務：你手下的人馬，只聽我的命令，其他任何人不准過問。一九八七年一月，在鄧、陳的主導下，召開了不倫不類的中央政治局生活擴大會議，逼胡耀邦辭職。會議是逐步擴大的，開始是五人的小會，由王震、楊尚昆、彭真、薄一波四人出面，找胡耀邦談話，攤牌，傳鄧小平、陳雲旨意，數落其問題、罪責，要胡耀邦認錯，下臺。接著開政治局常委擴大會，除上述四老外，鄧小平、陳雲親自出席，常委趙紫陽、胡啟立、李鵬、姚依林，加上理論棒子胡喬木、鄧力群出席。薄一波長篇講話，列數胡耀邦的二十條嚴重問題，胡喬木、鄧力群則從理論上上綱上線，把耀邦說得一錢不值。其中薄一波表現最惡劣。一九七七年胡耀邦出任中央組織部長時，首先提出要替被毛澤東定下的「薄一波、安子文等六十一人叛徒集團案」平反，得到華國鋒的支持。後胡耀邦代表中央找剛從牢房裡出來的薄一波談話，為其恢復名譽，恢復工作。當時薄一波聲淚俱下，感激涕零，只差沒給耀邦下跪磕頭了。耀邦擔任黨總書記後，也一直把他當作老幹部代表，帶著他出席各種接見、會見活動。可是耀邦沒想到的是，薄一波早就投效了鄧大人，成了鄧大人部署在耀邦身邊的眼線，搜集耀邦的各種材料了，成了黨內真正的一名大叛徒。

劉賓雁說：最後階段才開政治局擴大會議，胡耀邦的改革派大將萬里、習仲勳、田紀雲等政治局委員這才被通知參加會議，接受既成事實。據說習仲勳一進會場就仗義直言：你們瞞著大多數中央政治局委員，無視黨章黨紀，都開了些什麼會？你們還在搞毛澤東那一套？說是鄧大人不得不找習仲勳個別談話，平息了習的怒氣。一月十六日最後一天會議，中紀委、中顧委在京常委全部出席，人數大大超過政治局委員，聽胡耀邦作檢討，正式提出辭去總書記職務，完成了黨的歷史上又一次會議政變。說是散會時胡耀邦在座位上嚎啕大哭，站都站不起來，後來還是由習仲勳和胡啟立兩人攙扶著離開會議室，上了汽車……咱們黨的高層幹部，從來一榮俱榮，一損俱損。胡耀邦下了臺，朱厚澤也被撤了中央宣傳部長職務，降級使用，到全國總工會當了一名屁事不管的副主席。人說中宣部長多無好下場，從李立三、瞿秋白、何凱豐，到張聞天、陸定一、陶鑄，都無好下場。朱厚澤思想最開放，作風最民主，當了兩年中宣部長，黯然下臺。而下到貴州當省委書記的「天子門生」小胡，老婆孩子留在北京，隻身赴任，下鄉鍍金，毫無政績，十足平庸，官卻做得穩穩當當。一九八七年調任西藏自治區黨委書記兼西藏軍區第一政委。前幾天拉薩大昭寺上千名喇嘛在八角街遊行請願，小胡頭戴鋼盔、身穿軍服親自指揮部隊平亂，顯示了他的英雄本色！鄧大人沒有看錯人。鄧大人說過，必要時殺二十萬，保二十年安定。我敢說，關鍵時刻敢動武，敢下令開槍，才是鄧大人心目中的真正接班人。

大家都聽得屏聲靜氣，毛骨悚然。這就是劉賓雁的魅力。

吳祖光訝異地問：幸虧我被勸退出黨。敢對老百姓開槍的人，才是黨的接班人？真是天方夜譚，荒謬絕倫，難以置信。

黃苗子說：活到這把年紀，可真是開了眼界了。

正說著，一直跑出跑進忙乎著的杜胖子，進來小聲說：各位各位，老闆通知，檢查證照的公安民警正在隔壁餐館執行任務……大家莫談國是，改搓麻將，改搓麻將！分兩桌，麻將牌在老地方。

劉賓雁起身就走，邊說：記住，方才我啥都沒說，你們也啥都沒聽。誰傳出去，後果自負。

路琳、呼爾亥西手腳勤快，忙著安排麻將牌局，說了句俏皮話：就像二戰電影裡的蓋世太保要來了似的。

蕭白石和圓善胸口仍在怦怦跳，一時都拿不定主意，是不是也要立馬離開。

這時服務生送進一紙帳單來，退下。路琳接過一看，惡作劇似地叫道：快看哩，是通貨膨脹，還是物價調整？上星期還咖啡一塊五一杯，本星期就漲到了兩塊！漲幅達百分之二十五。消費者天天挨宰，處處挨宰。

大家邊搓麻將邊繼續清談。許良英教授說：這叫開閘放水……咱也不能怪下面這些老闆，生意人。如今店租，水費，電費，管理費，環衛費，原材料費，什麼不漲？自去年八月，中央決定闖物價關，物價就如同脫韁的野馬，相互攀比著漲，漲，漲。我的學生玩世不恭說，社會主義初級階段，只剩了小平同志的個頭不見長！

大家想笑，卻笑不出來。「什麼都漲，就鄧大人的個頭不見長」這話，蕭白石和圓善年初去看崔健搖滾樂演出那次，就聽自行車寄存處看車的老大爺說過了。

白話說：從前說物賤傷農。今天是百物騰貴，傷民啊。說句洩氣話，國民黨政權垮臺、逃往臺灣前夕，就是金元券如冥紙，滿天飛。

吳祖光說：去年趙紫陽同志提出闖物價關，是中央決策，鄧大人點頭。後來出了亂子，收不了場，責任都推給了趙紫陽。國務院只得出臺緊急措施，幹部、職工算每月得到十五元的物價補貼，也是車薪杯水。普通市民、鄉下農民沒有物價補貼，只能吃啞巴虧，怨氣衝天，操老娘。近半年來城鄉商品搶購風潮、銀行擠兌風潮就沒有停止過。我家公寓樓附近的銀行分行規定，個人存摺每天每次提取現金不得超過五千元，商店店主每天每次提取現金不得超過一萬元！你說這叫老百姓怎麼活，商人怎麼做生意？我去問過別的分行，人家經理告訴我，是北京市委、市政府為穩定金融秩序，避免庫存現金被提空，而採取的臨時性政策。

黃苗子說：人為製造緊張空氣。政府對經濟沒有信心，老百姓對銀行沒有信心。整個統治正在失去公信力。改革開放國策面臨前所未有的嚴峻考驗。不定又有人會做替罪羊。

許良英說：難怪一次經濟研討會上，就有人公然提出：今年是改革開放十周年，該好好檢討十年經濟工作的成敗，方針政策的缺失、教訓了。想走回頭路呢。

白話說：阿拉上海的情況和北京大同小異，銀行也是限制存戶擠提現金，避免庫銀被提空。因此老百姓和商家開始把鈔票藏在家裡，不敢存到銀行去。看來今年又是個多事之秋，咱們國家再一次面臨走哪條路、向何處去的大爭論，甚至大對抗了。鬧不好又要調兵遣將，槍桿子說了算。但願我不是危言聳聽。

蕭白石、圓善一直在一旁聽著，心裡沉甸甸的。白石一向貧嘴，在幾位大名家面前，也沒輪上開口。如果不是來參加這次的聚會，只沉浸在兩人的小天地裡，就真的不知道北京城裡正發生些什麼事，今夕是何年了。

還好，原說要來檢查證照的公安民警並沒有光臨。

43

老將軍直到三月下旬才從上海返回北京，也沒有回西城大將軍胡同，直接住進了西山深處的軍委招待所。那地方對外叫西山招待所，實則是中央軍委戰備指揮中心，主要建築物均深藏在岩層裡，上面是海拔一千多米的山體，最初由蘇聯老大哥援建，據稱可以抵禦任何戰略核武的轟擊。這些蕭白石也只是聽人說而已。他雖然名分上仍是老將軍的乾女婿，住在楚府後院小偏院，但不可能接觸到軍事機密。從來機密是非多，他也沒那個興趣。遲些見面也好，免得老人家對他和圓善的事關懷備至。他只是隱隱覺得，老將軍一定又是在協助小平同志做重大的軍事新部署了，不定中央領導層又要有突發性人事變動了。什麼黨指揮槍？瞎話一句。自毛澤東起，「槍桿子裡面出政權」，只有軍委主席才是真正的新中國的最高領導人，其餘黨總書記、國家主席、人大委員長、國務院總理，連一個班的士兵都調不動，算個屁。說起來都讓人害臊，軍委主席麾下的中央警衛局，給每位中央首長派出的警衛人員，都負有雙重任務，既保衛，又監護。軍委主席一旦下令，警衛人員即可轉變職能，原班人馬，從恭敬小心的保衛變成橫目冷面的監護，直至圈禁。過去警衛人員對高崗、饒漱石，對彭德懷、張聞天，對彭真、羅瑞卿，對劉少奇、鄧小平，對陶鑄、陳伯達等等，都實施過這種職能轉換，知道吧？新中國的第一代領導人，只有鄧小平笑到了最後，並以其道還治他人之身，知道吧？過去誰也玩不過毛澤東，現在誰也玩不過鄧大人。用鄧大人自己的話說，「毛在，毛說了算；毛不在了，我說了算。」知道吧？

自上回在大北窯那家咖啡館聽了名家們的一次神聊，蕭白石和路琳、呼爾亥西成了經常往來的忘年友，對各式各樣的座談會，研討會，理論務虛會，產生出極大的興趣。好就好在這些聚會都是非官方的，言論率性，多新意，絕少千篇一律、千人一面的黨八股。有的甚至相當出格，刺激，敢跟當局叫板。聽名人講話開眼界，長見識，是一種精神享受。他不便把二位往西城大將軍胡同引，而常在左家莊歪把兒胡同家中相聚。從路琳、呼爾亥西口中，才知道，自年初以來，北京城裡開了一次接一次的民間座談會、研討會，向中央呈送了一封封請願書。他倆是學校的研究生，有一年的時間寫論文，不用天天上課堂，而熱中於各種座談、簽名活動了。他們告訴蕭白石：

一月六日，中國科技大學副校長、核物理學家、自由派知識分子領袖方勵之，致函鄧小平，要求在建國四十周年和五四運動七十周年之際，全國實行大赦，特別是釋放政治犯魏京生等人；

一月二十八日下午，一批相當有社會地位的理論家及離退休黨政高官在海淀區的都樂書屋舉行座談會，由前上海市委宣傳部長、馬列主義理論家王元化主持，一百多人出席。其中有著名學者蘇紹智（原社科院馬列所所長）、王若水（原人民日報副總編輯）、李洪林（原中宣部理論局副局長）、于浩成（原群眾出版社社長）、張顯揚（國務院體改所研究員）、包遵信（國務院體改所研究員）等，以及退下來的黨政高官李銳（原中組部常務副部長）、童大林（原國務院副祕書長）、胡績偉（原人民日報總編輯）、秦川（原人民日報社社長）、李昌（原中國科學院副院長）等。會議首先由蘇紹智發言，談他最近從東歐幾個社會主義國家考察歸來的觀感。接下來與會者圍繞蘇紹智介紹的東歐國家政情結合我國當前局勢，紛紛發表各自的看法。一致認為，我們國家政治體制改革，再不能停留在鄧小平同志劃定的「改善共產黨的領導、提高共產黨的執政能力」這個小圈圈打轉轉了，關鍵問題還是在「共產黨管一切、誰來管共產黨」這個癥結上。晚八點，方勵之來到會場，做即興發言：「最近我給鄧小平寫了封信，要求實行大赦，釋放魏京生及所有的政治犯……和共產黨鬥，我們應該採取各種方式來進行。過去我想留在黨內鬥，所以我在科技大學讓研究所所有的人都入黨。現在看這種方式不行。現在我們要從黨外、體制外進行鬥爭，要有更多的實際行動。」

二月十三日，由朦朧派詩人北島發起，北京文化學術界知名人士聯名致函中共中央和全國人大，表示支持方勵之教授一月六日給鄧小平的公開信，要求在建國四十周年和五四運動七十周年之際，實行大赦，特別是釋放魏京生等政治犯。參加簽名的有吳祖光、冰心、嚴文井、吳祖緗、蕭乾、馮亦代、湯一介、張岱年、金觀濤、李澤厚、龐璞、包遵信、蘇紹智、王若水、張潔、陳軍等三十三人；

二月二十三日，北島與陳軍舉行在京記者招待會，宣布成立「一九八九年大赦工作小組」，以民促官，推動整個國家的民主進程。據說公安部門很緊張，內部報告中指稱：「這是中華人民共和國成立以來，第一次有這麼多文化界名人聯名上書，更是第一次公開宣布成立組織，要求黨中央、國務院、全國人大實行大赦，釋放政治犯」；

二月二十六日，由胡績偉主持，在首都鋼鐵公司招待所召開中國民主問題研討會，許良英、于浩成、李洪林、張顯揚等六十餘人出席。會後，許良英發起首都科教界人士公開致信中共中央領導人，呼籲加速政治體制改革。簽名的有錢臨照、王淦昌、施雅嵐、葉篤正、汪容、于浩成、張顯揚、李洪林、包遵信、吳祖光等四十二人。好傢伙，連科學泰斗、核物理權威錢臨照、王淦昌等人都參與了；

三月十四日，為慶祝《思想者》創刊號的出版，陳奎德、王炎、戴晴等人邀請三十多位北京知識界人士座談。座談會被北京市安全局予以阻止。戴晴是《光明日報》名記者，葉劍英元帥的養女，隨即發起有三十三人聯署的致全國人大二次會議公開信，強烈要求保障公民的自由人權，加速政治體制改革……

一天下午，路琳和呼爾亥西又來通知蕭白石，說當天晚上八點在北大圖書館，有一場關於「五四精神」的討論會，邀請了社科院的專家做主題發言，估計會有相當激烈的辯論。這類討論會都是自由出席，自由發言，無需入場券。於是三人匆匆吃過蕭母為他們準備的晚飯，就各跨上自行車上路。蕭白石原想要圓善也一起去聽聽，長些見識。可圓善唸了聲阿彌陀佛，說自己不是政治動物，要留在家裡陪媽媽。蕭母也提醒老大，到了人多的地方，少耍貧嘴少逞能，小心禍從口出。蕭白石說娘您放心，到了那種名人成堆的場合，還輪不上您兒子貧呢！

三人來到北大圖書館演講廳時，討論會還沒有開始，四、五百人的場子已經擠得水洩不通，過道臺階上都人滿為患，人聲鼎沸。有的人乾脆在講臺上席地而坐，好歹給主講嘉賓留出塊立足之地。講臺兩側掛上了新書寫的那幅幾十年前的著名聯子：風聲雨聲讀書聲、聲聲入耳；家事國事天下事、事事關心！呼爾亥西好不容易「哥們、哥們」的在過道臺階的一角，求人讓出了三人容身之地。剛挨擠著坐下，呼爾亥西就把一位戴眼鏡的青年學者模樣的人介紹給蕭白石：來來，你們認識一下，這是我的學長劉海濤博士，這是名畫家蕭白石先生。劉博士也是席地而坐，並不覺得唐突，隔著呼爾亥西和蕭白石握手：小白石啊，幸會幸會，您也是畫對蝦、螃蟹、蜻蜓、小雞什麼的？話裡有嬉諷意味。蕭白石並不見怪：久仰久仰，在下習西畫的，名字是家父取的，和齊白石大師沒有任何瓜葛。請問劉博士專精哪一行……

正說著，整個場子安靜了下來，主持討論會的北大學生自治聯合會主席路琳已變戲法地出現在講臺上，介紹起主講嘉賓來了：同學們，老師們，朋友們！大家知道，今年是五四運動七十周年。官方早已有了開展熱烈慶祝活動的安排。我們今晚的討論會卻是純民間性質的，所以臺上臺下，校內校外的來賓，大家可以百無禁忌，暢所欲言！我們北大的校領導也許諾了：凡會議場合的言論，都可以視作學術問題。不治罪！說明一句，不治罪三字，是我加上的！

路琳簡短的開場白，贏得全場的掌聲，笑聲，甚至有俏皮的同學打起了唿哨。蕭白石沒想到路琳這丫頭，還有這光彩、魅力。可是接下來的那位從社科院請來的現代歷史專家所做的主題發言，竟黨腔黨調，照著稿子唸，言必稱馬列毛思想，通篇乾巴教條，味同嚼蠟。什麼五四運動開創了文化新紀元，打倒孔家店、埋葬儒家思想啦；什麼北大學生火燒趙家樓、群毆曹汝霖的父親和駐日公使章宗祥，要求廢除「二十一條不平等條約」，是革命的義舉啦；什麼沒有五四運動，就沒有後來的新民主主義革命，是一場全國範圍的反帝反封建的偉大愛國運動啦；什麼五四運動是中華民族的總覺醒，請來了德先生、賽先生，以陳獨秀、李大釗為代表的進步知識分子終於替中國人民找到了正確的出路，亦即馬列主義救中國，社會主義救中國，以俄國為師，走俄國人之路，為中國共產黨的成立在思想上和組織上做了準備啦……一派陳辭濫調，中小學政治課本裡的說教。社科院的這位專家，要把今晚的與會者當作中、小學生來訓導了？路琳作為北大學生自治會的負責人，號稱非官方的討論會，為什麼要請這種御用文人來作主題發言，掛羊頭賣狗肉？還是居心叵測，預先替討論會安排下一個活靶子，以挑起激烈的爭辯？這時會場上已是噓聲四起，群情躁動。不少人從座位上起立，要求發言。

主持討論會的路琳見社科院嘉賓的主題發言已結束，臺下非旦沒有禮節性的掌聲，反而是一片喝倒彩，只得宣布：下面自由發言，請發言的同學朋友先自報一下姓名和院校科系。第二排中間那位戴鏡片的男同學，您起立最早，想發表高見？請自報家門！

立即有會議義工把一支無線麥克風遞到戴鏡片的男同學手上。整個場子登時安靜下來。男同學隨即發言：我姓黃名丹，炎黃子孫的黃，丹書鐵券的丹。本校哲學系大四學生。我認為，所謂五四精神最本質的東西不是這主義、那主義，而是個性解放，人的解放。民主、科學，所謂的德先生、賽先生，只是在五四運動之前為陳獨秀等少數人所倡導，五四運動以後個性解放便成了真正的主題。個性自由、個性獨立、個性解放才是五四精神的核心。所以說，我們今天要發揚五四精神，就應該高揚人性的旗幟，高揚民主、科學的旗幟，使人真正覺醒起來，人要成為真正的人，有尊嚴、有獨立人格的人！而不是什麼黨的馴服工具，什麼主義思想的奴僕！所以我們今天應該著重討論民主這個命題，探討為什麼在二十世紀中葉以來，我們的科學、民主被中斷了，甚至大倒退了？甚至倒退回兩千多年前的秦始皇王朝去了？大家還記得一道紅色聖旨嗎？「無產階級專政就是外國的馬克思加中國的秦始皇」！這道聖旨多精彩，多到位啊。我只講這麼幾句，算我們北大人的開場白吧！

全場報以熱烈的掌聲，叫好聲：要害！擊中了五四精神的要害！有種，這才是北大水平……

解氣，過癮！蕭白石擠坐在過道臺階上，跟著鼓掌，叫好。呼爾亥西那小子，卻不知什麼時候也竄到前臺去了，和路琳說了句什麼，就從義工同學手裡拿過一支無線麥克風，搶著發表高見：本人名叫呼爾亥西，新疆維族後裔，烏魯木齊出生，北京長大，眼下在北師大修讀中國現代史。少族民族攻讀你們漢族現代史。本人正在寫碩士論文，查閱過大量的五四運動期間的文獻史料。我的學長兼老師劉海濤先生今天也來了，他專攻五四文化學，回頭我們也可以請他發言。下面我主要講講我的兩個簡明觀點。大家放心，我不是當局的應聲蟲，我是唱反調的，時間也不會超過十分鐘！（全場笑聲）第一點，關於五四運動的性質。本人以為，五四運動是一次感情用事的非理性運動，盲目，激進，和晚清的義和拳運動以及本世紀六、七十年代文化大革命運動一脈相承，對中國的民主憲政革新，破壞大於建設。五四運動打著反帝反封建的旗號，結果既不徹底地反封建，也不徹底地反帝，實際上是以反帝掩蓋了反封建。在民主憲政這一問題上，我斗膽說上一句：共產黨不如國民黨，毛澤東不如陳獨秀，陳獨秀不如蔣介石，蔣介石不如孫中山，孫中山不如康有為、梁啟超！（全場熱烈鼓掌，歡聲四起）

蕭白石都聽傻了。但這時忽然有人起立，大聲喝斥呼爾亥西，指他褻瀆先烈，命他住嘴。主持討論會的路琳不得不出面維持秩序：先生，您有意見慢慢說，不急啦。咱們中國人叫有容乃大，人家英國哲學家則講得更經典：「我堅決反對你的觀點，但我誓死捍衛你發言的權利！」同學們，朋友們，是不是這樣呀？全場熱烈鼓掌。

呼爾亥西未受干擾，繼續照自己的思路講下去：我的第二個簡明觀點，關於五四運動推動了馬克思主義在中國的傳播，並孕育了中國共產黨及其領導下的工農革命。我以為，說中國人民選擇了馬克思主義是不符合事實的。事實是鄉村知識分子出身的毛澤東等人，倉促地接受了馬克思主義中一些對奪取政權有用的東西，如無產階級專政、暴力革命、武裝起義等。所以我們說，五四運動傳播的，只是傳統的小農經濟文化可以接受的、經過了東方農民文化改造的、變了形的馬克思主義。因此，應該研究馬克思主義是如何在中國變形的，而不是吹噓它是如何傳播的！（掌聲）儒家化、小農經濟化的馬克思主義不僅是軍事上的農村包圍城市，文化上也是農村包圍城市，其結果是落後的農民文化摧毀城市的精英文化！（全場掌聲）毛澤東代表了中國的農民文化，使農民文化形成高潮，從而導致了一九四九年以來的一系列失誤，尤其是一九五八年的大躍進引發了四年大饑荒，一九六六年的文化大革命引發了十年民族大浩劫！我以為，說馬克思主義在中國取得全面勝利的結論是值得懷疑的，禁不起歷史檢驗的。馬克思主義現在已成了中國發展的阻力，而不是動力！（全場熱烈鼓掌）

坐在過道臺階上的蕭白石大覺過癮，對呼爾亥西，要刮目相看了。回去也要告訴圓善，呼爾亥西和路琳都是既有批判精神又有思想深度、學識見地的學生領袖，年輕一代的代表人物呢。

這時有二、三十位人士面紅耳赤地陸續退出會場，以示不滿，抗議。主持會議的路琳在臺上對著麥克風打招呼：朋友們有不同的觀點，可以辯論呀！真理越辯越明。咱們是自由論壇，歡迎發表各自的看法的呀！

退場的人繼續退場，一時場面有些混亂。蕭白石正擔心路琳他們控制不住這股退場勢頭，就見坐在身邊的那位呼爾亥西的學長劉海濤博士，晃著他關東大漢式身子，粗喉大嗓門地說：同學們！

請允許我來講幾句。我來扼要講講五四運動的前因後果，歷史真相！你們要問我是誰？就是方才呼爾亥西同學提到的北師大青年教師劉海濤，人稱大聲郎，讀過五四文化學。我就站在這兒講，有麥克風可以借給我一支，今天出門忘了帶喉片。

立即有義工同學送上來一支麥克風。路琳說：劉老師！我們北大的同學們久仰您的大名，不過還是請您到前面來發表高見，不然大家都要扭過脖子去面對您，不利健康啦！

會場氣氛登時輕鬆許多。劉海濤手握麥克風，邊往臺前走，邊說：五四運動，長期被宣傳成黑暗的終結，光明的閘門，一個嶄新歷史時期的起點！真的是這樣嗎？不是的！中國的黑暗歷史並沒有因五四運動而終結，而是新一輪血腥權爭的開始。說它為中國共產黨的誕生，做了輿論準備和組織準備這一點，倒是千真萬確。所謂俄國十月革命一聲炮響，給中國送來了馬列主義，實際上給中國送來的是暴力革命，拳頭造反。問題在於當時的中國需不需要這種暴力革命，拳頭造反？我們可以用歷史事實來做解答。

短短幾句話，整個會場鴉雀無聲了。這時劉海濤已經站到了主席臺下，他不肯受邀上臺，只顧侃侃而談：大家都知道，一九一一年的辛亥革命，結束了兩千多年的封建王朝統治，建立了中華民國，初步確立了民主憲政制度。雖然有過袁世凱復辟帝制的醜劇，張勳復辟的醜劇，但都很快被推翻，恢復了民主憲政。我可以告訴各位，當時的北洋軍閥政府總理段祺瑞相當廉潔，當時的中國社會非常自由！軍閥割據、南北分治的局面反倒給普通人尤其是讀書人帶來更多的自由。譬如任何人都可以辦報紙，當時你們北京大學一個班的學生就辦了幾份報紙，而且在全國發行。報刊文章也沒有審查制度。你們北大新聞系教授講課有沒有講到這段光榮的歷史呀？沒有，那就太可惜了。再譬如，那時組黨、結社非常自由，全國各種政黨、社團如雨後春筍，單是商會組織就有一千多家，都不用向政府登記！集會、遊行也非常自由，也不用政府批准！（全場熱烈鼓掌）在經濟上，一九一二年至一九二零年期間，每年的工業增長率高達百分之十三點四！大家可以想想，那是怎樣一種發展速度？就因為當時社會開放，政治開明，人民自由，社會生活多元化，是中國人權最受尊重的時期，各行各業呈現出蓬勃生機、活力！

全場愕然，鴉雀無聲。顯然大多數人都不知道五四運動前夕的這段歷史。劉海濤說：當然，中國社會患病患了兩千多年，辛亥革命後雖然實現了社會制度的文明轉型，但仍然百病纏身，不時有沉渣泛起，不可能在短短幾年內治癒的啊。一九一五年，胡適、陳獨秀等人發起了新文化運動，以圖清除舊文化、舊傳統、舊習慣、舊風俗。他們大力鼓吹向西方國家學習。可是他們並未真正瞭解到西方文明來源於信仰上帝的基督文明，是歐洲文藝復興、特別是法國大革命及英國工業革命之後，所孕育出的尊重人權、三權分立、議會民主、服從多數、保護少數、保護弱者、保護反對派等一整套遊戲規則。陳獨秀等人大肆引進了些什麼「西方精神文明」呢？不是基督文明所產生的民主制度及其遊戲規則，而是自由主義、個性解放、社會達爾文主義、無政府主義、實驗主義、實用主義以及隨後的馬列主義、階級鬥爭、無產階級專政等各種思潮。這些所謂的「西方先進思想」，和中國社會長期存在的《三國演義》所宣揚的陰謀文化、《水滸傳》所宣揚的暴力文化、流氓文化結合在一起，導致這些垃圾文化披上「革命理論」的外衣，被奉為救國救民的「主義真理」，蒙騙了幾代知識分子，億萬中國人民。於是我們的現代文明轉型走上了歧路，又重複著歷史上改朝換代的怪現象：越是極端越得逞，越是血腥越成功，徹底的流氓徹底的成功，無法無天、月黑殺人、風高放火、打家劫舍、武裝割據，打倒老皇帝自己做新皇帝，一切流氓暴力手段通通被說成是革命，是正義！

全場屏聲住息，於無聲處聽驚雷。蕭白石聽得氣都喘不過來了。他相信所有聽講的人也氣都喘不過來了。他一次次張望會場四周，看看有沒有便衣公安、國安的身影活動。

劉海濤繼續說：再者，五四運動前夕，中國所處的國際環境是什麼呢？首先是弱國無外交，西方列強正在瓜分中國。正逢第一次世界大戰結束後勝敗雙方在巴黎開會簽署和平協定，所以五四運動具體的誘因是：一九一九年四月二十四日，梁啟超從法國巴黎致電北京的國民外交協會，透露了巴黎和會要把德國在山東的租界轉交給日本的信息，要求中國政府拒絕在協議上簽字。由於當時新聞非常自由，中華民國外交委員會事務長林長民就在《晨報》、《國民公報》上撰文呼籲：「山東亡矣！國將不國矣！願和四萬萬眾誓死圖之！」當時你們北大的老校長蔡元培把外交失敗的消息通報全校師生，於是引發了學生大規模示威遊行。在民主、自由的社會環境下，青年學生的愛國熱情十分高漲，是很自然的事。中國自一八四零年鴉片戰爭以來，到袁世凱簽訂二十一條不平等條約，一百多年的時間裡屢遭外國侵略，割地賠款，所以中國青年知識分子對涉外事件特別敏感，排外情緒異常激烈。第一次世界大戰中國參加的是戰勝國一方，本以為可以收回德國在山東的租界，沒想到落到這樣的結果！學生們認為是政府的軟弱無能，喪權辱國！五月四日，學生的隊伍在天安門廣場上舉行抗議集會後，接著遊行到東交民巷使館區，衝進了民國政府交通總長兼財政總長曹汝霖的官邸趙家樓，把曹家的家具、字畫、瓷器通通砸了個稀巴爛，還毆打了曹汝霖的父親和妻子。我國駐日公使章宗祥正好在曹家做客，也被學生們拖出來群毆，打成腦震盪。學生們最後還放火焚燒了趙家樓！

劉海濤說：然而當時中國的實際情況是，國家並未像報紙輿論所宣傳的「山東亡矣，國之不國」，只是山東青島等地的租界要不要收回的問題。更沒有遭受到外國的武裝侵略。租界不就是類似今天的經濟特區麼！後來還保護過很多地下黨、很多進步人士麼！中國共產黨第一次全國代表大會就是在當時上海的法租界裡祕密召開的麼！應該說，租界有大功於中國共產黨的地下活動！

聽眾裡有人打唿哨，大聲叫好。

劉海濤說：五四運動，面對學生們擅自侵入私宅，抄家打砸，焚燒汽車房屋，打人致傷等嚴重違法暴力行徑，當時的大多數知識分子、文化人，都說學生愛國無罪，暴力有理。只有你們北大教授梁漱溟，就是那個後來被毛澤東痛罵過的、現在被稱為「中國最後一位大儒」的梁漱溟先生，頭腦清醒。他在〈論學生事件〉一文中指出：「縱然曹、章罪大惡極，在罪名未成立時，他仍有他的自由。我們縱然是愛國急公的行為，也不能侵犯他，加暴行於他……絕不能說我們所做的都對，就犯法也使得。在事實上講，試問這幾年來哪一件不是藉著國民意思四個大字不受法律的制裁才鬧到今天這個地步？……我願意學生事件付法庭辦理，願意檢察廳去提起公訴，學生屈尊判服罪。如果不堅持法律的底線，此例一開，將來損失更大！」

劉海濤說：五四運動，政府警察始終未開一槍，未造成任何學生傷亡。因政府下令，要文明對待示威學生，不准動粗。被捕的學生也隨即統統釋放。整個事件，都是學生在使用暴力，政府則沒有使用任何暴力。從古至今，沒有一個政府如此人道，如此文明，如此寬容。由於當時全國輿論一面倒地支持學生的暴力行動，到處罷工、罷課，中華民國政府在社會壓力下，沒有追究學生的法律責任，沒有在巴黎和會上簽字，撤銷了曹汝霖、章宗祥、陸宗輿的職務。還有中華民國總統徐世昌提出辭職。大家知道了吧，這是《水滸》式流氓暴力文化、江湖義氣文化在咱神州大地的又一次偉大勝利！然而他們打著的是愛國、民主、進步的旗幟！

劉海濤說：我以為，我們中國近七十年的歷史事實已經說明，五四運動有三大方面的負面效果，使我中國人民付出沉重代價，吃盡了苦頭。一是學生們的打、砸、搶、抄、燒的暴力犯罪行為沒有受到法律追究，開創了踐踏法制、施暴有理、和尚打傘無髮（法）無天的先例；二是五四運動開創了以革命、正義的名義剝奪他人權利和自由的先例；三是五四運動從實質上拋棄了民主憲政的治國目標，走上了暴力革命、槍桿子說了算的不歸路！這絕對是歷史的倒退，絕不是什麼的進步。辛亥革命終結了中國兩千年帝制，好不容易創立起中國憲政民主體制，就這樣被五四運動夭折，斷送。所以，在我們所有學校的政治課堂上，黨史教科書中，都開宗明義地教導我們：偉大的五四運動，為中國共產黨的誕生，做好了精神上和組織上的準備！這才是我們今天，官方要紀念五四運動七十周年的真正意義。

劉海濤的演講在長時間的掌聲中、叫好聲中結束。蕭白石和所有的聽講者一樣，既熱血賁張又兩手冷汗：完了，完了，共產黨的老底兒，都被翻出來了，見見春天的陽光了。但共產黨是那麼好惹的？現在的年輕人真是吃了豹子膽，敢跟黨叫板，不尿他娘的那一壺了。蕭白石見路琳、呼爾亥西在演講臺下陪著劉海濤博士，被大群不肯散去的大學生們圍著索要簽名，也就沒有上去告辭，自個兒騎車回家了。姥姥的！如今整個北京域，都隱隱有一種反叛氣息。是福是禍，天曉得。

44

文化部藝術局的杜胖子夠朋友，又替蕭白石聯絡上了聯合國國際開發署駐華總代表孔雷薩博士，約定四月十日上午十一時見面，欣賞他的部分畫作。見面地點也不用去國際飯店那種敏感地方了，避免又被有關部門盯上，鬧得大家都不愉快；改在大北窯那家美籍華人開設的「莫談國是咖啡館」。公眾場合，總不成北京畫家的幾幅畫作也成黨和國家的勞什子機密，國安不覺得丟人，咱作為社會主義中國公民，還覺得臉紅，沒得尊嚴啦。沒有公民個人的尊嚴，談何國家形象尊嚴？可惜大官們革命了大半輩子，連這點屌的常識也沒鬧懂，真他娘的腦殘。

也是蕭白石和圓善急於籌錢。正在裝修的「定慧推拿醫館」，裝修費連同購置一些簡單的醫療器具用品，就得花上兩、三萬元人民幣！天爺，在一個全國職工平均月工資七十元的國度裡，對普通人來說，簡直是天文數字。蕭母已拿出了自己全部的養老積蓄一萬一千元，剩下的只能靠白石、圓善籌措。蕭白石唯一的途徑是設法賣出幾幅自我認定有收藏價值的畫作。為了助圓善達成心願，也是為了兩人以後有新的生活出路，蕭白石不得不對自己的得意之作忍痛割愛。這也是藝術屈從於金錢，屈從於生計吧，他姥姥的。

那天他騎自行車趕到大北窯「莫談國是咖啡館」，在樓上的單間雅座裡，見到了大塊頭禿頂洋人孔雷薩博士和他的金髮碧眼女譯員。各報姓名、握手客套之後，還沒等蕭白石打開帶去的一卷十幅畫作，孔雷薩博士開口就問了句什麼。女譯員的普通話很拗口：你們的耀邦、胡同志，也是我尊敬的老友，聽說他病了，病很厲害……密斯特蕭，您裡屋人楚將軍府，知道、不知道這個事？

蕭白石傻了：耀邦病了？他仍然算是中央領導人之一，他的健康狀況仍然是我們國家的最高機密……我可以向孔雷薩先生保證，如果耀邦確是重病住院，恐怕連黨中央委員一級的高幹還不知道呢。您聽到的，會不會是某種謠傳？

孔雷薩博士笑笑，又說了幾句什麼。女譯員的口譯還是很拗口，蕭白石乾脆自己把它順了過來：孔先生想請教您，如果你們胡耀邦同志的健康真的出了意外，比如重病不治……我們當然真誠希望他健康長壽，他是個深受大家愛戴的偉大政治家……如果一旦他不幸逝世，會不會給你們國家的政局帶來大的影響？比如社會動蕩……

蕭白石腦子裡嗡嗡叫，這些洋人總是對中共高層的內幕垂涎欲滴，可不能上他們的當。再怎麼著自己還是個中國公民，得有點兒姥姥的民族自尊心。況且自己對耀邦是否真的重病住院，的確一無知，一旦言語不慎，可能出了這家咖啡館就會被國安便衣帶走，接受調查。他早聽說過，凡涉外場所，國安、公安均布置有線人，祕密安裝有偵聽儀器……到時候又要楚將軍府出面從公安手裡領人，讓老將軍生氣。於是蕭白石學洋人那樣兩手一攤：對不起，孔雷薩先生，對於胡耀邦同志的健康狀況，我確是一無所知。我只是一名畫家，對政治不太有興趣。您知道的，我們已故的周恩來總理都曾告訴他的侄女要遠離政治。我們平頭百姓，就更不敢對政治有興趣了，所以請您諒解。這是中國的特殊國情。說罷，還覺得不夠，就又貧了兩句：我是住在楚將軍後院的偏院裡，可將軍府對所有的工作人員和家人有紀律：不該看的，不看；不該聽的，不聽；不該說的，不說。也就是當瞎子，聾子，啞子。還差點兒說漏了嘴：就是要求我們當傻子。

孔雷薩博士哈哈大笑：有趣，有趣！我來北京好幾年了，頭次聽說這麼個內部紀律……

蕭白石覺得臉上有些兒發燙：這不是什麼機密，只是一條生活紀律。

孔雷薩搏士連連點頭：對對，這就是你們鄧小平同志的中國特色社會主義。如果人人都搞政治，人人都知道太多的國家大事，就很容易回到毛時代的文化大革命，紅衛兵運動……但是當前，你們大專院校師生，整個的文化科學界，包括一些著名的體制內理論家、科學家，似乎都在醞釀一波大的政治運動，要求進行拖延已久的政治改革……是不是這樣？我尊敬的畫家先生。

蕭白石頭都大了，洋鬼子怎麼繞來繞去，還是要談政治，想從他嘴裡掏東西啊？他不得不提示性地拍了拍自己帶來的一卷畫作：請諒解，本人只是一名畫家，不懂政治，尤其是不懂咱國家的政治。我的朋友杜先生說您對我的畫作有興趣。

女譯員做了個眉眼，孔雷薩博士立即轉了彎兒，連連點頭：對了，對了，光是瞎聊聊，差點忘了正事……我們共同的朋友杜，安排我們這次的見面，是為了讓我有機會欣賞您的優秀畫作，這是本人的榮幸。

蕭白石暗自噓了口氣，這才把十幅畫作打開，一一鋪展在地板上。十幅都是水墨寫意，有花鳥蟲魚，有山水風景，有人物肖像。他知道西人看不上東方人的油畫水彩，鍾情於中國畫的工筆或潑墨。

先是女譯員哇哇叫著，張開雙臂蝴蝶般繞著畫幅轉，英語、漢語一齊上：標的弗！完的弗！從沒見過這樣好看的中國畫！洛克，洛克，麥伊戛—德！我最喜歡這幅〈蝦趣〉了，中國沒有龍蝦，是你們煙臺的大對蝦吧？一隻一隻，在悠悠水草裡，活蹦亂跳，就像要從紙上躍出來似的！是海底還是湖底？您是怎麼畫出來的呀？

孔雷薩博士也很欣賞這幅〈蝦趣〉：我知道你們中國有位大畫家叫齊白石，他畫的蝦在香港賣到五千美元一隻……對不起，我可不可以問一句，蕭白石和齊白石，是不是師徒關係？

蕭白石有些哭笑不得，虧得這位洋大人還知道中國有位大畫家齊白石。於是答道：我從小喜歡畫畫，我父親就給取了這個名字，和齊白石扯不上關係。齊白石老人一九五七年去世，我一九五七年進中央美術學院，被打成右派學生。我父親是位中學教員，比我先打右派，送去青海農場勞改，大饑荒時死在那裡了。我的這些情況，我的朋友杜先生大概已向您介紹過了。

孔雷薩博士點點頭：對不起，我讓您想起過去的不幸了……您的這十幅畫，我每幅都喜歡，都是難得的傑作。我可以都買下。我的親友們都喜歡中國的藝術品。不過，我聽說您更擅長的是油畫。您大學讀的是油畫專業，為什麼不讓我也欣賞您的油畫作品？

蕭白石先是聽洋大人願意買下他帶來的全部水墨國畫，心裡一喜。見又問起他的油畫作品，便謙遜地說：中國的油畫起步很晚，中國好的油畫家，還處在你們文藝復興時期的寫實主義。中國要出現梵谷，出現畢卡索，還早得很。但我們中國的藝術家，為什麼要對西方藝術一步一趨？張口就是寫實派，印象派，象徵派，現代派，後現代派？你們西方就是盛產流派、主義！

孔雷薩博士又笑了：馬克思主義也來自西方啊，記得你們的「密斯特赫兒」說過：十月革命一聲炮響，給中國送來了馬列主義！

蕭白石不懂什麼「密斯特赫兒」，只知道這話是毛澤東說的。女譯員掩了嘴巴笑笑：Hair，就是頭髮，密斯特Hair，就是毛先生呀。蕭白石也笑了，這就是洋人的幽默吧。

孔雷薩說：對不起，又扯上政治了。沒有馬克思主義就沒有共產黨，沒有共產黨就沒有新中國。是不是這樣？你們的一支革命歌曲好像也是這麼唱的，我在海淀區的一家幼兒園聽娃娃們唱過。當時我只是好奇，怎麼教學齡前的孩子唱這種成人政治歌曲呢？對不起，這又是你們的內政，我不要再說下去……好好，畫家先生不喜歡談政治話題，我們還是回到您的油畫作品……聽杜先生說，您有一幅至今未展出過的偉大油畫作品？

蕭白石又給蒙了：偉大的作品？本人有什麼偉大的油畫作品？

孔雷薩一臉嚴肅，不像在玩幽默：杜先生告訴我，您有一幅〈我們的森林〉，畫一群黃土高原的窮漢賣木頭，很有表現力、象徵性，甚至有世界意義：貧窮導致革命，革命導致破壞，破壞加劇貧窮，貧窮又導致革命……我可以很不客氣地說，這正是亞洲、非洲一些貧窮落後國家的宿命，很不幸，他們至今走不出此一命運魔圈。

蕭白石手心都汗濕了：我很贊同您的貧窮革命論。用咱們中國老百姓的話說，越窮越折騰，越折騰越窮！窮折騰，折騰窮！這正是我們這兩、三代中國人的命運。我是有這麼一幅油畫，有一年夏天帶學生去陝北寫生，在一座鄉下農貿市場所見，回來後畫的……但我從來沒賦予它您說的那主題，那意義。

孔雷薩說：太好了！蕭先生，您是個從生活出發的、有良知的真正藝術家。我很相信我的朋友杜先生的鑑賞力。我雖然還沒有看到您的那幅〈我們的森林〉，但我已經被它的意象所震撼。如果在我看過之後，我可以決定由我們聯合國國際開發署來收購，或者建議由聯合國國際環保署、聯合國教科文組織來收購，放到聯合國總部去展出。也許您拿不到太多的酬勞，但會產生很大的影響，以及得到相應的榮譽。

蕭白石一時有些暈頭轉向，身子都要飄起來似的。姥姥的！天下會掉下個大餡餅？去他的，不要被洋大人灌了二鍋頭。圓善的「推拿小館」還急等著裝修款哪，洋大人買下咱這十幅國畫才解燃眉之急哪。於是說：謝謝您這麼看重我的畫作，您肯賞光我的那幅油畫，就由我們共同的朋友杜先生來安排吧。您先前說過，您可以把這十幅畫都買下？

孔雷薩說：蕭先生您想賣多少？我可以付美金或是你們的人民幣外匯券。

蕭白石知道對方是行家，不會輕易挨宰，便態度頗為誠懇地說：還是您來定吧，您是有身分的人，多少都可以。您一口價。

孔雷薩笑看了他一眼，又繞著鋪在地上的畫作看了一圈，之後和女譯員商議了幾句什麼，才說：蕭先生，我們現在已經是朋友了，所以我要說明一下，我是以我和我太太私人的名義買下您的這些畫作，日後送給我和我太太的親友。可惜我太太回瑞典老家探親去了，就由我一人作主了。所以買您的這些畫作和我目前擔任的聯合國國際開發署駐華總代表的身分毫無關係，這是我要向您慎重聲明的。您明白我的意思嗎？您讓我一口價，謝謝您這麼信任我。好！我就一口價：每幅我都出兩百五十美元，十幅共是兩千五百美元……也許我出的價不是很高，但對我個人來說，兩千五百美元也不是小數目，這是要請您理解的。當然您也可以不賣，我們照樣做朋友。你們中國人不是有句話，什麼「交易不成友誼在」？下次如果和您談那幅〈我們的森林〉，我就不會代表我個人了。

蕭白石心裡有些失落。十幅畫作是他從自己的上百幅國畫寫意中精心挑選出來的，可以說每幅都是上乘之作，原來設想每幅少說也可以賣個四、五百美金，一舉解決圓善的推拿小館的全部費用。對於老母親自己已是個不孝之子，怎麼可以花光老人家一生積蓄下來的那點血汗錢？他咬了咬牙，人家孔雷薩先生是私人買下這十幅畫作，人家表現得那麼真誠，絲毫也沒有做作……兩千五百美金就兩千五百美金吧！折合人民幣黑市價也有兩萬來塊，至少可以幫助圓善度過眼下的難關……於是對孔雷薩先生點了點頭：行！痛快！就依您的一口價。咱們擊掌為憑。

擊掌之後，孔雷薩先生問：我和杜先生說過，我們外國人在中國買藝術家的作品，成交時中國藝術家必須提供自己作品的法律公證文書。蕭先生您帶來了嗎？

蕭白石從挎包裡掏出十紙中、英文法律公證文件，雙手呈上：這個杜胖子，他說過今天要到場的，肯定有別的事給拖住了。

孔雷薩接過公證文件後，叫女譯員也拿出一式兩份他自己備下的中、英文雙語文件：蕭先生，這是您的作品版權轉讓合同，請在這裡、這裡、這裡寫下您每幅畫作的名稱，寫中文就行。最後在這裡簽上您的大名，以及年、月、日。您是版權轉讓人，我是版權受讓人，我也要簽上名字。這樣，你我各執一份，我付您款，合同完成。

洋大人辦事，遵從法律規則，蕭白石算是頭回領教了。不像國人之間交易，只要雙方價錢談妥，一手交錢，一手交貨，走人，哪管尿的法律手續。

懷揣兩千五百美金，蕭白石沒有立即離開咖啡館。他要等杜胖子。杜胖子說了要在這裡見面，不見不散。他在樓下散座上要了杯咖啡，想著怎樣把這兩千五百美元兌換成人民幣。人民銀行是萬萬去不得的！中國是嚴格的外匯管制國家。人家首先要問你外幣的來源。把書畫作品直接賣給了外國人？而且數額是這樣大？是否有國家禁止外流的古代字畫？至少涉及漏稅、逃稅，公安、國安都要找上門來了！姥姥的，做一個中國人，真累呀。每幅畫二百五，老子今天當了回二百五。

正這麼胡亂想著，就見落地玻璃窗外，杜胖子突突突地騎著輛電驢子來了。北京人叫摩托車做電驢子。杜胖子這傢伙熱心腸，好活動，四出助人為樂，混得不錯，鳥槍換炮了。

杜胖子拎著頭盔、挎著挎包，進來就說：對不起，來晚了，來晚了。接著看看四周，坐下來，壓低聲音問：孔雷薩走啦？你們成交啦？太好啦，太好啦。

蕭白石佯作不快：中午本來要請你上老莫搓一頓，牛排、鱈魚任你點。對不起，你遲到、失職，本人無意作東了。

杜胖子忽地臉色轉為肅穆：看看，財大氣粗了不是？中午這一頓，你不作東我作東。上西郊莫斯科餐廳，或者去北京飯店貴賓樓都可以……出事啦，出大事啦！難道你沒聽說？孔雷薩沒問你這位楚將軍府的乾女婿？

蕭白石也看了看四周，上班時間，咖啡館內客人不多，倒也清靜：是耀邦患病的事吧？難怪孔雷薩見面就問。他們這些外國使節消息真靈通。我卻整天忙著圓善小醫館裝修的事，有日子沒有回大將軍胡同了，什麼都不知道。

杜胖子說：不知道就好。我為什麼遲到？就是避免和老薩見面。他是個大好人，作為聯合國國際開發署駐華總代表，他對中國政府友好，對中國知識分子更友好。我可以和你知根知柢，我的幾個親友的孩子，都是託他們夫婦找人做經濟擔保，辦成赴美、赴法留學的……這事咱只告訴你老弟一人，透出去，咱就犯了外事紀律，知道不？你說，今兒個，若和老薩見了面，我能管得住自己的嘴，不和他說真話？說了就是大問題，大錯誤。洩透黨和國家重要機密，特別我還是文化部藝術局一名處級幹部，給罩上個賣國帽子，得了？兄弟啊，你、我都是當過二十年資產階級右派分子，你流落青海大漠，我在山西勞改煤礦下井挖煤，都是死剩下來的人物啊。

蕭白石問：耀邦究竟犯了啥病？他下了臺，不是無官一身輕，身子骨好好的嗎？早聽說他腰間掛個電子計步器，每天健走五千步，一定熬得過鄧小平、陳雲兩宮親政的嗎！

杜胖子以右手巴掌掩住半邊嘴：大事，出大事了……昨晚深夜，中辦的好朋友，悄悄透露給咱的，千萬莫外傳，連對你那小尼子圓善都不能講，我對家裡那口子也不能講……答應了？好，咱就講講。今天是四月十號。前天，四月八號上午九時，在懷仁堂召開政治局會議，趙紫陽總書記主持會議。本來耀邦是不出席會議的。中央有傳統，被迫辭職的領導人，張聞天也好，彭德懷也好，仍給掛著政治局委員、候補委員，但都知趣，很少出席政治局會議。鄧大人比毛老爺子放寬了些，胡耀邦下臺後的境遇也相對寬鬆了些。他年前還去了湖南、江西、湖北等地搞調研，了解黨風政風，憂國憂民啊。不解決黨風問題，幹部貪腐問題，與民爭利、與民對立問題，政權不穩啊。事前，他徵得趙紫陽的同意，在會上著重談談黨風黨紀、政風政紀問題。這次會議原本的主要議題，是由國家教委主任李鐵映匯報北京大專院校師生近期的思想動向，防止再出現大規模的學潮，防止大學生們上街請願、遊行。會議開始後，李鐵映做了一個多小時的匯報，請求政治局商議出幾條具體的措施，譬如說撥出一筆款子，改善大專院校學生食堂的伙食，增添大專院校的文娛設施，課餘免費放映電影、開放舞廳、音樂廳等等。耀邦聽李鐵映談得不是要領，就舉了舉手，要求發言。趙紫陽點了點頭。耀邦說：大專院校的學運、學潮，還是要找出根源，就是我們黨的黨風廉政問題。學生娃娃們多年來的訴求，就是要求反腐敗，反特權，要求落實政治改革……誰想胡耀邦剛開了個頭，政治局常委、國務院常務副總理姚依林就很無禮地插話打斷他：耀邦同志，你對學運、學潮那一套，不是檢討過了？怎麼又舊調重彈？你要談黨風問題，我還想談農業問題，糧食生產問題哪！陳雲同志教導我們，無糧不穩，無工不富哪！國務院總理李鵬也接著插話：耀邦同志，還是要端正態度，不要又惹小平同志生氣。你要談黨風，我的當務之急是工業生產、財政赤字，外貿出口、外匯緊缺！胡耀邦見五位政治局常委中竟有兩位他過去的下級，這樣粗暴地對待他，奇恥大辱、奇恥大辱啊！登時滿臉紅一陣、白一陣，捂住了胸口。主持會議的趙紫陽正要打圓場，請耀邦同志繼續發言，就見耀邦臉色寡白，又舉了舉手，說了半句：紫陽同志，我要請假……頭一歪，暈倒在座椅上！坐在旁邊的政治局常委胡啟立趕忙扶住耀邦：快叫救護車！叫醫生來！趙紫陽立即起身，大聲說：是突發心臟病！不要亂動，把耀邦放平，等醫生來。誰有硝酸甘片？誰有硝酸甘片？這時上海市委書記江澤民和國防部長秦基偉，都掏出各自身上的常備藥硝酸甘片。胡啟立將一小片藥丸塞進了耀邦口中……八分鐘後，救護車、醫生護士趕到，耀邦算是被搶救了過來，住進了北海公園西北角的中央領導人專屬醫院：中國人民解放軍三零五醫院。

蕭白石氣憤地說：如今中央是小人當道，好人受辱，上頭壓著八老監國、兩宮問政，紫陽孤掌難鳴。剛過了十來年稍稍寬鬆點的日子，搞不好又走他娘的回頭路。

杜胖子說：我擔心呀，耀邦在政治局會議上受辱的事，很快會在北京知識文化界傳開去。萬一耀邦這次有個三長兩短，幾十萬大學生能善罷甘休？能不鬧個天翻地覆？

蕭白石一臉的幸災樂禍：娘的鬧鬧也好！胡同裡的爺們都恨不能再來一次紅衛兵運動練練哪！總比這暮氣沉沉、不死不活的好！

杜胖子說：你老弟可不要說風涼話了，再怎麼著，現如今世道，總比毛時代強些吧？莫講廢話了，回到咱們自個兒身上來。你剛得了兩千五百美鈔，不兌換成咱國家的人民幣，你和圓善咋花用？

蕭白石暗自一驚：你老兄不在場，怎地就知這我得了這個數？我正為這事發愁哪？你有什麼新招術？

杜胖子笑笑說：老弟這次賣畫，老哥我算半個中介不是？放心，我不會要你一分中介費。倒是人家老薩早對我交了底，他私人買畫，他夫人只肯出兩千五百美金。

蕭白石說：原來這樣……我也等著問您，怎麼換人民幣？銀行是不敢去的，只能走坊間渠道。這個您有辦法？

杜胖子把左手掌也豎起，連左嘴角也擋上：哥已經替你想到了，我們文化部正要派一個藝術團赴歐、美演出，一百來名團員按規是每人只能換三十美金的零花錢，想買幾樣小禮品都不夠。這不，藝術團管後勤的副團長私下找到我這個處長大人想辦法……黑市價，一比八，我替你弄來兩萬元人民幣。與人交，而不信乎？與朋謀，而不忠乎？還是那句話，看在你我都當過二十年老右的分上，老哥我分文不取。

蕭白石起立，真想給杜胖子一個熊抱！

杜胖子也起了身：走，走，此處不是交換處。去你左家莊歪把子胡同的家，把國幣直接交給圓善師姑吧。說好了，之後咱哥倆去老莫，你再不作東，牛排、鱈魚不任點，老子和你急！

出門時，蕭白石抱了抱杜胖子的肩膀：我也說一句，今後圓善的醫館有成，我的畫作有成，都忘不了您大哥的！對了，老薩還想買我的那幅〈我們的森林〉，說要放到聯合國總部去展出……

45

圓善，推拿醫館的經費，算是基本搞定。咱倆有多少日子沒顧上「蛤蚧」、「蛤蚧」了？今晚上可以緩口氣，躺下來歇歇勁兒了。妳卻總是怕動了胎氣，方才讓換個姿勢都不成，就這對寶貝奶子，越發高聳硬挺了，過半年就該奶咱娃兒了。到時也要許我這當爹的吸上兩口，吸上兩口……好好好！不貧了，不貧了，妳再逗哥們，就又該勃起來了……「勃起來」，打一太子黨人名！誰？哈哈，咱不貧，貧出來就沒意思了。是中午在老莫，杜胖子喝高了，說的黃段子。妳不要聽？咱說點別的吧，咱不睏。這事也多虧了人家杜胖子。胖子說，若是小師姑還短個三千兩千的，可以從他手頭挪。人家仗義著哪。妳問杜胖子為啥對咱這樣好？這妳就不懂了。老右見老右，彼此疼不夠。妳猜杜胖子中午喝了多少瓶青島啤酒？整一打，只上一次衛生間，海量不海量？難怪身子發福的不行。喝到後來，大老爺們鼻涕一把淚一把，替他老上級胡耀邦訴起冤屈來了。原來他一九五六年北大畢業分配到團中央工作，五七年被打成右派，直到一九七八年，團中央老書記胡耀邦當了中組部部長，把劉賓雁、劉紹棠、杜胖子等十幾個老下級請去家裡，當面向他們賠禮道歉，說黨和毛主席犯了錯誤，團中央跟著犯錯誤，並自責當年沒有保護住他們，讓他們吃了二十年的苦頭。胡耀邦啊，在中央領導人裡頭，向受害者當面道歉，自責，僅他一位啊。……右派改正，地富摘帽，取消階級，平反冤獄，耀邦才是咱國家真正的英明領袖啊！可鄧大人他們卻容不下他，硬生生把他趕下臺，又製造出一起歷史大冤案，你以為中國知識分子看得下去？全國大專院校尤其是北京大專院校的師生們看得下去？這次耀邦在政治局會議上氣暈，送去醫院搶救，一旦有個三長兩短，整個北京、整個中國不鬧翻了才怪！

圓善，杜胖子說他有預感，今年北京要壓不出事，要出就是大事，會把所有的人都攪進去。你不信？杜胖子說，反正他信！你說玄不玄？我對政治沒他那麼敏感，悲觀。咱作畫賣畫，妳開小醫館，不捲進政治漩渦裡去，還能把咱怎麼著？就是呀，咱還有些事沒對妳說完。妳也是？好，咱就繼續，簡略些，以便告一段落。娘的活在這世上，你想遠著他，他卻總是罩著你。

上回咱說到哪兒了？說到一九六七年秋天，我隨甘肅蘭州「西路軍烈士遺孤造反兵團」四姑娘他們到了北京。這是在青海大漠流浪七年後終於回到老家北京。但我沒敢立馬去左家莊看望母親大人，暫時和四姑娘他們混住在西郊民族學院的造反聯絡站。青藏高原的烈日罡風把我渾身吹曬成古銅色，活脫脫就像一名藏族紅衛兵造反派。我跟著四姑娘她們打著「西路軍烈士遺孤造反兵團」旗幟去中南海西門外靜坐請願，呼口號，強烈要求周總理、徐向前、李先念等中央首長接見！接著我又去找了中央美術學院紅衛兵造反總部，還聯絡上了「中央美院右派學生申訴團」……北京真是革命造反的天下，打倒劉、鄧、陶，打倒彭、羅、陸、楊，破四舊，立四新，揪走資派，抓叛徒、特務，橫掃一切反動派，那個大鬧大亂，把各級黨委打個落花流水，把書記們牽出來遊街示眾，我是又害怕又亢奮。天天都有幾十萬紅衛兵包圍中南海，包圍國務院，架起高音喇叭叫喊揪劉少奇，揪鄧小平，他姥姥的，那真叫解氣，牛鬼蛇神紛紛出籠！簡直就是一九五七年的反右運動翻了個，只是氣焰更高，規模更大。不同的是，這次的無產階級文化大革命，無論造反派還是保守派，還是普通群眾，你鬥我，我鬥你，鬥得死去活來，卻都是喊毛主席萬歲，誓死保衛毛主席！連《人民日報》、《紅旗》雜誌上都印滿了革命口號，除了「三忠於」、「四無限」，還有「四個一切」：一切捍衛毛主席，一服緊跟毛主席，一切服從毛主席，一切為了毛主席！我心裡暗自感嘆，天爺，毛主席成了萬神之神了！紅色中國的通天教主，釋迦牟尼，不，紅色中國的上帝了！五七年有右派言論，說新中國是「黨天下」，現在豈不更進一步，共產黨也成了一人黨，新中國成了一人天下了！當然這話很反動，只能藏在心裡，說出去要掉腦袋的。

我跟著四姑娘他們混了兩三個月，很快到了一九六八年年初。一天傍黑，我實在憋不住了，誰都沒告訴，拎上那包畫稿，回了一趟朝陽區左家莊歪把子胡同，悄悄進了蕭家四合院。四合院成了大雜院，我都差點認不出來了。幸而沒遇上別人，正好咱老娘從外面往裡走，咱跟著她進了西廂房，趕緊掩上房門。嚇得咱老娘直後退，掩住嘴顫著聲問你是誰？你是誰？我撲地跪下了，壓低聲氣說：娘！我是白石，白石，您大兒呀！老娘仍是嚇得退到了牆腳，才立住身子，哭泣開來：白石？白石，娘又做夢，夢到你回來，可憐我兒，我兒……你冤啊，你和你爸一樣冤啊，去了青海就不再回來，只在夢裡來見娘啊……我膝行到老娘面前，拉住她的手：娘！不是做夢，白石真的回來了，您大兒真的從青海回來了！不信你摸摸，你摸摸，我右耳朵下面這粒痣，是不是？是不是？咱老娘不哭了，摸著我的臉和我右耳垂下面這粒痣，直呢喃：不是夢，不是夢，我老大還活著，還活著，老天開眼，毛主席保佑，讓我兒回來，回來好，回來好……還有你老爸，不要說，不要說了，一九六一年市公安局勞改處有過一紙通知，說你爸病逝，你失蹤……娘知道，你爸是生生給餓沒的，作孽啊……那年月，北京都餓出一城的水腫病……娘眼淚都哭乾了，只差沒瞎了……不哭，不哭，娘不哭，兒也不哭。我沒敢告訴娘父親臨終時的慘況，只顧了掉淚。娘也沒顧上細問。

在一支十五瓦的昏黃燈泡下，娘給了我一大杯糖開水，仔細端詳著我：怎麼曬這麼黑？這麼些年都是怎樣熬活過來的？好，留著慢說。你問你兄弟、妹妹？都參加了組織，戴著袖標跟著瞎鬧騰去了，勸不住，不著家……好，你回來的事，不告訴他們。娘誰都不告訴。你不能住在家裡？也好。你回了北京，哪怕又去清河農場勞教，坐牢，不再去外地，娘就放心了。娘告訴你，原先市局那伍副局長，伍大姐，如今是革命領導幹部，升官了，一直對俺家裡不錯。也是虧了她，前年紅八月，北京城裡階級大清洗，我們一家才沒有被遣送回鄉下去……好，好，這包畫，娘替你收好，藏好……反正家裡已經在去年被抄過幾次，北房、南房、東廂房也都被街道上的困難戶住進來了，好歹把西廂房留給了我們，不會再有人來抄家了。

我也不敢告訴娘這些年自己在青海大漠熬活的事，入贅游牧藏民家，成過親，有一兒一女……這事絕對不能說出去。打死都不能說出去。一定要保護住於我有大恩大德的老阿爸、老阿媽，還有妻子央金和兒子小嘎扎、女兒小央金。何況那是一戶流落在大漠綠洲裡的昌都貴族，更是留給我今後活命的一條退路……我不敢在家裡久留。告別老娘時，怕老娘擔心，我撒了個謊：要去替朋友畫一批畫，會住到一處誰也找不著的地方，或是一年，或是半載。如果日子長了，娘疑心我又進去了的話，找市公安局伍局長打聽就知道了。如今裡面反倒比外面安全，不是說「小反革命不如大反革命，新反革命不如老反革命，老革命不如不革命」？娘被我說笑了，要給我一點錢、一點糧票。我只拿了糧票，告訴娘，八年前去青海時她交給我的六百元錢，父親沒能用上，至今還有五百多塊在我身上。

圓善，不是咱瞎貧，我這人總是大不幸中有小幸，「天不滅蕭」不是？那天晚上我看過老娘，留下那包畫作給老娘保管，回到西郊民族學院四姑娘他們那造反聯絡站駐地，房門竟給貼了封條！我到學院傳達室去打聽，佩紅袖標的老大爺說，取消了，設在學院裡的所有外地來的少數民族造反派聯絡站，統統在兩個小時前被衛戍區來的解放軍給查封了，人員也被帶走了，聽說很快會被遣送回原居地去。……四姑娘他們走了，連道別都沒有一聲……正說著，突然冒出來兩名佩短槍的軍人，不由分說地把我給逮捕了。戴上手銬扔上車，發現我的行李包已在車上。原來人家早在候著咱。我被送到半步橋監獄，即北京市第一監獄。進牢房前，我被剝得一身精光，接受了簡單的問訊：

姓名？籍貫？哪年出生？家庭住址？父母姓名？家庭成分？個人出身？文化程度？有無海外港臺關係？有無參加反動組織？直系親屬中有無殺、關、管人員？坐什麼交通工具來北京的？來北京的目的是什麼？聯絡人是誰？你和那個什麼「西路軍烈士遺孤造反兵團」是什麼關係？在其中擔任何種職務？證明人是誰？老實交代！坦白從寬，抗拒從嚴，負隅頑抗，死路一條！

雞蛋碰不過石頭，人肉碰不過銅牆鐵壁，我只能老實交代。我什麼都講了，只留了兩條沒講，打死也不能講：在青海大漠綠洲入贅一戶游牧藏民家庭；剛回過一次朝陽區左家莊見了老母親。前一條他們很難去青海大漠找到證據，後一條我相信我老娘會替我守口如瓶。

蕭白石！你死不老實！我們早就觀察到你小子是個假藏民，假紅衛兵！你是個貨真價實的逃亡右派分子，反革命！鬼相信在青海玉樹地區流浪七年，靠替牧民打零工謀生。玉樹地區包括哪些自治縣？主要有哪些少數民族？可可西里也歸玉樹管轄？崑崙山、巴顏喀拉山在其境內，黃河、長江、浪滄江都發源在那裡？你小子編故事、繪小人書哪！你還是招了吧！你是不是去過蘇修那邊，投靠了蘇修？這次派你冒充紅衛兵潛回北京，和誰接頭，在什麼地點接頭，接頭暗號？執行什麼任務？你沒去過蘇聯，那就去過印度！你投奔了西藏流亡政府？是不是達賴喇嘛派你回來的，和班禪額爾德尼活佛聯繫，從事藏獨活動？我們可以告訴你小子，班禪犯下分裂祖國罪行，早被毛主席、黨中央下令關進秦城監獄去了，天天在秦城打掃廁所哪！

對我的訊問，越來越離譜，好玩兒，也就是個中學生紅衛兵水平。我倒是他們給的帽子越大，心裡越不害怕了。我既沒去過蘇聯，更沒去過印度，和特務、間諜不沾邊兒，有什麼好怕的？我忽然發覺，這間訊問我的預審室，牆上白底紅字標語口號，還是一九五八年時候，在清河勞改農場勞教期間，市公安局伍副局長派下任務，命我刷寫上去的哪！怪道一進來就這麼眼熟。

由於我的「坦白交代」令訊問者失望，我被視為重大嫌疑犯，給戴上了腳鐐，關進死囚號子裡。還好，初次接受審訊，他們並未對我動刑，暫時免了皮肉之苦。我這人最缺革命意志，最怕皮肉疼痛。皮開肉綻喂，鮮血直流喂，想想都渾身起雞皮疙瘩喂。就算我年長十歲，一九四九之前參加了地下黨，一旦被捕受刑，老虎凳一坐，燒紅的烙鐵身上一烙，滋滋烤乳豬似的直冒焦煙，我肯定啥都招供，出賣同志、出賣組織，叛徒一個！你信不？……這次若對我動了刑，我肯定，審訊者手裡通紅的烙鐵一舉，命我招供什麼，我就會招供什麼。你去過蘇聯，投奔了蘇修？別烙、別烙！我招、我招，是，是！蘇修派你回來的？是，是！你回來搜集情報？是，是！你的聯絡地點是蘇修大使館？是，是……不是，不是……別烙、別烙！我招、我招，是遠郊區八達嶺長城腳下；你們的聯絡暗號是什麼？是、是四個字：兄弟友好。你在北京的上級是誰？他住在哪兒？說！不說就烙你個皮焦肉透！別烙、別烙，我招、我招……上級就是劉少奇，還有鄧小平和彭真，他們住在中南海……現在中南海天天被紅衛兵們包圍著，我沒能見著劉、鄧、彭……你還去過印度？是，是！你見著了達賴喇嘛？是，是！在哪兒見的？是、是在新德里。你參加了西藏流亡政府？是，是！人家封了你個啥官職？是、是、是叫做、叫做駐華地下大使；人家交給你的主要任務是什麼？是、是找到班禪活佛，成立地下喇嘛會，分裂中國，西藏獨立……來人哪！把這小子拉出去！瘋子、騙子一個，留著也沒用！……別殺我！別殺我！共產黨萬歲！毛主席萬歲，萬萬歲！

我哇哇大叫，可脖子被人死死掐住了似的，怎麼也叫不出聲音……我快要被憋死了，胸口就要悶爆了……阿媽！阿爸！央金！四姑娘！救我，救我……我被自己哭泣聲吵醒了，原來是戴著腳鐐躺在牢房裡做了個惡夢，渾身都汗濕了。

兄弟，兄弟，剛進來的……

像個藏民……古銅色膚色，連少數民族也被抓哪，還講不講民族政策呀？

最高指示，毛主席教導我們，民族問題，說到底是階級和階級鬥爭問題！

看他不像藏民，和你、我一樣，是大漢族主義的一分子。

瞎說些什麼呀？都被關進死囚號子裡了，還算哪門子大漢族主義？

……還像是在夢裡，都是誰在和我說話……我努力使自己睜開眼睛，就見兩顆腦袋俯瞰著我，看稀罕似地看著我，其中一位還戴著眼鏡。他們是誰？是室友？不，是同一個號子裡的囚友……我的思緒終於清晰了起來，就竭力坐起身來，可兩腳沉甸甸嘩啦響，戴著腳鐐。

那位戴眼鏡、像中學生的囚友扶了我一把，幫我坐穩了：很好，您醒啦。不要緊，我們剛進來時也都做過噩夢，慢慢就習慣了。優勝劣汰，適者生存。人的生命力是很倔強的，有時倔強得自己都感到吃驚。您也會是這樣。

他這話，頗中聽。中學生模樣，大約是個書呆子。他遞給我一茶缸涼水。

我一口氣喝乾了那茶缸涼水，忽然想說話：我姓蕭，我不是藏民，是土生土長的北京人。一九五七年在中央美院上學，被劃成右派學生。我到青海大漠流浪了七年。去年九月返回北京，被當作逃亡右派抓進來。

戴眼鏡的囚友對另一位身胚高大的囚友笑了：江郎，您父親的學生哪。

身胚高大的囚友帶點疑惑地問我：一九五七年中央美院的院長是誰？

我想都沒想就說：江豐呀，美術評論家，去過延安的老革命。可惜也被劃成了右派。

身胚高大的囚友伸手和我相握：我叫江郎，幸會、幸會。美院的校友，在囚室裡幸會。他媽的，這世道，這革命鬧的，天翻地覆慨而慷哪！

跟著，戴眼鏡的囚友也和我拉了拉手，並作自我介紹：我姓遇，遇羅克。沒聽過這姓氏吧？我進來之前是四季青人民公社的下放知青。

我覺得他面善，拉住他的手不放：下放知青也被抓？犯了啥事兒？

遇羅克說：犯了大事，我組織讀書會，學習馬克思主義。

我說：這也是大罪？不是號召學習嗎？學習反倒有罪了，不懂。

江郎在旁補充：遇同志的大罪豈只是組織讀書會？再說這學習馬列主義、毛思想，是黨和政府抓的頭等大事，豈能容你一名剝削階級家庭出身的下放知青來組織？告訴你吧，前年，文革之初，風起雲湧，他還辦了一份《中學生文革報》，報頭用的仿毛體，以為是偉大領袖親筆題寫的報名哪，他在報上發表了轟動全國的〈出身論〉，用馬克思主義理論觀點批判高幹子弟紅衛兵的紅色血統論，可就犯下天條……

我不禁對戴著眼鏡、貌似中學生、斯斯文文的遇羅克肅然起敬。

遇羅克忽然頑皮地指指江郎：您知道他犯了啥事？更了不起囉，他寫大字報反對江青。聽說連周總理都知道他的案情。

46

白石，沒想到你回到北京不幾月就進了牢房，還和那個有名的遇羅克關到了一起。俺上醫專時讀過他妹子遇羅錦寫的《冬天的童話》，同寢室的女生都掉淚。那世道真是把地富資本家出身的青年不當人呢，人說比美國的黑奴還黑奴呢。遇羅克是怎麼被處死的？好，你留著慢些兒說。

說回俺自個兒的事兒。一九六六年紅八月俺娘被當作逃亡地主分子遭活埋後，可憐俺爹整個人就蔫了傻了似地，成天到晚只嘮叨一句話：新社會，咋會這樣？咋會這樣？人命就這樣賤？阿彌陀佛。鐵家莊小學校停了課，俺大哥早去了少林寺，二哥、三哥、四哥不用上學。娘沒了，弟兄們懂事早，都下地幫爹幹活兒。俺幾次聽到他們偷偷說著替娘報仇的事。他們仍把仇恨歸在鐵老樂身上，認定是鐵老樂害死了俺娘。大哥二哥已廢了他仍不解氣。幸而不久鐵老樂也歸天了，哥們才沒有闖出大禍來。阿彌陀佛。後來學校復課，俺三個哥哥都只讀到高小畢業，就在生產隊裡掙工分活口了。俺爹只是嘆氣：要是娃兒娘還在，怎麼都會供娃們上中學啊。結果你知道的，只有我遇上了好年月，一九七六年初中畢業，歇學一年，一九七八年考上保定衛校，讀醫護專業。這一年，政府替俺娘平反昭雪，恢復名譽，賠償三百五十元人民幣作家屬撫恤費。三百五十元人民幣賠一條人命啊，阿彌陀佛！說是北京郊區大興縣、房山縣一九六六年八、九月間貧下中農活埋了上千名地富分子及家屬子女，一九六七年湖南道縣地區貧下中農殺害了上萬名地富分子及家屬子女，一九六八年廣西南寧、賓陽地區貧下中農殺害十幾萬名地富分子及家屬子女，文革結束後每名受害者的家屬得到的撫恤金都是三百五十元人民幣，全國一個價。阿彌陀佛。俺鐵家莊就有人說怪話：馬路上汽車撞死一頭騾馬還給賠七千塊呢！二十條人命抵一頭騾馬呢。俺爹是灰心灰到底了，沒吵沒鬧，用三百五十元錢給俺娘重新修了墳，墳四周種了一圈小柏樹。爹對俺兄妹說，黨和政府都賠禮了，咱還能找誰索回你們娘的性命？咱認了吧！俺聽說隔年打越南，每名解放軍烈士的家屬撫恤金也是三百五十元人民幣。沒別的，在咱國家，就數人命不值錢。這些都是牢騷話，就不說它了。阿彌陀佛。

按說俺家最不該出事的時日，卻偏偏出了事，而且是天大的事。不急，你甭急，都是過去的事兒了，慢慢說給你聽。

毛主席七六年九月九日歸天，接班人華主席十月六日就抓了「四人幫」，給毛主席蓋了紀念堂不是？七七年紀念堂蓋成，聳在天安門廣場南邊的中軸線上。聽說華主席就是要以此來表明他才是毛主席的正宗傳人，被他關進秦城去的毛主席夫人江青、毛主席親侄兒毛遠新、黨中央副主席王洪文、常委張春橋等人都是叛徒反革命，都是反毛主席的；聽說紀念堂所以蓋在天安門廣場南邊的中軸線上，是為了鎮邪避邪，護黨護國；聽說紀念堂北門、南門上的兩塊匾牌，華主席題寫的「毛主席紀念堂」十二個大字，是用了六噸黃金鑄上去的，每字半噸金子呢；聽說起初那兩年，進紀念堂瞻仰那躺在水晶棺裡的毛主席遺體遺容，是分了級別的。由中央辦公廳發入場券，就像咱國家幹別的事也都是有級別的，也都是要票券的，知道不？聽說第一級是中央政治局委員進去了，第二級是中央委員、候補委員進去了，第三級是中央各部部長副部長、各省省長副省長進去了……單是這三級分級分批進去看毛主席，就輪流了兩個月！接下來是全國的地廳級、縣處級，還有軍隊裡的軍、師、旅、團級，阿彌陀佛，幾十萬大軍哩，每天七百人，要輪個十年八年哩。還有咱十多億人民呢，想看上一眼棺材裡的毛主席，有人估算過，要輪上好幾百年呢！爺爺排隊，十代八代的重孫子，還不知輪不輪得上呢。俺保定府就有人私下開罵了：娘的不就是看個死人嗎？弄的這神神道道的！阿彌陀佛。

看看，都說到哪兒了？俺也貧上了。都怪你，怪你帶的壞樣兒。你問俺家究竟出的啥大事兒？現在告訴你也沒啥怕的啦，出在俺那自小去嵩山少林寺出家習武的大哥鐵英身上。一九七九年大哥他二十四歲，學成一身功夫，身手了得。聽說他已成為少林寺主持梵淨法師的得意高徒。多年來他隨梵淨法師四出雲遊，見多識廣。還說他和梵淨法師曾在文革快結束那年，被葉帥手下的人祕密招去中央領導人的衛隊裡傳授拳法棍法，後在中南海「活捉四人幫」時派上過用場呢！你不信有這事？我也不太信。那些年俺大哥回過幾次家，給俺娘上墳，每次都跪在墳頭前哭了又哭，邊哭邊訴：娘，你大兒知道是誰殺死了您……是誰殺死了您……。除了鐵老樂，是誰殺了俺娘？我們幾個弟妹問他，他嘴巴鐵緊，什麼都不肯說。連對他最信賴的二哥鐵雄都不肯說。他們哥倆還一起廢掉過欺侮俺娘的大隊會計鐵老樂呢。俺爹也問過他，他也沒吐一個字。後來才知道，他是一人做事一人擔，不想連累家裡人。

是七九年十二月一個早上吧，天寒地凍的，俺大哥鐵英不知從哪兒弄了一身軍大衣、軍鞋、軍帽，裝扮成復員軍人，更不知道他從哪兒弄到的毛主席紀念堂瞻仰券（那券多金貴呀，黨中央辦公廳發出，聽說那日月連部長局長們想多弄到一張都難呢），天不亮就到天安門廣場南邊那毛主席紀念堂北門外，混在一批從各省市來的地廳級幹部隊伍裡，排成方陣，肅立。後來我也去過一次紀念堂看毛主席遺體，那是個四方盒子，一點兒也不像咱中國的建築。不准帶包，不准帶相機，只准兩手空空，五十人一批，從北門進去，先看到的是一尊白色大理石的毛主席坐像，背景是長城、長江、黃河、高山、大海什麼的，原來是個大屏風、又像塊大照壁似的！跟著隊伍，不准停步，轉過大屏風左邊，進到又高又闊的大廳，正牆上掛著毛主席的巨幅畫像，牆下擺著中共中央、全國人大、國務院、全國政協、中央軍委五大家的花圈。大廳正中央，才安放著一具水晶棺材。水晶棺材由一圈黃綾帶隔欄護著。毛主席靜靜地躺在棺裡，頭髮梳剪得很整齊，臉上化了妝，臉頰微微塌陷，像個假人似的。他仍穿著灰色中山裝，領口筆挺。胸口以下，覆蓋著鐮刀斧頭黨旗……告訴你吧，我去瞻仰那次，就聽到我身後有人輕輕自說自話：不是早就唸叨要去見馬克思嗎？怎麼還躺在這旮旯？不騙你，那天我就是聽到了有人這樣說呢！當然那聲音輕到不能再輕。我後來還聽楚將軍府的人私下議論，說毛主席的真身早就爛在紀念堂下面十四米深的地宮裡了，擺在水晶棺裡供人瞻仰的，是中央工藝美院祕密製作的一具仿真塑料人……你不信？反正那天我跟著隊伍從紀念堂北門進去，緩步走，不准停留，經過那擺放水晶棺的大廳，從南大門出來，前後不到五分鐘，所以我懷疑自己看到的是一具仿真人。

說回俺大哥鐵英作案那次。他排隊進紀念堂時並沒有受到懷疑，但一到瞻仰大廳，一見到那水晶棺，就嗖的一下離開隊伍，其他人還沒反應過來，只見他邊解開軍大衣胸扣，露出胸前捆著的兩顆手榴彈，大叫一聲「娘！兒替您報仇來啦！」就直朝那水晶棺撲去！他離那水晶棺大約還有十幾米遠。他要撲到水晶棺上，才引爆身上的手榴彈，與躺在裡面的毛主席同歸於盡……可紀念堂的保衛工作是何等嚴密，立時天兵天將似的從四面八方湧出來二、三十名軍人，個個都是武林高手，把我大哥圍在了中間。我哥可不是吃素的，甩掉身上大衣，少林拳腳上陣，孤身奮戰，立馬就放倒了四、五名軍人。軍人們並不退縮，而是把俺大哥越圍越緊，逼到牆根。這時大廳裡警鈴大作，亂作一團，有人指揮疏散人群，啟動電閘，水晶棺隱入地宮，關閉大門……有人大叫不要開槍！不要開槍！捉活的，要捉活的！俺大哥終是左右招架，寡不敵眾，沒來得及拉響身上的手榴彈，就被身後的一記電棒擊中……這些，都是俺大哥後來告訴俺的。

這是不是件天大的事？由於保密紀律，北京城裡至今少有人知道這事。聽說中央辦公廳還專為那次和我大哥一起進紀念堂的五十名瞻仰人辦了學習班，每人簽了一份保密文書。毛主席紀念堂為此關閉了兩個月，內部整修。緊急從國外進口了金屬電子感應儀啥的，以防再發生類似的事。還規定了瞻仰者不得穿大衣、戴帽子、帶圍脖進入，等等。你問俺大哥受了啥樣的懲罰？先是腳鐐手銬的關著，內查外調，把俺家祖宗八代查了個遍，也把嵩山少林寺查了個遍，要找出幕後團夥、黑手。當然沒有。俺家祖輩貧僱農，只有俺娘是地主女兒，一九六六年文革初期被大興縣貧下中農造反派活埋。俺哥是替俺娘報私仇，報到了毛主席紀念堂的水晶棺上。他小學文化，無知無識，頭腦簡單，行為反動，不殺不足以平民憤。他被判處死刑，剝奪政治權利終身。但俺大哥的案子是當年天字第一號的大案，材料上報中央。說是胡耀邦閱後作了三點批示：一、不要再搞文革式株連，若他的家人親友和此案無關，就不應受到影響；二、此案性質惡劣，從嚴懲辦是對的，但量刑要盡量準確些，可否考慮死緩或無期？三、紀念堂以及所有要害場所的保衛工作，要從內部查起，做好，杜絕類似的惡劣案件發生。這些，也是俺大哥後來告訴我的。他被改判死緩，再又改判無期，再又改判二十年有期。他在獄中表現好，悔改好，加上他是少林弟子武功好，後來竟成為監獄管理人員的武術教練，警衛連隊的武術教練。奇蹟吧？胡耀邦的那三點批示，是監獄領導找他做個別政治訓誡時，傳達給他聽的，讓他感謝黨，感謝耀邦同志的救命之恩。一九七七年，他服刑滿八年，被他一位有背景的朋友保釋提前出獄。他那位朋友在深圳特區開了家武術館，請他當掌門師傅去了。

夠險，夠有趣的吧？你問俺爹受到什麼影響？他一個農民，還能把他咋樣？連帶俺二哥、三哥、四哥，也都沒受到啥影響。畢竟和文化大革命之前不一樣了，不搞一人坐牢，全家遭罪那一套了。俺爹對俺大哥犯下的案子，始終一聲不吭，不知道是啥想法。倒是鐵家莊的鄉鄰裡有人說話：鐵英小子是咱地方上出的人物，有種！敢炸皇陵！聽聽，如今莊稼人也不再是死腦筋，對人對事，都有自個兒的看法了呢。

一九七九年，我正在上保定衛校不是？當然也有北京辦案的人去找過我。但我和大哥的事不沾一點邊兒，所以也沒受到啥影響。畢竟不是文革年月了，人的思想開放多了，不再搞株連了，也不再把毛主席當神明、當皇上來崇拜了。社會上關於他老人家的各種傳言這女人那女人的也多起來了。時代還是進步了吧。一九八零年俺衛校畢業，恰逢保定衛校升級為保定醫專，俺各科成績好，又留校多讀兩年中醫護理，八二年畢業時算大專生，分配在保定中醫院做實習醫生。每月工資加夜班費能掙到六十來塊，按月寄給老爹二十元，幫補家裡，算一份孝心。這時候，我個人的生活也發生了很大的變化，認識了我後來的男朋友叫鐵信的，也是名醫生，醫科大學生，大我五歲，一個姓呢，老家也在青陵呢。白石，和你說這些，你不在意吧？俺長到二十歲，頭一回有個自己也看得上的男人來呵護，能不臉熱心跳？我隨他去過他老家，見過他父母。他母親一口一聲閨女閨女的叫著，對俺很中意呢。我也領著他去過我家，見過我爹和三個兄弟。他見俺家窮，出手就給了俺爹三百五十元錢。怎麼恰又是三百五十元？不是三百元或是四百元？俺爹沒謙讓，認是女婿的見面禮收下了。我心裡卻不高興，覺著不吉利，怎麼和我娘的賠命款一個數？回到保定後，俺幾次要把三百五十元退還他，他都和我急，以為要和他斷呢。就是啊，你們這些臭男人，沒有一個不猴急急的，只想做那事。我哪，卻是個榆木疙瘩——鐵信就是這樣說的。別的俺都依了他，就那事兒俺守住了，抵死都不從，總是告訴他，留著成親的那晚上再做。白石，這事你心裡是明白的，俺年初四和你的第一次，不是落了一單子的紅？所以和你說這些，你用不到吃醋。

一九八三年，他和俺的緣分就到了盡頭。不是我不愛他，是他丟下我。起初我都蒙在了鼓裡。他交遊廣，有不少菸酒朋友。不知怎地結交上了駐保定的北京衛戍區部隊的高幹子弟，七混八混，就調他進軍隊給首長當了保健醫生。我還傻呼呼的以為日後可以隨他進京呢。我每逢星期天一大早就坐火車進城去會他。你知道只有一個鐘頭的車程。他從沒帶我去過他的單位宿舍。他說軍事機關，門衛森嚴，陌生人進出手續太麻煩。我們每次都約在玉淵潭公園八一湖邊見面。玉淵潭你知道吧？它的北邊就是釣魚臺國賓館，有圍牆樹木相隔，也是中央領導人休息的地方。他說他隨首長在釣魚臺上班，到八一湖邊會面近便。我想催他把婚事辦了，但每次都說不出口。他也知道我想要什麼，但他就是不說。從春天到夏天，我慢慢覺著他有了變化，推說工作忙，或是要隨首長到外地視察什麼的，不再約每星期天見面了。就是見了面，也不似原先那樣猴急急的又摟又摸又親。到了秋天，他乾脆不再和我見面，電話也不接，寫信也不回。這是怎麼了？鐵信他嫌棄我、不要我了？對二十歲頭次談戀愛的我，真是天都塌了，人都要瘋了。我好歹知道他上班的機關在哪兒，他騙人，不在釣魚臺，而在一個叫大將軍胡同的地方。

白石，你不要瞎猜了，不是楚將軍府，而是它對面的那座王府大院，我至今也不知道那大首長的名號。我放不下，不甘心，一定要找他問明白，我哪兒不是了？做錯說錯啥了？怎的對不起他了？兩年多的感情，說沒就沒、說扔就扔了？就是要分手，要了斷，也應該把話說清楚。我就像痴呆了似的，連著兩個月的星期天，一次次去那大將府胡同摁門鈴。人家門衛穿著軍便服，一次次通知我：姑娘，鐵醫生很忙，沒有時間見您！您回吧，不要再來了。您還不明白？不是值班室不替您傳話，是人家鐵醫生不要見您！天啊，這算咋回事？應了哪句老話，侯門深似海了？一次，我實在憋不住了，只好老下臉面告訴那軍人：俺是他未婚妻，訂了親，拜過兩家父母的……他不能說甩了俺就甩了，俺也在醫院工作，是個活人！軍人聽我這一說，又看我丟魂失魄的可憐樣兒，大約也怕出事吧，就讓我在大門外候著，他進去請示了再回我話。

我在門外等了約摸大半個鐘頭，終於見到鐵信那東西推著輛瓦亮的摩托車出來了，虎著臉子，就像見著個女花子似的，什麼話都沒說，讓我上了他的車後座。他車我到老地方：玉淵潭八一湖邊。在岸邊石凳上，他都不看我一眼，只是盯著湖水，冷冷地說：沒戲了，我們分手吧！我正生他的氣，以為他總該說兩句好聽的來哄哄我，沒想到他竟說出這樣絕情的話來，我一時哭都哭不出來，不相信自己的耳朵呢。他又把絕情的話像顆石子扔過來時，我嚇得退了一步，渾身都顫抖著，問他：鐵信，你現在是一位軍醫了，把我當成你的啥東西了？想用就用，想扔就扔？鐵信見我鐵了心似地要和他鬧，才放緩了語氣：妹子，對不起，方才是我態度不好，哥和妳賠不是……哥的心也不是石頭做的，狠著勁要扔下妳，哥是遇上了大難處，沒法子，沒法子呀！我傻不拉嘰，聽他一說遇上了大難處，細看他果然人都瘦了一圈，心就軟塌了下來：啥難處？說出來，俺倆好商量，一起去解決。他就說了：被首長相中，介紹給首長的大女兒了……妹子不急，妳聽哥和妳說呀！首長大女兒的丈夫兩月前飆摩托車飆到電線桿上死了，傷心得不行，在家裡尋死尋活的，首長派我去看護、安慰，結果我被纏上，脫不開身了……妹子不急，聽哥和妳說呀！哥也是沒有辦法呀，身不由己呀！我氣得又渾身打顫顫：人家怎麼你了？告訴俺！人家怎麼你了？她比俺年輕？不是。她比俺漂亮？不是。她比俺重感情？不是。鐵信一副可憐巴巴相，說：她哪一點都不如妳，一臉的騷疙瘩，但胳膊肘擰不過大腿呀，首長命我幫幫他大女兒度過難關，轉移感情，我不得不依從。不然首長任找個由頭就可以叫我……。俺還是不懂鐵信的話，仍追問他：依從了？你怎樣依從了？鐵信說：妹子妳還問？也好，就把話說明了，我和她那個、那個了？我還是不明白：什麼這個、那個了？鐵信忽又眼睛色瞇瞇地盯住我：誰叫妳守身如玉，一直不肯和我幹那事？老子憋了十來年，早他娘的憋不住了，首長女兒卻犯騷，頭天晚上就纏住我幹上了，後就乾脆住在一起了……妹子妳這樣好的人兒、條件，就放過哥吧！哥帶來五千塊錢，是哥所有的積蓄，做妳的精神補償……

說著鐵信那東西就從身上掏出個牛皮紙信封，遞給我。我早氣暈了，接過牛皮紙信件就狠抽他的嘴臉，又哭又罵：你個畜牲！畜牲！補缺的！誰希罕你的臭錢？滾！滾！攀你的高枝兒去！

白石，這就是俺唯有的一次戀愛。今兒個才對你講，不遲吧？你問鐵信後來的事，人家當年就陪著首長的大女兒到美國留學去了，在美國生了娃，當上美國爸爸了。阿彌陀佛。你說這世事也真是怪怪的，咱這邊吧，首長們天天教育老百姓恨美帝國主義，反美帝國主義，卻又都爭著趕著把自己的兒呀孫呀送到美國去，去了就不回來；聽說美國那邊呢，也最樂意接受咱國家的有錢有勢的官家子弟。一般人家的子弟，成績再好，找不到經濟擔保，也留不成學。人說如今無論社會主義、資本主義，都是那邊有錢有勢的，看得起這邊的有錢有勢的。阿彌陀佛。

你問我是怎麼去了西山定慧寺的？留著慢說吧。下面該你啦。

47

圓善，上回我說到在半步橋監獄，結識了兩位獄友了吧？半步橋監獄就是北京市第一監獄，五八年我當右派大學生時，來這裡畫過壁畫、刷過宣傳標語的。在秦城監獄建成之前，這裡關押過饒漱石、潘漢年、楊帆、胡風、馮雪峰、丁玲等著名人物呢。我一九六八年年初進來時，也不知道著名學者楊憲益和他的英籍漢學家夫人戴乃迪等一批文化名人正關押在這裡，是我的獄友。我當然見不到他們。不然我倒真想問問楊憲益夫婦：怎麼可能把屈原的《楚辭》、曹雪芹的《紅樓夢》翻譯成英文？特別是《楚辭》，連我們中國人也不好懂呢。

好，甭扯遠了，說回我的兩位室友，一位叫江郎，被捕前是中央美院的學生。他父親去過延安，官拜中央美院院長兼黨委書記，一九五七年打成右派分子，知道江青娘娘的很多糗事，文化大革命一開始，就又被打成黑幫。江郎卻竟敢替他父親抱不平，寫江青娘娘的大字報，膽大包天不是？他知道我也曾經是中央美院的學生，就認我做了校友。另一位獄友遇羅克，我先前已說過，更傑出了，天天在獄室裡講授馬列主義。妳說他犯了精神病？不不，是抓他進來的那個政權患了精神病。遇羅克的精神很正常，人家才怕得要命。一次，他竟然變戲法似的，不知從哪兒悄悄掏出張《中學生文革報》給我看，鉛印的，頭版就是他那篇曾經傳遍大江南北的〈出身論〉。他壓下嗓音帶點神祕地對我說：給提意見！我還想修改幾遍……天不予時，雁過留痕，說不定以後會是份文物……。

囚室裡原先總共關了十來人，陸續有人被釋放或是換了別的囚室，這時只剩下我和江郎、遇羅克三人。一天晚上，江郎被帶出去「個別談話」了，我把那張中學生文革報摺疊好還給遇羅克。他和我挨坐著，悄聲問：怎麼樣？老哥，給提提意見，寫得太膚淺，半吞半吐的，沒說痛快，是不是？我悄聲答：你已經犯了天條，捅了人家的心窩子了！他笑笑，又問：此話怎講？我看他那麼信賴我，忍不住說：你就不怕我出賣你，去立功贖罪？他扶了扶眼鏡框，說：我還是能識人的吧？我有第六感觀，原先一起關著的十來人，只有你和江郎兩位不會賣友求榮……所以略施小計，就把那七位室友打發走了。我奇怪了：你有這能耐，那七個人是你打發走的？他說：前些日子，我天天和你們講馬克思主義的起源，馬克思主義的辯證法，馬克思主義的唯物史觀不是？叫看守們聽去了，又不好制止我宣傳馬克思主義，就匯報上去，他們的上級就認定我是藉講解馬克思主義，傳播火種，圖謀不軌，於是就把我的幾位忠實聽眾給弄走了！只有你和江郎對我的馬克思主義不太有興趣，所以被留下來繼續關在一起。我說，你真行啊，把軍管人員都糊弄了啊。他說，講馬克思主義，我是自個兒找樂子……告訴你吧，我出生在資本家家庭，父親是一家有好幾百工人的營造廠的老闆，一九五二年因一個偷稅漏稅的罪名被關進監獄，工廠被沒收，我一家老小從此走上惡運。我自小喜歡閱讀，記性也好。上初中起，開始啃馬列主義著作，《馬恩全集》四十四卷我都讀了，做了幾十本筆記，讀到高中畢業。考不上大學，下放到四季青人民公社勞動，又讀了《列寧全集》。其實我只是想把一些主義、理想、理論、思想弄弄明白，看個究竟。不是我吹，如今中央文革那些人物，理論家，包括張春橋、姚文元、王力、關鋒、戚本禹，我都敢和他們辯論馬克思主義，看看是誰篡改、背叛了馬克思主義，誰才是真正的修正主義頭子。

我望著斯斯文文、其貌不揚的遇羅克，有些不相信自己的眼睛和耳朵似的。神了，面前的這位，竟是個思想者，民間理論家了？我問他：讀了你的〈出身論〉，我和我的家人都是和你同樣命運……你說說，咱們新中國這「紅色血統論」，又究竟是咋回事，它和馬克思主義有無關係？他忽然噓了一聲，叫我先別吱聲。原來他耳朵很靈，走廊上有巡邏士兵的皮靴聲。我們只得屏聲靜氣。等那皮靴聲遠去，他才悄悄地回答我：可以追本溯源。在馬恩著作中，把人類社會劃分成兩大階級：窮人和富人，無產階級和資產階級，也叫剝削階級和被剝削階級；到了列寧主義，階級的劃分細化了，城市除了資產階級和無產階級（也稱工人階級），還加了中產階級和城市貧民階級，農村則分為富農階級和貧農階級；到了咱們中國的毛澤東思想，階級劃分就更細化、刻板化了。中國是個農業國家，小農經濟的汪洋大海，成分最復雜。在農村，劃分為惡霸地主、地主、富農、富裕中農、中農、下中農、貧農、僱農。在城市，則劃分為資本家、工商業兼地主、小業主（相當於富農或富裕中農）、職員（相當於中農）、工人、城市貧民（相當於貧農及僱農）。還有最優等的革命軍人和革命幹部，是指打天下、坐江山的領導者階級了。更絕的是，咱們毛主席把人的思想也劃分了階級：資產階級思想、小資產階級思想、無產階級思想。階級就是等級。等級就有優劣高下。黨不是有階級路線、階級政策嗎？在城市，依靠工人，團結城市貧民，改造小業主，消滅資本家；在農村，依靠貧僱農、下中農，團結中農，改造富裕中農，打倒富農地主。所有的文件報告都強調，要樹立工人階級和貧下中農的階級優勢。這就把咱新中國的城鄉社會，徹底等級化了，一級優於一級，一級管制一級，明白了嗎？到了一九六二年北戴河會議，毛主席更提出他的發展馬列主義的英明論斷：從社會主義過渡到共產主義的整個歷史時期裡，存在著階級、階級矛盾和階級鬥爭……階級鬥爭要年年講，月月講，天天講。千萬不要忘記階級，不要忘記剝削階級復辟的危險性。這一來，偉大領袖就把我國的等級社會理論化、程式化、長期化了。什麼階級出身的人可以入黨、入團、參軍、招工、提幹、上大學，都有政策規定，直至規定到了地富、資本家子女不允許和工人、貧下中農青年通婚！以保持革命血統的純潔性。

乖乖，我一下子覺著自己和身邊坐著的遇羅克心相通，他總是能說出我心裡的一些自己說不出來的話。我問他：馬克思、恩格斯不也是大資本家嗎？恩格斯還親自從事商業活動，列寧也出身大官僚家庭，他們的血統怎麼就都是紅的了？還有咱們的毛主席，林副主席，周總理，黨和國家領導人有幾個不是出身剝削階級？我小時候讀過一本《毛澤東同志的青少年時代》，好像是毛主席的祕書寫的，在五十年代可流行了。書中就寫到，毛主席小時候很同情窮人，他母親大人放豬債，父親大人放穀米債、高利貸，每次派他去收租，討債，他常常空手而回……收租啊？這不是從小就參加了剝削活動，還不該劃成剝削階級分子？遇羅克聽我這一說，先是伸手掩了我的嘴，靜聽了監房外有無動靜，才撤回手去吃吃笑：好哇，好哇，您說偉大領袖、偉大導師、偉大統帥、偉大舵手、我們心中最紅最紅的紅太陽毛主席，小時候替父母討過債，收過租，參加了剝削活動，該當何罪？我也是又好笑又害怕，忙說：別別別，您一上綱上線，傳出去，我就是有十顆腦袋，都不夠他們砍的了。

遇羅克說：奧妙就在這裡了。中國幾千年的農民起義，改朝換代，除了劉邦、朱元璋，還有哪一次是由文盲大老粗領導成功的？沒有了，都是富家子弟、剝削階級出身的有雄心大志的人物幹成的！您想想，人家打了天下，坐了江山，還能說自己的血統是黑的？尤其到了我們新中國這一朝代，毛、劉、周、朱、陳、林、鄧這些出身剝削階級的人物，領導窮人鬧革命鬧成功，他們和他們的子女親屬的血統，還能不是鮮紅鮮紅、最紅最紅的？所以在我們新中國這個以階級成分為依據的等級社會裡，最優等的城市工人階級、農村貧下中農階級之上，還有一個更優等的階級：革命幹部和革命軍人，他們才是真正的新中國的主人。黨的階級路線不是叫做依靠工人階級和貧下中農嗎？誰來依靠他們？革命幹部和革命軍人也。更具體些說，就是地方縣委書記以上、軍隊團級以上的中高級幹部。他們在我國的七億人口中，是絕對的少數，連同他們的子女親屬在內，人口不會超過八百萬。但他們依靠了中國人口絕大多數的工人階級、城市貧民和農村的貧下中農，就形成絕對的階級優勢，可以對其餘階級的人為所欲為，生死予奪了。這就是無產階級專政理論的精髓，也是毛澤東思想的精髓，您明白嗎？

我腦子裡轟轟響，兩手出冷汗。深刻，真他娘的深刻。佩服，這小子大無畏，是個思想者，比我小好幾歲呢。我又悄悄問他：聽說前兩年，搞血統論那些人，還編了革命歌曲，大會小會的傳唱呢，難道也是偉大領袖批准的？對不起，這些年我一直在外地流浪，三個月前才回到北京，這不又被關進來了？您問我這些年都上哪兒混去了？我上青海大漠去了，在一個個綠洲之間流浪，打零活，不說也罷。如今世道，家家一本難唸的經，人人一本難唸的經。

遇羅克說：看樣子你對文革之初的情況所知有限。要論最早公然歌唱紅色血統論的人，是號稱中國新詩的奠基人郭沫若。一九六四年他響應偉大領袖「千萬不要忘記階級鬥爭、千萬不要忘記無產階級專政、千萬不要忘記黨的領導、千萬不要忘記貧下中農」的最高指示，寫了一首新民歌，發表在《人民日報》上，後被譜上曲兒，全國傳唱：什麼籽兒發什麼芽，什麼樹兒開什麼花，什麼籐兒結什麼果，什麼階級說什麼話！厲害吧？

我說：這也叫詩歌啊？植物遺傳學，應用到人身上來了。郭沫若可是四川的大地主家庭出身，按照紅色血統論，他身上流的應是剝削階級的血液，是黑五類啊。

遇羅克冷笑著和我咬耳朵：說得好！可人家郭大人是投奔了革命，投靠了偉大領袖，成了偉大領袖的詩友，血統就變紅了囉。可惜他的兩兒子從小讀內部書刊，有頭腦，不甘心父親墮落做佞臣，在大學裡私組讀書會，自發研究馬克思主義，批判階級鬥爭人為化、絕對化，批判毛澤東思想狹隘偏激，等等，文革之初就以反革命組織頭目罪名，被關進班房了。聽說郭大人嚇得尿了褲子，跑去向偉大領袖請罪。偉大領袖讓他放心，兒子犯罪，不株連老子。他都不敢求情，救救兩個親骨肉……聽說一個兒子已死在獄中。真他娘的不是東西！犬儒！連走狗都不如！

我說：我是回北京後，才看到紅衛兵的大標語，也聽他們唱：龍生龍，鳳生鳳，老鼠生兒打地洞！軍幹子女來接班，地富子女必反動！掃除一切害人蟲，革命江山萬代紅！還有什麼：老子英雄兒好漢，老子反動兒混蛋！要革命的可過來，不革命的滾他媽的蛋！滾他媽的蛋！

遇羅克說：你不知道這些大唱特唱紅色血統論的紅衛兵歌曲是怎樣出來的吧？前年文革之初，北京大、中學校學生響應偉大領袖的號召開始造反，是由一批黨政軍高幹子女帶的頭。其中北師大附中、清華附中、北大附中的中央領導人的子女，包括毛、劉、周、朱、陳、林、鄧的子女，以及李先念、薄一波、陳毅、賀龍、宋任窮等人的子女在內，抄家打人，鬧得最凶。北大一名出身資本家的學生就被自己的工農兵家庭出身的同學活活打死。北師大女附中的女校長是位到過延安的老革命，只因家庭出身地主，也被她的一群學生打死。打人的女生中就有宋任窮的女兒宋彬彬。不久宋彬彬上天安門城樓給偉大領袖戴上紅衛兵袖章，偉大領袖親口給她改了名字叫宋要武……這些中央高幹子女還專門成立了一個叫「紅衛兵西城區糾察隊」的組織，周總理撥給他們辦公院、自行車、電話機給予關懷支持。他們私設公堂，抓了不少街道上的地主、資本家成分的人來拷打審訊，聽說打死了就裝進麻袋拉往城外扔！北京五十二中工農家庭出身的學生打死地主家庭出身的同學，還蘸了那同學身上的鮮血，在教室牆壁上寫下口號：紅色恐怖萬歲！「紅衛兵」這個名號最初也是清華附中和北大附中的高幹子女們鼓搗出來的，他們給偉大領袖寫信，偉大領袖給他們回信支持他們革命造反，「紅衛兵」這個名號於是一夜之間傳遍全中國。至於紅色血統論，「龍生龍，鳳生鳳，老鼠生兒打地洞」，則是由一個叫譚力夫的軍隊高幹的孩子發明的，簡直效法當年的德國希特勒，日爾曼民族是世界上最優秀的民族！譚力夫們則宣稱工農兵軍幹子女們的血統是最鮮紅、最革命的！他們把全體中華民族分成紅五類、黑五類，並認定紅五類有權統治黑五類，直至關押、殺害黑五類。紅五類是工人、貧下中農、革命幹部、革命軍人、革命知識分子；黑五類則是地、富、壞、右及一切反動分子，也就是公安部門監控的十八種人。你不知道什麼是十八種人？一九六六年紅八月中華人民共和國公安部貼布告公開出來的：地、富、反、壞、右、資本家、偽憲兵、偽警察、偽軍官、叛徒、特務、反動黨團骨幹分子、反動會道門分子，反動僧尼、反動牧師、反動阿訇、土匪、巫師以及他們堅持反動立場的家屬子女。十八種人！咱這記性不差吧？

我說：劉、鄧、賀龍、薄一波這些老革命不久不是也被打倒了嗎？

遇羅克說：對了，偉大領袖把他們打成叛徒、特務、走資派，他們的血統馬上變黑了，他們的子女在一段時間內，也被歸入黑五類、狗崽子了。用他們自己的話說，是不齒於人類的臭狗屎了！那個打死人不償命的紅衛兵西城區糾察隊，也就解散了……。所以說，今天咱們中國所盛行的紅色血統論，就是從馬列主義的無產階級專政理論、毛澤東思想的階級鬥爭學說孵化出來的。我可以和你說句不怕殺頭的話，紅色血統論是反歷史、反文明、反人類的，是德國納粹法西斯主義那一套的翻版！你現在該明白了，我和幾位志同道合的朋友，六六年為什麼乘毛的那個四大民主風潮，辦了那份《中學生文革報》，寫了那篇〈出身論〉了。當然我不可能把一些話都寫上，否則我在六六年就進來了。

圓善，一九六六、六七年，妳才四、五歲吧？妳不可能知道當時的文革高潮中，咱們國家盛行的「紅色血統論」，既瘋狂，又野蠻，很血腥。妳的母親就是死於紅色血統論，因出身地主而被活埋。城裡打死人，鄉下活埋人。我的父親死在青海，我十七當上右派大學生，都是因為這個紅色血統論。這些，我也是認識了遇羅克之後才弄明白的。那個遇羅克真是個大能人，二十來歲竟熟悉了馬列理論。我還聽他給監獄幹部上過馬列課呢。妳不信？都是江郎那小子鼓搗的。江郎是高幹子弟，進了班房也高人一等，監獄幹部對他比較客氣，不時找他個別談話，瞭解案情，其實是對江青娘娘的那些糗事有興趣。他就建議幹部們聽遇羅克講馬列。說起來也是很可笑，天天喊萬歲，喊學習馬列，可馬列主義究竟是些啥玩意，幹部群眾知道個屁。

一天下午，管教幹部來叫遇羅克去預審室替監獄幹部們講馬列時，讓江郎和我也跟去了。我留意到幹部們中有三位軍人。遇羅克雖然穿著囚服，但一點都不怯場，一談起馬列就眉飛色舞，像個老學究滔滔不絕。他首先講了馬克思主義的三個來源：英國的古典經濟學，德國費爾巴哈的機械唯物論，法國傅立葉等人的烏托邦、空想社會主義。他說，在馬克思、恩格斯的時候，馬克思主義只是一種嶄新的認識論，世界觀，教導人們怎麼去看待、研究、分析這個世界，之後改造、重建這個世界。號召全世界無產者聯合起來，把舊世界打個落花流水。但馬克思主義給暴力界定了一個前提：只有在全社會的經濟高度發達之時，才能實施社會主義過渡，暴力革命只是社會轉型時期的助產士。社會主義的娃娃在資本主義的母體中成熟了，要呱呱落地了，才給上一把力！那時還沒有出現黨和黨的組織，馬克思主義只是進步知識分子的鬆散聯盟，你今天信奉馬克思主義，你就可以稱為馬克思主義者，你明天不信奉了，你就是別的什麼主義者了，甚至是無政府主義者了。馬克思主義最重要的著作是《共產黨宣言》和《資本論》，最基本的哲學觀是辯證唯物主義和歷史唯物主義。馬克思主義的終極目標是在全世界實現共產主義。在共產主義社會裡，沒有國家，沒有政府，沒有政黨，沒有階級，沒有家庭，物質財富、精神財富極大豐富，人人平等，人人幸福，各取所需，各盡所能……這就是共產主義的美好理想。資本主義社會、社會主義社會，都是人類抵達共產主義天堂之前的過渡時期。馬克思、恩格斯在世時，有過一次也是唯一的一次偉大實踐：一八七一年三月巴黎工人起義建立巴黎公社，這是世界有史以來第一個無產階級政權。巴黎公社有個偉大的創舉，就是全體公民一人一票，選舉領導人，後世稱為「巴黎公社的原則」。可惜這個創舉和原則，被西方資產階級接受，形成了他們的議會選舉制度。而所有的社會主義國家，則沒有繼承這個原則。

遇羅克接著對幹部們說，馬克思主義是發展的學說，產生過第一國際、第二國際、第三國際。第一、第二國際發展成後來西歐國家的社會黨、工黨，追求和平民主的福利社會，我今天就不去說她了。第三國際的創建人是俄國的列寧。列寧對馬克思主義的發展是把認識論變成方法論，把馬克思主義者的鬆散聯盟變成了有鐵的紀律的黨和黨的組織。五十年代的黨史教科書曾經提到，列寧組黨之初，是借鑑了德國黑社會組織的形式，黨是極其祕密的，上不告父母，下不告妻兒，入黨要經兩名黨員介紹，要宣誓忠誠，嚴守黨紀，以生命捍衛黨的事業，永不叛變，為共產主義奮鬥終生。所以說，列寧才是共產黨真正的老祖宗。他發展馬克思主義更包括在貧窮落後國家進行暴力革命，工人農民奪取政權，推行社會主義。這就叫列寧主義。把馬克思主義和列寧主義加在一起，於是叫做馬列主義。我們偉大領袖毛主席對馬列主義又做了進一步的發展，農村包圍城市，槍桿子裡面出政權，階級鬥爭年年講、月月講、天天講，就成了戰無不勝、攻無不克的毛澤東思想……

大家正聽得聚精會神，覺得遇羅克這小子真神，對馬列主義毛澤東思想如數家珍。忽見三位軍管幹部騰地站起來，其中一位大聲喝道：來人！把這反動透頂、膽大包天的小子押下去！關小號！他公然詆毀馬列主義，攻擊毛澤東思想，罪該萬死！今天這活動是誰鼓搗的？也要查辦，絕不姑息！

48

遇羅克進了單間號子，後來怎樣了？白石你又是怎樣出來的？好，你先歇歇。我來說自個兒的事兒。先前我說到哪兒了？是在玉淵潭公園八一湖邊，被鐵信扔下了不是？他絕情絕義，說斷就斷，像扔下件破衣爛衫，頭都不回。他那個牛皮紙信封，裡面裝著五千元給我的「精神損失費」。我扔還給了他！阿彌陀佛。那時刻，真是天都黑了，地都塌了，我沒有路走了，沒有地方可去了，只想一頭栽進湖裡去，一了百了。卻又傻傻的想著，不定鐵信哥會找回來的，找回來的……就給他看到俺已經浮在了水裡，岸上站了一大群人，叫嚷著打撈呢……

我留在湖邊，哭著，恨著，四周連個散步的人都沒有。對面就是釣魚臺國賓館，遠遠的樹蔭下有哨兵站崗。這玉淵潭公園平日少有人遊玩。也不知道過了多久，忽地，我彷彿聽到身後有個柔和的聲音在唸誦：

水色連天色，
風聲益浪聲。
旅人歸思苦，
漁叟夢魂驚。

舉棹雲先到，
移舟月隨行。
旋吟詩句罷，
猶見遠山橫。

我聽得半懂不懂。誰這麼討厭？尋人開心呢。我轉過身去，見是一位青衣素面、神情好生和藹的年長女尼，正朝我含笑合十，款款說道：阿彌陀佛！小施主，孽海無邊，你終於回身到岸。說句不怕妳見怪的話，妳我投緣，日後不定同享福澤，共證菩提。

要在平日，一位素不相識的出家人見面就和我說這話，好沒來頭，肯定會反感，不會給好臉色。可此時此刻我正六神無主，整個身子都被掏空了，就像落水的人攀到了樹枝，聽了老尼姑的話，竟覺得十分受用，便莫名其妙地回問了一句：您是誰？從哪兒來？到哪兒去？

老尼姑慈眉善目，笑笑說：小施主問得好。我從來處來，到去處去。

我聽她回得有趣，請她給說得明白些。

老尼姑說：我之所以有我，你之所以有你，皆因你我都有各人的父母，父母之上又有祖父母，祖父母之上還有曾祖父母，曾祖父母之上更有太祖父母，一而二，二而四，四而八，八而十六，十六而三十二，三十二而六十四，六十四而一百二十八，而二百五十六，而五百三十二，而一千零六十四……依此推算上去，以至無窮。這就是說，你我都是因為有了自己祖先存在的因緣，過去一切生命的往復，才會投緣到世界上來。這是往上啟悟。往下啟悟，則未來所有的生命，也都是你我生命因緣的延續。這種從無限的過去，到無限的未來的過程，生生相惜，生生相續，生死輪迴，就是無量佛。所以說，我是從來處來，到去處去。小施主，你也是從來處來，到去處去。

奇怪得很，聽了老尼姑一席話，我竟不哭了，感覺整個身子都輕了，鬆了，也不恨、也不痛了，還乖乖的相隨著，轉換了幾路公共汽車，到了西山定慧寺。原來她是定慧寺主持妙音法師。奇怪得很，一到古柏參天、遍地清蔭、禪房幽靜的定慧寺，我就覺著找到了自己的歸宿，不想走了，哪兒都不想去了。

妙音法師領著我，在她的修持禪房裡住了兩晚。我就像關不住的自來水喉，和她沒完沒了地說話，說自己的身世。也不知為啥，我把從出生到現在的事兒，都說給她聽了。我五歲上沒了母親，跟父親、兄長沒法說的話，和鐵信談對象都沒說過的話，一古腦說給妙音法師了。她只是靜靜地聽著，沒再給我講經說法。第三天一早，她問我：願意留下來，了斷三千煩惱絲？我說願意跟隨師傅，出家為尼。妙音法師說：好，我收下妳這個徒兒。其實昨日在湖邊，妳的紅塵孽緣，我已了悟個大概。妳是學醫的，老尼是行醫的，今後我們一起種福田……但妳要先回保定醫院去把工作辭了，再來寺裡落單，受戒，之後再請市裡佛教協會出證明，設法把糧食戶口轉過來，總之是做個斷。

天啊！出家人也要轉糧食戶口，叫做辦組織手續。真是管天管地，啥都管個嚴實。

我回到了保定醫院。醫院領導見我兩天沒來上班，以為失蹤了，正四處打電話尋人哪。我向院長、書記呈上辭職報告。院長、書記眼睛瞪得老大：鐵妹同志！妳瘋了？好好的人民醫院的醫生不當，難道要去幹個體戶？我說不是，俺要出家，去北京西山一家寺院出家。院長、書記哈哈大笑：

看破紅塵？去佛國淨地？我們是無神論國家，哪來的佛國淨地？

笑過，院長、書記一臉嚴肅地對我說：鐵妹同志，妳的辭職報告，組織上不能接受，只看作是妳年輕人的一時糊塗，意氣用事。其實，妳失戀的事，被鐵信甩了的事，組織上早就有所了解。鐵信這同志比較自私，狹隘，一心攀高枝，領導上也早有看法。有什麼了不起？不就找了個二婚頭嗎？那高官家的金枝玉葉是好侍奉的？鐵信那小子有得苦頭吃了。不過，作為組織上，我們本不該和妳說這些的，犯自由主義啦。畢竟是你們年輕人之間的感情糾葛，只要不太出格，沒鬧出未婚同居、未婚先孕之類的錯誤來，組織上也不用多過問的。今兒個，既然話都說到這分上了，領導上可以告訴妳，組織上是很器重妳，有計畫要培養妳的！不然，妳的學歷只是個醫護專業的大專生，怎麼就早早安排妳做了門診部值日醫生？還兼了醫院團總支委員？妳個人條件是不錯，業務上肯刻苦進取，工作上認真負責，沒有出過醫療事故，妳那個無痛注射針法，屢屢受到縣委領導的表揚。外面還有人把妳稱為咱們醫院的「院花」啦……但這些離得開組織上的培養、同志們的幫助？鐵妹同志，妳回去冷靜想想，怎樣？一次失戀就要出家？天下優秀青年多的是！以妳的條件，還怕找不到比鐵信強十倍八倍的？再說到時候組織上也可以幫妳物色呀！妳的辭職報告就放在我們手裡，算是組織上對妳的考驗。

我在醫院領導面前碰了一鼻子，只好一邊上班，一邊繼續遞辭職報告。我失戀的事在醫院裡傳得風生水起，一些平日相處得不錯的同事，有的表示同情、憐憫，有的擠眉弄眼，背地裡嚼舌根：還培養對象呢！一個山裡丫頭，大專生，人五人六，都忘了自己姓啥了呢！還有比這更難聽的，說我打了胎，被鐵信玩膩了，甩了，才吵著要去出家的。阿彌陀佛。那日子我連死的念頭都有。我真是一天也不想在醫院裡待下去。一天傍晚我下班回到住處，見俺老爹正坐在門口臺階上等著俺哪！身邊還放著拐杖。自俺娘文化大革命頭年被人活埋後，俺爹的身子一下子就佝僂了，手腳都不靈便了，近些年更是拄了拐杖才能出門了。

我趕忙把老爹接進屋裡，遞上水，才問：爹，您也沒先給個信，怎麼就來了？也沒讓哥陪您？

俺爹沒吱聲，先落淚：沒娘的閨女，爹心裡疼呀！瞧妳都瘦成啥樣兒了？一些事，許多話，妳都沒和爹說呀！

我本來想哭的，但爹一掉淚，反倒一咬牙，不能哭了：爹！看你說的！我好好的，每天在醫院裡上班下班，忙都忙不過來，能有啥事瞞住爹？大哥最近有信回家嗎？二哥、三哥、四哥可都好？二哥、三哥的對象談得咋樣了？

俺爹卻不讓我拿話打岔，接過我遞上的紙巾，擦擦眼淚：娃！醫院派人去看過爹了，把事情都告訴爹了，讓爹來勸勸娃！鐵信那東西，爹會叫你哥他們去找狗日的討說法，算帳！娃妳，爹說啥也不能許妳去出家！咱家五個娃兒，就妳一個讀成書，出息個人樣兒。妳要出家，爹怎麼對得起妳陰間的老娘？

醫院領導也真是的，他們竟把俺爹搬出來了。我問爹，哥他們知道這事嗎？爹搖頭：知道了還了得！還不把娃妳給掰成幾塊。

那天晚上，我和我爹說了一宿的話。我先和爹說，如今不是文革那亂世了，凡事要遵守政策法令，千萬不能叫哥他們去找鐵信找說法，鐵信現在是革命軍人，住在軍隊大院裡，守衛嚴密著呢，去鬧事會被逮起來的！況且人家鐵信也不是啥壞人，女兒和他談了三年對象，關係清楚著呢，啥事兒都不曾有過呢！這次他和我也是好離好散，兩相情願。人家還惦記著您老人家，直說對不起您老人家！這不，爹，他還讓我交一個信封給您，說是孝敬您的……

我設法穩住俺爹，就想了個招數，從床墊下掏出個牛皮紙信封，交給爹。爹接過一看，瞪起眼睛問：是啥錢？爹不能受！俺知道俺爹窮志氣，不把話說明了，是不會答應的。我說，爹呀，人家鐵信讓俺轉句話給爹呢。鐵信的原話，說他和女兒分手，對不住的不是女兒，是爹您，讓您失了面子。爹又身子骨欠硬朗，他才把多年的積蓄三千塊，全數孝敬給您，做養老用……

我是編了些說詞來哄俺爹。出家人不打誑語，阿彌陀佛。八十年代初，三千塊錢對鄉下人來說，可是筆大數目，本是我省吃儉用悄悄攢下，準備結婚花銷的。俺爹貧寒一輩子，做夢也沒想到有人會給他這麼一大筆錢，張張都是工農兵哩。阿彌陀佛。俺爹心動了，還是問了一句：鐵信娃家裡也是農村人，咋就不孝敬些自己的父母？我說，爹您就別多操那份心了。鐵信家俺去過，他父親和兄弟開著磚窯廠，日子滋潤著呢。這麼著，二哥、三哥、四哥都二十大幾了，該成家了。這筆錢，正可拿去，把俺家的老屋擴建一下，一人給新起一套土坯房，配上縫衣機、自行車、收音機三大件，就不愁沒有好女子上門了。免得一屋子光棍漢，爹想抱孫子都流哈喇子了！

俺爹被俺說笑了。爹問：娃，妳自個兒呢？爹養了四個兒子，就妳一個閨女，妳不把話說清楚，爹是不會答應的。

我說爹，您是問我出家的事？我是給醫院領導呈了辭職信，可領導沒批准，這不大遠的把您老都請來堵門了？其實我是在京城偶爾認識了一位醫道高明的法師，西山一座大尼庵的主持，經常給中央首長們治療疑難雜症的。她看上了您女兒，您女兒又是學醫出身，未婚，和您女兒忒有緣，就想收您女兒為徒，把她的高超醫道、祕方祕藥，傳授給您女兒呢，日後也會領著您女兒去中央大領導家裡救死扶傷的。這不是您女兒的好機緣？失去了再找不回來的。

俺爹聽了我的解釋，心裡鬆動些，糾正俺說：那叫為人民服務，為領導分憂。娃妳自小實誠，這話，不是誆爹的吧？

這不，連哄帶誆的，我總算說動了俺爹。老人家嘴裡還在嘀嘀咕咕，心裡已不再那麼反對。阿彌陀佛。其實俺爹骨子裡少不了封建意識，傳宗接代靠他四個兒子，我這個女兒遲早是別人家的人。阿彌陀佛。第二天一早，我就去郵電局掛了電話到老家鐵家莊村委會，讓俺二哥鐵雄來保定接爹回家。我和爹說好，我想出家的事，醫院很難批准，八字沒一撇，先不和哥他們說。俺二哥當天就趕到了，在醫院客房住了一晚，他啥事都不知道。爹則揣著三千元現款，由二哥護著回去了。

我仍在醫院門診部上班，仍一天呈一份辭職報告。我就是要去煩他們，哪天他們耐不住了，就該放我走人了。過了大約十來天，機會終於意想不到的說來就來了。縣委徐副書記手臂受了傷，到醫院治療，打預防破傷風疫苗。這徐副書記是中央一位大首長的兒子，不到三十歲，牛高馬大，為人卻和氣，聽說當過知青，沒有什麼派頭，恰好又是分管工、青、婦、文、教、衛、體，聽過他幾次大會報告，給人的印象算是不錯的。恰好呢，又是讓我給領導打針呢。忘了說了，給縣委領導們打針，成了醫院給我的「專利」，一是我的無痛注射是出了名的，第二是我的長相也討領導人喜歡不是？我不是咱醫院的「院花」不是？

當然不能問徐副書記的手臂是怎樣受傷的。醫院院長陪著他進到我的門診室時，他的手臂已被包紮過，沒有吊石膏板，可見只是皮肉受傷。徐副書記沒等院長介紹，就熱情地笑著說：認得，認得！鐵妹醫生嚒，上次縣團代會，我們握過手，照過集體相的嚒。院長忙說徐書記好記性，見過一面就叫得出名字。徐副書記卻吩咐院長：您就忙您的去吧，我也不是什麼大問題，打過預防針就得，還有祕書在門口候著。

院長離開後，我拉起布簾，請徐副書記在診療床上俯臥下。徐副書記竟紅了紅臉說，能不能注射別的部位？我說不能，你俯臥，鬆開皮帶就可以啦。我心想，真是的，縣官老爺還害臊；當醫生的，什麼沒見過，還在乎您的臀部？看來這徐副書記還是個老實人，不像有的領導，見了年輕女醫生、女護士，眼睛老溜瞅人家的胸口。

很快注射完畢，我心頭一熱，決定趁這難得的時機，向徐副書記求助。這時徐副書記已起身整理完畢，準備離去。我說：徐書記，您能不能給點時間，俺有事情向您請示、匯報。不是公家的事，是關於我個人的……

徐副書記看了看牆上的掛鐘，爽快地答應了。他把門口的祕書叫進來吩咐：我還要待半個小時，你到外邊等著，門不要關。隨後轉身坐下，竟問：鐵醫生，謝謝妳這麼信任我，妳的什麼個人問題，要我幫忙？長話短講，半個小時，可以吧？這樣吧，我先問妳，你老家哪裡？家裡還有些什麼人？什麼學校畢業？什麼時候來醫院工作的？簡簡單單，有啥說啥，好嗎？他怕我有顧慮，就又補充一句：先瞭解基本概況，我才好幫妳呀。

我只得告訴他：老家青陵鐵家莊，家裡祖輩貧農，父親曾是土改根子，仍在老家務農。母親因出身問題一九六六年八月去大興縣姑媽家走親戚時，被活埋。一九七八年獲平反。家裡有四個哥哥，在家務農。我本人一九七六年初中畢業，一九七九年考上了保定醫護學校，七八年畢業。學校升格為醫專，我因為成績好，又讀了兩年醫專。一九八一年畢業，被留在附屬醫院工作至今。這是俺的簡歷。領導要是不信，可以去查俺的檔案。

徐副書記說：痛快。信，我相信。說說看，妳有什麼事，要我幫忙的？

我遲疑一下，說了：俺想出家，去北京西山定慧寺出家，可醫院領導不准許我辭職。

徐副書記吃了一驚，隨即笑了：好啊！西山定慧寺那地方我去爬過山，滿眼青綠，風景不錯。妳可不可以告訴我，醫生是個受人敬重的職業，在醫院裡工作得好好的，為什麼想去出家？青燈古佛人初睡，冷雨敲窗被未溫啊。

看來這位領導還有點文才，讀過《紅樓夢》一類雜書。但我早已想好怎樣回答了：定慧寺的妙音法師一生行醫，醫道高明，救人無數。她的祕方、祕術、祕藥多得很，現在年紀大了，想找一名醫科學校畢業又願意出家的女子，做她的傳人……她找了幾年，最後找到我。

徐副書記拍拍額頭，想起什麼似的：妙音法師……妙音法師……是不是經常到中央老一輩領導同志家裡出診的，那位七十幾歲、很受人敬重的女尼？

我眼前一亮：您認識妙音法師？太好了，聽說很多中央首長都稱她為活菩薩呢！

徐副書記搖搖頭，笑笑：我沒有妳幸運，活菩薩要收妳為徒。我只是知道她精通佛醫，醫道了得，專治大醫院治不了的疑難雜症，很有名氣。

我心裡一鬆，彷彿看到了希望：徐書記，您肯理解我、幫助我了？

徐副書記卻走了一忽兒神似的，嘀咕出一句：我家老爺子戰爭年代受過槍傷，一到季節轉換就說這兒痛那兒痛……啊，啊，鐵醫生，我可沒有答應，這麼一件關係到妳人生的大事，不是鬧著玩兒的。不過妳想去繼承妙音法師的佛醫祕方、祕術、祕藥，又確是值得考慮。但妳這麼年輕，條件又這麼好，為什麼硬要出家呢？妳是不是因為失戀、受到刺激？對不起，這是妳的個人感情隱私，我不應該問。總之，妳要冷靜地想好了，年輕人出家是一件嚴肅的事，不要輕易下決心。一旦真的去了，剃度受戒，過了幾年耐不住又想還俗，也是挺麻煩的！

……白石，你現在該明白了，俺也是有貴人相助，才辭了職，還轉了糧食戶口，到定慧寺做了妙音法師的徒弟。你問那位幫助過我的貴人，後來去了哪裡，升了多大的官？人說他正氣，血性子，那次手臂受傷，是和朋友喝酒，有人欺侮他朋友，他出手相幫落下的……年輕的縣太爺打群架，河北省委不待見他。他本是中央青年幹部第三梯隊成員，要接班的。後來被下放到福建去了，聽說當了地委書記……你問我有沒有和他聯繫過？沒有。倒是妙音法師領著我，去替他父親大人治過幾次腰腿痛，一個可敬可親的老人。老人是支持胡耀邦、趙紫陽的，胡耀邦下臺後，受到排擠，甚至影響到他兒子的前程，恐怕再難被提拔到中央來接班了，誰知道哪？阿彌陀佛。

49

你說完了？我才說到一九六八年和遇羅克蹲一間號子呢，不過也快收尾了。遇羅克不是去給監獄幹部講過一次馬列主義？被定為重大反革命事件，關了懲戒室。監獄裡那懲戒室其實就是只鐵籠子，高不過一米五，寬窄不過半米，人在裡頭直不起身子，也轉不開身子，只能縮著兩腿、兩手抱住膝蓋坐著，有的還給戴上腳鐐、手銬。真是野獸牲口也不是這種關法啊，卻用來關人，關思想犯，這就是他娘的無產階政專政。此後我再沒有在監獄裡見過遇羅克。大約過了一個來月，北京市公檢法軍管會的判決書下來了：遇羅克，反革命惡毒攻擊、誹謗馬列主義毛澤東思想，死刑；江郎，反革命猖狂攻擊中央首長、破壞文化大革命，死刑；蕭白石，逃亡右派分子、蘇修間諜，死刑。關在鐵籠子裡的遇羅克聽到這判決，是怎麼樣的反應，我不知道；江郎卻在我面前故作鎮靜，囚室裡走來走去，嘴裡唸叨：只要咱老爹沒事，咱就沒事，老爹沒事，咱就沒事……

我可就慘了，整個天地都漆黑一片了，真是上天無路、入地無門了。我賭咒我自己，在青海大漠的藏家帳篷裡活得好好的，有妻子兒女，有老阿媽老阿爸，為什麼要跑回北京來？自投羅網，自尋死路……飛蛾撲火，自己撲進了文化大革命的火坑裡，要被燒成灰燼！可我不想死，也不能死……我還想活著回到青海大漠去，步行，討飯，爬也要爬回那藏家帳篷去，去和妻子兒女、還有老阿媽老阿爸相聚……他們也在日盼夜盼，盼著我回去的，嗚嗚嗚……我放聲大哭，我一個死囚犯，還有什麼好顧忌的？大漠狼一樣的嚎叫。我也不知道自己嚎啕了多久，才倒在地舖上睡去。這時刻江郎也顧不上我了，記得他吼了我幾次，命我住聲，我沒理會。

可能是臨刑的日子近了，一天，我娘老子忽然來探監了。據說死刑犯人在被槍決前夕，會允許家裡親人來見上一面，是革命的人道主義。他娘的革命就是一架大絞肉機，還人道主義！可我從來沒有向獄方報告過我家人的地址呀，免得連累他們呀！我娘老子還是來了，這就是無產階級專政的威力。它無處不在，你無所遁形。母親形單影孤，老弱得像風都能吹跑似的，是拄著拐杖進到會見室的。我知道弟妹們怕沾包，不肯陪母親來探看。我和母親的見面時間只有一刻鐘。旁邊還站著一名看守邊吸菸邊監控。我強忍著沒有掉淚。母親也沒有掉淚。母親本是個愛掉淚的人，這麼多年，經歷過這麼多事，大約眼淚早掉光了。我沒有把被判處極刑的事告訴母親，強作輕鬆問了些家裡的情況。母親卻藏頭露尾、話裡有話地告訴我，她已經替我去找過上面了，上面已經知道了，可以放寬心些了！天啊，母親大人真是兒子的觀世音菩薩啊！我明白娘說的上面，是指市公安局的伍副局長，如今已當了市革委副主任、革命領導幹部。我真是愚笨到家了，簡直白痴一個了，被關進班房幾個月，怎麼就沒有想到還有伍副主任這層關係、這根救命稻草呢？

日子一天天熬下去。我盼著奇蹟的出現。我也沒敢告訴同監江郎，自己在盼著什麼。遇羅克、江郎和我三個的死刑判決遲遲未被執行。沒有消息或許就意味著將有好消息吧。不久聽說遇羅克被解除禁閉，從鐵籠子裡放出來，單獨關在一間小囚室了。可能是怕他繼續在獄友中高談闊論，講解馬列主義，妖言惑眾吧。我們這些囚犯每天除了一早一晚的集體「早請罪、晚悔罪」崇拜儀式，就是到監獄製造廠勞動。外面的人很難想像咱們新中國監獄工廠的那規模、那氣派。北京一監的製造廠簡直什麼都製造，從皮鞋、運動鞋、雨靴、雨衣、雨傘，到文具、汽車零件等等，聽說有的優質產品還出口，標上中國製造，替國家賺取外匯呢。我們這些囚犯是沒有分文報酬的，連飯都不管飽，所以叫勞動改造，明白吧？最可氣他們明明知道我是中央美院的右派大學生，寫寫畫畫是我的強項，卻不派我去幹，只當一名普通勞動力使用，多浪費。我也斗膽向軍代表請求過。可人家軍代表一聲喝斥就把我給喝蔫了：老實點！你是被判了極刑的，只等上級下令執行！

轉眼到了一九六九年夏天。黨已經開過「九大」，劉、鄧已被打倒，林彪已當上毛主席唯一的革命接班人。我在監獄組織囚犯們學習「九大」勝利閉幕的會議公報上，看到了北京市革命委員會伍副主任上了中央候補委員名單。可我老娘求她設法寬大、解救我的事，怎麼沒個影兒呢？我頭上頂著個死囚帽子沒給摘掉，隨時可能被拉出去驗明正身、執行處決的！處決之後公安局還會命我老娘去繳交槍斃她兒子的兩粒子彈的費用……這是毛澤東思想的體現，無產階級專政落到實處。

一天大早，還沒有聽到起床號，囚室門就被打開了，有人在走廊裡呼叫：六八九一八！六八九一八！出列！出列！我半睡半醒的，不知是在叫誰。還是江郎推醒了我：起來吧，叫你的號哪！輪到你了哪……

圓善，忘了告訴妳啦，自我六八年初被關進來，就不叫蕭白石了，叫六八九一八了。監獄照規定給每名囚犯編了號，並且十分扎眼地印刷在囚服上。囚服也就叫號服。記得進來之初，和遇羅克、江郎幾位囚友混熟後，還苦中作樂調笑過彼此的囚號。我的六八九一八號，意即六八年被捕的第九百一十八名。這囚號最晦氣了，「九・一八」丟了東三省，國恥日呢；江郎是六八五一六號，「五・一六」通知，開展無產階級文化大革命運動哩；遇羅克是六八八一八號，「八・一八」，發一發，毛主席第一次接見紅衛兵，被稱為全國紅衛兵日，最吉利呢！

六八九一八號！六八九一八號！耳聾啦？帶上你的東西，出列！

軍管幹部在走廊上等得不耐煩了。我這才覺著大事不好，渾身哆嗦，兩腿發軟，一灘稀泥似的，爬都爬不起來了。還是江郎費勁地把我拉了起來，咬著牙根說了句帶鼓勵的話：硬氣點！別窩囊廢！你我遲早走這一步的，要像個男子漢！遇羅克不是說過，人家李清照是個弱女子，都寫下了「生當為人傑，死亦作鬼雄。至今思父老，不肯過江東」這樣的詩句！

我哭出聲來：人家那是誇項羽啊，可我，活得像螞蟻，連隻螞蟻都不如……

江郎真夠哥們義氣，已替我收拾好幾件換洗衣物、毛巾牙刷之類全部家當。臨別，還給了我一個熊抱：哥您先走一步，我不定隨後就到！陰曹地府，咱去收拾那幫狗日的！

聽聽，看看，人家革命的後代，就比俺硬氣。當然我覺著他身子也在發抖，嘴皮也在哆嗦。

我出到囚室外。那軍人鎖上囚室門，押著我往監舍出口走，倒也沒有凶神惡煞，而是一臉平靜，顯是訓練有素了。在監舍外走了沒多久，軍人把我送進了預審室，四牆上那些「坦白從寬，抗拒從嚴」、「頑抗到底，死路一條」、「立功受獎，立大功減刑」之類的標語口號，還是我當年刷寫的美術字呢，白底紅字，依然鮮豔奪目。預審室裡已經席地坐了十來名囚犯，我是最後進來的了。看樣子今天要配合啥形勢需要，在大會上造聲勢，大長無產階級革命派志氣，大滅資產階級反革命威風，拉我們去開幾萬、十幾萬人的公審大會，加上別的監獄的死刑犯，把我們集體行刑了。要不，咋叫毛澤東思想萬歲，咋叫無產階級專政？

我已經穩住自己了，有這麼多人一起上路，不再覺著那樣孤獨了。但又不太像。這時一位身子有些臃腫的中年軍人進來了，開始清點人數，叫一個囚號並一個名字，那人即起立、答一聲「有！」顯見是「驗明正身」了。我是最後一個被點名、起立的。接著是學習偉大領袖的「最高指示」，中年軍人唸一句我們跟著唸一句。我們就像是在自我祭奠，完成最後的儀式。更像大清朝的罪人，被押到菜市口砍頭時，還要跪下來三呼萬歲，謝主隆恩。我至今記得那天唸的四條毛主席語錄：

> 領導我們事業的核心力量，是中國共產黨。指導我們思想的理論基礎，是馬克思列寧主義；
>
> 人民，只有人民，才是歷史發展的真正動力；
>
> 凡是反動的東西，凡是毒草，凡是牛鬼蛇神，都必須進行徹底的批判，絕不能讓他們自由氾濫！
>
> 你們要關心國家大事，把無產階級文化大革命進行到底！

中年軍人領著我們學完「最高指示」，並未命我們坐回地下去，而是很威嚴地瞪住我們每一個人。我想，是要給我們戴上腳鐐手銬了，通常處決死刑犯時，都要給戴上腳鐐手銬，就像革命樣板戲裡演的那樣。這時中年軍人拿起一份紅頭文件，很響地清了一聲嗓子，才唸道：北京市革命委員會治安指揮部軍管小組、北京市公安局括號（京革字第一百零八號）括號……中年軍人停頓一下，彷彿要看看我們的反應。我立即覺著自己的下襠熱辣辣的濕了一片，斜眼看看左右兩旁的難友，也都褲管潮濕，腳下流了一灘。顯見都是和我一樣的膽小鬼，可憐見兒。中年軍人大約看到我們都尿褲子了，被無產階級專政威懾住了，就滿意地笑了笑，繼續宣讀文件：「經革命群眾檢舉揭發、市公檢法專案組查明，關押在市第一監獄的蕭白石等十一名右派大學生，乘無產階級文化大革命大鳴大放、大字報大串聯之機，上竄下跳，進行反革命翻案活動，妄圖洗刷其在一九五七年反右派鬥爭中所犯下的反黨反社會主義罪行，本當嚴懲不貸，難以寬恕。鑑於蕭白石等人在關押期間認罪態度較好，並能積極配合獄方調查審理，本著偉大領袖毛主席『懲前毖後、治病救人』的指示精神，再給予一次改過自新、重新做人的機會，即日起遣送市公安局清河農場勞動教養，並繼續接受政治、刑事審查……。」

我都聽傻了。我的同伴們也都聽傻了，像一根根木頭戳在那裡一動不會動了。

中年軍人和另幾位管教幹部又好氣又笑似地觀看了我們一會兒，才有人冷笑：黨和毛主席饒你們這些傢伙不死，還不趕快感謝毛主席，感謝黨中央！

有個難友反應快，立即高呼毛主席萬歲！解放軍萬歲！我們也都知道這很重要，很關鍵，立馬齊聲呼喊：黨中央萬歲！中央文革萬歲！無產階級文化大革命萬歲！中國人民解放軍萬歲！偉大領袖、偉大統帥、偉大導師、偉大舵手毛主席萬歲！萬萬歲！

在鬼門關前走了一遭，其實我最想喊的是救我一命的伍副主任萬歲，我母親大人萬歲。但一國一黨，萬歲只能一人。後來聽說，就是因為在一九六二年一月的中央七千人大會上，縣委書記們自發地呼喊了「劉主席萬歲」的口號，使毛主席生疑，四年後不惜發動文化大革命，置劉少奇於死地。

到了清河勞改農場，我又恢復了勞教分子的身分，也沒有人再來審查我逃亡青海大漠的事。我又開始日思夜想我在青海大漠裡的那個家，我的妻子央金，我的兒子小嘎扎、女兒小央金，還有老阿媽老阿爸！可萬里迢迢，我雖逃過了一死，但仍陷勞改農場，每天被槍桿子押著幹活，插翅難飛呀。我也想過逃跑，逃回青海大漠去。但現在文化大革命，整個新中國實行軍事管制，全國就是一座大監獄，全民皆兵，人人管我，我管人人，就是有孫悟空、土行孫的法術，都難以遁形。

轉眼到了一九七零年春天。中共中央、國務院、中央軍委、中央文革又發文件通知，開展「一打三反」運動。毛澤東總是大運動套小運動，年年月月不停地運動。一天，我們青河農場的勞教人員被帶去城裡，參加公審大會，說是接受教育、改造。那公審大會是在東城區工人體育場舉行，滿滿登登坐了好幾萬革命群眾。我後來查出那一天是一九七零年三月五日。我們青河農場的勞教人員竟被安排坐在體育場前排正中央，那通常是中央首長們觀看足球比賽的位置。這次大約是為了讓我們這些勞教分子近距離看清那些即將被宣布判處死刑、立即執行的囚犯們。他們大約共有二三十人。在全場震耳欲聾的語錄歌聲、萬歲口號聲中，我眼睛一陣發花，竟看見遇羅克、江郎二位也站在死囚隊伍裡！每人頸脖上掛著一塊黑牌，寫著他們的名字，名字上打著血紅的叉叉。遇羅克背後還插著高標，就像古代的囚犯臨砍頭時的那副模樣……江郎被宣判為何種罪行我沒聽清，遇羅克的三條罪狀我至今記得：一、書寫了十萬字的反動文章，對黨和人民、對偉大領袖和偉大的毛澤東思想懷有刻骨仇恨；二、在獄中反革命氣焰囂張，借所謂的講解馬列主義、毛澤東思想，瘋狂誣蔑、詆毀馬列主義毛澤東思想；三、組織地下讀書會，招納反革命成員，揚言陰謀暗殺街道黨員幹部和貧下中農……作為罪證之一，大會上還宣讀了遇羅克的兩首反動詩，是他的反動綱領：

七絕　贈友人

攻讀健泳手足情，遺業艱難賴眾英。
未必清明牲壯鬼，乾坤特重我頭輕。

五 律

神州火似荼，煉獄論何足。
義舉驚庸世，奇文愧爛書。
山河添豪壯，風雨更歌哭。
唯念諸伯仲，時發一短呼！

遇羅克，好男兒！或可借了毛澤東當年寫給山西十六歲的女烈士劉胡蘭的那八個字：「生得偉大，死得光榮」。不同的是，這次殺害遇羅克的，是毛澤東本人和他的毛澤東思想。一九七零年三月五日，被所謂公審殺害的共是一十六人，多數為青年思想犯，他們的所謂滔天罪行不過是質疑馬列主義毛澤東思想，質疑文化大革命運動的合法性、必要性。一九七零三月五日殺害的這十六人，是該年首都北京市革命委員會、中共北京市委批准殺害的第六批思想犯，即所謂的「反革命政治犯」。文革十年期間（一九六六至一九七六），北京市共處決了多少像遇羅克這樣的思想犯？至今是黨和國家的絕密，外人不得過問。我的另一位難友江郎三月五日那天卻並沒有被處死。說是事前，時任北京市革命委員會主任的中央政治局委員謝富治上將，在向由周恩來總理主持的中央碰頭會議匯報時，報了個三十二人名單。周總理聽到江郎這個名字，問了句他父親是不是當過中央美院院長的江豐？能不殺的還是少殺幾個，至少可以留作勞動力嘛。說是殺紅了眼的謝富治回到市裡傳達了周總理指示，才決定減半，只殺十六人。但為了平息辦案人員的情緒，三十二人還是統統押赴刑場，不殺的十六人作為陪斬，也要殺殺他們的反革命氣焰。

江郎就是這麼活下來的。文革結束後他出獄，去了美國，申請政治庇護，在紐約街頭給人畫像過活，不肯返回中國了。有人說他不認祖國了。遇羅克也於一九七八年獲平反昭雪，恢復名譽，算烈士。什麼名義的烈士？沒說。反正是把人給殺掉了，後又給個烈士名號，還不夠？北京市公安局甚至退還了一九七零年三月下旬由遇羅克父母繳交的一元錢子彈費！平反很徹底吧？遇羅克父母、和弟弟、妹妹都被抓過關過，也都平反了。其實平反也就是發給你一張紙，其餘分文沒有。姥姥的！那時有句流行語：平反改正，黨和政府當初抓你是為了革命，如今放你也是為了革命，你還得感激涕零，感謝黨給了你第二次、第三次生命！姥姥的。

坦白說，我比遇羅克、江郎幸運得多。我到了清河勞改農場後，除了日思夜想我那遠在青海大漠裡的妻子兒女、老阿爸老阿媽，就再沒有吃過啥大苦頭了。自一九七一年起，我甚至恢復了每半月回一次城裡看望母親的勞教人員待遇。我知道是市革委伍副主任的暗中救助。她作為一位革命領導幹部，為啥一直要救助我這名右派大學生？我至今也沒能弄明白。

一九七一年夏天，農場派給我一份輕鬆活兒：看守十來畝西瓜、白蘭瓜瓜田。說起來你都不相信，咱農場那瓜田結的瓜兒又甜又大，專供市委和中央部委首長們享用的呢！收瓜的季節，是由公安局的人員來親手採摘、驗收的呢！也就在這年的夏天，我在瓜田裡救了一位逃跑的六十幾歲的軍人。我把他藏在瓜田小溪邊的一個不起眼的地窩子裡，人不知鬼不覺哩。軍人和我說了實話，不然我找死呀，敢救他？我看他也是走投無路了，不怕我出賣他了。他的實話只有一句：有人要謀害毛主席，被他發現了祕密，遭到追捕，他不敢待在城裡，才匿身到荒郊野地……。果然第二天就有一隊軍人追查到清河農場來了，我被找去問話，自然是一問三不知。那隊軍人走後，我告訴了那藏在地窩子裡的軍人。那地窩子又潮又悶，他渾身上下被蚊蟲叮的那可憐樣兒就甭說了。我管他吃喝，他視我為救命恩人。一次夜裡，我送西瓜給他吃（那瓜皮可不能亂扔），他問我能不能進城。我說能，每半月一次。他問我或我家裡人認不認識啥重要人物？我想了想，說我老娘認識市革委伍副主任。他問了些伍副主任的情況，之後才把一封信交給我，說只要這封信能轉到住在東交民巷八號的新從湖南調來的中南海辦事組組長華國鋒手裡，毛主席就不會被人暗算了，他也就得救了。接下來，你那右派問題算個屌？你全家人的問題都可以得到解決！當時我真是害怕了，有一刻真猶豫要不要捲入這隨時可能掉腦袋的事件中去。

被我救助的這位軍人就是楚振華將軍。一個多月後就出了林彪一家逃跑機毀人亡的「九．一三事件」。楚將軍是位講信譽的老革命。一九七二年我頭上的右派帽子被摘掉，並解除勞改。一九七三年我被安排到西城區一間中學當美術教員，並住進楚將軍府後院偏院，當了「倒插門乾女婿」。隨後就認識了妳圓善小師姑。在西城區大將軍胡同楚府，妳、我，算殊途同歸吧？

兩人說到這裡，天已濛濛亮了。蕭白石摟著圓善，正欲補上一覺，彷彿聽到外面胡同裡電線桿上的喇叭響起了哀樂。對了，不是東方紅，太陽升，中國出了個毛澤東……是哀樂。又是誰去世了？只有咱黨和國家那些老領導人逝世，才會滿世界放這種哀樂，但再做不到像一九七六年九月九日紅太陽落地那次，要求全中國人民替誰披麻帶孝了。照咱老百姓的想法，有的人還是早死早好，早死一日，少禍害一日……都想放鞭炮哩！鞭炮是不敢放，但咱還不能約三、五知己喝喝酒，乾上兩杯，樂上一樂？去他姥姥的！咱也甭貧了，甭管他哪位大官人殯天，咱老百姓照樣吃喝拉撒睡，不是？

50

砰！砰！砰！有人打門，很急。

誰這麼討厭？莫非警察查非婚同居來了？不是和街道上片警打過招呼了，片警說如今不管這碼事了？蕭白石和圓善趕忙起床穿戴整齊了，床上也收拾整齊了。要是被人家堵在床上，就狼狽了。操他姥姥的！管天管地連帶管男女房事，還叫解放思想，改革開放呢。

正待去開門，母親已經把客人迎進來了。原來是呼爾亥西和他女友路琳，都佩著黑紗，眼睛紅紅的。母親看他們還沒吃早飯，就忙乎去了。蕭白石問出什麼事兒了，誰家老人沒了？路琳噎著嗓眼說：您沒聽廣播？昨晚上電臺就報導，胡耀邦同志去世了！呼爾亥西補上一句：現在全北京城都在議論：該死的不死，不該死的卻死啦！

蕭白石身子晃了一晃，圓善忙扶了扶他：有這事？杜胖子前天還和我說，耀邦已脫離危險期，過幾天就可以出院了……真是的！咱這國家、這世道，該死的不死，不該死的卻死了！娘的老天爺咋就不長眼睛？歹人長命，好人短壽。耀邦是不是被人害死的？昨天是幾號？

呼爾亥西說：昨天四月十五日。聽說耀邦是因為便祕，又不肯接受護士幫助，坐馬桶用力過大，心血管破裂……

路琳說：我們北大，以及清華、人大、師大，所有大專院校師生都行動起來了，替胡耀邦設靈堂，準備開追悼會。我們北大今晚上就舉行追悼大會，方勵之、許良英教授都會參加，並歡迎校外人士參加。

蕭白石說：你倆一大早趕來，就是下帖子的？好！我和圓善會去。

母親來邀大家去廚房兼餐室用饅頭就稀粥。蕭白石見母親左臂上已佩上黑紗。母親什麼話都沒說，又彷彿什麼都明白。蕭白石和圓善也找出黑紗佩上。耀邦是個好人，右派改正，地富摘帽，平反冤假錯案，替老百姓做了那麼多好事，被老不死們整下臺，如今病逝，值得大家為他戴黑紗。人心是桿秤，全國老小都耀邦、耀邦的叫喚，可知他在百姓心中的地位了。餐桌上，大家各有心事，默默地吃喝著。母親忽然沒頭緒地問了一句沉甸甸的話：會不會又像七六年總理去世那次一樣，全城人都戴白花，湧到廣場上去啊？

大家愣了愣，隨即眼睛都亮了亮。可不是？十三年前，周恩來總理一月分去世，四月分北京就出了大事……難道歷史又要重來過？

路琳說：一九七六年我剛上小學，正是四月清明節前後，爺爺姥姥看我看得緊，放了學哪兒都不許去，說外邊亂得很，民兵四處抓人。那時大人總是用民兵嚇唬小孩。可我父親母親、姑姑阿姨，還有學校老師們，天天都去天安門廣場，祭奠周總理。聽說人山人海，每天超過百萬。沒人號召，沒人組織，自發自願。後來父親母親、姑姑阿姨們不去廣場了，只在家裡關起門來開罵，什麼暴君、獨夫、秦始皇、法西斯的，不許我們小孩聽，小孩也聽不懂。有一天傍晚我做完家庭作業，邊看連環圖邊哼唱「北京有個天安門，天安門上太陽升，偉大領袖毛主席，領導我們向前進……」父親竟黑著臉走過來制止：從幼兒園起，老師就教你們唱，還沒個夠？甭唱了！鬧心！母親則趕忙哄住我，到學校可不許亂說。現在才知道，我們從小被洗腦。

呼爾亥西說：都是喝狼奶長大的啦。一九七六年我還在烏魯木齊，也是上小學。校長傳達北京中央文件，說天安門廣場發生了反革命暴亂，燒了民兵指揮部樓房，砸了公安警察的汽車，刷寫反動詩詞，呼叫反革命口號。後來又叫「四五運動」。一直到上初中，我還分不清你們漢人的「四五運動」和「五四運動」，以為是一回事。

蕭白石說：我是一九七六年「四五運動」的參加者！「清明時節雨紛紛，廣場行人欲斷魂。問訊仇家何所有，眾人指向天安門」！這就是當年的廣場詩詞之一，真他娘的解氣。有機會，哥們再到廣場上去練練！

呼爾亥西說：古為今用，是依杜牧的詩改寫的吧？

路琳問：為什麼「眾人指向天安門」？

蕭白石說：天安門城樓上不掛著畫像？笑微微，色瞇瞇的。都是被娘的「四人幫」、「五人幫」給逼出來的！你們年輕，可能沒聽說過，周總理一九七六年一月七日去世，中央原先打算就在北京醫院內搞遺體告別，不讓廣大幹部群眾參與；後又通知各部委、各省市自治區，不准下屬單位設置靈堂悼念總理，也不要往北京送花圈。接著又傳出，周總理住院治療三年多，大小手術二十一次，毛澤東身為「中共中央周恩來醫療小組組長」，竟然一次也沒去醫院探望過！最後是在人大會堂開周總理的追悼大會，工作人員一再提醒、建議，毛澤東就是拒不出席！是毛澤東也身患重病嗎？他患病是不假，但他卻可以連連接見來訪的外國元首、政府首腦！是不是太絕情、太無人性了啊？上述傳言在幹部群眾中越傳越廣，越傳越氣憤。而且都是由高幹家庭、高幹子弟們傳出，可信度就更大了。到了三月底、四月初的清明節期間，北京的機關單位、大專院校、工廠企業、三軍總部及各軍兵種，開始向天安門廣場的人民英雄紀念碑敬獻悼念周總理的花圈。外省市的黨政機關也紛紛送來花圈。你說是群眾自發的紀念周總理吧，也像也不像，因為那一個個巨型花圈上寫的都是各自單位的名稱。有的花圈竟是用不鏽鋼銲接而成，重達兩、三噸，用吊車吊裝的！你說這是在向誰說不、和誰叫板啊？中南海的「四人幫」、「五人幫」卻仍然迷信自己的權力，竟然命令北京衛戍區部隊在夜間去收走成千上萬的花圈！這就激起更大的民怨民憤，於是天天有上百萬的市民和學生湧向天安門廣場，舉行各種悼念活動，朗誦詩詞，發表演說。有人在演講中公開喊出：秦皇專政的時代一去不復返了！中南海那個現代秦始皇敢到廣場上來的話，他就回不去了！說是毛的婆娘江青正率領王洪文、華國鋒、張春橋、毛遠新、汪東興等人在人大會堂房頂上觀看廣場百萬人集會的情況，回去都不敢向毛匯報，而由王洪文以中央軍委副主席的名義，組織了十萬郊區工人、農民民兵進城，一人拿一根木棒，到廣場清場。四月五日晚上十一點，天安門廣場熄燈，十萬隻惡狼從四面八方撲向人群。人們手無寸鐵，只能任棍棒喝打，一片叫罵哭泣，血肉橫飛。當天晚上還有上千人被捕。第二天一早，北京市政府調來上百部灑水車，都沒能把廣場沖洗乾淨。這就是一九七六年三月底四月初的天安門廣場「四五運動」。

路琳說：動用十萬工人農民民兵，鎮壓市民和平請願，真可恥！還號稱人民國家，人民政府。

呼爾亥西問蕭白石：聽說您被追捕過？後來怎麼脫險的？

蕭白石說：被逮住啦，集中關押在工人體育場裡，草地上黑鴉鴉坐滿了人。不少人臉上、身上還淌著血。我所幸沒受傷，被一個一個地登記姓名、工作單位、家庭住址。民警見我報的住址是西城區大將軍胡同二號，立馬臉上掛笑，找來他們的頭兒，問我要了大將軍胡同二號值班室的電話。半小時後，我就被接回來了。楚老將軍讓我去見他，竟沒有批評，還告訴我，這些日子他也去了廣場兩次，都是傍晚時分坐車去的。但祕書和警衛不讓他下車。他媽的！鎮壓老百姓沒有好下場！昨晚上的事，遲早有一天要翻過來！王八蛋們的日子長不了！當時老將軍確是這麼說的。果不其然，毛澤東死後第二十六天，中南海就發生兵變，叫做「大快人心事，活捉四人幫」。再過了兩年，一九七八年，胡耀邦主持平反全國冤假錯案，用「兩個不管」取代「兩個凡是」，第一件事就是順應民心民意，替七六年四月五日的「天安門反革命暴亂事件」平反，定性為北京市民和學生的愛國群眾運動，而且是為黨中央不久後的「活捉四人幫」做了輿論及組織準備。你們大學生，還分不清啥叫「兩個凡是」、啥叫「兩個不管」？前者是因「活捉四人幫」立功當上中央副主席的汪東興一九七七年初提出的：凡是毛主席的指示，凡是毛主席的決策，都不能更改；後者是胡耀邦一九七八年初提出的：凡是錯誤的指示，不管是誰做出的，一律予以改正；凡是冤假錯案，不管是何時何地發生，什麼人批准的，一律給予平反！耀邦了不起吧？他大智大勇，有大政治家的寬闊胸襟，用了短短兩三年時間，就把大到像劉少奇、彭德懷那樣的歷史沉冤，小到像我這樣的右派大學生，通通平反昭雪，恢復名譽，活著的還給恢復工作。

蕭白石口若懸河似地說著，都忘記吃喝了。圓善說：你就少貧幾句吧，一說上一九七六年，就像你的啥光榮歷史似的，沒個完了，阿彌陀佛。

母親也說：老大不小了，在路琳、呼爾面前也沒個大哥模樣。

路琳、呼爾亥西笑了：咱們最愛聽畫家大哥說他的反革命經歷，長不少見識哪。

蕭白石忽又問：二位小朋友，你們一大早的找來，不單是來請我去參加你們北大同學為耀邦舉行的追悼會，再加上蹭這頓饅頭稀粥早飯吧？

路琳說：對呀！我們北大學自聯還想知道，從大將軍胡同二號楚老將軍那邊，聽沒聽說上面對耀邦的去世有什麼內部的信息？

蕭白石回答：為這？二位小朋友找錯人了。其一，本人現在已搬回家裡來住了，大將軍胡同那邊隔三差五才會去一趟；其二，楚老自三月下旬從海南回來，先去了趟上海，後就住進了西山，只和我通了次電話，督促我把一幅人體寫真做了中英文公證，給他在紐約的乾女兒寄去；其三，每逢楚老住進西山，似乎都和中央的重大人事有關。這是本人新近才領悟出來的。試舉三例，一九七六年九月楚老住進西山，十月六日中南海就「活捉四人幫」；一九八一年初楚老住進西山，不久就是華國鋒被解除所有權力，回家當寓公；一九八六年底楚老住進西山，一九八七年一月總書記胡耀邦被開了政治局生活會，辭職下臺。今年春天這次楚老又住進西山，中央會出什麼事，只有事情出來才知道。反正次次都是調兵遣將，大軍壓城，槍桿子裡面出政權。

呼爾亥西少不更事地問了一句：有那麼可怕嗎？

傍晚時分，蕭白石和圓善來到北大圖書館演講廳時，「北京大學學生自治聯合會沉痛悼念胡耀邦同志逝世大會」已經開始好一會了。可容納一千多人的大廳裡連過道上都擠滿了人。人人胸前佩著小白花。臺上掛著胡耀邦一臉苦笑的巨幅照片。照片下擺滿大大小小的花圈。哀樂已經放過，進入師生自由發言、致悼辭階段。路琳臺上臺下的忙著。麥克風支在臺下，一位戴眼鏡的男同學正在唸稿子：

……昨天，今天，咱們偉大祖國首都北京，頃刻間風傳一句流行語：該死的不死，不該死的死了！正是應了老子道德經上的那句話，天地不仁，視萬物為芻狗。在今天的新中國，人人都是芻狗，人的年齡更是芻狗。現在北京胡同裡有很多順口溜，俚語民謠，值得文科的同學們去采風，去編撰新的詩經，新的樂府。不信？下面我給大家唸一首：

十七十八，清華北大；
二十七八，做牛做馬；
三十七八，盼望提拔；
四十七八，累死白搭；
五十七八，下崗蹓躂；
六十七八，大幹四化！
七十七八，政協人大！
八十七八，幕後策劃！
九十七八，一定火化！

有人鼓掌。但意識到氣氛不對，掌聲戛然而止。戴眼鏡的男生繼續唸稿子：這裡要說明一下，「五十七八」之前的人生狀態，是說咱們苦哈哈普羅大眾的；「六十七八」以後的人生輝煌，是說咱們黨和國家的那些寶貴財富的！可不是嗎，看看如今的國務院、中央書記處，哪位領導人不是六十七八？全國人大、全國政協的領導人，又有幾位不是七十七八？敬愛的中央軍委主席鄧小平同志現年八十五歲，敬愛的中華人民共和國主席楊尚昆同志現年八十二歲，敬愛的中國人民政治協商會議主席李先念同志現年八十歲……（路琳走到男生身邊提醒了一句什麼）剛才學自聯負責人路琳同學提醒我不要跑題，扯得太遠。不是的！兩年前，正是這批八、九十歲的老人把個比他們小十幾歲的黨總書記胡耀邦同志趕下臺的，今年又把耀邦同志活活給氣死的！我跑題了嗎？我可以斗膽說上一句，咱們國家的政治生活極不正常！他們功勞再大，就算新中國的江山是他們打下來的，就能把這個江山視為己出，據為己有嗎？我們年輕一代，據說還是他們的接班人，就不能有自己的看法，發出自己的聲音嗎？

熱烈鼓掌，全場再也壓抑不住地鼓掌。

接下來是許良英教授致辭：耀邦去世了，我昨天一宿未睡，因為對耀邦有一份特殊的感情。在座的北大師生們都知道，我許某是一九五七年的右派，臭老九。今天二十來歲的同學們很難想像當年的右派、臭老九是啥模樣了。國學大師梁漱溟先生寫過一首通俗易懂的打油，叫〈咏臭老九〉：九儒十丐古已有，而今又名臭老九。古之老九猶如人，今之老九不如狗。專政全憑知識無，反動皆因文化有。假若馬恩生今世，也要揪出滿街走！很深刻吧？是耀邦替我這個臭老九平反改正，恢復工作。五七年我在中國科學院遭開除黨籍、幹籍、公職，送回浙江老家務農二十年。落魄不還鄉啊，一名右派分子被押送回鄉，交當地貧下中農管制改造，是什麼滋味，也只有我們這代人才能體會。一九七五年耀邦被派到中國科學院主持工作。七七年初我寄了封信給他，反映自己的問題。原來並不抱什麼希望。況且這種申訴信我寫了十幾年，次次都被轉回我老家公社、大隊，作為我拒絕改造、反攻倒算的罪證！但七七年初這次，卻意外得到了回函，短短兩行，一句話：良英同志，中科院和你一樣的情況甚多，宜一併解決，請等候通知。耀邦。天啊，竟是耀邦的親筆回函啊！中央抓了四人幫，世道真是變了啊！七七年下半年，耀邦出任中央組織部長，在華國鋒、葉老帥的支持下，開始著手平反全國冤假錯案和右派改正。八八年三月，我和我的家人被允許回到北京，仍到中科院上班，等候右派改正。我知道這一定是得到了耀邦同志的關照。一天傍晚，剛吃過晚飯，天還亮著，一輛小車來接我，到西城豐盛胡同見中央首長。我都懵懂了，在一座四合院門口下了車，有工作人員領著我進了院門，在接待室坐下。室內已有兩位中年男士，我不認識，在談論文學什麼的。不一會，工作人員陪一位矮個子長者快步進來，邊伸出雙手邊叫出了那兩人的名字：是劉紹棠、劉賓雁同志吧？二十年不見，你們都長胖了！勞動改造，吃了不少苦頭啊……紹棠，你當年是神童作家，少年成名，要為三萬元人民幣稿費奮鬥，何錯之有，哈哈哈！賓雁，你在《中國青年報》社當記者嶄露頭角，文筆犀利，一篇〈本報內部消息〉，一篇〈在橋梁工地上〉，我至今有印象。你們都是團中央打的右派，我作為那時的團中央第一書記，沒能頂住壓力，保住你們，對不起你們，慚愧啊！昨天碰到周揚同志，他也很慚愧，錯整了很多人，有的人想保也保不住。他舉了個例子，曾經找主席匯報，說中央美術學院的院長江豐，有錯誤言論，但出身貧苦，三八年到延安，夠不上右派。主席聽了很不高興，說：江豐夠不上右派，你周揚就是右派！有什麼辦法？那時大家都是奉旨行事麼。當年團中央機關一共打了六十多個右派。我對韓英同志說：統統找回來，平反改正，不留尾巴，恢復名譽和工作，團中央開平反改正大會，我這個老書記要到場，向同志們鞠躬道歉，錯了要認帳，不能賴帳！……這時工作人員在長者耳邊說了句什麼。長者這才轉過身來，和我握手：你是中科院的許良英同志吧？你去年年初給我寫信求援，我給你回了一句話，收到過吧？我看了你的打右派材料，浙大畢業，四六年入黨，五八年遭三開，太不像話了！文學家不放過，科學家也不放過，不愛護人才，糟蹋人才，國家能不落後？國家落後就會挨打，就會像清朝末年那樣喪權辱國！……這就是我第一次見到的胡耀邦，充滿了對人的關心，對受苦人的同情。我斗膽說一句，這在共產黨的領導人中是極為少見、珍稀的。這樣一位好人，卻在兩年前被迫下臺，昨天去世，真是晴天霹靂！

許良英教授哽咽起來，泣不成聲。會場上不少人唏噓流淚。

蕭白石和圓善在後排座位上聽著，也都鼻酸眼辣。

最後是方勵之教授講話：我可以負責任地告訴同學們、老師們，胡耀邦在中共體制內，是主張人民性高於黨性，黨性服從人民性，人民利益高於黨的利益的！這才是他被元老們趕下臺的真正原因！他是中共有史以來最富人性、人道的領袖。他當了七年黨中央總書記，他工作再忙，都堅持每天批閱三十封人民來信，並予回信或做出批示。他以七十歲的高齡，兩次赴西藏視察，過問並解決藏民的疾苦。連流亡印度的西藏精神領袖達賴喇嘛都被他感動，一度同意返回中國。中國共有三百三十一個地區，十年時間他全部視察過；全國共有兩千一百零九個縣和縣級市，十年時間他跑了一千四百多個，準備再花三五年，跑完剩下的七百個縣份。中共領導人誰有這個紀錄？中國歷朝歷代的領導者誰有這個紀錄？這樣一個勤政愛民、有民主風範的領袖，卻容不下他！但人民不會忘記他，會永遠懷念他！所以我和許多老師、同學有一個想法，就是我們沉痛悼念胡耀邦同志，不要只在校園裡，而應該走出象牙塔，走出校園，到社會上去，到人民群眾中去，到天安門廣場上去，去宣揚耀邦的業績，去發揚耀邦的精神，去繼承耀邦的遺志，去喚起民眾，反腐敗，反世襲，反高幹子弟經商，反官僚特權！呼喚改革我們國家的政治體制，實行憲政民主，保障自由人權！

方勵之教授一席話，說得大家熱血沸騰，使勁鼓掌。接著是師生們競相起立，你一句、我一句地呼應：

對！我們要走出象牙塔，走出校園！

到社會上去！到人民群眾中去！

到天安門廣場上去！到人民英雄紀念碑前面去！

用實際行動悼念胡耀邦同志！

從來就沒有救世主，也不靠神仙皇帝！

團結起來到明天！我們要自己解放自己！

現在就去！到天安門廣場去！

蕭白石原本是外來客，坐在一旁的圓善拉都拉不住，也跟著大家振臂高呼：

到天安門廣場去！到天安門廣場去！

二零零六年八月至二零一一年八月完稿，

二零一六年二月至四月校改，九月至十月再校閱。溫哥華南郊望晴居

當代名家・古華作品集1

北京遺事

2016年12月初版　　定價：新臺幣380元

著者	古華
總編輯	胡金倫
總經理	羅國俊
發行人	林載爵
叢書主編	陳逸華
封面設計	兒日
校對	施亞蒨

出版者	聯經出版事業股份有限公司
地址	台北市基隆路一段180號4樓
編輯部地址	台北市基隆路一段180號4樓
叢書主編電話	(02)87876242轉224
台北聯經書房	台北市新生南路三段94號
電話	(02)23620308
台中分公司	台中市北區崇德路一段198號
暨門市電話	(04)22312023
台中電子信箱	e-mail：linking2@ms42.hinet.net
郵政劃撥帳戶	第0100559-3號
郵撥電話	(02)23620308
印刷者	文聯彩色製版印刷有限公司
總經銷	聯合發行股份有限公司
發行所	新北市新店區寶橋路235巷6弄6號2樓
電話	(02)29178022

行政院新聞局出版事業登記證局版臺業字第0130號

本書如有缺頁，破損，倒裝請寄回台北聯經書房更換。　ISBN 978-957-08-4840-3 (平裝)
聯經網址：www.linkingbooks.com.tw
電子信箱：linking@udngroup.com

國家圖書館出版品預行編目資料

北京遺事/古華著．初版．臺北市．聯經．2016年
12月（民105年）．480面．14.8×21公分
（當代名家·古華作品集1）

ISBN 978-957-08-4840-3（平裝）

857.7 105021867